Judenbegräbniss
Schloßberg
Klingenthor.
St. Peters Kirche.
Kath.K
Oberer Fauler Peltz
Unt. Fauler Peltz
An der Stadtmauer
Seminarium
katholische Pfarrkirch
Markt
H. Geist Kirch
Fisch Markt
Untere Strasse
STADT.
Neckar Strasse
Mittel Thor
Heu Markt
Marstall.
Holzmarkt od. Lauer
Steing.
Heu g.
Haspel g.
Pfaffen g.
Juden g.
Bussemer g.
kl. Mandel g.
gr. Mandel g.
Marstall g.
DER NECK

Anna-Luise Jordan

Herbst in Heidelberg

Anna-Luise Jordan

# *Herbst in Heidelberg*

Roman über die deutsche Romantik

Osburg Verlag

Der historische Stadtplan von Heidelberg wurde mit freundlicher Genehmigung der Universitätsbibliothek Heidelberg entnommen aus:

Helmina von Chézy, Le guide des voyageurs à Heidelberg, Mannheim, Schwezingen, à l'Odenwald et à la vallée du Neckar / trad. de l'allemand de Madame Elmine de Chézy née de Klenck par l'Abbé Henry.
2. éd., corr. et augmentée
Heidelberg: Engelmann [ca. 1821].

Erste Auflage 2011

www.osburgverlag.de

Lektorat: Bernd Henninger, Heidelberg
Herstellung: Prill Partners producing, Berlin
Umschlaggestaltung: Toreros, Lüneburg
Satz: Dörlemann Satz, Lemförde
Druck und Bindung: GGP Media GmbH, Pößneck
Printed in Germany
ISBN 978-3-940731-61-6

# *1800*

»Komm nach Hause!« In seinem besten Frack stand Karl vor Sophie, den Hut vor den Bauch haltend, weil er sonst mit seinen Händen nicht gewusst hätte, wohin. »So geht das nicht weiter. Komm nach Hause.« Er war es leid, bei den Tisch- und Abendgesellschaften allein die Honneurs des Hauses machen zu müssen. Die Studenten, die trotz Sophies Abwesenheit noch immer regelmäßig zum Mittagessen kamen, fragten viel zu oft, wann die Seele des Hauses denn wieder da sei.

Sophie vermied es, Karl anzusehen, obwohl sein Frack tadellos sauber war und die Haare ordentlich gekämmt, keineswegs selbstverständlich bei ihrem etwas grobschlächtigen Ehemann. Sein fleischig-schlaffes Gesicht ließ nichts von dem Jähzorn ahnen, mit dem er sie in den vergangenen fünf Jahren, selten zwar, doch stets unvermutet, verstört hatte. Sie sah zu Gisela hinunter, die mitten im Zimmer auf dem Teppich saß und mit bunten Klötzchen spielte. Das Licht der Nachmittagssonne, das durchs Fenster fiel, ließ das feine Kinderhaar fast weiß erscheinen. Auf dem runden Tisch daneben stand eine Vase mit Schneeglöckchen aus dem Garten.

»Ich brauche dich. Jeder fragt nach dir, will dich endlich wiedersehen. Was tust du überhaupt hier? Verwandtenbesuche, gut. Aber nicht wochenlang. Monate. Langweilst du dich hier nicht?« Karl schnaubte verächtlich.

Nach dem Tod des kleinen Gustav Anfang Januar hatte Sophie bei ihrer Schwester und dem Schwager Zuflucht gefunden. Hier fühlte sie sich geborgen, doch Karl traf ins Schwarze mit seinem Verdacht der Langeweile. Das Leben in Camburg verlief sehr ruhig, genau das Richtige für überspannte Nerven. In Jena war das Leben aufregend. Es gab Bälle, lebhafte Gespräche in Salons, Theater. Seitdem Sophie im Haus ihrer

Schwester und des Schwagers lebte, hatte sie kaum etwas anderes getan, als zu lesen. Sie las die *Römischen Elegien* und die *Unterhaltungen deutscher Ausgewanderten* in den *Horen*, worin auch ein paar Briefe und Gedichte von ihr selber abgedruckt waren, und nahm sich den *Wilhelm Meister* vor. Alle vier Bände hatte sie gelesen und sich Gedanken dazu gemacht. So musste ein Roman sein. Eine Figur, die sich verändert, eine Vielzahl von Ereignissen und ferne Gegenden. In Jena könnte sie mit ihren Freunden darüber reden. So intelligent und witzig wie Fritz war keiner und niemand so voller Phantasie wie Clemens.

»Ich werde kommen. Aber jetzt noch nicht. Ich brauche noch etwas Zeit.« Hoffentlich sagte Karl jetzt nicht, dass sie sich zusammenreißen solle. Erst vor knapp drei Monaten war Gustav gestorben. Wenn sie Karl auch nicht die Schuld daran geben mochte, so tun, als wäre alles wie vorher, konnte sie nicht. »Bitte geh jetzt. Gisela ist zu empfindlich für eine Reise in dieser Kälte. Wir bleiben hier. Mindestens bis Ostern.«

## *Jena*

Mitte April saß Sophie in der Kutsche mit Gisela auf dem Schoß. Die Bäume entlang der Straße zeigten erstes Grün. Büsche und Zweige blühten weiß und gelb. Die Saale glitzerte im Sonnenlicht. In einiger Entfernung erhoben sich die kahlen Felsen und Weinberge, wo seit Jahrhunderten Wein angebaut wurde. Bei Gründung der Universität hatten die Studenten durchgesetzt, ein eigenes Gasthaus zu bekommen. Noch immer behaupteten die Bürger von Jena eigenwillig ihre Rechte und achteten nicht groß auf den Willen der verschiedenen Herzöge, die hier das Sagen hatten, vier zugleich und darum keiner wirklich.

Die Unruhen, die noch vor fünf Jahren unter den Studenten tobten, hatten sich mittlerweile gelegt. Fenster wurden keine mehr eingeschlagen. Leider hatte Professor Fichte die Universität verlassen. Sophie wäre gerne weiterhin in seine Vorlesungen gegangen, an denen sie als einzige Frau teilnahm. Sie würde ihn vermissen, zumal auch Professor Schiller mit seiner Familie im Dezember weggezogen war. Historiker war er nur in zweiter Linie, man kannte ihn vor allem als Dichter und Dramatiker. Und für Sophie war er Freund und Förderer. Auch ihn würde sie vermissen. Zum Glück war der Weg nach Weimar nicht allzu weit. Sophie liebte es, mit ihm über Poetik und die Freiheit zu diskutieren. Mit Karl, Juraprofessor ohne Humor und Esprit, konnte sie das nicht.

Die Kutsche erreichte das Stadttor. Sophie fand die Straßen öde, die Fassaden der Häuser abweisend und das Haus, in dem sie mit Karl lebte, hohl und kalt. Mit dem Ende des letzten Jahres hatte nicht nur ein Jahrhundert sein Ende gefunden. Eine Welt war untergegangen. Gleich zu Beginn des neuen Jahrhunderts ihren kleinen Sohn verloren zu haben schmerzte viel mehr als jeder andere Verlust. Aber Kinder starben, das war normal. Jede Familie kannte das.

Beim Neujahrsball hatte Sophie ausgelassen getanzt. Sie hätte zu Hause bleiben sollen. Clemens gab Karl die Schuld. Aber hätte sie nicht bei dem kranken Kind bleiben müssen, anstatt sich mit Clemens und den anderen zu amüsieren?

Sophie und Gisela wurden herzlich empfangen. Jette, ihre ältere Schwester, freute sich und umarmte sie beide. Karl rieb sich vor Zufriedenheit immer wieder leise brummend die Hände. Das Hausmädchen und die Köchin hatten sich extra frische Schürzen umgebunden und strahlten.

Am nächsten Tag saß Sophie genau wie im letzten Jahr am Tisch zwischen Karl und Jette zusammen mit den Studenten und täglichen Mittagsgästen. Anders als im letzten Jahr jedoch sprach Sophie fast gar nicht und nur selten lächelte sie. Clemens, bezaubert vom Nimbus aus Trauer und Entsagung, der sie umgab, wandte seinen Blick keine Minute von ihr. In den

Augen des jungen Medizinstudenten schien ein dunkles Feuer zu brennen. Wenn Fritz dieses Leuchten in seinen Augen bemerkte, witzelte er: »Seht mal, er brennt, brennt an, wenn er nur nicht abbrennt.« Solche durchaus eine Spur boshaft gemeinten Spielereien mit seinem Familiennamen parierte Clemens meist geschickt und einfallsreich.

»Der junge Herr Brentano scheint in ein Traumbild versunken und wirkt gleich selbst wie eines«, flüsterte Jette Sophie zu, laut genug, dass es jeder am Tisch hörte. Sophie schaute Clemens an. Schwarze Locken umspielten seine helle Stirn und in seinem Schweigen kam er ihr wie die Statue eines griechischen Jünglings vor. Neben ihm saß Stefan. Er stieß Clemens an: »Steif wie ein Ölgötze sitzt du da. Sag mal was. Lernen wir nachher zusammen noch ein bisschen Physiologie?« Stefan studierte wie Clemens Medizin. Er dachte ans Examen, Clemens dagegen mied zum Ärger seiner Familie in Frankfurt den Anatomiesaal und besuchte kaum eine Vorlesung. »Physiologie?« Er verzog das Gesicht. »Poesie, mein Lieber, Poesie macht das Leben aus, nicht Physiologie.« Damit war das Stichwort gefallen. Mit Gesprächen über Dichtkunst und Romane verbrachten die Freunde ihre Zeit am liebsten. »Fritz behauptet, moderne Poesie muss alles umfassen und sich mit Philosophie und Rhetorik berühren«, meinte Stefan, »vielfältig und bunt soll ein Roman sein, ein großartiges Bild aus verschiedensten Teilen und allen Gattungen gemischt.« »Schade, dass er nicht hier ist«, sagte Sophie. Clemens' Augen erglühten wie zwei Kohlen in heißer Asche. Ob aus Eifersucht oder Überraschung, weil sie ihr Schweigen brach, konnte Sophie nicht deuten. »Schweifende Willkür, Verirrung im Labyrinth der Gefühle«, rief Clemens, »meinetwegen auch Philosophie, wie du behauptest. Das kann bestimmt nicht schaden. Aber ohne Ironie geht es gar nicht.« »Meinst du?«, fragte Stefan. »Ja. Ironie im Bewusstsein des unendlichen Chaos, Agilität im permanenten, allumfassenden Wandel.« Er breitete die Arme aus und stieß dabei an Stefans Schulter. Dieser zog skeptisch die Augenbrauen hoch: »Das hört sich nach einem größeren Programm an, oder ist das Ironie?« Jette lachte auf und Sophie musste lächeln. Sie erwähnte *Wilhelm Meister*, den langen Roman, über den sie schon längst gerne mit jemanden hier gesprochen hätte. Das Gespräch darüber ging nicht tief und irgendwie geriet man aufs Gebiet der Natur und auf Rousseau. »Bei diesem Rousseau muss man vorsichtig sein«, meinte Stefan, »einer, der behauptet, dass Frauen zu echter Begeisterung und hoher Kunst völlig unfähig sind, ist doch einfach nicht glaubwürdig. Ich finde, Fritz hat recht. Wie sagt er doch? Die griechischen Dichterinnen hätten Lesbos zum schönsten Garten der Musik gemacht, oder so ähnlich.« Sophie holte Luft und wollte dazu etwas sagen, doch Clemens rief unvermittelt dazwischen: »Das ist es. Genau so mach ich es, bunt und vielfältig, so wie ein Roman sein soll.« Im Begriff aufzuspringen warf er die Serviette neben den Teller, blieb aber sitzen, als er verdutzte Blicke von Stefan und Sophie auffing. »Du meinst, du schreibst einen Roman?« »Und was soll darin passieren, worüber willst du schreiben?« »Ja, das ist doch aber völlig klar. Ich schreibe einen Roman, wie er sein soll, über eine Frau, wie sie sein soll.« »Eine Frau, wie sie sein soll. Gibt es so ein Buch nicht schon?« »Nicht so, wie ich es machen werde.« Stefan mahnte ihn, sich lieber mit Anatomie oder Physiologie zu befassen und sich nicht in so ein großes Vorhaben zu stürzen. Sophie schloss für einen Moment die Augen. Was hatte Clemens vor? »Du redest wie meine Brüder«, rief er zornig, lenkte nach einem Blick auf Sophie aber sofort ein. »Ich weiß, du meinst es nur gut, Stefan. Aber verschone mich mit solchen Mahnungen.«

Wenn Sophie nach dem Essen keinen Spaziergang machte oder Bekannte besuchte, saß sie am liebsten in ihrem Zimmer an dem kleinen Schreibtisch oder dem Pianino. Hier, wo sie in Ruhe arbeiten und schreiben konnte, empfing sie ihren Besuch.

An den Fenstern des geräumigen Zimmers hingen lindgrüne Vorhänge, was die Augen angenehm erfrischte. Mit dem gleichen lindgrünen Stoff war auch das Sofa bespannt. Sie saß am Klavier und präludierte, wobei sie über die Tischrunde und ihren Mann nachdachte. Sie liebte ihn nicht und war nie in ihn verliebt gewesen. Es war ein Fehler, ihn zu heiraten, auch wenn es eine vernünftige Entscheidung gewesen sein mochte. Eine Entscheidung, die sie lange hinausgezögert hatte, bis sie letztlich doch einwilligte, damals vor sieben Jahren. Sophie durfte sich nicht länger weigern, diesen Freund von Friedrich zu heiraten, denn Friedrich hatte als Ältester die Verantwortung für die jüngeren Geschwister. Er trug alle Kosten. Und was sprach dagegen, einen Freund des Bruders zum Mann zu nehmen, noch dazu einen, der Sophie ein abwechslungsreiches Leben in Jena versprach? Karl kannte Schiller und hatte ihm ihre Gedichte gezeigt. Durch ihn hatte sie all die anderen dichtenden und diskutierenden Männer und Frauen dieser Stadt kennengelernt und durfte an den Tischrunden, Gartenfesten, Bällen und sommerlichen Ausflügen teilnehmen. Als Karls Frau konnte sie interessante Vorträge hören, zu Theateraufführungen gehen oder selber Theater spielen. Das Leben in Jena entschädigte sie dafür, nicht mehr frei zu sein und ihr geliebtes Altenburg verlassen zu haben. Es gab eine Bibliothek, botanische Sammlungen und Gärten und immer wieder Gespräche und Plaudereien. Auch als Ehefrau sah sie mit ihren blonden Locken und den weißen Kleidern, die sie nach der neuesten Mode trug, wie ein junges Mädchen aus. Karl war sichtlich stolz, sie eingefangen zu haben, und genoss den Neid der anderen Männer. Aus Vernunft hatte sie ihn geheiratet, so wie es üblich war, Gefühle waren dabei nebensächlich. Doch ohne Liebe fühlte sie sich in seinem Haus wie in einem Käfig, trotz aller Geselligkeit, und obwohl Karl ihr viel Zeit für die Arbeit am Schreibtisch ließ.

Vor vier Wochen hatte sie bei ihrer Schwester in Camburg

mit der Familie ihren dreißigsten Geburtstag gefeiert. Auch einige Freunde waren zum Feiern aus Jena gekommen, Stefan, Clemens und Fritz mit Thea, die ihren Sohn mitbrachte. Der Junge schloss sofort Freundschaft mit den Kindern von Sophies Schwester. An Geist und Redelust war Thea ihrem Geliebten völlig ebenbürtig, was fast unmöglich schien, denn Fritz steckte voller Ideen. Sophie mochte ihn, so wie auch den ruhigen Stefan, der sicher mal ein guter Arzt werden würde. Bei Clemens hielt sie das für weniger wahrscheinlich. Er schien ihr rätselhaft, leidenschaftlich, flatterhaft, manchmal auch ein wenig grüblerisch und düster. Er hatte bereits Verschiedenes studiert, probierte es in Jena nun mit Medizin, aber eigentlich wollte er dichten und das Leben als Kunstwerk gestalten. Er war zweiundzwanzig, Sohn einer reichen Familie, verwöhnt und phantasievoll. Er konnte über alles reden, hatte die unterschiedlichsten Einfälle, aber ihm fehlte es an Ausdauer und seine Stimmungen wechselten wie an einem Apriltag das Wetter. Langweilig war es mit ihm nie. Er sei wie ein Blütenzweig im Wind, hatte Sophie ihm einmal gesagt, voll schönster Ideen, doch hin und her getrieben ohne Ziel. Halt fand er in seiner Familie wie der Zweig am Stamm, aber gleichzeitig strebte er fort. Halt gab ihm auch der Mittagstisch bei Karl und Sophie, aber er scheute sich nicht, über den tapsigen Gastgeber zu spotten. Auch Fritz hielt sich mit Witzen auf Karls Kosten nicht zurück.

Manchmal sehnte Sophie sich nach Camburg zurück, wo sie weder ihren Mann sehen noch gehässige Bemerkungen über ihn hören musste. Bemerkte sie bei Tisch, dass wieder mal sein Ärmel in den Teller geriet oder Weintropfen auf seinem Hemd landeten, konnte sie immer weniger verstehen, dass sie seine Frau geworden war. Ihre Abneigung gegen seine ungeschickten Grobheiten wuchs, ohne dass sie daran etwas ändern konnte. Sollte sie mit Jette darüber reden? Ihre Schwester war ein Jahr älter als sie und äußerte ihre Meinungen unverblümt, wenn man sie fragte. Sie sah zwar nett aus, war aber keine vollendete Schönheit wie Sophie, und kleidete sich äußerst bescheiden. Nach ihr drehte sich niemand um, während Sophie, zierlich wie eine Figur aus Meissener Porzellan, kaum mit einem Mann allein in einem Zimmer sein konnte, ohne sich gegen Umarmungen wehren zu müssen.

Jette und Sophie hatten beide eine gute Ausbildung erhalten. Beide sprachen Französisch und Italienisch, spielten Klavier und hatten beim Singen eine angenehme Stimme. Sie fanden sich mit Leichtigkeit auf dem Globus in der Bibliothek und in Kartenwerken zurecht und beteiligten sich an philosophischen und politischen Gesprächen. Die Ereignisse in Frankreich hatten sie als junge Mädchen voller Spannung verfolgt. Noch immer redete Sophie über nichts so gerne wie über Freiheit und Gleichheit. Mit Jette stritt sie oft darüber, ob Freiheit für Frauen möglich war. Jette bezweifelte das. Hätte es nach der Revolution nicht die Terrorjahre gegeben, meinte sie, gäbe es nicht dort wie hier und überall das Bedürfnis nach strikter Ordnung, dann wäre eine größere Freiheit vielleicht auch für Frauen möglich. Aber eine Frau sei die Seele, die ein Mann in seinem Haus installiere, indem er sie heirate. Sonst nichts. Werde sie nicht geheiratet, sei sie höchstens geduldet. In Jettes Stimme lag weniger Spott als Bitterkeit, während sie das sagte.

Sophie saß mit ihrer Freundin Lotte und Jette bei geöffneten Fenstern in ihrem Zimmer. Durch die halb geschlossenen Vorhänge drang die Nachmittagssonne, und der Duft blühender Gärten erfüllte die Luft. Jette stickte, die Freundin blätterte im *Journal des Luxus und der Moden*. Das Hausmädchen brachte Kaffee und Sophie schenkte ein. »Falsch ist es natürlich nicht«, wandte Sophie sich an ihre Schwester, »was du über verheiratete Frauen sagst. Aber liegt das nicht vor allem daran, dass die meisten Ehen von den Familien arrangiert werden? Wenn statt Vernunft die Liebe zur Grundlage der Ehe wird, wenn freier Wille und Gefühl Mann und Frau zusammenbringen, dann wird die Ehefrau nicht willenlos und unfrei in den engsten Kreis gebannt. Sie könnte frei sein wie ihr Mann.«

Lotte, die Freundin, hörte auf zu blättern und sah Sophie abwartend an. Sophie redete weiter. »Ich gebe zu, dass es heute weniger als vor zehn oder fünfzehn Jahren so aussieht, dass ein freies Leben möglich ist. Für alle, und für Frauen erst recht. Zum Teil liegt es am Geld. Jede Frau sollte eigenes Geld haben. Das Wichtigste aber ist, das Leben zu lieben und für die Liebe zu leben, in festem Glauben an die Menschheit. Ohne Liebe ist alles nichts. Ohne sie ist man wie in Fesseln, rollt Steine bergauf wie Sisyphos. Freiheit und Liebe gehören zusammen, wie ein Paar Flügel. Mit Flügeln steigt die Lerche auf ins Blaue, dank seiner beiden Flügel zieht der Adler hoch in den Lüften seine Kreise.« Obwohl Jette sie belustigt ansah, ließ Sophie sich nicht irremachen. »Du glaubst nicht, dass Freiheit und Liebe zusammengehören? Vielleicht sind sie nicht wie ein Paar, sondern eher wie die beiden Seiten einer Münze oder eines Blattes. Beide gehören untrennbar zusammen, sind eins. Freiheit ohne Liebe gibt es nicht, und Liebe ohne Freiheit auch nicht.«

Sophie versuchte an den Gesichtern von Lotte und Jette abzulesen, ob sie verstanden, was sie meinte. Ihre Schwester lächelte unbestimmt, während Lotte verwundert schwieg. »Bei einem Blatt oder einer Münze«, wandte Jette ein, »liegt normalerweise eine Seite oben und die andere ist nicht zu sehen. Würde das nicht bedeuten, dass es entweder Freiheit gibt oder Liebe? Nimm deine Ehe als Beispiel. Du liebst Karl nicht, aber du hast ziemlich viele Freiheiten.« Sophie verzog das Gesicht und holte Luft. Wollte Jette sie absichtlich missverstehen? Ehe sie etwas sagen konnte, ergriff Lotte das Wort: »Oft gibt es zwischen Mann und Frau wohl auch weder Freiheit noch Liebe.«

Lotte war mit einem Grafen verheiratet, der ein großes Gut bei Eckernförde in Holstein besaß. Sie stammte aus der Nähe von Weimar und war einige Wochen vor der Geburt ihres zweiten Kindes zu ihrer Familie zurückgekehrt. Sie litt unter den Launen und groben Scherzen des Grafen und hasste das ungemütliche Gutshaus. »Freiheit oder gar Liebe fühle ich in dem kalten Gemäuer nicht ein bisschen«, klagte sie. In Weimar fühlte sie sich wohl und wollte erst im Herbst nach Norddeutschland zurückkehren. Sie jammerte über ihr Dasein als Ehefrau, nur selten bekam sie Besuch, die einzige Unterhaltung waren Fahrten nach Eckernförde, wo der Graf Bekannte hatte und man die großen Segelschiffe im Hafen sehen konnte. »Wenn man wie du mit einem Grafen verheiratet ist, mag es vorkommen, dass man sich langweilt«, sagte Sophie, »das Problem der meisten Frauen ist aber doch, dass sie wegen vielerlei häuslicher Pflichten nichts länger Andauerndes, was sie interessiert und belebt, anfangen und zu Ende bringen können. Immer muss etwas im Haus bedacht, besprochen, entschieden, getan werden. Auf ein fernes Ziel können sie nicht zustreben. Aber genau das, ein Punkt in der Ferne, ist es, was Menschen beflügelt, so dass sie sich frei fühlen. Die tausend kleinen Dinge des Alltags stören dabei. So leben die meisten ziellos und von Tag zu Tag.«

Sophie glaubte fest an eine Zukunft, in der jede Frau selber entscheiden würde, was getan werden musste und was reine Zeitverschwendung war. Es gab so viele Aufgaben, die einen von Wichtigerem abhielten. Noch konnten die meisten Frauen sich kein weitgestecktes Ziel setzen, aber Sophie wollte es für sich versuchen. Und in hoffentlich nicht allzu ferner Zukunft sollte das auch für alle anderen möglich sein. Mehr Menschen als je zuvor lasen Bücher, wer welche schrieb, ging mit der Zeit. Vieles konnten und durften Frauen nicht, aber schreiben war eine Möglichkeit, und so manche Frau nutzte sie, wenn auch unter falschem Namen. Sophie schrieb seit Jahren Gedichte, Geschichten und Aufsätze, in denen sie über Literatur und Gesellschaft nachdachte. Einen Roman hatte sie ebenfalls veröffentlicht, und immer unter ihrem wahren Namen. »Lotte, da fällt mir ein. Könntest du mir ein paar Gedichte überlassen?

Ich möchte eine kleine Anthologie herausgeben, vielleicht wird daraus sogar eine Reihe. Was meinst du?« Lotte schrieb gut und hatte auch schon einen Roman veröffentlicht, unter einem Pseudonym, so wie die Großmutter von Clemens vor dreißig Jahren, als wäre die Entwicklung seitdem nicht weitergegangen. »Du hast bestimmt etwas in der Schublade, das sich dafür eignet.« »Was für eine Textsammlung soll das denn werden?« »Am liebsten wären mir Texte nur von Frauen. Sie müssten ihren Namen nicht nennen, denn das tun sie ja nicht gerne. Mein Name als Herausgeberin des Ganzen wäre genug. Wie ist es, möchtest du etwas beisteuern?« »Ein reizvolles Vorhaben. Ich muss darüber nachdenken. Sicher bekommst du viele Gedichte und Texte von Personen zugeschickt, die schreiben und deine Meinung dazu wissen wollen.«

Das stimmte, aber das meiste war nicht so, dass Sophie es drucken lassen wollte. Einen Namen für die Anthologie wusste sie schon. *Kalathiskos* sollte sie heißen. Wie in einem Körbchen bis zum Rand gefüllt mit Früchten sollten darin verschiedenste Texte gesammelt werden.

Clemens stürzte sich in seinen Roman. Das Schreiben forderte seine ganze Aufmerksamkeit. Fürs Studium blieb ihm keine Zeit. Nur gelegentliche Ausflüge mit Sophie und den Freunden lockten ihn vom Schreibtisch fort. Auf die Ausflüge zu Fuß oder in offenen Leiterwagen nahm er seine Gitarre mit. Er sang gerne und die anderen stimmten ein, wenn sie den Text kannten.

Eines Tages überraschte er Sophie mit einer Erzählung. »Dies muss unbedingt in *Kalathiskos*.« »Aber das geht nicht. Da hinein kommen nur Texte von Frauen. Es wird später wahrscheinlich auch nur von Frauen gelesen.« Clemens lachte: »Was für eine Stoffsammlung ist das denn? Lies erst mal. Meine Geschichte ist gut.«

Er bedrängte sie und am Ende gab sie nach. Sie konnte ihm das nicht abschlagen, doch der Text musste umgeschrieben werden. Er wirkte viel zu zerfahren. Zusammen arbeiteten sie daran. Clemens feilte an jedem Satz, bis die Geschichte sich las wie mit leichter Hand beiläufig zu Papier gebracht. Die Stellen, wo es um Bedeutung und Kraft der Liebe ging, schrieb Sophie, und auch die Schilderungen von Himmel, Wolken, Pflanzen und Erde. Clemens' Idee, dass der Held der Geschichte in die weite Welt geschickt werden musste, war wie geschaffen dafür, über die Schönheit der Landschaft zu schreiben. Seine Ansicht, dass der Mensch unbedingt in die Welt hinausziehen und dauernd auf Reisen sein müsse, teilte sie jedoch nicht. »Doch hinaus muss er, er muss hinaus.« Clemens, der bei der letzten Durchsicht des Manuskripts neben Sophie am Schreibtisch in ihrem Zimmer saß, sprang auf und lief zum Fenster auf der anderen Seite des Raumes. »Geht's jetzt gleich hinaus?« Den Spott in Sophies Lächeln bemerkte er nicht. Er setzte sich wieder zu ihr und sie erklärte: »Mensch sein verlangt nicht, dauernd auf Reisen zu sein. Um in Bewegung zu bleiben, um sich als Mensch zu fühlen, ist es nur wichtig, tätig zu sein, sich eine Aufgabe zu suchen und sie zielstrebig zu erfüllen. Man kann auch im kleinen Kreis wirken, es muss nicht gleich der ganze Weltkreis sein.« Wieder drehte Clemens eine Runde durch den Raum. »Er muss hinaus in die Welt. Der Mann ist Kraft, die Männlichkeit muss in eine weit herumschweifende Begierde, die Weiblichkeit in eine drückende Sehnsucht verfallen. Die Frau ist Stoff. Beide vereinigt bilden die Menschheit.« Von der Tür erklang Lachen. Jette schaute ins Zimmer, die Hand noch auf der Klinke. »Ich wollte mal nachsehen, wer hier so laut herumtrampelt. Da scheint ja echter Kraftstoff zu entstehen. Kraft und Stoff, ach du lieber Himmel.« Lachend schloss sie die Tür wieder. Clemens machte eine Bewegung, als wollte er ihr etwas nachwerfen.

Als er am nächsten Tag kam, saß Sophie am Pianino und

spielte Variationen von Mozart, kurze fröhliche Stücke. »Ich bitte dich, du musst jetzt unbedingt zuhören«, sagte er, »hör auf mit dem Klavier.« Er hatte die ersten sechzig Seiten seines Romans fertig und kam, um sie Sophie vorzulesen. Sophie hob ihre Hände von den Tasten. »Ich schreibe das doch alles nur für dich. Tag und Nacht denke ich an dich.« Sophie stand auf und ging zum Sofa hinüber. Mit einem leisen Seufzen nahm sie Platz. Vielleicht ließ sich dieser Hitzkopf, dieses glühende Herz ein wenig abkühlen, wenn sie zuhörte. Doch bevor er anfing, versuchte sie ihm das Versprechen abzunehmen, dass er zukünftig beim Schreiben weniger an sie denken werde. »Ich kann dir nicht verbieten, an mich zu denken, aber wie wäre es, wenn du für ein paar Wochen oder Monate bei meinem Bruder in Altenburg wohnen würdest. Friedrich ist ein bekannter Arzt und Altenburg eine ansehnliche Stadt. In der Familie meines Bruders wirst du sicher herzlich aufgenommen und du kannst den Alltag eines Arztes kennenlernen. Das wäre nicht so trocken wie das Studium.« »Ich habe nichts davon, wenn ich den Alltag eines Arztes kennenlerne. Wenn ich von hier wegfahre, dann nach Italien. Willst du nicht mitkommen?« »Das geht nicht. Ich kann Gisela nicht mitnehmen. Und hier lassen kann ich sie auch nicht.« »Aber, … nach Italien …, Verona, Genua, Rom, egal. Jedenfalls auf die andere Seite der Alpen. Lockt dich denn das Leben in Orangen- und Zitronenhainen unter südlicher Sonne bei Menschen, die so sind wie wir, überhaupt nicht?« Sophie wollte wissen, was an den Menschen dort im Vergleich zu denen in Jena anders wäre. »Sie sind voller Temperament und Begeisterung. Sie verstehen zu leben, sind ohne Verstellung, herzlich ohne falsche Freundlichkeit, weniger grob.« »Wer ist denn hier falsch? Wenn du grob sagst, meinst du wohl meinen Mann.« Clemens beschrieb und imitierte Karl, indem er mit krummem Rücken und hängenden Armen durchs Zimmer trottete und an Möbel stieß, über seine eigenen Füße stolperte und sich absichtlich so auf die Kante eines Stuhles setzte, dass er auf den Boden plumpste. Sophie gab sich keine Mühe, das Lachen zu unterdrücken. Clemens stand wieder auf, ging breitbeinig mit Monsterschritten durch den Raum, ruderte mit den Armen und griff sich schließlich etwas Unsichtbares aus der Luft, schüttelte es, ließ es los, schüttelte es wieder. Plötzlich begriff Sophie, dass das Unsichtbare der kleine Gustav sein musste. Sophie durchfuhr ein eisiger Blitz. »Das geht zu weit. Gib Karl nicht die Schuld an Gustavs Tod. Hör sofort auf. Sofort.« Wie konnte er das wagen? Sie stritten. Clemens rannte schließlich wütend davon, erschien aber am nächsten Tag wieder zum Mittagstisch.

Sophie sprach beim Essen von Schiller und seinem neuesten Drama. Sie überlegte, nach Weimar zu fahren, wo es zum ersten Mal aufgeführt werden sollte. Sie kannte Teile des Textes und hatte mit ihm darüber geredet, als er daran arbeitete. »Die Jagemann spielt die Elisabeth. Ich will sie unbedingt sehen, schon weil sie sich anfangs so sehr dagegen gesträubt hat. Schiller musste sie lange überreden.« »So, musste er das?«, brummte Karl. Er lehnte eine Fahrt nach Weimar ab. Bloß wegen eines Dramas um eine Königin, die am Ende geköpft wurde, wollte er nicht die halbe Nacht durch die Gegend kutschieren. »Du solltest es ebenfalls nicht wollen. Diese nächtlichen Kutschfahrten sind …«, er wusste nicht weiter. Er war einfach dagegen, ein gutes Argument fiel ihm aber nicht ein. »Bedenke doch, es ist Juni und die Nächte mild«, sagte Sophie, »gegen eine Fahrt durch die Nacht ist nichts einzuwenden. Zumal es ja auch nicht sehr weit ist. Wenn Schnee läge, würde ich dir recht geben, Karl, aber es ist Sommer. Nächste Woche haben wir den längsten Tag im Jahr. Schon kurz nach vier wird es hell. Lass mich diese Aufführung besuchen«, bat Sophie. Stefan und Clemens schauten auf ihre Teller, und versuchten so zu tun, als seien sie gar nicht anwesend. »Du fährst nicht. Du willst dich bloß wieder mit irgendeinem heimlichen Liebhaber vergnügen.«

Sophie entgegnete so freundlich und sanft wie nur möglich:

»Ich möchte mir dieses Stück ansehen und würde mich freuen, wenn du mich begleitest. Eine Bekannte kommt auch mit. Wenn du wirklich nicht mitkommen willst, werde ich mir jemand anderen zu meiner Begleitung suchen müssen. Clemens wird gerne mitkommen und uns beschützen.« Sie sah in die Runde. »Oder Stefan. Oder vielleicht haben Fritz und Thea Lust mitzufahren.« »Ich will, dass du hier bleibst«, grollte Karl. Sie stritten weiter, doch Sophie ließ sich nicht von ihrem Vorhaben abbringen.

Clemens und Stefan saßen wortlos dabei und warteten ab, wie der Streit ausgehen würde. Hin und wieder lächelte Clemens Sophie aufmunternd zu oder nickte bekräftigend zu ihren Worten. Er würde sie begleiten, wenn er durfte. Egal ob ihm das Stück gefiel oder nicht, die Fahrt würde ihm gefallen, eine ganze Nacht mit Sophie – wenn auch nur eine kurze Nacht und nicht allein.

Drei Tage nach der Theateraufführung saß Sophie über den Papieren, die sie für den ersten Band von *Kalathiskos* ordnete, als das Hausmädchen den Besuch von Fritz meldete, der auch sofort ins Zimmer trat. Er musste dem Mädchen gefolgt sein, ohne abzuwarten, ob Sophie ihn empfangen wollte. Sophie begrüßte ihn – freundlich, obwohl sie eigentlich niemanden sehen, sondern arbeiten wollte.

Fritz lebte noch nicht lange in Jena. Im Haus seines Bruders, wo man sich in einem Salon traf, der die Ausmaße eines Saales hatte, wohnte Fritz in einer Mansarde, seine Freundin Thea im Parterre. Sie war mit ihm aus Berlin gekommen, eine geschiedene Frau, die ihren jüngsten Sohn bei sich hatte. Ganz Jena tuschelte darüber. Dass es Scheidungen in Frankreich gab, wusste man. Besonders viele in den letzten zehn Jahren. Aber in keinem der sächsischen Länder war auch nur ein einziger Fall bekannt. Mit Verwunderung nahm man zur Kenntnis, dass es in Berlin, woher Thea kam, offenbar möglich war.

Fritz fragte gar nicht erst, wie Sophie das Drama in Weimar gefallen habe. Er hatte das Stück zwar noch nicht gesehen, dafür aber eine klare Meinung. Alles von Schiller fand er urkomisch, egal wie ernst der Inhalt und wie kraftvoll die Sprache war. »Über diesen Enthusiasmus kann man nur lachen, diese Leidenschaft ist nicht auszuhalten:

Ruhmvolle Königin! Du krönest heut
Die heißen Wünsche deines Volks. Nun erst
Erfreun wir uns der segenvollen Tage,
Die du uns schenkst, da wir nicht zitternd mehr
In eine stürmevolle Zukunft schauen.«

Er klappte das Büchlein zu, aus dem er deklamiert hatte, und hielt es wie ein Trophäe hoch. Mit getragener Stimme und unterdrücktem Lachen setzte er fort:

»Rum-voller Dichterling du tönest laut
von heißen Würstchen deines Jahrmarktstandes
und schwelgst uns vor von wunderbarer Größe
des Glases voll mit Lebenselixier
zum Rausch an arg verzagten Zittertagen.«

Obwohl Sophie das Drama gefallen hatte, brach sie in Lachen aus. Fritz fuhr fort mit Szenen, die Schiller geschrieben haben könnte, aber wandte alles ins Komische. »Du bist ungerecht, das Schicksal der Königin und die Sprache im Drama sind doch eigentlich ergreifend«, rief Sophie atemlos vor Lachen. Sie verteidigte Schiller, doch Fritz fand: »Er wird maßlos überschätzt.«

Das Mädchen meldete Clemens. »Lassen wir ihn rein«, rief Fritz übermütig, »dann höre ich vielleicht, was er von diesem großartigen Königinnen-Drama hält. Er war doch mit von der Partie?« Lauernd beobachtete er Sophies Gesicht. »Ja«, sagte sie. Was dachte Fritz sich eigentlich? Wahrscheinlich dasselbe, was Karl befürchtete. Sollten sie denken, was sie wollten. In der Kutsche war nichts geschehen, was die Bekannte, die Clemens und Sophie gegenübersaß, hätte erröten lassen müssen.

Clemens kam herein und Fritz begrüßte ihn, indem er ihm seine Hand auf die Schulter legte und ihn hinderte, auf Sophie zuzugehen. »Ich beneide dich um die Fahrt nach Weimar, mein Lieber, und vor allem um die Fahrt zurück, mit aufgewühlten Gefühlen, erschüttert vom königlichen Schicksal, rhythmisch gewiegt und gerüttelt im Wagen durch die Nacht.« Dabei richtete Fritz einen betont schmelzendem Blick auf Sophie. Sophie ärgerte sich über ihn und erwähnte kühl, dass ihre Bekannte mitgefahren sei. »Vielleicht hast du Lust, sie ebenfalls nach ihrer Meinung zum königlichen Schicksal zu fragen. Ich denke, sie kommt heute noch. Gegen Abend.« »Sogar mit zwei Frauen war unser Clemens nachts allein in der Kutsche. Unter diesen Umständen hätte mir dieses Schiller-Drama auch gefallen. Nicht wahr, es war ein Erlebnis?« Mit einem auffordernden Klaps auf Clemens' Schulter wartete er auf eine Antwort. Die fiel so schlagfertig aus, dass Fritz es vorzog, sich zu verabschieden. Er verbeugte sich gespielt galant und schritt zur Tür, nicht ohne in Aussicht zu stellen, Sophie bald wieder zu besuchen. »Ein amüsanter Mensch«, sagte Sophie. »Ja, mag sein. Jedenfalls einer mit einer klaren Meinung, das ist immerhin was wert. Nicht jeder hat so was.« Sophie schob die Papierbögen auf ihrem Schreibtisch zusammen. Hatte sie bei der Ankündigung von Fritz noch gedacht, bald wieder an die Arbeit gehen zu können, wusste sie, da Clemens gekommen war, dass sie heute nicht mehr zum Arbeiten kommen würde. Clemens brannte darauf, ihr von seinem Roman zu erzählen. Inzwischen hatte er Hunderte von Seiten geschrieben, aber ein Ende war noch nicht abzusehen. »Weißt du, was mir am besten dabei gefällt?«, fragte er. Ohne ihre Antwort abzuwarten, begann er mit Erklärungen, warum er den Roman überhaupt schreibe. Er schaffe sich damit eine Welt ganz nach seinem Geschmack. »Und ich erfinde eine Frau, wie sie sein soll.« »Ich weiß, das war dein Plan.« »Sie ist dir ganz ähnlich.« Überrascht fragte Sophie, ob sie denn eine Frau sei, wie sie sein solle. »Du bist schön, voller Leben, dabei zart wie eine Elfe. Stark und sanft bist du, und du kannst lustig sein, auch wenn du mir fast noch besser gefällst, wenn du melancholisch bist, in diesem geheimnisvollen Leiden an der Welt seit Gustavs Tod.« Sophie ging zum Fenster und sah hinaus. Was redete er bloß? »Leider bist du natürlich doch nicht ganz die Frau, wie sie sein soll. Darum muss ich diese Frau im Roman entstehen lassen.« Sophie drehte sich wieder zu Clemens um und wollte wissen, woran es ihr denn seiner Ansicht nach fehle. Er dachte einen Moment nach. »Du bist nicht fürsorglich zum Beispiel, du opferst dich nicht auf. Du trauerst, das ist wahr, um Gustav, und du hast, ich schwöre es bei Maria, keine Schuld daran, dass er gestorben ist. Du bist liebevoll, ich kenne keine Frau, die so voller Liebe ist, aber du bist zu frei, flatterst herum wie ein Schmetterling oder Vogel. Du bleibst nie, wo du bist, keiner kann dich fassen und halten.« Sophie bereute, ihn gefragt zu haben. »Ich werde deinen Roman lesen, wenn er fertig ist. Vielleicht gelingt es mir, nicht fortzuflattern, ehe ich mich in deinem Roman wiedergefunden habe.« »Ganz sicher wirst du dich darin wiederfinden. Ich verwende Sätze aus Briefen, die du mir geschrieben hast. Ich will ein Gewebe herstellen, das ganz mit dir verflochten ist.«

Sophie und Jette fuhren nach Weimar, um Bekannte zu treffen. Sie schauten kurz bei Lotte vorbei, die sich nach der Geburt des zweiten Sohnes noch zu schwach fühlte, um auszugehen. Obwohl Weimar eine Residenzstadt war, wirkte es ländlicher als Jena. Es gab mehr Ackerbürger und die Häuser waren niedriger. Außer Pferdeställen gab es welche für Schweine und Kühe. Die meisten Straßen waren nicht gepflastert. Nah am

Fluss lag die große Baustelle, wo das Schloss neu entstand. Vor über zwanzig Jahren war es abgebrannt, doch sollte es jetzt bald fertig sein, in ein oder zwei Jahren.

Lotte erzählte, das Clemens sie vor kurzem besucht und dabei eine Vorführung gegeben habe, über die sie jetzt noch lachen müsse. Als er auf dem Teppich in ihrem Zimmer hin und her ging, habe er plötzlich bemerkt, dass in den floralen Schlingen und Schnörkeln des Teppichmusters Vögel, Gazellen, Füchse und andere Tiere versteckt waren. »Stellt euch vor. Er fiel auf die Knie und begann sich bei den kleinen Kreaturen dafür zu entschuldigen, dass er auf sie getreten sei. Je mehr mich das amüsierte, umso eindringlicher wurde sein Flehen, die Tierchen möchten ihm verzeihen.« Jette verzog das Gesicht. Sie hatte keinen Sinn für solch einen verstiegenen Humor. Sophie lächelte belustigt. »Du musst ihn verstehen. Er liebt solche Kindereien. Er kann unmöglich schon jetzt so ernst und gesetzt sein, wie er es in zwanzig Jahren, wenn er erst Arzt ist, sein wird.« Lotte nickte zustimmend. »Er ist so jung, da kann sich noch viel ändern.« »Manche Leute bleiben versponnene Kindsköpfe, und wenn sie fünfzig Jahre alt werden«, murmelte Jette und meinte, sie kenne Clemens nicht gut genug, um ihn richtig einzuschätzen. »Man weiß nie, welcher verrückte Einfall ihm als Nächstes kommt.« Sophie verteidigte ihn. »Du hättest ruhig mit uns ins Theater fahren können.« »Lieber nicht. Außerdem muss ich sparen. Als arme Verwandte habe ich kein Geld für unnötige Kutschfahrten übrig.« Sophie schwieg dazu. Sie unterstützte ihre Schwester mit dem, was sie durch ihre Bücher und Beiträge in Zeitschriften verdiente. Vor zwei, drei Jahren hatte Schiller ihr vorgerechnet, wie viel sie mit Schreiben verdienen könnte. Für Übersetzungen gab es fünf bis zehn Taler pro Druckbogen, für selbstverfasste Texte doppelt so viel, wenn man Glück hatte.

Karl billigte es, dass Jette in seinem Haus wohnte und versorgt wurde. Friedrich, der große Bruder in Altenburg, kam für alles auf, was sie an Kleidung brauchte. Jette lebte sparsam und machte sich nützlich. Ihr einziges Vergnügen waren englische und französische Romane. Obwohl sie gern ins Theater ging und Konzerte besuchte, fand sie es in ihrer Lage angemessen, darauf zu verzichten, vor allem, wenn auch noch Kutschfahrten dazu nötig waren. Zum Glück gab es in Jena einen Theaterkreis, der Stücke einübte und aufführte. Auch Sophie und Jette gehörten diesem Kreis an, waren seit Gustavs Tod aber nicht mehr dabei. »Wir sollten uns diesem Kreis wieder anschließen«, schlug Sophie vor, »es ist immer befreiend, wenn man in eine andere Rolle schlüpft und für eine Weile eine ganz andere Person ist, sich verhalten und sagen darf, was man sonst nie sagen würde.«

Obwohl sie selber spielte, hatte sie noch nie ein Stück für die Bühne geschrieben. Gedichte und Aufsätze, in denen sie ihren Gedanken nachhängen konnte, lagen ihr mehr. Auch in ihre Erzählungen flocht sie viel Nachdenkliches ein. Dialoge lagen ihr weniger, und darum war ihr wohl auch nie der Gedanke gekommen, ein Stück für die Bühne zu verfassen.

Lotte fragte Sophie, ob die Arbeiten an *Kalathiskos* vorankämen. »So etwas ist doch eigentlich eine große Aufgabe. Und noch dazu für eine Frau. Als Herausgeberin kannst du dich doch kaum mit einem Pseudonym schützen. Ich bewundere deinen Mut.« »Ich verheimliche meinen Namen nicht. Eine muss es wagen, damit andere es nicht müssen, wenn sie nicht wollen. Mein Name steht vorne im Einband und alles kann namenlos in meinen Fruchtkorb gelegt werden.« »Ist es nicht eigenartig«, bemerkte Jette, »Frauen treten als Schauspielerinnen und Sängerinnen öffentlich in Erscheinung. Malerinnen signieren ihre Bilder. Nur wenn Frauen schreiben, verstecken sie sich hinter einer Maske.« »Ja, nicht jede ist wie Thea und sagt frei heraus die eigenwilligsten Dinge.« »Stimmt, sie ist ein wenig eigen«, sagte Lotte, »ohne ihre Schwägerin, die sie freundlich aufgenommen und in die Gesellschaft eingeführt hat, wäre sie sicher eine Außenseiterin geblieben.« »Aber sie passt gut zu Fritz«, meinte Jette, »er ist ja sehr spitzzüngig. Leider ist man darüber nicht immer glücklich.«

Im Sommer spazierten Sophie und die Freunde nachmittags gern außerhalb der Stadtmauern am Fluss entlang. Von Karls Haus, das nahe bei einem der Stadttore lag, kam man schnell ins Grüne. Clemens nahm meist seine Gitarre mit. Er spielte und die anderen sangen. An besonders warmen Tagen saßen sie beim Picknick bis in die Nacht zusammen unter einem großen Baum oder lagerten unter dem freien Sternenhimmel.

Bei schlechtem Wetter blieb man nach dem Essen noch ein wenig in Sophies Zimmer zusammen, las sich gegenseitig etwas vor oder musizierte. Als an einem regnerischen Nachmittag außer Clemens schon alle gegangen waren und er nur für Sophie ein paar Melodien auf seiner Gitarre spielte, legte er das Instrument plötzlich aus der Hand: »Ach, es ist alles nichts.« Das Studium gefiel ihm nicht, die Freunde passten ihm nicht, Sophie war nicht, wie sie sein sollte, am meisten ging ihm sein Roman auf die Nerven. Er hatte begonnen, den Text sauber abzuschreiben, damit er das Manuskript gut leserlich an einen Verlag schicken konnte. Ein Ende hatte er noch nicht, aber das würde sich finden. »Er ist verwildert, dieser Roman. Fritz liegt falsch, wenn er meint, das ganze Chaos der Welt müsste irgendwie hinein, auch formal. Schweifende Willkür, nie wieder. Ich will das nicht alles noch mal abschreiben, bloß damit irgendein Verleger es leichter hat. Das hat mit Dichten und Phantasie nichts zu tun.«

Er war reizbar und begann leicht Streit, manchmal auch mit Sophie. Über Stefan ärgerte er sich, weil der nichts als sein Examen im Kopf hatte. Clemens überlegte hingegen, sein Studium ganz abzubrechen. Mit Stefan konnte er nichts mehr anfangen. Sophie warf er vor, dass sie zu wenig Anteil an ihm nehme. Umgekehrt warf Sophie ihm vor, er fordere von anderen stets zu viel und von sich selbst zu wenig. Sie fragte ihn, warum er sein Studium nicht wie Stefan zu Ende bringen wolle und ob er vielleicht einfach jede Verantwortung scheue. »Kann ich mir Verantwortung anmaßen, in dieser Welt, unvollkommen wie sie ist? Nur poetisch lässt sich eine vollkommene Welt denken und entwerfen. Die Wirklichkeit ist Stümperei. Doch was sind die Ursachen für all das Unvollkommene, Mangelhafte, Krankhafte? Ich will es wissen. Ich werde Philosophie studieren. Philosophie ist der Schlüssel zu allem. Was soll ich mit Medizin? Damit kuriert man nur an Symptomen herum.« Sophie bezweifelte, ob er wirklich meinte, was er sagte. Daraufhin warf er ihr vor, sie wolle ihn einfach nicht verstehen. »Du redest wie meine Brüder. Aber was soll ich machen in dieser Welt, die keiner versteht. Ich kann doch nicht einfach drauflosarbeiten, ohne zu wissen, was wichtig ist und wie alles zusammenhängt.« »Du machst es dir zu schwer, du irrst herum. Such dir doch einen Halt, einen Beruf. Mach weiter und werde Arzt wie Stefan.« »Du kannst mein Halt sein. Aber nur, wenn ich dich ganz für mich habe. Trenn dich von deinem Mann. Deine Ehe … Jeder sieht, wie sie dich bedrückt, und ich fühle mich beinahe selber niedergedrückt, wenn ich dich mit ihm sehe, diesem Tanzbären. Karl passt nicht zu dir. Sophie, willst du nicht endlich einsehen, dass wir füreinander gemacht sind, du für mich?« Sophie seufzte. Was sollte sie tun? Clemens hatte nicht ganz unrecht, aber recht schien ihr, was er wollte, auch nicht.

Clemens zog ein kleines Bild aus der Brusttasche. Die Miniatur zeigte einen Frauenkopf. Das Gesicht sah Sophie ähnlich. »Wer ist das?«, fragte sie. »Verwahre es für mich. Bei dir ist es am besten aufgehoben«, bat Clemens, »es ist das Bild meiner Mutter.« Sophie wusste, dass Clemens' Mutter schon vor Jahren gestorben war, und ahnte, welchen Wert das kleine Bild für ihn haben musste. Er nahm Sophies Hand und legte die Miniatur hinein. »Du darfst sie nie verlieren«, beschwor er Sophie, »du gleichst ihr.«

Wenn er in den nächsten Tagen vorbeikam, fragte er jedes Mal, ob die Miniatur auch sicher aufgehoben sei.

Immer wieder drängte er Sophie, Karl zu verlassen. Doch obwohl das Leben mit Karl trostlos war, wollte sie nichts davon hören, und bat Clemens, sie in Ruhe zu lassen. Genau das werde er tun, schrie er schließlich wütend. Am nächsten Tag stieg er in die Kutsche und reiste nach Göttingen ab. Jena, Sophie, die Medizin – alles wollte er abschütteln. Seinen Roman jedoch nahm er mit. Ein brauchbares Ende würde ihm, wenn sich alles um ihn herum verändert und erneuert hätte, sicher einfallen.

Sophie war froh, nicht mehr jeden Tag hören zu müssen, wie grob und tölpelhaft ihr Mann sei und dass sie unmöglich bei ihm bleiben könne. Doch nicht nur Clemens, auch andere warfen Karl abschätzige Blicke nach oder machten eine spöttische Miene, wenn sie seinen Namen erwähnten. »Gefesselt an einen Rohling«, hörte Sophie bei einem Gartenfest tuscheln. Karl, ein Klotz ohne jeden Schliff und Glanz. Sah man ihn so? Sophie verlor immer mehr die Lust daran, neben ihm zu leben. Bei leichter Konversation in geselliger Runde brachte er nur Übellauniges hervor, nicht anders als bei ernsthaften Gesprächen über Themen der Zeit und darüber, wie es in Europa weitergehen würde. Niemand interessierte sich für das, was er sagte, keiner hatte Lust, sich mit ihm auf ein Gespräch einzulassen. Oft kam es zu Streit, so dass Sophie beschloss, wieder nach Camburg zu ihrer Schwester zu ziehen. Gisela freute sich. Die Streitereien zwischen den Eltern verstörten sie, mehr noch aber sehnte sie sich nach den Cousins und Cousinen. Bis Weihnachten, beschloss Sophie, wollte sie in Camburg bleiben, vielleicht auch etwas länger. Allerdings war Camburg eher ein Dorf als eine Stadt und gesellschaftliches Leben gab es so gut wie gar nicht, höchstens ein bisschen Hausmusik.

## *Camburg*

Im Haus ihrer Schwester bezog Sophie mit Gisela ein geräumiges Zimmer, in dem sogar ein kleines Klavier stand, wie zu Hause in Jena. Die Bäume im Garten färbten sich herbstlich. Überall im Haus roch es nach den Äpfeln, die in der Küche und im Keller lagerten. Im Garten blühten Astern und Dahlien, die letzten Rosen trotzten dem kälter werdenden Wind.

Wie schon im vergangenen Winter kamen immer wieder Freunde aus Weimar und Jena zu Besuch. Manchmal kam auch Karl, der nicht müde wurde zu beteuern, dass er Sophie jede Freiheit lassen werde, wenn sie nur wieder zurückkäme. Sie dürfe schreiben und veröffentlichen, so viel sie wolle. Im Haus müsse sie gar nichts tun, er werde ein weiteres Hausmädchen anstellen. Aber Sophie wollte, zumindest vorerst, bei ihrer Schwester bleiben. Sie erklärte Karl, Gisela habe hier mehr Spielkameraden als in Jena, und da sie nun drei Jahre alt sei, brauche sie andere Kinder um sich. Außerdem sei das ländliche Leben in Camburg für Gisela auch viel passender.

Von den Freunden, die zu Besuch kamen, suchte vor allem Fritz jede Gelegenheit, mit Sophie allein zu sein. Bei den Mahlzeiten, wenn die ganze Familie am Tisch saß, sprach er von der Liebe. Sophies Schwester, der Schwager und eine Verwandte, die bei ihnen lebte und noch ganz im Stil der alten Zeit gekleidet war, wechselten besorgte Blicke. Fritz meinte es philosophisch. Die Liebe stelle prinzipiell den Zusammenhang alles Seienden her. Bei seinen Ausführungen versuchte er Sophie mit Blicken zu fesseln, denen zu entwischen ihr nicht recht gelang.

Er überredete sie zu langen Spaziergängen, was ihn keinerlei Mühe kostete, weil Sophie die Natur liebte. »Wir sollten uns Pferde nehmen«, schlug er bei einem dieser Spaziergänge vor, »da sieht man noch viel mehr vom Land.« Vor ihrer Heirat war Sophie viel ausgeritten. Sie sehnte sich danach, wieder über die Wiesen zu galoppieren.

Beim nächsten Besuch führte Fritz als Handpferd einen schönen Fuchs mit. »Für dich«, sagte er. Sophie bewunderte das Pferd, saß schließlich auf und ritt los, als hätte sie erst gestern im Sattel gesessen. Zusammen durchstreiften sie die Gegend und galoppierten bei Wind und Sonnenschein über die abgeernteten Felder. Fritz steckte Sophie mit seinem Übermut an. Bei einer Rast saßen sie nah beieinander unter einem Baum, an dessen Stamm sie die Pferde gebunden hatten. Fritz überraschte Sophie mit der Frage, warum sie sich nicht scheiden lasse. »Alle Welt scheint nichts anderes von mir zu wollen, als dass ich meinen Mann verlasse.« »Alle wollen nur dein Bestes.« Die fast kahlen Äste, zu denen Sophie hinaufsah, ragten in den blauen Himmel. Einzelne Wolken zogen vorbei und veränderten dabei ständig ihre Form. Eine sah aus wie ein Pferdekopf, wurde länger und verwandelte sich langsam in ein Krokodil. »Dein Mann ist es doch nicht wert, dass du bei ihm bleibst. Das weißt du selbst«, flüsterte Fritz. Er rückte näher, umarmte sie und küsste ihr Kinn. Sophie hielt sich an seiner Schulter fest, als sie zusammen nach hinten sanken. Das Laub um sie herum raschelte. Sie suchten sich. »Du bist wundervoll, viel zu schade für deinen Mann. Mach es wie Thea.«

Sophies Schwester wunderte sich, wie oft Sophie neuerdings Besuch von Fritz bekam und warum sich der junge, hübsche Mann mit den dunklen Locken nicht mehr blicken ließ. Die Familie saß beim Essen, Sophie, ihre Schwester mit Mann und Kindern, die Verwandte, deren altmodisches Spitzenhäubchen fortwährend zitterte, weil sie den Kopf nicht mehr ruhig halten konnte, ein befreundetes Ehepaar und Fritz. »Du meinst wahrscheinlich Clemens. Der ist in Göttingen«, erklärte Sophie ihrer Schwester. Fritz beschäftigte sich intensiv mit dem Stück Fleisch auf seinem Teller. Sophies Schwester fragte weiter, wunderte sich, dass Clemens kein Examen machen wollte, fragte, wie es ihm in Göttingen gefalle. »Das weiß ich leider nicht«, sagte Sophie. »Ja, hat er denn noch nicht geschrieben? Wie sonderbar«, meinte der Schwager. Fritz sah noch immer unverwandt auf seinen Teller. Schließlich hob er den Kopf: »Mir fällt gerade ein, er hat mir einen Brief an dich gegeben, Sophie, damals bei seiner Abreise aus Jena. Ich hatte es völlig vergessen. Natürlich habe ich ihn jetzt nicht bei mir. Das nächste Mal, wenn ich komme, gebe ich ihn dir ganz bestimmt. Es wird sicher nichts Wichtiges drinstehen.« Die Sache schien ihm peinlich, und damit sie sofort wieder in den Hintergrund geriet, begann er über Poetologie zu reden. »Der Geist der Liebe muss in der Poesie überall schweben.« »Wie? Das verstehe ich nicht«, krächzte die alte Verwandte. »So geht es mir auch«, befand der Schwager, und Sophies Schwester schloss sich an.

Am nächsten Tag reiste Fritz ab. Zwei Wochen später kam Jette, begleitet von Stefan. Er hatte sein Examen bestanden. Sophie freute sich über Jettes Besuch und gratulierte Stefan. Beim Begrüßungstee im Wohnzimmer erzählte Jette den neuesten Tratsch aus Jena, und dass der Geheimrat aus Weimar nach Göttingen gereist sei. Stefan wusste mehr darüber. »Die Studenten haben ihn mit einem Fackelzug gefeiert. Das hatte man ihnen vorher eigentlich verboten, aber sie haben sich nicht dran gehalten.« »Woher weißt du das«, fragte Sophie. »Clemens hat mir geschrieben. Er hat bei diesem Fest jemanden kennengelernt.« »Ach, ja«, meinte Sophie, »wen denn?« »Arnim, heißt er, von sogar, Carl Joachim Friedrich Ludwig von Arnim. Clemens hält ihn für einen großen Dichter, obwohl er eigentlich Physik studiert. Er hat ein paar wissenschaftliche Aufsätze veröffentlicht.« »Wieso hält Clemens ihn dann für einen Dichter?« »Ich weiß es nicht. Clemens schwärmt jedenfalls von ihm. Trotzdem bittet er nicht seinen neuen Freund, sondern mich, seinen verwilderten Roman fertigzuschreiben. Ich hätte ja jetzt Zeit. Er hat einfach keine Geduld. Das Abschreiben ist ihm zu viel, die ganze wilde Geschichte interessiert ihn nicht mehr. Für den Schluss fehlt ihm noch immer eine Idee, ich soll mir was einfallen lassen. Einen Verlag hat er anscheinend, aber keine Zeit.«

Stefan und Jette blieben zwei Tage. Als sie wieder abreisten, gestand Stefan, Sophies Gegenwart habe ihn so angeregt und inspiriert, dass es ihm ein Leichtes sein werde, das Romankapitel für Clemens zu schreiben. »Du verwandelst jeden, der zu dir kommt, in einen Dichter.«

Trotz all der Besuche blieb Sophie viel Zeit zum Arbeiten. In dem kinderreichen Haus fand sich für Gisela immer ein Spielgefährte. Es fehlte nicht an Hausmädchen, die nach den Kindern sahen, und Sophies Schwester war eine tüchtige Hausfrau, die nicht zuließ, dass Sophie ihr half.

Ab und zu kam Karl zu kurzen Besuchen. Sophie freute sich eher, wenn er Camburg wieder verließ, als über seine Ankunft.

Im Dezember waren Stefan und Fritz gemeinsam da. Je dunkler und länger die Abende wurden, umso mehr spürte Sophie, wie sehr ihr die Gesellschaftsabende, die Konzerte und das Theater fehlten. Sollte sie doch nach Jena zurückkehren? Stefan drückte Sophie herzlich die Hand zur Begrüßung. Fritz führte ihre Hand an seine Lippen. Sophie amüsierte sich über dieses Kavaliersgehabe, das so gar nicht zu ihm passte.

Die beiden Freunde stiegen die Treppe hinauf, um sich oben in dem Zimmer, in das der Hausknecht die Reisetaschen brachte, frisch zu machen. Das Zimmer lag unterm Dach, direkt über dem von Sophie, die unten im Wohnzimmer auf die Freunde zu warten beschloss. Sie setzte sich auf einen der Lehnstühle am Fenster und wechselte ein paar Worte mit der alten Verwandten, die auf dem Sofa unter einem Landschaftsbild saß und strickte. Das Bild über ihrer Spitzenhaube zeigte eine griechische Tempelruine mit vielen Säulen.

Stefan kam als Erster wieder herunter. Als er das Zimmer betrat, begrüßte er die alte Dame mit einer Verbeugung und erzählte, dieser Besuch sei ein Abschied. Er werde mit Beginn des Jahres Arzt in Göttingen. Fritz kam und meinte, Stefan werde bestimmt ein guter Arzt. »Wir können froh sein, dass nicht jeder dieses Ziel ernstlich anstrebt.« Sophie fragte, wie er das meine. »Nun, unser Clemens hat glücklicherweise rechtzeitig aufgegeben. So bleiben wir doch wenigstens vor einem unsteten Träumer bewahrt, wenn wir mal krank sind. In seine Hände würde ich mich nicht begeben. Bei Stefan ist das ganz was anderes, nicht wahr, mein Lieber.« Er klopfte Stefan vertraulich auf die Schulter und schien gereizt. Später beim Essen produzierte er ständig spitze Bemerkungen von manchmal unangenehmer Schärfe. Man lachte zwar, aber jeder war froh, wenn die Spitzen einen anderen trafen, nicht einen selbst. Stefan bekam viel ab, blieb aber freundlich, so als könnte ihn nichts verletzen. Er schien vollkommen damit zufrieden, Sophie anzusehen und mit ihr an einem Tisch zu sitzen.

Beim Frühstück am nächsten Morgen redete Fritz von Ausflügen zu Pferd und Bäumen, unter denen das Laub wie ein dicker Teppich liege.

Am Abend, als alle im Wohnzimmer zusammensaßen und Glühwein tranken, auch der Kachelofen war gut geheizt, begann Fritz wieder einmal über die Liebe zu philosophieren. Ohne sie gebe es kein Theater, keine Literatur. »Was erregt in uns so viel Leidenschaft wie die Liebe«, fragte er in die Runde. »Diese Parteinahme für die Leidenschaft wundert mich«, sagte Sophie, »bei Schillers Dramen stört sie dich doch.« Da jeder etwas über Leidenschaft und Vernunft sagen wollte, blieb es Fritz erspart, den Widerspruch zu erklären. Der Schwager meinte, er hege eine große Leidenschaft fürs Rationale. »Aber die Liebe …«, sagte die alte Verwandte. Weiter kam sie nicht. »Die Liebe ist eine Passion«, unterbrach sie der Schwager. »Ein Lebenselixier«, meinte Stefan. »Das Leben selber«, sagte Sophie, »nur die Liebe bringt Selbständigkeit und Leben in den dumpfen Lebenskreis einer Frau, die nichts kennt als die Zimmer ihres Hauses. Nur durch die Liebe kann sie aus häuslicher Beschränkung treten, erfährt die Welt und die Rechte des Lebens. Liebe ist Teilhabe und macht dadurch selbständig.« Sophies Schwester und der Schwager wechselten Blicke des Einverständnisses. Fritz grinste und Stefan fragte, ob das denn auch für Sophie und ihre Ehe gelte. »Ich würde wirklich gerne wissen, wen du liebst«, sagte Fritz, »Karl kann es nicht sein, durch den du an der Welt teilhast. Mit wem genießt du die Rechte des Lebens? Deine Theorie, so schmeichelhaft sie für uns Männer ist, muss falsch sein. Es ist doch nicht etwa Clemens?« Sophies Schwester sah Fritz perplex an. Der Schwager schaute streng. Stefan fand ausgleichende Worte und äußerte mit ruhiger Stimme, am wichtigsten sei es doch, wenn man den jeweils eigenen, von der Natur gegebenen Anlagen gemäß leben könne. »So ist es«, stimmte Sophie zu, »wer nicht der eigenen Natur folgen kann, wird unglücklich. Niemand darf zu einem Leben gezwungen werden, das der natürlichen Weise nicht entspricht. Jeder und jede sollte die angeborenen Fähigkeiten entwickeln und selbstbestimmt nutzen dürfen.« Der Schwager runzelte die Stirn. Stefan sah Sophie aufmerksam an. Die alte Verwandte staunte mit aufgerissenen, halbblinden Augen über Sophies Rede. »Nur Schauspielerinnen und Künstlerinnen gelingt es, selbstbestimmt zu leben und Sinn in ihrer Arbeit zu finden. Doch alle Frauen sollten selbstbeständig leben dürfen.« Der Schwager mahnte zur Mäßigung. Fritz aber wollte noch mehr Freiheitliches aus Sophie herauslocken und erwähnte die freie Liebe, was den Schwager ärgerte. Es entspann sich schließlich ein Gespräch über freiheitliche Gesinnung und ihre Folgen, über die Revolution und die Terrorjahre in Paris. Sophie redete viel und Stefan hörte mit glänzenden Augen zu. »Jetzt mit dem Ersten Konsul an der Spitze des Staates scheint es dort endlich ruhiger zu werden«, sagte der Schwager. Sophie zweifelte, ob diese Entwicklung, so gut sie für die staatliche Ordnung sein mochte, auch das Richtige für die freiheitliche Gesinnung war.

Ihre Schwester gab schließlich, indem sie sich erhob, das Zeichen, schlafen zu gehen. Jeder nahm einen kleinen Leuchter mit, um durchs dunkle Treppenhaus aufs Zimmer zu gehen. Es war spät und das Personal schlief längst.

Als Sophie im Bett lag, hörte sie die Stimmen von Stefan und Fritz in dem Zimmer über sich. Die beiden dachten längst noch nicht ans Schlafen. Sie schienen zu streiten. Offenbar war Fritz eifersüchtig und warf Stefan vor, Sophie mit den Augen geradezu aufzusaugen. Sie verstand nicht jedes Wort, aber ihr schien, als wenn die beiden über Clemens redeten. Es war kalt und Sophie zog die Decke bis zur Nasenspitze. Sie hörte, wie Stefan Fritz vorwarf, er habe Clemens weisgemacht, Sophie plane eine Reise nach Italien. »Und seinen Brief hast du ihr auch nicht gegeben, stimmt's?« Sie hörte Fritz lachen. »Und du? Hast du etwa ein gutes Wort für ihn bei ihr eingelegt, wie er dich gebeten hat?« Es kam keine Antwort. Stattdessen hörte Sophie die triumphierend laute Stimme von Fritz: »Na, siehst du. Aber mach dir nichts draus. Du bist deswegen kein schlechter Mensch. Einer ist draußen. Jetzt wollen wir sehen, wie's weitergeht.« Eine Weile herrschte Ruhe. »Lass den Unsinn«, hörte sie plötzlich Stefans Stimme, »lass das, du spinnst.« Dann lachte er. Was machten die beiden, welchen Unsinn sollte Fritz lassen? Sophie vernahm die Stimme von Fritz: »Sophie oh, oh, mach so, so, so, mit dem Popo.« Er wiederholte es immer wieder und immer lauter. »Du bist mir zu frivol, mein Lieber. Hör auf damit. Ich schlaf jetzt«, hörte sie Stefan sagen.

Am nächsten Tag verabschiedete Sophie sich herzlich von Stefan. Er stand schon in der Haustür, warm angezogen mit Hut, Mantel und Schal. Draußen schneite es. Sie würden sich lange nicht wiedersehen. »Ich muss erst in der neuen Stadt Fuß fassen, aber irgendwann komme ich sicher wieder einmal hier in die Gegend.« »Du wirst dich dort schnell einleben«, sagte Fritz übertrieben munter, »ich gebe hier solange den Alleinunterhalter, damit Sophie sich nicht langweilt. Meine Liebe, meine

Schönste, ich komme gewiss bald wieder.« »Daran zweifle ich nicht.« Mit kühlem Lächeln reichte Sophie ihm die Fingerspitzen, zog die Hand aber sofort zurück, als er sich zu einer Verbeugung mit Handkuss anschickte. »Immer zu Scherzen aufgelegt«, sagte sie zu Stefan gewandt.

Sophie arbeitete viel. Vor ungefähr einem Jahr war ihr kleiner Sohn gestorben und sie war froh darüber, ihre Tochter bei sich zu haben. Die Kleine hustete, aber schien ansonsten gesund, auch wenn sie ein bisschen empfindlich war.

Mitten in der Karnevalszeit traf Karl in Camburg ein. Er hoffte, Sophie zur Rückkehr nach Jena zu bewegen, und sprach vom Theater, den Bällen, Konzerten und Gesellschaftsabenden. Aber Sophie blieb entschlossen, den ereignislosen Winter in Camburg durchzustehen. Sie dachte viel über ihre Ehe nach, über das Leben, fragte sich, ob sie nicht alles falsch mache.

Von einem Tag auf den anderen bekam Gisela hohes Fieber, der Hals brannte und sie jammerte wie ein Kätzchen. Sophie saß an ihrem Bett. Zum Glück verstand ihre Schwester viel von Krankenpflege. Sophie hätte es nicht verkraftet, wenn sie nach dem Tod Gustavs im letzten Jahr jetzt auch Gisela verloren hätte.

Was aber, überlegte sie, würde sie fühlen, wenn Karl plötzlich nicht mehr da wäre? Er bedeutete ihr gar nichts, ihre Ehe war eine Farce. So durfte es nicht bleiben. Was ihr plötzlich ganz klar war, sollte auch für die Welt klar werden. Mit Karl verband sie nichts. Sie schrieb ihm einen Brief, indem sie ihm erklärte, dass sie eine klare Trennung wollte. Die Scheidung.

Der Winter ging zu Ende. Sophie entdeckte die ersten Schneeglöckchen im Garten. Eine Kutsche näherte sich und hielt vor dem Haus. Karl stieg aus und brachte Jette mit. Hoffte er, dass

Jette Sophie zur Vernunft bringen und überreden konnte, wie bisher weiterzuleben?

Sophie brachte Jette auf ihr Zimmer. Aus ihrer Reisetasche holte sie allerlei Briefe mit Gedichten und sonstigen Texte hervor, die junge Leute, vor allem Frauen, an die Adresse in Jena geschickt hatten. Sophie sollte die Gedichte und Aufsätze, Geschichten und Entwürfe lesen und sich dazu äußern. Alle, die ihr etwas schickten, hofften auf eine freundliche Antwort. Leider konnte Sophie sie nicht immer geben. Sie legte die Briefe mit den Manuskripten ungeöffnet in die Schublade einer Kommode aus Lindenholz neben ihrem Schreibtisch. Es war ein ganz schlichtes Möbelstück. Persönlich wichtige Briefe kamen in eine Schublade in ihrem Schrank aus Kirschbaumholz.

Sophie war glücklich, Jette wiederzusehen und mit ihr wie früher am Familientisch zu plaudern. Nach dem Essen gingen sie zu zweit im Garten auf und ab. Sophie fragte, ob Karl Erkundigungen darüber eingezogen habe, wie eine Scheidung ablaufen könnte. »Ich glaube schon, aber ich weiß nicht, ob er etwas herausgefunden hat.« Wer mochte für eine Scheidung zuständig sein? Der Pastor, der Bürgermeister? »Wie war das denn bei Thea?«, fragte Sophie. Fritz hatte so oft von Theas Scheidung erzählt, dass sie sich wunderte, kaum etwas über die notwendigen Schritte und Maßnahmen der Verwaltung gehört zu haben, die in so einer Sache nötig waren. »Ich werde Thea und Fritz direkt danach fragen, sobald ich zurück in Jena bin«, meinte Jette und schlug vor, Sophie solle sich an den Geheimrat in Weimar wenden. »Er hat Einfluss und weiß sicher einen Weg. Du kennst ihn doch gut, nicht nur so, wie ihn jeder im Land kennt. Du kennst ihn so gut, dass er dich persönlich empfängt. Fahr doch mal zu ihm. Rede mit ihm, oder mit Schiller.« Jette überlegte noch eine Weile, was Sophie unternehmen könnte. »Es scheint alles so kompliziert. Wo würdest du wohnen? Wovon leben?« »Ich verdiene doch Geld mit meinen Büchern. Ich müsste einfach noch mehr arbeiten, vor allem als

Herausgeberin.« Die beiden gingen an der Gartenmauer entlang, errichtet aus Steinen, wie man sie in der Gegend fand. Die Bäume warfen lange Schatten, denn die Sonne erreichte zu dieser Jahreszeit mittags noch nicht den hohen Stand wie im Sommer. Jenseits der Mauer im Nachbargarten gackerten Hühner. In der Ferne bellte ein Hofhund.

Jette sagte, auch sie habe sich überlegt, wie sie Geld verdienen könne. »Ich lebe vom Geld, das Friedrich mir gibt, ich bin angewiesen auf dich und Karl. Wenn ich selber etwas mehr Geld hätte ...« Eine Möglichkeit wäre, feine Handarbeiten anzufertigen und zu verkaufen, oder sie könnte eine Stelle als Gesellschafterin bei einer Gräfin oder adligen Familie annehmen. »Meine Sprachkenntnisse wären ihnen auf Reisen sehr nützlich. Auch beim Vorlesen italienischer oder englischer Romane. Ich dachte mir, ich glaube, das Beste ist, ... ich könnte ...« »Ja, was denn?« »Ich könnte versuchen, Romane zu übersetzen. Aber muss dann mein Name unter dem Buchtitel stehen?« »Nicht unbedingt. Aber wovor hast du Angst, liebe große Schwester? Was befürchtest du?«, lachte Sophie und versuchte Jettes Bedenken zu zerstreuen. Jette fragte, ob es nicht möglich sei, dass Sophie sie als jungen Mann bei Verlagen empfehle. »Über Frauen lacht man doch, wenn sie sich anmaßen, aus dem häuslichen Bereich herauszutreten. Wenn man mich für einen jungen Mann hält, wird man meine Bemühungen ernst nehmen. Wer traut einer Frau schon etwas zu?« »Automatisch nimmt man auch Männer nicht ernst, vor allem wenn sie noch sehr jung sind. Sie müssen schon etwas leisten«, sagte Sophie. Jette lächelte und fragte nach Clemens. »Ich habe keine Briefe mehr von ihm bekommen und schreibe ihm auch nicht.« Sie erreichten das Gartentor und kehrten nun auf direktestem Weg zum Haus zurück. Sie froren, denn obwohl die Sonne sie herausgelockt hatte, war es ein kalter Tag. »Ich bin froh, dass du ihn los bist. Er ist ein bisschen verrückt und ziemlich anmaßend. Findest du nicht, dass er etwas Dämonisches hat?« Sophie lachte leise und umarmte Jette. »Da müsste er aber ein sehr junges Teufelchen sein, ganz ohne Hörner. Auch einen Pferdefuß kann ich nicht an ihm finden.« »Falsch. Jung ist er, das stimmt, aber ich finde, dass er sich seine Hörner noch gehörig abstoßen muss. Du solltest nicht über mich lachen.« »Aber ich lache doch gar nicht über dich. Ich stelle mir nur Clemens als Teufel vor. Und wie gefällt dir Fritz?« »Ach, der ist auch nicht viel besser. Aber warum fragst du?« Sie waren beim Haus angekommen und betraten den Flur. »Vielleicht suche ich einen Liebhaber. Was meinst du?« Jette fasste beide Hände Sophies und bat sie eindringlich, sie möge sich das gut überlegen. »Fritz hat doch eine Freundin. Das gibt viel Verwirrung. Er ist unterhaltsam, aber er ist nichts für dich.« Sophie entzog Jette ihre Hände. »Nimm's nicht so ernst. Ich tu's auch nicht«, sagte sie. Jette lächelte erleichtert. »Da bin ich froh. Er würde dich nur ausnutzen, so wie jetzt seinen Bruder. Bei ihm wohnt er und ich glaube, er lebt von dem Geld, dass Thea als Unterhalt von ihrem geschiedenen Mann bekommt. Mit ihm würdest du nicht glücklich. Glaub es mir.« Gisela lief an ihnen vorbei, zusammen mit zwei Cousinen, hinaus in den Garten. Sophie sah den Kindern nach. Die warme Jacke, die Gisela trug, bedeckte ihre kurzen Kinderbeine und ließ sie fast wie eine Kugel erscheinen.

Sophie arbeitete an ihrem Schreibtisch, als Karl hereintappte. Sie stand auf und Karl bemühte sich, höflich zu sein. Aus Versehen stieß er gegen das Pianino. »Seitdem du nicht mehr zu Hause bist, spielt niemand das Instrument bei uns.« Sophie ging nicht darauf ein und erklärte, dass sie die Trennung von ihm nicht nur erwäge, dass sie ihm nicht vorspiele, ihn verlassen zu wollen, um ihm Zugeständnisse abzupressen. Sie wolle die Scheidung tatsächlich. Er solle endlich einsehen, dass sie es ernst meine. Karl hörte zu. Er wirkte hilflos, was den grobschlächtigen Mann noch mehr wie einen tapsigen Bären erscheinen ließ. Er ließ sich auf Sophies Bett nieder. »Ja, aber dann …« Sophie ging langsam durchs Zimmer, blieb einen Moment am Pianino stehen, stellte sich ans Fenster und sah hinaus, ohne darauf zu achten, was sie sah, Karl den Rücken zugewandt. »Dann muss man mal herausfinden, auf welche Weise das überhaupt geht«, hörte sie Karls Stimme. Er wusste also wirklich nichts darüber, hatte bisher nichts in Erfahrung gebracht. Wie Sophie kannte er niemanden, der im Herzogtum geschieden worden wäre. Aber als Juraprofessor musste es ihm möglich sein, Bewegung in die Angelegenheit zu bringen. Außer Thea gab es keine Geschiedenen in Jena, aber die war aus Berlin. »Man behauptet übrigens«, sagte Karl, »dass Fritz von dem Geld, das Thea …« »Ich weiß, ich weiß«, fiel Sophie ihm ins Wort. »Ich kann dir jedenfalls nicht so viel Unterhalt zahlen, dass du deine Liebhaber damit aushalten könntest.« »Sollst du auch nicht. Ich verdiene selber Geld. Aber zwei- oder dreihundert Taler im Jahr müssten es schon sein, vor allem für Gisela.« »Was?«, fuhr Karl auf, »du willst Gisela behalten? Darüber müssen wir noch reden. Und zweihundert Taler, das ist viel zu viel.« Missmutig tappte er zur Tür. Beim Hinausgehen warf er sie geräuschvoll hinter sich zu.

Am Tag vor der Abreise von Karl und Jette – die Sonne schien – unternahmen die beiden Schwestern einen langen Spaziergang durch den Ort und die umliegenden Felder. Die Bauern gingen hinter dem Pflug, Krähenschwärme folgten ihnen. Auf einigen Feldern wurde bereits gesät. Jette fragte, ob Sophie sicher sei, wirklich eine Scheidung zu wollen, es gäbe doch auch weniger komplizierte Möglichkeiten. Doch Sophie ließ sich nicht davon abbringen. Sie wollte eindeutige Verhältnisse, keine Ehe, die nur nach außen wie eine erschien, wo sie zwar ihre Ruhe hatte, in der sie sich aber nicht lebendig fühlte. »Aber er hat doch versprochen, dass er dir alle Freiheiten lässt«, wandte Jette ein.

Ohne klare Stellung im Leben, ohne Stimmigkeit, meinte Sophie, bleibe auch die eigene Persönlichkeit unklar wie im Nebel und werde zerrissen oder zermahlen von einander widerstrebenden und widersprechenden Verhältnissen. »Halbherzigkeit und Unentschiedenheit schaden der Seele. Ich hoffe, dass sich alles regeln lässt. Ich will frei sein. Ich will ich selbst sein und mich nicht verstellen.«

Lotte, die über Ostern für einige Wochen in Weimar bei ihrer Familie war, kam für einige Tage zu Besuch. Ein Bekannter aus Weimar begleitete sie. Wilhelm war ein ruhiger, freundlicher Mann mit unauffälligen Gesichtszügen, noch ohne feste Anstellung, was ihm einen freien Umgang mit seiner Zeit ermöglichte. Lotte bezog das Zimmer neben dem von Sophie. Wilhelm, der junge Mann aus Weimar, bekam das Zimmer unterm Dach.

Lotte saß mit Sophie am Fenster im Wohnzimmer. Die beiden Lehnstühle waren mit einem graublauen Stoff bespannt. Die gelben Vorhänge hatten Streifen in dieser Farbe. An den Wänden hingen einige Scherenschnitte und das Bild eines Mannes. Lotte sah zu dem Landschaftsbild hinüber, das in Nähe des Kachelofens über dem Sofa hing. Sie betrachtete es eine Weile aus der Ferne und meinte dann, es sei ihr zu klassisch, dieser Tempel, die Säulen. Das Porträt des Mannes dagegen gefiel ihr, er habe so einen ernsten Blick, vor dem man nichts als die Wahrheit sagen könne. »Der Vater meines Schwagers. Das Landschaftsbild mochte Clemens auch nicht, so wie du. Er fand es altmodisch und heidnisch. Gotisches gefällt ihm besser.« »Hast du denn inzwischen wieder etwas von ihm gehört?« »Nein, er ist wohl sehr beschäftigt mit seinen neuen Freunden in Göttingen. Auch ich habe allerlei zu tun. Vielleicht kannst du mir einen Rat geben. Was meinst du, was für Romane könnte man aus anderen Sprachen übersetzen, was hätten die Leserinnen gern? Ich stehe in Verbindung mit zwei Verlegern, wir wechseln häufig Briefe, aber wir haben uns noch nicht entschieden, was am besten wäre.«

Lotte beneidete Sophie, dass sie so frei über ihre Zeit und was zu tun war, entscheiden konnte. Doch sie bedauerte, dass die Verbindung zu Clemens ganz abgerissen war, dass auch sie ihn nicht in Jena oder Weimar treffen werde. »Jette hält ihn für teuflisch«, sagte Sophie mit amüsiertem Glitzern in den Augen. »Da täuscht sie sich. Er hat nur sehr viel Phantasie und ist ein bisschen sprunghaft in seinen Entschlüssen. Aber was macht das schon. Ich fand ihn immer sehr anregend. Und er kleidet sich so elegant.« Lotte schwärmte von Clemens' Art zu gehen und wie geschmeidig er sich bewege. Wenn er ein Zimmer betrete, höre man es kaum. »Ganz im Gegensatz zu Karl«, sagte Sophie, »seine Trampelschritte hört man lange, bevor er zur Tür hereinkommt und sichtbar wird.« Lotte meinte, Sophie könne sich mit Karl noch glücklich schätzen. Ihre eigene Ehe sei viel bedrückender. Sie jammerte wie schon so oft über das dunkle, kalte Gemäuer, in dem sie zu leben gezwungen war. »Aber am schlimmsten ist der Graf selber. Ich hätte ihn nie heiraten sollen. Ein Geizkragen, der nur ans Geld denkt. Er nimmt fünfzehntausend Reichstaler im Jahr ein, aber Geld für Reisen muss ich ihm mühsam abringen, und wenn ich mal jemandem eine kleine Summe leihen will, geht das gar nicht.« Sophie begann von ihrer geplanten Scheidung zu reden. »Das beschäftigt mich sehr. Ich komme kaum dazu, an andere Dinge zu denken. Ich wünschte, diese Scheidungsangelegenheit käme endlich voran. Ich werde noch ganz krank, wenn nicht bald klar ist, wie und ob wir vor dem Gesetz getrennt werden können und wer mich vertritt. Als Frau brauche ich einen Vormund, aber es scheint niemand bereit dazu zu sein.« »Wahrscheinlich will sich niemand offen gegen Karl stellen. Wäre das denkbar? Aber ist denn eine Scheidung wirklich nötig? Du lebst doch, meine ich, ganz für dich, bist frei und tust Dinge, die kaum eine andere Frau machen kann.« Sophie gab ihr recht, für den Moment, aber wenn Karl ihr diese Freiheiten nehmen wolle, gebe es keine Möglichkeit, ihn daran zu hindern. »Es ist sein Recht, mich in sein Haus zu holen, und er darf alles von mir verlangen. Er hat das Recht. Wer sagt mir, dass er es nicht nutzt. Wenn er will, muss ich tun, was man von einer Hausfrau erwartet, all diese Pflichten des Alltags, die den Tag zerreißen. Ist es nicht so, dass diese Zerrissenheit viele von uns unglücklich macht? Sie zerstreut und verbraucht die Kräfte, so dass die Frauen, selbst wenn sie sich ein größeres Ziel vornehmen, weder Zeit noch Ruhe haben, darauf zuzusteuern. Durch diese Ziellosigkeit gerät das Leben zu einem Einerlei von gleichen Tagen und Trostlosigkeit. Es ist so wichtig, genau zu wissen, was man will, und das dann auch zu tun.« »Aber diese Scheidung. Hast du alle scheinbaren Nebensächlichkeiten gut bedacht? Ich würde mich auch gerne von meinem Mann trennen. Er ist eigentlich gar kein richtiger Ehemann, ich bin mit einem Tresor verheiratet. Aber wenn ich bedenke, was mit den Kindern wird. Und wo sollte ich wohnen? Er wird mir die Kinder nicht überlassen. Dabei würde ich mich gerade auch ihretwegen von ihm trennen, denn er behandelt sie völlig falsch.« Die Tür öffnete sich. Wilhelm und Sophies Schwager kamen herein. Sie rückten zwei Stühle zu den Lehnsesseln, in denen Sophie und Lotte saßen. Sophie fragte Wilhelm nach den neuesten Theateraufführungen in Weimar. Sie redeten über das Theater, die Stadt und über das Schloss. »Wird es jetzt bald fertig sein? Was sagt der Geheimrat? Er leitet doch die Schlossbaukommission, habe ich recht?«, fragte der Schwager. »Er hat fast in allem, was in Weimar und im Herzogtum passiert, ein Wort mitzureden«, erwiderte Wilhelm. Sie sprachen über Schiller, über Jena und Fritz, der zusammen mit Thea und ihrem kleinen Sohn derzeit ganz allein das große Haus bewohnte, da sein Bruder und seine Frau auf Reisen waren.

Sophie schickte Jette ein englisches Buch. Ihr Verleger war der Meinung, dieser Roman, der im sechzehnten Jahrhundert spielte und in der Nähe von Bremen begann, könnte für die deutschen Leserinnen interessant sein. Die Handlung fesselte. Sophie wünschte Jette viel Freude an der Arbeit. Sie solle sich nur nicht zu genau ans Original halten, dürfe es auch gerne kürzen. Sophie hatte vor einigen Jahren einen französischen Roman übersetzt und sie erinnerte sich gerne an diese Arbeit. Jette sollte drei Taler pro Bogen bekommen – eigentlich zu wenig, aber für den Anfang, da Jette noch nie ein Buch übersetzt hatte, musste es genug sein.

Nach dem Abendessen saß Sophie mit ihrer Schwester, dem Schwager und einigen Gästen noch im Wohnzimmer zusammen, die Vorhänge waren geschlossen und der Raum von mehreren Lampen erhellt. Einer der Gäste fragte, als das Gespräch aufs Übersetzen kam, ob diese Arbeit nicht genauso gut sei wie Dichten. »Ja, mancher ist der Meinung, dass alle Poesie Übersetzung sei«, sagte Sophie, »aber das freie Erfinden ist etwas anderes, als sich am gegebenen Text entlangzutasten. Übersetzungen können nur etwas für Zeiten sein, wo man nicht selber dichtet.« Der Schwager und Sophies Schwester hörten aufmerksam zu. Einer der Gäste meinte, ein berühmter Mann habe gesagt, dass es ohne Übersetzungen keine Weltliteratur gebe? »Ja sicher«, antwortete Sophie, »niemand wird das bestreiten.« Sie überlegte, wer das gesagt haben könnte, und war sich ziemlich sicher, dass es der Geheimrat gewesen sein musste. Er war sehr für Übertragungen in andere Sprachen und wechselseitige Annäherung der Kulturen. »Unter unseren Bekannten«, sagte Sophie, »gibt es ja sehr viele, die an irgendeiner Übersetzung arbeiten, der eine aus dem Griechischen, der andere übersetzt irgendetwas Römisches, dann aus dem Französischen, Englischen. Sogar aus den orientalischen Sprachen.« »Scheint ja enorm in Mode zu sein, dieses Übersetzen«, sagte einer der Gäste. »Mit Recht, es ist wichtig, die Literatur und

Kultur anderer Länder zu kennen«, betonte Sophie, »ohne Übersetzungen käme man sich in der eigenen Kultur wie gefangen vor. Man will doch wissen, was anderswo gedacht und geschrieben wird.« Sophies Schwester fragte nach Jette und dem englischen Roman, den Sophie für sie ausgesucht hatte. Sophie erzählte, worum es ging, und über der Handlung der Geschichte kam das Gespräch schließlich ganz ab von Fragen der Übertragung in die deutsche Sprache.

An einem regnerischen Tag saßen Sophie und Gisela auf dem Sofa im Wohnzimmer und schauten sich zusammen Bertuchs Bilderbuch für Kinder an. Gisela saß an Sophie gekuschelt und zeigte mit dem Finger auf einen Fisch. Draußen hörte man Pferdegetrappel und den Ruf eines Kutschers. Ein Wagen hielt vor dem Haus. Gisela sprang auf, um aus dem Fenster zu sehen. Sie stieg auf einen Holzschemel, der am Fenster stand, und schob die Gardine zur Seite: »Vater!«, rief sie. Sie sprang vom Schemel herunter und rannte zur Tür. Sophie wartete, bis Karls schwere Schritte im Hausflur zu hören waren. Das Hausmädchen war ihm entgegengelaufen, Sophies Schwester und der Bruder standen zum Empfang an der Wohnzimmertür und zogen sich nach der Begrüßung zurück. »Ihr werdet Wichtiges zu besprechen haben«, sagte der Schwager, indem er die Tür schloss und Sophie mit Karl allein ließ.

Es wurde ein langes Gespräch, in dem Sophie Mühe hatte, ihr Ziel, die Scheidung, nicht im Nebel schöner Versprechungen und Schmeicheleien aus den Augen zu verlieren. Sie spürte, dass Karl oft kurz davor war, wütend zu werden, aber er bemühte sich, ruhig zu bleiben. Er meinte es mit seinen Versprechungen offenbar ernst, zu denen auch gehörte, dass Sophie nie wieder unter groben Ausbrüchen zu leiden haben würde. Er behauptete, sie immer noch zu lieben. Er brauche sie. Doch Sophie beharrte auf der Trennung. In letzter Verzweiflung bat Karl sie schließlich, ihm bei der Suche nach einer neuen Frau zu helfen, wenn Sophie ihn wirklich verlassen wolle, was er immer noch nicht glauben könne. »Ach Karl. Du wirst, da bin ich ganz sicher, bald selber eine Frau finden, die besser zu dir passt als ich. Du brauchst mich nicht, erst recht nicht, um eine neue Frau zu finden. Es würde einen Schatten auf deine neue Ehe werfen, wenn ich täte, was du vorschlägst.«

Karl musste einsehen, dass er Sophie nicht zurückgewinnen konnte. Zögernd begann er zu berichten, unter welchen Bedingungen eine Scheidung möglich wäre. »Es macht wirklich große Umstände. Du brauchst nicht nur einen juristischen Vormund, der dich vertritt, es kann auch nur mit einer persönlichen Erklärung und Unterschrift des Herzogs geschehen. Aber wenn du es unbedingt willst …« Er wartete darauf, dass Sophie Zweifel kamen. Der Regent selber musste bemüht werden. Das sollte sie ins Wanken bringen. Doch es verfing nicht. Sie durfte jetzt nicht unsicher werden.

Dennoch fühlte sie sich in den nächsten Wochen oft unwohl. Wollte sie zu viel? Brauchte sie statt der Freiheiten, die sie hatte, wirklich die große Freiheit, ganz allein für sich zu stehen, alles selber zu entscheiden und zu regeln? An manchen Tagen hätte sie gern alles rückgängig gemacht. Dann wieder wünschte sie, dass alles schon hinter ihr läge. Es waren noch viele Punkte zu klären. Karl kam nicht mehr nach Camburg. Er hatte sich damit abgefunden, dass Sophie nichts mehr mit ihm zu tun haben wollte, und alles, was noch zu klären war, konnte von den Anwälten und mit Briefen erledigt werden.

Sophie versuchte zu arbeiten. Außerdem schrieb sie Briefe und versuchte, jungen Leuten mit Empfehlungen zu helfen. Sie empfing Besuch. Fritz war ein besonders anregender Gast. Auch Wilhelm aus Weimar kam dann und wann mit einem Freund für ein paar Tage.

Die Kirschen reiften, das Obst an den Bäumen und Spalieren wurde runder. Überall blühte es bunt. Auf den Tischen und Kommoden im Haus standen mit Rosen gefüllte Vasen. Der

Scheidungstermin stand unmittelbar bevor. Sophie war froh, ihre Schwester und die Familie in Camburg um sich zu haben. Persönlich musste sie nicht vor Gericht erscheinen, aber in Gedanken stand sie dort. Der Schwager meinte, es wäre besser, sie brächte den Mut auf, auch selbst anwesend zu sein, aber Sophie hatte dazu nicht die Kraft. »Ich verstehe dich nicht«, sagte ihre Schwester. »Es geht mir wirklich nicht gut«, rechtfertigte sich Sophie, »es muss ja auch nichts mehr verhandelt werden. Wir sind uns einig, alles ist gut vorbereitet. Ich glaube, ich muss mich ein wenig hinlegen. Mir ist schwindlig.«

Die Ehe wurde ohne Prozess geschieden. Es reichte, dass Karl vor Gericht erschien. Er war bereit, jährlich zweihundert Reichstaler Unterhalt zu zahlen und etwas Geld für Gisela, die bei Sophie blieb. Sollte Sophie irgendwann wieder heiraten, durfte er die Unterhaltszahlungen einstellen und entscheiden, ob er Gisela zu sich holen wolle. Überhaupt hatte er jederzeit die Möglichkeit, Gisela zu sich zu holen. Eine weitere Bedingung war, dass Sophie nicht in Jena wohnen durfte oder in jedem anderen Ort, in dem Karl etwa zukünftig wohnen würde. Er trug die Gerichtskosten in Höhe von fünfundzwanzig Talern.

Sophie war frei. Aber war sie glücklich? Ihre Schwester fragte besorgt und voller Zweifel, ob zweihundert Taler im Jahr ausreichen würden. »Es ist wenig, aber es wird gehen. Es ist so viel wie ein kleiner Dorfpfarrer oder Dorfschullehrer bekommt. Das muss reichen. Trotzdem werde ich arbeiten. Ich bin froh, dass jetzt alles klar ist. Ich konnte nichts Besseres erwarten.«

Sie ging viel spazieren und machte Pläne für einen Roman. Es war Jahre her, dass sie ihren ersten Roman veröffentlicht hatte. Seitdem schrieb sie nur noch Gedichte, Aufsätze und kürzere Geschichten. Jetzt wollte sie etwas Großes beginnen, ein Werk wie die *Heloïse* von Rousseau, einen Briefroman wie den *Werther*. Von Liebe sollte er handeln, was gab es Wichtigeres? Ohne Liebe gab es kein Leben. Außerdem lasen die Leute das gern. »Das Buch muss ein Erfolg werden. Und ich fühle die Kraft dazu in mir. Ich will tätig sein und ich brenne darauf, mein eigenes Wesen in Wort und Tat wiederzufinden. Ich erwarte viel von mir«, erklärte sie eines Morgens beim Frühstück. Der Schwager freute sich, sie so sprechen zu hören. Er bestärkte sie darin, dass Tätigkeit der Kern eines glücklichen, ausgefüllten Lebens sei.

Mit der Post kam ein Brief von Stefan. Er schrieb von seiner Arbeit und den Patienten, von neuen Freunden und einem Streit mit Clemens, der ihm vorwarf, und zwar erbittert, wütend und so laut, dass die Nachbarn es hörten, dass er ihn im Glauben gelassen habe, eine Scheidung Sophies von Karl sei unmöglich. Stefan habe ihm die Vorbereitungen für eine Scheidung hinterlistig verschwiegen. Woher Clemens von der Scheidung erfahren hatte, wusste Stefan nicht. Clemens sehe in ihm jedenfalls einen Verräter. Hätte er früher etwas gesagt, behauptete Clemens wütend, hätte er nichts unversucht gelassen,Sophie für sich zu gewinnen. Jetzt seien alle Verbindungen gerissen, und sie neu anzuknüpfen sei schwierig und umständlich, ja unmöglich. Stefan schrieb, dass Clemens ihn verdächtige, selber eine Beziehung mit Sophie zu haben. Sophie legte den Brief aus der Hand.

Als Jette wenige Tage später kam, zeigte sie ihn ihr. »Da siehst du es. Dieses Aufbrausen ist nicht nur lächerlich, es ist dämonisch. Was geht in Clemens vor? Ein unberechenbarer Teufel steckt in ihm. Stefan hat sich nichts zu Schulden kommen lassen. Er war doch schon lange weg, als die Pläne endlich reif wurden und die Anwälte Briefe aufsetzten. Clemens ist verrückt.«

Jette war so redselig und voll guter Laune, wie Sophie sie seit

Jahren nicht mehr erlebt hatte. Sie wirkte, als wäre sie nicht ihre ältere, sondern eine jüngere Schwester. Der Grund dafür musste Hermann sein, der junge Mann, in dessen Begleitung sie gekommen war. Er war Jurist, aber noch ohne Anstellung. Er stammte aus einer adligen Familie, doch leider hatte die ihr gesamtes Vermögen verloren. Hermann war ein sehr umgänglicher Mensch, vielleicht etwas unentschieden. Er sprach beim Mittagessen eher wenig, doch das fiel kaum auf, denn Sophie und Jette unterhielten sich rege.

Nach dem Essen schlug Sophie einen Spaziergang vor. Zuerst gingen sie durch den Ort. Mitten auf dem Marktplatz stand eine Linde, in deren Schatten sie sich für ein paar Minuten setzten. Dann wollten sie hinaus ins freie Feld. Sophie ging voran, Jette und Hermann folgten. Als die letzten Häuser hinter ihnen lagen, übernahm Hermann die Spitze. Auf dem Weg durch die Felder ging er voran. Sophie und Jette, die sich wie junge Mädchen fühlten, folgten ihm Arm in Arm. Der Sommerwind wehte ihnen durchs blonde Haar, ihre hellen Kleider bauschten sich und sie setzten ihre Füße so sicher und schnell, als wollten sie bis nach Frankreich laufen. Genau zehn Jahre war es her, 1791, dass Sophies Gedicht zu Frankreichs Feier in der Zeitschrift von Schiller erschienen war. Genius der Freiheit, wo, an welchem Himmelsfeuer zündest du die Fackel? Freiheit adelt, und nach ihr zu ringen ist die Freiheit jedes Edlen wert, hatte sie geschrieben, ein feuriges Gedicht. Mächtig zwar rührt auch der Liebe Zauber Menschenseelen, adelt Herz und Mut. Aber selbst der Flammenhauch der Liebe wird verschlungen, von der Freiheit Glut.

Auch ein anderes Gedicht fiel Sophie ein. Sie hatte es mit Clemens und den Freunden zur Gitarre gesungen. Sophie summte die Melodie und plötzlich summte auch Jette. Dann begannen beide zu singen:

Ich weiß eine Farbe, der bin ich so hold,
die achte ich höher als Silber und Gold,
die trag ich so gerne um Stirn und Gewand
und habe sie Farbe der Wahrheit genannt.
Nur Wahrheit bleibt ewig und wandelt sich nicht,
sie flammt wie der Sonne allleuchtendes Licht.
Ihr hab ich mich ewig zu eigen geweiht.
Wohl dem, der ihr blitzendes Auge nicht scheut.

»Das ist von dir«, sagte Jette. »Eine hübsche Melodie«, meinte Hermann, und Sophie erklärte, Schiller habe ihr eine Kopie der Noten geschickt. Ein junger Komponist, irgendwo am Rhein, habe sie erdacht.

Der Feldweg beschrieb einen Bogen, sie gingen auf ein Wäldchen zu. Jette erzählte von ihrer Arbeit an dem englischen Roman. Sie fragte Sophie, ob das Buch, wenn es fertig wäre, unter Sophies Namen erscheinen könnte. »Ich übertrage es doch nur«, meinte sie, »mein Name muss doch nicht draufstehen.« »Du willst dich nicht zu deiner Arbeit bekennen«, neckte Sophie ihre Schwester, »das wäre doch aber unwahr.« Jette, die kurz stehen geblieben war, bat noch einmal, dass ihr Name ungenannt bleibe. »Gut«, schloss Sophie und zog ihre Schwester am Arm weiter den Weg entlang, »ich verstehe das. Wir haben es nicht leicht. Und es macht ja auch Spaß, Versteck zu spielen. Auch der Roman von Clemens ist ohne seinen Namen erschienen.« Jette stieß ein verächtliches p-h durch ihre Lippen. »Bei einem Mann verstehe ich so ein Versteckspiel nun wieder nicht«, sagte sie dann. Inzwischen waren sie am Waldrand angekommen und gingen daran entlang im Schatten der Bäume. »Das Buch soll wohl als himmlische Eingebung verstanden werden, der Verfasser nur eine Hand, von göttlichen Kräften geführt. Wie ist er bloß auf die Idee gekommen, Maria als Verfassernamen zu wählen?« Jette gefiel der Inhalt nicht, auch die Sprache fand sie ungewöhnlich. Nichts hatte ihr an dem Roman gefallen. Hermann teilte ihre Meinung. Bis auf das letzte Kapitel sei alles wirr und schwer lesbar. »So weit habe ich mich gar nicht durchgearbeitet«, sagte Jette. Sie betonte wieder ihre Erleichterung, dass Clemens nicht mehr da war, je weiter weg, desto besser. »Mag er bleiben, wo er ist, am besten sollte er noch weiter nach Norden gehen, wo Lotte wohnt zum Beispiel oder ruhig noch weiter, nach Spitzbergen.«

Erst als die Sonne schon tief im Westen stand und der Himmel sich rötlich zu färben begann, kamen sie wieder nach Hause.

Bei der Abreise nach einer Reihe unbeschwerter Tage sagte Jette, sie werde sich von dem Geld für die Übersetzung einen Hut kaufen, einen mit Federn und Blumen. »Ich will fliegen und blühen«, lachte sie, als Hermann sie mit Schwung in den Wagen hob.

Die Post brachte einen Brief aus Frankfurt. Er kam nicht von Clemens, aber beim Lesen merkte Sophie, dass es um ihn ging. Clemens hatte seine Schwester gebeten, an Sophie zu schreiben, da er selber es nicht wage. Er wolle sie wiedersehen und hoffe, dass Sophie ihn freundlich empfangen werde.

Sophie ging im Zimmer hin und her. Was sollte sie tun? Nachdenklich öffnete sie eine Schublade in ihrem Schrank aus Kirschbaumholz. Sie legte den Brief zu denen, die sie vor einigen Jahren von Clemens bekommen hatte. Sie bewahrte alles sorgfältig auf. Vielleicht würde sie irgendwann einmal alle Briefe wiederlesen wollen. Neben dem Bündel mit Clemens' Briefen lag ein anderes, verschnürt mit einem Band, dessen Rot schon leicht verblichen war. Sie nahm das Bündel in die Hand, löste die Schleife und faltete den ersten Brief auseinander. Sofort stand ihr alles wieder vor Augen.

Im Frühling war es gewesen, nach dem langen Winter, in dem sie zum ersten Mal Mutter geworden war. Ein Gartenfest. Groß, blond stand eine herrliche Gestalt mitten unter den Gästen. Sophie hatte ihn zuvor noch nie gesehen. Er war Student, kam aus Lübeck. Gleich auf den ersten Blick verliebten sie sich ineinander. Eine Fahrt in der Kutsche, heimliche Geständnisse, Vertrautheit, Liebe, von der Karl nichts ahnte. Niemand darf etwas wissen. Gegeneinander vollkommene Offenheit, nach außen verschlossen, heimlich, gefasst auf böse Eifersucht und die Missgunst aller ehrbaren Bürger, die der Ehe, nicht der Liebe den höchsten Wert zumessen. Ein glückliches Jahr, der Abschied, fast eine Flucht zurück nach Lübeck. Nur darum gibt es Briefe. Wer sich täglich sieht, schreibt sich nicht. Briefe aus Lübeck an Sophie, durch Jettes Hände, denn Karl, misstrauisch und voller Ahnungen, darf nichts merken. Pläne, gemeinsam in Lübeck zu leben, die sich bald zerschlagen. Sophie will ihm folgen, aber es geht nicht. Der Traum versinkt im Alltag. Sophie will keine Heimlichkeiten mehr. Sie engen ein. Sie spricht mit Schiller, fährt mit einem Freund nach Berlin, mit Philipp, der nicht weiß, wen sie trifft. Sie trifft ihn zum letzten Mal. Auch er weiß nicht, dass es das letzte Mal sein wird. Er soll ihr alle Briefe geben, die sie ihm geschrieben hat. Noch einmal glückliche Tage. Dann der Abschied. Er schreibt noch ein paarmal, sie antwortet nicht mehr und die Verbindung ist zerrissen.

Jetzt liest Sophie seine Briefe wieder. Eine romantische Liebe, ihre größte, die einzige, ein Roman. Das war es. Das wollte sie schreiben. Sie legte die Briefe auf den Schreibtisch. Das Schicksal einer Heloïse, einer jungen Frau, die ohne Liebe verheiratet war. Amanda, die zu Liebende. Alles lag klar vor ihr, sie musste es nur noch aufschreiben.

Sie legte einen Stapel Papier bereit. Die Sonne lockte ins Freie, doch Sophie blieb am Schreibtisch bei geöffnetem Fenster. Aus dem Garten drangen die Stimmen spielender Kinder herein, aus der Ferne der Ruf einer Kuh. Vögel zwitscherten und das Blöken von Schafen war zu hören.

Sophie gefiel das Städtchen, kaum größer als ein Dorf. Das

ruhige Leben förderte den Fluss der Gedanken. Vor allem morgens, wenn der Garten, die rötlichen Dächer der Häuser, die Hügel noch in Dunst und Nebel lagen, verschmolzen diese Bilder mit ihren Vorstellungen.

Bei Spaziergängen durch die Straßen der kleinen Stadt und über Feldwege spann sie ihre Gedanken und die Geschichte weiter. Das Getreide auf den Feldern stand hoch und wogte, wenn der leichte Morgenwind darüber hinwehte, in sanften Wellen. Bald würden die Schnitter mit ihrer Arbeit beginnen und zahllose Arbeiter und Arbeiterinnen würden Garbenbündel binden und in Gruppen zum Trocknen auf den Feldern zusammenstellen. Der Bach, an dessen Ufer Sophie entlangging, gluckste eilend einem unbestimmten Ziel zu. Im Morgenlicht warfen die Bäume lange Schatten und die Farben leuchteten kräftig. Über Mittag, wenn die Sonne im Zenit stand, würden alle Büsche und Wege in der Hitze und dem schattenlosen, steilen Licht staubig wirken und wie ausgebleicht. Doch dann wollte Sophie schon seit Stunden wieder am Schreibtisch sitzen. Es drängte sie, etwas zu tun. Eine Ernte will ich haben, dachte sie entschlossen, wie das Jahr. Als sie um zehn Uhr zurück zum Haus kam, bat sie ihre Schwester, jeden, auch Gisela, von ihrem Zimmer fernzuhalten. Sie wollte ungestört arbeiten.

Ihre Schwester fragte sie, ob sie sich nicht langweile, immer allein im Zimmer und bei Spaziergängen. Nein, so und nicht anders wolle sie es haben, wie eine Einsiedlerin. Ihre Schwester fand das für eine lebenslustige Frau ganz unmöglich, doch Sophie erklärte, sie werde ja nicht bis ans Ende ihrer Tage wie in einer Klause leben.

Sie arbeitete jeden Tag stundenlang und ungestört, wie sie es nicht hätte tun können, wenn sie sich um einen Haushalt und Gisela hätte kümmern müssen. Manchmal las Sophie abends, wenn alle beisammen saßen, ein paar Seiten von dem vor, was sie am Tag geschrieben hatte. »Sehr interessant«, sagte der Schwager. »Spannend und bewegend«, sagte ihre Schwester, »wie geht es weiter?« Auch die alte Verwandte schien ergriffen, ihr Spitzenhäubchen zitterte stärker als gewöhnlich.

Wenn alle anderen schon schliefen, saß Sophie noch am Schreibtisch. Mücken tanzten im Licht der Lampe, die auf dem Tisch stand. Sophie sah am Lichtschein vorbei aus dem Fenster, das sie auch nachts offen ließ. Im Dunkel des Gartens schwebten Leuchtkäfer wie herabgefallene Sterne zwischen den Büschen und lichter Nebel spann sich im Mondschein um die fernen Hügel.

Sophie dachte an Philipp, die Reise nach Berlin, wie ahnungslos er war, wen sie dort treffen wollte, zum Abschied. Philipp verließ Jena. Wohin, interessierte sie nicht. Nur der andere, dem sie nie wieder geschrieben hatte und den sie glaubte vergessen zu haben. Sie griff nach dem Stapel Briefe, der auf dem Schreibtisch lag, und las einige Stellen genauer. Dann schrieb sie wieder.

Nach kurzem Schlaf saß sie schon bald nach Sonnenaufgang wieder am Schreibtisch bei geöffnetem Fenster. Beim Nachdenken folgte ihr Blick dem Fluss in der Ferne, der wie ein Silberband sich durch grüne Wiesen windend schließlich hinter Büschen verschwand.

Die Arbeit ging rasch voran. Immer wieder sah sie einzelne Stellen in den Briefen nach. So hatte sie damals gefühlt, das hatte er gedacht. Die Liebe war eingeschlafen, aber nie würde Sophie diese beiden Jahre vergessen. Daraus entstanden Bilder, neue Eindrücke verwoben sich mit ihnen.

Im August lag die Hitze drückend auf den Dächern. In der Schwüle ließ es sich nur schwer atmen. Schließlich türmten sich Wolken am Himmel auf, und wie in einem Höllensturm entlud sich die aufgestaute Energie mit Blitz und Donner.

Nach dem Unwetter wagte sich Sophie hinaus in den wie neu erschaffenen glänzenden Tag. Es duftete nach Grün und Erde. An Zweigen, Blättern und Blumen glitzerten Regentropfen. Sie spazierte zur Burg hinauf, wo Moos und Gräser auf verfallenem Gemäuer wie Malachit im Licht der Abendsonne leuchteten. Über den Himmel zogen zerfetzte Wolkenwagen, von goldenen Strahlen umrandet. Sophie stand still und schaute. Es herrschte Stille, kein Vogel wagte einen Ton nach dem überstandenen Weltuntergangswetter. So, dachte sie, war es am Anfang aller Dinge. Licht und Dunkel, Wasser, Erde, ein Garten Eden, unbewohnt und leer – aber die Liebe erschien und alles belebte sich.

Jettes Übersetzung war inzwischen fertig. Fritz, der immer wieder kurz zu Besuch vorbeikam, blieb im Herbst für eine ganze Woche und brachte wie im letzten Jahr ein Reitpferd für Sophie mit. Der Fuchs war derselbe, den sie schon vom letzten Herbst kannte, ein großes Pferd mit ruhigem Gang. Im Galopp flog sie dahin, ohne dass ein Rhythmus zu spüren war, so als säße sie auf einem Vogel, der mit ruhigem Flügelschlag durch die Luft nach Süden zog, wie die Störche und die Wildgänse.

Wenn sie so über die abgeernteten Felder flog, dachte sie an ihre ersten Jahre in Jena, wo alles unbekannt war und neu, an die Gartenfeste, Ausflüge zu Pferd oder in offenen Wagen, Bälle, Konzerte – das konnte Camburg nicht bieten, doch hier fühlte Sophie sich vollkommen frei und leicht.

Bei einer Rast erzählte Fritz, dass Clemens eine Rheinreise unternehme, zusammen mit einem Freund aus Göttingen und einem aus Marburg – der eine Student, der andere gerade Privatdozent geworden. Sophie erinnerte sich an den Brief aus Frankfurt. Sollte sie Clemens schreiben oder seiner Schwester endlich antworten?

Fritz streichelte ihre Hand, ihre Wange. Er machte Witze über Clemens und lobte sie dafür, gar nicht mehr an ihn zu denken. Sie küssten sich und lagen sich bald leidenschaftlich in den Armen.

Sophie war gern mit ihm zusammen, ließ sich im Haus des Schwagers und ihrer Schwester jedoch nichts anmerken. Nur in der Natur, durchglüht von goldener Oktobersonne, gab sie sich frei. Bei Ausritten und Spaziergängen kamen ihr neue Ideen. Dies könnte sie schreiben und das. Hoffentlich vergaß sie es nicht, bis sie endlich wieder am Schreibtisch saß. Sie würde Amanda und Eduard trennen, beschloss sie. Ein verlorener Brief, ein neuer Geliebter, ein Künstler. Sie spann die Geschichte weiter. Beide Männer würden zu Tode kommen, in einem Duell vielleicht. Vielleicht ein Unfall, sie wusste es noch nicht. Und Amanda? Amanda würde leben. Doch ohne Liebe? Oder würde Amanda sterben, aber wie?

Am Tag vor Fritz' Abreise machten sie zum letzten Mal einen Ausritt über die Felder und Hügel. Außer Atem sank Sophie nach langem Galopp bei einer Rast ins Laub. In der Ferne läuteten Glocken. Zum letzten Mal waren sie zusammen. »Ich will dich«, flüsterte Fritz. Sie küsste ihn. Ungemessene Minuten und Umarmungen später hörte sie an ihrem Ohr mit heißem Atem geflüstert: »Wie liederlich, wie verdorben du bist, wie wundervoll.« Sophie wandte sich ab. Was fühlte er? Das wollte sie nicht, so nicht. »Ich will nach Hause. Wir sind zu weit gegangen. Du bist schon viel zu lange hier.« Nach einem Streit reiste er ab.

Im Herbst wurde Sophie von Fritz zu einem Theaterabend nach Weimar eingeladen. Ein Stück von seinem Bruder wurde aufgeführt. Sophie war neugierig darauf und ließ sich ein Zimmer in einem Gasthaus reservieren, nicht in einem der teuren am Marktplatz, aber das Haus war sauber und das Bett bequem. Am Nachmittag kam sie an. Sie ließ sich ein Bad bereiten, schminkte sich und zog eins ihrer feinsten Kleider an.

Zusammen mit Wilhelm, mit seinem Bruder Fritz und Thea betrat Sophie das Foyer des Theaters. Sie war lange nicht mehr hier gewesen. Sophie genoss die Stimmung, die Leute, die Lichter. Nach dem ersten Akt gab es Applaus. In der Pause drängte das gutgelaunte Publikum ins Foyer. Plötzlich stand Clemens vor Sophie. »Guten Abend«, sagte er. Seine Stimme klang, als sei ihm der Hals zugeschnürt. Seine Augen glänzten. Er stand einfallslos, wortlos vor ihr, dabei kannte Sophie ihn als redseligen Mann. »Guten Abend«, sagte sie und beschloss, an ihm vorbeizugehen, doch ehe sie einen Schritt machen konnte, fühlte sie sich gefangen. Clemens hielt sie und presste sie mit seinen Armen fest an sich. Ehe sie einen Ton sagen konnte, ließ er sie wieder los und stürzte hinaus, die Stufen hinunter auf die Straße.

»Was war das denn?«, fragte Wilhelm verblüfft. Fritz lachte schrill. »Dieser Clemens. Man glaubt es nicht, so ein Phantast. Wisst ihr, dass er überall herumerzählt, Stefan hätte Zwietracht zwischen ihn und uns, also Thea und mich, gesät?« »Das ist doch Unsinn«, sagte Sophie, die ihre Überraschung kaum verwunden hatte, »ausgerechnet Stefan, der so auf Ausgleich und Harmonie bedacht ist. Was hat Clemens nur gegen ihn?«

Es läutete. Die Pause war zu Ende.

Nach der Aufführung beglückwünschten alle den Verfasser, man lobte die Schauspieler. Es war ein gelungener Abend, der noch lange nicht zu Ende sein sollte. Sophie und die Freunde saßen bis weit nach Mitternacht zusammen und redeten oder sangen. Einmal erwähnte jemand Clemens und sein plötzliches Auf- und wieder Abtauchen. Alle lachten darüber.

Am nächsten Morgen schrieb Sophie einen Brief an ihn. Sie versuchte ihm klarzumachen, dass sie ihn nie wieder sehen wolle. Wäre es so, hätte sie ihm längst geschrieben. Außerdem erklärte sie, sie glaube nicht, dass Stefan der schlechte Mensch sei, zu dem Clemens ihn durch sein Gerede machen wolle. Den Brief gab sie Fritz, während sie mit ihm von Weimar nach Camburg zurückfuhr. Er verstaute ihn in seiner Reisetasche und versprach, ihn sofort zur Post zu bringen oder ihn sogar persönlich zu übergeben, wenn er Clemens noch irgendwo zufällig treffen würde. »Der ist ja aufgetaucht wie's Kasperle aus der

Hutschachtel. Unvermittelt stand er da«, lachte Fritz, »Deus ex machina, wie ein Dämon oder Gott auf der Bühne. Er scheint unerwartete Auftritte zu lieben.« »Hat denn niemand gewusst, dass er in Weimar ist?«, wollte Sophie wissen. »Wahrscheinlich war er gerade erst angekommen. Oder war er vielleicht auf der Durchreise? Er fährt bestimmt nach Italien«, lachte Fritz übermütig.

Gisela litt an einer schweren Erkältung. Sie lag im Bett und Sophie saß neben ihr, gab ihr immer wieder Tee und Brühe. Das Hausmädchen brachte Eiswasser für Wadenwickel, um das Fieber zu senken. Als nach zwei Tagen das Schlimmste überstanden war, arbeitete Sophie an ihrem Roman weiter. Hin und wieder setzte sie sich auch ans Klavier.

Der erste Schnee fiel. Trotz des unfreundlichen Wetters kam eine Freundin mit ihrem Mann für zwei Tage aus Jena zu Besuch. Sophie freute sich, ihrer Freundin den Roman vorlesen zu können, alles, was sie bisher geschrieben hatte: Briefe von Amanda, Briefe von Eduard, Briefe, die in langer Reihe den Roman ergaben.

Sie saßen in Sophies Zimmer. Die Freundin auf dem grünen Sofa, Sophie auf einem bequemen Lehnstuhl neben dem Schreibtisch, auf dem sie beim Vorlesen Seite um Seite ablegte. »Ich fürchte«, sagte die Freundin, als Sophie eine Pause machte, »einige Leser könnten deinen Roman unmoralisch finden.« »Meinst du? Es stimmt, ich will freie Lebensformen beschreiben. Es geht darum, im Einklang mit sich selbst zu leben. Das ist doch nicht unmoralisch.« Die Freundin sah nicht so aus, als würde sie Sophies Absichten verstehen wollen. »Lies mir den Rest ein anderes Mal vor. Lass uns ein bisschen Klavier spielen. Hast du Noten für vierhändige Stücke?«

Beim gemütlichen Beisammensein nach dem Abendessen – der große Kachelofen sorgte für behagliche Wärme, die zugezogenen Vorhänge schützten vor dem dunklen Frost draußen – wurde über Bücher und Bekannte geredet. »Übrigens erzählt Fritz überall herum, dass Clemens dich hier vor kurzem in Camburg besucht hat. Stimmt das?«, fragte die Freundin. Die Schwester und der Schwager sahen Sophie verblüfft an. »Nein«, antwortete Sophie, »er war nicht hier. Ich habe ihn nicht gesehen. Wann soll das gewesen sein?« Genaues wusste die Freundin nicht. Auch ihr Mann hatte zwar von dem Gerücht gehört, aber nicht darauf geachtet, was genau geredet wurde. »Fritz ist merkwürdig«, sagte Sophie verärgert, »der Künstler in meinem Roman, ihr erinnert euch, er hat ein bisschen was von Fritz, aber auch von Clemens.« »Die beiden sind aber doch sehr unterschiedlich. Wie kann man die zwei in einer Figur vereinen?«, fragte der Mann der Freundin. Er war der Einzige in der Runde, der noch keine Seite von Sophies Romanmanuskript kannte.

Anfang des Jahres kam ein Brief von Stefan. Ein Verleger in Göttingen suchte für seinen jährlich erscheinenden Almanach einen neuen Herausgeber und hatte dabei an Sophie gedacht. Stefan sollte sie fragen, ob sie diese Arbeit übernehmen wolle. Neun Monate habe sie Zeit, dann sollten alle Manuskripte beim Verlag sein, damit das Buch noch vor Beginn des neuen Jahres verschickt werden und in den Läden liegen könne.

Sophie hatte einen großen Vorrat an Gedichten und Texten von Freunden und verschiedensten Bekannten. Manches war gut, vieles eher nicht geeignet für ein Publikum mit anspruchsvollem Geschmack. Sollte sie das Angebot annehmen? Sie würde gute Texte brauchen, Dichter und Schriftsteller anschreiben müssen. Aber da war der Roman, der viel Zeit kostete. Und was sollte aus *Kalathiskos* werden? Zwei Bände waren bisher erschienen.

Sie überlegte ein paar Tage lang und sagte schließlich zu. Allerdings würde es dann im nächsten Jahr wohl keinen dritten Band von *Kalathiskos* geben. Das wäre einfach zu viel Arbeit.

Schon bald traf die Antwort von Stefan ein. In den nächsten Wochen ging viel Post zwischen ihm und Sophie hin und her. Sophies Schwester fragte schließlich, ob Stefan in Sophie verliebt sei. »Ich weiß es nicht. Falls er es ist, hält er sich sehr zurück.« »Ich bin sicher, es ist so«, sagte Sophies Schwester und fragte: »Wäre das kein Mann für dich? Er ist gebildet, hat einen angesehenen Beruf, einen ausgeglichenen Charakter, schreibt Gedichte und du scheinst ihn gut leiden zu können.« Sophie versicherte, dass sie keine Ehe mehr wolle, und wäre der Mann auch der liebste und beste Mensch. Sie wollte ihre Freiheit nicht aufs Spiel setzen. Nie wieder wollte sie heiraten.

Die ersten Bäume blühten und Fritz schrieb, dass er Sophie gerne besuchen und zu einer Reise überreden würde. Er berichtete von Clemens' Freund, dem Göttinger Studenten, der eine große Europareise angetreten hatte wie ein englischer Lord. Es hörte sich fast an, als wäre Fritz schadenfroh. Warum? Weil Clemens nun ohne seinen Freund in Göttingen saß? Mit allen, außer einigen seiner Geschwister, hatte er es verdorben. Er schien quer im Leben und in Streit mit den Menschen zu liegen. Fritz schrieb, Sophie solle keinen Gedanken an Clemens verschwenden, und erwähnte nebenbei, dass er jetzt erst den Brief wiedergefunden habe, den sie ihm ein paar Wochen vor Weihnachten, damals am Tag nach dem Theater, für ihn mitgegeben hatte. Der Brief habe in einem Seitenfach der Reisetasche gesteckt und sei beim Putzen und Aufräumen jetzt wieder zum Vorschein gekommen. Fritz habe ihn gleich zur Post gebracht, so dass er nun unterwegs zu Clemens sei.

Sophie unterdrückte den Ärger, der in ihr aufstieg. Was mochte Clemens denken, wenn jetzt, nach Monaten, ein Brief von ihr kam, an dessen Inhalt sie sich kaum noch erinnerte. Was hatte sie damals bloß geschrieben?

Sie wendete das Blatt und las weiter. Fritz hatte einiges über Clemens' Göttinger Freund erfahren. Physiker sei er. Das wusste sie bereits. Clemens habe ihm Flausen in den Kopf gesetzt, so dass er sich nun zum Dichter berufen fühle. Sein Bruder, mit dem er nach Italien reise, werde seinen Spaß an dem Wortkünstler haben, ganz wie der Vater, dem die Idee, seine beiden Söhne in die Welt zu schicken, wohl vor allem gekommen sein mochte, damit Clemens' Einfluss den hoffnungsvollen Physiker nicht ganz ins dichterische Fahrwasser hinüberziehe, wo es ja bekanntlich gefährliche Wirbel und Untiefen gebe, so dass man Gefahr laufe unterzugehen oder festzusitzen, während andere munter weiterzogen, Handel trieben und als tüchtige Menschen den Wohlstand mehrten.

Verärgert legte sie den Brief aus der Hand. Dichterisches Fahrwasser mit Untiefen und Wirbeln. Das war doch auch ihr Element. Fritz nahm das also nicht ernst. Er machte sich nicht nur über Clemens lustig. Sie wunderte sich, dass sie das nicht früher gemerkt hatte. Er spielte offenbar auch mit ihr. Wer hatte sie vor ihm gewarnt? Ihre Schwester? Lotte? Sophie konnte sich nicht erinnern. Sie würde Fritz nicht einladen zu kommen, und schon gar nicht würde sie eine Reise mit ihm unternehmen.

Lieber, als über Fritz nachzudenken, schrieb sie an Stefan. Von ihm wollte sie viele Gedichte in den Almanach aufnehmen, von Lotte und Jette und von ihr selbst sollten neben Gedichten auch Aufsätze darin erscheinen. Von Clemens aber nichts. Weder mit Clemens noch mit Fritz wollte sie noch etwas zu tun haben.

Neben dem Almanach arbeitete sie an dem Roman weiter. Der sollte so schnell wie möglich fertig werden, der Verleger hatte ihn schon im Katalog angekündigt und behauptete, die Leserinnen warteten darauf.

Nicht nur der Roman und der Almanach und verschiedene andere kleine Arbeiten beschäftigten sie. Bei einem Besuch in Weimar hatte Schiller ihr vorgeschlagen, Corneilles Cid zu übersetzen, so dass man das Stück in einem Jahr aufführen könnte. Obwohl sie nie ein Theaterstück geschrieben hatte, gefiel ihr die Idee. Eine Übersetzung wäre eine gute Übung, um vielleicht doch einmal ein Drama zu schreiben. Ein hohes Ziel, aber nicht so hoch und fern, dass es sie erschreckt hätte. Die Figuren oder Personen in ihren Geschichten sprachen kaum, sie dachten viel nach. Auch die Briefe in ihrem Roman waren nachdenklich und beschreibend. Ein Bühnenstück wäre etwas ganz Neues. Außerdem ließ sich mit einem Bühnenstück vielleicht auch mehr Geld als mit Romanen verdienen. Vielleicht, dachte Sophie, würde es ihr am Ende sogar besser gefallen, fürs Theater zu schreiben anstatt Romane.

Obwohl Sophie viel arbeitete, hatte sie Mühe, den Abgabetermin für den Göttinger Almanach einzuhalten. Auch der Roman sollte längst fertig sein, doch sie konnte ihn noch nicht abschließen. Neben dieser Arbeit gab es eine unendliche Zahl an Briefen zu schreiben. Es wurde ihr fast zu viel.

Sie empfing kaum noch Besuch. Nur die Spaziergänge in der Umgebung machte sie so regelmäßig wie immer. Sie gehörten zum Schreiben. Reichte die Zeit dafür nicht, erholte sie sich wenigstens kurz im Garten oder spazierte bis zur Linde auf dem Marktplatz. Sie liebte diesen alten Baum.

Der Sommer ging vorüber. Giselas fünfter Geburtstag rückte näher. Karl schickte ihr einen Brief, in dem er seiner Tochter alles Gute wünschte. Er hatte wieder geheiratet, eine junge Frau, fast zwölf Jahre jünger als Sophie, ein Mädchen aus wohlhabender Familie, ruhig und ohne unbändige Wünsche. Sie würde Karls Launen geduldig ertragen und ihm keinen Ärger machen. Er hatte sie ganz allein gefunden. Sophie lächelte bei dem Gedanken, dass er sie gebeten hatte, eine Ehefrau für ihn zu suchen.

Die Verleger mahnten. Sie warteten auf die Manuskripte und die Post war immer viel zu lange unterwegs. Sophie überlegte, ob sie weiter in Camburg bleiben sollte. Die kleine Stadt am Fluss mit der Burg auf dem Berg gefiel ihr gut und Gisela war glücklich mit den anderen Kindern im Haus und dem großen Garten. Aber der Ort lag ungünstig, die Post dauerte zu lange. Sollte sie wirklich noch einen Winter hier verbringen? Doch in Jena, wo sie viele Bekannte hatte, durfte sie nicht wohnen, solange Karl dort lebte. So stand es im Scheidungsvertrag. Also Weimar? Sie sprach mit ihrer Familie, sie sprach mit Freunden.

Bei einem Besuch in Weimar bot Wilhelm an, sich nach einer Wohnung für sie umzusehen. Sie traf ihn bei einer Nachmittagsrunde im Haus des Geheimrats. Den Raum füllte stimmenreiches Murmeln. Zwei Männer in Sophies Nähe sprachen über Clemens, der sein Philosophiestudium aufgegeben hatte. Er war jetzt in Düsseldorf und hatte dort innerhalb weniger Tage das Libretto für ein Singspiel geschrieben. Vertont war es noch nicht, aber einige Schauspieler wollten es unbedingt auf die Bühne bringen und hatten sogar schon mit Proben begonnen. Clemens ließ es sich, wie Sophie hörte, nicht nehmen, bei den Proben dabei zu sein. Einer der beiden, die so gut über ihn Bescheid wussten, sagte, er habe sich wahrscheinlich in eine der Schauspielerinnen verliebt. Ein Dritter mischte sich ein. Er sprach sehr leise. Sophie bemerkte, dass plötzlich alle drei zu ihr herübersahen.

Das Romanmanuskript war endlich fertig, der Almanach bereits im Druck. Sophie hatte Aussicht auf eine Wohnung in Weimar und konnte damit beginnen, den Umzug zu planen. Sie erzählte Gisela, dass sie bald woanders wohnen würden. Gisela begriff schnell, was das für sie bedeutete. Sie wollte nicht weg, sie wollte bei den Cousins und Cousinen in Camburg bleiben. Dennoch begann Sophie mit den Vorbereitungen, und schließlich fing auch Gisela an, Einpacken zu spielen.

Sophie schrieb allen Freunden, dass sie ab Dezember in Weimar wohnen würde. Sie freute sich auf das Leben dort, doch sich von Camburg zu trennen, fiel ihr nicht leicht. Sie hoffte, das Karl jetzt nicht auf den Gedanken kommen würde, Gisela zu holen, jetzt, wo sie mit ihrer gemeinsamen Tochter allein in einer Wohnung in Weimar leben wollte.

Von Jette hörte sie wenig. Sophie nahm es als gutes Zeichen, als eine Nachlässigkeit, die Verliebten zustand. Jette war glücklich mit Hermann, auch wenn sie vorerst nicht heiraten, sondern sich nur täglich treffen konnten. An eine Heirat war nicht zu denken, ehe er eine Stellung gefunden hatte, doch die Zeiten waren nicht gut und eine Anstellung nicht in Aussicht. Jette verdiente etwas Geld mit Übersetzungen, was Hermann verdiente, wusste Sophie nicht, jedenfalls viel zu wenig. Sie überlegte, welchen Auftrag sie Jette als Nächstes vermitteln könnte.

Vorerst aber war der Umzug zu überstehen. Sie ließ ihre Möbel verladen, packte Wäsche und Kleider, Bücher und alle Papiere, Briefe und Dokumente in Kisten und Koffer und nahm schließlich Abschied von ihrer Schwester, dem Schwager, der alten Verwandten, den Kindern und den Bekannten, die sie in Camburg hatte. Der Wagen mit den wenigen Möbeln fuhr voraus, Sophie und Gisela wurden von einem Bekannten aus Weimar abgeholt.

## *Weimar*

Als sie in Weimar ankamen, stand der Wagen mit den Möbeln vor dem Haus und war bereits zur Hälfte abgeladen. Sophie und Gisela sahen von der Straße – einer ruhigen Seitenstraße nicht weit vom Theater – zu den Fenstern im ersten Stock hinauf. Wie schwarze Augen starrten die Fenster zu ihnen auf die Straße herunter. »Wir müssen Vorhänge anbringen«, sagte Sophie zu Gisela. Sie stiegen die Treppe hinauf. Die Wohnung hatte zwei Zimmer, ein großes zur Straße und ein kleineres nach hinten zum Garten. Der Schreibtisch stand bereits im großen Zimmer zwischen den beiden Fenstern, das grüne Sofa an der Wand, der Tür gegenüber, und der Schrank aus Kirschbaumholz links daneben. Die Lindenholzkommode wurde aufgestellt. Im Schlafzimmer stand ein Bett für Sophie und ein kleineres für Gisela. Möbel, die noch fehlten, wollte Sophie von Bekannten leihen oder beim Schreiner bestellen.

Die Wohnung war nicht groß, darum kostete sie nicht viel, fünf Taler im Monat. Sophie zahlte für ein Jahr im Voraus. Hier wollte sie bleiben, hier würde sie sich wohlfühlen, in der Stadt, wo sie viele Freunde und Bekannte hatte, wo sie ins Theater gehen und Konzerte besuchen konnte. Für die Hausarbeiten und die Arbeiten in der Küche gab es eine junge Frau, die Sophie von einer Bekannten vermittelt worden war. Sie galt als geschickt und tüchtig. Sie empfing Sophie und ihre Tochter mit heißer Schokolade und schenkte Gisela zur Begrüßung einen Apfel und einen Lebkuchen. Ihr Name war Grete.

Nach drei Tagen war die Wohnung fertig eingerichtet, alles befand sich an seinem Platz. Sophie hängte Vorhänge auf, grün wie das Sofa und der Kachelofen in der Ecke. Grete stand neben der Leiter und half ihr dabei. Immer wieder sagte sie, dass dies doch keine Arbeit für eine Dichterin sei. »Ach, das ist schnell erledigt«, meinte Sophie, »in Zukunft werde ich mich aus allen Arbeiten heraushalten, nur zum Markt gehen wir vielleicht lieber zusammen.«

Schon bald fühlte sich Sophie in Weimar so heimisch, als hätte sie nie an einem anderen Ort gewohnt. Sie bekam viel Besuch und ging fast jeden Nachmittag irgendwo zum Tee. Schiller hatte ein großes Haus gekauft, direkt an der Flaniermeile, an deren Ende das Theater und das Palais lagen, in dem die Herzoginmutter wohnte. Sophie staunte, dass Schiller sich so ein Haus leisten konnte. Er hatte es einem englischen Diplomaten abgekauft.

Morgens arbeitete Sophie wie gewohnt am Schreibtisch und erledigte die Post. Aus Frankfurt kam ein Brief, nicht von Clemens, auch nicht von seiner Schwester Gundi, sondern von seinem jüngeren Bruder, dem er offenbar sein Herz ausgeschüttet hatte.

Der Brief war freundlich und schmeichelnd. Chris nannte Sophie die Dichterin des Frühlings und der Liebe. Er schreibe für seinen Bruder, der es nicht wage, sich selbst an sie zu wenden, obwohl er keine andere Frau lieben könne als Sophie. Es ging um ein Bild von Clemens' Mutter, das Sophie noch immer besitze und das Clemens zurückerbat. Er habe in Düsseldorf eine Schauspielerin kennengelernt, die Sophie sehr ähnlich sei, die sich sogar ein wenig wie sie bewege, doch Sophies Grazie sei unvergleichlich. Die Ähnlichkeit dieser Frau mit Sophie habe Clemens' Erinnerung so sehr belebt, dass er alle Versuche, sie völlig zu vergessen, aufgeben müsse. Das Bild fordere er von ihr zurück, weil es ihm wertvoll sei, nicht nur wegen der Ähnlichkeit zwischen seiner Mutter und Sophie.

Sophie wollte Clemens das Bild der Mutter nicht vorenthalten. Sie brauchte nicht lange zu suchen, es lag bei seinen Briefen in der Schublade des Schrankes aus Kirschbaumholz neben dem Bündel von Briefen aus Lübeck. Sophie setzte sich an ihren Schreibtisch und legte einen Bogen Briefpapier vor sich hin. Sie nahm eine der Schreibfedern, tauchte sie ins Tintenfass und … wie ungeschickt, das passierte ihr fast nie, ein Tropfen Tinte landete mitten auf dem Papier. Sophie nahm ein neues Blatt und begann den ersten Brief seit mehr als zwei Jahren an Clemens zu schreiben. Er wohnte jetzt in Marburg, zusammen mit einem Freund, der noch etwas jünger als Clemens war, aber viel besonnener. Sophie hatte ihn kennengelernt, als er vor einigen Jahren in Jena war. Savigny hieß er und war bereits Privatdozent an der Universität in Marburg. Ein sanftmütiger, vernünftiger Mensch wie er würde Clemens wohl den Halt geben, um endlich etwas aus sich zu machen. Sie legte dem Schreiben das Bild seiner Mutter bei und brachte den Brief zur Post. Danach ging sie zu Schiller und verbrachte den Abend mit interessanten Gesprächen in fröhlicher Runde. Nach Mitternacht begann er aus seiner neuesten Arbeit vorzulesen, so dass sie bis drei Uhr morgens blieb.

Inzwischen war das Honorar für Sophies Roman eingetroffen. Sie bekam pro Druckbogen zweiundzwanzig Reichstaler, was ihr wesentlich mehr einbrachte als der Unterhalt, den Karl zahlte. Damit konnte sie nun sorglos leben.

Weihnachten rückte näher. Sophie suchte nach Geschenken für Gisela, für Jette, die Familie in Camburg, den Bruder und seine Familie in Altenburg, für Freunde in Weimar und Jena oder in weit entfernten Städten. Sie musste nicht sparen und konnte sich ohne großes Nachdenken in den Geschäften umsehen. Sie betrat den Buchladen, der in der Straße lag, wo Schiller mit seiner Frau und den Kindern wohnte. Zwischen all den Büchern mit Lederrücken stand auch ihr Roman, zwei Oktavbände in lindgrünem Einband mit in Gold geprägtem Titel. Den Leserinnen würden die beiden schmucken Büchlein sicher gut gefallen.

Nach Weihnachten kam ein sehr dicker Brief von Clemens, über zehn Seiten, zu einem Bündel zusammengefaltet und mit einer Schnur umwickelt, weil das Siegel allein das Papier nicht gehalten hätte. Er musste mehrere Tage daran geschrieben haben. Sophie setzte sich auf das Sofa und begann zu lesen. Sie erfuhr von seiner Zeit in Göttingen und manches über seinen Physiker-Freund Achim, der auf seinen Rat hin angefangen habe zu dichten und inzwischen sogar einen Roman geschrieben hatte, der viel Lob bekam. Clemens schrieb auch von dem schändlichen Stefan, dem er gründlich die Meinung gesagt habe, und zwar mit gutem Grund. Anders als dieser Verräter sei Achim ein wahrer Freund, seines Vertrauens vollkommen würdig, aber leider zur Zeit auf dem Weg nach Paris. In der Schweiz sei er gewesen, in Mailand und in Genua, habe Clemens aber trotz all der neuen Eindrücke nicht vergessen. Er sei genauso verlässlich wie Savigny. Während Achim für ihn mitten ins Feuer springen würde, um ihn aus einem brennenden Haus zu retten, würde Savigny rechtzeitig eine äußerst wirkungsvolle Wasserspritze erfunden haben, um die Flammen zu löschen. Gegen Clemens' flammendes Herz aber hätten beide kein Mittel. Nur Sophie habe es in der Hand, ihm Linderung zu verschaffen. Auf mehreren Seiten beklagte er sich, nicht mehr dichten zu können. Nur wenn Sophie seine Muse sein wolle, werde er wieder Gedichte schreiben. Er müsse sie sehen, sie dürfe ihn nicht länger zurückweisen. Er beschrieb Sophie wie eine Gestalt am Himmel mit einem Glorienschein. Doch dieses Bild werde fade, wenn er an ihren Roman denke. Er habe ein paar Seiten darin gelesen und sei entsetzt. So etwas passe nicht zu einer Frau und zu einer Lichtgestalt noch viel weniger, denn Schreiben sei gefährlich, nur etwas für Männer, die es verstünden, in die Welt hinauszugehen und sich zu behaupten. Schreiben schade der weiblichen Natur, der madonnenhaften Reinheit, was doch das Einzige sei, wodurch sich die Frauen auszeichneten.

Sophie lachte verärgert. Was bildete sich dieser Spross aus reicher Kaufmannsfamilie, der sich aus Langeweile im Dichten übte und ein Studium nach dem anderen begann, ohne ein Ziel zu verfolgen, eigentlich ein? Frech war er wie Fritz und noch nicht einmal erwachsen. Ansprüche stellte er an Sophie und ans Leben, als wäre alles nur für ihn auf der Welt. Sophie faltete die Papierbögen energisch zusammen und beschwerte den Packen mit einem Stein, den sie am Flussbett in Camburg gefunden hatte und der nun als Briefbeschwerer auf ihrem Schreibtisch lag. Er war vom Wasser ganz rund geschliffen und von weißen Streifen durchzogen.

## *1803*

Der Geheimrat empfing Gäste, auch Sophie war dabei, denn er schien sie gern bei sich zu sehen. Er erzählte von den Arbeiten am neuen Schloss, das ganz modern und größer werden sollte als das alte, vor fast dreißig Jahren abgebrannte. Bis auf die Innenausstattung und Dekoration mit Wandgemälden und Statuen war es fast fertig. Im nächsten Jahr werde der Herzog dort einziehen, sagte der Geheimrat, der als Mitglied der Schlossbaukommission genau Bescheid wusste und erst in dieser Woche einige Aufträge vergeben hatte.

Man sprach über das Theater, die Schauspieler und Schauspielerinnen und kam auf die Unterschiede zwischen dem weiblichen und dem männlichen Charakter. Die junge Frau, die dem Geheimrat den Haushalt führte, saß in einer Ecke und hörte still zu. Sie hielt sich ruhig im Hintergrund, obwohl sie voller Energie zu stecken schien. Sophie dagegen versuchte ihre Meinung zu sagen, so rücksichtsvoll und doch so deutlich wie möglich, ohne jemanden vor den Kopf zu stoßen. Sie meinte, es sei ein Vorurteil, dass es dem weiblichen Charakter schade, wenn eine Frau ihre Kräfte frei entfalten und einsetzen würde. »Es schadet ihr auch nicht, wenn sie einen Sinn für den Genuss entwickelt. Doch darf sie das, darf sie genießen?« Sophie sah in lauter aufmerksame Gesichter und fuhr fort: »Von einer Frau wird verlangt, dass sie gefällt. Wenn sie Bertuchs Modejournal nicht kennt, darf sie sich nicht wundern, ausgelacht zu werden.« »Ich hoffe, Sie haben nichts gegen mein Journal«, sagte der Verleger. »Aber nein, ich lese es ja selber. Es ist schließlich eine Hilfe bei dem Versuch zu gefallen. Mir geht es eher um Wünsche, die eine Frau für sich selber hat, um Vorhaben oder Pläne, die sie verfolgen will, weil sie einfach Spaß daran hat. Fast immer muss sie nachgeben und Rücksicht nehmen, sonst gilt sie als eigensinnig. Ist es nicht so?« »Natürlich muss eine Frau gefallen«, sagte jemand aus der Runde, »das ist doch keine Frage.« »Aber bei dem Bemühen zu gefallen, verliert alles für sie den Reiz des Vergnügens. Das Wesentliche des Vergnügens ist doch, sich frei zu fühlen, und wer gefallen muss, hält sich ständig unter Kontrolle.« Jemand räusperte sich, die meisten hörten interessiert zu. Sophie schien Dinge sagen zu dürfen, die niemand sonst auszusprechen wagte. Aus ihrem Mund klangen auch solche unerhörten Worte wie Schmeichelei. Sophie sah nur wohlwollende Gesichter um sich, auch wenn ihr nicht jeder zustimmen mochte. Aber wem nicht gefiel, was sie sagte, dem gefiel wenigstens ihr Anblick. »Noch schlimmer ist es in der Ehe«, sprach sie weiter, »da hört die Frau ganz auf, eine eigenständige Person zu sein. Wie ein mechanischer Zusatz des Mannes muss sie tun, als sei sie nichts und wüsste nichts und müsste durch den Geist des Ehemannes belebt werden.« Der Geheimrat lächelte. Er schien zufrieden damit, dass er, obwohl schon über fünfzig, noch immer Junggeselle war. Nun ergriff Schiller das Wort. »Für die meisten Frauen gilt zwar, dass sie nichts anderes tun sollen, als zu leben und zu lieben, um das Leben zu verschönern. Verantwortung sollten sie nicht tragen, aber ich habe nichts gegen Ausnahmen. Manche behaupten sich wie ein Mann und weben trotzdem Rosen in unser Leben. Ich sehe das anders als so mancher, als Schlegel zum Beispiel. Schrecklicher Mensch, er hat zwar freiheitliche Ideen, findet aber trotzdem, dass Bildung und Wissen die sittliche Unschuld der Frauen zerstört.« Sophie dachte an den letzten Ausritt, die Rast, und ihr fielen seine Worte ein. Verdorben fand er sie, verdorben durch Bildung und Wissen, eine, die ihre sittliche Unschuld verloren hatte.

Der Geheimrat erwähnte ein Buch, von dem er bereits vor einigen Jahren gehört hatte. Darin werde dargelegt, dass Männer den Frauen zwar Schutz und Wohltaten, aber keine Freiheit gewährten. »Und sollte man das nicht ändern?«, fragte Sophie. »Ich glaube, ich kenne dieses Buch«, sagte jemand, »wird darin nicht vorgeschlagen, dass alle Frauen Rechte bekommen sollen, statt ihnen das eine oder andere Privileg zuzugestehen?« »Das hat bestimmt eine Revolutionärin geschrieben«, rief ein anderer. »Nein, ein Mann hat es verfasst«, sagte der Geheimrat. »Also nicht Olympe de Gouge? Aber die hat ja wohl keine Bücher geschrieben«, sagte eine der anwesenden Frauen. »Nein, das war die, die gefordert hat, wenn die Frau das Recht habe, aufs Schafott zu steigen, müsse sie auch das Recht haben, auf die Rednertribüne zu steigen«, wusste jemand. »So ist es. Aber was ist passiert? Man hat sie wenige Wochen nach der Königin in Paris geköpft und alle Frauenklubs aufgelöst.« »Politik ist ja aber auch nichts für Frauen«, sagte jemand. An die Terrorjahre wollte niemand in der Runde erinnert werden. Was man gehört hatte, wollte man vergessen. Vom Ersten Konsul, der jetzt in Paris regierte, erwartete man Großes, nachdem er für Ruhe und Ordnung gesorgt und in Lunéville endlich Frieden mit dem Kaiser des Reiches geschlossen hatte. »Das Alte stürzt, es ändern sich die Zeiten.« »Ein wahres Wort. Wird das ein neues Stück für die Bühne?«, fragte ein älterer Herr, der behäbig, den Bauch vorgewölbt, in einem Lehnstuhl hing. Man sprach vom Reichstag in Regensburg und dem Ausgleich, den einzelne deutsche Länder dafür erhalten sollten, dass sie nach den Koalitions- und Revolutionskriegen ihren Besitz westlich des Rheins an Frankreich verloren hatten. »Eine Umordnung ist das, wie es sie noch nie in der Geschichte gegeben hat«, sagte der Geheimrat, »und manche Länder, wie Baden und Preußen, aber auch Württemberg und Bayern profitieren sehr von dieser Neuaufteilung. Baden gewinnt viel Land hinzu, und als Kurfürst wird der Markgraf von Baden siebenmal mehr Untertanen haben als zuvor.« Der Besitz der katholischen Kirche sollte aufgehoben, die Klöster aufgelöst, Mobiliar, Bücher, Gemälde verkauft werden. Die freien Reichsstädte würden ihre Selbständigkeit verlieren, auch viele der kleinen Fürstentümer. »Durch dieses Umverteilen und die neuen Grenzen werden Bayern und Preußen wahrscheinlich so stark, dass sie dem Kaiser in Wien

Schwierigkeiten machen könnten«, sagte einer. »Das ist sicher Absicht«, vermutete ein anderer. »Und das ist erst der Anfang«, meinte der dicke Herr im Lehnstuhl. »Auf die große Politik hat der Einzelne wenig Einfluss«, wagte Sophie sich zu Wort, »wir Frauen gewiss nicht, aber auch die wenigsten unter den Männern können der Zeit ihren Willen aufprägen.« »Konsul Bonaparte wird es tun. Er wird der Zeit seinen Willen aufprägen«, sagte der Geheimrat und führte in einem längeren Monolog aus, dass es wohl das größte Verdienst eines Menschen sei, wenn er die Umstände bestimme, anstatt sich von ihnen beherrschen zu lassen. In gewissem Maße könne jeder Einfluss auf die Umstände nehmen, die ihn direkt umgeben, und solle es auch tun. Genauso sah es auch Schiller, musste sich nach weiteren Ausführungen aber gegen jene verteidigen, die dem Einzelnen so viel Freiheit und Gestaltungskraft nicht zugestehen wollten. »Doch«, beharrte er mit großer Geste, »jeder Mensch ist selbst Ursache der Umstände, in denen er lebt. Er ist verantwortlich für seine Lage. Er ist mündig und frei, zu entscheiden, was er gelten lassen will.«

Sophie hörte zu und überlegte. Sie hatte die Ehe hinter sich gelassen und lebte nun völlig frei, so wie sie es wollte. Die Umstände, in denen man lebte, bildete man sich vor allem auch durch die Sichtweise und Bewertungen, überlegte sie. Die Dinge änderten sich oft schon, wenn man sie unter einem anderen Blickwinkel betrachtete. Man musste wenigstens die Kraft aufbringen, die gewohnte Sicht, die herkömmlichen Ansichten zu ändern. War das nicht möglich, blieb nur Resignation.

Sophie beantwortete Clemens' langen Brief. Sie überlegte, ihm von den Diskussionen beim Geheimrat zu berichten, entschied aber, es nicht zu tun. Dennoch machte sie ihm klar, dass sie sich das Schreiben nicht verbieten lassen werde. Niemand würde sie dazu bringen, Feder, Tinte und Papier gegen Nadel, Faden und Leinen zu tauschen.

Jeden Morgen saß Sophie am Schreibtisch, ab Mittag machte sie Besuche oder empfing selber Gäste, abends ging sie manchmal ins Theater oder in ein Konzert. Der Winter in Weimar ließ sich gut ertragen.

Schon bald kam wieder ein Brief von Clemens. Sophie ließ ihn unbeantwortet liegen, doch dann kam wieder einer, und in der nächsten Woche noch einer.

Seit Januar war Lotte wieder in Weimar. Es war ihr gelungen, ihren Mann davon zu überzeugen, dass sie eine kranke Verwandte pflegen müsse. Sie wollte so lange bleiben wie nötig, notfalls über den Frühling und Sommer hinaus bis zum Ende des Jahres. Darum hatte sie ihre beiden kleinen Söhne mitgebracht. Lottes Familie freute sich, die Kinder bei sich zu haben. Die Pflege der Kranken ließ Lotte Zeit genug, Bekannte zu treffen und sogar auf Bälle zu gehen.

Anfang Februar besuchten Sophie und Lotte den Ball im Stadthaus zu Ehren des jungen Erbprinzen. Hunderte von Kerzen warfen ihr Licht in den Saal und auf die Damen in hellen Kleidern nach klassisch-antikem Muster. Die Herren trugen dunkle Fräcke zu weißen Hosen. Nur die Diener in Livree erinnerten mit Puderperücken und traditionellen Fräcken ans vergangene Jahrhundert.

Sophie hatte sich ein Kleid aus gelber Seide mit braunen Rüschen an Decolleté und Ärmeln machen lassen. Dazu trug sie lange gelbe Handschuhe. Die Haare waren mit einem braunen Band lose hochgebunden, so dass die Locken in Stirn und Nacken fielen. Lottes Kleid schimmerte silbergrau, bestickt mit winzigen roten Blüten.

Sie plauderten mit Bekannten, aßen Eis und tranken Sekt und tanzten. Sophie bemerkte, dass Lotte sich immer wieder von dem jungen Mann zum Tanz führen ließ, der als Bildhauer für die Skulpturen und Dekoration aus Marmor im Schloss zuständig war. Er wirkte sehr sympathisch. In einer Pause unterhielt Sophie sich mit Lotte und ihrem jungen

Tänzer über Kunst und Literatur. Dabei stellten sie fest, dass Sophie den Bruder des Bildhauers kannte. Man redete über Bekannte und kam auch auf Clemens. »Wie geht es ihm?«, wollte Lotte wissen. Sophie erzählte, was sie wusste. »Ihr schreibt euch also. Das freut mich. Ich habe schon befürchtet, dass ihr euch nicht nur aus den Augen, sondern auch aus dem Sinn verloren hättet. Wann kommt er denn?« »Kommt? Wie meinst du?«, fragte Sophie und verschwieg, dass sie seine Briefe bisher nicht beantwortet hatte. »Nun ja, er hat doch viele Bekannte in Weimar und Jena, da wird er doch sicher demnächst mal hier sein. Oder meinst du, er fürchtet sich?« »Vor wem?« »Vor dir.«

Im Frühling luden Wiesen und Wälder zu langen Spaziergängen ein. Am Ufer der Flüsse und Bäche, befreit vom Eis, gluckste Wasser um Steine. Die Zeit für Ausflugsfahrten übers Land, für Ausritte, Picknicks und Tanzfeste auf den Dörfern brach an. Jette und Lotte saßen bei Sophie und tranken Tee. »Wann kommt Clemens denn nun endlich?«, fragte Lotte. »Er kann noch nicht kommen«, erklärte Sophie, »sein Bruder heiratet.« »Gut, da darf er natürlich nicht fehlen.« Lotte ließ sich durch nichts in ihrer Schwärmerei für Clemens' Roman bremsen. Auch nicht von Jette, die keinen Zweifel daran ließ, dass ihr das Buch so wenig gefiel wie ein Aufenthalt von Clemens in Weimar. Sie machte Sophie Vorwürfe, dass sie ihn eingeladen, ihm überhaupt geschrieben hatte, und behauptete, Sophie werde es sicher bereuen, sollte sie ihn je wiedersehen.

Im Mai war es so weit. Nach zwei Jahren trafen Sophie und Clemens sich zum ersten Mal wieder. Er wohnte bei Wilhelm und zusammen kamen sie zu Sophies Teegesellschaft. Die meisten der Anwesenden kannten Clemens und begrüßten ihn wie einen alten Vertrauten. Sophie war fröhlich, fast kokett. Clemens gefiel ihr. Er war männlicher geworden und trug eine

Narbe, die ihr früher nicht aufgefallen war. Ein Unfall? Eine Schlägerei? »Ach, das ist nichts«, winkte Clemens ab, »Narben zieht man sich zu. Wenn sie nur auf der Nase sind, ist es noch harmlos.« Er wirkte nervös. Einige Minuten lang sprach Sophie nur mit ihm, ehe ihr einfiel, dass sie sich auch um ihre anderen Gäste kümmern musste. Sie redete ohne Pause über alles Mögliche und lachte munter. Clemens sprach wenig, er schien lieber zuzuhören, was früher nicht seine Art gewesen war. Unverwandt sah er Sophie an, die sich mit ihren Gästen in bester Laune unterhielt. Hin und wieder kniff er die Augen zusammen und schüttelte den Kopf. Plötzlich stand er auf, um zu gehen. Sophie begleitete ihn hinaus. Wilhelm wollte noch bleiben, so wie alle anderen, die noch längst nicht an Aufbruch dachten.

»Du bist nicht die, die du warst, so laut, so lustig. Es langweilt, es ärgert mich«, zischte Clemens, als er neben Sophie im Flur stand, »es ist, als wäre eine leichtlebige Rokokosalonière zum Vorschein gekommen. Vor zwei Jahren warst du ganz anders. War alles Verstellung? Wo ist der magische Schleier der Melancholie? Damals schienst du geheimnisvoll, jetzt bist du«, er stockte, riss die Tür auf, »banal«, rief er und rannte die Treppe hinunter. Ehe Sophie ihn zurückrufen konnte, hörte sie die Haustür zuschlagen. Nachdenklich ging sie zu ihren Gästen zurück.

Schon am nächsten Tag kurz nach elf Uhr morgens kam Clemens wieder. Sophie saß am Schreibtisch. Sie erhob sich und ging ihm, als er das Zimmer betrat, ein paar Schritte entgegen. »Die Tür war offen«, entschuldigte er sich statt einer Begrüßung. Sie standen einander gegenüber, Auge in Auge. »Bitte setz dich«, sagte Sophie und wies mit der Hand auf einen Stuhl. Clemens blieb stehen, unfähig, einen Schritt auf Sophie zu oder von ihr weg zu tun. Er schien vorsichtig, als traue er ihr nicht. Gleichzeitig schien er zu brennen, seine Augen glühten, die Haut war gerötet. Schweiß stand in winzigen Perlen am Haaransatz auf der Stirn, und er rang die Hände. Sein ganzer Körper war ständig in Bewegung, selbst als er schließlich saß.

Eine Stunde später war nichts mehr wie zuvor. Grenzen waren aufgehoben, Geheimes offenbart, Gewohntes wie neu. Der Liebe gehörte das Leben, die Welt ließ sich ganz neu begreifen, Menschheit und Natur verbanden sich im Rausch des Frühlings. »Du erscheinst mir wie Licht aus den Wolken, rein und verheißend. Du hast Macht über mich. Zum Tugendhelden kannst du mich machen oder zum Schurken verkommen lassen«, sagte Clemens. Das erschien Sophie fast wie eine Drohung. Forderte er ihre Liebe wie eine Verpflichtung? An ihr lag es, was aus ihm werden sollte? Was für Erwartungen. Sie sollte sich gar nicht drauf einlassen. Aber Clemens wieder fortschicken? Ja, sie sollte vernünftig sein, Jette würde das freuen. Oder sollte sie die Liebe wählen? Waren Leben und Liebe, Liebe zur Menschheit und Freiheit nicht eins, ein Einzelner nicht Teil des Ganzen? Konnte sie anders, als ihn lieben? Ein Schurke würde er. Zum Schurken würde er verkommen ohne sie. Sie durfte ihn nicht abweisen.

Sie unternahmen Ausflüge in einer verzauberten Welt. Auch an bewölkten Tagen schien für sie die Sonne. Doch manchmal störten plötzliche Gewitter diese Harmonie, und Blitze von Hass und Verachtung zuckten auf. Dann wieder war alles heiter, böser Spott und aller Streit vergessen. Statt zu arbeiten, verbrachte Sophie viel Zeit mit Clemens, und wenn es nicht leicht war mit ihm, so war es umso besser, denn es forderte Kraft, Geschick und Mut.

Sie suchten Orte auf, an denen sie vor vier, fünf Jahren, als sie sich kennenlernten, gewesen waren. Sie besuchten Bekannte. Einmal fragte Sophie, warum Clemens im letzten Jahr so plötzlich im Theater aufgetaucht war und sofort wieder verschwand, ohne ein Wort zu sagen. »Das war doch merkwürdig. Was sollte das?« Clemens lachte. »Ach, das war nichts. Jemand hat mir weisgemacht, du wärest nach Italien gefahren. Stell dir vor, ich habe wirklich geglaubt, du fährst ohne mich nach Italien.«

Trotz der Fröhlichkeit und unbeschwerten Freude am Leben, die sie verband, spürte Sophie immer deutlicher, wie wichtig ihr Da-Sein für Clemens war. Er schien sie schon als seine Ehefrau zu sehen. Alles sollte sie für ihn sein, und sie wollte es, aber frei, nicht gesetzlich an ihn gebunden mit allen Pflichten unter den Regeln der Vernunft.

Clemens lachte bitter, wenn sie von ihrer Freiheit sprach. Sie belüge sich selbst, sagte er. Sie wisse gar nicht, wie sehr sie ihn liebe, dass sie ohne ihn gar nicht leben könne. »So habe ich es auch Achim nach Paris geschrieben.« »Was hast du geschrieben?« »Dass du mich mit jeder Faser deines Körpers liebst. Dass du dich dabei so sehr vergisst, als würdest du dich selbst vernichten.« »Das hast du nicht wirklich geschrieben?« »Oh doch. Ich weiß gar nicht, woher ich all den Liebreiz nehmen soll, um deinem Verlangen zu entsprechen. Und trotzdem willst du mir nicht gehören?« Verachtung blitzte in seinen Augen auf. Er musste verrückt sein.

An einem heißen Tag im Juni machten sie einen langen Spaziergang. Clemens hielt seine Gitarre im Arm und sang. Sophie summte mit. Sie trug ein himmelblaues, federleichtes Kleid. Das lockige Haar war mit einem braunen Band zusammengehalten. Im grünen Schatten tanzten Mücken wie glitzernder Staub. Im Schatten des Waldes folgten sie einem Bachlauf, an dessen Ufer Gräser und Blumen weiß, violett und winzig blau blühten. Es duftete holzig und frisch.

Sophie wollte von Philipp erzählen, von der Fahrt nach Berlin, von ihrer großen Liebe, und auch die Stunden mit Fritz wollte sie nicht verschweigen. Wahrhaftig wollte sie sein, keine Heimlichkeiten hegen. Clemens sollte alles wissen. Doch er wollte nichts hören und sang, als wollte er verhindern, dass etwas an ihn herankam, das ihm missfiel.

Süßer Mai mit Blumenglocken
Läutest du das Fest mir ein
Ich bekränze deine Locken
Will ein braver Gast auch sein.
Süßer Mai zum Liebesmahle
Trägst du Blumenkelche ein
Blütensäulen stehn im Saale
Drüber wölbt sich Sonnenschein.

Sie blieben stehen, küssten sich, ließen sich auf eine umgestürzte Buche nieder, umarmten sich, und das braune Band löste sich aus Sophies Haar.

»Ich wünschte, du wärst eine Quelle«, murmelte Clemens nah an Sophies Ohr, »und ich würde mich dir in den Weg legen. Ein silbernglitzernder, munterer Bach wärst du und würdest über mich hinwegfließen, mich ganz und gar umspülen und ich würde von dem Wasser belebt und gekühlt, so dass mein armes Herz nicht verglüht in der heißen Liebe zu dir.« Wieder umarmte er sie. »Hier im Wald sind wir frei. Den Bäumen sind die Menschen und die Moral egal, wir können sein, wie wir sind.«

Später, als sie am Waldrand entlang auf die Stadt zugingen, deren Dächer rot im Sonnenlicht glänzten, meinte Sophie, wie merkwürdig es sei, die Seligkeit des Augenblicks nie sofort in Sprache fassen zu können. »Schildern lässt sich nur das Glück der Vergangenheit, das man erlebt hat, im glücklichen Augenblick selbst passt kein Wort.« »Dann wollen wir schweigen«, sagte Clemens und legte im Gehen seinen Arm um Sophie. Die Gitarre trug er lässig über der Schulter.

Sophie hörte immer wieder von Gerüchten, die über sie umliefen. Doch wenn sie nachfragte, blieb man ihr klare Antworten schuldig. Sie müsse den oder den fragen. Aber auch wenn sie weiterfragte, antwortete man nur mit vieldeutigem Lächeln. Sie fand das nicht zum Lachen, auch wenn sie es versuchte. Das Gerede würde ihr schaden, als Frau und mehr noch als Dichterin. Obwohl sie herauszufinden versuchte, was man über sie redete und wer die Lügen verbreitete, kam sie nicht weit. Alles blieb vage und den Ursprung fand sie nicht. Sie musste es dulden. Nicht viel ließ sich tun, es musste ertragen werden. In ihrem Glück, die Tage mit Clemens zu verbringen, fiel ihr das nicht schwer. Sie trafen Freunde, fuhren nach Jena, besuchten Bauernfeste in den Dörfern der Umgebung. Zusammen mit anderen unternahmen sie Fahrten in offenen Kutschen. Wer reiten wollte, lieh sich ein Pferd. In fröhlichen Gruppen erkundete man die Gegend, als hätte man die altbekannten Orte noch nie gesehen. Meist war auch Lotte dabei – und Christian, der Bildhauer. Sie waren ineinander verliebt, Sophie merkte es sofort. Er hatte seine Arbeiten am Schloss nahezu beendet und musste sich nicht mehr stundenlang in der Werkstatt oder im Schloss aufhalten.

Als Sophie und Lotte bei einem Picknick unter einem Baum saßen, während die anderen Ball spielten, fragte Sophie, ob es Lotte in Weimar nicht viel besser gefalle als in Holstein. Lotte seufzte. Sie wusste nicht, was werden sollte. Am liebsten würde sie sich scheiden lassen, aber natürlich war das unmöglich, die Kinder, das Geld, wovon sollte sie leben. Wohl kaum von den wenigen Gedichten, die sie schrieb. »Nur diesen Sommer will ich leben, als wäre ich ungebunden. Dann gehe ich auf unser Gut in Holstein und bewahre alles wie einen geheimen Schatz.«

»Du hast recht. Diesen Sommer wollen wir nehmen, als gäbe es nichts davor und kein Danach«, sagte Sophie, »als könnte alles so bleiben, wie es ist. Als ließe sich die Zeit anhalten.«

Auch Jette und Hermann waren bei den Ausflügen dabei.

Hermann, immer noch ohne Anstellung, hatte mehr freie Zeit, als ihm lieb war, blieb aber zuversichtlich. Zum Herbst, spätestens zum neuen Jahr würde er sicher eine Stelle bekommen. Hermann und Jette, Lotte und Christian, Clemens und Sophie, romantische Paare. Sie sangen Lieder zur Gitarre beim Picknick im Grünen, die Liedertexte hatte Clemens geschrieben. »Sie wirken«, sagte Lotte, »als wären sie Hunderte von Jahren alt, so schlicht, ganz ohne Raffinesse nur einfach wahr mit ehrlichem Herzen und ohne Kunst oder Verstellung.« »Das Mittelalter, die alte Zeit kann uns viel geben. Man muss die alte Sprache, die alten Lieder wiederfinden. All dieses Künstliche, diese Schnörkel und Muscheln, zum Teufel damit. Weg mit den Marmorsäulen«, rief Clemens, »mit dieser Kunst ohne Fleisch und Blut. Wir ziehen aufs Land, unters Volk, da ist das wahre Leben, dort muss man die Kunst suchen. Das ganze letzte Jahrhundert kann man vergessen, den Firlefanz, das feine Getue. Was sollen wir mit den alten Griechen?« Er schlug ein paar kräftige Akkorde auf seiner Gitarre und stimmte ein neues Lied an. Die anderen sangen mit.

Es kam zum Streit, als Sophie endlich erfuhr, wer die Gerüchte gestreut hatte, die ihr schadeten. Sie konnte es nicht glauben und stritt mit Clemens. Er solle damit aufhören, verlangte sie, zwar liebe sie ihn, sie sei aber selbständig und frei. »Und das will ich auch bleiben. Aus freiem Willen treffe ich mich mit dir. Ich will mich nicht aus Angst zu dir flüchten, weil mir die Menschen verleidet sind. Vergifte mir die Welt nicht!« Wie leicht es doch war, sich zum Beschützer aufzuwerten, wenn man alle Mitmenschen in Feinde verwandelte. »Freiwillig liebe ich dich«, erklärte sie, »nicht aus Not. Liebe und Freiheit sind zwei Seiten eines Blattes, untrennbar voneinander, so dass man nicht eins haben kann ohne das andere, nicht eins nehmen und zerstören kann, ohne das andere zu vernichten.« Clemens schwieg betroffen. Dann sagte er trotzig: »Ich will dich. Nur dich. Und niemand sonst soll dich haben. Aber bist du meiner Liebe auch wert?«

An regnerischen Tagen trafen sich die Freunde reihum in den Häusern, oft bei Sophie. Clemens erzählte, zum trüben Wetter passend, Märchen von unheimlichen Geistern, die in Wäldern hausten, und von schönen Wasserjungfrauen in Flüssen und Seen. Seine Gitarre hatte er auch hier immer zur Hand. Solange Jette und Hermann nicht dabei waren, verhielt er sich entspannt, wurde er Jettes ansichtig, bekam seine Stimme einen schrillen Klang. »Sie mag mich nicht«, flüsterte er Sophie zu.

Er hatte recht. Sprachen Jette und Sophie über ihn, tat Sophie es mit guten Worten, Jette voller Argwohn. Sie verstand gut, dass Clemens meinte, ohne Sophie nicht leben zu können. Aber Sophie lebe besser ohne ihn, war ihre Meinung. Sophie jedoch ließ sich nicht irremachen und versicherte ihrer skeptischen Schwester, sie werde Clemens nicht aufgeben, nicht diesen Sommer.

Sophie und Clemens trafen sich, wann immer sie konnten, tagsüber und spät am Abend in mondhellen Nächten zu Spaziergängen, wenn alles geheimnisvoll wirkte. Sie besuchten Volks- und Tanzfeste, mischten sich unter die Bauern und Handwerker, die so viel lebendiger und kraftvoller waren als die fein gekleideten Bürger und die Damen und Herren bei Tee- und Abendgesellschaften. Ländlichkeit und Stallgeruch, Fleisch und Blut statt Marmorkälte, betonte Clemens immer wieder, seien das wahre Elixier für Kunst und Dichtung.

Immer wieder sprach er vom Heiraten, obwohl seine Familie in Frankfurt gegen eine Ehe mit Sophie sei. Eine Geschiedene, noch dazu eine, die Romane und Gedichte schrieb, war nicht die richtige Schwägerin für seine würdigen Brüder, die auf ihr Ansehen und die Ehrbarkeit der Familie achteten. Schlimm genug, dass Clemens noch keinen Studienabschluss hatte. Eine

Ehe mit Sophie hätte diese unsichere Lage noch verschlimmert. Nur die Großmutter in Offenbach freute sich über Clemens' Heiratspläne. Sie schrieb Sophie einen gewinnenden Brief und Sophie antwortete ihr ebenso freundschaftlich.

Bei einem Spaziergang erzählte sie Clemens vom Brief seiner Großmutter, aber er schien nicht recht zuzuhören. Sie setzten sich auf eine Bank. Sonntägliche Spaziergänger kamen vorbei. Kinder und Hunde spielten auf der großen Wiese und verscheuchten die Störche, die in seichten Wasserstellen nach Fröschen suchten. Jetzt könnte sie ihm vielleicht beichten, was er wissen sollte, und begann: »Ich habe dir nie erzählt, dass ich mit Philipp …« Clemens fiel ihr ins Wort. »Wie kannst du es wagen, wenn ich bei dir sitze, an andere Männer zu denken. Die Vergangenheit ist vergangen, vorbei. Das sagst du doch selber immer. Dieser Philipp geht mich nichts an, weniger noch als Karl. Ich bin der Richtige für dich, du bist für mich geschaffen. Nur darum bist du es wert, dass ich dich liebe.« Sophie verschlug es die Sprache. Doch hätte sie etwas sagen wollen, hätte Clemens sie nicht zu Wort kommen lassen. »Lieben musst du mich. Unendlich lieben, wie du nie geliebt hast. Stumm musst du werden und fühlen, was deine Zunge nicht sagen kann. Kämpfe um mich, dass du mich verdienst.« Eine Ader an der Schläfe schwoll an. Seine Stimme vibrierte. Clemens wollte ohne sie nicht leben und forderte, dass sie sich ihm ohne Rückhalt überließ. »Alles musst du mir opfern können.« Das meinte er hoffentlich nicht ernst. »Du bist maßlos«, sagte Sophie. »Nein. Ich brauche einen Halt. Du hast es mir oft gesagt. Nur du kannst ihn mir geben.« Sophie überlegte kurz und sagte so ruhig wie möglich, obwohl ihre Stimme vor Wut zitterte: »Du willst nichts als deine Träume erfüllt sehen, und lässt dich dabei von widersprüchlichen Wünschen zerreißen. Das wirst du nicht lange aushalten.« Clemens sprang auf und lief vor Sophie hin und her, während sie weitersprach: »Du träumst zu viel. Mach etwas Handfestes. Versuch es mal mit Landarbeit, benutze deine Hände. Du liebst das einfache Leben der Bauern, wir gehen auf Bauernfeste. Versuch, wie sie zu leben. Lerne Pflügen und Holzhacken. Träum nicht nur vom einfachen Leben, probier es aus.« Clemens lachte schrill. »Aber ich bin Dichter. Du bist meine Muse. Soll ich wirklich solch grobe Arbeit verrichten und mit rauen Händen voller Risse und Schwielen deine zarte Haut berühren?« Clemens hielt ihr seine Hände hin. »Rate mir nicht solchen Unsinn«, schrie er, »und schmink dich nicht. Wie kannst du vom einfachen, wahren Leben reden und deine Augen und Lippen bemalen, so dass man ihre wahre Form und Farbe nicht erkennt. Wie kannst du dein Gesicht verfälschen mit Rouge und Puder? Du liebst die Natur, behauptest du. Dann versteck sie nicht, deine Natur, dein eigenes Gesicht. Bekommst du schon Falten?« Er beugte sich ganz nah zu ihr und sah ihre Augenlider prüfend an. »Man sieht es nicht unter der Schminke, wisch das ab.«

Clemens und Sophie verbrachten so viel Zeit zusammen, dass Sophie kaum an den Schreibtisch kam. Sie erledigte nur das Wichtigste, vor allem dringende Briefe. Doch sie opferte Clemens ihre Zeit gern. Er überraschte sie täglich mit lustigen Einfällen, sein Humor war spritzig und nicht zu bremsen. Die ärgerlichen Gespräche und Szenen vergaß Sophie schnell. Bis zum Herbst, wenn das Semester in Marburg begann, wollte sie für ihn da sein, würde seine Lieder hören, über seine Phantasien staunen. Sie verzieh ihm seine unmäßigen Forderungen schnell. Diesen Jugendsturm musste sie aushalten können. Was war die Liebe sonst wert?

Sophie und Clemens begleiteten Lotte, die Christian in seiner Werkstatt besuchte. Steinquader verschiedener Größe standen herum, halbfertige Skulpturen und in einem angrenzenden Raum einige überlebensgroße Statuen griechischer Götterfiguren. Clemens tanzte zwischen ihnen herum, mit großen Schritten, auf Zehenspitzen, verbeugte sich vor ihnen und reimte alberne Verse auf sie. Plötzlich streckte er den Götterbildern sein Hinterteil entgegen. Sophie und Lotte lachten. Christian sah verärgert zu. »Hör auf, du verstehst nichts davon«, sagte er zornig. Clemens machte eine letzte Verbeugung vor einer der weiblichen Götterfiguren – verkehrt herum, Kopf tief am Boden, den Hintern emporgestreckt, dem nackten Busen der Göttin zugewandt. »Clemens ist kein Verächter der Kunst«, versuchte Sophie zu vermitteln, als sie merkte, wie sehr Christian gekränkt war. Christian antwortete gepresst: »Ach, wirklich nicht? Zeigt sich auf diese Weise etwa Kunstverstand?« Clemens freute sich über Christians Ärger und ließ sich weitere Gesten einfallen, mit denen er beweisen konnte, dass antike Götterbilder keinerlei Respekt von ihm zu erwarten hatten. Sophie und Lotte versuchten ihn davon abzubringen und gleichzeitig Christian davon zu überzeugen, dass seine Arbeiten bewundernswerte Meisterwerke waren. Doch erst als sie später beim Tee zusammen im Garten saßen, gelang es Sophie, Christian völlig zu beruhigen. »Zur Strafe«, sagte Christian, »verlange ich deinen Kopf.« »Was?«, schrie Clemens. »Dein Kopf ist vollendet geformt, die Stirn, das Kinn. Edel das ganze Gesicht. Ich will eine Studie anfertigen.« »Aber ich brauche meinen Kopf selber. Ich kann ihn dir nicht zu Studienzwecken überlassen.« Wieder war Christian beleidigt und Sophie musste vermitteln. Nach längerem Überreden erklärte Clemens sich bereit, Modell zu sitzen. »Aber ich werde hier nicht stundenlang steif hocken und mich langweilen. Nur wenn du mich unterhältst, bin ich dazu bereit«, forderte er von Sophie. Sie versprach, ihn zu den Sitzungen zu begleiten, und auch Lotte würde dabei sein, so dass die Werkstatt zum Ort geselligen Beisammenseins wurde. Clemens musste mehrere Tage lang für ein oder zwei Stunden kommen. Manchmal nahm Sophie auch Gisela mit. »Er macht eine Puppe«, sagte sie, als sie erkannte, was geschah. Clemens gab ihr recht. »Er ist ein Puppenmacher. Er macht sie aus Stein. Willst du eine richtige mit weichem Bauch, mit Armen und Beinen und echten Haaren auf dem Kopf?«

Keine Sitzung ging ohne Streit und Witzeleien ab. Sophie bemühte sich, gleichzeitig Christian zu beschwichtigen und Clemens zu unterhalten, damit er nicht schon nach zehn Minuten wieder aufsprang. Es gelang ihr nicht immer. Und auch wenn er sitzen blieb, wechselte er immer wieder seine Position. »Schlimmer als ein Kasper oder Hanswurst«, stöhnte Christian. Aber er wollte sein Werk beenden und ließ sich durch nichts von seinem Vorhaben abbringen. »Vielleicht reicht es, wenn ich die wesentlichen Züge festhalte. Den Rest mache ich aus dem Gedächtnis«, erklärte er schließlich entnervt, »die hauptsächlichen Punkte und Merkmale habe ich. Nach dem Modell kann ich dann auch zwei oder drei Büsten fertigen, ohne dass Herr von Kasperhausen sich wieder herbemühen muss.« »Ich bin erlöst«, jubelte Clemens, »jetzt werde ich Gisela eine Puppe besorgen. Meine Schwester in Frankfurt soll mir eine schicken, eine schöne, so schön wie Sophie.«

Anfang August verabredete sich eine große Gruppe von Freunden zu einem Ausflug aufs Land. Mit Kutschen und Reitpferden sollte es durch die Dörfer der Umgebung, weit hinaus in die Landschaft gehen. Jette war dabei, zusammen mit Hermann, Wilhelm, Clemens, Christian, Lotte, und viele andere. Schiller fühlte sich nicht wohl und blieb deshalb zu Hause. Sophie entschied sich für ein Reitpferd, auch wenn fast alle Frauen in den offenen Kutschwagen Platz genommen hatten. Außer ihr nahmen nur zwei jüngere ein Reitpferd, so wie alle Männer außer Clemens. Er saß in der offenen Kutsche neben Gisela, den Platz auf der anderen Seite neben sich hielt er für Sophie frei. Die saß aber schon im Sattel auf einem hochbeinigen Wallach. »Komm hierher«, rief Clemens. Um keinen Preis wollte Sophie darauf verzichten, über die Wiesen zu galoppieren, und ließ das Pferd zu einer Gruppe von Reitern traben. Es wurde ein herrlicher Tag. Ihr Pferd flog über die Wiesen. Der Wind zerzauste ihr Haar.

Beim anschließenden Picknick unterhielt sich Clemens angeregt mit Lotte. Sie saßen auf einer Decke neben Jette und Hermann, doch Clemens tat, als sei Jette gar nicht da. Er wetteiferte mit Christian um Lottes Aufmerksamkeit. Auch Sophie schien er nicht zu bemerken, als sie sich, erhitzt vom Galoppieren, zu ihnen gesellte. Die Haare standen ihr zerzaust um den Kopf. Sie versuchte mit Clemens ein Gespräch zu beginnen, doch er schien sich nur für Lotte zu interessieren.

Erst als sie am Abend in die Stadt zurückkehrten, Sophie von ihrem Pferd absaß und einer der Männer es wegführte, verlangte Clemens mit Sophie zu sprechen. »Du hast den ganzen Tag kein Wort zu mir gesagt, warum jetzt? Jetzt bin ich müde.« Clemens blieb neben Sophie, bis sie ins Haus trat, wich nicht von ihrer Seite, als sie die Treppe hinaufging, und ließ sich auch an der Tür zur Wohnung nicht abweisen. »Ich muss mit dir reden. Allein!« »Dann musst du warten, bis Gisela im Bett ist.«

Als Gisela schlief und Sophie sich frischgemacht, das staubige Reitkleid gegen ein leichtes Kleid mit weiten Ärmeln getauscht hatte, setzte sie sich aufs Sofa, bereit, Clemens anzuhören. Auf den Tisch stellte sie eine Karaffe mit Wein und zwei Gläser. »Möchtest du etwas trinken?« Er schenkte ein und begann mit Betrachtungen allgemeiner Art über das Reiten. Während er im Zimmer auf und ab schritt, arbeitete er sich zu der Behauptung durch, dass Reiten unweiblich sei, dass Frauen es darum unterlassen sollten. Sophie beschrieb, wie viel Vergnügen es machte, schnell wie ein Vogel im Flug über die Wiesen zu jagen. Zornig rief er: »Genau das ziemt sich nicht für eine Frau. Das Langsame, Ruhige, Umsorgende, Bewahrende ist weiblich. Jagen und Kämpfen ist Männersache. Der Mann schweift kraftvoll ins Weite, erforscht die Welt. Die Frau bleibt an ihrem Platz und wartet. Nicht andersherum. Du stellst die Ordnung auf den Kopf.« Je länger er sprach, umso mehr redete er sich in Wut und schrie Sophie schließlich an. Eins der Gläser fiel um und der Wein floss über den Tisch. »Du bist doch keine Marketenderin, die mit marodierender Soldateska herumzieht!« Erfolglos versuchte Sophie ihn zu beschwichtigen. Sie war erschöpft und müde. Der vergossene Wein tropfte über die Tischkante. Clemens war so aufgebracht, dass er sich weder beruhigen noch wegschicken ließ. »Eine Furie, eine Windsbraut, mit wehenden Haaren und wehenden Kleidern. Ein Bild des Schreckens, wie kein Maler die Apokalypse entwerfen könnte.« Er stockte. Beugte sich vor und sagte leise, so dass Sophie es kaum hörte und der Klang seiner Stimme bei ihr eine Gänsehaut hervorrief: »Ich bekam Angst vor dir, um dich, deine Seele. Plötzlich sah ich dich durch die Wolken davonfliegen.«

Sophie war zu müde, um Clemens zu erklären, dass auch Frauen ein Recht auf heftigere Bewegungen als das Umblättern von Seiten in einem Gedichtband oder das Führen einer Nähnadel hatten, dass sie sich durch einen Tag zu Pferde nicht gleich in eine Furie verwandelten. Sie verstand nicht, was Clemens wollte. Ging es wirklich nur um diesen herrlichen Galopp? Sie wollte endlich ins Bett und schlafen. »Du sollst es nie wieder tun«, wiederholte er. Es war ihm ernst. So eine Wildheit, die rohe Natur hatte er nicht in ihr erahnt. »Ich werde den ganzen Sommer über auf kein Pferd mehr steigen. Aber es ist nicht so wild, wie es dir scheint«, sagte sie matt. »Frauen jagen nicht auf Pferden übers Land. Keine Frau, die ich lieben kann. Es ist ein unglaublich erschreckender Anblick. Hätte ich dich nur nie so gesehen. So ganz und gar anders als das Bild, das ich von dir habe. Warum bist du so uneins mit dem Bild, das sich meine Dichterseele von dir macht? Mein Innerstes sieht dich so sanft, so klug, voll treuem Mitgefühl. Du hast heute so viel zerstört.« Er schlug die Hände vors Gesicht und sackte in sich zusammen. »Das tut mir leid. Ich habe das nicht geahnt«, erwiderte

Sophie und suchte seine Hand. Er ließ sich aufs Sofa fallen und packte ihre Schultern. »Versprich, mich nie wieder zu erschrecken. Ich habe Angst, du fliegst durch die Wolken fort von mir, fort aus der Welt.« Ihre Lippen berührten sich. Endlich hörte Clemens auf, Versprechungen zu fordern. Er bebte, sie versanken. Alle Zeit löste sich in Ewigkeit auf, stürzte ineinander, in einen einzigen Augenblick. Das Feuer, das in Clemens seit Monaten brannte, ergriff Sophie, machte sie zur Flamme des Lebens selber, aus der Erde hervorbrechend, in Funken aufwirbelnd zum Flug ins All.

»Mama, was hast du?« Gisela kniete neben Sophie. Die Kleine trug ein weißes Nachthemd. Das Sonnenlicht, das durchs Fenster ins Zimmer fiel, ließ ihre blonden Locken wie einen Lichtkranz um sie scheinen, so als käme das Licht aus dem Kind. »Mir ist heiß«, sagte Sophie, »es geht mir nicht gut.« »Warum liegst du hier auf dem Boden?« Sophie sah sich um. Stuhlbeine, Staub unter dem Sofa, die Tischdecke hing zu ihr herunter und versperrte die Sicht ins Zimmer. Sie versuchte aufzustehen. Gisela wollte helfen. »Das schaffst du nicht. Hol Grete.«

Sophie lag im Bett, als Lotte kam, um sie zu pflegen. Sie fühlte ihre Stirn und stellte fest: »Du hast hohes Fieber.« Lotte goss Wasser in die Schüssel am Waschtisch und machte kühle Umschläge. »Du musst etwas trinken.« Sie bat Grete, eine Kanne Tee zu kochen.

Am Nachmittag kam Clemens. »Es geht ihr nicht gut«, flüsterte Lotte. Er übernahm es, die kalten Wadenwickel zu machen, und hielt Sophies Hand. Er saß Stunden an ihrem Bett. Nie werde er sie verlassen, sagte er, jetzt, wo er sicher sei, dass sie ihm ganz gehöre, dass sie ihm alles gebe, sich opfere und sich ihm öffne ohne Rückhalt und mit vollem Herzen. Sophie versuchte zu lächeln.

Lotte und Clemens wechselten sich in der Pflege ab. Als Sophie sich wieder kräftiger fühlte, zog Clemens einen Zettel aus seiner Tasche und wollte ihr ein Gedicht vorlesen. »Es ist noch nicht fertig. Es wird ein Sonett. Sag mir, was du davon hältst:

In Liebeskampf, in Todeskampf gesunken?
Ob Atem noch von ihren Lippen fließt?
Was ist's, das der gefallne Becher gießt?
Hat Balsam sie, Wein oder Gift getrunken?«

Clemens unterbrach sich und erklärte, für die zweite Strophe fehle ihm noch der entscheidende Einfall. »Was hältst du von den beiden letzten:

Und diese Arme sollen Flügel werden.
Nein, Falten sind es. Leichentuches Falten.
Um sie strahlt Glorienschein, zerraufte Haare.

Flamm Himmelslicht, blitz Hölle zu der Erden.
Brich der Verzweiflung rasende Gewalten.
Enthüll, verhüll das Freudenbett, die Bahre.«

»Schaurig«, flüsterte Sophie, »zerreiß es.«

Lotte versuchte Sophie mit dem Vorschlag aufzumuntern, eine kleine Reise zu unternehmen. Ende August musste sie mit ihren Kindern nach Holstein abreisen. Sie plante einen Umweg über Dresden, wo ihre beiden Brüder lebten. »Bis Dresden könntest du mitkommen. Es wäre eine schöne Abwechslung für dich. Keine große Reise nach Italien, doch fast eine Italienreise en miniature. Die Stadt ist wunderschön, die Lage am Wasser, die Fassaden der Häuser, die Kirchen, das Schloss. Du brauchst ein bisschen Veränderung.«

Sophie gefiel der Vorschlag, und mit der Aussicht auf die Reise wurde sie schnell wieder gesund. Bald fühlte sie sich wieder ganz bei Kräften. Sie saß mit Gisela am Tisch im Wohnzimmer vor einem Würfelspiel, als sich die Tür öffnete und Clemens das Zimmer betrat. Er erzählte, dass er am Vormittag in der Werkstatt von Christian gewesen sei, um seine Büste zu begutachten. Sie sei fast fertig und der Anblick habe ihn überwältigt. »Ich hätte ihn nicht so ärgern sollen. Er hat ein großartiges Werk erschaffen. Was ich gesehen habe, war nicht, was ich sehe, wenn ich in den Spiegel schaue. Aber ich erkenne mich darin. So wie in diesem Stein, so will ich für dich sein, so bin ich, nicht anders kannst du mich begreifen. Christian hat mich aus deinem Herzen gegriffen, wie du mich liebst und mich neu zur Welt bringst.«

Auch Lotte hatte die Büste gesehen und lobte das Meisterwerk. Es sei ein Bild von Clemens, wie Gott es vor sich gehabt haben müsse, als er ihn schuf. Nie zuvor habe Christian ein so edles Antlitz geschaffen. »Wenn es ganz fertig ist, sollst du es haben«, sagte Clemens, »zur Hochzeit.« »Welche Hochzeit?« Dass sie heiraten würden, war nie beschlossen worden. »Wie kannst du fragen? Du bist meine Frau, auch vor der Welt musst du es sein. Schon allein wegen meiner Familie.«

Sophie erinnerte sich, dass Clemens' Familie gegen die Ehe mit einer geschiedenen Schriftstellerin war. Wieso meinte Clemens jetzt, der Familie wegen heiraten zu müssen? Wieder einmal stritten sie. Clemens musste nach Frankfurt zurück und dann nach Marburg. »Ich werde dich nicht mehr sehen können. Das wird mein Ende. Du musst mit mir kommen. Wir sind ein Paar. Du bist mein.« »Muss ich dich daran erinnern, dass die verbreitete Meinung ist, verheiratete Frauen dürften nicht schreiben, des möglichen Ruhmes wegen, der den Ehefrieden störe?«, bemerkte Sophie mit leichtem Spott. »Was geht mich die verbreitete Meinung an. Außerdem bist du doch schon berühmt.« »Weil Karl alles geduldet hat. Er war stolz auf seine schreibende Frau. Aber die Zeiten haben sich geändert, man ist vorsichtiger geworden, du selber willst eine Frau am liebsten im Häuslichen sehen, höchstens im Garten.« »Aber das ist doch ganz etwas anderes«, rief Clemens. Er werde ihr Schreiben dulden, viel mehr noch, er werde alles, was er zu Papier bringe, unter ihrem Namen veröffentlichen, im Namen seiner Muse werde er schreiben. »Wenn du nur meine Frau wirst! Wir wollen zu einem einzigen dichtenden Wesen verschmelzen und unsere Werke sollen deinen Namen tragen, so wie mein Roman den Namen *Maria* trägt.« »Du bist ein sonderbarer Despot«, meinte Sophie, »demütig und dämonisch, fromm und frivol in einem.« Clemens lachte verlegen und ließ für diesmal davon ab, Sophie zur Ehe zu überreden.

Zwei Tage später sprach er wieder vom Heiraten. »Lass uns zusammen leben. Komm mit mir.« Er schmeichelte und klang beinahe flehend. »Wenn du die Ehe nicht willst, gebe ich mich zufrieden damit, dich jeden Tag bei mir zu haben. Deine Freiheit soll dir bleiben, nur als Dichter wollen wir eins werden, du als meine Muse, ich als dein Geist.« »Du meinst, als Genie und Dämon willst du um mich sein?« »Lass mich eine Wohnung für dich suchen, es wird dir in Marburg gut gehen.« »Ich wohne noch nicht einmal ein Jahr hier.« »Du musst Savigny kennenlernen. Er ist mein bester Freund. Jedenfalls wenn Achim nicht bei mir ist. Ihn musst du auch unbedingt kennenlernen. Wenn er nur erst von seiner Reise durch Europa zurück wäre.« Clemens pries Marburg, die alten Fachwerkhäuser, die Burg oben auf dem Berg, die schon von weitem sichtbar war. Er malte Sophie aus, wie elend er sein werde ohne sie. Weimar sei viel zu weit weg. Er brauche sie in seiner Nähe. Es sei schlimm, dass sie nicht heiraten wolle, aber wenn sie nicht mal in derselben Stadt mit ihm wohne, werde er sterben. Sophie versuchte dem Drängen und Drohen standzuhalten. Ihr gefiel es gut in Weimar, abgesehen von den Gerüchten, die noch immer nicht verstummen wollten, ein Nachteil der vielen Teegesellschaften und Gesprächsrunden.

Sie mochte die Lage am Fluss, die Gärten, die Bibliothek, das neue Schloss, alles unter einem lichten Himmel in einem weiten Tal. Hier fühlte sie sich wohl und geborgen, hier hatte sie ihre Freunde und zu ihren Verwandten war es nicht weit. Wen kannte sie denn in Marburg? »Du liebst mich nicht!«, brauste Clemens auf. »Wenn du mich lieben würdest, wie du musst, würdest du nicht an Bekannte und Freunde denken.«

Nach vielen Gesprächen und Streitereien gab Sophie schließlich nach und sagte Clemens, er solle sich in Marburg nach einer Wohnung für sie umsehen. Als Dichtende wollten sie sich gegenseitig anregen und in freier Liebe leben. »Meine Familie besteht darauf, dass ich zu Semesterbeginn in Marburg bin. Ich kann nicht hier bleiben, es geht nicht, aber im September werde ich volljährig. Dann können mich meine Brüder endlich nicht mehr so gängeln.«

Jette schaute vorbei und Sophie erzählte ihr, dass sie nach Marburg ziehen würde, sofern Clemens dort eine passende Wohnung für sie fände. Entsetzt darüber versuchte Jette sofort, ihre Schwester von der Verbindung mit Clemens und den Umzugsplänen abzubringen. Es sei gefährlich, Clemens werde sie unglücklich machen, er sei jähzornig und unberechenbar. Sophie wunderte sich über den Eifer, den Jette an den Tag legte. »Du hast recht, dass man nie vorhersehen kann, was Clemens tun oder sagen wird. Aber gerade das liebe ich. Er ist kein bisschen langweilig. Manchmal ist es, als würden Engel und Teufel um seine Seele streiten. Und ich will den Engeln ein wenig helfen. Er glaubt, er braucht mich, und ich glaube, dass ich mit ihm glücklich werden kann.« »Für kurze Zeit vielleicht wirst du glücklich sein. Aber ob du glücklich bleiben wirst, das weißt du nicht«, ergänzte Jette. »Ich liebe ihn und ich bin kein junges Mädchen, das sich schutzlos einem rohen Kerl anvertraut. Ich kenne Clemens und seine beiden Seiten. Ohne mich kann er sie nicht zusammenhalten, er wirkt so zerrissen.« Jette setzte sich auf einen der Stühle am Tisch und tat so, als sei sie völlig erschöpft vom Kampf gegen Sophies Umzugsideen. »Aber du wirst dort wenigstens eine Wohnung für dich allein haben, ja?«, fragte sie, wobei sie Sophie einen schrägen Blick zuwarf.

## *Die Reise nach Dresden*

Lotte traf Vorbereitungen für ihre Abreise aus Weimar, Sophie packte die Sachen zusammen, die sie nach Dresden mitnehmen wollte. Leichtherzig nahm sie von Clemens Abschied, der zur Poststation kam, kurz bevor die Kutsche abfuhr. Sophies Fröhlichkeit verstimmte ihn. »Du musst mir jeden Tag schreiben«, verlangte er. »Gleich beim ersten Pferdewechsel. Schon von unterwegs«, versprach Sophie. Bei ihrer Rückkehr aus Dresden würde er schon nach Marburg unterwegs sein. Er schenkte Gisela die Puppe, von der er gesprochen hatte, eine mit echten Haaren. Seine Schwester in Frankfurt hatte sie besorgt. Gisela freute sich, aber dass sie Clemens lange nicht mehr sehen sollte, gefiel ihr gar nicht, und sie verzog schmollend das Gesicht, während sie die Puppe fest an sich drückte. Clemens gab ihr einen flüchtigen Kuss. Von Sophie nahm er in einer langen Umarmung Abschied.

Weil die Plätze auf dem Dach weniger kosteten als die im Inneren der Kutsche, kletterten Lotte und Sophie dort oben hinauf. »Herrlich! Es ist viel lustiger hier oben«, rief Sophie, »man sieht viel mehr von der Landschaft.« Lottes Mutter und die Kinder fanden unten in der Kutsche Platz.

Gleich nach der Abfahrt begann Sophie nach Clemens Ausschau zu halten, so als würde sie erwarten, ihn hinter jeder neuen Wegbiegung zu sehen. Sie fühlte sich jung und kraftvoll und auch Lotte war so fröhlich, wie Sophie sie noch nie erlebt hatte. »Da ist er«, rief Lotte. »Wo?« Sophies Blick folgte Lottes ausgestrecktem Arm. Er war es natürlich nicht. Das Spiel wiederholte sich. Immer hätte es Clemens sein können – der Mann auf dem Pferd, der Wanderer am Straßenrand, der Reisende, der an der Poststation, wo die Pferde gewechselt wurden, aus einer Kutsche stieg – aber er war es nie.

Wie versprochen schrieb Sophie von unterwegs, schon von Auerstedt. Sie saß neben Lotte in der Gaststube des Posthauses, während die Kinder mit den anderen Gästen um die Wette lärmten und redeten. Auch Lotte schrieb einen Brief. An Christian. Als das Signal zur Weiterfahrt gegeben wurde, mussten sie aufhören, versiegelten die Briefe und gaben sie gleich auf.

Alle Fahrgäste stiegen wieder in die Kutsche, Sophie und Lotte kletterten auf ihre Plätze, die Pferde zogen an. Gleichmäßig trabten sie die Straße entlang, die Kutsche rollte übers Land, manchmal holpernd, doch ohne Unfall oder Achsenbruch. Sie fuhren Tag und Nacht. Sophie schlief unter dem Sternenhimmel im Sitzen, an Lottes Schulter gelehnt.

Nach der Ankunft in Dresden nahm Sophie ein Bad. Im warmen Wasser liegend träumte sie von Clemens. Später spazierte sie mit Lotte durch die Stadt, an der Elbe entlang und über die Brücke. Mitten auf der Brücke trafen sie Ludwig, Christians Bruder, den Sophie zwar lange kannte, aber seit Monaten nicht mehr gesehen hatte. Sie lachten und flirteten. Ludwig begleitete Sophie und Lotte ein Stück, indem er den Weg über die Brücke zurückging, den er gekommen war. Sophie scherzte und war, auch nachdem sie sich von Ludwig verabschiedet hatte, noch so übermütiger Laune, dass Lotte besorgt fragte, ob sie Clemens denn schon vergessen habe. »Aber nein, ich habe ihm vorhin schon einen langen Brief geschrieben. Du glaubst doch nicht etwa, ich hätte mich Hals über Kopf in Ludwig verliebt?«

Am Abend saßen Lotte und Sophie mit Verwandten und Bekannten zusammen. Auch Ludwig und seine Frau waren da. Er erzählte von seinem Aufenthalt im Badischen, am Rhein und in Heidelberg. »Wie gemalt liegt die Schlossruine am Hang über der Stadt mit der Brücke, die den Neckar überspannt. Nicht weit von der Stadt gibt es ein Gasthaus. Es steht unter alten Linden am Wolfsbrunnen. Die Äste dieser Bäume sind so miteinander verwachsen, dass man an schönen Sommertagen, wenn es in der Stadt und in der Ebene zu heiß ist, bequem dort oben in den Bäumen sitzen und lesen kann. Man kann sogar Stühle hineinstellen und Tee trinken. Eine Teegesellschaft in den Bäumen.« Ludwig sprach von einem Gedicht, das er gelesen hatte. »Aber ich kann es nicht auswendig, nur ein paar Brocken.« »Wir würden es trotzdem gerne hören«, sagte Sophie. Ludwig versuchte es. Es reichte, um einen Eindruck von der Stadt und ihrer Lage zu bekommen. Als Sophie beim Einschlafen versuchte, das Gedicht zu wiederholen, erinnerte sie sich nur noch an Bruchstücke.

Wie der Vogel des Waldes über die Gipfel fliegt,
schwingt sich über den Strom, wo er vorbei dir glänzt,
leicht und kräftig die Brücke,
die von Wagen und Menschen tönt.

Hm, wie geht es jetzt weiter, überlegte sie. Von Schicksal war die Rede.

Mit dem Schicksal vertraut sah das gigantische
Bergschloss mahnend ins Tal, luftig bis auf den Grund
von den Wettern zerrissen.
Doch die ewige Sonne goss
ihr verjüngendes Licht über das alternde

Riesenbild, und umher grünte lebendiger
Efeu, freundliche Wälder
rauschten über die Burg herab.

Lotte und Sophie verbrachten eine unbeschwerte Woche in Dresden. »So wie diese Tage sollten alle sein«, seufzte Sophie. »Du wirst sehen, Marburg ist auch sehr schön.« Lotte bestärkte Sophie immer wieder in dem Vorhaben, zu Clemens zu ziehen. »Wenn er auch etwas widersprüchlich ist oder mal aus der Haut fährt, das musst du eben hinnehmen. Er wird sich ändern. Ich bin ganz sicher. Er hat es nie erlebt, dass jemand ganz für ihn da ist. Wenn du das tust, werdet ihr sehr glücklich.« Anders als Sophies Zukunft schien Lotte die eigene zunehmend grau. Am Tag der Abreise jammerte sie, dass sie wohl nie wieder von dem Gut in Holstein wegkommen würde. »Und nie werde ich Christian wiedersehen.« »Ihr könnt euch schreiben«, tröstete Sophie.

Die beiden trennten sich. Lotte reiste per Schiff mit ihrer Mutter und ihren beiden kleinen Söhnen die Elbe hinunter nach Hamburg, Sophie mit Gisela in einer Postkutsche zurück nach Weimar. Aus dem grauen Himmel regnete es hin und wieder. Alles schien herbstlich trüb und die Schwalben waren längst verschwunden. Auch die Störche, die den Sommer über auf den Wiesen herumstaksten, hatten sich bereits nach Süden auf den Weg gemacht.

### *Weimar*

Wenige Tage nach Sophies Rückkehr kam polternd ein Mann, beladen mit einer Kiste, die Treppe herauf und setzte seine Last im Flur ab. Nachdem Sophie den Mann mit einem Trinkgeld entlohnt hatte, nahm sie den Deckel von der Kiste und entdeckte – Hobelspäne. Was sollte das? Sophie griff hinein und schob die Späne etwas auseinander. Sie fühlte etwas Kaltes, Glattes, doch im dämmrigen Flur konnte sie nicht genau erkennen, was da weiß in der Kiste schimmerte. Plötzlich erschrak sie. Da lag ein Kopf. Sophie schaute genauer hin. Johann? Nein, das musste die Büste von Clemens sein. Ein Idealbild, dem Clemens so ähnelte wie Johann. Sophie versuchte die Büste anzuheben, aber sie war zu schwer. Als Wilhelm etwas später kam, nahm er den Kopf aus der gepolsterten Kiste und stellte ihn auf Sophies Schreibtisch am Fenster. »So ein schöner Clemens«, sagte er ein wenig spöttisch und gab der Büste einen freundschaftlichen Klaps auf die Wange, »er hat nicht einmal die Narbe auf der Nase. So stellt man sich einen Himmelsboten vor. Clemens muss sich anstrengen, wenn er diesem Bild ähnlich werden will.« Sophie besah sich die Büste nachdenklich von allen Seiten. »Zuerst habe ich ihn gar nicht erkannt«, gestand sie Wilhelm, »dieser Kopf ist rätselhaft schön und er scheint die beiden Seiten von Clemens zu zeigen, seine liebenswerte und die bedrohliche, je nachdem wo man steht, von wo man ihn betrachtet.« »Welche Seite ist die bedrohliche?« »Diese hier.« Sophie strich mit der Hand von der Schläfe bis zum Kinn hinunter. »Soll ich den Kopf anders stellen, so dass man vom Sofa aus die freundliche Seite sieht?« »Nein, es ist gut so. Seine gute Seite ist dem Licht, der Sonne zugewandt. So muss es sein.«

Jette kam. Sie trug ein abgetragenes Kleid von unbestimmter Farbe, Sophie ein helles Mousselinkleid, so dass sie neben ihrer Schwester eher wie eine Elfe aus der Welt der Märchen wirkte, nicht wie eine Frau, die ihren Lebensunterhalt selbst verdiente. Sie fühlte sich mädchenhaft, so jung wie damals vor ihrer Heirat. »Die Tage in Dresden müssen dich verzaubert haben«, meinte Jette gleich nach der Begrüßung, »sowie ich es mir leisten kann, werde ich auch einmal eine Woche dort verbringen.« In diesem Moment fiel ihr Blick auf die Büste am Fenster. »Der

Kopf sieht ja fast aus … Nein, das ist er wirklich. Hat er sich hier also eingenistet!« Trotz der idealen Schönheit gefiel ihr die Büste nicht. »Du brauchst gar nichts zu sagen. Du bemühst dich umsonst«, schnitt Sophie ihr das Wort ab, »ich werde zu ihm nach Marburg ziehen. Er hat es nie erlebt, dass jemand ganz auf seine Wünsche eingeht. Das werde ich tun und es wird ihn verändern. Seine herrischen Momente, seine herzlosen Spötteleien werden verschwinden, du wirst sehen. Er wird ja auch älter und damit ruhiger, nächste Woche wird er fünfundzwanzig. Ganz stolz hat er mir geschrieben, dass er ab Oktober regelmäßig Geld aus seinem Erbe bekommt. Die jährlichen Zinsen seines Vermögens sind sechsmal so hoch wie der Betrag, den Karl mir zum Unterhalt zahlt.« »Das ist nicht schlecht«, meinte Jette. »Eben. Er steht jetzt auf eigenen Beinen und muss nicht mehr tun, was seine Brüder wollen. Das wird ihn verändern und sicherer machen.« »Glaubst du das wirklich?« Jette machte ein Gesicht, das Spott und Zweifel ausdrückte.

In den nächsten Tagen war Sophie morgens manchmal etwas schwindlig. Ohne den geringsten Appetit saß sie beim Frühstück und hätte sich am liebsten wieder ins Bett gelegt, aber sie musste an den Schreibtisch. Sie wollte arbeiten und Briefe waren zu beantworten. Fast täglich kam einer von Clemens.

Sophie schrieb einen Brief an Lotte, die inzwischen längst wieder auf dem norddeutschen Gut war. Sie erzählte ihr von der Büste, die nun auf ihrem Schreibtisch stand und ihr beim Schreiben auf die Finger sah, und von dem Schreck, den sie beim Auspacken bekommen hatte, weil sie dachte, es sei Johanns Kopf. Auch von der Reise nach Berlin vor sieben Jahren schrieb sie und von Johann, der damals aus Lübeck nach Berlin kam, um für immer Abschied zu nehmen.

Sophie verbrachte einen ganzen Nachmittag bei Schiller. Es war ein regnerischer Tag mitten im September. In seinem Arbeitszimmer roch es leicht nach Äpfeln. Das Haus, in dem er seit letztem Jahr wohnte, war groß und sein Arbeitszimmer geräumig. Sie sprachen über die geplante Aufführung des Dramas, das Sophie übersetzt hatte, den Cid von Corneille. Schiller verlangte noch einige Änderungen, vor allem wollte er Ersatz für einen Namen, der ihm gar nicht gefiel. Als alles besprochen war, erzählte Sophie, dass sie Weimar verlassen werde, um mit Clemens in Marburg zu leben. »Was, so plötzlich? Und was wird aus uns? Wir werden unsere Dichterin vermissen, der Geheimrat und ich und alle«, rief er. »Ich werde an euch denken und Briefe schreiben. Hoffentlich gefällt es mir in Marburg.« »Das wird es ganz sicher nicht«, sagte er entschieden. »Aber warum nicht? Dort gibt es eine Universität wie in Jena und interessante Leute …« »Ja, ja, ja, und es gibt Fachwerkhäuser, enge Gassen und oben auf dem Berg ein altes Schloss. Altmodisch und muffig.« Sie verglichen Marburg mit Weimar und Jena, sprachen kurz über große Städte wie Dresden und Frankfurt, und Schiller erinnerte sich schließlich an seine Zeit in Mannheim. »Das ist eine moderne Stadt. Dort habe ich meine Frau zum ersten Mal getroffen. Und …«, er brach ab und sagte nach einer Pause: »Nun, das gehört jetzt nicht hierher. Ein großartiges Theater haben sie dort, breite, saubere Straßen und Plätze, Gärten. Bloß das Wasser könnte besser sein, vor allem gibt es zu viele feuchte Gebiete in der Nähe. Die Leute werden krank davon, Malaria.« Er erzählte von den aufgeschlossenen Menschen und seinem ersten Verleger. Wieder machte er eine kurze Pause, und Sophie fragte sich, ob er an die Tochter des Verlegers dachte, von der er ihr damals, kurz vor ihrer Reise nach Berlin, erzählte. »Lebensfroh sind sie, die Mannheimer, und sie lieben ihr Theater. Meine Räuber wurden dort zum ersten Mal aufgeführt. Ein grandioser Erfolg.«

Am nächsten Morgen schrieb Sophie in einem Brief an Clemens von diesem langen Gespräch. Wieder einmal fühlte sie sich kraftlos und sie wollte nichts frühstücken. Am liebsten hätte sie sich eine Weile hingelegt, aber es war zu viel zu tun. Sie schrieb, dass für eine der Dramenfiguren noch ein klangvoller, dreisilbiger Name fehle, und fragte Clemens, ob er einen wisse.

Seine Antwort kam postwendend und verriet Eifersucht. Trotzdem schlug er einige Namen für die Dramenüberarbeitung vor, wie Sophie ihn gebeten hatte. Estella, Serena, Fiorinda, einer davon würde ihr sicher gefallen. Gegen Ende klang der Brief sogar freundlich, voller Erwartung, dass sie bald nach Marburg kommen werde. Er hoffe, schrieb er, dass sie nichts dagegen habe, wenn er ein Zimmer in ihrer Wohnung beziehe. Seit kurzem verstehe er sich mit Savigny nicht mehr so gut wie früher, auf die Dauer sei er zu kühl und diplomatisch. Er sei furchtbar schweigsam, wolle immer alles besser wissen und behaupte bei fast jedem Ereignis, es vorausgesehen zu haben. Darum freute Clemens sich, eine geräumige Wohnung für Sophie gefunden zu haben, mit einer Flucht von drei Zimmern, deren Fenster einen großartigen Blick ins Tal erlaubten, und einem weiteren Zimmer, einer Kammer und der Küche. Die Wohnung sollte einen Taler mehr im Monat kosten als Sophies Wohnung in Weimar. Dann begann Clemens wieder vom Heiraten. Er wolle Sophie zur rechtmäßigen Ehefrau, und seine Familie dränge ihn dazu, drohe ihm fast, schrieb er. Der Brief war mehrere Seiten lang, wie fast alle, die Clemens schrieb.

Sein Vorschlag, gemeinsam in einer Wohnung zu leben, gefiel Sophie nicht. Am nächsten Tag kam ein Brief aus Kopenhagen. Wer schrieb ihr von dort? Sie kannte niemanden in Kopenhagen. Sie wendete den Brief hin und her. Schließlich öffnete sie ihn und faltete das Papier auseinander. Zuerst sah sie nach der Unterschrift. Philipp. Dann las sie. Immer wieder müsse er an sie denken, schrieb er. Nach Jahren in Dresden und Berlin lebe er nun in Kopenhagen. Sein beruflicher Erfolg ermögliche ihm alle Annehmlichkeiten und er lade sie ein, wenn es ihr in Weimar zu langweilig werde, nach Kopenhagen zu kommen, wo es alles gebe, was das Leben schön und interessant mache. Er kannte ihren letzten Roman, ihre Gedichte, und mahnte sie, Poesie nicht nur zu schreiben, sondern auch Poesie zu leben. Zum Schluss fragte er nach Gisela, und ob es Jette gut gehe.

Sophie lächelte. Philipp schien wirklich um ihr Wohl besorgt. Schade, dass sie ihn nicht liebte. Sie faltete den Brief wieder zusammen. Poesie leben, ja, aber zu ihm nach Kopenhagen würde sie nicht ziehen. »Wenn es mir in Weimar zu langweilig wird – meint er das wirklich?«, murmelte sie. Das Leben in Weimar bot alles, was sie wollte, Freunde, Theater und Konzerte. Allerdings schienen in letzter Zeit manche ihrer Bekannten wenig Zeit zu haben. Sophie bekam nicht mehr so viel Besuch wie früher und es gab auch wenig Gelegenheit, gemeinsam mit Bekannten etwas zu unternehmen. Waren das noch Folgen der Gerüchte im Sommer?

Als Jette zu einem kurzen Besuch vorbeischaute, zeigte Sophie ihr den Brief von Philipp. »Du solltest sein Angebot annehmen«, sagte sie, nachdem sie ihn gelesen hatte. »Aber Jette, was soll ich in Kopenhagen. Ich will nicht heiraten, nicht einmal Clemens. Aber mit ihm kann ich mir doch wenigstens vorstellen, poetisch zu leben, gemeinsam und frei. Hast du gelesen? Philipp schreibt, ich soll Poesie leben, nicht nur schreiben. Hier«, sie wies auf die Stelle in dem Brief, »Philipp weiß, dass ich ihn nicht liebe, aber er ist ein guter Freund.« Jette lachte spöttisch und meinte, Sophie verdrehe Philipps Worte. »Poesie sollst du in Kopenhagen leben, mit ihm. Lies doch richtig. Er liebt dich, siehst du das denn nicht?«

Nachdem Jette gegangen war, setzte Sophie sich an ihren Schreibtisch, um Clemens von Philipps Ansinnen zu berichten. Sie vermied alles, was seine Eifersucht wecken konnte, und fasste das Ganze leicht und humorvoll in wenige Worte.

Sie bekam wenige Tage später Antwort. Wütend schrieb Clemens, dass er sich mit diesem Freier nicht vergleichen lasse.

Wem es gelänge, erfolgreich und glücklich zu werden, ohne Sophie bei sich zu haben, der sei ihrer nicht wert. Er dagegen brauche sie, ohne sie könne er nicht leben, nicht dichten, von Erfolg ganz zu schweigen. Sophie sei das einzige Mittel, ihn glücklich zu machen.

»Du siehst, wie wichtig ich für ihn bin«, sagte Sophie zu Jette. Die beiden Schwestern sahen sich in diesen Tagen oft, so als erwarteten sie, einander nie wieder zu treffen, wenn Sophie die Stadt und das Land erst verlassen haben würde. »Ich sehe vor allem, dass du für ihn ein Mittel zum Zweck bist, das einzige Mittel, erfolgreich zu werden. Sieh doch ein, dass er nicht gut für dich ist. Philipp würde alles für dich tun, Clemens dagegen will alles von dir.« »Ich bin bereit, alles für ihn zu sein, ihm alles zu geben, was er braucht.« Sie stand am Fenster neben der Büste, Jette saß auf dem Sofa. Sie trug ein graues Wollkleid. Das schwarz-braun karierte Tuch, das sie auf dem Weg zu Sophie um die Schultern getragen hatte, hing über einem der Stühle am Tisch. Jette sah Sophie besorgt an, während Sophie erklärte, dass die Liebe das einzig Wichtige und Wahre im menschlichen Leben sei. »Mit Philipp würde ich in einer Art Verstellung leben, und du weißt, wie ich das verabscheue. Mit Karl ist es auch nicht gelungen. Verstellung und Lüge, egal ob in guter Absicht oder um boshaft zu täuschen, machen unfrei, und ich vertrage keine Fesseln.« »Liebe kleine Schwester«, sagte Jette ernst, stand vom Sofa auf und ging auf Sophie zu »du bist mir in manchem überlegen und hast mir vieles voraus, aber hier ist deine Ansicht falsch, ich glaube sogar überheblich, und du solltest auf mich hören. Du willst dich zu einer Heldin der Liebe aufwerfen, aber das tut man nicht ungestraft. Clemens ist ganz und gar unberechenbar.« Sie fasste Sophie sanft bei den Schultern und sah ihr in die Augen. »Ich habe keine Angst«, versicherte Sophie und bewegte ihre Schultern abwehrend, so dass Jette die Hände sinken ließ. »Ich habe viel mehr

Lebenserfahrung als Clemens«, sagte Sophie, »bin acht Jahre älter als er und werde mich wohl behaupten können.« Dann holte sie Luft und sagte entschlossen: »Ich erwarte ein Kind von ihm.« Jette starrte Sophie entsetzt an, als wollte sie nicht glauben, was sie gehört hatte. Sophie sah, wie sie blass wurde, oder bildete sie sich das nur ein? »Um Himmels willen, was wirst du tun?«, fragte Jette leise und ergriff Sophies Hände. Sophie wusste es selber noch nicht. Zusammen überlegten sie, ob Sophie irgendwo bei Freunden, vielleicht bei Lotte in Holstein, auf die Geburt des Kindes warten und es dort aufwachsen lassen sollte. »Aber es gehört Clemens«, wandte Sophie ein, »ich würde mich fühlen wie eine Diebin. Wenn Clemens davon erfährt, wird er außer sich sein. Er wird wollen, dass sein Kind seinen Namen trägt.« Sie überlegte, was passieren würde, wenn ihr etwas zustieße. »Für Gisela ist gesorgt. Karl wird sie zu sich nehmen. Aber dieses Kind, wer nimmt es zu sich, wenn ich sterbe oder nicht mehr genug für uns verdiene?«

Sophie und Jette überlegten lange, ohne zu einer Entscheidung zu kommen. »Eine Heirat mit Clemens kommt nicht in Frage«, sagte Jette, »er ist katholisch und du bist geschieden. Soviel ich weiß, geht das gar nicht.« Sophie wusste dazu selber nichts Genaues, aber da Clemens sie seit Wochen zu diesem Schritt drängte, nahm sie an, dass es möglich war.

Am nächsten Tag schrieb sie an Clemens, dass sie seine Frau werde. Mit geschlossenen Augen springe sie ins Ungewisse, in seine Arme. Sie wolle mit ihm glücklich sein und nicht zur Diebin werden, indem sie ihm vorenthalte, was ihm gehöre. Ob er, wenn er an den Sommer und seine Jugend denke, erraten könne, warum sie allen Widerstand aufgebe?

Clemens war außer sich vor Glück, schon im Mai Vater zu werden. Er liebte Kinder. Alles, was er haben wollte, schien ihm in den Schoß zu fallen – Geld, Gattin und Kind, eine eigene Familie und das Ansehen eines ehrbaren Bürgers, ganz wie seine Brüder.

Mitten in alle Umzugs- und Hochzeitsvorbereitungen, Abschiedsbesuche, Wünsche für eine glückliche Zukunft und Jettes seufzende Bedenken geriet ein Brief. Er fühlte sich sehr dick an, fast ein kleines Päckchen. Sophie erkannte die Handschrift sofort. Mit plötzlichem Herzklopfen verschloss sie die Tür. Keiner sollte sie stören. Sie drehte den Schlüssel im Schloss, setzte sich auf das grüne Sofa und faltete das Bündel dicht beschriebener Blätter auseinander. Es waren fast zwanzig Seiten. Sie hatte nicht erwartet, je wieder einen Brief von Johann aus Lübeck zu bekommen. Er hatte erfahren, dass Sophie Weimar verlassen würde, um mit Clemens zu leben, und wusste inzwischen, warum sie an ihn, der sie nicht vergessen könne, nach dem Treffen in Berlin nicht mehr geschrieben habe. Woher mochte er das alles wissen, fragte sich Sophie und dachte an Lotte. Hatten sich die beiden getroffen? Hatte Lotte ihm den Brief gezeigt oder überlassen, den Sophie ihr vor wenigen Wochen geschickt hatte?

Johann schrieb vom Abendrot ihrer Liebe, und dass er nun endlich begreife, dass Sophie ihn habe schonen wollen, weil sie klar und entschieden war und keine Zukunft für ihre Liebe neben ihrer Ehe sah. Die glücklichen Tage in Berlin. Nun verstand er endlich, dass es ein als Abschied gewolltes Wiedersehen war, von Sophie heimlich so ersonnen, um den Trennungsschmerz zu mildern. Noch einmal, schrieb er, sei er nach Jena gekommen, ohne ihr Wissen, ohne sie zu treffen. Er begleitete damals einen reichen Kaufmann, der mit seinem Sohn und seiner Schwiegertochter eine Bildungsreise machen wollte. Ein rücksichtsloser Mann, der es immer eilig hatte und leicht in Wut geriet. In Jena mussten die Pferde gewechselt werden. Für die Sehenswürdigkeiten der Stadt und Bekannte, die sie hätten besuchen können, oder auch nur die umgebende Natur blieb keine Zeit. Nur weiter wollte er, weiter nach Süden. Johann habe die wenigen Minuten genutzt, zu dem Haus zu gehen, wo Sophie wohnte, habe dort gestanden, zu ihrem Fenster hinaufgeschaut, habe gewartet und gehofft, sie möge zufällig in genau diesem Moment aus dem Haus kommen. Aber sie kam nicht. Er habe nicht gewagt, an die Tür zu klopfen und sich melden zu lassen. Und es war ja auch fast gar keine Zeit. Die Kutsche fuhr weiter. Inzwischen sei er Advokat. In Lübeck schätze man ihn. Sein Ansehen werde mit der Zeit wohl immer mehr wachsen, aber er fühle sich allein und auf dem falschen Weg. Dichter habe er durch Sophie werden wollen. Seinen Bekannten in Lübeck habe er Sophies Gedichte und Romane empfohlen und gehofft, sich nach Jahren ihr wieder zu nähern. Nun sei es zu spät, diese Hoffnung dahin. Er werde einsam bleiben und traurig. So glücklich und strahlend wie das Jahr in Jena werde keine Zeit ihm mehr werden. Nur die Erinnerung bleibe. Er sei dankbar für die Erklärungen, die ihr Brief ihm gebe. Das wichtigste Blatt im Buch seines Lebens wäre sonst Fragment geblieben. Unaussprechlich lieb sei ihm dieser Brief gewesen, ohne den sein Andenken an die vergangene Liebe stets mit einem unangenehmen Schmerz verbunden geblieben wäre. Zwar sei die Sonne untergegangen, doch habe sie ein wundervolles Leuchten am Himmel hinterlassen. Dieses Leuchten strahle nun in seine Nacht, erhelle seine Traurigkeit und erleichtere ihm, sie zu ertragen. Er wünsche ihr Lebewohl und Glück zu ihrem neuen Leben in Marburg.

Der Brief verwirrte Sophie. Er schien unsäglich traurig und nahm ihr so viel Kraft, dass sie den ganzen Tag lang nicht mehr an den Umzug denken konnte. Sollte sie antworten, und was sollte sie schreiben?

Niemandem erzählte sie von dem Brief, vor allem nicht Jette, denn die wäre womöglich imstande gewesen, Johann einzuladen. Stünde er, noch ehe alles verpackt und auf den Weg gebracht war, vor ihr, würde vielleicht alles anders kommen als geplant. Sophie würde vielleicht nicht zu Clemens reisen, und was geschehen könnte, wollte sie sich nicht ausmalen. Wie vorgesehen machte sie die letzten Abschiedsbesuche. Die Bekannten waren freundlich zu ihr, aber war die Freundlichkeit ehrlich gemeint? Einige waren nicht zu sprechen. Ließen sie sich verleugnen? Sophie wollte darüber nicht nachdenken.

Die Papiere für die Reise und die Hochzeit hatte sie zusammen. Sie malte sich mit Gisela das Leben in Marburg aus. Gisela war im September sechs Jahre alt geworden und redete manchmal schon sehr vernünftig, so dass Sophie ernsthafte Gespräche mit ihr führen konnte.

Sophie war traurig, als sie mit ihrer Tochter in der Postkutsche saß, die aus Weimar hinausfuhr. Sie verließ nicht nur alle Freunde, die Familie und die ihr vertraute Landschaft, sie würde lange Zeit oder vielleicht nie wieder die Orte sehen, mit denen Erinnerungen und Erlebnisse aus der Kindheit und Jugendzeit verbunden waren.

Sie dachte an Johann. Wann mochte er vor dem Haus in Jena gestanden haben? Wann hatten unglückliche Zufälle verhindert, dass sie sich wiedersahen? Was wäre geworden, wenn sie genau in den wenigen Minuten aus dem Haus gekommen wäre, als er davor stand und zu ihrem Fenster hinaufsah? War sie damals, als er durch Jena kam, überhaupt da gewesen, nicht etwa in Camburg? Und wenn er nicht erst jetzt geschrieben hätte, sondern schon vor einem Jahr, oder einem halben? Hätte sie im Frühling Clemens nicht aufgefordert zu kommen, wäre sie dann jetzt statt auf dem Weg nach Marburg unterwegs nach Lübeck? »Mama, was grübelst du?«, fragte Gisela. Sophie lächelte. »Ach, nichts.« »Mir ist langweilig. Erzähl mir was.«

Die Kutsche fuhr durch eine Landschaft mit graubraunen Feldern und kahlen Bäumen. Dann wieder ging es durch dunkle Fichtenwälder, schließlich durch ein enges Tal. Neben der Straße suchte ein Fluss seinen Weg durch Geröll.

Die Kutsche erreichte Eisenach in der Dämmerung am späten Nachmittag. Clemens hatte ein Zimmer im Gasthaus reserviert und holte Sophie und Gisela an der Poststation ab. Er hob

Gisela auf seine Arme, um ihr einen Kuss auf jede Wange zu drücken. Nachdem er sie wieder abgesetzt hatte, umarmte er Sophie. »Nun bin ich in Eisen-Ach in Ketten und Banden«, witzelte er. »Ich bin ein wenig müde«, sagte Sophie, der dieses Wortspiel nicht passend schien. Hatte er nicht monatelang auf eine Heirat gedrängt, und jetzt jammerte er über die Bindung, nur um einen Witz loszuwerden? Sophie wollte sich nach der langen Reise frisch machen und bat Clemens, sie gleich ins Gasthaus zu bringen. Sie hatten nur wenig Gepäck dabei. Die Möbel, das Sofa und Sophies Schreibtisch, auch die Büste, fuhren mit einem Extrawagen voraus.

Das Zimmer im Gasthaus war sauber, der Wirt freundlich, und das Essen, das er servierte, schmeckte gut. Die Traurigkeit, die Sophie seit der Abreise aus Weimar nicht losgeworden war, schien auf Clemens wie ein Zauber zu wirken. Er sah Sophie unverwandt an. Vielleicht lag es auch an der langen Trennung – seit drei Monaten hatten sie sich nicht mehr gesehen –, dass Sophie ihm besonders reizvoll erschien. Immer wieder ergriff er während des Essens ihre Hand und streichelte oder küsste sie.

In einer gemieteten Kutsche fuhren sie am nächsten Tag zusammen weiter. Je näher sie Marburg kamen, umso mehr sprachen sie über Einzelheiten der Hochzeit. Es würde kein Fest geben, nur ein paar Freunde und der jüngere Bruder von Clemens, der extra aus Frankfurt kam. Achim war noch nicht von seiner Reise durch Europa zurück. Er wollte noch einige Monate in England bleiben.

## *Marburg*

Gleich nach der Ankunft machten Clemens und Sophie einen kurzen Besuch bei Savigny, der seine Wohnung nun wieder für sich allein hatte, nachdem Clemens ausgezogen war. Savigny, der sich daran erinnerte, Sophie bei seinem Besuch in Jena vor einigen Jahren zum ersten Mal gesehen zu haben, machte ihr ein Kompliment über ihr natürliches Aussehen. Damals sei sie so stark geschminkt gewesen, dass er ihre feinen Züge kaum habe erkennen können, bemerkte er, als er ihr die Hand zur Begrüßung reichte. Erst jetzt sehe er, wie schön ihr Gesicht sei. Clemens straffte sich und erklärte, wer seine Frau sein wolle, dürfe sich nicht schminken. Savigny, beinah zwei Kopf größer als Clemens, sah ihn wortlos, fast ein wenig verwundert an.

Er hatte wasserblaue Augen und schulterlanges Haar. Ein schlanker, blasser, sehr ruhiger Mann war dieser Privatdozent, bei dem Clemens bis jetzt gewohnt hatte, trotz seiner Jugend bedächtig und umsichtig. Savigny sprach mit leiser Stimme, wobei er über jeden Satz, bevor er ihn aussprach, gründlich nachzudenken schien. Er hatte ein freundliches Gesicht und sein ruhiges Gemüt schien ihn unfähig zu machen, übereilt zu handeln. Sophie wusste, dass er ein großes Vermögen hatte, was sie bei dem bescheidenen Auftreten dieses jungen Mannes nie erraten hätte. Ab und zu verbrachte er einige Wochen auf seinem Gut in der Nähe von Hanau, wohin er auch Freunde einlud.

Zu seinen Freunden gehörte Creuzer, Professor für griechische Sprache, ein paar Jahre älter als Savigny und Clemens. Er hatte im letzten Jahr ein Buch über antike Kultur und Kunst veröffentlicht. Seine rötlichen Locken standen wirr vom Kopf ab. Er hatte ein massiges Kinn und eine kantige Figur, als wäre er aus Holz geschnitzt fürs Marionettentheater. Seine Haut wirkte wie grobes Papier. Seine Frau war so unscheinbar, dass Sophie sie zunächst gar nicht bemerkte. Ihr Haar zeigte bereits einzelne graue Strähnen. Aus ihrer ersten Ehe hatte sie zwei halb erwachsene Kinder. Der Sohn mache eine Buchhändlerlehre in Darmstadt, erzählte Creuzer. Lore, die Tochter, half im Haushalt. Sie war so still und bescheiden wie ihre Mutter und schien in Creuzer noch immer den Lehrer zu sehen, weniger den Stiefvater. Bis zum Tod des Vaters hatte Creuzer die Kinder unterrichtet.

Neben Creuzer sah Clemens' jüngerer Bruder Chris noch eleganter aus, als er ohnehin war. Er erkundigte sich bei Sophie, ob sie die Reise gut überstanden habe, und fragte Gisela gut gelaunt, wie ihrer Puppe, die sie im Arm hielt, die Reise gefallen habe. Gisela fasste sofort Zutrauen zu ihm.

Ihre neue Wohnung sah genauso aus, wie Sophie sie sich nach den Beschreibungen von Clemens vorgestellt hatte. Der Blick ins Tal war grandios. Sophie stand neben Clemens am Fenster im mittleren der drei durch große Türen miteinander zu einer Zimmerflucht verbundenen Räume und sah hinunter auf den Fluss, die Dächer, die novembergraue Landschaft. »So weit oben, so nah am Himmel hab ich noch nie gewohnt«, sagte Sophie. Eine fröhliche Braut war sie nicht, doch gerade so gefiel es Clemens. Er legte seine Arme um sie, so dass sie die ihren nicht bewegen konnte. »Breite nicht die Flügel aus und flieg. Du musst hier bleiben. Du bist mein Halt«, murmelte er, ließ sie dann abrupt los und grinste: »Das bedeutet Haltung.« Er straffte sich, hob das Kinn: »Als Familienvater werde ich so viel Ansehen haben, dass ich mich gefahrlos zum Flug in phantastische Welten aufschwingen kann und doch immer wieder zurückkomme, zu dir, und mich nicht verliere oder abstürze.«

Er wurde wieder ernst. Sein stärkster Schutz sei die heilige Jungfrau, doch Sophie könne er umarmen, nicht nur anbeten wie ein Madonnenbild. »Aber ich bin keine Heilige und du willst mich hoffentlich nicht dazu machen.« »Doch, das will ich. Schreib im Kirchenbuch Maria hinter deinen Namen, wenn du dich dort als meine Frau einträgst.« Obwohl Sophie das keinesfalls wollte, überredete er sie. »Also gut, wenn es wichtig für dich ist, werde ich ›Maria‹ meinem Namen hinzufügen.« Es war ja nur ein Wort. Clemens küsste sie. »So wie die Himmelskönigin immer um mich ist, so wirst du mir einen Raum schaffen, in dem ich sorglos leben kann.«

Was sollte das nur werden? Ein bürgerliches Dichterleben in

poetischer Sicherheit? Ein Leben als Kunstwerk in einer künstlich gezimmerten Freiheit? Durch die Ehe wollte er sich zum großen Dichter entfalten.

Johann hatte durch sie zum Dichter werden wollen und war nun Advokat. Sie erinnerte sich an Clemens' Brief. Wer ohne Sophie Erfolg haben konnte, war ihrer nicht wert. Johann war ihrer nicht wert, auch Philipp nicht, der sie mahnte, bei aller poetischen Arbeit das poetische Leben nicht zu vergessen.

Ein gemeinsames poetisches Leben sollte sie mit Clemens beginnen. Darum ließ sie sich trauen. »Ich schließe die Augen, halte die Ohren zu und springe«, flüsterte sie in der Hoffnung, dass es kein Abgrund sein möge.

Die Wohnung war fertig eingerichtet, wirkte aber noch ein wenig kahl. Am meisten vermisste Sophie ein Klavier. Manchmal spielte Clemens Gitarre und sie sangen zusammen, aber so schön wie im Freien bei den Ausflügen im Sommer klang es nicht. Es schien Sophie, als würde zum Klang der Gitarre die Weite der Wiesen und das Zwitschern der Vögel in den Wäldern gehören.

Sie versuchte jeden Tag am Schreibtisch zu arbeiten, doch das Hausmädchen, das Clemens angestellt hatte, brauchte ihre Aufsicht. Die junge Frau hatte versprochen, die Wohnung sauber zu halten, Wasser vom Brunnen zu holen, zu helfen, wenn die Wäscherin zur großen Wäsche kam, nur kochen wollte sie nicht. »Dann müssen wir eben selber kochen«, hatte Clemens übermütig gesagt, und so stand Sophie oft in der Küche, was sie bisher in ihrem Leben kaum getan hatte. Außerdem mussten Besuche absolviert werden, um die wichtigsten Bürger der Stadt kennenzulernen. Sophie hoffte, dass sich im neuen Jahr alles ändern würde. Nach Weihnachten würde sie kaum noch Besuch empfangen und fast niemanden mehr besuchen. Es schickte sich nicht, so kurz nach der Hochzeit schon sichtbar in anderen Umständen zu sein. So würde das Kind es ihr ermöglichen, wieder mehr am Schreibtisch zu arbeiten.

Sophie und Clemens lagen im Bett. Es war kalt im Zimmer und Clemens klagte über Schmerzen in der Schulter. Er sprach von Frankfurt, von der Zeit im Mannheimer Internat, wo es ihm so wenig gefiel, dass man ihn nach Hause holen musste. »Schiller erinnert sich gern an seine Zeit in Mannheim, im Großen und Ganzen jedenfalls«, sagte Sophie. »Und ich fand es furchtbar. Wie kannst du jetzt überhaupt anfangen, von ihm zu reden. Ich bin froh, dass er nicht hier ist. Du hast eine viel zu hohe Meinung von ihm.« »Du kannst nicht leugnen, dass er ein großer Dichter ist, und er hat mir geholfen, Dichterin zu werden. Die meisten Männer, die ich kenne, wollen eher umgekehrt durch mich immer erst Dichter werden.« Sophie überlegte, ob sie Johann erwähnen sollte. »Ich will gar nicht hören, wer das alles war oder sein könnte. Du bist mein. Wenn du nicht bei mir bist, kann ich nicht schreiben. Ich kann nicht einmal leben ohne dich.« Keine Lügen, dachte Sophie, ihre Ehe sollte auf Wahrhaftigkeit gründen, irgendwann würde Clemens von Johann erfahren müssen, auch wenn er lieber träumen wollte, der einzige Mann für sie nicht nur jetzt, sondern immer gewesen zu sein. »Wir dürfen nichts voreinander verbergen. Ich möchte …« »Ich verheimliche dir nichts«, fiel Clemens ihr ins Wort und verschloss ihren Mund mit einem langen Kuss.

Mitte Dezember kam ein Brief von Karl. Er forderte Gisela zurück. Die zweihundert Reichstaler würde er fürs nächste Jahr nun nicht mehr zahlen. Sophie habe ein neues Leben angefangen, er, seine junge Frau und seine Kinder hätten mit ihr nun nichts mehr zu tun und Gisela als sein Kind gehöre zu ihm. Sophie zeigte Clemens den Brief. »Aber er hat sich nie um sie gekümmert«, rief er entsetzt, »was will er mit Gisela? Ich gehe sofort zu Savigny. Er weiß bestimmt Rat.« Clemens verließ die Wohnung und kam nach zwei Stunden mit wohldurchdachten Argumenten zurück.

Sophie schrieb einen Brief, in dem sie alles im Sinn Savignys auseinandersetzte. Sie schrieb in freundlichem Ton, schilderte, wie sehr ihr Gisela fehlen würde, dass Gisela Karls junger Frau nie so viel bedeuten werde wie die eigenen Kinder. »Wenn Gisela ein Junge wäre«, sagte Clemens, der neben dem Schreibtisch am Fenster stand und darauf wartete, dass der Brief fertig wurde, »müsste man das Kind wohl dem Vater geben. Aber ein Mädchen ist bei der eigenen Mutter doch besser aufgehoben als bei einer Fremden. Und Karl kann mit Kindern sowieso nicht umgehen.« Er regte sich auf. Alle seine Vorbehalte gegen Karl belebte er wieder. Sophie dämpfte seinen Ärger. So schlimm, wie Clemens ihn zeichne, sei ihr ehemaliger Mann nicht, er sei durchaus vernünftig und werde sie verstehen. So zuversichtlich, wie sie sich gab, war sie zwar nicht, aber da Clemens ihr keinen Mut zusprach, blieb ihr nichts anderes übrig, als zu glauben, was sie hoffte.

Sophie und Clemens lebten nicht so glücklich zusammen, wie sie es sich gewünscht hatten. Immer wieder gab es Streit wegen Lene, dem Hausmädchen. Lene war unwillig und träge. Sophie musste ihr viele Arbeiten abnehmen, was ihr die Zeit fürs Schreiben stahl.

In den ereignisreichen Monaten des letzten Jahres war sie nicht dazu gekommen, einen dritten Band von *Kalathiskos* vorzubereiten. Sollte sie die Reihe fortsetzen oder lieber etwas ganz Neues anfangen? Über die Frage brauchte sie nicht weiter nachzudenken. Vor lauter Problemen war zum Arbeiten sowieso kaum Zeit. Clemens schmeckte das Essen nicht, das Sophie kochte, Sophie wollte den Vormittag frei für sich zum Schreiben haben und nicht in der Küche stehen, Clemens wollte mit ihr spazieren gehen und Bekannte besuchen, Sophie wollte nachdenken und schreiben. Clemens lag morgens lange im Bett und wusste mit seiner Zeit nichts anzufangen, Sophie wusste nicht, woher sie die Zeit nehmen sollte für alles, was jeden Tag erledigt werden musste. Clemens warf ihr vor, dass sie ihn nicht inspiriere. Er blieb nachts oft lange wach und träumte mit offenen Augen.

Als Sophie eines Morgens doch am Schreibtisch saß, betrat er das Zimmer und beklagte sich, dass er wieder ganz umsonst die halbe Nacht auf Eingebungen gewartet habe. »Du bist meine Muse, du küsst mich, aber du entzündest in mir keinen Funken. Ich will meine Gedanken entfalten wie Flügel, so dass sie aufsteigen und frei über allem fliegen in einer schrankenlosen Welt der Phantasie. Aber es geht nicht. Und was macht du? Du tust nichts für mich. Du sitzt hier und schreibst und ich höre kein Wort von dir.« Während er redete, war seine Stimme lauter geworden. Ehe Sophie etwas sagen konnte, rannte er ins Nebenzimmer und knallte die Tür zu. Dort begann er, Gisela eine Geschichte zu erzählen, von einer bösen Hexe und einem armen kleinen Jungen, der ganz allein auf der Welt war. Lene polterte durch den Flur. Ein Eimer fiel scheppernd um. Sophie hörte einen Fluch, wie sie ihn nicht einmal von den Kutschern auf der Straße kannte und aus dem Mund einer jungen Frau nie erwartet hätte. Sie hörte, wie Clemens im Nebenzimmer aufsprang und in den Flur rannte. Er schrie Lene an. Sophie legte die Schreibfeder aus der Hand und öffnete die Tür. Clemens schrie Sophie an: »Warum sagst du ihr nicht, was sie machen soll und wie. Dauernd macht sie was falsch.« Lene begann zu heulen. »Dauernd sitzt du am Schreibtisch. Ich will, dass du dich ums Haus kümmerst«, brüllte er. Sofort tat ihm dieser Wutanfall leid. Er bat Sophie um Verzeihung, jammerte und klagte darüber, das alles so schwierig war, entschuldigte sich immer wieder, bedeckte Sophies Gesicht und Hals mit Küssen und versicherte, natürlich dürfe sie schreiben, er verbiete es ihr nicht, schließlich sei sie Dichterin, aber ihre Arbeit stehe zwischen ihnen. Es sei kein gemeinsames Dichterleben, wie sie es sich erträumt hatten. »Ich habe keine Zeit zum Träumen«, wandte Sophie ein, »die nächste Sammlung von Gedichten und Aufsätzen muss fertig werden. Außerdem sind da diese italienischen Novellen, die übersetzt werden müssen.« Clemens wartete ab und ließ sie reden, obwohl er nicht wirklich zuzuhören schien. »Ich habe einen Vorschlag«, sagte er schließlich, »was hältst du davon, spanische Novellen zu übersetzen?« Sophie konnte kein Spanisch. Was sollte dieser Vorschlag? Clemens nahm ein kleines Buch aus seinem Bücherregal und schlug es irgendwo in der Mitte auf. »Spanische Novellen müssen in Deutschland genauso bekannt gemacht werden wie die italienischen, und wir könnten es zusammen machen. Ich könnte dir helfen, es wäre eine gemeinsame Arbeit.« Sophie überlegte. Wenn sie übersetzte, ging sie gewöhnlich sehr frei mit dem Original um und kürzte viel. Ob Clemens sich darauf einlassen würde? Sein Vorschlag gefiel ihr nur halb, doch sofern es nicht zu neuen Streitereien käme, wollte sie es versuchen. »Vormittags arbeite ich für mich allein an der Sammlung, die fertig werden muss«, erklärte sie, »am Nachmittag übersetzen wir gemeinsam die spanischen Novellen.«

Am ersten Weihnachtstag machten Clemens und Sophie einen Spaziergang durch die Stadt und hinauf zum Burggarten. Gisela hustete, so dass sie trotz des Sonnenscheins an diesem Morgen zu Hause blieb. »Das Leben ist herrlich«, sagte Clemens und breitete die Arme aus, als wollte er die ganze Welt umarmen. »Der blaue Himmel ist wie ein großer, weiter Mantel, der Schutzmantel Marias. Heute ist der Tag Christi Geburt und bald wird auch mein Kind geboren. Stolz sei, wer Mensch sich fühlt. Das Leben ist groß, die Menschheit unvergänglich. Ein Einzelner mag sterben, doch neue Generationen folgen. Die Menschheit ist beständig.« »Menschen kommen und gehen leicht wie Schatten«, ergänzte Sophie, »jeder ist Teil eines

Ganzen und darin frei. Wer sich nicht nur im engen Kreis einer ängstlichen, kurzsichtigen Selbstsucht bewegt, ist frei, wenn er das Beste für das Ganze will.« »Ja, frei im Ganzen, das ist großartig, das ist …«, Clemens breitete die Arme aus und umschlang Sophie.

Kurz nach Neujahr begann es zu schneien. Vor den Fenstern lag der Himmel hellgrau, im Tal wurde alles weiß, als leerten Tausende himmlischer Wesen ihre Puderdosen aus. Sophie saß mit Clemens über den Novellen, in denen die südliche Sonne herniederbrannte und alle Pflanzen verdorren ließ. Heißblütige Menschen verliebten sich und verfolgten einander. Es ging um Leben und Leiden, Liebe und Tod. Draußen schneite es, im Zimmer fochten Mauren mit Christen und junge Menschen schworen sich unter Tränen ewige Liebe.

Da Lene es nicht schaffte, die Öfen so zu befeuern, dass sie die Zimmer gleichmäßig wärmten, litt Clemens unter Schmerzen in den Schultern und verschiedenen Gelenken. Schon nach acht Tagen gemeinsamer Arbeit mit Sophie fasste er den Entschluss, nach Frankfurt zu fahren. Seit September hatte er seine Familie nicht gesehen, und obwohl er seine älteren Brüder eher fürchtete als liebte, zog es ihn wieder ins Haus der Familie, wo so viele Verwandte und die alten vertrauten Hausangestellten lebten.

»Marburg ist trist«, sagte er, »und diese Wohnung wird nie richtig warm. Ich langweile mich, und bei den Novellen spüre ich immer, wie es sein könnte. Ich brauche mehr Leben, mehr von allem. Und du willst ja immer bloß am Schreibtisch sitzen.« »Das habe ich immer so getan«, verteidigte sich Sophie. Für Karl war das kein Grund zum Nörgeln gewesen, aber er hatte selber viel zu tun. Er brauchte die Unterhaltung durch sie weniger. Clemens dagegen hatte keine Aufgaben und wollte nichts als mit ihr und durch sie dichten.

Am zehnten Januar reiste Clemens ab. Wenige Tage später kam ein Brief von Karl. Mit klopfendem Herzen faltete Sophie das feste Papier auseinander. Sie setzte sich auf das Sofa, denn die Knie wurden ihr weich. Auf keinen Fall würde sie Gisela hergeben, sagte sie sich, bevor sie zu lesen begann. Hoffentlich beharrte Karl nicht darauf. Sie las. Lene klapperte mit Tellern und Töpfen in der Küche. Draußen stürmte es.

Obwohl das Zimmer ungeheizt war, weil Lene wieder einmal vergessen hatte, Feuer im Ofen zu machen, durchströmte Sophie ein Gefühl behaglicher Wärme. Gisela durfte bei Sophie bleiben. Karl sah ein, dass seine Tochter bei ihr besser aufgehoben war. Vor Freude darüber nahm Sophie sich den ganzen Tag Zeit, mit Gisela zu spielen. Sie brachte ihr auch die ersten Buchstaben bei, denn Gisela wollte so wie Sophie an einem Tisch sitzen und schreiben. Es machte ihr Spaß und sie lernte schnell.

In den nächsten Tagen konnte Sophie so viel arbeiten wie seit der Ankunft in Marburg noch nie. Sie hatte keine Sorgen, Clemens unterbrach sie nicht und Gisela saß an einem Tischchen neben ihr, Buchstaben auf ihre Schiefertafel malend. Unermüdlich zog sie mit dem Griffel die Formen von großen und kleinen Ms und Ls, übte ihren Namen oder kurze Wörter und wischte die Tafel wieder frei, um von vorne zu beginnen.

Es waren ruhige, arbeitsame Tage. Sophie genoss die Zeit, trotz des Ärgers, den es immer wieder mit Lene gab. »Es ist ein wahres Kreuz mit ihr. Sie ist eher eine Last als eine Hilfe«, seufzte Sophie, »ein Hauskreuz, kein Hausmädchen ist sie.« Gisela sah mit ernstem Kindergesicht zu ihr auf. »Ein Hauskreuz«, wiederholte sie. Sophie lachte über Giselas Ernsthaftigkeit und nahm ihre Tochter in die Arme. »Es geht uns gut«, sagte sie zärtlich, »und es wird uns noch viel besser gehen, auch mit dem Hauskreuz.«

Clemens schrieb aus Frankfurt. Er habe seinen Brüdern ein Klavier abgekauft. Wenn sie zu Hause musizieren könnten, würden er und Sophie sich dort viel wohler fühlen. Musik war gut gegen Langeweile, und in Marburg gab es kaum Konzerte, ein Theater fehlte auch. Das Klavier sei schön, habe einen guten Klang, und seine Schwestern, die darauf gespielt hatten, würden es nicht mehr brauchen. Auch Bücher hatte er gekauft. Seitdem die Klöster überall im Süden aufgelöst würden, gebe es Bücher, Bilder, Kunstwerke verschiedenster Art für wenig Geld. Manche der Bücher seien, obwohl sie wirklich nicht viel gekostet hätten, sehr alt und wertvoll. Er werde ein neues Regal brauchen. Bald werde er wieder in Marburg sein und Sophie all die schönen Sachen zeigen. Es gehe ihm gut und Sophie solle ihre süße Einsamkeit noch ein paar Tage genießen, doch wenn er zurück wäre, dürfe sie ihn nicht so bald wieder von sich lassen, denn er würde sonst alles Geld ausgeben, das er habe. All die schönen Dinge, die er sehe, wolle er kaufen und ihr bringen. In der nächsten Woche werde er mit einem vollgepackten Wagen kommen. Weil Kaffee, Zucker, Olivenöl in Marburg teuer seien, habe er auch davon einen Vorrat gekauft.

Gleich nach seiner Rückkehr erfuhr Clemens von Karls Einwilligung. Er freute sich, dass Gisela bleiben konnte. Clemens und Sophie waren glücklich, sich wiederzuhaben. Er zeigte Sophie die Bücher und alles, was er gekauft hatte. Für das Klavier, das durch den Transport gelitten hatte, musste jemand zum Stimmen kommen.

Das Glück dauerte eine halbe Woche, denn als Clemens bemerkte, wie viele spanische Novellen Sophie ohne ihn übersetzt hatte, kam es zum Streit. »Das war eine Arbeit, die wir zusammen machen wollten«, warf er ihr vor. Sophie entschuldigte sich, je eher die Novellensammlung auf Deutsch vorläge, um so besser. Sie führte gleich mehrere Gründe an, aber Clemens ließ keinen gelten. »Wir wollten das gemeinsam machen«, beharrte er und steigerte sich mehr und mehr in seinen Ärger. Er blätterte die Übersetzung flüchtig durch. Schließlich rief er böse, ohne ihn könne Sophie nichts wirklich Gutes schreiben, alles sei Pfusch. Ihre Geschichten, ihre Gedichte, ihre Übersetzungen, was auch immer sie je den Verlagen angeboten habe, sei schlecht, nicht auf der Höhe der Zeit. Sophie wollte sich und ihre Werke verteidigen, kam gegen sein Geschrei aber nicht an. Sich zu wehren, kostete zu viel Kraft, die sie lieber nutzte, um Clemens zu beschwichtigen. Schließlich versprach sie ihm, weniger zu arbeiten. »Wenn erst unser Kind da ist, wird sowieso alles anders«, beruhigte sie ihn.

Auf das Kind wartete Clemens sehnlichst und voll Ungeduld. »Ich werde Achim schreiben, er ist in London«, sagte er, »ich will ihn fragen, ob er Pate sein wird. Er kann doch nicht ewig in England bleiben. Fast zwei Jahre ist er schon auf dieser Europareise. Irgendwann muss er doch wiederkommen. Bis zur Geburt unseres Kindes sind es noch drei Monate. Bis dahin ist er hoffentlich hier.«

Die Abwechslung durch die Tage in Frankfurt hatte Clemens gut getan. Doch bald nachdem er seine Bücher durchgesehen und auf dem neuen Regal einsortiert hatte, begann er sich wieder zu langweilen. Auch Sophie fand das Leben in Marburg nicht sehr interessant. Sie begleitete Clemens nie, wenn er einen geselligen Abend bei Bekannten verbrachte.

Als er sich wieder einmal zu Creuzer und Sofia, dessen mattgrauer Frau, aufmachte, wollte sie mitgehen. »Aber nein«, sagte er und legte seine Arme um sie, »stell dir die Blicke vor. Denk an die Gerüchte. Ein Kind, das scheinbar früher als erwartet geboren wird, erregt weniger Gerede als so ein herrlicher Bauch.« Dabei strich er mit beiden Händen über die deutliche Wölbung. Obwohl Sophie einwandte, man werde doch sicher misstrauisch, wenn man sie nie sehen würde, blieb sie zu Hause.

Später beim Zubettgehen erzählte Clemens, dass Creuzer sich überlege, nach Baden zu gehen, wo die verschlafene Heidelberger Universität durch den zum Kurfürsten avancierten Markgrafen wiederbelebt werden solle. Die im letzten Jahr zum Kurfürstentum aufgestiegene Markgrafschaft biete ungeahnte Möglichkeiten, gerade auch für Wissenschaftler und Professoren. Ein Bekannter von Creuzer hatte schon seit Jahren eine Stelle in Heidelberg, und Creuzer wollte sich durch ihn erkundigen, ob er einen Ruf dorthin bekommen könnte. Clemens war einmal als Kind in Heidelberg gewesen. Von der kleinen Stadt hatte er nicht viel gesehen. »Aber ich habe einen Sommer lang in der Nähe oberhalb des Neckars bei einem Schäfer gewohnt. Dort war auch ein Kloster. Was jetzt wohl damit passiert ist, und mit den Büchern in der Klosterbibliothek?«

Während Creuzer nichts unversucht lassen würde, eine Stelle in Heidelberg zu bekommen, schien Savigny nicht sehr daran interessiert. Er wog das Für und Wider, verschiedene Pläne und Möglichkeiten gegeneinander ab, ohne eine Vorliebe für einen bestimmten Plan erkennen zu lassen.

Er hatte erzählt, dass Stefan, der inzwischen als Arzt in Braunschweig arbeitete, für ein paar Tage zu Besuch kommen würde, und Clemens erzählte Sophie diese Neuigkeit weiter, ohne zu verhehlen, dass er immer noch schlecht auf den ehemaligen Freund zu sprechen war. »Versprich mir, dass du ihn nicht empfängst, falls er die Frechheit haben sollte, hier ins Haus zu kommen. Es würde mich wahnsinnig machen. Er ist an allem schuld.« Sophie fragte, woran genau Stefan schuld sei, sie könne gar nicht glauben, dass er so ein übler Mensch sein solle, doch Clemens wiederholte nur immer, Stefan sei ein Lump, habe ihm alles Mögliche vorgespiegelt, sei hinterhältig und habe Freundschaften hintertrieben. »Ich will mit ihm nichts mehr zu tun haben«, sagte er lauter als nötig, »und du sollst ihn auch vergessen. Mir wäre wohler, wenn keiner von uns ihn je gekannt hätte. Und jetzt kommt er zu Savigny und verbreitet wieder seine Lügen. Nicht auszuhalten ist das.«

Clemens fühlte sich krank, klagte über Gliederschmerzen und wollte nicht aufstehen. Sophie fragte, ob er einen Arzt wolle. »Ach was, ein Arzt nützt da gar nichts«, brummte er und drehte sich auf die Seite, so dass Sophie nur noch seinen wirren Haarschopf sah. Als sie das Zimmer verließ, fuhr er plötzlich im Bett hoch. »Suchst du einen Vorwand, Stefan hierher zu holen?«, fragte er schneidend. Sophie blieb stehen und wandte sich zu ihm um. Mit dem Haar, das ihm vom Kopf abstand, und dem messerscharfen Blick sah er zum Fürchten aus. »Ich wollte nur helfen«, sagte Sophie bemüht freundlich, »ich sehe doch, dass es dir nicht gut geht. Wenn du Stefan nicht sehen willst, werde ich ihn weder aufsuchen noch rufen lassen. Ich hole nur dann einen Arzt, wenn du es willst.«

Nicht nur Clemens, auch Lene fühlte sich nicht wohl. Morgens räumte sie ein bisschen auf, dann legte sie sich in ihrer Dachkammer wieder ins Bett und war den Rest des Tages nicht zu sehen. Sophie wischte Staub und arbeitete in der Küche, anstatt am Schreibtisch zu sitzen, wo ihre Arbeit liegen blieb. Clemens ließ sich von Sophie Briefpapier und Schreibzeug auf dem Schränkchen neben seinem Bett zurechtlegen. »Ich will Achim schreiben. Kannst du für mich zur Post gehen? Mir tut alles weh.« Der Brief war erst am nächsten Tag fertig und Clemens gab ihn Sophie, ohne ihn vorher zusammenzufalten und zu versiegeln, so als wollte er, dass sie ihn lese.

Er schilderte das Leben in Marburg, das so trist im Winter war, schrieb von Savigny und von der Familie in Frankfurt, seinen Schwestern und dem Klavier, das er geholt hatte, beschrieb seinen ersten eigenen Hausstand und beklagte sich, dass die Wirklichkeit nicht so werden wollte wie seine Vorstellung davon. Auch in der Ehe finde er nicht, was er erhoffte. Er komme kaum zum Dichten. Eine gemeinsame poetische Existenz, wie er sie sich erträumt hatte, sei schwieriger zu errichten als eine Kathedrale. Vielleicht sei es gar nicht möglich. Nun hoffe er, dass sich mit der Geburt des Kindes in ungefähr zehn Wochen alles zum Besseren wende.

Im Haus war es ruhig. Gisela malte und übte Wörter auf ihrer Tafel. Der Himmel vor dem Fenster schimmerte hellgrau, am Nachmittag färbte er sich graugelb, dann taubenblau und schließlich dunkelte es. Sophie zündete die Lampen an und spielte auf dem Klavier ein paar Bagatellen. Am Ende eines der Stücke sah sie auf. Im Türrahmen stand Clemens. »Ich setze mich ein bisschen zu dir«, sagte er, »spiel nur weiter.« Sophie spielte ein Rondo. Als sie die Hände von den Tasten nahm, sagte er: »Wir sollten unsere Freunde einladen.« Sophie drehte sich überrascht zu ihm um. »Jetzt plötzlich? Denk an die Blicke. Was ist mit meinem Bauch? Hattest du nicht Angst wegen der Gerüchte, die entstehen könnten?« »Ich will Gäste bei mir sehen, allein in dieser Wohnung ist es auf die Dauer zu öde. Du könntest ein weites Hauskleid tragen. Lass dir irgendwas einfallen.«

Drei Tage später kamen Savigny, Creuzer und Sofia und andere Bekannte. Savigny brachte Sophie ein kleines Geschenk mit, einen Band Gedichte von einem unbekannten Autor mit Namen Tian. Man trank Glühwein, musizierte und sang einige Lieder, und wieder wurde über Heidelberg gesprochen. Für Creuzer stand inzwischen fest, dass er nach Heidelberg gehen würde. Savigny dagegen wollte nicht. »Das wirst du bereuen«, sagte Creuzer und trank schlürfend einen winzigen Schluck des heißen Glühweins aus seinem Glas, »die wichtigsten Köpfe, die besten Denker zieht es jetzt an den Neckar. Alles ist im Aufbruch.« Savigny bestritt mit geheimnisvollem Lächeln, dass er es bereuen werde. Er werde vielmehr mit seiner Frau auf seinem Gut bei Hanau wohnen und den Familiensitz beleben. »Ach wie schön«, rief eine der Frauen, »das kommt ja ganz überraschend. Eine Hochzeit!« Clemens behauptete, überraschend sei es nicht, er habe es geahnt. »Ich freue mich«, sagte er und gratulierte. »Kennen wir die Frau?«, fragte jemand. »Es ist Gundi, meine Schwester«, antwortete Clemens anstelle von Savigny, der still lächelte. Sophie wunderte sich über die Sicherheit, mit der Clemens das sagte. Er musste von den Gefühlen, die Savigny und seine Schwester füreinander hatten, gewusst haben, ohne ihr auch nur in Andeutungen etwas davon zu sagen. Savigny jedenfalls widersprach nicht, also musste es wohl stimmen.

»Dann wirst du ja die nächsten Wochen viel mit Hochzeitsvorbereitungen zu tun haben«, sagte Creuzer. Savigny plante ein Fest auf seinem Gut. Natürlich seien alle jetzt Anwesenden eingeladen. Das Haus habe viele Zimmer. In der Umgebung ließen sich Landpartien machen, für Picknicks sei es dann allerdings noch zu kalt. »Wann wird die Hochzeit denn sein?« »Am 17. April.«

Savigny blieb den ganzen Abend wortkarg, aber nicht unfreundlich. Er erwähnte kurz den Besuch von Stefan. Sophie fragte, ob es ihm in Marburg gefallen habe, und bedauerte, dass sie ihn nicht habe treffen können. Nachdem alle Gäste gegangen waren, stritt Clemens mit ihr darüber, ob es nötig war, über Stefan zu sprechen. Sophie versuchte zu erklären, das sie nicht so tun wollte, als sei Stefan ein völlig Fremder. »Schließlich haben wir zusammen gearbeitet, um im letzten Jahr den Almanach herauszubringen.« »Mit ihm also arbeitest du eng zusammen, und was ist mit mir? Ich habe ein Recht darauf. Du gehörst mir, mit mir sollst du in eine unteilbare poetische Existenz verschmelzen, nicht mit Gott-weiß-wem zusammenarbeiten«, brauste er auf. Sophie blieb ruhig. Als Clemens wieder schwieg, erklärte sie sanft, als würde sie Gisela ermahnen: »Alle meine Gefühle gehören dir, außer einem. Es ist das Gefühl der Freiheit, und ich bitte dich, dieses Gefühl nicht zu verletzen. Verteidigen kann ich es nicht, denn wer sich verteidigen muss, ist nicht mehr frei. Ich verlange wenig von dir, aber ich bitte dich, mein Freiheitsgefühl zu schonen.« Clemens brummte unentschieden. »Hm ja«, sagt er dann unwillig und ging ins Schlafzimmer. »Es ist spät«, rief er Sophie zu.

Sophie schrieb an Lotte. Sie schrieb von Lene, dem Hauskreuz, von Gisela und von Clemens. Die Ehe mit ihm sei nicht einfacher als mit Karl. Fast sei es so, als wäre sie schon seit Jahren mit Clemens verheiratet und auch die Zeit bis zur Geburt des Kindes ziehe sich unerträglich lange hin. Clemens sei mit ihr unzufrieden, ließe sie ungern in Ruhe schreiben und finde alles, was sie zustande bringe, schlecht. Oft plagten ihn Schmerzen, so dass seine Phantasie ihn nicht in die Höhen trage, die er erobern wolle.

Sophie erkundigte sich nach dem Befinden von Lotte und ob sie mit Christian noch Briefe wechsle. Außerdem fragte sie, ob Lotte eine kurze Geschichte in der geplanten Sammlung veröffentlichen wolle. *Kalathiskos* hatte sie aufgegeben, aber sie wollte nicht aufhören, Sammlungen von Gedichten und Geschichten herauszugeben, vielleicht aber nicht als feste Reihe, sondern in loser Folge. Den Traum, ein Drama zu schreiben, schob sie vor sich her. Es jetzt in Angriff zu nehmen, dazu hatte sie keine Zeit.

Sie erwähnte den Band von Tian, den sie gerne gelesen hatte und Lotte zu lesen empfahl.

»Das ist sehr ärgerlich«, rief Clemens und schlug die Zimmertür hinter sich zu. Katzenhaft leise sprang er auf das Sofa zu und saß in der Sofaecke, ehe Sophie die Feder aus der Hand gelegt hatte. Sie streute Sand aufs Papier, um die feuchte Tinte zu trocknen. Dann drehte sie sich zu Clemens um. »Er kommt nicht. Er bleibt in London und denkt nicht im Entferntesten daran, zur Taufe meines Kindes hier zu sein. Er erwähnt es überhaupt nicht. Ein Bild, er will mir ein Porträt von sich schicken. Was soll ich mit einem Bild? Ich will ihn selber. Hier bei mir. Ich wünschte, irgendein Wunder geschähe, das ihn von dieser verdammten Insel herunterbringt.«

Endlich wurde es Frühling. Der Himmel, der wie eine graue Decke über der Stadt gelegen hatte, schien sich zu heben, es wurde heller, jeden Tag ein bisschen mehr. Creuzer und Sofia verkauften alles, was sie nicht nach Heidelberg mitnehmen wollten. Savigny zog auf sein Gut, wo alles vorbereitet werden musste für das Fest und das neue Leben mit seiner Frau, die von zu Hause einigen Luxus gewöhnt war.

Zwei Wochen später bereitete Clemens sich vor, um nach Frankfurt und dann zusammen mit seiner Familie und einer Freundin seiner Schwestern nach Hanau zu fahren. »Diese Freundin«, erzählte Clemens gut gelaunt beim Frühstück, »ist ein erstaunliches Wesen. Wie eine Traumgestalt, groß und überaus schlank, und noch sanftmütiger als Savigny. Wenn sie geht, scheint sie zu schweben. Eigentlich hätte sie gut als Frau zu Savigny gepasst, aber mir ist es natürlich lieber, dass er sich für Gundi entschieden hat, schon allein darum, weil er mir nun nicht mehr verloren gehen kann. Er ist mein Freund und wird mein Schwager. Ich habe zwar den Eindruck, dass er seit der Verlobung zu mir sehr kühl ist und dass er noch vernünftiger geworden ist, als er immer war, aber ich werde mich dran gewöhnen.« Sophie lächelte bei diesem Wortschwall und fragte, ob Clemens alle Menschen, die er liebe und zu Freunden habe, auch zusätzlich noch per Gesetz mit sich verbunden sehen wolle.

Einen Tag vor der Abreise kam ein Brief von Achim – nicht aus London, sondern aus Berlin. »Er ist in Deutschland«, jubelte Clemens, »hier schau, Sophie. Er ist von dieser grässlichen Insel endlich weggekommen. Jetzt kann er also doch als Pate unseres Kindes zur Taufe kommen.« Er setzte sich aufs Sofa und begann den Brief vorzulesen. Sophie, die ihre Arbeit unterbrach, hörte aufmerksam zu.

Der Tod seines Vaters hatte Achim nach Berlin zurückgeholt. Er müsse sich um den Nachlass und sein Erbe kümmern. Obwohl er gerne nach Marburg reisen würde, fehle ihm dazu leider die Zeit. Außerdem bestehe sein Bruder auf seiner Anwesenheit. Ganz überstürzt seien sie aus London abgereist. Das Porträt, das er Clemens zur Geburt des Kindes schicken wollte, sei leider noch nicht fertig, die Arbeit am Gesicht zwar abgeschlossen, aber der Hintergrund fehle noch. Der Maler werde es zu gegebener Zeit direkt an Clemens' Adresse in Marburg schicken. Er wünsche ihm Glück. Vor allem Sophie, die er gespannt sei kennenzulernen, wünsche er Gesundheit, und dass alles gut gehen werde. Geburten würden ihn immer mit Angst erfüllen, denn seine eigene Mutter sei bei seiner Geburt gestorben.

»Das wird doch hoffentlich nicht passieren?«, fragte Clemens, wobei er Sophie eindringlich ansah. Angst lauerte in seinen Augen, und Sophie, die sich zu ihm umgedreht hatte, aber noch immer am Schreibtisch saß, stand jetzt auf. Sie setzte sich zu ihm. »Geburt und Tod liegen eng beieinander«, sagte sie ruhig, »was geschehen wird, wissen wir nicht.« »Ach Sophie«, stöhnte er gequält und umarmte sie ungewohnt vorsichtig.

Am nächsten Tag nahm er Abschied, um nach Hanau zu fahren. Er schien sich kaum von Sophie trennen zu können, die ihn bis zur Poststation begleitete. Die Luft war mild, ein leichter Wind wehte und trieb weiße Wolken am Himmel vor sich her, während die Sonne ruhig dabeistand wie ein Schäfer bei der Herde. Clemens hielt Sophie nach einer letzten Umarmung ein wenig von sich ab, um sie anzusehen. In seinem Blick lag ein unbestimmter Ausdruck zwischen Sorge und Trotz. »Ich bin bald zurück«, sagte er endlich und stieg in die Kutsche.

Clemens war eher wieder in Marburg zurück als erwartet. »Sie ist tatsächlich ein erstaunliches Wesen. Stell dir vor, sie ist Tian«, platzte er gleich nach der Begrüßung heraus und hielt

Sophie ein Buch hin, in dem er wohl während der Fahrt gelesen hatte. Sophie, die nicht gleich verstand, wer oder was gemeint war, nahm schließlich den schmalen Band und fragte Clemens, von wem er rede. »Lina, die Freundin der Familie. Ich habe dir doch von ihr erzählt, die ätherische Schönheit. Sie wollte natürlich nichts zugeben, aber ich habe sie mit meinen Fragen so lange in die Enge getrieben, bis sie es mir gestanden hat. Es scheint ihr peinlich zu sein. Ich sage es ja, dir habe ich es auch immer wieder gesagt, Schreiben ist gefährlich, Frauen sollen sich damit nicht abgeben. Aber ihre Gedichte sind tatsächlich gut. Ich habe ihr übrigens Liebesbriefe geschrieben«, ergänzte er lachend. Listig wartete er, was Sophie darauf antworten würde. Sie schwieg. »Du brauchst nicht eifersüchtig zu sein«, sagte Clemens ungeduldig, »es ist zwei Jahre her. Ich könnte keiner Frau Liebesbriefe schreiben, solange du mir gehörst.« Plötzlich wurde er ernst. Ohne dass er es aussprach, spürte Sophie seine Angst, sie möglicherweise zu verlieren. Diese Angst konnte sie ihm nicht nehmen. Geburten waren gefährlich, wie jeder und jede wusste.

Der Geburtstermin im Mai rückte näher. Anders als Gisela, die wenige Wochen vor Beginn des Herbstes auf die Welt kam, würde dieses Kind in den Sommer hineinwachsen wie das Leben in der Natur.

Als bei Sonnenaufgang die Wehen einsetzten, schickte Sophie Lene los, um die Hebamme zu rufen. Doch Clemens hielt sie zurück und rannte selber hin. Die Geburt dauerte den ganzen Tag. Clemens machte der Hebamme und dem Arzt Vorwürfe, dass sie nichts taten, um die Zeit zu verkürzen und die Geburt zu erleichtern.

Die Nacht brach an und endlich war es vorbei. Das Kind war ein Junge – mit schwarzen Löckchen und einem Gesicht, so hübsch und gleichmäßig, wie es die Hebamme selten zu sehen bekam. »Meist sind sie rot und die Augen verquollen«, sagte sie, als sie Sophie den kleinen Sohn in den Arm legte, »aber der hier wird einmal ein schöner Mann. Wie der Vater.« Clemens, der an der Tür stand, kicherte verlegen. Neugierig kam er näher und strich seinem Sohn vorsichtig über das Köpfchen. »Wie winzig er ist«, flüsterte er, »sieh mal, sein Zeigefinger ist nicht größer als der Nagel meines kleinen Fingers.« Er staunte über das Wunder und plötzlich glitzerten seine Augen feucht. »Na, er war groß genug«, ließ die Hebamme mit brummiger Stimme hören, »um Ihrer Frau und mir jede Menge Schwierigkeiten zu machen.« Sie packte ihre Sachen zusammen und versprach, mit der großen Tasche schon in der Tür stehend, in den nächsten zwei Wochen täglich vorbeizukommen, um nachzusehen, dass alles ordentlich verheilte.

Clemens bestand darauf, dass eine Amme besorgt wurde. Sophie war es recht. Mit einer Amme war ihr Tagesablauf nicht durch das Kind bestimmt und sie konnte sich freier bewegen.

Gisela freute sich über den kleinen Bruder. Sie saß stundenlang neben seiner Wiege und sang ihm Lieder vor. »Sie kann es gar nicht erwarten, bis er groß genug ist, dass sie mit ihm spielen kann«, sagte Clemens zu Sophie. Er war stolz auf seinen ersten Sohn, aber er hatte eine merkwürdige Scheu vor ihm. Er wollte ihn nicht aus der Wiege und in den Arm nehmen. »Liebst du ihn nicht?«, fragte Sophie. »Er ist so empfindlich. Und er sieht wie ein kleiner Spitzbub aus. Wenn ich ihm all meine Liebe schenke, stiehlt er sich vielleicht heimlich mit ihr davon und ich stehe ohne alles da in dieser kalten Welt«, sagte Clemens.

Er freute sich, dass es Sophie schon nach zwei Wochen wieder so gut ging, dass sie einen Spaziergang über die Treppen bis ins Tal hinunter und wieder zurück machen konnten. Sophie genoss Luft und Weite nach der Enge im Haus. Die Linden verströmten ihren Duft und sie fühlte sich zum ersten Mal vollkommen wohl in der neuen Heimat.

Clemens und Sophie hatten den Freunden und Bekannten

noch nicht geschrieben, dass sie Eltern geworden waren, denn niemand sollte sich ausrechnen können, dass Sophie schon schwanger war, als sie aus Weimar fortzog. Irgendwann im Sommer sollte die Verwandtschaft von Joachims Geburt erfahren. Aber dazu kam es nicht. Eines Morgens lag der Kleine tot in der Wiege. Clemens sah wie erstarrt auf seinen Sohn, der einer Wachspuppe glich, weiß und fast durchsichtig. Man konnte die feinen bläulichen Adern sehen. Er regte sich nicht mehr.

Gisela fragte Sophie, ob Joachim lieber mit ihrem großen Bruder im Himmel spielen würde als mit ihr. »Ja«, sagte Sophie schnell, wobei es ihr kaum gelang, die Tränen zurückzuhalten.

Clemens starrte ins Leere. Er lag morgens lange im Bett, saß tagsüber unbeteiligt herum, stöhnte immer wieder gequält und bat Sophie, mit ihm spazieren zu gehen. Die Wohnung wurde ihm unerträglich. Auch die Stadt war ihm zu eng. »Ich will hier weg«, schrie er eines Abends, »ich halte es hier nicht mehr aus.«

Schon am nächsten Morgen brach er nach Frankfurt auf. Sophie und Gisela waren wieder allein. Eine Woche später schrieb Clemens, dass er nicht nach Marburg zurückkommen werde. Sophie solle die Wohnung aufgeben, alles verkaufen, was nicht mehr gebraucht würde, den Rest, vor allem seine wertvollen Bücher, verpacken lassen und nach Frankfurt schicken. Das Klavier solle sie verkaufen.

»Mama, was machen wir?«, fragte Gisela, als sie merkte, dass von Tag zu Tag mehr Möbel aus der Wohnung verschwanden und fremde Männer alles in Kisten packten. »Wir ziehen nach Frankfurt.« Sophie hatte ein wenig Angst davor, bei den Brüdern und Schwestern von Clemens in dem großen Haus der Familie zu wohnen. Er hatte die widersprüchlichsten Dinge über seine Geschwister erzählt.

Mit Gisela und kleinem Gepäck sollte Sophie in der Postkutsche nach Frankfurt reisen. Für den Umzug stand schon einen Tag vor der Abreise ein großer Wagen vor dem Haus und wurde mit Möbeln und Hausrat beladen, die Sophie nicht verkauft hatte. Mitten in die Arbeit der Männer geriet ein schmales, fast quadratisches Paket, dessen Seiten ungefähr so lang wie ein Arm waren. Das muss das Bild von Clemens' Freund aus England sein, dachte Sophie. Den Mann, der das Bild brachte, wies sie an, es gleich auf den Wagen zu den anderen Dingen zu stellen. Sie würde es in Frankfurt zusammen mit Clemens auspacken, um mit ihm den ersten Blick auf das ihr unbekannte Gesicht des Freundes zu werfen. Jetzt war keine Zeit dazu.

Als der Wagen voll war, wurde eine Plane darüber gebreitet und Seile gespannt, um die Fracht festzuzurren und vor herunterfallenden Ästen und Regen zu schützen. Der Wagen fuhr los. Früh am nächsten Morgen folgten Sophie und Gisela in der Postkutsche.

## *Frankfurt*

In Frankfurt wurden sie von einem Clemens in Empfang genommen, der in nichts mehr an den verzweifelten Mann erinnerte, der er beim Abschied in Marburg gewesen war. Übermütig machte er mit seinem jüngeren Bruder Chris fast ohne Pause Scherze, was ihnen von Franz, dem Oberhaupt der Familie, und seiner hoheitsvollen Frau missbilligende Blicke eintrug.

Zuerst führte er Sophie durch das Haus, in dem die Familie wohnte, seit der Vater das alte Kaufmannshaus aufgegeben hatte, wo Käselaibe und Heringsfässer, Gewürze, Tee und Kaffeesäcke in offenen Unterständen auf dem Hof gelagert wurden. Dieses neue Haus war prächtig, nichts stand offen herum und alles glänzte sauber. Die Straße, an der es lag, hätte allerdings etwas breiter sein können, um die Fassade richtig zur Geltung kommen zu lassen. Kunstvolle Eisengitter sicherten die Fenster zur Straße im Erdgeschoss gegen Einbrecher. Darüber lagen drei Stockwerke, hell verputzt. Das Haus hatte zwei Seitenflügel, die sich nach hinten erstreckten, und einen Innenhof, der gefegt und aufgeräumt war, so dass man nichts von den Waren sah oder ahnte, mit denen Franz Handel trieb.

Franz stammte aus der ersten Ehe des Vaters. Er führte das internationale Unternehmen der Familie, zu dem auch eine eigene Bank gehörte, die Georg, der älteste Sohn aus der zweiten Ehe des Vaters, leitete. Franz und Georg waren beide verheiratet, aber Georg und Marie hatten noch keine Kinder. Franz hatte dunkle Locken und ein ansehnlich geformtes Gesicht, Georgs Gesicht war eher länglich und zeigte einen melancholischen Ausdruck. Er war, obwohl für die Geldanlagen und den Geldverkehr zuständig, ein Schöngeist und sehr an Malerei interessiert. Außerdem liebte er Gärten.

Clemens führte Sophie in die Gemäldegalerie, deren Werke schon der Vater gesammelt hatte und die nach seinem Tod nun von Franz und Georg noch vergrößert wurde. »Hier wurde ich als Kind eingesperrt, wenn ich irgendetwas angestellt hatte, was mit dem Anblick von schrecklichen Szenen wie Hinrichtungen von Heiligen bestraft werden musste«, erklärte er ihr. Sophie blieb vor dem Bild eines jungen Mannes stehen, dessen Körper mit unzähligen Pfeilen durchbohrt war. Clemens ging weiter zu einer Mariendarstellung. Der sanfte Blick der Madonna war auf das kleine Kind in ihrem Arm gerichtet. »Ich habe mich immer vor dieses Bild hier gestellt und meine Augen nicht davon abgewandt, bis ich wieder hinausdurfte.« Ein Diener brachte das Bild, das aus England gekommen und auf dem Wagen gewesen war. Clemens und Sophie packten es aus. Der Diener hatte Werkzeug dabei, um das Bild aufzuhängen. »Nein, nein. Wir schauen es nur an«, erklärte Clemens, »es gehört nicht in diese Galerie. Wir nehmen es mit nach Heidelberg, und das Bild der Madonna auch.« »Ist es denn sicher, dass wir nach Heidelberg gehen?«, fragte Sophie. »Ja, nächste Woche fahre ich zu Creuzer und suche eine Wohnung für uns.«

Es war Zeit zum Mittagessen. Die ganze Familie versammelte sich um den Tisch, der mit kostbarem Porzellan gedeckt war. Im Haus der Familie lebte mit all den Geschwistern auch die dritte Frau des Vaters. Sie war genauso alt wie Sophie. Ihr siebenjähriger Sohn, der erst nach dem Tod des Vaters zur Welt gekommen war, gehörte eher in die Generation der Kinder von Franz und Antonia, mit denen er, wie auch Gisela, beim Essen an einem gesonderten Tisch saß.

Das älteste Familienmitglied war Anton. Hinter seinem Stuhl stand ein Diener, der nur für ihn allein da war, mit ihm das Zimmer betrat und nach dem Essen die Tür vor ihm öffnete. Herr Anton, der älteste Sohn aus der ersten Ehe, war höflich wie ein Graf aus dem galanten Zeitalter. Von der Revolution wusste er nichts. Er war von unerschütterlicher Milde, sein Lächeln trübte sich nur, wenn eins der kleineren Kinder schrie, weil es sich wehgetan hatte. Er trug noch einen Zopf wie die Diener in Livree. »Nachts spaziert er stundenlang durch die Flure auf den verschiedenen Stockwerken«, flüsterte Clemens Sophie zu, »erschrick also nicht, wenn du meinst, einen Geist zu sehen.« Während des Essens lächelte Anton Sophie unverwandt an und fragte sie bei jedem neuen Gang, der aufgetragen wurde, ob sie wohl geruht habe.

In dem großen Haus wohnten unzählige Angestellte und Diener. Mit einigen von ihnen ging Clemens sehr freundschaftlich um. »Früher war hier auch einer, der mir immer Märchen erzählt hat. Ich glaube, er war Buchhalter im Kontor des Vaters. Leider ist er jetzt alt und lebt bei seinen Verwandten. In Miltenberg, glaube ich. Ich muss ihn unbedingt mal besuchen.«

Nicht alle von Clemens' Geschwistern wohnten in dem großen Frankfurter Haus. Tina und Lulu, neunzehn und siebzehn Jahre alt, lebten bei der Großmutter in Offenbach, wo sich auch Melli aufhielt, die bald ihren sechzehnten Geburtstag feiern und im Herbst mit Gundi und Savigny für ein oder zwei Jahre nach Paris gehen sollte.

Der fröhliche Übermut von Clemens, der beim Erzählen lustiger Anekdoten von Chris nicht nur unterstützt, sondern sogar überboten wurde, stand in auffallendem Gegensatz zu der Atmosphäre des Hauses, das eher vornehm und steif wirkte. Wie eine Königin stand Antonia, die Tochter aus reicher Wiener Familie und Gattin von Franz, dem Familienclan vor. Marie, Georgs sanftmütige Frau, und die Comtesse, wie Clemens die dritte Frau seines verstorbenen Vaters nannte, traten bescheiden hinter Antonia zurück.

Sophie war entschlossen, obwohl ihr alle sehr zurückhaltend begegneten, jeden Einzelnen für sich zu gewinnen. Anton war in seiner freundlich-sinnlosen Höflichkeit unerschütterlich. Er lächelte und machte vor Sophie jedesmal, wenn er bei seinen Spaziergängen durch die Flure zufällig an ihr vorbeikam, eine Verbeugung. Einige Schritte weiter flüsterte er seinem Diener dann zu: »Was für eine schöne, junge Frau.«

Chris, der ihr nach Weimar geschrieben und das Bild der Mutter für Clemens zurückerbeten hatte, dem sie es letztlich verdankte, nun Clemens' Ehefrau zu sein, brauchte nicht gewonnen zu werden. Er hatte Sophie und Gisela gleich am ersten Tag, als er sie in Marburg traf, ins Herz geschlossen.

Georg und Marie waren anfangs kühl, nach wenigen Tagen aber fanden sie es einfacher, Sophie wie ein ganz normales Mitglied der Familie zu behandeln. »Größere Probleme wirst du mit Gundi haben«, sagte Chris zu Sophie, als sie mit ihm in einem der Salons saß und Karten spielte. »Aber sie ist vorerst noch auf dem Gut mit Savigny und bleibt dort wohl auch noch eine Weile. Soweit ich sehe, hast du alle überzeugt, dass du unserer Familie keine Schande machst oder Clemens in Verruf bringst. Doch Gundi verübelt dir dein Verhältnis mit Stefan fast noch mehr als Clemens selbst.« Sophie lachte überrascht auf, wurde aber gleich wieder ernst. »Das ist amüsant«, sagte sie, »dieses Verhältnis existiert nur in Clemens' Kopf. Irgendwann muss ich ihn davon überzeugen, dass Stefan mir nichts bedeutet.« »Und Philipp?« Wieder war Sophie überrascht. Clemens schien mit Chris tatsächlich über alles zu reden. »Der auch nicht«, sagte sie.

## *Offenbach*

Clemens brach nach Heidelberg auf. Er wollte bei Creuzer und Sofia, die eine sehr gute Hausfrau war, so lange wohnen, bis er eine Wohnung für sich, Sophie und Gisela gefunden hatte. Er meinte, dass es wohl das Beste sei, wenn auch Sophie das Haus in Frankfurt verlassen und einige Wochen in Offenbach bei der Großmutter wohnen würde. »Dort lernst du dann meine Schwestern kennen, außer Gundi natürlich, die ist ja bei Savigny.«

Sophie freute sich, Clemens' Großmutter wiederzusehen. Sie hatten sich vor fünf oder sechs Jahren in Jena getroffen, als die alte Dame mit einer ihrer Enkelinnen dort in der Nähe zu Besuch war. Die Enkelin lebte nicht mehr, sie war an einem unheimlichen Nervenfieber gestorben. Die alte Dame aber war so lebhaft, als hätte sie noch Jahrzehnte vor sich. Überaus herzlich empfing sie Sophie und Gisela, und das Hausmädchen zeigte ihnen das Gästezimmer. Es war wie das ganze Haus geschmackvoll, aber ohne jeden Luxus eingerichtet. Sophie konnte hier viel freier atmen als in dem großen Haus in Frankfurt, wo die reiche Familie residierte.

Clemens' Schwester Tina war ein Irrwisch. Die Wörter sprudelten aus ihr heraus wie das Wasser eines Gebirgsbaches aus einer Felsspalte. Den ganzen Tag war sie in Bewegung und schreckte nicht einmal davor zurück, die Großmutter, wenn auch eher scherzhaft, als rückständig und altmodisch zu bezeichnen. Die Großmutter ließ es geschehen, hätte sich aber wohl leicht in einem Streit durchsetzen können.

Lulu sah verführerisch aus. Sie schminkte sich und kleidete

sich nach der neuesten Mode. Sophie wunderte sich, dass Clemens seine Schwester wegen des Schminkens offenbar noch nie zurechtgewiesen hatte. Lulu war siebzehn und flirtete mit jedem Mann, der vorbeikam.

Ganz anders wirkte Melli, die jüngste Schwester, gerade sechzehn, schön und geheimnisvoll. Freunde der Familie hatten schon mehrmals gefragt, ob sie nicht einem Maler Modell für ein Madonnenbild sitzen wolle. Auf ihrer hellen Haut zeigte sich kein Fleck oder Makel, ihr klarer, sanfter Blick entsprach ihrem in sich gekehrten Wesen. Sie sprach wenig, aber sie las gerne aus französischen Romanen vor. Diese Sprache beherrschte sie, als wäre sie in Paris geboren. Von Sophies Übersetzungen aus dem Französischen hatte sie nie etwas gehört, sie las nur Originale. Männer konnten sie ansehen, ohne dass sie es bemerkte, sie achtete gar nicht darauf. Lulu verstand Mellis Gleichgültigkeit gegenüber Männern überhaupt nicht. »Du bist einfach noch zu jung«, meinte sie, was Melli wortlos und ohne jede Regung hinnahm.

Beim Essen sagte Tina mit einer Direktheit, die Sophie nie zuvor erfahren hatte: »Ich habe dich immer für ein böses Weib gehalten, das nichts anderes will, als Clemens wehtun. Aber das stimmt ja gar nicht. Jetzt weiß ich, wie lieb und klug du bist. Clemens ist mit dir sicher sehr glücklich. Bei allem, was du sagst, kann ich zustimmen. Vor allem, wenn es um die Freiheit geht und um die Rechte der Menschen, so zu leben, wie sie wollen.« »Danke für die gute Meinung, die du von mir hast. Aber woher kam die Vorstellung, ich wollte Clemens schaden?« »Er war so unglücklich, und wie er über dich geredet hat, konnte ich nichts anderes denken. Großmutter hat immer gesagt, dass ich das nicht richtig sehe. Natürlich hatte sie recht.«

Eins der Themen, über die Sophie und die Großmutter viel sprachen, waren die Neuerungen im Reich, und dass alles Land links des Rheins jetzt zu Frankreich gehörte, auch Städte, in denen die Großmutter gelebt hatte. Sie saßen im Garten beim

Tee und redeten über die Revolution, als wäre die Bastille erst letzte Woche erstürmt worden. »In den vergangenen fünfzehn Jahren ist bei uns viel zu wenig geschehen«, sagte die Großmutter, »wir brauchen Veränderungen. Was man bisher gemacht hat, ist nicht genug. Am Ende werden die Ideale vielleicht sogar noch verraten.« »Jedenfalls kann ich nicht sehen«, sagte Sophie, »dass wir Frauen bei der ganzen Sache etwas gewonnen hätten. Es sah nur so aus, als würde alles besser werden, aber jetzt scheint es mir manchmal, als wäre das Gegenteil der Fall, als würden für uns eifrig immer neue Pflichten erfunden, um uns fest ans Haus zu binden.«

Tina hörte aufmerksam zu, Melli sah einem Schmetterling nach, Lulu ordnete den Stoff ihres Kleides. »Frauen sind auf andere Weise unfrei als früher«, sagt die Großmutter, »und nach wie vor wagen sie es nicht, ihre Meinung zu sagen. Tun sie es, gilt es als äußerst unfein. Vor zwanzig Jahren gab es Hoffnung auf große Veränderungen, jetzt geht es aber wohl weiter wie gehabt.« Sophie nahm einen Schluck aus ihrer Tasse, Melli griff nach einem Anisplätzchen. Tina sagte, dass sie sich den Mund nicht verbieten lassen werde. »Das glaube ich dir, meine Liebe«, sagte die Großmutter, »du wirst dir Gehör verschaffen. Da bin ich sicher.« »Ich werde Bücher schreiben und werde meinen Namen nicht verstecken, genau wie Sophie.« Sie sprachen über Sophies Roman, und Sophie erwähnte den Roman der Großmutter. Viele Frauen hatten diese Geschichte des Fräuleins von Sternheim gelesen. Die Großmutter hatte auch eine Zeitschrift herausgegeben, ein paar Jahre nur, dann musste sie aufgeben, obwohl allein die Zarin fünfhundert Exemplare für die Damen ihres Hofes abonnierte. Jetzt lebte die Zarin nicht mehr. Ihr Enkel regierte. »Seine Schwester hat gerade den Erbprinzen in Weimar geheiratet«, erzählte die Großmutter. Auch Sophie hatte von der Heirat gehört und von den vielen Geschenken, die das Paar aus St. Petersburg mitbringen würde. Sie sollten im neuen Schloss in Weimar ausgestellt werden. »Ob es ihr an dem bescheidenen Weimarer Hof wohl gefällt, nach all dem üppigen Petersburger Prunk, den sie gewöhnt ist?«, fragte Lulu. »Aber sicher«, meinte die Großmutter, »es wird ihr in dem neuen Schloss viel besser gefallen als in der Eremitage. Die Zarin scheint dort jedenfalls nicht sehr glücklich zu sein.«

Die Zarin stammte aus Baden, was die Großmutter darauf brachte, von Mannheim zu reden, der größten Stadt Badens und ehemaligen kurfürstlichen Residenz. Während ihrer Jahre in Speyer hatte sie Mannheim oft besucht. Auch später noch. Sie wohnte in einem Haus direkt gegenüber dem Theater. »Leider ist in der Stadt allerlei zerstört worden. Kaiser Franz hat seine Truppen böse wüten lassen im Krieg gegen die französischen Revolutionstruppen. Keine zwanzig Häuser blieben unversehrt. Leider wurde auch das Dach des Opernhauses im Schloss zerstört, so dass man es nicht mehr nutzen kann. Aber die Oper war sowieso zu groß. Das Theater in der Stadt ist viel besser. Leider wurde in dem ganzen Durcheinander die große Gemäldesammlung nach München abtransportiert, sonst könntet ihr hingehen. Von Heidelberg ist es ja nicht weit.« Sie begann von Heidelberg zu erzählen, wo der südliche Himmel es leicht mache zu leben. »Die Menschen haben alles, was sie brauchen. Die Erde bringt jedes Jahr reichlich Früchte hervor. Ihr werdet ganz neu anfangen können und Kinder haben. Aber übertreibt es nicht mit dem Kindersegen.« Sie sprach von ihrer Tochter Maximiliane, der Sophie so ähnlich sah. »Sie ist viel zu früh gestorben, mit siebenunddreißig Jahren. Zwölf Kinder waren einfach zu viel. Clemens wird rücksichtsvoller sein, hoffe ich. Ich wünsche euch so sehr, dass ihr glücklich seid in Heidelberg. Hat Clemens denn schon eine Wohnung gefunden?«

Zwei Tage später schrieb Clemens von einem Besuch in Mannheim bei Kapellmeister Richter. Der hatte die Musik zu dem Singspiel geschrieben, das Clemens vor zwei Jahren in Düsseldorf verfasst hatte, und es im Januar aufführen lassen. Da im Moment keine Vorführungen stattfanden, spielte er Clemens alles auf dem Klavier vor. Clemens fand die Melodien munter und passend. Er schrieb, dass er endlich eine Wohnung in Heidelberg gefunden habe, so dass Sophie packen und losfahren könne. Es werde ihr gut gefallen. Die Natur sei wunderschön, die Menschen froh, Tanz und Gesang vor allen Türen.

Der Nieselregen, bei dem Sophie und Gisela am frühen Morgen in Offenbach losfuhren, hörte langsam auf. Bei einer Pause in Darmstadt regnete es schon nicht mehr, als sie in Weinheim ankamen, verzogen sich die Wolken langsam, und am späten Nachmittag wurde sogar die Sonne über der Ebene sichtbar. Noch in Darmstadt war es kühl gewesen, nun schwitzten die Reisenden in der Kutsche und einer von ihnen öffnete beide Fenster.

Die Straße führte schnurgerade am Rand der Berge entlang. Sah man links hinaus, konnte man Weinberge und darüber die bewaldeten Bergkuppen sehen, rechts lagen in der Ebene bis hinüber in die französische Pfalz Felder und Gärten. Irgendwo dort in der Mitte der weiten Ebene mäanderte der Rhein und teilte die Ebene in zwei Hälften, die östliche gehörte seit kurzem zum Großherzogtum Baden, die westliche war französisch geworden.

»Sieh mal, da ist wieder eine Burg«, rief Gisela und zeigte mit ausgestrecktem Arm aus dem Fenster nach links. Sophie schaute in die angegebene Richtung. »Es ist nicht mehr viel davon vorhanden, der Turm, ein paar Mauern.«

Den Mitreisenden schien die Strecke bekannt zu sein. Keiner von ihnen, nicht die beiden älteren Frauen und auch nicht der Mann mit dunkler Weste und Uhrkette über dem Bauch, interessierte sich für das, was es links und rechts der Straße zu sehen gab. Der Mann mit Halbglatze, der schon die ganze Zeit seinen Hut umgekehrt auf dem Schoß hielt, sah etwas grünlich blass aus und seufzte leise in unregelmäßigen Abständen. Wenn er sich nur nicht plötzlich in seinen Hut erbricht, dachte Sophie. Ihr machte das Schaukeln der Kutsche überhaupt nichts aus.

»Ist es noch weit?«, fragte Gisela. Am Fuß der Berge zwischen zwei Talhängen halb versteckt lag am Waldrand ein Dorf. Auf den Feldern arbeiteten Bauern. An den Feldwegen entlang reihten sich Obstbäume. »Ich glaube nicht«, sagte Sophie. Schon bald kamen sie ins nächste Dorf, wo die Kutsche kurz halten musste, weil ein Karren die Straße versperrte. Die Kutsche fuhr wieder an, ruckelte und holperte über Unebenheiten. Der blasse Mann seufzte elend und die beiden älteren Damen wandten ihre Köpfe angewidert ab. »Wir sind sicher bald da«, sagte Sophie, »es kann nicht mehr weit sein.«

## *Heidelberg*

Plötzlich fuhr der Wagen im Bogen nach links, als sollte es in die Berge hineingehen. Der Postillon blies ins Horn. Ein paar Kinder winkten. Eilig ging es dicht am Neckarufer entlang. Sophie beugte sich ein wenig zum rechten Fenster hinaus. Die Sonne beschien die rote Schlossruine, umgeben von dichtem Laub auf halber Berghöhe gegenüber auf der anderen Seite des Flusses. Unterhalb der Ruine direkt am Neckar lag Heidelberg. Ein dunkles Gemäuer direkt am Flussufer fiel Sophie besonders auf. Daneben ein gedrungener Kran aus Holz, weiter entfernt eine Steinbrücke mit neun Bögen, die den Neckar überspannte. Am Ufer lagerte Holz, ganze Stämme, Bauholz, Brennholz, der Größe nach sortiert.

Die Kutsche wurde langsamer, um scharf rechts auf die Brücke einzubiegen. Laut klapperten die Hufe der Pferde auf dem Kopfsteinpflaster. Hinter dem Brückentor mit zwei Türmen lag ein kleiner Platz, links ein verwahrlostes Gebäude, rechts der »Goldene Hecht«, ein großes Hotel. Die Pferde trabten nicht mehr, sondern zogen die Kutsche im Schritt die Straße bis zur Kirche hinauf und daran vorbei, über den Marktplatz. Der Herkulesbrunnen stand im Schatten einer alten Linde.

Am Kornmarkt vor dem »Prinz Carl«, einem der größten und besten Gasthäuser der Stadt, blieb der Wagen stehen. Die Tür wurde aufgerissen. »Da ist er«, rief Gisela und sprang auf. »Warte noch«, sagte Sophie. Sie hielt ihre Tochter fest. »Erst müssen die Trittstufen hinuntergeklappt werden.« Leute rannten herbei. Es war immer ein Ereignis, wenn die Postkutsche kam. Sie fuhr nicht jeden Tag. Der dicke Herr erhob sich mühsam und zwängte sich ins Freie. Er blieb neben dem Wagen stehen, um den beiden älteren Damen beim Aussteigen zu helfen. Dann ließ Sophie Gisela los. Das Mädchen sprang hinaus und Clemens in die Arme, der nahe bei der Kutsche stand. Auch Sophie stieg aus und machte ein paar Schritte auf Clemens zu. Gisela hing mit beiden Händen am rechten Ärmel seines dunkelblauen Gehrocks. Clemens gelang es, sich zu befreien. Unter missbilligenden und belustigten Blicken umarmten Clemens und Sophie sich zur Begrüßung. »Großartig siehst du aus«, sagte er. »Auch dir scheint es gut zu gehen. Ich kann es gar nicht erwarten, unsere Wohnung zu sehen. Ist das hier der Paradeplatz?« »Nein. Zum Paradeplatz ist es noch ein Stück.« Sie warteten, bis das Gepäck abgeladen war, und machten sich zu Fuß auf den Weg zur Wohnung am Paradeplatz. Sophie hatte nicht viel bei sich, das meiste war schon vorausgesandt worden.

Es war viel wärmer als in Frankfurt oder Offenbach und schwül. Gisela warf ihr Jäckchen über die Lehne des Stuhls, der ihr am nächsten stand. Sophie ging durch die Räume. Hoffentlich reichte der Platz, so dass Clemens und sie in Ruhe würden arbeiten können, ohne sich gegenseitig zu stören. In der Mitte jedes Zimmers standen ein oder zwei Truhen, die Clemens, seitdem sie dort abgestellt worden waren, nicht angerührt hatte. Nur die Kisten mit Büchern hatte er geöffnet und die Bücher sauber in den Regalen aufgereiht. Die wenigen Möbel standen bereits an ihrem Platz.

Sophie ging zu ihrem Schreibtisch am Fenster und sah auf den Platz hinaus. Direkt gegenüber lag das alte Universitätsgebäude, links daneben das Mitteltor, ein viereckiger Turm mit Altan. Rund um den weitläufigen Platz standen junge Bäume. Rechts, direkt hinter der Stadtmauer, links auf der anderen Seite des Flusses ragten die Berge himmelhoch. Lang und schmal lag die Stadt zwischen Bergen und Neckar, wie eingeklemmt. In der Stadtmauer erkannte sie vor dem ziemlich steil aufragenden Berghang das Klingentor. Dort ging es in die Bergstadt und zur Schlossruine hinauf.

Die Abendglocken begannen zu läuten. »Wir sind bei Creuzer und Sofia zum Essen eingeladen«, sagte Clemens, als Sophie anfing, die Kiste mit dem Geschirr in der Küche auszupacken, und umarmte sie so heftig, dass ihr die Teller fast aus der Hand fielen. »Pass auf«, lachte sie, »wovon sollen wir essen, wenn das alles zu Scherben wird? Doch nicht etwa direkt aus dem Topf.« Sie stellte die Teller in den Schrank und überließ sich Clemens' Küssen. »Später«, sagte sie zwischen zwei Küssen, »später. Sind eigentlich die Betten schon bezogen? Wir sollten wenigstens das Bettzeug auspacken. Aber jetzt will ich mich frisch machen und etwas Nettes anziehen, ehe wir zu Creuzer und Sofia gehen.« Sie löste sich aus seiner Umarmung. Clemens schnitt ein komisches Gesicht, machte mit den Armen hampelnde Bewegungen wie eine Marionette, drehte sich um und ging los, um Gisela zu suchen. Er fand sie gleich im Nebenzimmer mit ihren Puppen beschäftigt.

Mit einem frischen Kleid und geordneter Frisur betrat Sophie das Zimmer, in dem Clemens und Gisela zusammen auf dem Boden saßen. Clemens erzählte eine Geschichte von einem Mädchen mit Namen Annerl. »Mama, setz dich hierher«, flüsterte Gisela und legte ihre Hand auf die Stelle neben sich auf dem Fußboden. Sophie hockte sich neben ihre Tochter und legte ihren Arm um sie. Einige Minuten später hörte Clemens auf zu erzählen. »Aber die Geschichte ist noch nicht zu Ende«, protestierte Gisela. »Für heute schon. Mama und ich gehen noch zu Freunden.« »Und ich?« »Du gehst ins Bett. Die Tochter der Nachbarin kommt noch ein bisschen zu dir, damit du nicht allein auf den Sandmann warten musst.« »Haben wir denn hier kein Hauskreuz?« Sophie lachte. »Wir suchen uns ein tüchtiges Hausmädchen. Ein Hauskreuz will ich nie wieder haben.«

Sophie und Clemens überquerten den Paradeplatz und kamen an einem großen barocken Gebäude vorbei, das wie eine Kirche aussah, aber als Spital und Lazarett genutzt wurde. Gleich dahinter in der Kettengasse war in einem großen Amtsgebäude die Briefpost untergebracht. Sophie wunderte sich, dass sie noch kein einziges Fachwerkhaus entdeckt hatte. »Die Häuser hier sind wohl nicht besonders alt?«, fragte sie. »Hundert Jahre ungefähr, eher weniger«, wusste Clemens.

An der Ecke zur Apothekergasse trafen sie auf ein Ehepaar. Clemens begrüßte den Mann und seine Frau wie alte Bekannte. »Darf ich bekannt machen«, sagte er auf Sophie weisend, »dies ist meine schöne Frau und dies sind Carl Daub, Professor für Pastoral- und Moraltheologie, und seine Gattin Sonia. Sie leben schon länger hier in Heidelberg und haben miterlebt, wie die Truppen von Marschall Ney vor ein paar Jahren, als auch Frankfurt angegriffen wurde, die Brücke beschossen haben. Die Franzosen haben sich enorm angestrengt, aber sie haben die Kaiserlichen nicht geschlagen. Mannheim hat es ziemlich erwischt und auch Frankfurt brannte damals, nach dem Bombardement von General Kléber. Viele sind damals aus Frankfurt auf hochbepackten Wagen in Richtung Hanau geflohen. Zum Glück war es Sommer und die Leute mussten wenigstens nicht frieren. Hier ist keiner geflohen, oder?« Clemens sah

Daub fragend an. Aber der schien keine Lust auf Erklärungen zu haben. Er wandte sich an Sophie und versicherte, sich darüber zu freuen, ihr endlich persönlich zu begegnen. Ihre Bücher habe er zwar nicht gelesen, aber seine Frau kenne einige Gedichte von ihr.

Sophie konnte auf dem bemerkenswert glatten Gesicht des Professors keinerlei Gefühlsregungen entdecken. Zu viert gingen sie weiter die enge Straße entlang. Clemens flüsterte Sophie zu, dass Creuzer seine Stelle an der Universität in Heidelberg Daub zu verdanken habe. »Er kennt wirklich jeden in der Stadt und hat beste Beziehungen zum Fürsten in Karlsruhe.«

Das Haus, in dem Creuzer und Sofia wohnten, lag gegenüber dem Gasthaus »Zum schwarzen Lamm« in der Ingrimstraße beim Kornmarkt. Sofia begrüßte sie freundlich, doch mit der entschuldigenden Erklärung, dass Creuzer noch arbeite. »Wir werden ihn jetzt davon abbringen«, sagte sie und öffnete die Tür zum Arbeitszimmer. Creuzer schrak vom Stuhl am Schreibtisch auf und schob hastig einige Papiere zusammen. Den Stapel behielt er in der Hand und näherte sich, als schreite er aus ganz fernen Zeiten auf die Gegenwart zu, seinen Gästen. Er gab Sophie die Hand, drückte die von Daub und Sonia, und erst als er auch Clemens die Hand reichte, schien ihm einzufallen, dass er den Stoß Papierblätter irgendwo ablegen müsste. »Er kann sich nicht trennen«, witzelte Clemens. »Hm ja, hm, doch. Nein, hier«, murmelte Creuzer, indem er die Papiere auf einer Kommode im Flur ablegte. Endlich schien er in der Gegenwart angekommen.

Im Wohnzimmer saß Sofias Tochter Lore in einer Ecke unter einer Lampe. Sie trug ein graues Kleid und nähte ein Hemd. Beim Eintreten der Gäste legte sie ihre Handarbeit zur Seite, erhob sich und knickste zur Begrüßung. Creuzer bot etwas zu trinken an, der Tisch war schon gedeckt. »Das ist Wein hier aus der Gegend«, erklärte Creuzer beim Einschenken. Sofia schickte Lore hinaus, um dem Mädchen in der Küche zu sagen, dass das Essen aufgetragen werden solle. Sie fragte Sophie, ob sie schon etwas von der Stadt gesehen habe. »So viel, wie möglich ist, wenn man am Fluss entlangfährt und die Stadt am jenseitigen Ufer liegen sieht. Ich kenne nur den Weg vom Kornmarkt zum Paradeplatz und umgekehrt. Aber morgen sehe ich mir die Stadt genauer an, damit ich weiß, wo ich hier überhaupt wohne. Mir ist aufgefallen, dass es fast gar keine Fachwerkhäuser gibt. Alles scheint aus Stein zu sein.« »Das ist die moderne Zeit«, meinte Daub, »Stein brennt nicht so leicht, falls mal wieder einer meint, alles in Flammen setzen zu müssen.« Die Unterhaltung floss dahin, meist redeten die Männer, doch auch Sophie beteiligte sich hin und wieder am Gespräch. Sofia lauschte stumm mit leicht geneigtem Kopf, und ihre Tochter Lore saß, wie es sich für ein bescheidenes Mädchen gehörte, schweigend am Tisch in eigene Gedanken versunken.

Als Sophie und Clemens sich spät am Abend verabschiedeten, stieß Clemens beim Hinausgehen gegen die Kommode im Flur, so dass der Papierstoß, den Creuzer dort abgelegt hatte, hinunterfiel und die Blätter auseinanderrutschten. Zwischen den weißen schimmerten auch einige grünliche. Creuzer bückte sich hastig und sammelte alles auf, ehe Sofia, die sofort herbeigeeilt kam, ihm dabei helfen konnte. »Meine Studien und Gedanken zur griechischen Mythologie«, erklärte er verlegen, den Papierstoß in der Hand haltend, »ein Teil davon.« »Dein nächstes Buch?«, fragte Clemens. »Ja ja«, sagte Creuzer fahrig, »gewissermaßen. Ich meine, ja gewiss.« Er nickte mehrmals und schloss mit einem letzten: »Ja.« Sofia brachte die Gäste hinaus, während Creuzer seine Papiere zurück ins Arbeitszimmer trug.

»Er stellt sich ja an, als wären das Geheimdokumente«, sagte Clemens, als sie draußen waren. »Er ist eben ein ernsthafter Wissenschaftler«, meinte Daub, »natürlich sind ihm seine

Aufzeichnungen wichtig.« Sie verabschiedeten sich, Clemens und Sophie gingen nach Haus. Die erste Nacht in Heidelberg erlebten sie wie ihre erste überhaupt.

In den nächsten Tagen war es sonnig und sehr warm. Sophie und Clemens gingen spazieren, um ihre neue Heimat kennenzulernen. Als erstes wollten sie zusammen mit Gisela hinauf zur Ruine. Nach dem Frühstück gingen sie an der langen Fassade des Schwarznonnen-Klosters entlang und an der Peterskirche vorbei zum Klingentor. »Das Kloster«, sagte Clemens, »ist jetzt eine Mädchenschule. Wir könnten Gisela hier zum Unterricht schicken. Sie wäre alt genug.« Sophie, die nichts über die Schule wusste, schwieg dazu. Auch wenn das jetzt kein Kloster mehr war, behagte ihr die Idee, ihre Tochter hier unterrichten zu lassen, nicht. Von Freiheit würde sie in der katholischen Mädchenschule eines ehemaligen Klosters sicher nichts hören.

Gisela hielt sich neben Clemens und Sophie, indem sie auf dem steilen Weg durch die Bergstadt einfach doppelt so viele Schritte machte. Es war noch kühl so früh am Morgen, weil der Hang im Schatten lag. Sie gingen vorbei an begrünten Hauswänden und Gärten, in denen die verschiedensten Blumen und Pflanzen wuchsen. Vorbei an Heiligenbildern und Brunnen mit klarem Quellwasser führte der Weg hinauf zum Schloss.

Nach dem Aufstieg zwischen engen Mauern erschien der Schlossgarten unermesslich groß mit freien Flächen von hellem Gras. Links, mitten auf der Wiese, stand ein Tor aus Sandstein, wie ein kleiner Triumphbogen, eine Ehrenpforte, die nie wieder abgebaut wurde. Gisela lief hin, ging durch das Tor hindurch und drum herum und entdeckte dabei zwischen steinernen Blüten und Ranken, die es schmückten, auch lauter kleine, in Stein gehauene Tiere.

Auf der Wiese, die ringsum mit einer Sandsteinbrüstung eingefasst war, standen uralte Linden und blühende Rosenbüsche. Rechts dahinter sah man den ältesten Teil der Ruine, den dicken Turm mit Rittergestalten aus Stein in zwei Mauernischen. »Hier im dicken Turm wurde früher Theater gespielt, sehr viel früher.« »Und jetzt, wo wird jetzt Theater gespielt?« »Gar nicht. Es gibt hier kein Theater, in der ganzen Stadt nicht.«

Clemens, Sophie und Gisela gingen durch den Schlosshof auf den Altan. »Welch ein Blick«, rief Sophie. Unter ihr lag die Stadt, der Neckar mit der Brücke, und in der Ferne erstreckte sich die blaue Ebene. »Dies ist ein Lieblingsplatz von Creuzer«, sagte Clemens. »Das kann ich gut verstehen«, antwortete Sophie. »Nicht ganz. Du weißt nicht, warum er diesen Platz so liebt.« »Ich nehme an, wegen der Aussicht. Es ist, als könnte man hier bis ans Ende der Welt blicken.« Sophie schaute in die Ferne, wo sich die Ebene, in der sich der Neckar langsam dem Blick entzog, bis weit nach Westen erstreckte. »Dort liegt Frankreich«, sagte sie verträumt, »und dahinter der Ozean, und dahinter liegt Amerika.« »Jetzt denken wir nicht an Frankreich und nicht an Amerika«, rief Clemens und nahm sie an beiden Händen, um einen wilden Tanz mit ihr aufzuführen, »wir sind ganz glücklich hier auf diesem alten Schlossaltan, bei diesen bröckelnden Mauern aus warmem Stein, die schon so viel erlebt haben. Und alle Revolutionen der Welt sind uns egal.« Sie wirbelten herum, und Clemens rief, nur eine Leserevolution lasse er gelten. »Alle sollen lesen. Nicht nur in den Städten, auch in den Dörfern. Alle und überall. Und wir schreiben für sie.« Sie hörten auf herumzuwirbeln und blieben außer Atem stehen. »Lass uns in den Schlossgarten gehen. Von der Terrasse ganz hinten sieht man noch mehr und man hört auch den Fluss, die Stromschnellen und das Schlagen der Mühlenräder von unten herauf.« Clemens ging los und Sophie ließ sich an seinem Arm durch den Schlosshof zurückführen, wo in den Fassaden der zerstörten Prunkbauten Kräuter und junge

Bäume in Ritzen und Fugen wucherten. Der Weg führte an verwilderten Terrassen entlang, die sich rechts am Berg hinaufzogen. Hinter einem Teich entdeckten sie eine Grotte. Clemens hätte sie gerne erforscht, aber Gisela wollte nicht in die finstere Höhle, und Sophie gab ihr recht. »Bei so freundlichem Sonnenschein tappt man nicht in Höhlen herum. Wir wollen den freien Blick ins Tal genießen.« »Dann willst du den Grottengeist also nicht besuchen?« Clemens begann Gisela eine Geschichte von einem traurigen Gespenst zu erzählen, das vergeblich im hintersten Teil seiner Höhle hockte und auf kleine Mädchen wartete. »Hör auf, solch abstruse Dinge zu erfinden«, bat Sophie, aber Gisela schien sich nicht zu fürchten und wollte mehr hören.

Es gab mehrere Wege, die sich durch den Garten schlängelten. Sie nahmen den mittleren und kamen bald zu einem achteckigen Pavillon unter riesigen Kastanienbäumen. Säulenreste und andere Trümmer standen als Tische und Sitzgelegenheiten bereit. Clemens und Sophie folgten Gisela, die schon bis zur Brüstung aus Stein vorausgelaufen war. Von dort konnte man die Stadt aus einem anderen Blickwinkel als zuvor vom Schlossaltan sehen. Das Rauschen des Neckars und das rhythmische Klappern der Herrenmühle war zu hören. Von der Stadt klangen Rufe und Lärm aus den verschiedensten Werkstätten herauf. Boote hüpften wendig durch die Stromschnellen beim Hackteufel.

Nachdem Clemens und Sophie lange an der Brüstung gestanden und das Tal in beiden Richtungen hinauf und hinuntergeschaut hatten, folgten sie einem Weg, der von der Terrasse aus zur Stadt hinunterführte. »Gehen wir schon nach Hause?« Gisela klang enttäuscht, doch Clemens beruhigte sie. Es sollte noch ein Stück flussaufwärts bis zum nächsten Dorf gehen.

Die Straße führte durch ein großes Tor. »Diese Torheit wurde für den Kurfürsten errichtet, für den, der die Steinbrücke hat bauen lassen. Damals hat er noch überlegt, das zerstörte Schloss oben wieder herrichten zu lassen, aber der Himmel war wohl dagegen.« »Wieso der Himmel?«, fragte Sophie. »Ein Blitz ist in die Baustelle gefahren. Nach dem Brand hatte der Kurfürst keine Lust mehr. Vielleicht hatte er auch nicht genug Geld.« »Immer wieder Geld«, seufzte Sophie.

Das Tor lag hinter ihnen. Sie gingen die Straße entlang, die dicht neben dem Neckar verlief. Sie lag höher als der Fluss und war mit steinernen Pfosten, die mit langen Ketten untereinander verbunden waren, gesichert, so dass niemand aus Versehen von der Straße hinunter ins Wasser fiel. Eine Kutsche kam ihnen entgegen, und sie traten schnell an den Straßenrand. »Übrigens: Geld. Wir sind etwas knapp im Moment und sollten möglichst bald irgendetwas veröffentlichen«, sagte Sophie, »sonst geht es uns wie diesem Kurfürsten.« »Gut, dass sie hier dieses Geländer haben«, sagte Clemens, während er der Kutsche nach sah. Er schien nicht zu hören, was Sophie sagte. Plötzlich zog er eine böse Grimasse. »Verdirb mir nicht den Tag. Geld kommt schon irgendwie. Und wenn nicht, müssen wir eben mal ein bisschen sparen.« Er nahm Gisela an der Hand und rannte mit ihr voraus, bis zu einer Stelle, wo die Straße eine leichte Kurve beschrieb. Dort warteten sie auf Sophie. Gemeinsam stürmten sie weiter, bis Sophie außer Atem fragte, wo sie eigentlich hinwollten. »Ich zeige dir das ehemalige Kloster, wo ich als Kind eine Zeit lang gewohnt habe. Sie hatten damals Schafe. Es liegt sehr schön, drüben auf der anderen Seite des Neckars. Vielleicht finden wir jemanden, der uns mit einem Boot übersetzt.«

Der Neckar war hier fast breiter als direkt bei der Stadt, obwohl sie flussaufwärts gegangen waren. Nicht weit vom Ufer lagen immer wieder winzige Inseln, und an einigen Stellen sprang das Wasser in schäumenden Wellen über Steinstufen und Felsbrocken. »Den Fluss hinauf fahren nicht viele Schiffe«, erklärte Clemens, »aber nach Mannheim verkehrt regelmäßig ein Marktschiff.« Sophie wollte gern in den nächsten Tagen mal in die große Stadt fahren, doch nicht unbedingt auf dem Wasser. »Es wird wohl Kutschen geben. Und Mannheim hat ein Theater, wie Schiller mir erzählt hat, anders als Heidelberg.« »Ja, Kultur ist hier eher Privatsache, so wie in Marburg. Aber da es hier viele interessante Leute gibt und es immer mehr werden, brauchen wir uns nicht zu langweilen. Die alten Heidelberger sind in der Mehrzahl Handwerker. Es gibt allein achtzig Schuhmacher und fast vierzig Schneider. Und Bauern, die gibt es auch. Für die paar Bürger, die das akademische Gewerbe betreiben, und alle, denen Bauernmusik mit Fiedel und Flöte nicht reicht, kommen manchmal Musiker des Mannheimer Orchesters zu Konzerten herüber. Sie spielen im ›Prinz Max‹, der hat den größten Saal der Stadt.« »Das ist ja gleich bei uns an der Ecke«, freute sich Sophie. »Ja, aber die Konzerte finden recht selten statt, wir werden schon selber Musik machen müssen. Sonntags ist übrigens regelmäßig Tanz in den Gasthäusern vor der Stadt. Da vorne zum Beispiel, am Hausacker. In der Hirschgasse drüben auf der anderen Neckarseite ist noch so ein Gast- und Tanzhaus, ein bisschen versteckt.«

Das ehemalige Kloster, in dem Clemens als Kind ein paar Monate verbracht hatte, wurde langsam sichtbar. Es lag als breiter Bau, hell verputzt, im Sonnenlicht auf einem grünen Hügel, wo Kühe und Schafe weideten. Die bewaldeten Höhen dahinter führten den Blick ins Blau des Himmels hinauf. Je weiter man das Tal entlangging, umso weniger Weinberge waren zu sehen. Clemens verzichtete darauf, nach einem Schiffer zu suchen, der sie über den Neckar rudern würde. Die Sonne brannte vom Himmel, und auf der Seite, wo die Stadt lag, gab es für den Rückweg etwas mehr Schatten als drüben.

Als sie den Markplatz überquerten, begegnete ihnen Daub, der ganz in der Nähe wohnte. Sie wechselten ein paar Worte.

Der Professor sah huldvoll lächelnd auf Giselas blonden Kopf hinunter, hielt sich dabei aber sehr aufrecht. Gisela sah ernst zu ihm hinauf. Als sie weitergegangen und Daub außer Sichtweite war, äffte Clemens mit stolzierenden Schritten dessen würdiges Verhalten nach und Sophie brach in Lachen aus, so dass sich einige Passanten verwundert nach dem Paar mit dem blonden Kind umsahen.

Das sonnige Wetter hielt sich die nächsten zwei Wochen. Die heitere Stimmung trübte nur ein Brief von Lotte, die wie immer über das ungemütliche Haus in Holstein jammerte und darüber, den ganzen Tag bei ihren Kindern zu sitzen, mit nichts als Handarbeiten beschäftigt. Die kleinen Söhne stellten viele Fragen und dauernd müsse sie Dinge erklären, über die sie selbst kaum Bescheid wisse. Sie betonte, ihre Söhne zu lieben, aber den Grafen finde sie unausstehlich und es werde ständig schlimmer. Sie wollte für die Kinder einen Privatlehrer, doch ihr Mann fand das unnötig. Die Kosten wären höher als der Nutzen, denn die Jungen seien noch zu klein. Dem Brief hatte Lotte ein dickes Päckchen beigelegt. Es war das Manuskript eines Romans und Lotte bat Sophie um ihre Meinung.

Sophie und Clemens unternahmen – oft zusammen mit Freunden – Wanderungen durch die Wälder, durch Täler und auf die Höhen. Sie wanderten über den Königstuhl zum Kohlhof, wo mehrere Bauernfamilien wohnten, wo auf den Streuobstwiesen Kühe weideten und in einem Gasthaus Milch und Wein an rastende Wanderer ausgeschenkt wurden. Sie stiegen vom nördlichen Neckarufer hinauf zum Heiligenberg, wo sie auf Reste eines Gebäudes aus dem Mittelalter stießen. »Das muss ein Kloster oder eine Kirche gewesen sein«, vermutete Clemens. Er setzte sich ins Gras zwischen den Mauerresten. Sophie und die Freunde taten es ihm nach, und Clemens, der wie immer seine Gitarre dabeihatte, stimmte ein Lied an.

Ihre Wanderungen führten sie in alle Richtungen, nach Osten am Fluss entlang oder oben durch den Wald bis hinter Neckargemünd, nach Norden oder Süden zu den Dörfern, die sich unterhalb der Weinberge aneinanderreihten, und abends kehrten sie im Schein der untergehenden Sonne zurück. Stundenlang waren sie unterwegs, oft den ganzen Tag.

Um die Wohnung und den Haushalt kümmerte sich Franzi, eine tüchtige junge Frau, die Sophie inzwischen angestellt hatte. Sie war ihr von Sonia, der Frau von Professor Daub, empfohlen worden. Wie ihr Mann kannte sie sich unter den Heidelbergern gut aus.

Am Fuß des Heiligenberges auf der Nordseite des Neckars lag schräg gegenüber der Stadt ein Dorf mit einem Gasthaus, wo sonntags getanzt wurde. Die »Rose« war wie alle Häuser des Dorfes aus Holz und Lehm gebaut. Auf der Freiterrasse saßen Clemens und Sophie. An Spalieren rankten dichtes Weinlaub und duftende Rosen. Von den Tischen aus, wo die Bauern und Handwerker in bester Laune neuen Wein tranken und Zwiebelkuchen aßen, konnte man auf den Neckar schauen und die Gedanken träumend dem vorbeifließenden Wasser nachströmen lassen.

Clemens begeisterte sich für die einfachen, ländlichen Melodien der Musikanten. Einer fiedelte auf der Geige, einer spielte Bass und zwei hatten Flöten. Ein fünfter schlug mit einem Rutenbündel die Trommel. Handwerker und junge Frauen aus der Stadt, Bauern, Knechte und Mägde tanzten. Die Melodien, zu denen sie sich auf der Tanzfläche drehten, waren so schlicht und unverschnörkelt wie die Gedichte, die Clemens schrieb. Die er geschrieben hatte, dachte er grimmig, denn die Zeit, wo ihm die Verse scheinbar kinderleicht aufs Papier flossen, lag viele Monate zurück. Es ärgerte ihn, dass ihm das Dichten nicht mehr gelingen wollte.

Einer der Handwerksgesellen bat Sophie zum Tanz. Sie

tanzte danach auch mit anderen. Clemens sah zu. Mehr und mehr zog er die Stirn in Falten. Als sich sein Gesicht einen Moment entspannte, fragte Sophie ihn, ob er nicht auch einmal tanzen wolle. Er antwortete nicht und sie kehrte zurück auf den Tanzboden. Den kühlen Nachtwind spürte sie kaum. Die Lampions, die überall hingen, wippten im Luftzug hin und her, auf und ab.

Spät, als die letzten Gäste gingen, machten sich auch Clemens und Sophie auf den Weg nach Hause. Es war Neumond. Am schwarzen Himmel funkelte ein Heer von Sternen. Auf der Brücke, die Sophie und Clemens in einiger Entfernung vor sich sahen, waren Laternen angezündet, wie immer in mondlosen Nächten. »Auf dieser Straße bin ich vor drei Wochen mit der Kutsche zum ersten Mal gefahren, als ich in Heidelberg ankam«, sagte Sophie, »und jetzt ist mir der Anblick der Stadt und der Brücke schon ganz vertraut.« »Hm«, brummte Clemens.

Sie mussten die Straße am Fluss entlang nehmen und über die Brücke gehen, denn so spät wartete kein Boot mehr auf Leute, die nach Heidelberg hinüberwollten. Am Ufer hörte man das Wasser über einzelne Steine springen, der Wind blies kräftig aus dem Tal nach Westen. Sophie schlug das Tuch, das sie bei sich hatte, fest um sich. Clemens klappte den großen Kragen seiner Jacke hoch und hielt die Zipfel mit der Hand zusammen. »Kaum zu glauben, dass der Nachtwind so kalt ist, bei der Wärme tagsüber«, zischte er zwischen den Zähnen hervor. Nach einer Pause sagte er gereizt: »Du hast dich unmöglich aufgeführt. Was gehen dich fremde Männer an? Du sollst ihnen keine schönen Augen machen!« Sophie hatte nichts getan, um in der Gartenwirtschaft besonders aufzufallen. Sie war schön, dafür konnte sie nichts, und trug gerne hübsche Kleider. Keinen der Männer hatte sie mit Blicken oder Gesten ermuntert und sich nicht anders verhalten als sonst. Es war wohl eher so, dass Clemens sich schlecht fühlte. »Der Wind ist wirklich unangenehm«, sagte Sophie und nahm Clemens' Arm, »aber sieh, wie schön die Sterne sind. Lass uns schnell weitergehen, dann sind wir bald zu Hause.« »Der Wind, die Sterne, der Wind, die Sterne. Zum Teufel damit.«

Was war in Clemens gefahren? Sophie zog ihn weiter. Er begann auf alles zu schimpfen, wie es ihm gerade einfiel. Sophie schwieg erst einmal, um ihm nicht auch noch Stichworte zu liefern. »Dieser Bock, Mistkerl, was geht er dich an?« Wen meinte er? »Wie kommst du dazu, mit einem Mann zu verreisen? Sag mir das. Dieser Saukerl, dieser Philipp. So hieß er doch, oder?« Sophie glaubte, nicht richtig zu hören. Wie kam Clemens jetzt gerade auf Philipp? Irgendwann hatte sie ihm endlich von der Reise nach Berlin mit Philipp erzählen können, sie wusste nicht mehr, wann. Anstelle von Stefan war Philipp jetzt also der Erzbösewicht. Clemens war wütend und die Wut musste sich offenbar austoben, wobei jeder zum Opfer werden konnte. »Er lauert schon. Er wird dich holen. Du planst, mit ihm nach Kopenhagen zu fahren. Gib es zu«, schrie er. Jetzt konnte sie nicht länger schweigen. »Philipp interessiert mich nicht und er wird mich nicht entführen.« Sie hatten die Brücke erreicht. Wie mit eisigem Besen fegte der Wind darüber hinweg und sie rannten, um schnell das Tor zu erreichen. Außer Atem kamen sie am »Goldenen Hecht« an. Clemens blieb stehen. Lachend umarmte er Sophie. »Ach meine Liebe, meine Liebste«, keuchte er. Arm in Arm gingen sie weiter, hinauf zur Heilig-Geist-Kirche, und bogen am Café Schäffer nach rechts in die Hauptstraße. Eine Windbö griff in Sophies Tuch und blähte es auf. Clemens verkroch sich in seinen großen Kragen. Wieder begann er zu fluchen. »Alles ist Lüge. Du lügst«, zischte er, »ich weiß es, du lügst. Du liebst ihn. Und Stefan. Das macht dich richtig heiß.« »Clemens«, rief Sophie. Sie versuchte ihn am Arm festzuhalten, damit er einen Moment stehen blieb, so dass sie sich in die Augen sehen konnten. Er stand stocksteif und sah stur geradeaus aufs Mitteltor. »Clemens, sieh mich an. Das ist doch alles Unsinn.« »Heiß«, sagte Clemens, »verdammte H…, verdammte Hitze. Das ist doch alles zum …, alles …« »Wovon redest du denn bloß? Beruhige dich endlich. Du bist ja ganz außer dir.« »Blödsinn, beruhigen. Lass du mich in Ruh!« Er stürmte los. Sie hetzten zwischen den Häusern entlang. Ihre Schritte hallten in der stillen Straße wider.

Als sie in die Wohnung kamen, sah Sophie nach Gisela, die friedlich in ihrem Bett lag und schlief. Clemens stand mitten im Zimmer und schlug die Arme immer wieder um seinen Körper. »Verdammte Kälte, dieser schneidende Wind. Wo kommt der immer her?« Er rieb sich Ellenbogen, Oberarme und Schultern.

Die nächsten Tage war Clemens ausgeglichen bis auf wenige bissige Bemerkungen über Creuzer, Stefan oder Philipp. Die murmelte er in sich hinein, ganz leise, doch Sophie hörte seine Worte und wartete ab, was noch kommen würde. Manche seiner Bemerkungen reizten zum Lachen. Mit der Zeit wurden sie harmloser.

Sophie versuchte, täglich wenigstens eine Stunde zu arbeiten. Auch am Sonntag saß sie an ihrem kleinen Schreibtisch und ordnete Gedichte. Clemens ging allein zum Gottesdienst. Sobald er das Haus verließ, griff sie nach der Feder und tauchte die Spitze ins Tintenfass. Der Sammlung, die sie in Marburg begonnen hatte, fehlten noch ein oder zwei kürzere Geschichten, vielleicht auch noch ein paar Gedichte.

Am Nachmittag machten Clemens und Sophie Besuche. Sie lernten immer mehr Bewohner der Stadt kennen, von denen viele wie sie selber nicht aus Heidelberg stammten. Sie kamen von überall her.

Fast jeden Tag ordnete Clemens seine Bücher in den Regalen neu. Ab und zu suchte er nach einem besseren Platz für das Bild der Madonna, das er aus Frankfurt mitgebracht hatte. Wenn er es umhängte, musste auch seine Büste woanders stehen. Sie wechselte von dieser auf jene Kommode, und auch

Achims Bild wanderte mit. Hatten Madonna, Büste und Bild ihren neuen Platz gefunden, dauert es keine Woche, bis sie wieder durchs Zimmer ziehen mussten.

Seit dem frühen Morgen saß Sophie am Schreibtisch. Franzi deckte den Tisch und wartete dann in der Küche, bis sie den Kaffee zum Frühstück bringen sollte. Sophie schrieb. Plötzlich stand Clemens hinter ihr. Sie hatte ihn nicht kommen hören. Lautlos wie ein Kater hatte er sich angeschlichen und sanft strich er ihr jetzt mit dem Finger den Nacken entlang. Sophie spürte ein Kribbeln. »Ach Clemens, was ist denn?« Er beugte sich über ihre Schulter und las, was sie geschrieben hatte. »Soso, jaja«, hauchte er. Sein Atem strich warm an ihrem Ohr vorbei. »Ich habe dich doch gebeten, mich morgens nicht zu stören.« »Ich habe auch nicht vor, dich zu stören«, gab Clemens zurück und reckte sich, »aber: Wo ist meine neue Hose?« Er räusperte sich. Sophie legte die Feder weg und drehte sich zu Clemens um. Er trug nur seine Unterwäsche. »Ich kann sie nicht finden.« Sophie stand auf und machte sich auf die Suche. Sie fand die Hose im Schrank, wo sie hingehörte. »Übrigens, heute Abend, wollen wir da nicht lieber zu Hause bleiben? Willst du wirklich zu dieser Internatstante?«, fragte Clemens mit dem Ton eines Jungen in der Stimme, der den scheußlichen Haferschleim, den ihm jemand vorgesetzt hat, nicht essen will. Sophie gab Clemens einen flüchtigen Kuss. »Gut, dass du es nicht vergessen hast.« »Das wird sicher furchtbar langweilig. Was kann ein geselliger Abend im Mädcheninternat denn schon bieten?« Clemens zog sich, während sie redeten, fertig an. »Die Leiterin hat einen sehr guten Ruf.« »Von solchen Leuten scheint es hier zu wimmeln. Überall begegnet man jemandem mit einem sehr guten Ruf. Das wird irgendwann langweilig. Die Ohren klingen einem von diesen vielen guten Rufen.« Sophie lachte. »Sie soll sehr nett sein, diese Internatstante, wie du sagst.« »Ach was! Sie ist grau und langweilig und streng und halbblind, und einen Buckel soll sie auch haben. Einfach zum Fürchten.« »Ich glaube, du täuschst dich. Ich habe sie vor zwei Tagen unterwegs kurz getroffen. Als ich Briefe weggebracht habe, war sie auch gerade bei der Briefpost in der Kettengasse. Sie ist nicht alt und grau. Du wirst sehen, es wird sicher ein netter Abend.« »Warum geht sie in die Kettengasse und nicht zur Post in der Vorstadt? Die ist für sie doch viel näher.« »Das habe ich sie nicht gefragt.« Sophie umarmte Clemens und setzte sich mit ihm und Gisela zum Frühstück. Danach zog sie sich an ihren Schreibtisch zurück. Clemens nahm sich seine Büchersammlung vor. Er verglich die Titel im Regal mit der Liste eines Antiquars, um auszuwählen, womit er seine Sammlung am besten aufstocken könnte.

Sophie, in ihrem neuesten Kleid, und Clemens in seiner neuen Hose passend zum Frack in fast schwarzem Violett gingen die Hauptstraße entlang. Die endlos scheinende Straße, breit genug, dass Kutschen sich begegnen konnten, führte schnurgerade nach Westen, wo die untergehende Sonne den Himmel rötlichgelb färbte. Clemens und Sophie kamen an der großen Apotheke vorbei, in der es Baderäume gab, wo man außer ganz normalen Reinigungsbädern auch Schönheitsbäder in Milch und medizinische Bäder mit Kräutern, Meersalz, Schwefel oder Eisenvitriol nehmen konnte. Gegenüber auf der anderen Seite der Hauptstraße lag der »Goldene Ochse« mit großem Garten, der unten an den Marstallhof grenzte, das finstere Gemäuer direkt am Fluss, das Sophie gleich beim ersten Blick auf die Stadt aufgefallen war.

Nach der Apotheke kamen sie am Franziskanerkloster vorbei und einige Schritte weiter am Haus eines ehemaligen Seidenfabrikanten mit einem riesigen Garten, in dem noch vor zwanzig Jahren tausend Maulbeerbäume für die Seidenraupenzucht standen. Aber die Bäume wurden gefällt, denn die Seidenfabrik existierte nicht mehr.

Links lag das schönste Haus der Stadt mit Säulen und prächtiger Toreinfahrt und mit kunstvollen Gittern an den Fenstern im Erdgeschoss. Dort wohnte die Baronin Zyllenhardt.

Jetzt waren sie fast am Ziel. Ein kurzes Stück hinter der lutherischen Kirche lag das Haus, in dem Caroline Louise Rudolphi ihre Mädchenschule mit Wohnheim eingerichtet hatte, als sie vor einem Jahr aus Hamburg nach Heidelberg gekommen war. Es war ein lang gestreckter flacher Bau mit zwei Stockwerken und Mansarden im Dach.

Clemens und Sophie betraten das Haus. Aus dem Saal drangen muntere Stimmen. Die Tür stand offen. Als die Leiterin des Instituts sie bemerkte, kam sie ihnen entgegen, um sie herzlich zu begrüßen. Sie war klein und die linke Schulter hing ein wenig schief, denn mit dem Rücken schien etwas nicht in Ordnung zu sein. Das rechte Auge starrte wie tot in eine Richtung, so dass ihr Gesicht merkwürdig zweigeteilt wirkte, denn das linke Auge leuchtete umso lebhafter. Sie führte Sophie und Clemens in den Saal, an dessen einer Seite alle Mädchen, die hier wohnten, in hellen Kleidern dicht zusammengedrängt saßen und über ihren Stickarbeiten miteinander tuschelten oder kicherten. »Das wirkt wie Blütenbüsche voll zwitschernder Vögelchen«, flüsterte Clemens Sophie zu, ehe sie zu den bereits versammelten Gästen traten, von denen sie einige bereits kannten, andere zumindest schon mal in der Stadt gesehen hatten.

Sophie freute sich, Creuzer und Sofia zu treffen. Auch Daub und Sonia waren da. Er sprach gerade mit einem Ehepaar, das Sophie nicht kannte. »Krappfabrikant«, erklärte Creuzer mit gedämpfter Stimme, »ziemlich einflussreich.«

In einer Ecke des Saales stand ein Klavier und daneben lag auf einem Stuhl eine Geige. »Siehst du, es wird überhaupt nicht langweilig«, sagte Sophie leise zu Clemens. »Ja, mal sehen. Vielleicht hätte ich meine Gitarre mitbringen sollen.« Man redete, trank Wein, es wurde musiziert, und Clemens trug ein paar seiner Gedichte vor. Sie waren auf der Rheinreise mit Achim und Savigny vor drei Jahren entstanden.

Als Clemens und Sophie gegen Mitternacht zu Hause im Bett lagen, gestand er, dass er sich gut amüsiert habe und seine Bedenken ganz unnötig gewesen seien. »Ich glaube, sie macht wirklich gute Arbeit. Ihre Schule ist bestimmt besser als die hier am Paradeplatz im Schwarznonnen-Kloster. Vielleicht wäre das die richtige Einrichtung für Gisela.« »Das könnte sein«, meinte auch Sophie. Die Vorstadt, wo die Schule von Louise lag, gefiel ihr. Die Häuser hatten große Gärten, in denen Obstbäume standen, und im Sommer gab es alle erdenklichen Gemüsesorten. Jetzt waren die Bäume abgeerntet und trugen buntgefärbtes Laub.

Auch die Buchen, Kastanien, Akazien an den Berghängen leuchteten gelb oder rötlich. Die große Linde auf dem Marktplatz färbte sich und die ersten Blätter fielen. Die Eichen wurden braun, aber hielten ihre Blätter fest. Die Nussbäume in den Gärten, die Esskastanien an den Berghängen ließen ihre harten Früchte zur Erde fallen. Die Felder vor der Stadt, auf denen im Sommer Getreide, Hanf, Luzerne, Flachs, gelber Raps und Krapp gewachsen waren, breiteten sich braun und leer in der Ebene aus.

Die Tage wurden spürbar kürzer. Nach einem kurzen Aufflammen erloschen die Farben in der Natur. Der Wind, der von den Hängen herab und über die Plätze der Stadt wehte, wurde eisig. Clemens jammerte über Gliederschmerzen. »Aber du bist doch ein junger Mann.« »Ich vertrage eben keine Kälte und keine feuchte Luft.« Morgens lag oft Nebel im Tal, so dass man die Berge nicht sah, oder Wolken waberten dicht über dem Wasser des Neckars. Clemens blieb am liebsten zu Hause und blätterte in seinen Bücherlisten. An Wanderungen dachte er nicht mehr. Beim Mittagessen sagte Sophie, dass sie dank Franzi jeden Morgen ohne schlechtes Gewissen am Schreibtisch sitzen könne, Briefe schreiben, dichten und an den Übersetzungen arbeiten, völlig anders als in Marburg. Sophie freute sich, dass Franzi sich so geschickt anstellte. Außerdem war die junge Frau den ganzen Tag guter Laune, als würde sie trübe Stimmungen gar nicht kennen.

Clemens schien das egal zu sein. Er hörte dem Loblieb auf Franzi kaum zu. Sorgfältig schnitt er ein kleines Stück vom Fleisch auf seinem Teller ab. Während er das Fleisch aufmerksam kaute, nahm er sich noch etwas Gemüse nach. »Ich würde mich freuen«, sagte Sophie, »wenn ich Jette wieder etwas zu tun geben könnte. Ich bin sicher, dass sie sich nicht so gutes Essen leisten kann wie wir.« »Dir wird schon was für sie einfallen«, sagte Clemens, »das Fleisch ist übrigens nicht so zart wie gestern.« Sophie fand es so gut wie immer. Sie begann von einigen Gedichten aus ihrer neuen Sammlung zu sprechen. »Wie soll das Büchlein eigentlich heißen?«, wollte Clemens wissen. Das war noch unklar und Clemens schlug *Gebinde* vor.

Den Abend verbrachten sie bei Creuzer und Sofia. Als sie eintrafen, war schon jemand da. Sophie erinnerte sich, das Paar beim geselligen Abend im Mädcheninternat gesehen zu haben. Der Mann hieß Adam Fries. Ihm gehörte die Krappfabrik, ein kleines Stück weiter südlich Richtung Rohrbach. Es kamen noch ein paar andere Freunde, auch Daub und Sonia. Creuzer musste diesmal nicht erst aus dem Arbeitszimmer geholt werden. Er wirkte zwar nicht so geistesabwesend wie bei Sophies erstem Abend in Heidelberg, war aber dennoch kein aufmerksamer Gastgeber. Sofia kümmerte sich um alles. Sie wirkte angespannt. Lore war nicht zu sehen. Creuzer und Sofia schienen sich gegenseitig nicht zu beachten. »Er ist übrigens heute angekommen«, hörte Sophie den Krappfabrikanten sagen. »Das ist ja bestens. Hat alles geklappt mit dem Umzug?«, rief Daub erfreut, und auch in Creuzers Gesicht strahlte ein

Funke auf. »Wer ist angekommen?«, wollte Clemens wissen. »Schwarz mit seiner Familie. Er hat sieben Kinder«, erklärte Creuzer. Fries, der Krappfabrikant, hob besonders hervor, dass es gar nicht einfach gewesen sei, in der Stadt ein Haus für die große Familie zu finden, denn die Mutter und die Schwester seien auch mit dabei. »Sieben Kinder«, rief Clemens vergnügt, »das ist ja wie bei uns daheim, ich meine in Frankfurt.« Dann sah er Sophie an und schwieg. Eine Falte zeigte sich zwischen den Brauen und seine Augenlider senkten sich ein wenig. Joachim, er denkt an Joachim, das liebste und hübscheste Baby, das die Welt je gesehen hatte, ihren Sohn.

Das Hausmädchen huschte herein und brachte noch eine Flasche Wein, außerdem eine Kanne mit Tee. Sie stellte eine Platte mit Gebäckteilchen auf den Tisch. Man unterhielt sich und redete über alles, was gerade interessant schien, auch über das neue Semester. »Ach, ihr Professoren. Das interessiert mich gar nicht«, sagte Fries. »Kommt Schwarz heute Abend auch noch?«, fragte seine Frau. »Das glaube ich nicht, er hat zu viel zu tun.« »Verständlich«, meinte Sofia, »so ein Umzug macht viel Arbeit. Und dann die vielen Kinder. Aber er hat ja auch eine tüchtige Frau.« Sofia trug dasselbe schwarze Kleid, das sie schon in Marburg getragen hatte. Sie schien sich aus Kleidern und Mode wenig zu machen. »Wie geht es mit dem Dichten? Schreibst du noch?«, fragte Creuzer. Er meinte Clemens. »Ja, mit Gedichten beginnt und endet bei uns jeder Tag«, antwortete Clemens übertrieben munter. Aus dem Stegreif trug er ein Gedicht vor. Sophie kannte es. Er hatte es vor einem Jahr für sie geschrieben. Als der kurze Vortrag beendet war, wies er auf Sophie und erklärte seinem Publikum, dass seine Frau ohne Pause jeden Morgen am Schreibtisch zubringe. »Ach wirklich«, rief Sofia interessiert. »Ja, liebe Sofia, nicht jede Ehefrau ist eine so umsichtige Hausfrau wie du«, schmeichelte Clemens und Sofia bedankte sich mit einem Lächeln. Sie nahm es als Kompliment, aber Sophie spürte die Spitze. »Wie gut, dass wir nicht sieben Kinder haben«, meinte Clemens mit leicht sarkastischem Ton, »dumm, dass dieser famose Schwarz und seine Frau heute noch nicht zu unserer Runde kommen konnten. Ich muss sie unbedingt kennenlernen.« »Das wirst du sicher«, sagte Sophie. Träumte Clemens etwa von einer Familie, wie Schwarz sie hatte? Er liebte Kinder, das war klar, und er kümmerte sich liebevoll um Gisela. Er konnte nicht fürsorglicher sein, und er würde nicht mehr Spaß am Erzählen von Geschichten und Witzemachen haben, wenn sie seine eigene Tochter wäre.

Als sie spät am Abend nach Hause kamen und die Wohnungstür hinter sich schlossen, sagte Clemens: »Lieber Himmel, war das peinlich.« Was meinte er, wollte er ihr wieder Vorwürfe machen? Sie hatte ganz sicher mit keinem der Freunde heimliche Blicke gewechselt. »Wie kann er mich danach fragen, ob ich noch Gedichte schreibe. Ich habe in diesem ganzen Jahr noch kein einziges Gedicht zu Papier gebracht. Die Ehe macht mich lahm. Du nützt mir gar nichts, kein bisschen inspirierst du mich.« Sophie holte tief Luft. »Du meinst …?« »Ach, lass gut sein«, winkte Clemens unwillig ab. »Schöne Freunde sind das. Ich werde Achim schreiben. Ich habe ihn schon viel zu lange nicht gesehen. Er ist der beste Freund, den ich habe. Unsere Rheinreise damals, das waren die schönsten Tage, die ich je erlebt habe.« Diesmal ärgerte er sich zum Glück nicht über Sophie, sondern über Creuzer. Erleichtert darüber schlich sie ins Schlafzimmer, wo Gisela lag. Sie beugte sich über ihre Tochter und zog die Decke fester um sie. Plötzlich spürte sie, wie sich Clemens' Arme um sie legten. Lautlos war er ihr nachgekommen. »Wie ein Engel«, flüsterte er.

Sophie saß am Schreibtisch, auf den die Morgensonne fiel, als Clemens plötzlich die Tür aufriss. »Du bist kalt. Du liebst mich nicht.« Clemens blieb, die herabhängenden Hände zu Fäusten geballt, mitten im Zimmer stehen. Sophie sprang empört auf. »Wie kannst du es wagen … Wirf mir nicht vor, ich hätte keine

Liebe für dich. Habe ich nicht alles verlassen, um mit dir zu gehen, wohin es dich treibt? Ich ertrage alles für dich. Wie kannst du behaupten, ich liebte dich nicht.« »Du tust es nicht. Du bist nicht die, die ich vor mir sehe. Du bist mir nicht so nah, wie ich es will. Du bist … Warum sitzt du dauernd an diesem Schreibtisch?« Clemens machte ein paar energische Schritte und schlug mit der flachen Hand auf die Tischplatte. Vor Wut zitternd stand er da. »Bist du jetzt eifersüchtig auf diesen Tisch?«, fragte Sophie mit unüberhörbarem Spott in der Stimme. Sie legte die Papierblätter, die auf dem Tisch lagen, zu einem kleinen Stapel zusammen und beschwerte sie mit einem Stein, damit Clemens sie nicht versehentlich durcheinanderwirbelte. Mit ruhiger Stimme sprach sie auf ihn ein: »Wir wollen ein poetisches Leben führen. So haben wir es geplant, so hast du es gewollt. Aber wie sollen wir das tun, wenn wir nicht schreiben?« Clemens, einem wilden Tier im Käfig gleich, ging im Zimmer auf und ab. »Ich bleibe dabei. Du bist kalt und lieblos. Du hast kein Gefühl für mich.« Sophie stellte sich ihm in den Weg: »Es ist wahr. Ein einziges Gefühl ist in mir, das nicht dir gehört …« »Du gibst es also zu. Du gehörst mir nicht. Nicht ganz.« Er packte sie an den Schultern. »… das Gefühl der Freiheit«, brachte Sophie ihren Satz zu Ende. »Freiheit, Freiheit. Wo hast du das bloß her? Frauen wirken im engsten Kreis, das ist ihr Platz. Revolution! Das war einmal. Freiheit für Frauen! Dass ich nicht lache!« Er starrte Sophie mit großen Augen an. Plötzlich riss er sie an sich und umarmte sie so fest, dass sie keine Luft mehr bekam. »Du sollst mich lieben«, presste er hervor, »fühlen sollst du mich.« Es klopfte. Franzi kam herein und wollte Staub wischen. Clemens ließ Sophie los.

Am nächsten Morgen – die müde Oktobersonne drang nur schwach durch den frühen Dunst – überraschte Clemens Sophie mit dem Entschluss, dass er nach Berlin fahren werde. Hier fehle es ihm an Inspiration, er könne nicht schreiben, und immer nur nach alten Büchern zu suchen sei auch kein Leben. Ihm fehle die Anregung durch einen wirklich guten Freund, den einzigen, den er habe. Er fahre zu Achim. Dort werde er zu sich selber finden und sich nicht verzetteln. Und ihr sei es wohl auch am liebsten, wenn er nicht da sei. »Dann kannst du am Schreibtisch sitzen, soviel du willst, wenn es sein muss, den ganzen Tag.« »Aber Clemens, was redest du.« »Versuch nicht, mich von dieser Reise nach Berlin abzubringen. Ich fahre. Schon nächste Woche.«

Er griff zu Papier und Feder, setzte sich energisch an den Tisch und schrieb einen Brief an Achim, in dem er seinen Besuch ankündigte. Er schrieb, er sei das Eheleben leid, brauche eine neue Umgebung, und behauptete, seine Frau tauge nicht als Hausfrau, wenn man sie mit tüchtigen Professorengattinen vergleiche, doch als Dichterin tauge sie auch nichts, ihre Schreibversuche, mit denen sie die Zeit verschwende, seien kaum wert, gedruckt zu werden. Schreibfeder und Kochlöffel seien beide nicht für sie gemacht und für die Liebe tauge sie ebenfalls nicht. Sie sei so kalt wie das nächtliche Heidelberg und so öde wie die kahlen Herbstbäume auf dem Paradeplatz.

Die letzte Oktoberwoche brach an. Clemens stand mit Sophie und Gisela vor der Kutsche am Kornmarkt. »Du sollst nicht wegfahren«, schmollte Gisela, »immer fährst du weg.« »Liebe Kleine«, sagte er, »manchmal geht es nicht anders.« Gisela sah von Sophie zu Clemens. Sophie nahm ihre Tochter an die Hand. Clemens stieg ein, der Kutscher ließ die Peitsche knallen und die Kutsche fuhr los. Gisela winkte, bis sie um die Ecke bog.

Die große Linde auf dem Marktplatz wurde gefällt. Sie gäbe im Sommer zu viel Schatten, hieß es. Jetzt hatte sie wie die meisten anderen Bäume schon keine Blätter mehr. Nur die Eichen waren noch dunkelbraun belaubt, als wollten sie dieses Blätterkleid wie einen Pelz den ganzen Winter über tragen.

Creuzer fragte Sophie, ob sie am Sonntag mit ihm in die Kirche gehen wolle, und lud sie zum Mittagessen ein. Er machte einen niedergeschlagenen Eindruck, so grau wie der regennasse Novembertag. Der reformierte Gottesdienst, zu dem sie ihn begleitete, war trist. Auch beim Mittagessen herrschte wie in der Kirche eine bleierne Stimmung. Sophie fror, als sie in ihre kleine Wohnung am Paradeplatz zu ihrer Tochter zurückkehrte. Gisela, die bei Franzi in der Küche gespielt hatte, kam ihr im Flur entgegengerannt. Der erste fröhliche Mensch an diesem Tag.

Am Abend verfasste Sophie einen Brief an Friedrich, ihren Bruder in Altenburg. Sie war seit Monaten nicht dazu gekommen, ihm zu schreiben. Er wusste kaum etwas über ihre Lebensumstände, nichts von Joachim, es sei denn, Jette hatte es ihm mitgeteilt, nichts von ihrem Umzug nach Heidelberg. Jetzt schrieb sie ihrem großen Bruder, der wie ein Vater gewesen war, von ihrem Kind, dessen Grab sie nicht besuchen konnte. Aber warum auch sollte sie das tun, dort würde ihre Erinnerung an das hübsche Kerlchen vor dem in die Erde gepflanzten Kreuz eher verblassen. »Ich hatte das schönste, liebste Kind, und nach wenigen Wochen starb es mir wieder.«

Sofia kam vorbei und brachte Erdbeermarmelade, eine Erinnerung an den Sommer. Sie strich nervös mit der einen Hand über die andere und schien etwas sagen zu wollen, wusste aber offenbar nicht, ob oder wie sie es anfangen sollte. »Creuzer will weg«, sagte sie und nahm in einem Sessel Platz, so abrupt, als würde sie fallen. Sophie bot Sofia Limonade an und sagte Franzi Bescheid, die sofort Gläser brachte. »Er will weg?«, fragte sie, indem sie sich zu Sofia setzte. »Ja, er fühlt sich hier nicht wohl. Die Bezahlung sei zu schlecht, sagt er, und er langweilt sich angeblich. Aber er behauptet andererseits, dass er viel zu viel Arbeit hat. Die Universität fresse ihn auf. Darum will er jetzt nach Landshut.« »Aber ihr seid doch erst in diesem Frühjahr hierher umgezogen.« »Er denkt, dass er hier nicht beliebt ist. Aber ich glaube, das ist alles nicht der wirkliche Grund. Ich verrate dir jetzt ein Geheimnis, das auch wirklich eins bleiben muss.« Sophie wollte nicht neugierig sein und wehrte ab. Wieso hatte Sofia ausgerechnet sie ausgewählt, um ihr ein Geheimnis anzuvertrauen. Ehe sie darüber nachdenken konnte, erklärte Sofia, sie habe, obwohl sie Sophie sicher nicht gut und auch nicht lange kenne, doch das Gefühl, ihr vertrauen zu können. Vor allem aber kenne sie niemanden, der in Liebesdingen so viel Erfahrung hätte wie Sophie. Sie selbst habe nur den alten Leske gekannt und ihm Kinder geboren. Verliebt sei sie nie gewesen. Vielleicht ein bisschen in Creuzer, er war schließlich ein junger Mann, und war es noch, sie aber fühle sich alt. Darum sei es wohl, wie es sei. »Darum ist er nach Frankfurt gefahren und hat sie besucht, diese … Vor kurzem erst war er dort. Völlig verzweifelt hat er mir seine Liebe zu ihr schließlich gestanden. Ich habe ihm vorgeschlagen, dass wir uns trennen könnten. Aber das will er nicht, und ich wüsste eigentlich auch gar nicht, ob oder wie das geht.« Sofia sah Sophie groß an und wartete auf einen Rat von ihr. Sophie schwieg betroffen. Wozu konnte sie raten? Sie nahm Sofias Hände in ihre und sprach davon, dass die Liebe die Menschen frei machen solle. »Leider scheint sie eher Probleme zu schaffen. Wer aus reiner Vernunft zusammenlebt, fühlt sich plötzlich in Fesseln, wenn unerwartet Liebe aufbricht. Nur ihr könnt wissen, was das Beste ist, ob ihr euch trennen solltet.«

Am nächsten Tag kam Louise zum Tee. Louise und Sophie sprachen von den Werten, die im Leben Geltung hatten, und vom richtigen Umgang miteinander. Obwohl Sophie an Sofia und Creuzer dachte, erwähnte sie deren Probleme nicht. Es war ein Geheimnis. Zwar ahnte Sophie, dass es nicht lange eins bleiben würde, aber sie wollte nicht diejenige sein, die es verriet. Louise hatte andere Sorgen. Ihr war Geld gestohlen worden. »Hundert Taler, so viel, wie ein Platz in meinem Internat für ein halbes Jahr kostet.« Ob sie einen Verdacht habe, wollte Sophie wissen, doch Louise konnte sich den Diebstahl nicht erklären. »Ich hoffe, die Polizei findet den Dieb bald. Aber ich hoffe auch, dass es keine meiner Schülerinnen genommen hat, und erst recht keine der Lehrerinnen oder der Honorarkräfte, die ins Haus kommen.«

Gisela hatte Schüttelfrost und rote Flecken auf der Haut. Sophie schickte Franzi voller Sorge den Arzt holen. War es jetzt so weit? Immer wieder fürchtete sie um Gisela. Würde sie ihre Tochter nach Gustav und Joachim nun auch noch verlieren? Ängstlich wartete sie, bis der Arzt die kleine Brust abgehorcht hatte. Es sei nichts Schlimmes, doch dürfe Gisela nicht hinaus in die Kälte. »Aber es ist doch noch gar nicht kalt«, jammerte Gisela. »Wenn die Sonne scheint, ist keine Gefahr«, beruhigte der Arzt, »aber die nächsten Tage bleib im Bett. Es wird bis zum Jahresende sicher noch ein paar schöne sonnige Tage geben. Vorerst musst du unbedingt im Zimmer bleiben.« Der Arzt sprach noch mit Sophie und gab ihr einige Ratschläge, bevor er sie wieder verließ. Er meinte, Gisela habe eine etwas schwächliche Gesundheit, aber wenn man gut achtgebe und sie warm anziehe, werde sie auch den kältesten Winter überstehen.

Zum Glück kam die Tochter der Nachbarin gerne, um sich mit Gisela zu beschäftigen, so dass Sophie nicht allein den ganzen Tag mit ihr spielen oder ihr vorlesen musste. Franzi beschäftigte sich zwar gerne mit Gisela, aber sie musste sich um die Küche, die Öfen, die Wäsche und alles kümmern, was an Arbeiten anfiel.

Am Sonntag ging Sophie zur Abendgesellschaft bei Louise, wo diskutiert und musiziert wurde und die Mädchen des Internats munter schwatzend in ihrem Teil des Saales saßen. Sophie hörte zu, wie Louise über die Erziehung von Kindern und jungen Mädchen redete. Es sei wichtig, meinte sie, die natürlichen Neigungen jedes Kindes zu berücksichtigen. Sophie stimmte ihr zu. »Nicht alle sehen das so«, sagte Daub, »die Neigungen können kein Maßstab sein.« »Ach was, Maßstab. Wir wollen die Kinder doch nicht messen«, sagte Schwarz und meinte, Louise habe völlig recht. Schwarz war ein fröhlicher Mann, ganz anders als Sophie sich einen typischen Theologen vorstellte. Er scherzte gern und sein lustiges Lächeln wirkte ansteckend. Er begann mit Louise über Pestalozzi und seine Methoden zu reden. Darüber gerieten die beiden ins Schwärmen, auch wenn Daub und andere diese Ansichten nicht teilten und ihre Bedenken äußerten. Sophie fühlte sich fast wie in Jena, im Kreis der Professoren und Dichter. Aber nein, die Zeit war vorbei. Die neue Zeit war anders und Heidelberg nicht Jena.

Trotz seiner heiteren Haltung konnte Schwarz urplötzlich einen strengen Ausdruck annehmen. Wenn sein Lächeln erlosch, veränderte sich sein Gesicht so, dass man ihn kaum wiedererkannte. Doch oft geschah das nicht, nur wenn er eine Meinung so grundfalsch und verbohrt fand, dass eine humorvolle Bemerkung nicht ausreichte, um die Sache so ins Licht zu rücken, dass man auch anders darüber denken konnte.

Er fragte Sophie, ob Gisela nicht Lust habe, mit seinen Kindern zu spielen. »Bei uns fällt es nicht auf, wenn noch ein Kind mehr da ist. Meine Frau und ich haben gerne viel Leben um uns, und für unseren Familienchor können wir jederzeit Verstärkung brauchen«, meinte er. Seine Kinder und die Schüler, die bei ihm wohnten, musizierten häufig zusammen. »Das ist besser als Geschrei. Wenn alle reden, kommt es irgendwann zum Streit, wenn alle schweigen, wird es erst recht unerträglich, also singen wir. Singen ist wie jede Musik reines Vergnügen, ohne jeden verwertbaren Nutzen und dem Gefühlsleben so nah wie nichts sonst. Es geht einfach nicht ohne Musik und Gesang.« Sophie fand, dass er recht hatte. Mit Musik war jeder Tag schöner als ohne. Sie vermisste ihr Pianino. Bisher hatte sie immer eins gehabt. Aber die jetzige Wohnung war einfach zu klein dafür.

An allen Wänden standen Bücherregale, für ein Klavier gab es keinen Platz. Und Clemens, der Gitarre hätte spielen können, war unterwegs nach Berlin.

Bei allem, was Sophie tat, dachte sie an ihn, außer wenn sie Gedichte übersetzte oder Geschichten ihrer neuen Sammlung redigierte. Es waren keine klaren Gedanken und kein bewusstes Denken an Clemens, eher ein vages Gespür einer Anwesenheit. Wenn ihr Blick die Marmorbüste streifte, huschte ein Lächeln über ihr Gesicht. Eine Woche nach seiner Abreise kam ein Brief von ihm.

Clemens fuhr nicht auf direktem Weg nach Berlin, sondern besuchte unterwegs Bekannte und machte dabei einen Umweg über Gotha und Leipzig. Er schrieb, dass Sophie ihm fehle und er am liebsten einfach umkehren würde – aber das könne er nicht tun, sonst müsse er sich zu sehr vor Achim schämen. Er schrieb, dass es ihn verrückt mache, diese Straße zu fahren, die Sophie vor Jahren mit Philipp genommen habe. Der Gedanke, dass sie und Philipp zusammen in einer Kutsche, in einem Zimmer und womöglich in einem Bett zusammen gewesen wären, verbrenne ihn wie züngelnde Flammen.

Sophie schüttelte den Kopf über so viel zerstörerische Eifersucht. Sie stellte sich vor das Marmorbild und redete mit ihm, als sei es Clemens selbst. »Philipp hat mir weder auf dieser Reise noch irgendwann sonst etwas bedeutet. Acht Jahre ist das nun her. Du kanntest mich damals noch nicht einmal. Philipp war und ist kein Rivale. Warum willst du das nicht einfach hinnehmen? Warum quälst du dich mit dieser Eifersucht auf einen Mann, den ich nie geliebt habe? Er ist einfach ein netter Mensch. Aber verglichen mit dir …« Sie streichelte Clemens' steinerne Wange und setzte sich dann hin, um ihm zu schreiben.

»Wie kannst du nur zweifeln, gegen was für Windmühlen

gehst du an? Du meinst, kämpfen und Gegner verjagen zu müssen, wo keine sind. Sieh einfach das, was ist. Du bist auf einer Reise zu deinem liebsten und besten Freund, und ich sitze hier, ruhig bei der Arbeit, zu Hause und denke an dich. Und mehr noch, ich male mir aus, wie schön es sein wird, wenn du erst wieder hier bist, und wenn du nicht nur mich in die Arme schließt, sondern auch dein Kind.«

Sophie war wieder schwanger. Genau wie vor einem Jahr, als sie ihm diese Neuigkeit zum ersten Mal schrieb. Vor Freude war Clemens ihr damals entgegengereist und hatte von kaum etwas anderem gesprochen als von dem Kind. Jetzt würde ihm die Nachricht hoffentlich die Gewissheit geben, dass Sophie ganz für ihn da war. All seine Zweifel an ihrer Treue würden sich auflösen. Dieses Kind sollte leben, anders als Joachim, der nur geboren wurde, um nach wenigen Wochen wieder zu sterben. Dieses zweite sollte sich nicht so schnell davonstehlen.

Bald nachdem sie den Brief abgeschickt hatte, kamen ihr Bedenken. Würde Clemens jetzt nicht erst recht die Reise abbrechen wollen, sich nicht noch mehr danach sehnen, wieder hier zu sein?

Am Abend, als sich die Freunde bei Creuzer trafen, sollte Sophie einiges aus ihrer druckfertigen Sammlung von Gedichten und Geschichten vorlesen. Bei ihrer Ankunft waren schon drei junge Männer da, die sie noch nicht kannte. Studenten von Creuzer. Sophie sprach mit ihnen über Jena und erwähnte Fichte und Schiller. Zwei der Studenten hatten die *Geschichte des dreißigjährigen Kriegs* gelesen und fanden die Behauptung höchst bemerkenswert, dass man damals nach dem fürchterlichen Krieg erkannt habe, dass Europa eine zusammenhängende Staatengesellschaft bilde. Einer der beiden wollte wissen, ob Sophie den Autor persönlich kenne. Es wäre naheliegend, wo sie doch in Jena und Weimar gelebt habe. Bevor Sophie etwas sagen konnte, öffnete sich die Tür.

Zusammen mit Daub und Sonia betrat eine schlanke Frauengestalt das Zimmer. Sie wirkte verträumt und bewegte sich, als würde sie mit ihren Füßen den Boden gar nicht berühren. Die Studenten hörten sofort auf zu reden und hatten nur noch Augen für diese Erscheinung.

»Das ist Lina«, stellte Daub die junge Frau vor, »eine gute Bekannte meiner Frau.« Lina sprach nicht viel. Ihr kastanienbraunes Haar glänzte fast schwarz. Das blasse Gesicht war schmal und schön wie bei einer Statue der Artemis oder Athene. Und wie dem Kopf eines Gottes entsprungen wirkte Lina, klug und sanftmütig, ideal und nicht ganz irdisch.

Sophie wählte zum Vorlesen die Erzählung, an der sie zuletzt gearbeitet hatte. Alle hörten aufmerksam zu. Am Ende zeigte Creuzer sich erstaunt über Sophies Ausdruck und gestand, er hätte ihr so etwas gar nicht zugetraut. Sophie fragte sich, ob er je eins ihrer Bücher gelesen hatte. Aber wahrscheinlich waren Damenkalender und Romane keine passende Lektüre für einen Altphilologen, der Studenten in die Geheimnisse der griechischen Mythologie einweihte.

Unerwartet meldete Lina sich zu Wort. Creuzer nickte, als sie Sophies Geschichte lobte. Sie fragte, unter welchem Namen das Buch erscheinen werde, und Sophie erklärte, sie werde kein Pseudonym wählen. »Aber verursacht das nicht ein ungutes Gefühl?«, fragten Creuzer und Lina zugleich, als hätten sie es vereinbart. Die beiden sahen sich an, verstohlen lächelnd. Es dauerte einen Moment, bis sie den Blick langsam wieder voneinander abwandten. Einer der Studenten fragte Lina, ob sie auch schreibe. »Oh«, sagte sie, wobei sie leicht zusammenschrak, als hätte die Frage sie aus tiefer Kontemplation gerissen. Sie lächelte verlegen. »Ich versuche es.« Von Creuzer war ein Brummen zu hören. »Möchtest du uns auch mal etwas vorlesen, so wie Sophie heute Abend?«, fragte Sonia. Lina errötete und schüttelte den Kopf. Creuzer meinte, man dürfe nicht zu viel erwarten. Es sei für eine Frau ganz unnatürlich, sich hervorzutun. »Nun, ich bedränge sie ja nicht«, verteidigte sich Sonia. Lina lächelte ihr zu: »Heute nicht. Vielleicht ein andermal.«

Sofia fragte, ob jemand noch etwas trinken wolle. Daub lehnte freundlich ab und alle anderen schlossen sich an. »Es ist spät«, sagte Sonia und erhob sich. Die jungen Männer beeilten sich zu folgen. »Merkwürdig, wie gut unsere Frauen schreiben«, sagte Creuzer beim Abschied an der Tür. Er drückte Sophie die Hand und sah ihr in die Augen. Dann nahm er Linas Hand und umschloss sie ganz mit beiden Händen. »Eine gute Nacht«, murmelte er leise, als wäre es eine Geheimbotschaft, nah an Linas Ohr. Sophie wunderte sich über den zärtlichen, fast beschwörenden Ton in seiner Stimme. Sie sah sich nach Sofia um. Das also war sie. Lina musste die Geliebte von Creuzer sein.

Daub räusperte sich und seine Frau nahm Lina leicht am Ellenbogen. Sie gingen alle zusammen die Treppe hinunter und hinaus auf die Straße. Aus dem »Schwarzen Lamm« gegenüber, wo man noch beim Wein saß, drangen fröhlich überlaute Stimmen. Sie bogen nach links, und an der Ecke Apothekergasse trennten sich Daub, Sonia und Lina von Sophie und den anderen.

Einer der jungen Männer fragte die beiden anderen, ob sie nicht auch fänden, dass der Herr Professor die junge Dichterin angeschmachtet hätte. Sie lachten. »Ich nehme an, ich bin nicht gemeint«, sagte Sophie, »mein Mann ist nämlich furchtbar eifersüchtig. Ich hoffe sehr, dass nicht durch Missverständnisse böse Gerüchte entstehen.« Sie erreichten den Paradeplatz, und kurz vor dem Haus verabschiedete sich Sophie von den dreien.

Sophie schrieb an Clemens, die Textsammlung für ihr neues Buch sei endlich komplett und Creuzer habe die Erzählung, die sie im Freundeskreis vorlas, gelobt. Alles sei jetzt beim Verlag in Frankfurt. Nur ein Titel fehle noch. Vielleicht falle ihm ja einer ein. Sie schrieb, dass sie jeden Tag an ihn denke und er seine

Zeit in Berlin gut nutzen solle und nicht etwa aus Angst, sie könnte ihn vergessen, überstürzt abreisen. Außerdem schrieb sie ihm, dass sie Lina kennengelernt habe. Sie scheine ihr geheimnisvoll, ein Wesen, das sich wie unbestimmt im Raum befinde, hin und wieder sichtbar werde, doch leicht wieder verschwinde. Sophie berichtete von ihrer Suche nach einer neuen Wohnung, denn Clemens und Sophie hatten beschlossen umzuziehen. Es seien gleich zwei am Paradeplatz zu haben, eine nah am Mitteltor, eine direkt am Schwarznonnen-Kloster, aber beide seien kaum größer als die, in der sie jetzt wohnten, und hätten wie eine dritte in der Schiffgasse keinen Garten. Die Wohnung in der Schiffgasse habe zwar einen Innenhof, wie die beiden anderen, doch spielen könne Gisela dort nicht. Überall hingen Felle zum Trocknen, und wegen der Gerberei herrsche ein äußerst strenger Geruch. Sie schrieb, dass sie sparsam lebe, einfach und arbeitsam, und dass sie unmöglich so viel arbeiten könnte, wenn Clemens zu Hause wäre.

Gisela hustete wieder und ihr lief die Nase, die Augen waren entzündet und nässten, aber sie war nicht richtig krank und wollte nicht im Bett bleiben. Sophie erzählte ihr Geschichten und sang ihr Lieder vor. Auch die Tochter der Nachbarin spielte und sang Lieder mit ihr.

In der Zeitung fand Sophie den Hinweis, dass in Mannheim das Singspiel aufgeführt werden sollte, das Clemens vor zwei Jahren geschrieben hatte. Sophie wollte die Vorstellungen unbedingt besuchen. Außerdem wollte sie das Theater sehen, in dem Schillers Räuber zum ersten Mal auf die Bühne gebracht wurden. Sie fragte Louise und Schwarz, ob sie zu einer gemeinsamen Fahrt nach Mannheim Lust hätten. Sie hatte Glück. Beide liebten Musik und scheuten vor dem Ausflug nicht zurück. Schon am Nachmittag fuhren sie mit einer Mietkutsche nach Mannheim.

Sophie fiel auf, dass alle Straßen der Stadt im rechten Winkel aufeinandertrafen. Obwohl es dämmerte, als sie durch die Straßen fuhren, merkten sie, dass Mannheim eine Residenzstadt gewesen war, etwas heruntergekommen, aber mit breiten Straßen und prächtigen Palais. Es gab viele Handwerker, die Luxuswaren herstellten, und Läden für Stoffe, Porzellan, Spiegel und Lampen, Hüte in allen Farben, Handschuhe und Spazierstöcke. Sophie fielen mehrere Geigen- und Klavierbauer auf. Das Mannheimer Hoforchester war vor dreißig Jahren sehr berühmt gewesen, doch es verschwand mit dem Hof nach München bis auf ein paar Musiker und Instrumentenbauer. *Die lustigen Musikanten* hieß das Singspiel und lustig war es. In bester Laune langten Sophie, Louise und Schwarz wieder zu Hause an.

Sophie erhielt einen Brief von Clemens, in dem er sich über den Erfolg freute, den sie mit dem Vorlesen ihrer Erzählung bei Creuzer gehabt hatte. Er fragte, ob noch Platz in dem Büchlein für ein paar Gedichte von Achim sei. Er schlage als Titel *Bunte Reihe* vor. Damit es schön bunt werde, wäre es gut, wenn möglichst viele Dichter etwas dazu beitrügen. Clemens gestand, dass er selber während der Reise leider gar nichts geschrieben habe, auch nicht, seitdem er in Berlin sei. Sophie fehle ihm, er brauche ihre Nähe, sonst könne er nicht schreiben. Achim versuche ihn mit lauter wichtigen Leuten bekannt zu machen, Verlegern, Komponisten, Architekten, Künstlern. Es fehle ihm einfach die Ruhe zum Schreiben. »Ich werde tun, was ich muss – schrieb er –, dich haben, dich sehen, dich ans Herz drücken, dir nahe sein, von dir gequält und erfreut werden. Oh du peinigst oft süßer, als du küsst, Sophie, ich will zu dir. Ach, dass mich Gott segne, dass Liebe, Ruhe und Friede sich verbinden mögen, dass die große Liebe in mir zu dir deutlicher von dir verstanden, empfangen und wiedergeboren werde. Oh, Sophie, du fehlst mir, deine Liebe fehlt mir. Ich schwöre dir, Sophie, du kannst nicht lieben, dich nicht so sehnen wie ich.«

Was war in Clemens gefahren? Er schrieb, dass Achim, der ihn ja nun jeden Tag sehe, beinahe Angst um ihn habe, wegen seiner Liebe, seiner unheimlichen, alles ausschließenden, alles einschließenden Liebe zu ihr.

Sophie ließ den Brief sinken.

Diese Sehnsucht, die ihn zu ihr trieb, dann wieder zu Achim oder zu andern zog, zu wem oder wohin auch immer, ohne dass er je fand, was er suchte, würde ihn krank machen. Sie sah zu der Büste hinüber, dann zum Bild von Achim. Was mochte der über Clemens denken? Konnte er ihm helfen? Wenn Clemens bei mir ist, dachte sie, kann er nicht schreiben, und wenn ich nicht bei ihm bin, geht es auch nicht. Wenn doch nur der Umgang mit Achim, seine Freundschaft und seine Nähe ihn dazu bringen würden, dass er endlich eine Aufgabe anpackt, die ihn fesselt, die ihn ganz wörtlich festhält, damit er nicht wie ein vom Baum gefallenes Blatt vom Herbstwind über die Landstraße getrieben wird.

Wie jeden Sonntag war Sophie beim geselligen Abend im Internat von Louise. Schwarz hatte ein Buch über Pestalozzis Methoden geschrieben. Ein Exemplar überreichte er Louise. Beide begeisterten sich für die Ideen des bekannten Erziehers in der Schweiz, und Sophie hörte ihrem Gespräch interessiert zu. »Wenn man Kindern wissenschaftliche Erkenntnisse beibringen will, muss man es in kleinen Schritten tun und man muss früh anfangen. Schon kleine Kinder freuen sich, wenn sie kapieren, warum etwas so ist, wie es ist. Und man darf sie nicht künstlich im Dunkel lassen und unwissend halten. Man darf ihnen nicht das Vergnügen vorenthalten, Zusammenhänge zu erkennen.« »Aber das können doch eigentlich nur Erwachsene.« »Bedenken Sie doch: Wenn man den Kindern nicht gleich mit Analysis kommt, sondern anschaulich mit Geometrie beginnt, wenn man ihnen die Erdkräfte so erklärt, wie sie sie begreifen, dann können sie durchaus Zusammenhänge erkennen, und es macht ihnen wirklich Spaß.« Man redete eine Weile über Magnetismus und Somnambule, ehe Schwarz wieder auf Pestalozzi zurückkam. »Wir müssen die Neigungen der Kinder erkennen und sie in dem, was sie gerne und gut können, weiterbringen.« Louise mischte sich ein: »Kinder dürfen keine Angst haben vor Dingen, die ihnen rätselhaft erscheinen. Man muss versuchen, ihnen die Welt erklärlich zu machen. Sie dürfen gar nicht erst anfangen, an wunderbare Erscheinungen und Gespenster zu glauben.« Sophie meinte, Gisela höre gerne Gruselgeschichten. »Sie liebt es, wenn Clemens ihr Gespenstergeschichten erzählt.« Louise ging nicht darauf ein, sondern betonte noch einmal, wie wichtig es sei, dass Kinder ohne Angst aufwüchsen. »Das Wichtigste ist, dass sie auch voreinander und vor den Lehrern keine Angst haben.« »Es gibt aber so manchen Lausejungen, würde ich behaupten, dem anders als mit dem Rohrstock nichts beizubringen ist«, meldete sich ein älterer Herr zu Wort, der bisher ruhig in einer Ecke gesessen und nichts gesagt hatte. Schwarz erklärte: »Ich gehe mit Pestalozzi davon aus, dass Kinder gerne lernen. Man darf vor allem ihren Wunsch zu lernen nicht verderben, zum Beispiel durch Eifersucht und indem man sie anstachelt, besser sein zu wollen als die Kameraden. Wenn man falschen Ehrgeiz und Demütigung von ihnen fernhält, geht nicht nur das Lernen leichter. Sie bleiben auch glückliche Menschen.« »Sie gehen also«, sagte der ältere Herr, »aus welchen Gründen auch immer davon aus, dass die Kinder, also der Mensch an sich, von Natur aus glücklich und gut sind. Dieser Meinung bin ich nicht. Der Mensch ist schlecht.« »Sie haben sicher Ihre Gründe, so zu denken«, sagte Sophie, »aber sind es nicht die schlechten Verhältnisse, die aus Kindern schlechte Menschen machen?« »Ach was! Das können Sie nicht wissen. Sie sind noch jung«, meinte der ältere Herr. »Ich danke für dieses Kompliment«, antwortete Sophie, »allerdings nicht so jung, wie es offenbar scheint. Außerdem bezweifle ich, dass das Alter in dieser Frage eine große Rolle spielt.« »Nun, ich bin ganz gewiss alt genug«, sagte Louise, »um Bescheid zu wissen. Es sind die Verhältnisse und es ist die Ungeduld. Wenn man sich als Erwachsener für ein Kind genug Zeit nimmt, wächst es seinen Kräften und Fähigkeiten entsprechend ohne Schaden heran. Man muss früh beginnen und darf keinen Tag ungenutzt verstreichen lassen. Ein Kind will lernen und die Welt begreifen vom ersten Tag an, nicht erst, wenn es zwölf Jahre alt ist.« »Aber was ist mit den Genies?«, fragte ein junger Mann, der sich den Anstrich des ganz vergeistigten Denkers gab. »Ich verstehe Sie nicht, mein Lieber«, sagte Schwarz freundlich, »halten Sie es für unnötig, sich um begabte Kinder zu kümmern?« »Ist denn ein Genie nicht ganz unabhängig von einem Lehrer? Und wird ein genialer Geist nicht durch systematischen Unterricht, der Schritt für Schritt einzelne Stufen abschreitet, gelähmt? Ein Genie muss sich doch frei entfalten können. Kleinschrittiges Lernen ist für einen großen Geist doch eine Tortur und wird ein Genie daran hindern, sich frei zu entfalten.« »Aber nein«, lachte Schwarz, »das ist ein bekannter Einwand. Solide Kenntnisse von Phänomenen und Zusammenhängen, die vollkommen klar sind und auf die man sich verlassen kann, sind auch für ein Genie kein Hindernis sich zu entwickeln. Dieser Geniekult nimmt manchmal sonderbare Züge an. Es ist völliger Unsinn, zu behaupten, dass Pestalozzis Methode die Phantasie ersticke und die Originalität zerstöre, bloß weil man nicht wild drauflos spekulieren soll. Was klar ist, ist klar. Wer durch ein klares Glas anstatt in einen dunklen Spiegel schaut, kann seine Gedanken viel besser in lichte Höhen erheben. Auch wenn man über ein paar Dinge genau Bescheid weiß und den mystisch-mythischen Spekulationsraum einschränkt, bleibt noch viel Platz, in dem ein Genie seine Flügel entfalten kann, ohne sie an banalen Fakten zu zerbrechen.« »Für einen Theologen sagen Sie ja Bemerkenswertes«, fand der ältere Herr, sprach davon, dass alle Erkenntnis Stückwerk sei, und erinnerte an den Korintherbrief.

Im Dezember schrieb Clemens fast jeden dritten Tag und Sophie antwortete ebenso oft. Sie schrieb, dass sie inzwischen gut mit Louise befreundet sei und dass Gisela an einer Augenbindehautentzündung leide. Schwarz sei ein fröhlicher Mann mit interessanten Ansichten. Lina sei wieder abgereist, Creuzer in melancholischer Stimmung und fehle oft in den geselligen Runden.

Wenn Sophie nachts im Bett lag und nicht schlafen konnte, dachte sie über die Gespräche mit den Bekannten und Freunden bei Louise nach. Die Umstände bestimmen den Menschen, behauptete der Schweizer Pädagoge. Doch der Mensch hat die Kraft, die Umstände nach seinem Willen zu lenken. Er kann sie beeinflussen und bestimmen. Änderte man bedrückende Umstände nicht, bliebe von dem, was den Menschen ausmacht, nicht viel übrig. Wer die Kraft dazu nicht aufbringt, muss es wenigstens schaffen, durch sinnvolle Tätigkeit sein Leben zu ändern, eine Tätigkeit zum Wohl des Ganzen. Immer wieder kreisten Sophies Gedanken um diesen Kern, die Taten zum Wohl der Menschheit als Ganzer, das bessere Leben durch sinnvolle Arbeit, die grundlegenden Umstände und Bedingungen, um Selbständigkeit und uneigennützige Tätigkeit, bis sie endlich einschlief.

Clemens schrieb, dass er nun in Berlin viele Leute kenne, und er bedauerte, dass Sophie nicht mitgefahren war. Achim sei ein wirklich guter Freund und immer ruhig, nie habe er Launen oder schlechte Tage, und trotzdem sei er nie kalt oder erscheine teilnahmslos. Nur einmal habe Clemens ihn verärgert gesehen – als er aus der Zeitung erfuhr, dass sich Konsul Bonaparte in Paris zum Kaiser gekrönt habe. Da sei er aufgesprungen, habe das Blatt mit hörbarem Rascheln zusammengefaltet und auf den Boden geworfen. »Das wird noch was geben«, habe er gerufen und sei mit eiligen Schritten im Zimmer auf und ab gegangen und schließlich aus dem Haus gerannt zu Freunden.

Es schneite, aber der Schnee blieb nicht lange liegen. Der Ofen im Zimmer war gut geheizt. Ein Bote brachte die Druckfahnen der *Bunten Reihe.* Sophie machte sich daran, sie durchzusehen, und prüfte noch einmal den Vertrag. Der Verleger zahlte zehn Reichstaler pro Bogen bei einer Auflage von siebenhundertfünfzig Exemplaren. Damit war Sophie sehr zufrieden.

Sie überlegte, ob sie Gisela nun endlich in die Schule von Louise schicken sollte. Man musste sich für drei Jahre verpflichten. In der Schule gab es Mädchen in Giselas Alter, doch die meisten waren etwas älter. Mädchen, die das zwölfte Lebensjahr abgeschlossen hatten, nahm Louise nicht neu auf. Zweihundert Reichstaler im Jahr würde es kosten. Viel Geld, so viel wie ein Dorfschullehrer oder Landgeistlicher im Jahr bekam. So viel wie Karl ihr nach der Scheidung jährlich zahlte. Damals schien es ihr wenig, jetzt war es viel. Sie lachte, als ihr klar wurde, dass es nur auf den Standpunkt ankam, wie sich eine Sache darstellte. Sophie dachte an die hundert Taler, die Louise gestohlen worden waren. Der Diebstahl war bisher nicht aufgeklärt worden. Wahrscheinlich würde Louise ihr Geld nie wieder bekommen.

Unter den Briefen, die zu Weihnachten kamen, war auch einer von Jette. Sie erzählte von Bekannten und Freunden und schrieb, dass sie neue Schuhe brauche. Seit Monaten laufe sie mit abgewetzten Sohlen herum, aber alles, was sie mit der letzten Romanübersetzung verdient habe, musste für noch dringendere Anschaffungen und zum Abbezahlen von Schulden verwendet werden. Obwohl ihre Schwester eigentlich nichts zu lachen hatte, wirkte ihr Brief unbeschwert. Sophie fand es ungerecht, dass Jette trotz ihres Talents so wenig Erfolg hatte. Auch Hermann hatte weder Vermögen noch ein Amt. Heiraten konnten sie also noch immer nicht. Sophie beschloss, Jette einen weiteren Übersetzungsauftrag zu vermitteln. Vielleicht ließ sich auch für Hermann etwas tun.

Am Tag nach Weihnachten machte Sophie gegen Mittag einen Besuch bei Creuzer und Sofia. Auf dem Weg über den Paradeplatz verriet ihr eine helle Fläche im Hochnebelschleier am Himmel den Stand der Sonne. Die große Kälte würde erst noch kommen, meinte Sofia. »Man hat mir gesagt, dass der Frost meist Anfang Januar einsetzt. Dann friert der Neckar zu. Vor zwanzig Jahren, als es plötzlich taute und das Eis aufbrach, trieben große Eisschollen flussabwärts und stauten sich an der Brücke. Sie war damals aus Holz. Darum ist sie unter dem Druck der Eisschollen in der Mitte durchgebrochen. Ein Teil trieb am Zimmerplatz an, der andere gegenüber bei Neuenheim. Das Hochwasser soll hier in der Stadt sogar den Marktplatz überflutet haben. Jemand hat mir erzählt, dass ein großes Boot durch die Gassen heraufgetrieben wurde und auf dem Straßenpflaster liegen blieb, als das Wasser wieder zurückging.« Nach dieser langen Rede breitete sich Schweigen aus. So viel wie jetzt hatte Sofia noch nie an einem Stück geredet. Trotz ihrer spannenden Geschichte wirkte sie völlig unbeteiligt und sprach wie ein Automat. Creuzer schien wieder einmal mit seinen Gedanken ganz woanders zu sein. Er sah nicht gesund aus. Seine Haut wirkte noch grauer als sonst, und er hing müde auf seinem Stuhl. »Ach ja«, seufzte er, »ich stecke fest, wie ein Schiff an Land, wie dieses Boot nach dem Eisgang. Es geht nicht weiter.« Sofia schwieg beharrlich. Sophie fragte, was mit Landshut geworden sei. Creuzer wiegte nur bedenklich den Kopf. »Ja, es ist nicht einfach«, sagte Sofia schließlich. Ganz offensichtlich gab es ein großes Problem, über das die beiden nicht reden wollten. Sophie erwähnte den Ball, der in fünf Tagen stattfinden sollte. Sie freute sich schon darauf und hoffte, die beiden mit ihrer Vorfreude anzustecken. »Ihr kommt doch sicher auch?« »Wir werden leider nicht teilnehmen«, sagte Sofia. »Aber warum denn nicht? Alle Bekannten werden dort sein.« Sophie gelang es nicht, sie zu überreden.

# *1805*

Am Neujahrstag machte Sophie sich fertig, um zu dem Ball zu gehen. Sie trug ihr neues Kleid aus nachtblauem Samt im griechischen Stil und steckte sich vor dem Spiegel eine flauschige Straußenfeder ins Haar. Sie freute sich aufs Tanzen und die vielen fröhlichen Menschen. Wenn Clemens in Berlin war und sie nicht beim Tanzen sah, würde er nicht eifersüchtig werden. Sie fühlte sich wohl, von der Schwangerschaft spürte sie nichts. Falls ihr vom Tanzen übel werden sollte, würde sie einfach bei den älteren Damen sitzen und den anderen zusehen.

Als sie den Mantel überzog, hörte sie auf der Treppe Schritte. Wer kam da zu so ungelegener Zeit in Stiefeln heraufgerannt? Sie ging zur Tür. Diese wurde aufgerissen, bevor Sophie sie erreicht hatte, so dass sie ihr fast gegen die Stirn schlug.

Clemens stand vor ihr. Sie stürzten sich in die Arme, voneinander angezogen wie Magnete, küssten und umarmten sich immer wieder, bis Clemens sie auf Armeslänge von sich hielt. »Du willst ausgehen!« Sophie wusste nicht, meinte er es als Frage oder als Feststellung. Oder war es ein Vorwurf? »Ach, das ist ganz unwichtig. Ohne dich gehe ich nicht aus. Wir bleiben hier.« Sie legte den Mantel wieder ab, den sie gerade erst übergezogen hatte. »Franzi, mach Glühwein«, rief Clemens in die Küche, »wir feiern, dass ich wieder da bin.«

Sophie und Clemens saßen bis weit nach Mitternacht dicht nebeneinander auf dem grünen Sofa, tranken Glühwein und erzählten, was alles passiert war in der langen Zeit, die sie sich nicht gesehen hatten. Sie wiederholten, was sie sich schon geschrieben hatten, sie küssten und umarmten sich immer wieder, wie frisch Verliebte.

Clemens berichtete von Berlin. Wenn er von den Leuten erzählte, die er getroffen hatte, ahmte er sie wie ein Schauspieler nach. Es mussten merkwürdige Typen sein, die dort lebten. Als Sophie in Berlin war, schien ihr das gar nicht so. Aber was ließ sich schon in wenigen Tagen bemerken, dachte sie. Vielleicht fehlte ihr auch der Blick dafür.

Eine Flut von Erlebnissen und Neuigkeiten ergoss sich aus Clemens. Nur hin und wieder fragte er, was Sophie getan hatte, was Creuzer, Schwarz und die anderen machten. Kaum setzte Sophie an zu reden, da plauderte er schon weiter. Es fiel ihm immer wieder etwas Neues ein, was er unbedingt erzählen oder vorspielen musste. Schließlich lagen sie im Bett, nicht weniger erregt und erschöpft, als wenn sie beide die ganze Nacht auf dem Ball gewesen wären, auf den Sophie verzichtet hatte. Zur Eifersucht hatte Clemens keinen Grund.

Das Feuer im Ofen knisterte. Tagsüber wärmte es die Wohnung, doch nachts malte der Winter Eisblumen an die Fensterscheiben. Die Muster, die sich morgens fanden, waren wunderschön. Gisela lag mit den Ellbogen auf der Fensterbank, betrachtete die kalten Blüten am Glas und hauchte sie an, um zu sehen, was passierte.

Morgens blieb es lange dunkel. Sophie und Clemens hatten es nicht eilig aufzustehen. Clemens erzählte, die Decke bis ans Kinn hochgezogen, von Achim. Er habe Achim vorgeschlagen, ein Theater zu gründen oder ein Museum, aber der Freund sei nicht drauf eingegangen. So viel werfe sein Gut nicht ab, habe er gesagt. Er würde lieber zusammen mit Clemens an einem Buchprojekt arbeiten. »Aber was könnte das sein?«, fragte Clemens und drehte sich unter der Bettdecke zu Sophie um. Seine Hand suchte unter der Decke nach ihr und blieb schließlich auf ihrer Hüfte liegen. »Hm«, schnurrte sie, »lass uns überlegen. Ich könnte ewig so liegen und von wunderbaren Plänen träumen.« »Schade, dass Achim kein Theater gründen will. Das wäre das Schönste.« »Aber er hat recht. Ein Buch ist viel besser, das Risiko trägt der Verleger. Wollt ihr zusammen einen Roman schreiben?« »Also, ich weiß nicht recht. Wenn ich an die Arbeit, vor allem an das saubere Abschreiben denke, tun mir gleich wieder die Finger weh und der Kopf fängt mir an zu brummen. Die Arbeit an meinem verwilderten Roman habe ich in übler Erinnerung.« Sophie lächelte und strich mit der Hand über seine Schläfen. »Armer Clemens«, murmelte sie und küsste ihn auf die Nasenspitze. »Du sollst dich nicht über mich lustig machen.« Sophie kuschelte sich an ihn. Clemens überlegte: »Vielleicht ist es besser, wenn jeder kürzere Texte schreibt. Vielleicht so wie deine *Bunte Reihe.* Es müsste aber ganz anders sein. Was für Texte könnte man da nehmen? Und welche Schriftsteller hätten Lust, für so einen Almanach zu schreiben.« »Es ist nicht allzu schwierig, Autoren zu finden«, meinte Sophie, »wenn man nicht gerade berühmte Philosophen fragt.« Clemens richtete sich ein wenig auf und sah sie streng an. »Wen meinst du?« »Ach, lass die Philosophen. Ich bin so glücklich, dass du wieder da bist. Die Liebe ist das Schönste im Leben.« »Ohne dich ist alles nichts«, sagte Clemens und drückte sie, »ich fahre bestimmt nie wieder weg. Niemals mehr will ich eine Woche, einen Tag ohne dich sein. Wir gehören zusammen wie die Hälften eines Ganzen. Wir sind eins.« Er legte beide Hände auf ihren Bauch: »Man sieht noch nichts. Aber ich fühle schon was. Ob es wieder ein Junge wird?«

An einem sonnigen Tag Mitte Januar machten Clemens und Sophie um die Mittagszeit einen Spaziergang zum Schloss hinauf. Auf den Hängen lag Schnee. Äste und Sträucher waren weiß gepudert. Vom Altan sahen sie auf den Heiligenberg hinüber, sahen auf der anderen Neckarseite die Reihen von Rebstöcken am unteren Teil der Hänge, wie mit dem Lineal gezogen. Aus den Schornsteinen quoll feiner Rauch. Auf dem zugefrorenen Fluss gingen Leute spazieren oder liefen Schlittschuh. Pferde und Wagen nutzten ihn als breite Straße. Die Boote lagen an Land. Da, wo die Berge aufhörten und die Ebene begann, konnte sie das Dorf mit der »Rose« erkennen, Neckarabwärts lag die Bergheimer Mühle, noch weiter weg Wieblingen, Edingen, und in der Ferne konnte sie die Kirchturmspitzen von Mannheim ausmachen. Dann verlor sich der Blick und stieß erst am Horizont auf die blau schimmernden Hügel des Pfälzer Waldes. Dort war Frankreich, das so verheißungsvoll für Freiheit aufgestanden war und gegen Unterdrückung und Ungleichheit gekämpft hatte. »Was meinst du, was wird der Kaiser der Franzosen tun?«, fragte Sophie, die sich an den Brief von Clemens erinnerte, in dem er Achims Verärgerung über die Kaiserkrönung in Paris beschrieben hatte. »Was Kaiser immer tun.« »Was ist das?« »Sie sichern und vergrößern ihr Reich.« »Aber der Kurfürst hier hat sich doch gut mit ihm gestellt, da wird doch nichts passieren«, sagte Sophie ein wenig ängstlich. »Da passiert sicher nichts«, sagte Clemens leichthin, »übrigens, ein größeres Reich. Wir brauchen endlich eine größere Wohnung. Neuenheim wäre doch ideal. Sieh nur, wie schön es da in der Sonne liegt. Es gibt dort Sonne bis zum Abend und vor allem auch schon viel früher am Morgen als hier in dcr Stadt.«

Sic gingen durch das düstere Gewölbe in den Schlosshof zurück und in den großen Garten. Von der Terrasse sahen sie direkt auf die Mühlen hinunter. Sie lagen jetzt still. Das Wasser, das sonst munter über die Felsbrocken im Flussbett sprang, war erstarrt. »Sofia hat mir von einem schrecklichen Winter erzählt, wo das Eis die Brücke zerstört hat. Vor zwanzig Jahren war das.« Auch dass Sofia und Creuzer in den letzten Wochen sehr bedrückt wirkten, erwähnte sie. Clemens erzählte vom letzten Sommer, als er bei Creuzer, und Lina bei Daub und Sonia wohnte. »Geradezu wie vom Blitz getroffen haben sich die beiden ineinander verliebt. Ausgerechnet Creuzer, hölzern bis in die Fingerspitzen, mit einer Haut, die vor lauter philologischen Studien schon wie Papier geworden ist. Die Liebe hat ihm nie etwas anhaben können. Darum war er auch der Richtige für Sofia, als sie mit ihren beiden halbwüchsigen Kindern beim Tod des alten Professors allein dastand. Keiner hätte besser zu ihr gepasst. Savigny hat wohl auch ein bisschen auf ihn eingewirkt, sonst hätte er die gute Sofia bestimmt nicht genommen. Wer will schon eine Frau, die so viel älter ist als man selbst?« Sophie räusperte sich und stieß Clemens mit dem Ellenbogen leicht an. »Aber bei uns ist das doch ganz anders«, rief er empört, »das kannst du überhaupt nicht vergleichen. Du bist schön und du bist du, so frei und so wundervoll, und so weich und beweglich, und mich kann man auch nicht mit Creuzer verwechseln.« »Nein, du hast recht, du bist mein schwarzer Kater, geschmeidig bis in die Zehenspitzen und kein bisschen kantig. Wir beide sind ganz einzigartig. Aber was meinst du, was ist mit unserem hölzernen Creuzer los?« »Wenn ich das nächste Mal in Frankfurt bin, werde ich Tina ausfragen. Lina erzählt ihr sicher alles. Zwei so gute Freundinnen haben keine Geheimnisse voreinander. Hast du ihre Gedichte noch mal gelesen?« »Wie? Was denn für Gedichte?« »Ja, Tian, das Büchlein. Erinnerst du dich nicht. Ich habe es dir gezeigt, als ich von der Hochzeit in Hanau zurückkam. Lina ist übrigens genauso alt wie Gundi. Das dürfte aber auch die einzige Gemeinsamkeit sein, bis auf ...« Clemens brach ab. Für Sophie fügten sich auf einmal Dinge zusammen, die bisher gar nichts miteinander zu tun hatten. Lina, die Freundin von Clemens' Schwestern, schrieb Gedichte und war die Geliebte von Creuzer. Und hatte nicht auch Clemens ihr irgendwann Liebesbriefe geschrieben? Sie fragte ihn. »Aber das habe ich dir doch gesagt. Du hast es hoffentlich nicht vergessen. Es ist lang her, mindestens ..., ach, ich weiß es nicht.«

Sophies Hände wurden kalt. Sie begann zu frieren. Auch die Schnürstiefel hielten die Kälte nicht länger ab, so dass sie die Zehen in den Stiefeln bewegte, damit sie nicht erstarrten. Sie schlug die Hände zusammen und sprang ein wenig auf und ab. »Wir sollten nicht so viel herumstehen, lass uns ein Stück laufen«, bat sie.

Der Winter dauerte an. Fast täglich hingen die Wolken noch mittags tief ins Tal bis auf die Dächer herab. Clemens litt wieder unter Schmerzen. Ellenbogen und Schultern taten ihm weh. Bei jeder Bewegung verzog er das Gesicht. An manchen Tagen konnte er sich kaum bewegen. Er schimpfte und zischte Flüche. Sophie versuchte zu helfen und wies Franzi an, für eine warme Wohnung und heiße Kompressen zu sorgen. »Das Beste wäre, wir würden bald eine andere Wohnung finden. Am besten in Neuenheim, wie du gesagt hast.« Clemens saß reglos auf dem grünen Sofa neben dem Ofen. Sein schmerzvoll verzogenes Gesicht mit der senkrechten Falte zwischen den Augenbrauen ließ ihn viel älter erscheinen, als er war. »Das Klima hier ist wirklich nicht gut für dich. Wenn man dich so sieht, würde man meinen, du wärst sechsundfünfzig und nicht sechsundzwanzig.« »Dann such eben eine Wohnung, wo man vernünftig leben kann. Dauernd dieser kalte Wind hier, wer soll das aushalten? Und immerzu Nebel.«

Clemens blätterte in seinen Büchern. Einige waren mehrere hundert Jahre alt. Er las Gedichte und Lieder aus dieser längst vergangenen Zeit und versenkte sich in alte Stiche von Stadtansichten. An schmerzfreien Tagen scherzte er mit Gisela und erzählte ihr Geschichten. Er zeigte ihr eins seiner Bücher mit Bildern und Gedichten. Sophie schrieb Briefe. Plötzlich rief Clemens: »Jetzt weiß ich, was wir machen. Ich habe in den letzten Wochen so viele alte Gedichte und Lieder gelesen. Achim und ich könnten sie in einem Buch zusammenstellen, damit sie nicht so verstreut sind. Manche müssten überarbeiten werden. Man könnte auch das eine oder andere ganz neu schreiben. Ab jetzt werde ich sammeln. Je älter sie sind, umso besser. Die ganz alten versteht aber wohl keiner, die lassen wir erst mal weg.« Clemens war begeistert von seiner Idee, nahm ein Blatt Briefpapier, die Feder und öffnete das Tintenfass, um Achim zu schreiben. Als er fertig war, wollte er selber in die Kettengasse zur Briefpost gehen. »Ich kann nicht immer nur im Haus herumsitzen, ich bin schließlich noch nicht fünfzig und heute fühle ich mich auch nicht so, als wenn ich es wäre. Sieh mich an!« Er stellte sich vor den Spiegel im Flur. »Ein Bild von einem Mann«, bestätigte Sophie mit einem Kuss. »Ich werde etwas länger draußen bleiben und bei Daub vorbeischauen, vielleicht auch bei Creuzer. Ich will sie nach Liedern fragen.« »Am besten fragst du Schwarz. Der kennt bestimmt eine Menge von den Liedern, die die Leute so singen«, riet Sophie, »geh am besten gleich zu ihm. Daub und Creuzer interessieren sich, glaube ich, weniger dafür.« »Da muss ich aber in eine ganz andere Richtung.« »Aber du wirst mehr Erfolg haben.«

Sophie freute sich, dass Clemens sich für ein Vorhaben begeisterte, das ihn längere Zeit beschäftigen würde, noch dazu eins, das ihn nicht wie das Schreiben eines Romans in die Einsamkeit trieb. Er brauchte Menschen um sich, und Schreiben war ein sehr einsames Geschäft. Sammeln dagegen konnte man mit Freunden zusammen und man traf immer wieder neue Menschen. »Louise weiß bestimmt auch noch was«, rief sie hinter Clemens her, als er schon die Tür hinter sich schloss.

Als Clemens am Abend zurückkam, erzählte er, dass Creuzer und Daub selber an einer großen Sache saßen. Die beiden wollten eine Reihe herausgeben mit wissenschaftlichen Texten. »Sie soll *Studien* heißen, und der erste Band soll sogar schon fast fertig sein. Natürlich sind sie jetzt mit den philologischen und theologischen Texten für diese *Studien* so beschäftigt, dass sie sich keine Gedanken um Lieder machen können. Übrigens bekommt Creuzer ab Februar mehr Gehalt. Das hellt seine Stimmung zumindest ein bisschen auf – jedenfalls heute schien er etwas weniger missmutig zu sein.« »Und warst du bei Schwarz?« »Ja. Er hat mir erzählt, dass er umziehen will.«

Für Sophie und Clemens fand sich vorerst keine passende Wohnung und kein Haus in Neuenheim, aber Sophie blieb zuversichtlich. »Es ist noch Zeit genug«, sagte sie. Clemens sah das anders. »Es wird hier unerträglich eng, wenn erst das Kind da ist.« »Es wird genug Platz geben. Die neue Wohnung muss groß genug sein, damit auch ein Gast bei uns übernachten kann. Ich möchte, dass jemand in den ersten Wochen nach der Geburt bei mir ist und etwas helfen kann. Ich habe an Jette geschrieben.« Clemens riss die Augen auf. »Sie hat mir geantwortet, dass sie zwar gerne kommen würde, aber leider nicht zusagen kann. Sie weiß nicht, wie sie die Reise bezahlen und wie sie überhaupt durch den Alltag kommen soll.« »So arm wird sie schon nicht sein. Wahrscheinlich graust ihr davor, wochenlang mit mir unter einem Dach hausen zu müssen«, frotzelte Clemens und schlug vor, eine seiner Schwestern zu fragen. Aber das konnte Sophie sich überhaupt nicht vorstellen. »Oder vielleicht Lina?«, fragte Clemens. Sophie sah ihn vorwurfsvoll an. Meinte er das ernst? Diese ätherische Schönheit aus adliger Familie? Sie mochte wochenlang bei Verwandten am Krankenbett sitzen, aber für Sophie würde sie das nicht tun. »Ja, aber warum nicht? Schau doch nicht so schräg. Sie könnte Creuzer jeden Tag treffen. Das müsste den beiden doch gefallen«, sagte Clemens grinsend.

Sophie erinnerte sich an eine Freundin in Kassel. Weil sie Gedichte schrieb, hatten sie sich kennengelernt. Sie hatte eine erwachsene Tochter, die ebenfalls dichtete. Vielleicht hatte sie Zeit und Lust, einige Wochen in Heidelberg zu verbringen. Sie wäre sicher geschickter in Dingen des Haushalts als die durchs Leben schwebende Lina. »Ich werde ihr schreiben«, beschloss Sophie. Während sie darüber nachdachte, wie sich Heidelberg und die Landschaft am besten anpreisen ließen, um die junge Frau zum Kommen zu überreden, schweifte ihr Blick vom Schreibtisch immer wieder zum Fenster hinaus über den Paradeplatz und zum Himmel hinauf. Sie schrieb vom Schloss, der idealen Landschaft, der Stadt zwischen den Bergen am Fluss. Im Mai würde es schon sehr mild und warm sein, trotz mancher Tücken für Leute mit rheumatischen Beschwerden. Sie schrieb von blühenden Obst- und Mandelbäumen, Feldern voller Mohnblumen, die rote Flächen in die Landschaft zaubern würden, und von Rosen, die überall blühten. Außerdem gebe es viele interessante Leute, so dass man sich nie langweilen müsse, und im Sommer gebe es Musik, Tanz und Gesang vor allen Türen, in allen Gärten und oben auf dem Schloss. In solch ein Paradies würde Caro, die Tochter der Kasseler Freundin, nicht zögern aufzubrechen.

Nicht nur Sophie und Clemens erwarteten ein Kind, auch bei Clemens' Schwester Gundi und Savigny stand eine Geburt bevor. Aber sie waren weit weg, in Paris. Dort war jetzt schon fast Frühling, wie Savigny schrieb.

Langsam wurde es auch in Heidelberg wärmer. Morgens blieb es nicht mehr so lange dunkel und abends mussten nicht mehr so früh Lampen und Kerzen angezündet werden. Auf Spaziergängen sah Sophie dicke Knospen an Bäumen und Sträuchern. Die Mandelbäume blühten schon. Sie waren die ersten im März, noch bevor der Winter zu Ende ging. Bald würden alle Gärten in duftigen Blütenwolken stehen.

»Wir haben nicht genug Platz«, schimpfte Clemens. Er saß am Tisch. Vor sich und um sich herum Bücher und Papier. »Wir müssen endlich eine Wohnung finden. So geht das nicht mehr. Und wenn das Kind erst da ist, geht es erst recht nicht.« Sophie hatte alle Bekannten gefragt, auch Louise und Schwarz, der gerade in ein großes Haus umgezogen war. Er wollte darin eine Schule mit Wohnheim einrichten, ähnlich dem von Louise, nur größer und für Jungen. Es war bis vor kurzem ein evangelisches Hospital und zuvor ein Kloster gewesen. Wenn man von der Hauptstraße in die Märzgasse abbog, stieß man direkt auf das große Gebäude in der Plöck. Fries, der einflussreiche Besitzer der Krappfabrik, hatte Schwarz darin unterstützt, dieses Haus zu bekommen. Für ein Institut, wie Schwarz es einrichten wollte, war es genau das Richtige. Auch die ehemalige Anatomie ein Stück weiter die Plöck entlang, nicht weit von der Peterskirche, wäre in Frage gekommen. Das Haus wirkte wie eine alte Burg mit Türmchen und Erkern und sah so aus, dass die Jungen sicher gern dort gewohnt hätten, weil sie sich abends beim Einschlafen allerlei Geistergeschichten passend zu diesem Gemäuer erzählen könnten.

»Warum finden wir denn keine passende Wohnung?«, schimpfte Clemens und zeigte gereizt auf die Bücher und Papierhaufen, die um ihn herumlagen. »Es ist hier viel zu eng, für uns, für die Bücher. Alles liegt aufeinander und übereinander. Wenn wir Besuch haben, muss alles weggeräumt werden. Man kann nichts liegen lassen, weil der Platz für Gläser oder Tassen und Teller gebraucht wird. Die ganze Ordnung in den Papieren kommt durcheinander.« »Wir werden schon ein neucs Zuhause finden«, entgegnete Sophie. Sie blieb ruhig und wurde immer ruhiger, je mehr Clemens sich ärgerte.

Zwei Tage später empfingen sie abends Gäste. Alle Bücher standen ordentlich im Regal, das Papier lag zu einem großen Haufen geschichtet unter dem freundlichen Blick der Madonna auf der Kommode. Schwarz, Creuzer und Daub mit ihren Frauen, Clemens, Sophie und Louise saßen um den Tisch. Clemens versuchte trotz schlechter Laune witzig und unterhaltsam zu sein. Er machte allerlei Bemerkungen, die lustig sein sollten, aber eher bissig herauskamen. Viele dieser Spitzen galten Sophie. Schwarz erzählte, dass er sich das burgartige Gemäuer in der Plöck angesehen, doch zu klein gefunden habe. Wenn er dort mit Frau und Kindern, mit der Mutter und seiner Schwester wohnen würde, gäbe es kaum noch Zimmer für Schüler und Studenten, von Unterrichtsräumen ganz zu schweigen. »Außerdem gibt es einen anderen Interessenten: Voß.«

»Ach wirklich«, rief Daub, »ich finde seine Übersetzungen griechischer Epen großartig. Hat er den Ruf nach Heidelberg also angenommen. Natürlich braucht er nun hier ein Haus.« Clemens witzelte über Voß und auf Sophies Kosten. Creuzer, dem das schließlich zu viel wurde, bemühte sich, besonders nett zu Sophie zu sein. Als sie wieder eine Spitze traf, tippte er Clemens, der neben ihm saß, auf die Schulter: »Du benimmst dich unmöglich. Pass auf, dass Sophie dich nicht verlässt. Sie wird sich das nicht lange gefallen lassen.« »Das musst du gerade sagen«, lachte Clemens böse.

Daub begann über die *Studien* und die Arbeit, die Creuzer und er damit hatten, zu reden. Obwohl der erste noch nicht erschienen war, machten sie bereits Pläne für einen zweiten Band, und Creuzer fragte, ob auch Sophie für ihre *Bunte Reihe* nicht schon einen Folgeband plane.

Ende März feierte Sophie mit den Heidelberger Bekannten ihren fünfunddreißigsten Geburtstag. Krokusse blühten und der Frühling versetzte Clemens in Übermut. Sogar Creuzer und Sofia schienen beinahe ein wenig fröhlich. Daub und Schwarz unterhielten sich angeregt miteinander, Louise, Adam Fries und seine Frau plauderten mit Sonia und Sophie über Kunst und Literatur. Hin und wieder machte Clemens Bemerkungen über Sophies Arbeit, halb scherzhaft, zunehmend angriffslustig, so dass mancher die Stirn runzelte. Madame Fries fragte Sophie schließlich hinter vorgehaltener Hand, ob es stimme, dass sie sich von Clemens trennen wolle. Sie warf einen verstohlenen Blick auf Sophies Bauch und meinte, das wäre doch jetzt ein ganz schlechter Zeitpunkt und sie könne es eigentlich gar nicht glauben. »Ja, der Zeitpunkt wäre nicht günstig. Es stimmt auch nicht. Es ist bloß wieder mal ein Gerücht.« Obwohl dieses Gerede sie erschreckte, versuchte sie gleichgültig zu klingen. Wenn Clemens nur die sarkastischen Seitenhiebe unterlassen würde. Seine Sticheleien und die Suche nach einer neuen Wohnung mussten die Leute ja dazu veranlassen, eins und eins zusammenzuzählen und sich auszurechnen, dass sie ihn verlassen wollte.

Die Sorgen wegen der Wohnung bestanden weiter, aber Caro hatte geschrieben, dass sie gerne kommen und Sophie nach der Geburt des Kindes helfen werde, wo immer es nötig sein sollte. Nicht nur Caro würde kommen. Auch Achim. Schon vor Wochen hatte Clemens ihm geschrieben. Achim sollte wieder Pate bei dem Kind werden, das genau wie Joachim im letzten Jahr, Mitte Mai geboren werden würde. Doch Achim sollte nicht nur Pate stehen. Clemens, der jeden Tag über seinen alten Büchern zubrachte, wollte mit ihm an der Liedersammlung weiterarbeiten; schließlich war das Ganze als gemeinschaftliches Werk gedacht. Im Herbst sollte das Buch erscheinen.

Am ersten sonnigen Tag im April ruhte Clemens im Hinterhof des Hauses auf einer Liege und sah Gisela und den anderen Kindern beim Spielen zu. Sophie war oben in der Wohnung, als Creuzer kurz vorbeikam, um ein Buch zu bringen. »Willst du Clemens sprechen, er ist im Hof«, fragte sie. Doch Creuzer meinte, er habe keine Zeit, und machte sich einen Moment später wieder auf den Weg. Sophie ging in den Hof, um Clemens das Buch zu zeigen, das Creuzer gebracht hatte. »Warum ist er nicht zu mir gekommen?«, fragte Clemens und richtete sich auf seiner Liege auf. »So viel Zeit, mir guten Tag zu wünschen, wird er doch wohl haben. Geht er mir aus dem Weg?« »Ich nehme an, er hatte es einfach eilig. Er war wirklich nur ganz kurz da und wollte weiter zu Schwarz.« »Schwarz, der Mann mit dem Riesenhaus. Und wir sitzen in diesem Mauseloch«, rief Clemens, »ich will endlich eine größere Wohnung. Mit Garten! Dieser Hinterhof hier, was ist denn das?« Sophie erinnerte ihn daran, dass sie ja nicht untätig waren und fleißig suchten, dass es aber nichts Besseres gebe als eine Wohnung, wie sie sie bereits hatten. »Es sei denn, du willst was wirklich Großes. Aber da sind wir jetzt auch etwas spät dran. Die alte Anatomie jedenfalls ist so gut wie verkauft.« »Der alte Vogel kauft sie tatsächlich?« »Wen meinst du?« »Na, diesen Griechenübersetzer. Brauchen wir griechische, wo wir deutsche Epen aus dem Mittelalter haben?« »Ich habe nichts gegen griechische Epen. Aber was hat das mit dem Haus zu tun?« Clemens sprang auf. »Jetzt gehe ich los und biete eine Summe auf die alte Anatomie. Ich werde schon herausbekommen, wie viel der Alte geboten hat, so dass ich ihn übertreffen kann.« Sophie versuchte ihn zu bremsen. Sie würde neben Franzi noch mindestens eine weitere Hilfe im Haushalt brauchen, um es in Ordnung zu halten. Clemens wich ihrem Blick aus und sah an den Mauern des Hinterhofs hinauf. Die Stimmen der fröhlich spielenden Kinder hallten von den Wänden zurück. »Es ist sehr schön mit seinen Türmen und Erkern«, sagte er und sah Sophie mit vergnügtem Zwinkern an, »das ist doch erst mal Grund genug, es haben zu wollen.« »Schön ist es«, gab Sophie zu, »aber so viel Platz brauchen wir wirklich nicht. Und so viel Geld, wie wir für den Kauf aufbringen müssten, haben wir nicht.« »Wir nicht, aber Franz. Mein Bruder hat bestimmt nichts gegen Grundbesitz in Heidelberg einzuwenden. Ich mache das jetzt. Erst mal lege ich mein Gebot vor und dann fahre ich nach Frankfurt und rede mit Franz und Georg.« »Du willst weg? Aber in vier Wochen kommt unser Kind. Wie lange willst du in Frankfurt bleiben?« »Ich weiß noch nicht. Ich werde schon rechtzeitig zurück sein.«

Am nächsten Tag begann Sophie für Clemens zu packen. Er hatte sich einen Platz in der Postkutsche am Donnerstag reserviert. Sie beneidete ihn um die Fahrt bis Weinheim. Überall an der Straße entlang blühten die Kirschbäume und strahlten in frischem Weiß wie duftende Wolken. Als Clemens den Koffer sah, den Sophie gepackt hatte, stöhnte er über das Gepäck. »Ich will mich nicht damit behängen. Das ist alles viel zu viel. Ein kleines Päcklein reicht. Ich könnte die Gelegenheit nutzen und in Frankfurt einkaufen. Willst du einen neuen Hut?« Sophie lächelte. Ein Hut war zwar nicht, was sie dringend brauchte, aber es wäre trotzdem nett. »Warum nicht? Kauf mir einen schönen Hut für den Sommer. Und Gläser. Wir brauchen unbedingt neue Gläser.«

Bevor Clemens abreiste, kam ein Brief von Savigny. Er schrieb, dass er einen Ruf nach Jena erhalten habe und sicher auch bald einmal in Heidelberg vorbeikommen werde. Clemens freute sich und reiste in bester Laune ab.

Sophie hatte ihn zum Kornmarkt begleitet und ging nun durch die Hauptstraße zum Paradeplatz zurück. Weil die Sonne schien, bekam sie Lust, sich das Haus mit den Erkern und Türmchen in der Plöck genauer anzusehen. Es lag etwas von der Straße zurückgesetzt hinter einem alten Friedhof. Sie fand es ein wenig unheimlich, aber vielleicht kam das nur daher, weil sie wusste, dass hier Leichen seziert und Präparate in Spiritus aufbewahrt worden waren. Jetzt fand sich alles, was mit Medizin zu tun hatte, im ehemaligen Dominikanerkloster in der Hauptstraße. Dort gab es viel mehr Platz. Klinik und Anatomie lagen beieinander, so dass die Ärzte das Gelände nicht verlassen mussten, wenn sie vom Krankenbett in den Hörsaal wollten. Sogar Wohnungen für sie und die Pfleger gab es dort.

Das alte Anatomiegebäude in der Plöck war zwar für die Zwecke der Universität zu klein, und auch als Burg wäre es nicht sehr eindrucksvoll gewesen, aber als Haus für Clemens und für die Kinder, die sie haben würden, erschien es Sophie viel zu groß.

Sie ging die Plöck weiter entlang bis zur Märzgasse. Das Gebäude, in dem Schwarz jetzt sein Institut einrichtete, war enorm groß, aber für seine Pläne sicher genau das Richtige. Sophie bog in die Märzgasse mit ausgedehnten Gärten und erreichte die Hauptstraße. Sie schaute nach links, wo ein kleines Stück entfernt das ehemalige Dominikanerkloster lag, in dem jetzt die medizinische Klinik der Universität untergebracht war. Der ehemalige Klostergarten war ein Teil der botanischen Gärten der Universität. Ein anderer Teil lag in der Plöck. Zu allen Häusern der Vorstadt gehörten eigene Gärten, überall grünte es und begann zu blühen. Sophie bog nach rechts und beschloss, einen kurzen Besuch bei Louise zu machen.

Die Lehrerinnen und Lehrer waren mit den Schülerinnen im Garten. Gisela war auch dabei. Außer Lesen, Schreiben und Rechnen sollte sie auch gut Französisch lernen. Je mehr ein Mädchen lernte und je früher es damit anfing, umso besser würde es durchs Leben kommen, hatte Sophie ihrer Tochter erklärt. Ganz stimmte das nicht, wie sie wusste, denn Jette hatte genauso viel gelernt wie Sophie, doch sie hatte es viel schwerer im Leben, vielleicht weil sie weniger schön war als Sophie. Schönheit war wichtig, aber zufällig. Sie war einem gegeben oder nicht. Für eine gute Bildung ließ sich immerhin sorgen.

Louise, die ein Hauskleid trug und ein Tuch über Kopf und Schultern, so dass es das blinde Auge verdeckte, ging mit Sophie im Garten zu einer Laube. Dort setzten sie sich. Wegen der Gärten ringsum und des großen Schulgartens fühlte Sophie sich wie auf dem Land und nicht wie mitten in einer Stadt mit prosperierender Universität. Sie erzählte, dass Clemens nach Frankfurt zu seiner Familie gefahren sei und von seinem Plan, die alte Anatomie in der Plöck kaufen zu wollen. Louise wunderte sich darüber. »Nun, ich glaube nicht, dass es wirklich ernst mit dem Kauf wird. Es wäre nur schön, wenn wir endlich eine passende große Wohnung fänden.« Louise hatte gerade vor zwei Tagen von einem Haus in der Hauptstraße gehört, das zwischen der neuen Klinik im ehemaligen Dominikanerkloster und dem Mannheimer Tor lag. »Es ist ziemlich groß, aber vermietet wird nur die Wohnung im ersten Stock. Und es gibt einen sehr großen Garten, der bis zum Neckar reicht. Von dort sieht man nach Neuenheim hinüber.« Sie schlug Sophie vor, dort einmal zu fragen, und erzählte dann, dass nicht nur Clemens mit dem Frühling die Reiselust erfasst habe. Auch Creuzer plane, nach Frankfurt zu fahren. Allerdings erst im Mai. »Schade, sonst hätten Creuzer und Clemens ja auch zusammen fahren können«, meinte Sophie. »Daran hätte Creuzer sicher nicht gedacht«, sagte Louise, »ich habe den Eindruck, dass er im Moment nicht so gut auf Clemens zu sprechen ist, und auf einer gemeinsamen Reise würden die beiden sicher in heftigen Streit geraten.« Sophie stutzte und dachte einen Moment nach. Ihr fiel ein, dass Creuzer sich tatsächlich seltener bei ihnen hatte blicken lassen, und mit Clemens hatte er schon längere Zeit nicht geredet. »Er hat Clemens wohl irgendwann Vorhaltungen gemacht, weil er nichts zustande bringt. Auch wegen seiner bissigen Bemerkungen hat er ihm ins Gewissen geredet.« »Davon hat Clemens mir gar nichts erzählt. Es stimmt auch nicht, dass Clemens nichts zustande bringt. Er sucht doch eifrig nach Liedern für seine Sammlung.« »Das hat Creuzer wohl nicht gewusst. Oder er meint, es müsste schneller gehen.« »Nun ja, Creuzer hat es derzeit nicht leicht. Er klagt über die viele Arbeit, die er wegen der Universität und der Studenten hat.« Louise nickte. Das Tuch, das sie wie einen Schleier trug, verrutschte. »Wenn man sich überlastet fühlt, ist man oft gereizt und wird ungerecht. Er meint aber wohl wirklich, dass Clemens faul sei, nichts täte, als sich hier bei meinen geselligen Abenden zu amüsieren und die Leute mit spitzen Bemerkungen zu ärgern. Vor allem zu dir sei er manchmal regelrecht boshaft.« »Hat Creuzer das so gesagt?« »Ich fürchte, ja.« Sophie nahm Clemens in Schutz und erklärte seine Launen mit den Gliederschmerzen, die ihm vor allem in der kalten Jahreszeit sehr zugesetzt hätten. Im Sommer werde das sicher besser, vor allem, wenn er erst sein Kind im Arm halten könne. »Er liebt Kinder sehr, nicht wahr?«, fragte Louise. »Er tut nichts lieber, als ihnen Geschichten zu erzählen. Vielleicht kann er das ja auch mal hier in deiner Schule tun«, meinte Sophie und stand auf, um sich zu verabschieden. Sie wollte gleich nach dem Haus und der Wohnung sehen, wovon Louise gesprochen hatte. »Vielleicht ist der kalte Wind dort weniger heftig als am Paradeplatz. Je weiter man aus dem Tal herauskommt, umso weniger eisig ist er.«

Sophie ging in Richtung Mannheimer Tor am ehemaligen Dominikanerkloster vorbei. Schon ein kurzes Stück weiter fand sie auf der rechten Seite das erwähnte Haus. Es gehörte einem Schreinermeister, der im Erdgeschoss seine Werkstatt betrieb. Dort hämmerte und lärmte es. Als Sophie den Meister von der Tür zur Werkstatt aus grüßte, legte er das Stuhlbein, an dem er gerade arbeitete, zur Seite und stieg mit ihr die Treppe hinauf, um ihr die Wohnung zu zeigen. Sie war hell und geräumig, hatte zwei Zimmer mehr als ihre jetzige, und im Garten blühten Kirsch- und Apfelbäume. Außer Gemüsebeeten gab es Blumenrabatten und eine Wiese, groß genug, dass man dort Wäsche bleichen konnte. Der Hof gefiel Sophie zwar nicht, denn hier lagerte Holz, und Handwerksgerät stand herum, doch schon nächste Woche könnte sie einziehen.

Zu Hause setzte Sophie sich sofort an ihren Schreibtisch. Sie teilte Clemens mit, dass sie endlich die richtige Wohnung gefunden habe, und schilderte die Räume, beschrieb den Garten und behauptete, es gebe nichts Besseres, wo ein Kind seine ersten Lebensjahre verbringen könne.

Schon zwei Tage später traf ein Brief aus Frankfurt ein. Clemens hatte am gleichen Tag wie sie geschrieben. Er teilte mit, dass seine Brüder kein Interesse an dem alten Haus in der Plöck hätten. Der alte Vogel könne das Haus also haben, wenn niemand sonst ihn überbieten würde. Er beklagte sich, dass seine Brüder ganz allgemein kalt ihm gegenüber seien und ihm dauernd Vorwürfe machten. Aber Tina sei so nett und lustig wie immer. Sie rede wie ein Wasserfall. Neuerdings stecke sie fast jeden Tag mit Lina zusammen, bei der sie Geschichtsunterricht nehme. Er berichtete, dass Gundi an Franz und Georg aus Paris geschrieben hatte. Sie war Mutter geworden. Clemens freute sich sehr über die kleine Nichte. Noch mehr aber würde er sich auf sein eigenes Kind freuen. Dann teilte er mit, dass er Gläser gekauft, für Sophie aber keinen schönen Hut gefunden habe. Er lasse sich neue Anzüge machen, denn schließlich müsse man ja ordentlich aussehen, und bei der Putzmacherin habe er einen Hut für Sophie in Auftrag gegeben. Er werde in Frankfurt bleiben, bis der Hut und alle Anzüge fertig seien, und überlege, ob es nicht das Beste sei, in Frankfurt auf Caro zu warten, um dann zusammen nach Heidelberg weiterzufahren.

Caro war schon aus Kassel abgereist und würde, da sie unterwegs noch Freunde besuchte, in knapp zwei Wochen in Frankfurt eintreffen.

Sophie legte den Brief weg. Sie würde den Umzug in die Vorstadt auch ohne Clemens bewältigen. Sie musste ein paar starke Männer für den Transport der Möbel engagieren, Franzi würde Geschirr und Wäsche ein-, in der neuen Wohnung wieder auspacken und in die Schränke räumen. Keine allzu große Arbeit.

Jette schrieb, dass sie wieder an einer Übersetzung arbeite. Sie war zuversichtlich, bald damit fertig zu werden. Der Brief schien optimistisch. Das Einzige, worüber sie klagte, war, dass Hermann, mit dem sie sich schon so lange verbunden fühlte, immer noch ohne Stellung sei. Nach wie vor war beiden klar, dass sie erst heiraten konnten, wenn er ein sicheres Einkommen hatte.

Sophie überlegte, was sie tun könnte, damit ihre Schwester endlich einmal Glück im Leben hatte. Wenn sie nicht heiratete, würde die Armut nie aufhören und ihr Leben vergiften, denn als Frau war es überaus schwierig, Geld zu verdienen. Darum bewunderte sie Louise, der es anscheinend mühelos gelang, sich allein im Leben zu behaupten.

Sophie überlegte, an Savigny und Gundi in Paris zu schreiben, um ihnen zur Geburt ihrer Tochter zu gratulieren und Savigny bei der Gelegenheit zu bitten, wenn er nun bald nach Jena gehen würde, sich für Hermann einzusetzen. Savigny war angesehen, seine Meinung wurde geschätzt, seine Worte respektiert, wenn es in Jena oder irgendwo sonst eine freie Stelle gäbe, würde er es sicher erreichen können, dass Hermann sie bekäme.

Die Tage nach dem Umzug in die neue Wohnung verbrachte Sophie mit Lesen. Sie lag viel auf dem grünen Sofa oder machte kurze Spaziergänge. Der Flieder blühte, die Luft war angenehm frisch und die Sonne schien. Clemens' Büste hatte sie im Wohnzimmer dem Fenster gegenüber aufgestellt. »Hätte der Marmorkopf lebendige Augen«, sagte Franzi beim Staubwischen, »könnte er den Blick in den Garten und auf den Heiligenberg genießen.«

Sophie fühlte sich wohl in der neuen Wohnung. Sie war hell, es gab viel Platz – man könnte sogar ein Klavier aufstellen, überlegte sie. Hin und wieder besuchte sie Louise, zu der es von hier nur wenige Minuten war, oder sie empfing Freunde, die für eine Viertelstunde vorbeikamen, um sich die neue Wohnung anzusehen. »Schön hast du's hier«, sagten sie. Und es war keine leere Redensart. Von den Zimmern sah man in den Garten und über dem Neckar den Heiligenberg mit Weinreben und Wald.

Clemens kam aus Frankfurt zurück und brachte Caro mit. Sophie saß mit ihnen am Teetisch. Das Fenster stand offen, mit der fast sommerlichen Luft wehten Spatzenstimmen herein und das nervöse Schimpfen einer Amsel. Clemens erzählte von Frankfurt und Tina, seiner Lieblingsschwester. Der Hut, den er Sophie mitgebracht hatte, lag auf dem Sofa. Er war aus brauner Seide mit einem blauen Band und passte gut zu Sophies blonden Locken. Clemens trug einen neuen Anzug. Seine Augen strahlten, seine dunklen Locken waren kurz geschnitten und gut frisiert. »Ich freue mich, dass du wieder da bist«, sagte Sophie, und Clemens rief: »Oh, was bin ich froh, endlich wieder bei dir zu sein. Und die neue Wohnung gefällt mir. Endlich haben wir genug Platz.« Es schien, dass er am liebsten aufgesprungen und durch alle Räume gerannt wäre, aber wegen Caro wollte er sich benehmen, wie es vom Sohn eines wichtigen Handelshauses und angehenden Familienvater erwartet wurde. Er blieb also sitzen und bat Sophie um eine zweite Tasse Tee. »Wie war die Reise?«, fragte Sophie, und Caro erzählte von Kassel und all den Zwischenstationen, wo sie Freunde besuchte. Einen Teil der Reise hatte sie mit einer Freundin von Sonia zurückgelegt. »Sie hat von einem Heidelberger Professor erzählt, der ein Verhältnis mit einer jungen Frau hat, obwohl er verheiratet ist. Ich dachte immer, so ein Professor ist bloß an seinen Forschungen interessiert? Für eine Geliebte haben die doch gar keine Zeit.« »Es kommt wohl jeweils auf die Umstände an«, meinte Sophie, »warum sollte er keine Liebe zu einer jungen und schönen Frau empfinden, bloß weil er verheiratet ist?« Sophie wollte Caro vorerst nicht einweihen in das, was sie und Clemens wussten. Aber das Verhältnis zwischen Creuzer und Lina schien kein gut gehütetes Geheimnis zu sein. Jeder schien davon zu wissen. In spätestens zwei Wochen würde auch Caro im Bilde sein. »Die geheimnisvolle Geliebte schreibt Gedichte. Vielleicht bezaubert sie ihn damit«, sagte Caro. »Gedichte schreiben wir doch alle«, lachte Clemens, »Sophie und ich, du und deine Mutter. Wer schreibt eigentlich keine?« »Du hast recht«, pflichtete Sophie ihm bei und wollte gerne einige von Caros Gedichten hören. Die junge Frau war sofort bereit, welche vorzulesen, wollte aber zuvor ihre Sachen auspacken. »Ich freue mich, in Heidelberg zu sein. Die Lage, wie gemalt – die vielen Gärten. Und die Häuser sehen alle so neu und sauber aus.« »Hier in der Vorstadt hat man viel Platz. In der Gegend ums Rathaus gibt es aber durchaus ein paar ziemlich enge Gassen. Fachwerkhäuser haben wir hier allerdings fast keine, falls du die suchst. Der Paradeplatz, wo wir bis vor kurzem gewohnt haben, ist so eine Art Übergang zwischen der Altstadt und der neuen Vorstadt«, erklärte Clemens. Caro müsse unbedingt noch heute oder spätestens morgen zum Schloss hinauf, meinte er, um von dort auf die Stadt und in die Ebene hinauszusehen, und er versicherte im selben Atemzug zum fünften Mal, dass er sich freue, wieder zu Hause zu sein. »Und wenn Achim demnächst kommt, ist alles perfekt. Es wird bestimmt ein ganz großartiger Sommer. Noch nie hat die Zukunft so hell geleuchtet.« Sophie lächelte. Vielleicht würde es wirklich eine schöne Zeit. Clemens schien rundum glücklich. Wenn er nur nicht wieder launisch und sarkastisch oder wütend wurde.

Sophie stand auf und räumte die Tassen auf ein Tablett. Franzi kam, um das Tablett in die Küche zu tragen. Sophie zeigte Caro das Zimmer, in dem sie die nächsten Wochen wohnen würde. Es war groß genug für ein Bett und einen Schrank, hatte helle Vorhänge, und am Fenster stand ein kleiner Tisch, daneben zwei Stühle. Das Fenster ging auf die Straße hinaus. »Ich hoffe, es ist nicht zu laut, wenn die Hufe hier auf dem Pflaster entlangtrappeln. Aber du hast den Vorteil, sehen zu können, wer auf der Straße ist und uns vielleicht besuchen will.«

Nachts, als alle Lichter gelöscht und die Geräusche des Tages verstummt waren, erzählte Clemens im Bett von Frankfurt und den Streitereien mit Franz und Georg. Sie warfen ihm vor, er wisse mit seinem Leben nichts anzufangen, lebe von den Zinsen des geerbten Kapitals, habe keinen Beruf, kein Einkommen. »Stell dir vor, sie haben mich tatsächlich gefragt, ob ich mich für einen Grafen oder Prinzen hielte.« »Aber das bist du doch. Ein König«, schmeichelte Sophie, »ein König in einem Reich, das nur dir gehört.« »Franz hält mich für einen Schmied«, kicherte Clemens. »Wieso das?« »Für einen, der sich vor Esse und Amboss drückt. Jeder sei seines Glückes Schmied, und ich solle endlich mal in die Werkstatt gehen und den Hammer in die Hand nehmen.« »Glaubt er denn nicht, dass du Erfolg mit der Liedersammlung haben wirst?« »Das zählt nicht. Er hat mich gefragt, was ich bin: Büchersammler, Liedersammler, Schmetterlingssammler? Und hat mich ausgelacht. Ein Taugenichts sei ich, hat er gesagt.« Clemens schwieg. Dann zischte er wütend: »Die werden sich noch wundern.« Sophie strich mit der Hand beschwichtigend über seine Schulter und den Arm. »Sie werden sich alle noch wundern. All ihr Geld, all die Bilder, die sie der Stadt und der Kirche schenken, alles wird vergessen. Wer denkt in hundert, zweihundert, dreihundert Jahren noch daran, von wem das Bild in der Seitenkapelle gestiftet wurde? Aber wenn meine Sammlung alter Lieder ein Erfolg wird, kaufen die Leute in Generationen noch das Buch und reden von mir. Von mir reden sie dann, nicht von Franz oder Georg.« Sophie gab ihm einen Kuss. »Du wirst ganz sicher Erfolg haben.« »Natürlich werde ich das.«

In der Nacht zum ersten Mai wurde in Neuenheim und allen Gasthäusern vor der Stadt getanzt. Die Musikanten fiedelten und spielten Flöte. Handwerker aus der Stadt und die Bauern des Dorfes drehten sich auf der Tanzfläche. Wie in allen Dörfern stand auch hier ein Maibaum, geschmückt mit bunten Bändern, die im Nachtwind flatterten. Kugelrunde Lampions hingen wie Vollmonde in den Spalieren am Gasthaus. »Wir könnten eigentlich so langsam aufbrechen«, sagte Clemens, der mit Sophie an einem der Tische saß, »vielleicht haben wir Glück und ein Schiffer wartet auf späte Heimkehrer.« Sophie sah Caro beim Tanzen zu.

Als Caro an den Tisch zurückkehrte, machten sie sich auf den Weg. An der Stelle am Neckar, wo die Boote anlegten, um Spaziergänger zur Stadt hinüberzurudern, winkte ihnen der

Schiffer. Sophie war froh, nicht den ganzen Weg bis zur Brücke und auf der anderen Seite wieder zurück bis fast zum Mannheimer Tor laufen zu müssen.

Das Mannheimer Tor war das westliche Stadttor, schräg davor lag die Sandgrube. Im großen Torgebäude gab es mehrere Gefängniszellen. Auch in den beiden Türmen am Brückentor konnten Diebe, Räuber und Mörder untergebracht werden, aber das Mannheimer Tor war größer. Neben den Zellen bot das Gebäude genügend Raum für die Wohnung des Wächters. Als das Boot am Zimmerplatz anlegte, sprangen Clemens und Caro ans Ufer und halfen Sophie heraus.

Kurz vorm Zubettgehen, schon im Nachthemd, als Sophie sich die Haare löste, fragte sie Clemens, ob sie nicht beide am 9. Mai nach Mannheim ins Theater fahren wollten. »Sie spielen zwar meist nur Komödien von Iffland und Kotzebue, aber an diesem Abend soll es ausnahmsweise mal was andres sein.« Clemens fragte, was denn gespielt werde, und Sophie antwortete, das neueste Drama von Schiller. Er hatte damit begonnen, als sie nach Dresden fuhr, und sie interessierte sich sehr dafür. Clemens zeigte sich gleichgültig. Ohne ein Wort zu sagen, zog er Hemd und Hose aus und warf sich das Nachthemd über. »Du bist nicht etwa eifersüchtig?«, neckte ihn Sophie. Empört stritt er das ab, fragte aber, ob sie in ihrem Zustand einen Theaterbesuch nicht sehr unpassend fände. »Schließlich könnte unser Kind jeden Tag kommen.« »Noch nicht. Erst in zwei Wochen, frühestens nächste Woche. Mir geht es blendend«, sagte Sophie, »ich glaube, du bist eifersüchtig und willst mir darum den Theaterbesuch ausreden.« Sie dachte daran, wie Clemens sich geärgert hatte, als sie mit Schiller ausführlich über ihren Cid verhandelte. Leider war aus der geplanten Aufführung damals nichts geworden. »Du kannst beweisen, dass du kein bisschen eifersüchtig bist, wenn du mich als liebevoller Ehemann ins Theater begleitest. Oder soll ich etwa allein mit Caro nach Mannheim fahren? Schließlich brauche ich deinen Beistand jetzt ganz besonders.« Clemens brummte unwillig und setzte sich aufs Bett. »In deinem Zustand geht eine Frau normalerweise nicht ins Theater. Was ist, wenn das Kind im Theater zur Welt kommt?« Sophie löschte die Kerze und legte sich zu Clemens. »Das wäre nicht der schlechteste Ort. In Mannheim gibt es übrigens mehrere Musikgeschäfte. Wir haben schon so oft davon gesprochen, wie schön es wäre, wieder ein Klavier zu haben. Wir könnten früh am Morgen hinfahren, uns in der Stadt umsehen und abends ins Theater gehen.« »Die Anschaffung eines Klaviers gefällt mir wesentlich besser als die Idee, ins Theater zu gehen und dieses Drama anzusehen.« Clemens blieb unschlüssig, stimmte der Fahrt nach Mannheim aber schließlich zu. »Dann weiß ich wenigstens Bescheid und kann mitreden. Worum geht es bei diesem Stück überhaupt?« »Um Freiheit und den Kampf gegen Fürstenwillkür, glaube ich, soweit ich gehört habe.« »Freiheit wieder mal. Oder immer noch. Er hat wohl sonst keine anderen Themen? Lieber Himmel, ich würde gerne wissen, was Fritz zu diesem Stück sagt.« Sophie lachte leise: »Ausgerechnet Fritz. Den kannst du doch erst recht nicht leiden.« »Und mit vollem Recht. Das musst du zugeben. Er hat sich als sehr schlechter Freund erwiesen. Aber seine Meinung zu dem Stück hat ja damit nichts zu tun.« »Die willst du, nehme ich an, wohl vor allem hören, weil Fritz sich bestimmt über das Stück wie über den Verfasser lustig machen wird. Richtig?« Clemens' spöttisches Lachen bestätigte Sophies Vermutung. »Ich werde es mir ansehen«, sagte er entschlossen, »warum soll ich mir den Spaß nicht gönnen.« Sophie schüttelte den Kopf: »Aber du weißt, dass es keine Komödie ist?« »Ich weiß, ich weiß. Ich werde mich köstlich amüsieren.«

Am nächsten Donnerstag fuhren sie zu dritt mit einem Mietkutscher nach Mannheim. Die Straße führte mitten durch die weite Ebene. In der Ferne war die Kuppel der ehemaligen Jesuitenkirche zu sehen, sonst hatte Mannheim nur wenig Türme. Caro genoss den Ausflug bei dem schönen Wetter.

Kurz vor der Stadt traf die Straße auf die von Bäumen gesäumte Chaussee nach Schwetzingen. Gärten umgaben die Stadt, seitdem die Befestigungsanlagen geschleift worden waren.

Die Kutsche fuhr an prächtigen Häusern vorbei. Bei jeder Kreuzung sah man beim Blick nach links die Schlossfassade. »Das muss ja ungeheuer groß sein«, staunte Caro. »Nicht ganz tausendvierhundert Fuß.« »Woher weißt du das denn?«, fragte Sophie. »Von Daub, der weiß alles. Er hat mir auch erzählt, dass der Kurfürst sein Naturalienkabinett, jedenfalls die Reste davon, der Universität in Heidelberg vermacht hat.« Die Kutsche bog nach rechts in eine breite Straße. Alle Straßen der Stadt waren sauber, verliefen schnurgerade und trafen zur Verwunderung Caros immer im rechten Winkel aufeinander. Schaute man eine Straße entlang, öffnete sich an ihrem Ende jedesmal ein schöner Blick, entweder auf die Berge in der Ferne oder auf Wasser und baumbestandene Ufer oder in die offene Landschaft.

Die Kutsche hielt am Paradeplatz. Rund um den Platz standen Bäume. Sie stiegen aus der Kutsche und sahen sich um. Wohin jetzt? »Wenn Sie do weiterlafe«, sagte der Kutscher in seinem besten Hochdeutsch, »komme Sie zum Marktplatz. Do gibt's Töpferware, Würscht, Brot und Gmies. Awwer darum sind Sie wohl net extra von Heidelberg hierher gfahre. Das hier ist das Kaufhaus.« Er zeigte auf ein großes Gebäude mit Arkaden und einem Uhrenturm in der Mitte. »Do finne Sie auch die Polizei und 's Leihhaus.« »Wir suchen eigentlich erst mal ein Gasthaus«, sagte Clemens. »Ja, do hat's mehrere davon hier in der Stadt. Das beschte is das Haus ›Zu den drei Königen‹ oder das ›Goldene Schaf‹. Dann gäb's da noch den ›Schwarzen Bären‹, den ›Schlüssel‹, den ›Halben Mond‹ oder den ›Zweibrücker Hof‹.« Der Mann zeigte zu jedem Namen in eine andere

Richtung. »Ja danke, wir finden uns schon zurecht«, sagte Clemens. »Do driwwe is übrigens des Theater net weit vun der große Kirch«, rief ihnen der Kutscher nach, als sie schon ein paar Schritte gegangen waren.

Das zarte Laub der Akazien entlang der Straße, wo die großen Geschäfte lagen, leuchtete maigrün. Clemens erzählte von dem Internat, in dem er hier gewesen und so schlecht behandelt worden war, dass sein Vater ihn nach Hause holen musste. Sie fragten sich durch zu einem Klavierbauer, fanden schließlich auch ein Gasthaus, das ihnen zusagte. Am Abend machten sie vor der Vorstellung noch einen Spaziergang im Schlossgarten. Der Garten zog sich am Rheinufer entlang, und man konnte das farbenfrohe Schauspiel der untergehenden Sonne am Himmel gut verfolgen. Clemens hielt Sophie am Arm, hing aber mehr an ihr, als dass er sie führte.

Die Vorstellung des Dramas war sehr gut besucht. Sophie entdeckte keinen einzigen leer gebliebenen Platz, als sie sich im Zuschauerraum umsah, ehe die Lichter gelöscht wurden und der Vorhang sich öffnete. Auf der Bühne erschien ein Junge in einem Kahn. Am grünen Ufer war eine Fischerhütte zu sehen. Ein dunkler Himmel und Grollen, das langsam lauter wurde, zeigten an, dass ein Gewitter aufzog. Das Publikum verfolgte gebannt, was auf der Bühne geschah. Reiter erschienen, es gab Verfolgungen, Kämpfe und eine Liebesgeschichte. Es ging um Ehrsucht und Ehrenhaftigkeit, Macht und ihren Missbrauch, den Kampf um die Freiheit aller und um die Freiheit des Einzelnen.

Das Publikum applaudierte und wollte gar nicht aufhören. Sogar Clemens, der anfangs nur spöttische Bemerkungen für das Stück übrig gehabt hatte, war zufrieden. Vor allem hätten ihm die märchenhaften Züge in dem Drama gefallen, sagte er, als sie sich im Gedränge zwischen Fräcken und Abendkleidern zum Ausgang schoben. Caro zeigte sich besonders von der Sprache beeindruckt, den Versen, dem Ton des Dramas. Clemens dagegen fand gerade die Sprache nicht gut, sondern viel zu künstlich. Er meinte, es müsse viel natürlicher klingen, es sei wieder typische Deklamation gewesen, wie man es bei Schiller ja kenne und auch nicht anders erwarten dürfe. Sophie setzte dagegen, dass Clemens manche Sätze doch wohl auch selber hätte schreiben können. »Wir sind *ein* Volk und einig wollen wir handeln«, daran habe doch auch Clemens sicher nichts auszusetzen.

Sie freute sich darüber, das Drama gesehen zu haben, ebenso wie darüber, dass es ihr gelungen war, Clemens zu dem Theaterbesuch zu überreden. Sie fühlte sich so jung wie damals, als sie ihre Gedichte über die Freiheit schrieb und als sie Schiller in Jena kennenlernte. Jetzt sprach sie wieder von Freiheit wie damals, als es alle taten. Caro hörte aufmerksam zu, als Sophie erklärte, dass ihr an diesem Stück deutlich geworden sei, wie sehr persönliche Freiheit und die Freiheit aller ineinander verwoben seien. »Man kann die eigene Freiheit nicht ausbilden und erreichen, wenn man sich dauernd gegen andere behaupten muss. In Harmonie mit dem Ganzen besteht wirkliche Freiheit für Mann und Frau als Einzelne.« Clemens verschanzte sich hinter spöttischen Bemerkungen, um sich auf das schwierige Thema nicht einlassen zu müssen.

Die ersten Schwalben schlugen mit durchdringendem Sirren ihre Kapriolen in der Luft. Die Ruine am Hang lag wie jeden Morgen noch im Schatten, während der Heiligenberg schon in hellem Licht strahlte. Auf dem Neckar trieben zahlreiche Fischerboote. Die meisten Fischer wohnten nicht weit vom Zimmerplatz in der Ziegelgasse. Diese Gasse führte wie ein geschwungenes S von der Hauptstraße zum Neckar hinunter. Franzi hatte am nahen Brunnen Wasser geholt und Caro kochte Kaffee fürs Frühstück. Der Weg zum Brunnen war nicht weit, so dass sie immer frisches Wasser im Haus hatten.

Zwar gab es private Brunnen in vielen Häusern, aber das, in dem Clemens und Sophie wohnten, hatte keinen.

Über die Stadt verteilt fanden sich zwölf Pumpbrunnen, aus denen sehr sauberes Wasser sprudelte. Das Wasser aus den Röhrenbrunnen, das durch Leitungen aus den Quellen an den Hängen herangeführt wurde, war weniger gut, denn die Leitungen waren offen, so dass Regen, Insekten und Blätter hineinfielen. Das Flusswasser konnte nur zum Wäschewaschen und Putzen der Fußböden verwendet werden.

Nach dem Frühstück gingen Sophie und Caro aus dem Haus. Spatzen flogen auf, die sich an den Pferdeäpfeln auf der Straße zu schaffen gemacht hatten. Die beiden Frauen schritten zügig die Hauptstraße entlang. Zum Markt war es ziemlich weit und Caro sorgte sich, ob Sophie nicht lieber zu Hause bleiben wolle. »Aber nein. Bewegung tut mir gut. Und ich will den hellen Morgen im Freien genießen. Am liebsten würde ich einen ganz langen Spaziergang machen.« »Ach nein, das doch vielleicht lieber nicht. Wer weiß, wann die Wehen einsetzen.« Caro sah fast ein wenig ängstlich aus, als wenn sie sich schon zu dem ihr unbekannten Geschäft einer Hebamme gezwungen sähe. Sophie lächelte und nahm ihre Hand. »Keine Angst. Es wird nichts passieren«, sagte sie, »bis zum Markt kann ich gefahrlos gehen. Hilfe ist hier in der Stadt immer zur Stelle.«

Gegenüber der Apotheke, wo man Bäder mit spanischer oder venezianischer Seife nehmen konnte, lag der »Goldene Ochse«, etwas weiter der »Prinz Max« und noch ein Stück weiter, direkt am Mitteltor, das Gasthaus »Zum Karlsberg«. Im Vorbeigehen zeigte Sophie auf ein Haus und erklärte, dort wohne Oberforstrat Gatterer. »Er soll oben im Schlossgarten so etwas wie einen Forstlehrgarten anlegen. Hoffentlich räumt er nicht allzu gründlich auf und lässt vor allem die alten Linden in Ruhe, damit zum Lernen und zur Anschauung auch was übrig bleibt. Die große Linde auf dem Marktplatz, die letztes Jahr noch stand, ist schon weg. Angeblich warf sie zu viel Schatten. Wahrscheinlich nur eine Ausrede.«

Am Mitteltor verengte sich die Hauptstraße. Sophie und Caro gingen an Geschäfts- und Wirtshäusern vorbei. Immer wieder trafen sie unterwegs Bekannte. Sophie grüßte kurz oder blieb stehen, um ein paar Worte mit ihnen zu wechseln. Sie bogen nach links, als sie das Haus zum Ritter und die Heilig-Geist-Kirche erreicht hatten.

Auf dem Fischmarkt kaufte Sophie einen Karpfen. Dann gingen sie weiter an der Kirche entlang und zum Gemüsemarkt. Dort trafen sie Sofia, die erzählte, dass Creuzer nach Frankfurt unterwegs sei. Sie sah noch ernster aus als sonst, sogar ein wenig matt. »Er hat in Frankfurt nur kurz zu tun. Ich vermute, er trifft sich mit Lina, aber ich weiß nichts Genaues. Ach, es ist alles so schrecklich. Zum Glück kann er in dem Damenstift, wo sie wohnt, nicht übernachten. Er will sowieso gleich weiter nach Marburg. Er wird bald wieder zurück sein.« Sie trennten sich und Sophie überlegte, was für ein Damenstift das sein mochte.

Zu Hause erzählte sie Clemens von Creuzers Reise. »Typisch«, meinte er, »fährt nach Frankfurt und geht nicht mal bei meiner Familie vorbei. Ganz typisch für seinen Hochmut, dass er mir nichts davon sagt. Er wäre herzlich aufgenommen worden. Das Haus hat genügend Zimmer, sogar Franz würde sich Zeit für ein Gespräch mit ihm nehmen.« Er schwieg einen Moment und begann leise zu kichern: »Allerdings kann ich mir auch vorstellen, dass er dort lieber so wenig Leute wie möglich trifft. Meinst du nicht? Wahrscheinlich ärgert er sich, dass Sofia dich eingeweiht hat. Es gibt ja so leicht Gerüchte. Die arme Lina. Sie hat es nicht leicht!« Er seufzte theatralisch. »Ist das nicht ein bisschen übertrieben?«, fragte Sophie. »Ach, wenn du wüsstest, eine komplizierte Geschichte. Denk an Savigny.« Sophie überlegte, erinnerte sich aber an nichts, was mit Savigny zu tun hatte. Ehe sie Clemens fragen konnte, was er meinte, kam Gisela hereingerannt. Sie hatte im Garten einen Vogel gefunden, der aus dem Nest gefallen war, und wollte eine Schachtel haben, um ihm ein neues Heim zu geben.

Das Klavier aus Mannheim wurde gebracht. Als der Lieferant an der Werkstatt im Hof vorbeikam, schaute der Schreinermeister neugierig heraus. Er half gern dabei, das Instrument die Treppe hinaufzuwuchten. Sophie klappte sofort den Deckel über den Tasten auf und probierte es aus. Helle Töne klangen durch den Raum, manche schief. »Wir müssen es noch mal stimmen lassen. Beim Transport hat sich wohl etwas verzogen.« Sophie war glücklich, dass sie endlich wieder jederzeit musizieren konnte. Wie hatten sie es in den vergangenen Monaten nur ohne Klavier aushalten können? Auch der Schreinermeister schien sich darüber zu freuen, dass in seinem Haus neuerdings Klaviermusik erklang und aus den geöffneten Fenstern hinaus in den Hof perlte.

Caro kümmerte sich um alles im Haushalt. Sie hatte sich schnell eingelebt, und als das Kind geboren war, konnte Sophie entspannt und ohne Sorgen im Bett bleiben. Sie musste sich um nichts kümmern, denn Caro tat alles und umsorgte auch Sophie. Clemens hielt seine kleine Tochter in den Armen und schien vom Anblick der winzigen Hände gefesselt. Er hätte sein Töchterchen am liebsten den ganzen Tag mit sich herumgetragen. »Wenn du uns nur nicht wieder verlässt wie dein böser Bruder«, murmelte er. Er legte die Kleine in die Wiege neben Sophies Bett.

Wann immer Sophie ein leises Wimmern hörte, bewegte sie die Wiege hin und her. »Sie ist ein sehr hübsches Mädchen«, hatte die Hebamme gleich am ersten Tag nach der Geburt gesagt, als sie kam, um zu prüfen, ob alles in Ordnung war. »Wer würde auch bei solchen Eltern etwas anderes erwarten. Ein Bild von einem Mann der Vater, und die Mutter eine makellose Schönheit.«

Die kleine Joachime schrie und weinte kaum, war freundlich und zufrieden. Lächeln konnte sie noch nicht, aber es würde ein bezauberndes Lächeln sein, das in ihrem Gesicht erstrahlen würde, sobald sie alt genug dazu wäre, erklärte Clemens jedem, der zu Besuch kam.

Am nächsten Sonntag sollte sie getauft werden, doch Achim, der Pate, war immer noch nicht da. Also hielt Louise die Kleine bei der Taufe und wurde Patin. Clemens hatte gehofft, dass Achim rechtzeitig in Heidelberg sein würde, doch er schrieb, dass ihn der unerwartete Tod Schillers in Weimar aufgehalten habe. Es kamen noch andere Briefe von Freunden und Bekannten, um Sophie und Clemens die Todesnachricht mitzuteilen. »Wir hätten regelmäßig Zeitung lesen sollen«, sagte Sophie betroffen, »dann hätten wir es schon letzte Woche gewusst.« »Ich habe ihn zwar nicht sehr gemocht«, gab Clemens zu, »aber so früh hätte er nicht gehen müssen. Wie alt war er eigentlich?« Sophie hörte die Frage nicht. Sie dachte an den Theaterbesuch in Mannheim, der ihr jetzt wie ein letztes Treffen mit ihm erschien.

Auch in der nächsten Woche wartete Clemens vergeblich. Achim besuchte noch jemanden in Halle. Clemens wurde immer ungeduldiger. Auch Sophie war gespannt auf diesen besten aller Freunde, über den sie Clemens nie ein abfälliges Wort sagen hörte, nicht einmal jetzt, wo er sich immer wieder neu auf einen immer wieder verschobenen Ankunftsstag einstellen musste. Die meisten Menschen wurden Clemens von Zeit zu Zeit lästig. Er spottete über einen, der ihm noch eben lieb war, oder spuckte giftige Bemerkungen gegen Leute, die er zwei Stunden später herzlich in die Arme schloss. Achim schien eine Ausnahme zu sein. Sophie hatte noch nie ein Wort gehört, mit dem Clemens ihn lächerlich gemacht oder über ihn geschimpft hätte.

Über Creuzer riss Clemens besonders gerne Witze. Nach der Rückkehr von Frankfurt und Marburg verbrachte Creuzer mit ein paar Freunden einen Abend in einem Biergarten nicht weit von der Brauerei in der Plöck. »Du hast was verpasst«, lachte Clemens, als er Sophie davon erzählte, »er ist knallrot geworden.« Sophie lag im Bett und las. Jetzt klappte sie das Buch zu, behielt es aber in der Hand mit dem Zeigefinger als Lesezeichen. »Ich habe ihn mit der Frage aufgezogen, was er denn wohl Heimliches in Frankfurt zu tun gehabt hätte, dass ihm nicht mal Zeit für einen Anstandsbesuch bei meiner Familie blieb. Er hat behauptet, dass er mit meiner hochangesehenen Familie – er sagte wirklich hochangesehene Familie – leider nicht so bekannt sei, dass sie beleidigt sein müsste, wenn er sie nicht besuche.« »Und was hast du darauf erwidert?« »Erst mal habe ich spöttisch gelächelt, schau: so«, Clemens setzte ein Lächeln auf, das bei den meisten zum sofortigen Einfrieren aller Gedanken führte, so dass sie nichts mehr sagten. »Außerdem habe ich was von Techtelmechtel und Heimlichkeiten gesagt. Stell dir vor, er behauptete doch glatt, dass er nichts zu verbergen hätte, wurde aber rot wie ein Radieschen und meinte wütend, dass es doch keine Schande sei, wenn man seinen eigenen Geschäften nachgehe, anstatt einfach mal so bei irgendwem aufzutauchen, um Guten Tag zu sagen.« Sophie seufzte und legte das Buch auf das Schränkchen neben dem Bett, sah Clemens ernst an und fragte, warum er sich Creuzer unbedingt zum Feind machen wolle. Ausweichend antwortete er, Creuzer sei unter die Bauern gegangen, und erzählte, dass er einen Acker in Schwetzingen gepachtet habe. Joachime begann in der Wiege zu wimmern. Clemens wandte sich ihr zu, aber die Kleine schlief nicht wieder ein. Er hob sie aus der Wiege und ging mit ihr ins Wohnzimmer. Sophie hörte ihn hin und her gehen und beruhigend mit seiner Tochter reden, so zärtlich, wie sie seine Stimme noch nie gehört hatte.

Caro achtete darauf, dass alles im Haus sauber war. Sie kümmerte sich um Joachime, sie half Sophie, wenn es nötig war, sie sorgte dafür, dass es Clemens an nichts fehlte, und sie spielte mit Gisela, wenn diese nicht bei Louise oder bei Freunden war.

An einem Morgen, der schon früh einen warmen Sommertag versprach, saß Sophie im Garten unter dem Kirschbaum im Schatten. Die Früchte am Baum waren noch grün. Neben Sophie stand auf dem Rasen die Wiege, mit einem Stück Schleierstoff bedeckt, um Joachime vor Insekten zu schützen. Von den Wagenrädern und Pferdehufen auf der Hauptstraße war nicht viel zu hören. Den Reiter, der sein Pferd vor dem Haus des Schreinermeisters zum Stehen brachte, um abzusitzen, sah Sophie nicht. Doch sie sah Clemens, der plötzlich aus dem Haus gerannt kam. Clemens fiel dem Fremden um den Hals und zeigte ihm, wo er das Pferd einstellen konnte. Viele Bürgerhäuser hatten einen Pferdestall. Die größten Ställe boten die Gasthäuser, wie der »Prinz Max«, wo die Kutscher, die morgens aus Mannheim kamen, ihre Pferde bis zur Abfahrt am späten Nachmittag einstellten.

Sophie sah Clemens mit dem Unbekannten über den Hof in den Garten kommen, hörte Clemens reden, dann die Stimme des anderen, eine auffallend klangvolle Stimme. Der Mann fragte, wie viele Pferde, Kühe, Schweine und Ziegen es im Stadtgebiet von Heidelberg gebe. »Oh, das weiß ich nicht«, sagte Clemens, »mit dem Kohlhof oben im Wald zusammen werden es schon ein paar Hundert sein.« »Ich schätze, die Landwirtschaft bringt hier ziemlich gute Erträge, nach dem zu urteilen, was ich so auf dem Weg hierher gesehen habe. Mal ganz vom Wein abgesehen.« »Man merkt, du bist Gutsherr. Ich bin leider keiner und habe keine Ahnung«, gestand Clemens, »ich weiß nur, dass sie hier mindestens zweimal im Jahr ernten, und dass die Felder nie brach liegen müssen, um sich zu erholen.«

Sophie stand auf und ging den beiden ein paar Schritte entgegen. Der Unbekannte musste Achim sein. Er war mehr als einen Kopf größer als Clemens oder sie selbst. Sein Gesicht sah genauso aus wie auf dem Bild, das er aus England geschickt hatte und das oben im Wohnzimmer neben der Büste von Clemens hing. Er hatte eine gerade Nase, einen wachen Blick, ein freundliches Lächeln. Das helle Haar stand zerzaust um den Kopf. Die ganze letzte Stunde hatte er sein Pferd galoppieren lassen. »Wie gut, dass wir jetzt diese große Wohnung haben«, rief Clemens, den Sophie lange nicht so gelöst gesehen hatte. »Du wohnst natürlich bei uns. Wir haben so viele Zimmer, dass du eins ganz für dich allein haben kannst.« Clemens redete ohne Pause auf Achim ein. Schließlich gingen sie ins Haus. Clemens trug Joachime, Achim die Wiege, Sophie ging voraus und öffnete die Türen. Oben in der Wohnung zeigte sie Achim sein Zimmer, in das Franzi neues Waschgeschirr gestellt hatte.

Eine Stunde später – Achim hatte sich den Staub der Reise abgewaschen, sich gekämmt, eine saubere Hose und ein frisches Hemd angezogen – gingen er und Clemens in die Stadt. Achim wollte die Schlossruine nicht nur von ferne sehen, sondern auch hinaufsteigen. Sophie blieb zu Hause und setzte sich ans Klavier. Sie war etwas aus der Übung, doch es würde nicht lange dauern, bis ihr die bekannten Lieder und Stücke wieder flüssig und ohne falsche Töne aus den Fingern liefen.

Die Rückkehr der Männer kündigte sich durch Schritte auf der Treppe und Clemens' Stimme an. Clemens redete und redete und hörte auch nicht auf, als sie ins Zimmer kamen. Achim lauschte aufmerksam lächelnd.

Sie hatten das Schloss, das alte Haus zum Ritter mit seiner figurenreichen Fassade besichtigt und waren in der Heilig-Geist-Kirche am Marktplatz gewesen. Besonders merkwürdig fand Achim, dass in dieser Kirche eine Mauer den Chorraum, der von den Katholiken genutzt wurde, vom Schiff trennte, das die Kirche für die Reformierten war. »Ich habe ihm erklärt«, sagte Clemens zu Sophie, »dass die andere Kirche für die katholische Gemeinde noch nicht benutzbar ist. Man nutzt sie als Spital und Lazarett, seitdem der Jesuitenorden verboten wurde.«

In den nächsten Tagen war das Wetter sehr wechselhaft, mal schien die Sonne, dann gab es heftige Regenschauer und Gewitter mit scharfem Wind und Hagel. Sophie konnte nicht im Garten sitzen. Clemens und Achim arbeiteten an der endgültigen Zusammenstellung der Lieder und verbesserten die Texte, wo sie es für nötig hielten.

Zwischendurch nahm Clemens die Gitarre und spielte eine Melodie. Während sie sangen, sah Achim ihm genau auf die Finger. Schließlich fragte er Clemens, ob er ihm Gitarrespielen beibringen könne. »Aber sicher«, rief Clemens und begann sofort, die Saiten zu erklären. Nach kurzem Üben fragte Achim, ob sie für die Liedersammlung eigentlich schon einen Verlag hätten. »Ich weiß nicht, ich dachte, wir nehmen den, bei dem Sophies *Bunte Reihe* erschienen ist.« »Gibt es denn keinen hier in Heidelberg? Eine Stadt mit einer Universität wird doch einen Verlag haben. Das wäre doch viel praktischer für uns. Man müsste nicht immer alles mit der Post herumschicken, sondern könnte direkt mündlich verhandeln und jeweils zeigen, was genau gemeint ist.«

Am Sonntag bei Louises geselligem Abend lernte Achim alle Freunde und Bekannten kennen, über die er aus Clemens' Briefen und Erzählungen schon viel erfahren hatte. Am anderen Ende des Saales saßen wie immer die Schülerinnen des Internats, schwatzten und lachten leise.

Schwarz spielte Geige. Louise begleitete ihn am Klavier. Dann nahm Clemens die Gitarre, die er mitgebracht hatte, und spielte ein paar Lieder. Jemand bat Sophie, eins ihrer vertonten Gedichte auf dem Klavier zu begleiten, während die anderen den Text sangen. Sophie wollte, nachdem sie geendet hatte und vom Klavierhocker aufgestanden war, nach Hause gehen. Sie fühlte sich angestrengt und brauchte Ruhe. Clemens brachte sie nach Hause, kehrte dann aber wieder zu der fröhlichen Abendgesellschaft zurück. Es war nur ein Weg von fünf Minuten. Sophie legte sich ins Bett, war zum Schlafen aber nicht müde genug. Sie ließ die Kerze auf dem Nachtschränkchen brennen und las noch etwas. In der Wiege neben ihrem Bett lag Joachime und machte kaum hörbare glucksende Geräusche.

In den nächsten zwei Wochen hatten Clemens und Sophie oft Freunde zu Besuch. Sophie freute sich, wenn sich eine große Runde bei ihr um den Tisch versammelte, auf dem tagsüber Bücher und Papiere mit Liedern ausgebreitet lagen. Manchmal holte Clemens sogar die kleine Joachime dazu, um sie den Freunden zu präsentieren. Aber Louise und Sofia waren dafür, das Kind möglichst schnell wieder in seine Wiege im Schlafzimmer zu legen. »Die Kleine braucht Ruhe«, sagte Sofia, »es ist nicht gut, wenn sie von Hand zu Hand gereicht wird, von Arm zu Arm. So kleine Kinder vertragen das noch nicht.«

Achim übte Akkorde. Nach zehn Minuten legte er die Gitarre weg. Er rieb mit der rechten Hand über die Fingerspitzen der linken. »Ja, an die Saiten müssen sich die Finger erst gewöhnen«, sagte Clemens. Achim kündigte den Besuch eines Freundes an. Er kam aus Würzburg und wollte für unbestimmte Zeit bleiben. Für ihn gab es in der Wohnung von Clemens und Sophie kein Zimmer mehr. Mit Caro und Achim waren die Möglichkeiten, Gäste unterzubringen, erschöpft. Der Freund nahm sich ein Zimmer im »Engel«, ganz in der Nähe.

Sophie begann sich Gedanken über ihr nächstes Buch zu machen – vielleicht eine Übersetzung, oder gleich noch mal Gedichte und Geschichten für einen neuen Band der *Bunten Reihe*?

Obwohl Caro sich zusammen mit Franzi um alles kümmerte, was im Haushalt zu erledigen war, blieb ihr genügend Zeit, um mit Sophie zusammenzusitzen und über Bücher zu reden oder neue Gedichte vorzulesen. Meist gesellte sich auch Achims Freund aus Würzburg zu ihnen. Sophie hatte den Eindruck, dass er weniger mit Achim und Clemens als mit ihr und Caro zusammen war. Der junge Mann folgte Caro mit den Augen, wenn sie durchs Zimmer ging. Er interessierte sich viel mehr für sie als für die Lieder, mit denen sich Achim und Clemens die ganze Zeit beschäftigten. Caro blieb trotz der verliebten Blicke des jungen Mannes ganz unbefangen. Der einzige Mensch, auf den sie ihre Augen und Ohren fast dauernd richtete, war die winzige Joachime.

Auch Clemens unterbrach die Arbeit an der Liedersammlung immer wieder und sah mehrmals am Tag in die Wiege. Wenn sein Töchterchen wach war, trug er es umher. So wie er war der gesamte Freundes- und Bekanntenkreis von dem süßen, winzigen Wesen begeistert. Alle wiederholten eins ums andre Mal, was für ein besonders hübsches Kind die Kleine sei.

Die Kirschen am Baum im Garten reiften. Wenn die Fenster offenstanden, hörte man die Frauen bei der Arbeit in Küchen und Gärten singen. Aus der Schreinerei tönte eifriges Hämmern und Sägen, Fuhrleute auf der Straße riefen sich gegenseitig irgendwas zu oder kommandierten die Pferde. Tauben gurrten, Spatzen balgten sich auf der Straße oder unter den Büschen im Garten und beschimpften sich gegenseitig, die Jungvögel setzten sich flügelschlagend vor die alten und bettelten mit schriller Stimme und aufgesperrtem Schnabel um Futter. Schwalben verfolgten laut schreiend Insekten kreuz und quer über den Himmel.

Abends wurde in vielen Häusern musiziert so wie bei Clemens und Sophie. Man sang, Clemens spielte und ließ Achim ein paar Akkorde auf der Gitarre greifen, wenn Sophie die Begleitung am Klavier übernahm. Zweimal die Woche wurde in der Schlossruine musiziert. Zwischen den Mauern hallten die

Töne verstärkt wider. Manchmal traten auf dem Platz am Marstall Seiltänzer und andere Akrobaten auf. In den Gasthäusern vor der Stadt und oben am Kohlhof gab es sonntags Tanzmusik. Der Freund aus Würzburg wäre zu gern mit Caro zum Tanzen gegangen, doch zu mehr als einem gelegentlichen Spaziergang, bei dem sie aber nie allein waren, konnte er Caro nicht überreden.

Als Sophie, Clemens und Achim zu einem frühabendlichen Spaziergang in Richtung Rohrbach aufbrachen, blieb Caro bei Joachime und der Würzburger Freund entschied sich dafür, bei Caro zu bleiben.

Am Mannheimer Tor trafen sie Creuzer und Sofia. Zusammen spazierten sie weiter am Fuß des Gaisbergs entlang, der sich linker Hand erhob. Die drei Männer gingen nebeneinander. Sofia und Sophie folgten ihnen in einigem Abstand. Sophie blickte nach rechts, wo sich die Felder in der Ebene erstreckten und die Sonne, die schon tief am Horizont stand, ihr abendliches Spiel mit Farben und Wolken begann.

»Creuzer«, sagte Sofia unvermittelt, »schätzt Achim sehr. Er hat Clemens nicht so viel Geschick in der Wahl von Freunden zugetraut. Erst gestern hat er voller Bewunderung über Achim gesprochen. Oder war es vorgestern? Ach, ich weiß es nicht mehr.« Sophie sah Sofia überrascht an. Dann richtete sie ihren Blick auf Creuzer, Achim und Clemens, die inzwischen ein großes Stück vor ihnen hergingen. Die drei warfen im schrägen Licht der Abendsonne lange Schatten nach links auf den Hang. Achim war der Größte. Er war ziemlich nachlässig gekleidet, ging aufrecht und entspannt, ein sportlicher Mann, der Jüngste. Creuzer, der Älteste, wirkte kantig. Er bewegte sich linkisch und sein struppiges Haar leuchtete an diesem Abend fuchsrot. Clemens war von den dreien am besten gekleidet. Er trug einen der Anzüge, die er sich in Frankfurt hatte machen lassen. Er ging mit kurzen schnellen Schritten und schien der mit der meisten Energie zu sein, wenn er auch der Kleinste war.

Nicht ruhige Kraft lag in ihm, so wie etwa bei Achim. Clemens wurde getrieben von einer unbekannten Quelle, aus der unaufhörlich Energie hervordrängte. Manchmal schien er darunter zu leiden, jetzt aber strömte sie in eleganten Bewegungen durch seine Glieder. Neben ihm und Achim sah Creuzer aus wie jemand, der seine Arme und Beine zu selten benutzt, um mit ihren Bewegungsmöglichkeiten vertraut sein zu können. »Creuzer meint«, sagte Sofia, »dass es eine gute Idee von Achim war, die Liedersammlung anzufangen.« Sophie stellte klar, dass die Idee nicht von Achim stammte. »Die beiden haben vor einem halben Jahr in Berlin überlegt, zusammen ein Projekt zu starten, aber den entscheidenden Gedanken für die Liedersammlung hat Clemens gehabt, als er wieder hier war.« Sofia räumte ein, dass Creuzer es eigentlich auch gar nicht genau wissen könne. Er habe sich das wohl so in Gedanken zurechtgelegt, weil Achim so viel ernsthafter und tatkräftiger wirke. »Diese Eigenschaften werden für das Vorhaben noch nützlich sein«, meinte Sophie.

Nach einigen schweigsamen Minuten räusperte sich Sofia und fragte nach Caro. »Sie hütet Joachime. Und Achims Freund aus Würzburg leistet ihr Gesellschaft.« »Wie nett«, meinte Sofia und sagte nach einer Pause, dass Verliebtheit wohl schön sein könne, zumindest unter bestimmten Umständen, aber für Dritte, die abseits stünden und doch betroffen wären, sei sie schwer zu ertragen. Es war eine simple Wahrheit, aber Sofia drückte sie recht umständlich aus. »Vielleicht liegt das daran, dass die Liebe imstande ist, Grenzen zu überwinden und frei zu machen. Ohne sie verkümmern die Menschen. Ohne Liebe bleiben sie in ihren alltäglichen Verhältnissen beengt«, überlegte Sophie. Sofia sprach weiter: »Aber Liebe ist so ausschließlich. Könnte nicht auch gesunder Menschenverstand zu Freiheit führen?« Sophie verneinte. Gesunder Menschenverstand sei wunderbar und man sehe, wo er fehle, nur böse Folgen, aber das wahre Gefühl von Freiheit könne er nicht bewirken. »Ich bezweifle, dass die Liebe frei macht, oder dass sie überhaupt etwas mit Freiheit zu tun hat«, sagte Sofia. Sophie meinte Jette zu hören. So ähnlich hatte auch sie gesprochen, und sie hatte sie einmal spöttisch »Heldin der Liebe« genannt. Wie eine Heldin hatte Sophie sich Verletzungen in ihrem Kampf um die Liebe zugezogen. Sie überlegte, was sie eigentlich meinte, wenn sie von Liebe redete. Was hatte sie früher gemeint mit diesem Wort? Und was bedeutete es für Sofia, die so ein resigniertes und schicksalergebenes Gesicht machte, wenn sie von Liebe sprach? »Ist nicht die Ehe und sind nicht geordnete Lebensumstände wichtiger als Liebe, die doch meist nur ein oder zwei Jahre hält?«, fragte sie. Sophie bestritt, dass Liebe so schnell ende. »Sie dauert ewig. Allerdings verändert sie sich.« Oder waren es jeweils die beiden Menschen, die sich veränderten, so dass sich auch das Gefühl, das sie verband, wandeln musste? Metamorphosen, dachte Sophie, Dauer im Wechsel, ständiger Wandel, dasselbe immer wieder anders, dieselben immer wieder neu. Sie hörte, wie Sofia leise seufzte. »Creuzer hat …«, sagte sie und schwieg wieder. Sophie wartete, was Sofia über ihren Mann sagen wollte. Vielleicht etwas über seine geheimen Gefühle für Lina, so geheim, dass niemand in seiner Gegenwart darüber sprach, obwohl alle davon wussten. Jeder wusste etwas, der eine dies, der andere das, jeder etwas anderes, keiner alles.

Die Männer waren stehen geblieben und kehrten um, so dass sie den beiden Frauen entgegenkamen. Auf dem Rückweg nahm Sofia Creuzers Arm und Sophie folgte zwischen Clemens und Achim.

Zwei Tage später entdeckte Caro morgens beim Wickeln einen roten Fleck an Joachimes Bauch. Mittags bekam die Kleine Fieber, jammerte und weinte. Clemens rief den Arzt. Der machte ein ernstes Gesicht und bedauerte, dass er leider machtlos sei. »Scharlach«, sagte er, »man muss abwarten.«

Sophie saß neben der Wiege und versuchte Joachimes fiebrigen Körper mit Kompressen zu kühlen. Clemens lief stöhnend von einem Zimmer ins andere und rang die Hände. Achim nahm ihn am Arm, versuchte ihn zu beruhigen und riet ihm zu arbeiten, da er nicht helfen könne, oder an die Luft zu gehen oder einen Ausritt zu machen. »Ich reite nicht«, sagte Clemens unwirsch, »jetzt nicht. Wenn du willst, begleite mich in die Kirche, um Maria anzuflehen. Nur sie kann das Leben meines Kindes retten.«

Am Abend war der Körper der Kleinen über und über rot. Joachime rang nach Luft. »Sie wird doch am Leben bleiben. Sie wird uns doch nicht verlassen wie Joachim«, schrie Clemens verzweifelt, »sie wird doch nicht ihrem Bruder folgen. Bleib hier!« Er durchwachte die Nacht.

Als der Morgen graute, musste Sophie all ihre Kraft zusammennehmen. Nur keine Angst. Die Kleine wird am Leben bleiben. Das Fieber wird wieder sinken, ganz sicher! Sie redete Clemens gut zu, kümmerte sich um ihn, kümmerte sich um Joachime, um den verzweifelten Vater, das sterbende Kind. Kümmerte sich, bis der Kummer sie überwältigte.

Am nächsten Tag war es vorbei. Sophie hatte keine Kraft mehr. Gut, dass Achim da war. Er hielt und stützte Clemens, als er neben dem kleinen Sarg stand und auf sein totes Kind hinabsah. Er blieb auch an seiner Seite, als der Bestatter den Sarg mühelos anhob und aus dem Haus trug, zum Sankt-Annen-Friedhof, wo man das Kind in die Erde senkte bei der halb verfallenen Kapelle am Fuß des Gaisbergs an der Stadtmauer. Dort ruhten die Toten unter hohen Pappeln, die sich geheimnisvoll zuwisperten, was kein Lebender verstand.

Sophie, Clemens mit Gitarre, Achim, sein Freund aus Würzburg und Caro wanderten auf den Heiligenberg und sangen Lieder dabei. Beim Abstieg schien noch um acht Uhr abends die Sonne so warm, dass sie sich auf grob zusammengezimmerten Holzbänken und Baumstümpfen über den Weinbergen weit oben am Waldrand niedersetzten. Ihre Blicke schweiften über die Ebene – nach Schwetzingen und Mannheim, über die Türme von Ladenburg, nach Norden und südwärts die Bergstraße entlang. Clemens klimperte leise auf der Gitarre. Spät verschwand die Sonne hinter den weit im Westen liegenden Hügeln, die wie ein schmales gewelltes Band blaugrau in der Ferne schimmerten. Der Himmel leuchtete in allen Farben von Gelb über Rot und Violett. Sogar eine Spur Grün meinte Sophie zu sehen. Während die Farben langsam erloschen und die Sonne versank, spielte Clemens traurige Melodien. »Von jetzt an werden die Nächte wieder länger«, raunte er, »die Nachtgeister müssen sich nicht mehr in den wenigen Stunden der kurzen Juninächte zusammendrängen. Sie können ihre Fledermaushäute wieder für längere Nachtflüge ausbreiten und weit übers Land segeln.« Er legte die Gitarre neben sich auf den Boden.

»Ein neues Gedicht«, sagte Achim, »wer von uns ist am schnellsten?« Alle fünf begannen zu überlegen, flüsterten und zogen Bleistifte hervor, notierten Wörter auf Zetteln, stockten, strichen durch, bewegten lautlos die Lippen und hielten die Köpfe, als lauschten sie geheimnisvollen Stimmen, die jedem den passenden Vers zuflüsterten. Sophie war als Erste fertig.

Federleicht weht uns der Nachtwind von ferne
Klänge von Flöten und Liedern
Schwebend aus Tälern und Nebeln herauf.
Hänge und Felsen erwidern
Wunderlich klingend im Nachhall darauf.

»Viel zu künstlich«, sagte Clemens mit einer abwehrenden Handbewegung, »ein Gedicht muss ganz einfach sein, so einfach, als wäre es einem Kind eingefallen.« Betroffen sah Achim von Clemens zu Sophie. »Vielleicht so?«, fragte Caro vorsichtig.

Was die Nacht uns bringen will
Trägt im Indigo verborgen
Himmlisch als Geheimnis still
Wandelnd eine Fee zum Morgen.

»Wunderbar«, sagte Achims Würzburger Freund und klatschte in die Hände. Clemens nickte anerkennend und sagte, schlicht sei das Gedicht und gut und somit habe Caro den kleinen Dichterwettstreit gewonnen. Er pflückte ein Gänseblümchen und überreichte es ihr mit einer leichten Verbeugung.

Sophie meinte, Caros Gedicht sei genau das richtige für diesen Abend und diesen Augenblick. »Wenn ich darf, nehme ich es in meinen nächsten Almanach auf.« Als die Dämmerung heraufzog, mahnte Achim zum Aufbruch, denn bei völliger Finsternis könnte der Weg nach unten halsbrecherisch werden.

Beim Abstieg stolperte immer mal wieder einer der fünf über einen Stein oder eine Baumwurzel, aber niemand fiel hin oder verletzte sich. Sie erreichten den Neckar und hatten sogar das Glück, dass noch ein Fischer mit seinem Boot auf späte Heimkehrer wartete, um sie für ein paar Münzen zur Stadt überzusetzen.

Clemens und Achim saßen zwischen Büchern und über den ganzen Tisch ausgebreiteten Papieren im Wohnzimmer. Aus der Schreinerwerksatt tönten Sägegeräusche und lautes Hämmern. »So geht das nicht«, rief Clemens entnervt, »bei diesem Kreischen und Klopfen kann ich keinen klaren Gedanken fassen. Was sägt der Kerl denn da dauernd?« »Nun, das ist sein Geschäft«, sagte Achim. Er schlug vor, zum Arbeiten irgendeinen Raum anzumieten, weit ab von diesen betriebsamen Geräuschen. »Das ist zu teuer und es dauert zu lange, danach zu suchen. Es muss auch so gehen«, wehrte Clemens schroff ab. Am Waschtag roch es überall nach Seife, aus dem Keller drangen Dampfschwaden und die rauen Stimmen der Waschfrauen. Clemens fluchte.

Neuerdings fand er, dass alles viel zu viel koste. Er forderte Sophie auf, genau zu notieren, wie viel sie ausgab für Fleisch und Gemüse, Kartoffeln und Brot, Seife, Tinte, Papier. Jedesmal wenn eine Rechnung geschickt wurde, begann er von neuem, Ausgabenlisten aufzustellen, weil er die vom letzten Mal irgendwo verlegt hatte. Er machte eine Rubrik für Dinge, die nötig waren, eine für Dinge, die weniger nötig waren, eine für Unnötiges, das in Zukunft gar nicht mehr gekauft werden sollte. Diese Rubrik war ihm die liebste. Dort hätte er gerne alles eingetragen.

Achims Würzburger Freund reiste ab. Er verabschiedete sich bei allen, die er in Heidelberg kennengelernt hatte. Der Abschied von Caro schien ihm schwerzufallen, aber sie war so unbefangen und ausgeglichen wie immer. Er werde ihr schreiben, versicherte er. »Ja gerne«, sagt sie. Vielleicht werde man sich einmal wiedersehen, vielleicht noch in diesem Jahr? »Ich werde wohl nicht mehr lange hier in Heidelberg bleiben. Meine Mutter in Kassel braucht mich, ich will sie nicht länger allein lassen.« Kassel solle ja auch sehr schön sein, meinte der junge Mann. »Ja. Ich bin gern dort«, antwortete Caro. Der junge Mann setzte seinen Hut auf und ging. Caro nahm einen Korb, um frischen Salat aus dem Garten zu holen.

Sophie sprach mit Caro darüber, wie lange sie noch bleiben wolle. Es war zwar angenehm, sie bei sich zu haben. Doch alles hatte sich verändert. Es herrschte Trauer und sie wollte Caro die Entgleisungen von Clemens nicht zumuten. Immer wieder rannte er in plötzlicher Wut oder Verzweiflung durch die Zimmer, schrie Schimpfwörter oder schnitt Grimassen. Bei jeder Gelegenheit verfluchte er die Kosten, die dauernd entstünden und nie gedeckt werden könnten, weil es immer wieder neue gebe.

Einige Tage später packte Caro ihre Sachen und fuhr zu ihrer Mutter zurück.

Sophie spielte jeden Tag stundenlang Klavier. Das schöne Sommerwetter lockte sie nicht hinaus. Sie mied den Garten, wo sie noch vor wenigen Wochen im Baumschatten gesessen hatte, neben sich die Wiege. Die stand jetzt leer auf dem Dachboden. Wozu kamen Kinder auf die Welt, wenn sie so schnell wieder gingen, wie Blüten, die von den Baumzweigen geweht wurden?

Sophie war fünfunddreißig. Noch jung, oder vielleicht doch nicht mehr jung genug? War nicht alles umsonst? Wozu Kinder? Besser war es zu arbeiten, selbstbestimmt und nicht so schrecklich abhängig von Mächten, vor denen die Ärzte kapitulierten.

Sie beschloss, mit der Arbeit an einem zweiten Band der spanischen Novellen zu beginnen. Ihre Spanischkenntnisse waren inzwischen etwas besser als beim ersten, den sie letztes Jahr in Marburg abgeschlossen hatte, aber immer noch musste Clemens ihre Übertragungen durchsehen und redigieren. Sie sträubte sich nicht gegen diese Unselbständigkeit. Clemens hatte sicher recht, es war etwas, das sie gemeinsam ins Werk setzen konnten. Sie hielt sich an diese Arbeit, wobei ihre Gedanken weniger abschweiften, als wenn sie frei eine Geschichte erfunden hätte. Sie erinnerte sich an Schillers Rat, leere Stunden mit Übersetzungen zu füllen, sich sonst aber nicht damit aufzuhalten. Leere Stunden hatte sie genug, das ganze Leben schien leer.

Aus Holstein kam ein Brief von Lotte. Sie jammerte über ihr trostloses Dasein auf dem Gut und über ihren Mann. Von Christian schrieb sie, dass er nach Italien gereist sei. Dort wäre sie auch gern. Aber es war unmöglich. Trostlos erscheine ihr das eigene Dasein in Holstein, wo es auch im Sommer rau und windig war. Sie pries Sophie glücklich, die an der Seite von Clemens und als Mutter im sonnigen Baden sicher das wundervollste Leben führe. Sophie legte den Brief weg. Wie konnte Lotte ihre Lage so falsch einschätzen? Ihr fiel ein, dass sie ihr bisher nichts vom Tod der Kinder geschrieben hatte. Das musste sie nachholen. Oder sollte sie Lotte in dem Glauben lassen, sie lebe mit Clemens glücklich zusammen?

Wie jeden Sonntag fanden sich Clemens und Sophie beim geselligen Abend in Louises Institut ein. Neu in der Runde war Voß, der sich maßlos darüber ärgerte, dass er für die alte Anatomie viel mehr als ursprünglich gedacht hatte zahlen müssen. »Irgendein Verrückter hat versucht, mein Gebot zu übertrumpfen, aber zum Glück konnte ich das Haus am Ende doch erwerben.« Clemens grinste. Sophie schwieg und hoffte, dass die Sache nicht später Anlass für Streitereien geben würde. Johann Voß war ein bekannter Mann, trotz seines Alters voller Kraft, wenn auch eher mager. Er hatte eine große Nase, einen scharfen Blick, und die wenigen Haare bildeten einen weißen Halbkreis um seinen Kopf.

Neu in der Runde war auch der junge Buchhändler, der Louise vor zwei Jahren bei ihrem Umzug von Hamburg nach Heidelberg begleitet hatte. Als Partner eines Frankfurter Verlagshauses leitete er die neu gegründete Niederlassung in Heidelberg. Wegen der Aktivitäten der stetig wachsenden Universität hatten Daub und andere Professoren es für notwendig gehalten, einen Verlag in die Stadt zu holen. Im direkten Gespräch zwischen Verfasser und Verleger würde alles schneller und unkomplizierter gehen, als wenn man immer tagelang auf Briefe warten musste. Georg Zimmer, der junge Verleger und Buchhändler, sprach mit Daub und Creuzer über die *Studien*, deren ersten Band sie mit einem Anhang versehen hatten. »Der Anhang ist etwas ganz Besonderes«, erklärte Creuzer mit merkwürdig schwärmerischem Blick. »Du willst uns neugierig machen«, meinte Clemens. Creuzer versicherte, dass es kein leeres Gerede sei. Daub kam ihm zu Hilfe: »Ausnahmsweise haben wir diesem ersten Band literarische Texte, wie Gedichte, ein Drama, solche Sachen angefügt. Eigentlich sollen ja nur wissenschaftliche Aufsätze in unserer Reihe veröffentlicht werden, aber zur Feier der ersten Ausgabe erschien es uns gewissermaßen als Geburtstagsgeschenk passend, den Lesern damit eine kleine Überraschung zu bieten.« Sofia flüsterte Sophie zu, dass der Anhang von Lina sei. Ob das Drama jemals den Weg auf eine Bühne finden würde, sei wohl eher fraglich. »Ist es denn nicht gut?«, fragte Sophie. »Doch, doch, soweit ich das einschätzen kann. Aber diese Geheimniskrämerei ist doch schrecklich.« »In Mannheim haben sie am 14. Juli übrigens noch mal das neueste Stück von Schiller aufgeführt. Auf Wunsch von ganz oben«, hörte sie die laute Stimme von Oberforstrat Gatterer, der neben Fries saß und ein Glas Rotwein in der Hand hielt. »Vom Kurfürsten persönlich angeordnet oder vielleicht auf Wunsch der Markgräfin? Sie ist gerade wieder mal in ihrem Schlösschen in Rohrbach«, sagte jemand. Für Fries, der wie einige andere in der Runde nicht wusste, worum es in dem Drama ging, fasste Sophie das Wichtigste zusammen. »Es geht also um Unabhängigkeit vom Haus Habsburg«, stellte Adam Fries fest. »Es geht ganz generell um Freiheit und Terror«, sagte Sophie. »Über Terror und Fürstenwillkür haben wir doch hier aber nicht zu klagen. Ohne unseren neuen Kurfürsten gäbe es hier keinen so raschen Aufbau der Universität. Was wir in den letzten zwei Jahren erreicht haben, seit alles politisch neu geordnet wurde, kann sich wirklich sehen lassen«, bemerkte Daub zufrieden. »Geht es dem Kurfürsten vielleicht um Unabhängigkeit vom Haus Habsburg?«, fragte Achim. »Interessant an dieser Aufführung erscheint mir vor allem das Datum, dass es ausgerechnet der 14. Juli ist«, meinte der Oberforstrat. »Genau das ist der Punkt. Ein Zeichen für die neue Zeit. Man kann den Menschen nicht dauerhaft die Freiheit vorenthalten«, sagte Sophie und fing einen spöttischen Blick von Clemens auf. »Meine freiheitliche Muse, meine Antimuse. Wenn sie mich küsst, vergesse ich alles.« Achim lenkte das Gespräch schnell auf Kaiser Napoleon und redete von dessen Machtgelüsten, die sich so gar nicht mit Freiheit verbinden ließen, um die es doch angeblich gehe. »Erst Konsul, dann Kaiser in Frankreich und König in Italien. Er wird sich nicht zufrieden geben, ehe nicht auch Preußen und Russland unter seinem Schutz stehen.« »Man mag das sehen, wie man will«, meldete sich Schwarz, »es ist jedenfalls ein Ärgernis, wie im Namen der Freiheit religiöse Gefühle verletzt werden. Gibt es denn wirklich keine anderen Gebäude als Kirchen, wo die Kavallerie die Pferde einstellen kann?« »Meines Wissens ist hier in der Kirche des ehemaligen Dominikanerklosters kein Pferdestall, sondern der Seziersaal der Anatomie untergebracht«, sagte jemand. »Es gibt einfach zu viele Klöster und Kirchen«, meinte ein anderer. »Fünf Klöster in einer Stadt wie Heidelberg …« »Fünf?«, unterbrach Voß erstaunt. »Nun ja, es mag auch eins mehr oder eins weniger sein«, setzte Oberforstrat Gatterer, Professor für Staatswirtschaft, fort, »es waren auf jeden Fall zu viele.« Schwarz räumte ein, das sei wohl richtig, erinnerte jedoch daran, dass es die Mönche im Mittelalter waren, die das Land rodeten und kultivierten. »In Schönau sieht man es noch zum Teil. Ihr solltet mal dorthin wandern. Zwei Stunden, länger braucht man nicht.« Schwarz war ein begeisterter Wanderer und bei jedem Wetter über weite Strecken unterwegs. »Ja, im Mittelalter mag das so gewesen sein. Da mögen die Mönche nicht nur für die Kultivierung des Landes, sondern für alles Kulturelle überhaupt zuständig gewesen sein. Aber im letzten Jahrhundert waren vor allem die Nonnenklöster doch hauptsächlich Einrichtungen, um junge Mädchen vom Leben fernzuhalten«, sagte einer der Anwesenden und schielte dabei nach Louise. Die aber griff das hingeworfene Stichwort nicht auf. Statt über Mädchenerziehung zu sprechen, schlug sie vor, gemeinsam zu musizieren und zu singen. Schwarz stimmte sofort zu: »Musik ist eins der wichtigsten Dinge im Leben. Wer zusammen singt und musiziert, kommt auch sonst gut miteinander aus.« Creuzer räusperte sich, widersprach aber nicht. Vielleicht hing er auch dem Gedanken nach, dass Mädchen und Frauen in Klöstern und Damenstiften vor dem Leben bewahrt wurden.

Johann Voß freute sich, dass jetzt Musik gemacht werden sollte, denn davon und von Metrik im Allgemeinen verstand er einiges. Den ganzen Abend über hatte er ängstlich darauf geachtet, dass ihn keine Zugluft traf. Jetzt war es ihm gleichgültig, wo er einen Platz fand und ob irgendwo ein Fenster oder eine Tür nicht ganz geschlossen war. Alle sangen. Sophie saß am Klavier und Schwarz spielte Geige.

Clemens und Achim verbrachten mit Creuzer und Voß einen Tag in Schwetzingen, wo sie den großen Schlossgarten mit Tempeln und sogar einer künstlichen Moschee besuchen wollten. Creuzer zeigte den Freunden außerdem das Feld, das ihm gehörte. Kein großes Feld, aber er hatte es selbst bebaut, um eigene Kartoffeln ernten zu können.

Sophie arbeitete bis zum Abend an den Novellen. Nach der Rückkehr aus Schwetzingen erzählten Clemens und Achim von dem Ausflug und Clemens äffte die ängstliche Art von Johann Voß nach. »Er steigt durch die Wiesen wie der Kranich durch den Salat. Und sein Kopf hat ja auch etwas Vogeliges, wenn man genau hinsieht. Creuzer als hölzerne Marionette und er als Kranich waren ulkige Figuren in diesem Garten, wo sonst alles so elegant ist.« Je mehr Wein er trank, desto lustiger wurde er, und Achim ließ sich mitreißen.

Auf den ausgelassenen Abend folgte ein Morgen voll Trübsinn und Unzufriedenheit. Achim versuchte Clemens durch letzte Arbeiten an der Liedersammlung, die so gut wie druckfertig war, aufzumuntern, aber Clemens plagten Schmerzen in der Schulter und er wollte in Ruhe gelassen werden. Später ging er auf den Sankt-Annen-Friedhof – allein, und danach zur Andacht in die Kirche.

Sophie und Achim sprachen über alte Dichtung und Versepen, von denen einige in Clemens' Bücherregal standen. »Dieses hier«, sagte Sophie und zog einen in dunkles Leder eingebundenen Band aus dem Regal, »scheint mir besonders reizvoll. *Tristan und Isolde*, das würde ich gerne in modernes Deutsch übertragen.« Achim fragte, was Sophie so besonders daran reize. »Die große Liebe zwischen den beiden«, sagte sie und blätterte versonnen in dem Buch, las einige Zeilen, blätterte weiter und schob es schließlich ins Regal zurück. »Ich sollte Clemens fragen, was er davon hält.« »Ich finde es eine ausgezeichnete Idee. Aber vielleicht plant er, diesen Text selber zu übertragen.«

Kurz bevor sie zu Bett gingen, brachte Sophie das Gespräch auf *Tristan und Isolde.* Clemens fand – sie war nicht überrascht –, dass dieses Buch für sie nicht das Richtige sei, vor allem jetzt. Warum sie es vor allem jetzt nicht bearbeiten sollte, konnte er nicht erklären. »Mach lieber etwas anderes. Italienische Novellen zum Beispiel. Das schließt an das an, was du schon gemacht hast. Sieh mal, wie viele Seiten dieses Tristan-Epos hat. Dafür brauchst du viel Zeit. Novellen sind kürzer. Die kannst du mit deinen Pflichten viel besser vereinbaren. Außerdem – ich glaube, die Geschichte ist nichts für dich. Eine verheiratete Frau sollte sich damit nicht beschäftigen.« Sophie wollte etwas erwidern, aber er ließ sie nicht zu Wort kommen. »Man kennt dich als Übersetzerin von spanischen Novellen, da liegen weitere Novellen viel näher als so ein mittelalterliches Epos.« Er argumentierte weiter, und als er endlich aufhörte, schwieg Sophie, obwohl sie seine komplizierten Begründungen nicht überzeugend fand. Alles was sie hätte sagen können, war durch seinen Wortschwall erstickt worden. An einem Streit lag ihr nichts, und warum sollte sie sich weigern, diese Novellen zu übersetzen?

Resigniert murmelte sie: »Schade.« Wieso behandelte Clemens sie, als wüsste sie nicht, wie umfangreich die Arbeit an dem Epos werden würde, als hätte sie keine Ahnung, worum es bei *Tristan und Isolde* ging? Es kränkte sie, dass er so tat, als hätte sie noch nie etwas Größeres geschrieben, als wäre sie nicht fähig dazu, als könne man ihr so eine große Aufgabe unmöglich zutrauen. Ihre Pflichten? Davon hatte Clemens bisher nicht gesprochen. Sie wusste, dass der Haushalt ihre Sache war. Musste er sie daran erinnern? Haushaltspflichten konnte er nicht meinen, es war alles gut organisiert. Kinder? Außer Gisela gab es keine. Das war es wohl, ihre Pflicht war es, Kinder zu bekommen und am Leben zu erhalten. Und wenn sie keine mehr wollte?

Sie sprach mit ihm darüber und bereute es sofort. Er lachte bitter, als sie meinte, sie fühle sich zu alt. »Bei Sofia sehe ich das ein. Die ist für Kinder zu alt, aber du doch nicht.« »Ich fühle, dass ich es nicht mehr schaffe. All die Hoffnungen, und dann sind sie tot, ehe sie angefangen haben, richtig zu leben. Besser sie bleiben ungeboren.« »Wie kannst du das nur sagen«, fuhr Clemens auf, »sag nie wieder, dass du keine Kinder mehr willst. So weit darf es nicht kommen. Schreibende Weiber!« Wütend stellte er sich vor das Bild der Madonna und sah es lange an, bis er ruhiger wurde.

Es regnete. Tropfen liefen an der Fensterscheibe herunter, verschleierten und brachen den Blick in den Garten und auf den Heiligenberg. Sophie nahm sich einen Band italienischer Novellen vor und setzte sich an ihren Schreibtisch.

Zum Abendessen kam Achim aus der Stadt zurück. Er hatte unterwegs Georg Zimmer, den jungen Verleger, getroffen. »Während wir so gingen und redeten, kam ich auf unsere Liedersammlung zu sprechen, die ja so gut wie druckfertig ist. Wir sind übereingekommen, dass sie in seinem Verlag erscheinen soll.« Clemens sah ein wenig beleidigt aus. Es war ihm ganz offensichtlich nicht recht, dass er bei dem Gespräch nicht dabei gewesen und nun alles ohne ihn abgemacht worden war. Doch konnte er Achim nicht böse sein, und so räusperte er sich nur. »Es gibt keinen besseren Freund als dich. Jetzt kann das Buch schon im Herbst erscheinen. Es ging wirklich schnell. Erst im Februar haben wir damit angefangen und Pläne gemacht. Erinnerst du dich? So soll es sein – leicht, schnell und erfolgreich.« »Ob es viele Leser finden wird, wissen wir ja noch nicht«, bremste Achim ihn. »Es muss, es muss. So ein Buch muss in jedem Haus, in jedem Bücherregal stehen«, rief Clemens, indem er vom Stuhl aufsprang. Dabei stieß er gegen sein Besteck, das er auf dem Teller abgelegt hatte, so dass Gabel und Messer laut klapperten. »Die alte Zeit, die wahren Lieder. Wir müssen den Ursprung ergründen. Alle müssen erkennen, woher wir kommen, was der Urgrund, was unsere wahre Kultur ist«, predigte er auf und ab schreitend im Takt seiner Füße.

Sophie fragte sich ratlos, was er eigentlich meinte. Achim bestätigte Clemens in seinen Ansichten. »Durch Poesie, Lieder, die sie selber singen, die den Leuten Freude machen, wollen wir die Volksbildung fördern, ohne strengen Unterricht. Du hast völlig recht. Jeder sollte unser Buch haben.« »Nicht nur Lieder, auch Epen wie *Tristan und Isolde* müssten verbreitet werden«, meinte Sophie, »in modernem Deutsch, gekürzt und vereinfacht, um diese alte Geschichte möglichst vielen Leserinnen bekannt zu machen.« Clemens lachte auf. »Meine Frau«, sagte er spöttisch zu Achim, indem er mit der Hand auf Sophie wies, »so schlau, das kleine Weiblein an meiner Seite. Wie eine Schlange schlüpft ihre Zunge in jede Lücke, die sich bietet. Du weißt«, setzte er an Sophie gerichtet fort, »ich will nicht, dass du dir diese Liebesgeschichte vornimmst. Und Achim wird dich nicht darin unterstützen, meine Meinung zu ändern.« »Ich würde es gern versuchen«, sagte Achim. Der Klang seiner Stimme beruhigte Clemens, umstimmen ließ er sich aber nicht.

»Du willst also nicht, dass auch dieses Buch in jedem Haus steht?«, sagte Sophie und sah Clemens fest ins Gesicht. Clemens kam langsam zum Tisch und setzte sich wieder an seinen Platz. Er schwieg, nahm einen Schluck aus seinem Glas, schien mit seinen Gedanken weit weg zu sein. Nach einer Weile sagte er: »Alte Mythen, meine Liebe, wie es seitdem keine mehr gab, ein großer Stoff. Aber«, er sah auf, als tauche sein Geist aus fernen Zeiten wie vom Grund eines Gewässers an die Oberfläche, »ich glaube … ich meine … Wie wäre es mit Gedichten? Je kürzer, desto besser. Du hast nicht viel Zeit für lange Arbeiten am Schreibtisch. Denk an den Haushalt, an unsere Gäste.«

Wegen der Liedersammlung trafen sich Achim und Clemens öfter mit Georg Zimmer. Er hatte ein freundliches Gesicht und trug die Haare fast schulterlang. Sophie schätzte seine umgängliche Art. Zu seinen Plänen für die Zukunft gehörte die Idee, neben dem Verlag und dem dazugehörigen Buchladen auch einen Lesekreis zu gründen, der sich regelmäßig treffen sollte. Seine Wohnung lag in der Hauptstraße im alten Teil der Stadt hinter dem Mitteltor.

Am Sonntag verlangte Clemens, dass alle zusammen in die Kirche gingen. Keiner außer ihm war katholisch und Sophie war nie eine große Kirchgängerin gewesen. Achim hätte es vorgezogen, in die lutherische Kirche nahe bei dem Internat von Louise zu gehen. Aber ausnahmsweise begleiteten sie alle Clemens.

Im Chorraum der Heilig-Geist-Kirche am Marktplatz roch es nach Weihrauch, durch die hohen Fenster fiel das Licht der Morgensonne direkt auf den barocken Hochaltar vor den gotischen Spitzbögen. Clemens fühlte sich hier im duftenden Nebel unter himmelwärts strebenden gotischen Gewölben in seinem Element. Sophie unterdrückte ein Niesen. An Weihrauch war ihre Nase nicht gewöhnt. Ob sie nicht lieber doch auf der anderen Seite der Mauer am Gottesdienst der Reformierten im Kirchenschiff teilnehmen sollte? Glöckchen läuteten, Orgel und Gesang ertönten, die Heilige Messe begann.

Zum Mittagessen traf man sich bei Daub. Im Hausflur roch es nach Braten, und mit großem Appetit setzten sich alle zu Tisch. So wie Achim seinem Freund zuliebe am katholischen Gottesdienst teilgenommen hatte, ließ Clemens sich jetzt das reformierte Tischgebet gefallen. »Wir haben doch viel gelernt mit der Aufklärung«, sagte Achim, »dass Angehörige verschiedener Konfessionen so friedlich zusammensitzen können.« Daub stimmte zu und erinnerte an den Dreißigjährigen Krieg, als Schloss und Stadt stark zerstört wurden und Tilly die berühmte Bibliothek als Kriegsbeute in den Vatikan brachte. »Die alten Handschriften, die Inkunabeln sind verloren, aber wir sind guten Mutes. Wir bauen eine Bibliothek auf, die vielleicht nicht solche Schätze vorweisen kann, dafür aber umso größer wird.«

Abends im Bett sinnierte Clemens über den Wert der Religion. Die Kerzen waren gelöscht. Durchs Fenster schien der Mond. Clemens lag die Arme unterm Kopf verschränkt im Bett und starrte an die Zimmerdecke. »Wenn du den richtigen Glauben hättest, wärest du nicht so kalt. Wie konntest du nur sagen, dass du keine Kinder mehr willst. Liebst du mich denn nicht?« Sophie versicherte ihm, dass sie nie aufhören werde, ihn zu lieben. »Dann beweis es mir.« Wie? Sollte sie sich als eigene Person ganz aufgeben? Bevor sie etwas sagen konnte, sprach Clemens weiter. »Ich weiß nicht, ob ich dir glauben kann, dass du mich liebst, wenn dir die Gottesmutter nichts bedeutet. Sie ist alles für mich. Warum bist du gegen Maria so gleichgültig? Ihr Bildnis hängt bei uns, aber du gehst daran vorbei, als wäre es das Porträt einer beliebigen Frau. Du hast ihren Namen bei unserer Hochzeit deinem hinzugefügt, aber es war eine leere Geste. Warum wirst du nicht katholisch?«

Völlig überrascht von diesem Vorstoß, fragte Sophie nur:

»Warum?« Sie hatte immer an die Freiheit, an den freien Geist geglaubt, und viel mehr lernen dürfen, als Mädchen üblicherweise lernten. »Ich soll katholisch werden? Was würde das ändern? Aber wenn dir viel daran liegt, werde ich darüber nachdenken und vielleicht irgendwann verstehen, was alles bedeutet.« Clemens setzte sich im Bett auf. Sophie sah sein Profil als dunklen Schatten im Mondlicht, das mit schwachem Schein das Zimmer blässlich erhellte. Die Stirn, die Nase, das Kinn, ein schönes Profil.

»Bedeutet? Da gibt es nichts zu verstehen«, zeterte er, »wie willst du verstehen, was Maria bedeutet? Das ist doch Unsinn. Du musst es fühlen.« »Lass mir Zeit«, bat Sophie. »Wie viel Zeit willst du denn noch? Du bist fünfunddreißig und solltest den richtigen Weg längst gefunden haben. Ich bin sicher, mit dem richtigen Glauben hättest du meine Kinder nicht verloren.« Sophie spürte einen Stich, dann Wut. Das war zu viel. Sie war nicht schuld am Tod der Kinder.

»Was fällt dir ein?«, rief sie und sprang aus dem Bett. »Manchmal glaube ich, in dir steckt ein Teufel«, schrie sie. Sofort tat es ihr leid. Statt das Zimmer zu verlassen, ging sie zu Clemens und setzte sich zu ihm auf die Bettkante. »Manchmal glaube ich das auch«, sagte Clemens mit gesenktem Kopf.

Er ging immer öfter in die Kirche und fast jeden Tag auf den Sankt-Annen-Friedhof. Sophie begleitete ihn selten. Die Grabsteine wirkten so traurig. Besonders in der Abenddämmerung. Während Clemens die Melancholie der Nacht zu suchen schien, war Sophie eher nach Licht und Luftigkeit zumute.

Wie wäre es, dachte sie, wenn sie mal eine richtig übermütige, lustige Geschichte schriebe. Zum Trotz gegen die Trauer und zum Trost. Eine Geschichte, in der es bunt herging, ein bisschen verwirrend, ein bisschen rätselhaft, ein bisschen leichtsinnig, und vor allem mit glücklichem Ausgang. Woher kam ihr dieser Einfall? Hatten sie die italienischen Novellen darauf gebracht? Sie wollte phantasieren, das Dasein mit Farben umspielen und ihm eine schöne Gestalt geben, das Vorhandene durch Nachahmung vollenden.

»Lass uns zum Wolfsbrunnen wandern«, schlug Clemens vor. Er war früh aufgestanden, Sophie lag noch im Bett. Es war ein sonniger Morgen, und das Licht schien auch Clemens' Seele zu erhellen. Ein langer Spaziergang, ein großartiger Einfall. Sie packten etwas Obst und Brot und zwei Flaschen Limonade zusammen und eine Stunde später brachen sie zu dritt auf. »Wenn man einen Quai am Neckar entlang bis zur Brücke bauen würde, hätte man dort einen sehr schönen Weg«, sagte Achim. Doch statt am Neckar schlenderten sie die Hauptstraße entlang. Als sie den Markt überquerten, kaufte Achim noch ein paar Pfirsiche. Sie kamen durchs Karlstor und gingen immer weiter, plaudernd und Pläne schmiedend. Sie erreichten Schlierbach, wo die Häuser in den Hang hineingebaut waren, so dass es schien, als würden sie aus den barocken Felswülsten des roten Sandsteins herauswachsen. In diesen Teil des Tales drang die Sonne selten und es mutete alles ein wenig unheimlich an. »Irgendwer hat mir in den letzten Tagen erzählt, dass ein kleines Stück weiter flussaufwärts am Gutleuthof im Mittelalter die Aussätzigen lebten«, sagte Achim. »Heute aber wohl nicht mehr«, sagte Clemens.

Die Sonne schien auf das gegenüberliegende Neckarufer und die Berge. Der Weg zum Stift Neuburg hinauf flirrte im Licht. Zum Wolfsbrunnen auf dieser Seite des Flusses führte ein schattiger Weg unter Bäumen. Die Luft roch frisch, an dem steilen Hang neben dem Weg wuchsen Farne. Ein Bach plätscherte in Windungen über Gesteinsbrocken. »Im Frühjahr wird der Bach wesentlich mehr Wasser führen«, meinte Achim. »Woran erkennst du das?«, wollte Clemens wissen. »Man sieht es zu beiden Seiten an den Rändern.« Achim wies auf einige Stellen in der Böschung, wo nichts wuchs, und andere, wo Erde weggespült und Gestein ausgehöhlt war. Clemens ließ sich überzeugen und meinte, Achim könne das besser beurteilen als er.

Sie stiegen weiter bergauf. Der Wald wurde dichter, manchmal ging es wieder ein Stück bergab. Sophie war nicht sicher, ob sie sich noch auf bekannten Wegen befanden oder schon verlaufen hatten. »Wie ist das hier in der Gegend eigentlich mit Räuberbanden?«, fragte Achim. »Ach, wer soll uns schon überfallen«, meinte Clemens, »wir haben doch nichts. Wenn wir als reiche Kaufleute nachts in einer Kutsche auf einer einsamen Straße unterwegs wären – das könnte vielleicht gefährlich werden. Aber mittellose Wanderer wie wir haben nichts zu befürchten, und mitten im Wald am allerwenigsten. Räuber lauern an den Straßen, wo es was zu holen gibt.« Überall lag Laub vom Vorjahr. Wenn man vom Weg abkam, merkte man es daran, dass die Füße tiefer einsanken. Achim und Clemens gingen unbeirrt weiter, Sophie stapfte hinterher. Das konnte unmöglich der direkte Weg zum Wolfsbrunnen sein. Sie stießen auf ein Wiesenfleckchen, das plötzlich als Lichtung im Wald aufleuchtete. »Lasst uns rasten«, schlug Achim vor. Sie packten den Proviant aus und überlegten beim Essen, welchen Weg sie weitergehen sollten.

Es war später Nachmittag, als sie endlich den Wolfsbrunnen fanden. Sie trauten ihren Augen nicht, als sie dort eine Gruppe von Jungen trafen. Schwarz hatte mit seinen Schülern und den Studenten aus seinem Haus eine Wanderung unternommen und lachte herzlich, als Clemens erzählte, wie sie stundenlang im Wald herumirrten. Die Jungen suchten Steine im Wald, um einen Steinkreis anzulegen und Feuer zu machen. Ein Braten wurde an einem Stock quer über das Feuer gelegt und gegrillt. Schwarz lud die drei müden Wanderer zum Essen ein.

Als sich alle um das Feuer herum gelagert hatten, begann Schwarz Gespenstergeschichten zu erzählen. Die Geschichten waren kurz, und nach der dritten forderte er Clemens zum Erzählen auf. Nachdem Clemens mit seiner Geisterphantasie fertig war, sollte Achim eine Geschichte zum Besten geben und schließlich auch alle anderen. Spät in der Nacht löschten die Jungen das Feuer und völlige Finsternis umgab sie. Langsam gewöhnten sich ihre Augen daran und in der lichtlosen Nacht begannen sich schattenhaft Gestalten abzuzeichnen.

Auf dem Rückweg durch den Wald machten die Jungen Geräusche wie Nachtteufelchen. Sie grunzten oder kreischten, versteckten sich hinter Bäumen und sprangen plötzlich hervor, schlichen sich heimlich an ein Opfer heran, um ihm plötzlich einen Schlag zu verpassen oder es zu zwicken. Clemens war mittendrin. Achim hielt sich in Sophies Nähe, die ihren Spaß an dem Spuk hatte, aber nicht selber als Teufel herumspringen wollte. »Das helle Kleid passt auch eher zum Bild der weißen Dame, wie sie in alten Schlössern herumgeistert«, meinte Achim.

Das Wetter schlug um. Wolken zogen über den Himmel. Von einem Tag auf den anderen wurde es ungewöhnlich kalt. Wegen der Hitze der letzten Tage spürte man die Kälte umso empfindlicher.

Gisela bekam eine Erkältung und musste im Haus bleiben. Sophie, Clemens und Achim vertrieben ihr die Zeit mit Spielen oder lasen ihr Reiseberichte vor. »Wenn du schon nicht in die Schule gehen kannst, lernst du wenigstens auf diese Weise andere Länder kennen und kommst hinaus in die Welt«, erklärte Sophie. Gisela nieste und hustete, aber sie hörte aufmerksam zu, vor allem wenn Achim von seinen Reisen, von Italien, Paris und London erzählte. Das war noch interessanter als die Reiseberichte in den Büchern von Leuten, die Gisela nicht kannte.

Auch Clemens begann zu niesen. Außerdem bekam er wieder Schmerzen in der Schulter. Sophie machte sich auf Wutanfälle und Beschimpfungen gefasst. Wie erwartet ließ Clemens seinen Ärger an allen aus, die ihm in die Quere kamen.

»Ich denke«, sagte Achim, »das Beste wird sein, wenn ich den Druck der Liedersammlung in Frankfurt überwache.« »Das trifft sich gut«, rief Clemens zu Sophies Überraschung. Sie hätte nie gedacht, dass er sich über Achims Abreise freuen würde. Sie selber fand es schade, dass er nicht mehr in Heidelberg bleiben wollte. »Lulu heiratet«, erklärte Clemens, »ich fahre nach Frankfurt zur Hochzeit. Da fahren wir zusammen und du wohnst bei uns.« Als wäre Sophie gar nicht da, sprach er nur zu Achim. »Leider muss Sophie hier bleiben, es gibt dringende Geldsachen zu erledigen.« Obwohl sie übergangen wurde, war es Sophie recht, nach drei ereignisreichen Monaten nun für ein paar Wochen mit Gisela allein zu sein. Wegen Giselas Erkältung war es sowieso besser, nicht zu verreisen.

Beim Packen fiel Clemens ein, dass er nach Wiesbaden fahren könnte, wo es heiße Quellen gab. »Ich muss ja nicht unbedingt dabei sein, wenn gedruckt wird. Es ist sicher völlig ausreichend, wenn du allein ein Auge darauf hast«, sagte er zu Achim. Sophie erinnerte sich, dass ihm seine Brüder bei seinem letzten Aufenthalt in Frankfurt unangenehme Vorhaltungen gemacht hatten. Vielleicht wollte Clemens ihnen aus dem Weg gehen. »Die heißen Quellen in Wiesbaden werden dir sicher guttun«, sagte Sophie am Tag vor der Abreise. »Ja ja, die Kraft des Wassers«, grunzte Clemens, »gut gegen alle Leiden, nur die der Seele nicht.« »Fürchtest du um deine Seele?«, fragte Sophie. »Nein um deine. Es ist ein Elend mit einer Frau, die um ihr Kind trauert und voller Kälte ist, anstatt offen für den rechten Glauben.« Er würde sie also immer wieder auf diesen Punkt stoßen, den Glauben, ihr falsches Leben, das Versagen als Mutter. Was sonst noch würde ihm einfallen, das angeblich nur daher rührte, dass sie Maria nicht um weiblichen Schutz anflehte.

»Hüte mir das Haus gut«, drohte er scherzhaft mit erhobenem Finger. Sie standen am Kornmarkt, wo die Postkutsche abfahrbereit wartete. Nachdem Clemens Sophie zum Abschied umarmt hatte, stieg er ein und die Pferde zogen an. Achim ritt auf seinem Pferd nebenher. Sophie winkte ihnen nach. Dann ging sie fast die ganze Hauptstraße zurück, an dem Haus vorbei, in dem Zimmer wohnte, durchs Mitteltor, an Gasthäusern, Apotheken, Läden, am Palais der Baronin Zyllenhardt und dem Haus von Louise vorbei.

Die Wohnung über der Schreinerwerkstatt wirkte verlassen, als Sophie zurück war. »Mama«, bettelte Gisela, »spielst du mit mir?« Sophie hätte eigentlich arbeiten wollen, aber da außer Franzi niemand da war, setzte sie sich zu ihr. Sie machten Würfelspiele, bei denen Figuren auf einem Brett von Feld zu Feld vorangeschoben werden mussten, übten ein bisschen rechnen und blätterten in den Büchern, die überall herumlagen. Dabei fiel Sophie eine längere Novelle von Boccaccio in die Hände. Sie las ein paar Seiten. Es war die Geschichte einer verheirateten Frau, die sich in einen jungen Mann verliebte. Wieder ging es um Liebe und Freiheit. Es ließ sie nicht los, trat ihr überall als unzertrennliches Paar entgegen – Freiheit und Liebe, Liebe und Freiheit.

Als Gisela abends im Bett lag und schlief, las Sophie die ganze Novelle von Anfang bis Ende durch. Sie war länger als die üblichen, ein Buch für sich. Viele würden es interessant finden, überlegte Sophie und beschloss, diese Novelle zu übersetzen. Doch erst die Geschichte, die sie frei erfinden wollte. Nach allerlei bösen Verwicklungen sollte die Erzählung ein gutes Ende finden. Als Erstes brauchte sie eine Hauptperson, am besten eine junge Frau, eine Heldin also, so jung wie sie selbst gewesen war, als sie ihre ersten Gedichte schrieb. Es sollte eine Liebesgeschichte mit Schuld und Schrecken, und trotzdem hell und heiter sein. Albino sollte der Geliebte ihrer Heldin heißen, rein und hell, eine Lichtgestalt. Johann fiel ihr ein, damals im Garten, als Flieder und Goldregen blühten, als sie nach dem langen Winter, nach ihrem ersten Kindbett, wieder ins Leben zurückkehrte. Charmant und geistreich war er ihr und Jette beim Gartenfest sofort aufgefallen. Lange hatte sie nicht mehr an ihn gedacht und vor bald zehn Jahren hatte sie ihn zum letzten Mal gesehen.

Sophie ging zu ihrem Schrank aus Kirschbaumholz, wo sie in einer Schublade alte Briefe und all ihre Papiere aufbewahrte. Unvollendete Manuskripte lagen da, Briefe und als festes Bündel unter allem anderen vergraben ihre Briefe an Johann, zusammengeschnürt mit denen, die er ihr geschrieben hatte. Sie dachte an den Abschied in Berlin, als er ihr die Briefe zurückgab. Woher hatte sie die Kraft genommen? Sie wollte Johann aufgeben, um nicht länger lügen zu müssen. Die Heimlichkeiten und die Angst vor der Entdeckung engten sie ein, so dass es schließlich zum Abschied kam in Berlin.

Sie löste das Band und begann zu lesen. Alte Briefe, fast vergessen und doch so frisch. Sie fühlte sich plötzlich unbeschwert und freier, je mehr sie las. Wie leichtsinnig sie damals waren. Es war erst zehn Jahre her, ungefähr, aber es schien wie ein anderes Zeitalter. Das letzte Jahrhundert war heiterer gewesen, voller Erwartungen. Heute war nicht damals, Heidelberg nicht Jena, und … ja, Clemens nicht Johann. Kurz dachte sie an Philipp, der sie nach Berlin begleitet hatte. Sie legte die Briefe wieder in die Schublade zurück. Diese Reise mit Philipp hatte im letzten Herbst in Clemens' Hirn herumgespukt, als er zu Achim nach Berlin unterwegs war. Hätte sie ihm da erklären sollen, warum sie nach Berlin gefahren war? Aber per Brief? Von Johann wusste Clemens nichts. Immer wenn sie versuchte, von ihm zu erzählen, kam etwas dazwischen. Niemand wusste von Johann und dem Grund ihrer Reise nach Berlin, außer Jette. Und Schiller, doch er lebte nicht mehr. Diese Briefe, die sie das letzte Mal hervorgekramt hatte, als sie ihren großen Roman schrieb, sollten in der dunklen Schublade sich selbst überlassen bleiben. Unklare Bilder und unklare Vorstellungen begannen in ihrem Kopf zu kreisen. Kein glücklicher Taumel, wie in der Zeit, als sie verliebt war, in Johann, in die Liebe und wohl auch in sich selbst und ihre Schönheit, in das Dasein und die Zukunft.

In ihrem Kopf jagten sich widersprüchliche Gedanken, die nicht vorankamen. Sie drehten sich immer um sich selber und umeinander. Sie wollte eine gute Ehefrau sein, sie wollte eine gute Mutter sein, doch frei für ihre Arbeit, sie wollte Clemens und die Kinder lieben und für sie da sein, damit sie am Leben blieben, sich darin aber nicht verzehren, sondern schreiben, ohne sich schuldig fühlen zu müssen. Sie spürte, dass Clemens sie fortführen wollte ins geheimnisvoll Unbegreifliche, ins unbekannte Ahnungsvolle. Maria, die Heilige Mutter, sollte ihr alles sein. Sophie schwindelte es von diesem Gedankengewirbel. War die Liebe nicht eigentlich zum Fürchten? Zwang sie nicht dazu, sich selbst ganz aufzugeben, also auch die Freiheit? Waren Liebe und Freiheit also nicht die zwei Seiten eines Ganzen? Hatte Jette recht? Vielleicht war die Liebe eine Kraft, vor der es keine Rettung gab, wenn sie einen erfasste. Hätte sie doch nie Johann oder Fritz, Philipp oder Stefan gekannt. Wäre sie doch nie verliebt gewesen. Damals hatte die Liebe Flügel. Sie schillerte wie ein bunter Schmetterling. Mit Clemens schien sie ihr ein dunkler Falter der Nacht, nicht greifbar, voller Täuschungen und Überraschungen, wo nichts war, was es zu sein schien. Wohl dem, dachte sie, der nicht sein ganzes voriges Leben vergessen muss, um die Gegenwart genießen zu können. Oder war die Tagseite der Liebe Voraussetzung, um Kraft zu sammeln für dunkle Geister, so wie die Bäume im Sommer wuchsen und sich stärkten, um Herbststürmen und Winterkälte standhalten zu können? Welche junge Frau, welches Mädchen wäre Clemens' absurden Anfällen gewachsen, seiner plötzlichen Wut und dem blitzhaften Stimmungswandel. Nur mit großer Kraft, Hoffnung, Geduld ließ es sich ertragen, dass er sich für einen Augenblick oder tagelang in einen Nachtmahr, einen bösen Geist verwandelte.

Die regnerischen Tage endeten und die Wolken hingen nicht mehr so tief im Tal, so dass Sophie zwischen den Stunden, wo sie am Schreibtisch saß, mit Gisela Spaziergänge machte. Sie gingen hinterm Karlstor am Neckar oder oben im Schlossgarten spazieren. Dort hinauf war ein neuer Weg angelegt worden. Auch das Dickicht in der verwilderten Gartenanlage hatte man gelichtet, um einzelne Bäume besser sichtbar zu machen. Sophie war mit der wuchernden Natur vollkommen zufrieden gewesen, wo nicht das Einzelne, sondern das freizügige Durcheinander bewundert werden konnte.

Manchmal gingen Sophie und Gisela vor dem Mannheimer Tor am Fuß des Gaisbergs spazieren bis zur Krappfabrik oder bis Rohrbach zum Schlösschen, das in einem Park an einem kleinen See lag. Manchmal fuhren sie mit einem Kahn auf die Neuenheimer Seite hinüber, um dort am Neckar entlang oder in Richtung Handschuhsheim bis zur Tiefburg zu spazieren. Zartblaue Wegwarten säumten ihre Wege.

An manchen Tagen war es so heiß, dass Sophie froh war über den Wind, der jeden Abend einsetzte und kräftig aus dem Tal hinaus in die Ebene blies. Das erfrischte die Luft und vertrieb üble Gerüche, die sich in der Mittagshitze zwischen den Häusern stauten.

Vor allem in den Morgenstunden arbeitete Sophie. Dabei gingen ihr oft dunkle Gedanken durch den Kopf. Hatte Clemens recht, dass sie ihren Glauben an ein freies Dasein und einen freien Geist aufgeben musste? Dass sie überhaupt erst einmal anfangen musste, ernsthaft zu glauben, anstatt von Freiheit zu träumen. Hatten denn alle klugen Köpfe, die Bücher, die sie in ihrer Jugend gelesen hatte, unrecht?

Clemens meldete sich nicht. Sophie begann sich Sorgen zu machen. Sonst schrieb er fast jeden zweiten oder dritten Tag, wenn er unterwegs war. Wollte er sie zum Gespräch mit Maria zwingen, indem er schwieg? Wollte er sie verlassen, vielleicht nie von dieser Reise zurückkommen? Auch Achim schrieb nicht. Sophie hätte gern einen Brief von ihm bekommen. Achim dachte so klar und schien alles zu verstehen.

In der Augusthitze fiel ihr das Arbeiten schwer. Das Kleid klebte schweißnass auf der Haut. Die Mittagsstunden verdämmerte sie untätig. Ihre Gedanken drehten sich im Kreis. Nachts schlief sie kaum und war tagsüber so müde, dass Wachen und Schlafen ihren Gegensatz und Rhythmus verloren.

Endlich kam ein Brief von Clemens. Er hielt sich noch in Frankfurt auf, hatte sich noch nicht zur Weiterfahrt nach Wiesbaden entschlossen. Er schrieb von der Hochzeit und dass Lulus Mann ein ungehobelter Klotz sei. Er mochte ihn nicht. Zumindest schrieb er das. Sophie wusste jedoch, dass auch das Gegenteil richtig sein konnte. Sie beantwortete den Brief sofort, berichtete, welche Geldangelegenheiten schon erledigt waren, welche noch ausstanden. Geld, das sie noch zu bekommen hatten, war endlich eingetroffen. Die Miete und einige Rechnungen konnten bezahlt werden. Von ihren Zweifeln und Ängsten schrieb sie nicht, aber von ihrer Arbeit an der Boccaccio-Novelle.

Am Nachmittag ging Sophie mit Gisela zur Briefpost, um den Brief an Clemens und einige andere Schreiben aufzugeben. Als sie die Halle betraten, stießen sie an der Tür fast mit Creuzer zusammen. Er war völlig zerfahren und erkannte sie zuerst gar nicht. Sein Haar war zerzaust und sein Blick irr, er sah fast etwas verwahrlost aus. Statt ein paar Worte mit Sophie zu wechseln, schüttelte er nur den Kopf und rannte an ihr vorbei zur Tür hinaus. Irgendetwas stimmte nicht. Etwas Schlimmes musste passiert sein.

Sophie gab ihre Briefe ab und wollte nun mit Gisela den Berg hinauf zum Schlossgarten. Sie kamen an dem Haus vorbei, in dem Creuzer wohnte. Warum hatte er so fahrig gewirkt? Ob Sofia krank war? Sophie überlegte, ihre Hilfe anzubieten. Oder war das falsch? Vielleicht käme sie ungelegen. Sophie entschied sich, ihren Weg fortzusetzen.

Den ganzen Nachmittag spielte sie mit Gisela unter den Linden im Schlossgarten Fangen und Verstecken. Beim Untergang der Sonne kehrten sie vom Schloss hinunter in die Stadt zurück. Die tiefen Regionen der Hügel hatten sich schon in Schatten gehüllt, während die Höhen in einem lebhaften Licht standen und roter Sandstein im grünen Laub der Bäume strahlte.

Zwei Tage später erfuhr Sophie, dass Sofia Creuzer verlassen hatte. Ohne Ankündigung und Erklärung oder Vorwarnung hatte sie ihre Sachen gepackt und war mit ihrer Tochter zu Verwandten gefahren. Sonia wusste Bescheid und erzählte Genaueres, als sie Sophie auf eine Tasse Tee besuchte. Sie beließ es bei Andeutungen. »Kurz gesagt: Creuzer liebt Lina, aber er will seine tüchtige Frau nicht verlieren. Sofia will nicht neben Lina wie eine Haushälterin leben und darum ist sie gegangen«, fasste Sonia, was sie wusste, zusammen. »Creuzer möchte, dass Sofia so schnell wie möglich zurückkommt. Er will alles in Ruhe regeln, nicht Hals über Kopf. Darum hat er ihr geschrieben.« »Ob er Lina nicht zutraut, einen Haushalt zu führen? So viel Entschiedenheit hätte ich von Sofia nicht erwartet. Durch nichts hätte sie Creuzer deutlicher machen können, was er an ihr hat«, sagte Sophie, und Sonia ergänzte, dass ohne Sofia im Haus alles durcheinandergehe. »Aber was mag sie ausgerechnet jetzt dazu veranlasst haben? Creuzers Verhältnis mit Lina besteht doch schon seit über einem Jahr und hat sie bisher nie sehr gestört. Die Ménage à trois war ja fast schon eine ausgemachte Sache.« Es musste etwas Außergewöhnliches zwischen Creuzer und Sofia vorgefallen sein.

Clemens schrieb aus Wiesbaden. Der Druck des Buches gehe langsamer als erwartet voran und er habe alles Achim überlassen, der in dieser Aufgabe ganz aufzugehen scheine. Er sehe in dem Buch einen wichtigen Beitrag zur Volksbildung. Dauernd habe er davon geredet, sich zur Förderung der Bildung und für die Einrichtung von Sprach- und Singschulen einsetzen zu wollen. Auch Leihbibliotheken und Wanderbühnen müsse es zu diesem Zweck in großer Zahl geben. Tina habe Achims Ausführungen mit offenen Ohren und Augen gelauscht. Sie werde sich noch in ihn verlieben, meinte Clemens, wenn Achim weiterhin so lebhaft von seinen visionären Plänen rede. Mindestens einmal in der Woche gehe sie zu Lina, um bei ihr Geschichtsunterricht zu nehmen. Sie seien, obwohl Tina fünf Jahre jünger als Lina sei, die besten Freundinnen. Allerdings behage ihm Linas Einfluss auf seine Schwester nicht, denn Tina werde dadurch noch eigensinniger. Lina lese wissenschaftliche Bücher, und wenn Frauen an der Universität unterrichten dürften, würde sie es gewiss tun, was sie ihm allerdings nicht sympathischer mache. Dann erzählte Clemens weiter von Achim. Jeder in der Familie mochte ihn. Sie wollten ihn gar nicht wieder fortlassen. Von all seinen Geschwistern aber schien Tina sich am meisten für ihn zu interessieren. Über seine Schwester Lulu witzelte er, sie sei so glücklich verheiratet, dass sie in den Tagen vor seiner Abreise schon bei Sonnenuntergang müde wurde. Georg und Marie hatten vor wenigen Tagen ein Mädchen bekommen. Clemens konnte es vor seiner Abreise nach Wiesbaden noch kurz sehen – ein wundervolles Geschöpf, gesund und kräftig. Wiesbaden gefiel ihm nicht. Sophies Vorhaben, die Boccaccio-Novelle zu übersetzen, gefiel ihm ebenfalls nicht, aber Achim habe ihn davon überzeugt, dass er es ihr nicht verbieten könne. Er schrieb, dass Savigny und Gundi in Paris als wohlhabende Bürger ein großes Haus geführt hätten und alles dort hätten aufgeben müssen, um nach Deutschland zurückzukehren. Sophie spürte, dass Clemens seinen Freund beneidete, dass er sich danach sehnte, so glücklich zu sein wie Savigny, wie Georg und Marie mit ihrer kleinen Tochter, wie alle anderen.

Auch ein Brief von Jette traf ein. Sie schrieb, dass Hermann zwar immer noch keine Stelle habe, dass sie aber leidlich glücklich seien. Die Zukunft werde gewiss rosig, die Frage sei nur, wann sie beginne. Sie rechne jeden Tag damit. Bis dahin freue sie sich über jeden Auftrag, den Sophie ihr vermitteln könne. Der Brief, in dem sie auch von den alten Bekannten in Jena und Weimar, der Familie in Camburg und in Altenburg berichtete, klang fröhlich. Schließlich fragte sie, ob Gisela schon so gut lesen und schreiben könne, dass sie ihr einen Brief schicken könne, die kinderlose Tante an die Nichte in der Ferne. Nach Clemens fragte sie nicht. Sophie nahm es als gutes Zeichen, dass Jette wenigstens nichts schrieb, was Clemens herabsetzte. Obwohl ihre Schwester sich mit lustigem Augenzwinkern als kinderlose, arme Tante bezeichnete und scheinbar endlos auf Hermann und eine rosige Zukunft warten würde, war es für Sophie klar, dass Jette nicht viel zu lachen hatte. Aber wie ging es ihr selber? Musste sie sich nicht selbst jeden Tag neuen Mut machen? Immer wenn sie spürte, wie die Kräfte schwanden und der Mut sank, sagte sie sich: Das Leben ist kurz, der Tod gewiss, die Zeit kostbar. Trübsal war nutzlos, heiterer Fleiß ihre Antriebskraft.

Der August ging zu Ende. Louise brachte zwei Lieder, die sie gefunden hatte, für Clemens' Sammlung. »Er sammelt doch schon für einen zweiten Band, oder täusche ich mich?« Sie trug wie immer, wenn sie über die Straße ging und in der Stadt unterwegs war, ein Mousselintuch um den Kopf, so dass eine Hälfte des Gesichtes bedeckt war und man das blinde Auge nicht sah. Sie klagte über Schmerzen im Wangenknochen, die sie neuerdings immer öfter plagten. Dann erwähnte sie, dass Sofia zurückgekehrt sei. »Da wird Creuzer nun wohl zufrieden sein und wieder in Ruhe arbeiten können«, vermutete Sophie, doch Louise wiegte zweifelnd den Kopf. »Sie scheint durchaus an einer Scheidung festzuhalten. Sie will nicht bei Creuzer bleiben, jedenfalls nicht unter den Umständen, wie er sie gerne hätte. Sie hat Lina geschrieben, dass sie ihrem Glück nicht im Wege stehen will, dass sie nur zu Creuzer zurückgekehrt sei, um alles geordnet zu übergeben. Aber Creuzer scheint sich davor zu fürchten, die praktische Sofia nicht mehr um sich zu haben.«

Die Hitze der letzten Tage ließ nach und ging über in die milde Wärme des Spätsommers. Die Kleider klebten nicht mehr vor Schweiß am Körper und die Luft war tagsüber weniger drückend. Sophie konnte nachts wieder schlafen und tagsüber mühelos arbeiten.

Gisela huschte ins Zimmer, stellte Figuren auf ein Spielbrett und klapperte mit zwei Würfeln in der Hand. »Mama«, quengelte sie. Sophie ließ sich vom Schreibtisch weglocken. Die Figuren mussten auf einem spiralig verlaufenden Weg, unterteilt in viele Felder, bis zur Mitte vordringen, wo eine Stadt abgebildet war. Auf einem Blatt Papier, das dem Spiel beilag, standen Erklärungen zu den verschiedenen Feldern. »Ich will lesen, ich will lesen«, rief Gisela, als ihre Figur auf einem der Ereignisfelder landete und Sophie zu dem Zettel mit den Erklärungen griff. »Ich fahre mit der Postkutsche und darf drei Felder vor«, stellte Gisela fest und setzte ihre Figur weiter.

Mitten im Spiel, als Sophies Figur eben auf ein Feld geraten war, wo zwei Männer sie entführten und sie zwei Mal aussetzten musste, wurde die Post gebracht. Ein Brief von Clemens war dabei. Gisela sah Sophie neugierig an. »Liest du mir vor?« »Ich lese den Brief erst einmal schnell durch, um zu sehen, was drin steht. Dann werde ich dir gleich daraus vorlesen. Würfel du erst mal weiter.« Clemens berichtete von Wiesbaden und beschrieb einige Kurgäste, einen komischen Buchhändler und dessen dürre Tochter, so dass Sophie leise lachte. »Lies vor, Mama.« »Gleich.« Seinen Geburtstag wollte Clemens auf keinen Fall in Wiesbaden unter diesen skurrilen Gestalten verbringen, die über ihre Krankheiten, das Frühstück und die Schlechtigkeit der Welt jammerten oder sich aufplusterten und kollerten wie Truthähne. Er wollte den Rhein entlangfahren, das schönste Stück Welt, das er kannte. Nach Bingen und bis Ehrenbreitstein und Koblenz hinab durch die gebirgige Schlucht, wo sich über dem Wasser nach warmen Tagen geheimnisvolle Nebel bildeten. Und auf dieser traumhaften Reise durchs Nebelreich zwischen Felsen mit Burgen aus alter Zeit hoch über dem Fluss wollte er die beiden Menschen bei sich haben, die er am meisten liebte auf der Welt – Achim und Sophie. Wenn sie ihn also liebe, so wie es ihre Pflicht als seine Frau sei, würde sie ohne viele Umstände sofort alles Nötige packen und nach Wiesbaden kommen, damit sie zu dritt mit dem Schiff in sein neues Lebensjahr hineinreisen könnten, auf dem Fluss, den er am meisten unter allen Flüssen liebe, bis zu dem Ort, wo er auf die Welt gekommen war. Sie solle Wein mitbringen, aber Gisela müsse irgendwo untergebracht werden. Er schrieb, dass er ihre Gesundheit für zu wenig stabil halte, um so eine Reise durchzustehen. Sophie sah ihre Tochter an. Sie fand Gisela so kräftig und gesund wie noch nie. »Liest du mir den Brief jetzt vor?«

»Warum darf ich nicht mit?«, fragte Gisela, als Sophie ihr mit einigen Auslassungen alles vorgelesen hatte. »So eine Reise ist anstrengend. Und ich fürchte, für kleine Mädchen können die Tage auch etwas langweilig werden. Außerdem fängt die Schule auch wieder an. Willst du, bis ich wiederkomme, im Internat bei Louise wohnen?«

Louise hatte zwar kein Bett in einem der Mädchenzimmer frei, aber in der Wohnung, die sie in dem großen Haus bewohnte, gab es ein Zimmer für Gäste, und dort konnte Gisela die nächsten zwei oder drei Wochen schlafen. »Außerdem ist der Garten, der zum Internat gehört, viel größer und schöner als der bei unserem Haus«, sagte Sophie. Sie war froh, dass Louise sich um Gisela kümmerte. Was hätte sie ohne diese gute Freundin gemacht? Wie hätte sie Clemens' Wunsch nach einer Reise ins Märchen, bei der sich alles um ihn drehte, erfüllen können? Sophie wollte ihm beweisen, dass sie ohne jede Bedingung oder Einschränkung für ihn da war und dass sie ohne viele Umstände von einem Tag auf den anderen alles liegen lassen konnte, um zu ihm und mit ihm zu reisen.

Wenige Stunden nach Mitternacht, lange bevor es hell wurde, stieg sie in die Kutsche und fuhr nach Gerau. Von dort nahm sie die Extrapost nach Wiesbaden. Sie fuhr und fuhr – durch die Morgendämmerung, immer weiter mit kurzen Pausen den ganzen Tag über, durch die Abenddämmerung und kam bei Dunkelheit um neun Uhr endlich in Wiesbaden an. Als sie aus der Kutsche stieg, fühlte sie sich durchgeschüttelt und ein wenig schwindlig.

Clemens und Sophie umarmten sich, als wollten sie sich gegenseitig vor dem Ertrinken bewahren. Achim stand daneben und räusperte sich schließlich. Sophie entschuldigte sich: »Wie können wir nur so selbstvergessen sein. Achim, ich freue mich aufrichtig über unser Wiedersehen. Das Haus war seit eurer Abreise so leer. Wie schön, dass ich jetzt hier bin.« »Wie schön, wie schön«, rief Clemens dazwischen, »dann wollen wir mal aufs Zimmer geh'n.« Er fasste Sophie fest um die Taille und stürmte mit großen Schritten voran, so dass sie kaum mitkam. »Warte doch bitte. Ich bin noch ganz steif vom langen Sitzen in der Kutsche.« Achim ging einen Schritt vor ihnen her und bremste mit seinen ruhigen Bewegungen Clemens' Vorwärtsdrängen. »Ich hoffe, du hast genug Wein mitgebracht, damit wir nicht den vom Gasthof trinken müssen, und auf dem Schiff gibt es wahrscheinlich sowieso keinen.« »Die Kiste mit den Flaschen wird zusammen mit dem Koffer ins Hotel gebracht«, sagte Achim, der sich gleich ums Gepäck gekümmert und einen Träger beauftragt hatte. »Sophie hat für sich kaum etwas dabei, habe ich bemerkt. Das Wenige wird hoffentlich reichen. Ich habe noch nie eine Frau mit so wenig Gepäck reisen sehen«, sagte Achim. »Du wolltest es doch so?«, fragte Sophie und sah Clemens unsicher an. »Genau so«, sagte er, indem er sich mit der Faust gegen die Brust schlug und das Kinn hob, »einfach und ohne Umstände. Ein Kleid, für jeden Tag ein Hemd, nichts Unnötiges.« Achim schüttelte den Kopf.

## *Rheinreise*

Früh am Morgen gingen sie aufs Schiff. Es war herbstlich kühl, über dem Wasser lag Nebel, aber die Septembersonne würde ihn bald aufzehren. Sophie fühlte sich schwach nach dieser Nacht, in der sie, obwohl müde von der Reise, kaum geschlafen hatte. Clemens dagegen war voller Lebenskraft. Er hatte unter Deck einen Verschlag reservieren lassen, einem kleinen Zimmer nicht unähnlich. Achim teilte sich so einen Raum mit einem englischen Maler. Das Schiff war nicht sehr groß, und entsprechend eng war es unter Deck. Die Koffer von Clemens und Sophie fanden unter dem schmalen Bett Platz, die Kiste mit den Weinflaschen in einer Ecke. »Wie wundervoll es hier ist, genau richtig für uns«, rief Clemens und presste Sophie fest an sich, ließ sie aber sofort wieder los und stürmte an Deck. Er schäumte über vor Glück wie ein kleiner Junge.

Das Schiff legte ab und trieb langsam in die Mitte des Flusses. Dann griff der Wind ins Segel und es nahm Fahrt auf, die Szenerie am Ufer begann sich zu verändern. Die kleine Stadt lag bald hinter ihnen, Weiler und Dörfer näherten und entfernten sich wieder. Es gab nur wenige Passagiere an Bord. Außer dem englischen Maler war da noch ein älteres Ehepaar mit seinen zwei erwachsenen Töchtern. Achim unterhielt sich eine Weile mit ihnen. Auch Sophie beteiligte sich an dem Gespräch, wenn Clemens nicht ihre Aufmerksamkeit forderte. »Sieh mal, dort drüben liegt Winkel. Bekannte von uns haben dort ein

Haus. Überhaupt sind im Sommer viele Frankfurter Familien da und genießen die frische Luft. Auch Franz überlegt, dort ein Haus zu kaufen, aber er hat noch nichts Passendes gefunden.« Sie sprachen von Lina und Tina, die unzertrennlich zu sein schienen. Tina bewunderte ihre Freundin sehr. Weil Lina die verschiedensten wissenschaftlichen Bücher las, lernte sie viel von ihr. Sophie erwähnte Creuzer, und dass Sofia versucht hatte, ihn zu verlassen. »Was?«, lachte Clemens, »das hätte ich ihr nicht zugetraut. Welch ein Drama, das ist ja wie in einer abgeschmackten Oper.« »Sie ist wieder zurückgekehrt«, dämpfte Sophie sein Vergnügen, »aber Creuzer hat es einen großen Schreck versetzt.«

Achim unterbrach sein Gespräch mit dem Maler und teilte Clemens und Sophie mit, was er gerade über Florenz erfahren hatte. Der Maler war auf dem Weg von Italien zurück nach England. »Er schwärmt von dem magischen Licht der Toskana.« »Licht?«, sagte Clemens mit einer wegwerfenden Handbewegung, »wozu Licht? Das rätselhaft Dunkle zieht uns an. Das geheimnisvoll Mystisch-Mythische. In dem Punkt hat Creuzer durchaus recht. Doppeldeutige Unklarheit, unerklärliche Doppeldeutigkeit, das ist das wirklich Magische. Aber doch nicht Licht. Im Licht zeigt sich alles viel zu deutlich.« Der Maler lächelte vielsagend, hatte aber wohl von dem, was Clemens sagte, nichts verstanden.

Das Schiff legte in Rüdesheim an. Ein Teil der Kisten und Ballen wurde an Land geschafft und auf Fuhrwerke verladen. Andere Wagen warteten darauf, dass ihre Ladung aufs Schiff gebracht wurde. Der Maler beschloss, die Zeit für einen Spaziergang durch die engen Gassen des kleinen Ortes zu nutzen. Auch Clemens, Achim und Sophie gingen an Land zu einem ausgedehnten Spaziergang durch die Gassen und die Weinberge, die sich am steilen Hang hinaufzogen. An diesem Tag würde das Schiff nicht mehr ablegen und weiterfahren, denn ab hier wurde der Fluss schmaler, und immer wieder gab es Stellen, wo ein Schiff auflaufen konnte. Erst am nächsten Morgen sollte die Reise weitergehen.

In einem Weinlokal, wo sie nach Sonnenuntergang einkehrten, hörten sie einen Mann in verschlissener Uniform davon reden, dass Napoleons Soldaten über den Rhein kommen und in Richtung Wien marschieren würden. Die Leute hörten ihm zu, aber niemand schien ihm zu glauben. »Soldatengeschwätz«, flüsterte Clemens Sophie zu, »aufgeblasener Wichtigtuer.« Achim war nicht sicher, ob an dem Gerücht vielleicht doch etwas Wahres sein könnte. Der englische Maler, der vor einer halben Stunde ins Lokal gekommen war und sich zu Achim gesetzt hatte, begann Napoleonwitze zu erzählen, die Sophie für die Tischnachbarn übersetzte. Alle brachen in befreiendes Lachen aus. »So muss man mit Generälen umgehen, anstatt sie zu fürchten«, rief ein behäbiger Mann mit Backenbart, vermutlich einer der größeren Weinbauern am Ort. »General? Der Mann ist Kaiser«, sagte ein anderer. »Ach, was soll uns schon passieren«, sagte Clemens und umarmte Sophie. Sie teilte seine Sorglosigkeit, was die Soldaten betraf.

Am nächsten Tag segelte das Schiff zwischen steilen Hängen den Rhein hinab. Ruinen mittelalterlicher Burgen thronten auf Felsvorsprüngen, das Tal wurde noch etwas enger. Der Pfalzgrafenstein mit Ringmauer und Türmen tauchte mitten im Wasser auf. Die Inselfestung wirkte wie ein Schiff. Oben am Berg drohte eine Burgruine. Die Schieferfelsen zu beiden Seiten des Rheins wurden immer steiler. Bei einigen ragte das Gestein wie schräg gestellte Zacken in die Luft. »Es ist genauso schön und unheimlich wie vor vier Jahren«, sagte Clemens, »findest du nicht?« Damals hatte er mit Achim schon einmal so eine Fahrt auf dem Rhein unternommen. »Ja, du hast dauernd von einer Dichterin geschwärmt«, sagte Achim und lächelte Sophie zu. »Ach, rede nicht«, Clemens boxte ihn wie ein Schuljunge. »Doch, doch«, Achim ließ sich nicht abbringen und erzählte

Sophie, dass Clemens damals von nichts anderem redete und wohl auch an nichts anderes dachte als an sie, deren Gedichte und Geschichten sogar von den größten Dichtern anerkannt wurden. »Ich gebe zu, ich habe dich damals vergöttert«, meinte Clemens gespielt resigniert, wie einer, der schließlich ertappt und überführt wird. »Und was ist jetzt? Liebst du sie nicht mehr, seit sie deine Frau geworden ist?« »Lieben und Vergöttern ist doch nicht das Gleiche. Ich liebe meine Sophie, wie ich an meinem Leben hänge. Aber es ist schwierig, wie es ja überhaupt schwierig ist zu leben.«

Es war früher Abend und Nebel kam auf. Das Licht der Sonne drang nicht mehr bis in die Schlucht, sondern erhellte nur noch die obersten Felsränder. »Eine Gegend zum Fürchten«, sagte eine der beiden erwachsenen Töchter des Ehepaars, das sich inzwischen mit Achim, Clemens und Sophie angefreundet hatte. Alle saßen warm in Decken gehüllt an Deck. Der Mann war Kaufmann aus Freiburg. Er wollte mit seiner Familie den Rhein hinab bis Düsseldorf fahren. Eine Krähe übertönte lauthals das Rauschen der Bugwelle. Sonst war nichts zu hören. »Hier irgendwo ist der gläserne Palast«, raunte Clemens in die schweigende Runde an Bord des Schiffes. »Der Palast, in dem deine Melusine wohnt?«, fragte Sophie. Clemens begann mit beschwörender Stimme das Märchen weiterzuspinnen, das er für seinen verwilderten Roman erfunden hatte. Alle hörten ihm gebannt zu. Der mächtige Schieferfelsen kam in Sicht, zu dessen Füßen Stromschnellen und Untiefen von den Schiffern alle Aufmerksamkeit und viel Geschick verlangten. Die Nebelschwaden über dem grauen Wasser wurden dichter. Andere Schiffe waren nicht zu sehen und es dämmerte. Nachdem Clemens geendet hatte, behauptete er: »Wir brauchen keine neuen Mythen. Fritz hat sich getäuscht. In allem Neuen ist Altes bewahrt.« Der Fluss rauschte. »Jetzt kommt die Melusine aus dem Wasser«, flüsterte eins der Mädchen. »Hätte Gisela nicht vielleicht doch mitkommen sollen? Du erzählst so schön«, meinte Sophie. Inzwischen war es dunkel geworden und man hatte Lampen aufgehängt, aber das Schiff fuhr immer weiter. »Nein, nein, sie ist viel besser in Heidelberg bei Louise aufgehoben als auf diesem Schiff. Das Märchen erzähle ich ihr, wenn ich wieder zurück bin.«

Die Stimmung blieb geheimnisvoll, obwohl nach und nach mehr Schiffe zu sehen waren. Trotz der Dunkelheit wurden es immer mehr. Auf einem der Berge bemerkte Sophie einen Lichtschein. Gemurmel wie von fernen Menschenstimmen war zu hören. Eine Burg schien zu brennen, eine zweite stand plötzlich in Flammen. Aber die Stimmen, die vom Ufer und den anderen Schiffen zu hören waren, klangen heiter wie bei einem Fest, nicht panisch. Mit trockenen Tannen wurde auf den Ruinen Feuer entflammt, um die bizarren Mauerreste weithin leuchten zu lassen. Die Tannen brannten ab, und bevor es wieder ganz dunkel wurde, schoss man noch Feuerwerksraketen ab. Mit einem solch herrlichen Schauspiel hatte Sophie nicht gerechnet. Leider war es viel zu schnell vorbei und das Schiff legte für die Nacht am Ufer an.

Je näher sie Koblenz kamen, umso häufiger erzählte Clemens von den Jahren, die er dort bei seiner Tante verbracht hatte. Die Schwester seiner Mutter war schon damals ganz in Konventionen erstarrt gewesen und trug ihr Korsett aus Regeln wie einen Panzer, um den Grobheiten des Onkels nicht zu unterliegen. »Ich hatte diesen Panzer als kleiner Junge leider noch nicht. Und Maria sei Dank, durfte ich das Haus verlassen, ehe mich der Onkel zum Krüppel schlagen konnte.« »War es wirklich so schlimm?« »Er war oft betrunken. Die arme Tante hatte sehr zu leiden. Ich auch. Aber im Internat in Mannheim, wohin ich dann kam, war es auch nicht besser.«

Am nächsten Tag erreichte das Schiff Boppard. Clemens stand versonnen an Bord und sah zu der gotischen Kirche hinüber, die dicht am Wasser lag. Er war ungewohnt schweigsam. Völlig unvermittelt, als Sophie an seine Seite trat und ihn leicht mit der Hand berührte, sagte er: »Seit gestern steht mir immer wieder die Erinnerung an meine Mutter vor Augen.« Sophie fragte, ob er von ihr erzählen wolle, doch Clemens wandte sich ab und ging ein paar Schritte. Er schien nicht dazu aufgelegt, von seiner Mutter zu erzählen. Stattdessen redete er, als er wieder neben Sophie stand, über Tina. Dabei schielte er zu Achim hinüber, als wollte er ihn zum Zuhören auffordern. Doch Achim blieb auf der Kiste sitzen, auf der er schon die ganze Zeit saß, und ließ gänzlich unbeteiligt den Blick über das graue Wasser gleiten.

Die hohen Felsen an beiden Ufern traten zurück, der Rhein strömte wieder freier als breiter Strom. »Habe ich dir übrigens gesagt, dass wir in Koblenz bei einem alten Bekannten wohnen werden? Ich war mit ihm zusammen in der Schule. Für ein paar Jahre«, sagte Clemens, »aber dann bin ich ja nach Mannheim gegangen. Er war ein heller Kopf. Ich weiß gar nicht genau, was er jetzt macht. Jedenfalls wäre es großartig, wenn er als Professor nach Heidelberg käme. Lieber Himmel, was haben wir uns als Kinder geprügelt.«

Die Türme von Koblenz tauchten am linken Rheinufer auf. Die Stadt war seit gut zehn Jahren französisch, nachdem sie sich der Aushungerung ergeben hatte. Die Befestigungsanlagen, die Clemens als Kind gesehen hatte, waren fast ganz abgetragen. Überall sah man Soldaten in französischer Uniform. »Gut, dass du in Paris gewesen bist«, sagte Clemens zu Achim, als sie das Schiff verließen und durch die Straßen gingen, »falls wir irgendwelche Papiere brauchen, wird das vielleicht nützlich sein. Sophie übersetzt zwar mühelos französische Novellen, aber französische Verwaltung ist doch noch mal was anderes.« »Ich bin sicher, Sophie hätte keine Probleme, mit französischen Beamten zu reden«, antwortete Achim.

Das Haus, in dem Clemens' Jugendfreund wohnte, fanden

sie schnell. Er lebte mit seiner Frau im geräumigen Haus der Schwiegermutter, einer freundlichen, trotz ihres Alters noch recht energischen Dame. Joseph hatte erst vor kurzem geheiratet. Seine Frau war sehr hübsch. Nach herzlichen Begrüßungen saßen alle gemeinsam im Wohnzimmer auf samtroten Lehnstühlen. Die dünnen Vorhänge an den Fenstern ließen das Tageslicht herein. Bei einer Tasse Schokolade erzählte Clemens von Heidelberg. Sophie wusste, dass zum Wintersemester sieben neue Professoren erwartet wurden und vierhundert neue Studenten. Grund genug für Clemens, seinen ehemaligen Schulfreund dazu zu überreden, auch nach Heidelberg zu kommen. »Wenn so viele neue Stellen geschaffen werden, warum sollte da nicht über kurz oder lang auch eine für dich dabei sein?« Die altmodische Porzellanuhr auf der Kommode schlug plötzlich leise und spielte eine zarte Melodie.

Später machten sie alle zusammen einen Spaziergang. Vom Rheinufer schauten sie nach Ehrenbreitstein hinüber. »Dort bist du geboren?«, fragte Sophie. »Im Haus meiner Großmutter.« Clemens deutete auf eins der Häuser und schlug vor, eine Fähre auf die andere Seite zu nehmen. An der Stelle, wo die Mosel in den breiten Strom floss, schien es Sophie, als wäre sie nur noch von Wasser umgeben. »So muss es am Meer sein.« Achim war nicht ganz ihrer Ansicht. Clemens murmelte: »So wie die Mosel und der Rhein von hier an zusammen weiterfließen, wollen wir uns vereint ins Meer der Ewigkeit ergießen.« Er legte seine Arme um Sophie. Achim wandte sich zu Joseph und seiner Frau, scheinbar ohne diese Zärtlichkeiten zu bemerken.

In den nächsten zwei Tagen, bis das Schiff kam, mit dem sie nach Heidelberg zurückfahren wollten, wurden Sophie und Achim so vertraut mit Joseph, seiner Frau und der Schwiegermutter, als wären sie schon seit Jahren befreundet. Joseph gefiel der Gedanke, nach Heidelberg zu ziehen, und Clemens versprach, alle Professoren, die er kannte, so lange zu belästigen, bis sie sich dafür einsetzten, dass er einen Ruf erhalte.

Das Schiff, das sie rheinaufwärts bringen sollte, hieß Gloria und war kleiner als das, mit dem sie von Wiesbaden bis Koblenz gefahren waren. Außer Clemens, Sophie und Achim nahm es keine weiteren Passagiere mit. Die Kajüte war etwas geräumiger als der Verschlag auf dem Schiff zuvor. Doch Achim beschloss, allein auf Deck unter einer Segeltuchplane zu übernachten. »Es sind milde Nächte bei diesen sommerlichen Herbsttagen«, sagte er, »es wird wunderbar sein, unter dem Sternenhimmel zu schlafen.« »So weit ist es noch nicht«, sagte Clemens, »wir wollen die Stunden genießen, bis es dunkel wird. Ich hoffe, das Wetter bleibt schön.«

Flussaufwärts ging die Reise langsamer als auf der Fahrt nach Koblenz vor ein paar Tagen. Das kleine Schiff kämpfte sich an manchen Stellen mühsam gegen die Strömung voran. Kaum merklich kamen die Burgruinen auf den steilen Schieferhängen näher, waren schließlich direkt über dem Schiff zu sehen und glitten ganz langsam in den Hintergrund.

Tagsüber schien die Sonne, doch es wurde nicht mehr richtig warm. In der Dämmerung saßen Sophie, Clemens und Achim lange zusammen, lauschten dem Wasser, das gegen die Schiffsplanken schlug, und suchten später am Sternenhimmel bekannte Bilder. »Ich glaube«, sagte Clemens zu Achim, »du hast das bessere Lager hier unter den Sternen. In der Kajüte funkelt nichts über unseren Köpfen.«

Sie kamen wieder am Loreley-Felsen vorbei, und Clemens hielt Ausschau nach Wasserfrauen. Mit gespielter Enttäuschung gab er die Suche endlich auf. Sie vergaßen die Zeit. Gelegentlich klangen Geräusche und Rufe von anderen Schiffen oder einer der kleinen Städte herüber, an denen sie vorbeikamen. Man hörte das Wasser vor dem Bug des Schiffes rauschen. »Könnte es doch immer so sein«, sagte Clemens, der dicht neben Sophie auf einer Truhe an Deck saß. »Hier bin ich deiner sicher, ich fühle ganz, dass du mir gehörst, ganz mir.« »Zu wem als zu dir sollte ich gehören? Ich habe versprochen, immer für dich da zu sein, du musst es nur endlich glauben.« »Du bist oft so weit weg, besonders weit, wenn wir in einem Zimmer zusammensitzen. Hier ist es ganz anders.« Sophie seufzte. »Ich bin für dich da, aber ich kann mich nicht ganz aufgeben.« »Die Frau muss sich hingeben, das ist die Natur. Du hast noch viel zu viel Eigenes, du sollst eins mit mir sein, so wie die Mosel mit dem Rhein bis zum Meer«, sagte Clemens eindringlich. Sophie sah ihn ernst an. »Auch wenn dir meine Liebe manchmal kalt oder blass erscheinen mag. Ich bin ganz dein. Nur wünschte ich, du wärest immer so wie jetzt, nicht getrieben und plötzlich aufbrausend wie so oft.« »Das ist eben mein Temperament. Auch andere finden meine Stimmung oft unerträglich schwankend. Tina zum Beispiel. Es verwirrt sie, wie sie sagt. Ich werde versuchen, ruhiger zu sein, aber du darfst nicht wieder kalt werden. Dann wirst du mir so fremd, als wärst du nicht meine Frau.« »Ich bin nie kalt«, sagte Sophie und umschloss Clemens' Hände mit ihren, »Liebe ist das Wichtigste im Leben, du kennst doch meine Gedichte. Du kennst doch mich.« Clemens schwieg und sah auf die Hände hinunter, die auf seinem Schoß lagen. Sophie sprach nach einer Pause weiter: »Vielleicht gelingt es mir, dich mehr von der Wärme und Nähe spüren zu lassen, die ich für dich habe.« Sie umarmten sich, küssten sich.

Am Ufer rechts erhob sich filigran wie alte belgische Spitze die Ruine der gotischen Kapelle von Bacharach, weiter oben am Berg die massigen Überreste der Burg. Von einem vorbeifahrenden Schiff rief jemand herüber. Der Kapitän der Gloria rief zurück. Achim stand plötzlich neben ihnen. »Wo bist du denn gewesen?«, fragte Clemens. Achim hatte einige Zeit mit dem Kapitän geplaudert. »Ist es nicht schön hier? Diese Reise sollte für immer andauern«, sagte Clemens und fing an, Geschichten zu erzählen. Von einem Müller und Rattenfänger, von Vater Rhein, der Kinder gefangen hielt und nur gegen gut erzählte Geschichten wieder freiließ, von Melusine und Ameleya, die aus den Fluten des Rheins gerettet wurde. Er wurde immer übermütiger, erfand einen hinterhältigen König und einen Krieg zwischen Mäusen, als in der Ferne bei Bingen der Mäuseturm auftauchte. »Mein Lieber, was für ein Durcheinander«, lachte Achim. »Aber lustig, gib es zu.«

Das Schiff legte an, um Waren anzulanden und neue zu verladen. Weiter ging die Fahrt, Winkel kam in Sicht, Wiesbaden und die Türme von Mainz. Plötzlich fiel Achim ein, dass er vor der Reise einen Brief von seiner Tante bekommen hatte, als er noch in Frankfurt mit dem Korrigieren der Druckfahnen beschäftigt war. Sie hatte ihn gebeten, sich nach einer Gesellschaftsdame für sie umzusehen. Er treffe ja so viele Leute und sie sei immer nur auf dem Gut und kaum jemals sehe sie ein neues Gesicht.

Achim hatte den Brief völlig vergessen und die letzten zwei Wochen gar nicht an seine Tante gedacht. Jetzt aber am Ende ihrer Reise wurde alles, was davor gewesen war, wieder wichtig. Er fragte Sophie, ob sie jemanden wisse. »Caro vielleicht«, schlug sie vor, »oder meine Schwester.« »Was, Jette?«, platzte Clemens heraus. Ein fragender, fast strafender Blick von Sophie traf ihn. Sophie erklärte Achim, dass ihre Schwester schon lange nach einer Stelle suche, um vernünftig leben zu können. »Sie ist nett und besser gebildet als viele Frauen. Unser Vater hat sehr darauf geachtet, dass wir Sprachen lernten und Gespräche über die verschiedensten Dinge führen können. Jette kann wie ich Französisch. Und Englisch kann sie viel besser als ich. Sie übersetzt englische Romane.« »Achim sucht keine Übersetzerin, sondern eine Gesellschafterin für seine Tante, und deine Schwester ist eine Giftspritze, nichts für freundliche Gespräche.« Sophie mahnte Clemens, nicht so über Jette zu reden. »Sie kann mich nicht leiden. Das wird sich auch nie ändern. Und ich kann sie ebenfalls nicht leiden.« »Ach Clemens, wir sind doch noch nicht einmal zwei Jahre verheiratet und wollen es ein ganzes Leben bleiben. Jette wird sich schon an dich gewöhnen. Du bist ihr Schwager, und irgendwann wird sie dich mögen. Lass ihr Zeit. In ihrem letzten Brief hat sie keine böse Bemerkung über dich gemacht. Du wirst sehen, noch einmal zwei Jahre und ihr werdet euch bestens verstehen.« »Du meinst, dann wird aus der zänkischen Jette wie durch Zauber eine liebe Nette«, lachte Clemens, »trotzdem glaube ich nicht, dass sie als Gesellschafterin etwas taugt.« Achim wollte sich alles in Ruhe überlegen. Die Entscheidung hatte kein Eile. »Wir können ja auch Tina und Lina fragen, oder vielleicht haben meine Brüder einen Vorschlag. Savigny und Gundi können dir sicher auch jemanden nennen.«

Wie Achim erinnerte sich Clemens plötzlich an einen Brief, den er in Wiesbaden bekommen hatte. Von Savigny, der für einige Tage nach Heidelberg kommen wollte, um Clemens und Creuzer zu besuchen. »Wir haben uns lange nicht gesehen, und ich freue mich unbändig auf ihn. Wenn wir nur erst wieder zu Hause wären, wenn doch Savigny schon da wäre. Er will erst Ende September kommen.« »Also in den nächsten Tagen«, sagte Sophie.

Das Schiff arbeitete sich an Worms vorbei. Als es Mannheim erreichte, stand die Sonne tief und ließ den Himmel in allen Farben des Spektrums leuchten. Kräftiges Blau ging in hellere Töne über und wechselte über eine Ahnung von Grün in verschiedene Gelb- und Orangetöne, die sich streifig mit den grauen und weißen Wolkenschleiern mischten. Das Schiff fuhr jetzt auf dem Neckar an Ladenburg, Neckarhausen und Wieblingen vorbei. »Heute Nacht schlafen wir wieder in ordentlichen Betten, nicht in so einem Verschlag wie hier.« Es klang, als wären die Nächte für Clemens eine Qual gewesen, doch Sophie wusste, dass es anders war. »Franzi hat hoffentlich alles vorbereitet«, sagte er. »Ich denke, sie hat die Betten frisch bezogen. Ob sie auch etwas zu essen für uns bereithält, weiß ich nicht. Ob sie wohl auch Gisela schon bei Louise abgeholt hat?« »Gisela, ach ja, die Kleine habe ich ewig nicht mehr gesehen. Ich hoffe, sie ist gesund.« »Wenn du mir nicht geschrieben hättest, dass ich sie irgendwo unterbringen soll, hätte ich sie gerne auf unsere Reise mitgenommen und dir gezeigt, wie kräftig und gesund sie aussieht.« »So eine Schiffsreise ist nichts für Kinder«, sagte Clemens entschieden. »Nun ja, es gibt Kinder, die mit ihren Eltern nach Amerika auswandern. Eine Reise über den Ozean ist sicher viel schlimmer als so eine Fahrt mit einem Schiff auf dem Rhein, wie wir sie gemacht haben.« Das Schiff legte nicht weit von dem großen Kran am Zimmerplatz an. Das Gepäck konnten sie selber tragen, weil sie wenig dabeihatten, und zehn Minuten später langten sie zu Hause an.

## *Heidelberg*

Schon am nächsten Tag wusste der ganze Freundeskreis von ihrer Rückkehr. Louise kam mit Gisela gleich nach dem Frühstück. Gisela, die sich freute, ihre Mutter und Clemens endlich wiederzuhaben, hüpfte aufgeregt durchs Zimmer. »Für solche Ausgelassenheit bist du schon etwas zu groß«, mahnte Louise, doch Sophie bat die Freundin, nicht so streng zu sein.

Georg Zimmer kam und brachte mehrere Exemplare der druckfrischen Liedersammlung. Clemens griff sofort nach dem obersten Band des Stapels, den Georg auf dem Tisch abgelegt hatte. Er blätterte das ganze Buch durch und strahlte voller Stolz. Georg erklärte, dass er etliche Rezensionsexemplare verschickt habe. Eins hatte der Geheimrat in Weimar erhalten. »Hoffentlich findet er unser Werk gelungen. Wenn er es lobt, werden es alle kaufen. Wann hat er den Band bekommen?«, fragte Clemens aufgeregt. Georg meinte, er müsste das Buch wohl schon seit drei Tagen haben, aber man wisse ja nie, wie schnell die Post transportiert werde, vor allem jetzt, wo Napoleons Armee über den Rhein gekommen sei, da werde wohl einiges durcheinandergehen.

Am nächsten Tag sahen Sophie und Gisela vom Fenster aus französische Soldaten durch die Hauptstraße ziehen. Eine endlose Viererreihe von Männern in blauer Uniform mit schwarzem Tschako auf dem Kopf und Tornister auf dem Rücken. Einige Leute winkten ihnen zu. Gisela fragte, wohin die Soldaten wollten, und Sophie erklärte, dass sie auf dem Weg nach Wien seien. Gisela verstand nicht, was das Wort *Krieg* zu bedeuten hatte. Auch Sophie wusste nur vom Hörensagen, was es bedeutete. Kämpfe und durchziehende Soldaten einer fremden Armee hatte sie noch nie gesehen. In Altenburg, Jena, Camburg und Weimar war es immer friedlich gewesen, Kriege fanden anderswo statt und waren etwas, wovon andere erzählten. »Hier in der Gegend war der letzte Krieg vor fünf oder zehn Jahren«, erklärte sie Gisela, »damals waren wir noch in Jena. Hier versteht man sich gut genug mit Napoleon, dass diese Soldaten nicht kämpfen, sondern einfach nur immer weiterlaufen.« »Wie viele es sind. Und es kommen immer mehr«, staunte Gisela, wobei sie sich weit aus dem Fenster lehnte, um die ganze Länge des marschierenden Zuges zu sehen. »Und wo wollen sie kämpfen?«, fragte sie. Sophie hörte Schritte hinter sich und dann Achims Stimme: »In Wien, oder vielleicht vorher schon, wenn der Kaiser sie nicht so weit kommen lassen will.« Gisela und Sophie drehten sich zu Achim um, der ins Zimmer getreten war, völlig lautlos gefolgt von Clemens, der einen Brief in der Hand hielt. »Von Savigny. Ich bin gespannt, wann er endlich kommt«, sagte er und begann das Papier auseinanderzufalten. Sie standen alle in dem kleinen Zimmer, das Caro im Sommer bewohnt hatte. Sophie schlug vor, ins Wohnzimmer hinüberzugehen. Dort nahm sie auf dem grünen Sofa Platz. Sie behielt Gisela neben sich, Achim setzte sich auf einen der Stühle. Clemens überflog den Brief mit eiligen Blicken. Sein Gesicht verdüsterte sich, dann wurde es wieder freundlich. »Wir sind eingeladen«, rief er. Savigny und Gundi waren aus Paris zurück, und anstatt nach Marburg, Frankfurt, Heidelberg und in all die anderen Städte zu fahren, wo Freunde und Bekannte wohnten, um sie wiederzusehen, wollten sie auf Savignys Gut in der Nähe von Hanau ein Begrüßungsfest geben und luden die Freunde zu sich ein. »Eine großartige Gelegenheit, alle wiederzusehen. Savignys Freunde sind ja doch eigentlich auch alle unsere Freunde«, rief Clemens, »er schreibt, wir sollen unsere Flinten mitbringen. Es sei Jagdsaison. Ich habe gar keine und schießen kann ich auch nicht. Wie sieht es bei dir aus?« Achim sagte, er habe zwar Flinten, habe sie aber in Wiepersdorf gelassen. »Wie du dich erinnerst, bin ich im April nicht zum Jagen aufgebrochen, sondern um hier ein Buch zu machen. Das ist jetzt fertig. Ich werde jetzt nicht nach Hause reiten, um meine Gewehre zu holen und euch dann bei Hanau zu treffen. Dein Freund muss mir aushelfen oder ich verzichte aufs Jagen. Das wäre allerdings schade.«

Sophie war bei Louise zum Nachmittagskaffee eingeladen. Durchs Fenster sah man in den herbstlich gefärbten Garten. Sie waren nur zu dritt, denn die Frau von Schwarz fühlte sich nicht wohl – sie war mit dem achten Kind schwanger – und Sonia hatte Besuch, den sie weder allein lassen noch mitbringen wollte. Seit einer Woche war Sophie nun schon wieder in Heidelberg, und fast kam es ihr vor, als wäre sie nie fort gewesen. Sie erwähnte die Einladung von Gundi und Savigny und fragte Sofia, ob sie und Creuzer hinfahren würden. »Creuzer will nicht. Es passt nicht ins Semester«, dann fügte sie hinzu, dass er meine, zwischen ihm und Savigny bestehe seit dessen Heirat mit Clemens' Schwester Gundi nicht mehr die Vertrautheit und Freundschaft wie früher. Savigny behandele ihn wie alle anderen mit allgemeiner Menschenliebe, tadellos, aber nicht herzlich. »Er ist der geborene Diplomat«, meinte Sophie, »und ein guter Ratgeber. Auch Clemens findet ihn distanzierter als früher. Das hat er damals schon empfunden, als er in Marburg mit ihm zusammenwohnte.« »Noch etwas Kaffee?«, fragte Louise. Sophie und Sofia ließen sich noch eine Tasse nachschenken. »Wenn du zu dem Treffen auf dem Gut fahren möchtest, kannst du Gisela gerne wieder bei mir lassen. Sie war in den vergangenen zwei Wochen eine nette Gesellschaft für mich.« Sophie nahm einen Schluck, stellte die Tasse ab und erklärte, sie habe nicht vor, schon wieder wegzufahren, aber Clemens freue sich schon sehr auf die Reise. »Und Achim freut sich – glaube ich – auch. Sie werden zwei oder drei Wochen dort bleiben. Clemens' Geschwister kommen und viele andere. Er kann unmöglich auf das Treffen verzichten. Ich glaube, er brennt auch darauf, die kleine Bettina, das Kind von Savigny und Gundi, zu sehen. Tina wird Patin und Clemens liebt Kinder über alles. Ich denke, dass auch Lina kommen wird.« »Das ist vermutlich so«, sagte Sofia. Das sei einer der Gründe, fügte sie hinzu, weswegen sie und Creuzer nicht dorthin fahren würden. »Er hat versucht, auch Lina von der Reise abzubringen. Aber sie ist fest entschlossen zu fahren. Dass ich mich scheiden lassen will, weiß sie. Mir ist bloß die finanzielle Seite bei dieser Sache noch nicht klar.« Durch die Heirat mit Creuzer hatte sie den Anspruch auf die Witwenpension aus der ersten Ehe verloren. Und auch wenn Creuzer in der Lage wäre, ihr jährlich dreihundert Reichstaler zu überweisen, wozu er bereit war – was würde passieren, wenn Sofia ihn überlebte? »Anspruch auf eine Rente habe ich als geschiedene Frau vermutlich nicht. Ich sollte Savigny schreiben. Er wird diese Frage als Jurist sicher für mich klären können. Ich will dem Glück von Creuzer und Lina nicht im Wege stehen, aber ich will auch nicht meinem Sohn und meinem Schwiegersohn, wenn Lore demnächst heiratet, zur Last fallen. Von irgendetwas muss ich schließlich leben.« Sophie erzählte, sie habe damals nach der Scheidung zweihundert Reichstaler von Karl bekommen und er habe für Gisela alle Kosten getragen. »Wir hatten nicht viel, aber ich konnte mit Schreiben und der Herausgabe von Kalendern und Büchern genug Geld verdienen. Und ich war jung.« Sofias Lage war schwieriger, erkannte Sophie, riet ihr aber nicht von der Scheidung ab, denn sie fand es wichtig, klare Verhältnisse zu schaffen. »Ohne klare Stellung im Leben wird die Persönlichkeit zermahlen zwischen einander widerstrebenden Verhältnissen. Halbherzigkeit und Unentschiedenheit schaden der Persönlichkeit.« Louise, nachdenklich geworden, fragte, ob eine Ehe zwischen Lina und Creuzer dem Alltag überhaupt standhalten würde. Lina habe so gar keine Veranlagung zum Dasein als sorgende Ehefrau und die Arbeiten in einem bürgerlichen Haushalt seien ihr so fremd, wie sie einem Mädchen aus adliger Familie nur sein konnten. Sophie meinte von sich selber, nicht das Muster einer Hausfrau zu sein, doch versuche sie wenigstens, eine liebende Ehefrau zu sein, was ihr leider, schränkte sie ein, nur bedingt gelinge. »Clemens ist mit mir nicht so zufrieden, wie ich möchte, und ich fürchte, Creuzer wird es mit Lina noch viel weniger sein. Ist eine Scheidung, eine neue Ehe für ihn wirklich das Richtige? Er braucht dich mehr, als er weiß«, sagte sie zu Sofia. »Vielleicht wird ihm das am Wochenende klar. Er will nach Frankfurt fahren und Lina treffen«, erklärte Sofia, »er will ihr schonend erklären, dass Daub es ablehnt, im nächsten Band der *Studien* wieder etwas von ihr zu veröffentlichen. Allerdings weiß ich nicht, ob er wirklich fahren wird. Er fürchtet Verwicklungen durch die Truppenbewegungen und alles, was daraus entstehen könnte. Eine Stelle in Berlin, die er anvisiert hatte, hat er bereits ausgeschlagen, weil er einen drohenden Krieg fürchtet.« »Napoleon zieht nach Wien, nicht nach Berlin«, sagte Sophie, überrascht von Creuzers Ängstlichkeit. »Ach, was wissen wir schon«, sagte Sofia, »die Großen dieser Welt beschließen heute dies, morgen das, heute Wien, morgen Berlin.« Sie saßen noch eine Weile beisammen, bis es Zeit wurde, nach Hause zu gehen. »Ich wünsche dir, dass sich alles zum Guten entwickelt«, sagte Sophie, indem sie Sofia die Hände drückte.

Als sie zu Hause die Treppe hinaufging, hörte sie Clemens so laut auf den Klaviertasten herumhämmern, dass es lauter dröhnte als die gröbsten Hammerschläge und schlimmsten Sägearbeiten in der Schreinerwerkstatt. Fortefortissimo erschütterten scheußliche Akkorde und Missklänge das Haus und ließen die Stufen der Holztreppe vibrieren. Was war passiert? Clemens setzte sich doch sonst nie ans Klavier.

Sophie öffnete die Zimmertür. Clemens saß am Klavier, ihr den Rücken zugewandt, und schlug mit aller Macht in die Tasten. Auf dem Tisch lagen Briefe. Einige auseinandergefaltet über den Tisch verteilt, andere zusammen in einem kleinen Stapel. Einer lag auf dem Fußboden zwischen Tisch und Klavier. Sophie nahm einen der Briefe vom Tisch. Sie erkannte ihre eigene Handschrift. »Clemens«, rief sie, um den Klavierlärm zu übertönen. Er hörte nicht, sondern tobte weiter auf den Tasten. Von wem waren die anderen? Sie nahm den Brief vom Boden auf. Das Papier war eingerissen. Sie erkannte die Schrift sofort. Johann.

Ihr Blick fiel auf den Schrank aus Kirschbaumholz. Die untere Schublade stand halb offen. Plötzlich war es ganz still. Clemens sprang vom Klavierhocker auf. »Was hast du dazu zu sagen?« Diese Frage lag Sophie auf der Zunge, aber Clemens schrie sie ihr entgegen und wiederholte sie sogar noch einmal. Er sah neben sich auf den Fußboden hinunter, wo der Brief mit dem Riss gelegen hatte, griff dann nach dem Bündel Briefe auf dem Tisch. Er hielt es wie eine Trophäe in die Luft, kam auf Sophie zu und schüttelte es wütend vor ihrem Gesicht. Sophie sagte nichts. Was hatte Clemens dazu veranlasst, die Schublade in ihrem Schrank zu durchsuchen? »Wer ist das?«, rief er. »Von wem ist das?« Er griff nach dem Brief, den sie vom Boden aufgehoben hatte und noch immer in der Hand hielt. Sophie ließ sofort los, damit er nicht ganz zerriss. Clemens las laut: »*Ganz entzückt war er von dem Ball und wusste gar nicht, wie er mir danken sollte, dass ich ihn mitgenommen hatte.* Eingebildeter Affe, das ist unwichtig, jetzt kommt's, hör zu: *Ich aber fand alles leer ohne dich. Ein Blick von meiner Sophie, ein Händedruck, um den sie oft mich lange bitten ließ, hob sonst den Saal in himmlische Höhe und machte alle Gäste zu himmlischen Wesen. Doch alles blieb irdisch und schwer, wie Blei lag es auf mir, dass ich dich nicht sah. Die Last der Einsamkeit drückt mich. Wenn ich mittags bei dir war, wie sehr schlug mir das Herz. Und wenn du abends länger bei mir bliebst, wie wurde meine Sehnsucht immer größer. Meine himmlische Sophie. Dass du nicht hier bist, bricht mir das Herz.*« Clemens brach ab, verdrehte die Augen und wischte mit dem Brief durch die Luft. »Von wem ist das, woher sind diese Briefe?«, rief er. »Wie kommst du zu diesen Briefen?«, fragte Sophie.

Die Tür öffnete sich. Achim kam herein. »Gut, dass du kommst. Sieh dir das an, lies das«, sagte Clemens, indem er seinem Freund entgegenstürzte. Achim sah auf die Hand mit dem eingerissenen Brief, den Clemens ihm hinstreckte, sah dann auf den Stapel Briefe in der anderen Hand und wandte seinen Blick Sophie zu. »Ich verstehe nicht«, sagte er ruhig. »Was ist das für ein Brief?«, fragte er ohne große Neugier. »Das wirst du sehen«, rief Clemens, »wenn du ihn liest. Es ist unglaublich. Viel interessanter aber ist: Wer hat ihn geschrieben?« Sophie trat dazwischen und sagte, lauter als sie wollte: »Das sind alte Briefe. Es ist alles lange her, zehn Jahre. Nie wieder würde er mir oder ich ihm solche Briefe schreiben.« Achim ging an Clemens vorbei, ohne den Brief anzusehen, den Clemens ihm immer noch hinhielt. Er blieb am Tisch stehen, zog einen Stuhl von dort weg und schob ihn Sophie zu. »Ich denke, wir sollten uns setzen«, sagte er und rückte auch für sich einen Stuhl vom Tisch ab.

Clemens warf die Briefe auf den Tisch und lief zwischen Tür

und Fenster hin und her quer durchs Zimmer, hin und her, immer wieder, wie in einem zu engen Käfig. Als er zur siebten Durchquerung ansetzte, ohne dass er ruhiger geworden war, stand Achim, der sich auf den Stuhl neben Sophie gesetzt hatte, wieder auf. Langsam ging er zum Klavier, klappte erst einmal den Deckel über den Tasten herunter, kam zum Tisch zurück und legte alle Briefe, die dort verteilt lagen, zu seinem sauberen Stapel zusammen.

Sophie war auf ihrem Stuhl sitzen geblieben. Achim räusperte sich. Clemens blieb einen Moment stehen. Sophie sagte: »Du warst damals siebzehn Jahre alt.« »Ich war siebzehn, aber du warst fünfundzwanzig und wusstest genau, was du tatest.« »Soweit ich weiß«, bemerkte Achim, als er sich wieder setzte und auf den dritten Stuhl wies, den er für Clemens bereitgestellt hatte, »kanntet ihr euch damals noch gar nicht.« Sophie überlegte, was sie sagen könnte, ohne Clemens aufzureizen. »Was macht das für einen Unterschied?«, fragte Clemens und war mit drei Schritten am Fenster, wo er sich sofort wieder umdrehte. »Alle waren hinter ihr her. Warum auch nicht? Dafür kann eine schöne Frau nichts.« Er erreichte die Tür. »Aber ich weiß nichts von diesem, diesem … Du hast mir nie gesagt, dass du einen Romeo hattest, einen, den du wirklich geliebt hast. Warum?« Clemens' Stimme überschlug sich fast, als er vor Sophie stehen blieb, beide Fäuste geballt. Seine Augen glitzerten gefährlich. »Ich habe dir vertraut und du hast mich hintergangen. Das Wichtigste hast du mir verschwiegen. Noch vor zwei Wochen auf dem Schiff hast du behauptet, du würdest alles mit mir teilen, du würdest keine Geheimnisse vor mir haben. Und jetzt das. Kannst du dir vorstellen, wie schrecklich das für mich ist?«

Anstelle von Sophie antwortete Achim. »Du solltest nach dieser Entdeckung – wie kam es eigentlich dazu? – jetzt erst einmal in Ruhe nachdenken. Hast du denn Sophie von allen Frauen erzählt, in die du mal verliebt warst?« Clemens rannte wieder zum Fenster, drehte um und erklärte auf dem Weg zur Tür, dass er nie in dem Maß in eine andere Frau verliebt gewesen sei wie dieser Briefschreiber in Sophie. Und Sophie habe auch diesen Briefschreiber mehr geliebt als sonst jemanden. Man müsse die Briefe nur richtig lesen. »Clemens, das stimmt einfach nicht«, sagte Sophie, stand auf und lief zwei Schritte hinter ihm her, aber er ließ sich nicht bremsen und machte eine unwillige Bewegung mit dem Arm, um sie wegzustoßen. »Dir glaube ich kein Wort mehr. Behaupte nur nicht, dass du mich liebst: Es ist alles Lüge. Du liebst diesen, diesen …« »Ich bitte dich, setz dich endlich. Lass uns vernünftig miteinander reden«, versuchte Sophie ihn zu beschwichtigen. »Reden! Ich will nicht reden! Ich könnte brüllen.« Achim, der mit Sophie aufgestanden und dann reglos mitten im Zimmer stehen geblieben war, nahm jetzt seinen Freund am Arm, führte ihn zum grünen Sofa und nahm dort mit ihm Platz. Clemens fiel ihm um den Hals. »Du bist der einzige Mensch, der mich versteht. Der einzige, dem ich vertrauen kann.« Er ließ Achim wieder los und wäre vom Sofa aufgesprungen, wenn sein Freund ihn nicht festgehalten hätte. »Ich verstehe dich«, sagte Achim, »aber auch Sophie versteht dich, auch ihr kannst du vertrauen. Lass diese alte Affäre.« »Wenn die Affäre, wie du sagst, nebensächlich wäre, hätte Sophie mir ja davon erzählen können. Sie hat es nicht. Also liebt sie ihn noch. Sie will mich über ihre Gefühle im Dunkeln lassen. Vielleicht hat sie nicht nur mich angelogen. Vielleicht war sie auch mit ihm nicht ehrlich. Er wird wiederkommen. Ich spüre seinen dunklen Schatten, die Briefe sind nur der Anfang. Nicht dieses Jahr, nicht nächstes Jahr, aber irgendwann. So eine Liebe hört nicht einfach auf. Wann ist er gegangen? Nachdem du mich kennengelernt hattest?«

Clemens brauchte eine Weile, sich so weit zu beruhigen, dass er Sophie zuhören konnte. Sie wiederholte, dass alles längst zu Ende war, und erzählte von der Reise nach Berlin. »Ich habe mich dort nur mit ihm getroffen, um ihn ein letztes Mal zu sehen. Auf Schillers Rat hatte ich ihn um die Rückgabe meiner Briefe gebeten. Wenn er noch leben würde, könntest du ihn fragen.« »Was, der wusste es? Wer sonst noch?« »Niemand, nicht einmal Philipp, der mich nach Berlin begleitet hat.« Weil Clemens sofort wieder dazwischenredete, kam Sophie nicht dazu, von Jette zu sprechen, an die Johann alle Briefe für Sophie adressiert hatte. Schließlich verschaffte Achim ihr Gehör. »Seit damals haben wir uns nicht mehr geschrieben. Erst als ich schon auf dem Weg nach Marburg war, hat er mir zum ersten Mal nach vielen Jahren einen seitenlangen Brief geschickt. Darin ließ er durchblicken ...« »Also doch«, schrie Clemens, »siehst du, was ich meine? Er wird wiederkommen. Plötzlich steht er hier vor der Tür.« Er sah Achim und Sophie herausfordernd an. »Hör erst mal weiter zu«, forderte Achim ihn auf. Sophie setzte von neuem an. »Ich hätte dir ganz sicher schon bei der Ankunft in Marburg von diesem Brief erzählt, hättest du nicht bereits so schroff auf den von Philipp aus Kopenhagen reagiert. Ich habe versprochen, dich ewig zu lieben. Ich habe dieses Versprechen gehalten und ich werde es halten trotz schwerer Stunden, auch im Unglück. Erinnere dich an den Sommer, als wir beide uns wiedergefunden hatten. Glaubst du, Johann oder Philipp wäre mir danach noch wichtig gewesen?« Clemens hörte schweigend zu. Er protestierte nicht einmal gegen den Vorwurf, alles nur schwarz oder weiß zu sehen, nie auf Zwischentöne zu achten. Achim blieb die ganze Zeit still. »Clemens«, sagte er plötzlich, »du hast in deinem verwilderten Roman eine Frau geschaffen, mit der du es im wirklichen Leben keine Woche aushalten würdest. Sie ähnelt Sophie, aber sie taugt wohl nur für die Phantasie. In der Wirklichkeit willst du etwas ganz anderes. Bist du sicher, dass du Sophie liebst, so wie sie ist?« »Eine Romanfigur ist eine Romanfigur«, verteidigte sich Clemens, »und Sophie ist Sophie.« »Das musst du mir nicht erklären«, sagte Achim, »es scheint mir aber, als würdest du Sophie gar nicht als eigenen Menschen erkennen. Du behandelst sie manchmal, als hättest du sie erschaffen und könntest mit ihr machen, was du willst, tatsächlich so, als wäre sie eine Figur in einem Roman, eine Figur, der du deine Worte in den Mund legen kannst. Du behandelst sie nicht wie eine Frau mit eigenen Gedanken. Sie hat Gefühle, so wie du welche hast, und du missachtest sie.« Clemens schien etwas sagen zu wollen, stockte aber. Er ließ sich aufs Sofa fallen und stützte den Kopf in die Hände. Aus der Werkstatt im Erdgeschoss drangen Geräusche von Sägen und Hämmern herauf.

Nach einigen Minuten eilte Clemens zum Tisch, griff nach dem Stapel von Briefen und umschnürte sie fest mit dem Band, das auf dem Tisch lag. Mit einem Doppelknoten schloss er die Bewegung ab. Ratlos sah er sich im Zimmer um. Wohin damit? Sophie streckte die Hand nach dem Briefpaket aus. Ihr Blick streifte sein Gesicht, und erschrocken zog sie die Hand zurück, als sie den feindseligen Ausdruck darin gewahrte. Statt in den Schrank aus Kirschbaumholz, in dem Sophie ihre persönlichen Dinge aufbewahrte, legte er das Bündel in die unterste Schublade einer Kommode, in die alles kam, für das sich sonst kein Platz fand.

Sophie machte einen Spaziergang. Es war einer der letzten warmen Tage im Jahr, Anfang Oktober. Das Laub der Bäume färbte sich gelblich. Sie wollte allein sein. Zuerst ging sie zur Schlossruine hinauf. Als sie am Haus von Creuzer und Sofia vorbeikam, musste sie einen Moment an deren schwieriges Dreiecksverhältnis denken. Johann fiel ihr ein, Clemens und die Briefe. Warum hatte sie die Briefe nicht weggeworfen? Warum aber hätte sie ausgerechnet diese Briefe wegwerfen sollen? Jeder bewahrte Briefe sorgfältig auf, alle.

Sophie ging durch den Schlossgarten. An einigen Stellen wurden Büsche gerodet, um das Unterholz zu lichten. An anderen Stellen war der Garten noch immer wie ein Wald. Von der Terrasse schaute sie hinunter auf den Neckar und die Herrenmühle. Wie heiter war ihr alles erschienen, als sie zum ersten Mal hier oben gewesen war. Jetzt fühlte sie sich niedergeschlagen und bedrückt. Hinter dem Schloss führte ein steiler Weg zum Königstuhl hinauf, dem höchsten Berg der Gegend. Vielleicht würde ihr beim Aufstieg und bei der Anstrengung leichter ums Herz werden. Hatte Clemens recht? Hätte sie ihm auf jeden Fall von Johann erzählen müssen? Warum hatte sie es nicht schon längst getan? Hätte sie auf Jette hören sollen? Sie war so entschieden gegen die Heirat mit Clemens gewesen. Was für ein Größenwahn, Clemens eine liebende Frau sein zu wollen. Warum hatte sie ihm das versprochen? Aber neben ihm gab es niemanden. Warum fühlte er das nicht? Warum glaubte er ihr nicht?

Sie stieg weiter den Berg hinauf. Hin und wieder spürte sie einen stechenden Schmerz in der Brust. An einer lichten Stelle im Wald fiel ihr Blick auf die Schlossruine, die jetzt unter ihr auf halber Höhe lag – Mauern mit leeren Fensterlöchern, Wände, die keinen Raum umschlossen. Noch weiter unten sah sie die Dächer der Stadt. Sophie stieg weiter bergauf.

Es roch nach Erde. Gelbe Blätter tänzelten durch die Luft und die Bäume lichteten sich. Sophies Gedanken kreisten immer wieder um Clemens, um Johann, und auch Gedanken an Karl tauchten auf. Was war die Ehe? War sie mit Liebe geschlossen so viel besser als die Ehe, die nur ein Vertrag in gegenseitigem Interesse war? Karl hatte ganz offen die Vorteile aufgezählt, die sie als seine Frau haben würde. Clemens, Sohn eines Kaufmanns, hatte nie so gerechnet. Mit Johann war damals die Liebe gekommen, zur Ehe mit Karl hinzu. Mit Clemens waren Liebe und Ehe eins geworden. Wie konnte er daran nur zweifeln?

Sie hatte die höchste Stelle des Berges erreicht und wanderte nun weiter durch den Wald in Richtung Süden. Dabei ging es kaum bergab. Schließlich erreichte sie den Kohlhof. Kühe weideten unter Apfelbäumen. Rot leuchteten die Früchte aus dem noch immer grünen Laub. Bald würden sie von den Bäumen gepflückt werden. Eine Glocke läutete hell und rief die Leute aus allen Richtungen zur Mittagspause. Sophie wurde von einer jungen Frau eingeladen, mit der Familie zu essen, und nahm das Angebot gerne an. Hunger hatte sie nicht, aber sie wollte etwas trinken. Sie hätte in den Gasthof gehen können, doch sie freute sich, mit der Bauernfamilie am Tisch sitzen zu dürfen. Der Gasthof war ein beliebtes Ziel bei allen, die aus der Stadt hier herauf wanderten. Einmal im Jahr wurde sogar ein großes Fest gefeiert.

Sie saß zusammen mit den Eltern, Kindern, Verwandten, Knechten und Mägden. Mehr als ein Dutzend Personen aßen und plauderten munter, dass Sophie ihre düsteren Gedanken vollkommen vergaß. Auf dem Rückweg durch den Wald überlegte sie, dass es für Menschen mit gereizten Nerven wohl kein besseres Heilmittel gab als ein einfaches Leben auf dem Land. Auf dem Weg vom Königstuhl hinab ins Tal sah sie unter sich wieder das Schloss. Im Licht des späten Tages warfen die Mauern lange Schatten, in denen die Fensterlöcher sonnige Flecken ließen. Die Gedanken an Clemens, Johann und an Karl kehrten zurück. Karl zeigte mehr Verständnis, als sie verdiente. Clemens führte sich auf wie der betrogene Ehemann. Gab es ein geheimes kosmisches Gesetz, das Ausgleich verlangte?

Sie ging weiter bergab, nahm den Weg am Schloss vorbei zum Klingentor, bog an der Peterskirche in die Plöck. Dort lag das burgähnliche Haus, in dem Voß mit seiner Familie wohnte, ein Stück weiter das große Haus von Schwarz, vorn an der Hauptstraße die Anatomie im ehemaligen Kloster.

Clemens saß am Tisch im Wohnzimmer, der mit Briefen bedeckt war. Er blätterte in einem Buch, las dann in einem der Briefe, dann wieder im Buch. »Was machst du denn da?«, fragte Sophie vorsichtig und erkannte bei näherem Hinsehen, was für Briefe es waren und was für ein Buch. »Ich komme dir langsam auf die Schliche«, sagte Clemens gefährlich ruhig, »nach und nach erkenne ich, was das hier ist. Dein Roman – und den hast du geschrieben, lange nachdem wir uns kennengelernt hatten – ist die Liebesgeschichte zwischen dir und Johann. Hier lies!« Er hielt ihr einen Brief hin und zeigte auf eine der Seiten im Buch. Sophie brauchte nicht zu lesen. Sie wusste, wie sie gearbeitet hatte. Manche Stellen hatte sie aus den Briefen wörtlich übernommen, andere verändert. Wer die Briefe hatte, konnte die Stellen im Roman alle finden. »Hier lies«, wiederholte Clemens und tippte mit dem Finger auf eine Stelle im Brief. Es war einer von Johann. Sie las mit leiser Stimme: *»Kein Zustand im Leben ist doch so voll Widersprüche als der Zustand der Liebe. Wie ist es möglich, dass wir bei diesen Widersprüchen so glücklich sind? So glücklich, wenn Wunsch und Wunsch sich immer begegnen. Die Zeit der Liebe ist nicht die Zeit der Ruhe. Ruhe in der Liebe ist der Zustand der Sättigung und des Ersterbens.«* Jetzt begann Clemens aus dem Buch zu zitieren: »*So ist kein Zustand im Leben, so voll Widersprüche, wie der Zustand der Liebe. Die Zeit der Liebe ist nicht die Zeit der Ruhe. Wie ist es doch möglich, dass wir bei diesen Widersprüchen, dieser Unruhe so glücklich sind?* Undsoweiter, undsoweiter.« Er griff einen anderen Brief vom Tisch und sprang auf. »Hier. Der ist ja wohl von dir?« Anstatt sie zum Vorlesen zu zwingen, las er gleich selber: *»Es war Gesellschaft bei uns und ich schlich mich weg und wandelte einsam durch die dunklen Gänge. Ich öffnete meine Arme, ich nannte leise deinen geliebten Namen, und so unendlich auch meine Sehnsucht war, so ward mir doch wohl bei dieser Täuschung.«* Clemens spielte, was er las. Er breitete die Arme aus und tappte um den Tisch herum, wobei seine Augen böse funkelten. Dann nahm er das Buch und las die Stelle, die er mit einem Zettel zwischen den Seiten markiert hatte: *»Einsam ging ich in den dunklen Gängen des Gartens. Sehnsuchtsvoll* *breitete ich die Arme aus und nannte leise deinen geliebten Namen. Ach! Da war es mir, als müsste ich dich aus deiner Ferne zu mir herüberziehen, und mir ward wohl und weh bei dieser Täuschung.«* Clemens verstummte. Es war ganz still im Raum. Anstatt ihm Vorwürfe zu machen, was sie gern getan hätte, schwieg Sophie. Sie war verletzt, ähnlich wie er und doch ganz anders. »Was für eine Poetik«, rief Clemens, »das also ist deine ganze Kunst. Du schreibst einfach ab.« »Du weißt, dass das nicht stimmt. Mit den wenigen Stellen aus den Briefen lässt sich kein Roman erschaffen«, antwortete Sophie, den Hals wie zugeschnürt. »Ich habe immer gewusst, dass du keine wirkliche Dichterin bist. Die anderen Texte, aus denen du abgeschrieben hast, sind einfach noch nicht gefunden worden. Dir ist im Leben noch nichts gelungen, keine Liebe, keine Freundschaft, keine Mütterlichkeit, keine Kunst, keine Andacht.« »Du bist ungerecht«, rief Sophie, »und du weißt es. Um deine eigenen Schmerzen besser zu ertragen, willst du mir wehtun. Dadurch wird es für uns aber nicht leichter. So können wir nicht zusammen leben.« »Ob wir das können, ist tatsächlich fraglich. Ich bin froh, dass ich jetzt für ein paar Wochen in Hanau bin. Ich werde gleich morgen mit Achim aufbrechen. Heute Abend müssen wir es noch zusammen aushalten. Ich habe Creuzer, Schwarz, Daub und Zimmer eingeladen. Ihre Frauen kommen natürlich auch. Ich hoffe, du schaffst es bis dahin, irgendwas Essbares auf den Tisch zu bringen.«

Es blieben kaum zwei Stunden. Sophie ging sofort in die Küche, um mit Franzi zu reden. Eine gute Suppe mit Fleisch und Gemüse würde sich für die Freunde wohl auch ohne Vorbereitung kochen lassen, wenn das dafür Nötige im Haus war.

Den ganzen Abend lang zog Clemens sie mit Witzen über schreibende Frauen auf, die Tintenfass und Kochtopf verwechselten und ihre Feder nicht aus der Hand legen konnten, so dass die weiblichen Handarbeiten liegen blieben. Er würzte die Tischrunde mit Spott. Als Sofia die gehaltvolle Suppe lobte, höhnte er: »Ach tatsächlich? Die Arbeit am Kochtopf klappt anscheinend besser als das Eindampfen von Liebesbriefen. Halt den Kochlöffel fest«, rief er Sophie zu, »anstatt die Feder.« »Solch hölzernes Gerät liegt mir leider viel zu grob in der Hand, die Leichtigkeit gewöhnt ist. Was ist leichter als eine Feder?« Creuzer lächelte anerkennend und nickte Sophie zu. Sophie bemerkte, dass Creuzer und Sofia sich jedesmal ernste Blicke zuwarfen, wenn Clemens wieder einen seiner Satzpfeile gegen sie abschoss.

Clemens und Achim reisten nach Hanau ab. Sophie würde ein paar Wochen allein sein. Sie wollte die Zeit zum Arbeiten nutzen, ihre Erzählung überarbeiten und die Boccaccio-Novelle weiter übersetzen, obwohl Clemens dagegen war und höhnte, die Geschichte einer Ehebrecherin sei ja genau das Richtige für Sophie. »Die Leute wollen so etwas lesen. Vielleicht, damit sie es nicht erleben müssen«, verteidigte Sophie ihre Arbeit.

Sie verbrachte den ganzen Sonntag am Schreibtisch. Erst gegen Mittag drang die Sonne durch den Nebel hindurch, der sich wie so oft viel zu lange über dem Neckar im Tal hielt. Als sie das Fenster kurz zum Lüften öffnete, roch es nach Herbst, nach moderndem Laub, Holz und Rauch.

Am Abend räumte sie Papier und Schreibfedern zusammen und machte sich frisch zum Treffen bei Louise. Einige aus der Runde vermissten Clemens und Achim. Sophie erklärte, dass sie nach Hanau zur Taufe der kleinen Bettina gefahren seien. Da Creuzer fehlte, fragte der Oberforstrat, ob auch er zum großen Familienfest gefahren sei. »Nein, er ist in Marburg«, erklärte Sofia, »und kommt erst morgen zurück.« Als sich die Runde in Zweier- und Dreiergruppen aufgelöst hatte, vertraute sie Sophie an, dass sie sich scheiden lassen wolle, um Lina Platz zu machen. »Mein Sohn in Darmstadt heiratet in Kürze und ich kann bei ihm leben. Ich habe allerdings noch immer Zweifel, dass Lina einen Haushalt führen kann.« Sophie kannte

Lina kaum, aber was sie bisher erfahren und gesehen hatte, ließ Sofias Vermutungen zutreffend erscheinen. »Der neueste Einfall ist übrigens, nach St. Petersburg zu gehen.« Sofia hatte das etwas lauter gesagt, so dass es nicht nur Sophie, sondern auch einige andere hörten. Daub unterbrach sein Gespräch mit Zimmer, der neben ihm saß. »Interessant«, sagte er, »St. Petersburg?« Den Plan, nach St. Petersburg zu wechseln, fanden alle aufregend, wenn es denn wirklich ein festes Vorhaben sein sollte und nicht nur ein Gerücht. »Hat er sich schon an Meiners gewandt?«, fragte Daub. »Wer ist das?« »Christoph Meiners sitzt in Göttingen. Er hat gute Beziehungen nach Russland und vermittelt Wissenschaftler dorthin. Der junge Zar hat großen Bedarf an klugen Köpfen.« »Wir aber auch«, sagten mehrere der anwesenden Professoren, »wir sind hier noch im Aufbau. Creuzer kann doch nicht einfach gehen.« »Bekommt er nicht seit Anfang des Jahres sogar höhere Bezüge?« »Vielleicht ist er ein Spieler und hofft, noch mehr herauszuholen«, meinte einer fröhlich grinsend. »Creuzer war ja immer auf der Suche nach etwas anderem«, sagte Fries nachdenklich. Sofia schwieg dazu. »Hat er sich das denn gut überlegt?«, wollte Schwarz wissen. »Es ist doch merkwürdig, dass er mit uns noch gar nicht darüber gesprochen hat«, überlegte Daub, »der Gedanke ist wohl noch nicht ausgereift. Wir sollten das jetzt ruhen lassen. Vielleicht wird es nichts, vielleicht will er es gar nicht.« Louise schlug vor, dass sich jemand ans Klavier setzen sollte, damit sie ein wenig Musik machen und singen könnten. Sophie war sofort bereit dazu.

Sophie lenkte sich mit Arbeit von trübsinnigen Gedanken ab, ging nicht aus und empfing keinen Besuch. Sie hatte Franzi gebeten, niemanden hereinzulassen, um sich ganz in ihre Sprachkunstwerke einzuschließen.

Am Ende der Woche, weil sie mit dem Erreichten zufrieden war und freundliches Herbstwetter sie hinauslockte, überlegte sie, in die Stadt zu gehen, vielleicht auch ein Stück am Neckar entlang bis Ziegelhausen. Sie holte ihren Mantel, setzte einen Hut auf und ging die Treppe hinunter. Der Schreiner und seine beiden Gesellen waren wie immer fleißig und winkten ihr aus der Werkstatt zu, deren Tür offenstand.

Auf der Hauptstraße fuhr ein Bauernkarren vorbei, gezogen von einem struppigen Pferd. Auf dem Kutschbock neben dem Bauern saß ein kleiner Junge, wahrscheinlich sein Sohn. Zwei Reiter kamen dem Karren entgegen. Sie waren auf dem Weg zum Mannheimer Tor. Vor dem ehemaligen Dominikanerkloster mit den hohen, schmalen Fenstern spielten Kinder. Sophie ging am Haus von Louise vorbei und schlenderte weiter zum Paradeplatz. Auf dem Weg zum Marktplatz traf sie Creuzer. Er grüßte und schien sich zu freuen, sie zu sehen. Wer nichts von seinen Problemen wusste, hätte ihn für den zufriedensten Menschen der Stadt halten können. Zusammen gingen sie weiter, und als sie das Café Schäffer an der Ecke bei der Heilig-Geist-Kirche erreichten, schlug Creuzer vor, dort ein wenig zu sitzen. »Wir haben lange nicht mehr in Ruhe miteinander gesprochen«, meinte er. Sie fanden einen Tisch nahe am Fenster, und nachdem sie dem Mädchen ihre Bestellung aufgegeben hatten, begann Creuzer zu reden. Er bewundere Sophie wegen ihrer Ausgeglichenheit, sagte er, denn mit Clemens sei es sicher nicht leicht. »Wir wissen alle, dass er janusköpfig ist. Sogar Tina hat das gemerkt, diese kleine Schwätzerin. Obwohl er ihr Lieblingsbruder ist, wie sie immer beteuert, schafft er es immer wieder, auch sie mit seinen Stimmungen zu erschrecken. Lina hat es mir erzählt. Ich wünschte, sie würde diese Tina nicht so oft treffen. Überhaupt die ganze Familie …« Creuzer brach ab. Sophie schwieg, die Bedienung brachte den Kaffee. Als sie wieder gegangen war, redete Creuzer weiter. »Am letzten Abend bei euch, wo du diese köstliche Suppe auf den Tisch gebracht hast – eine originelle Idee übrigens –, fand ich es entschieden zu viel, wie er dich immer wieder mit Wortspießen traktiert hat.«

»Ich habe gemerkt, dass ihr euch, du und Sofia, verstohlene Blicke zugeworfen habt.« »Ich wollte dir sagen, dass ich ihm, noch bevor er abreiste, ins Gewissen geredet habe. Wenn er eine Frau wie dich nicht besser behandelt, soll er sich nicht wundern, wenn er in seinem Leben noch sehr viel Unglück erleben wird.« »Warum diese Drohung? Ich würde ihm nie einen Schaden zufügen, ihn nie verlassen.« Sophie war es nicht recht, dass Creuzer sich einmischte und Clemens Vorwürfe machte. »Ich meine es nicht als Drohung. Es ist auch eine Zumutung für andere. Es scheint mir überaus sonderbar, dass er einen Mann wie Achim zum Freund hat. Zimmer scheint ihn ja wohl auch zu mögen. Aber der ist sowieso ein umgänglicher Mensch. Ich muss zugeben, auch Clemens hat sympathische Momente. Ich wollte dir nur sagen, wie leid es mir tut, dass er dich immer wieder mit diesen Bemerkungen quält, vor allem, um dich vor anderen zu demütigen. Aber wir wissen Bescheid. Die Spitzen, mit denen er dich verletzen will, können deinem Ansehen und deinem guten Ruf nicht schaden. Vielmehr schadet er sich selber.« »Es ist nicht leicht für ihn. Er quält sich. Aber ich gebe zu, die vielen Nadelstiche sind manchmal schwerer zu ertragen als ein Dolchstoß.« »Ich kann dir versichern, dass er zwar immer wieder versucht, dich zu kränken, aber wenn du nicht dabei bist, lobt er dich in den höchsten Tönen. Man muss sich wundern über ihn. Ich jedenfalls verstehe ihn nicht.« »Ich weiß auch oft nicht, woran ich bei ihm bin. Ob es daran liegt, dass er keine richtige Beschäftigung hat?« »Das kann natürlich sein«, sagte Creuzer entschieden und hob seine Tasse schwungvoll an die Lippen. Auch Sophie nahm einen Schluck aus ihrer Tasse. Der Kaffee war sehr gut. »Schwarz und heiß wie die Hölle und aromatisch süß wie der Himmel«, sagte Creuzer mit beziehungsreichem Lächeln. »Wie Clemens«, sagte Sophie. Creuzer räusperte sich, als hätte er sich verschluckt. »Ist dir eine Fliege mit dem Kaffee in den Mund geraten?«, fragte Sophie. Creuzer verzog das Gesicht. »Dich fesselt alles an ihm, selbst seine Fehler, oder siehst du sie gar nicht?« »Ich sehe sie, ich bin nicht blind. Er ist zerrissen zwischen Vertrautheit und Ferne und findet dabei keine Ruhe. Er sucht geradezu nach dem, was ihm die Welt fremd und zu einem bedrohlichen Ort macht. Sein Wesen schmerzt mich, das ist wahr. Doch er ist nicht schuld und ich bin es nicht. Es ist vielleicht die Zeit, die Welt, das Dasein allgemein. Vielleicht kann es gar nicht anders sein. Mit ihm ist es mal Himmel, mal Hölle. Doch ihn nicht zu lieben, wäre für mich das größte Unglück.«

Creuzer schwieg nachdenklich. Sophie trank noch einen Schluck aus ihrer Tasse, bevor sie weiterredete. »Ich habe gewusst, worauf ich mich einlasse. Meine Schwester war dagegen. Sie hat mir von der Heirat abgeraten. Ich wollte glücklich sein und bin es geworden. Ich bin es nicht jeden Tag, aber das darf man nicht erwarten.« »Machst du dir nicht etwas vor? Du weißt, dass Clemens in Lina verliebt war?« Creuzer erwähnte Briefe, die Clemens an Lina geschrieben hatte. Wie elektrisiert fiel Sophie ein, dass Clemens ihr in Marburg, als wäre es ein Spaß, gestanden hatte, Liebesbriefe an Lina geschrieben zu haben. »Briefe?«, fragte sie. »Ja, Lina hat es mir erzählt – einfach unglaublich, hocherotisch, geradezu anzüglich.«

Sophie fragte sich, wohin Creuzer das Gespräch lenken wollte. Lina und Clemens. Was gab es zwischen ihnen? Musste sie glauben, dass Clemens jetzt, wo er und Lina zusammen bei Savigny auf dem Gut wohnten, an ihr früheres Verhältnis anknüpfen würde? Aber Lina liebte doch Creuzer. Oder doch nicht? Fürchtete Creuzer, Lina zu verlieren, ausgerechnet jetzt, wo Sofia fester als je zur Scheidung entschlossen war? »Ich glaube, zwischen Lina und Clemens gibt es nichts«, sagte sie und hoffte, dass es stimmte. Sie fragte Creuzer nach seinen Russlandplänen. »Oh, das ist noch lange nicht zu Ende gedacht«, wehrte er ab und erklärte, dass er zwar immer Ausschau nach einer interessanten neuen Stelle halte, aber St. Petersburg sei doch recht verwegen. »Dann ist das Ganze also doch ein Gerücht, oder vielleicht eher eine Idee von Lina?«, erkundigte Sophie sich vorsichtig. Creuzer antwortete nicht gleich. Er räusperte sich und wand die Finger umeinander, dass die Gelenke knackten. »Lina ist eine ganz ungewöhnliche Frau mit völlig ungewöhnlichen Plänen«, sagte er schließlich, »die Idee mit St. Petersburg ist noch eine der konventionelleren.« »Man meint nicht unbedingt, dass sie voll unerwarteter Einfälle steckt, wenn man sie nicht näher kennt. Sie wirkt eher zaghaft, vergeistigt, aber nicht unternehmungslustig. Kennt Sofia diese Seite?« »Oh, nein, sie ahnt nichts.« Als Sophie fragte, ob Creuzer ihr ein oder zwei der sonderbaren Einfälle verraten würde, von denen Lina angeblich so viele hatte, sagte er, sie lerne Latein. »Das findet man tatsächlich nicht oft«, sagte Sophie mit spöttischem Unterton, »von Latein hat mir mein Vater abgeraten. Warum lernt sie es?« »Es ist recht nützlich.« »Nützlich?« Sophie wunderte sich. Da Creuzer keine Lust zu haben schien, zu erklären, warum Latein nützlich war, stimmte sie auf gut Glück zu: »Ja sicher, ich verstehe.« »So ganz sonderbar ist dieser Einfall also nicht?« »Nein, nein. Latein kann sicher nicht schaden. Ein Mann, der erfolgreich sein will, braucht es unbedingt. In vielen Bereichen zumindest.« Sophie fand Creuzer etwas merkwürdig. Unter einer ausgefallenen Idee stellte sie sich etwas anderes vor, als Latein zu lernen. »Wenn du noch einen Beweis dafür haben willst, wie ungewöhnlich sie ist, was für eine ganz außerordentliche Frau sie ist, sieh mich an. Kann eine gewöhnliche Frau einen Mann wie mich lieben, hölzern, hässlich, linkisch?« Er wartete gespannt auf Sophies Antwort.

Zwei Damen betraten das Café und nickten grüßend zu Sophie und Creuzer herüber. Sie grüßten zurück. Es waren Damen, die sie kannten, die aber nicht zum engeren Kreis der Freunde gehörten. Sie suchten sich einen Tisch in einer entfernten Ecke. »Würdest du dich als Mann verkleiden?«, fragte Creuzer unvermittelt. Sophie lachte auf und sah ihn mit spitzbübischem Lächeln an. »Wie?«, fragte sie, »als Mann? Um Theater zu spielen, warum nicht?« »Nein, nicht fürs Theater. Lina will sich für den Alltag als Mann verkleiden. Sie will nicht meine Ehefrau werden. Sie will mir als Sekretär überall zur Seite stehen und mich überallhin begleiten. Je weiter die Reise wäre, umso besser würde ihr das gefallen.« »Hat sie das gesagt?« »Sie ist ganz anders als alle anderen Frauen, die ich je getroffen habe. Sie denkt ganz anders und setzt mich immer wieder in Erstaunen.« Nach einer Pause fügte Creuzer hinzu, Lina besitze sogar einen Dolch. Sophie wollte das nicht glauben. »Wer schenkt einer Frau denn so etwas, und wozu braucht Lina einen Dolch?« »Er hat einen verzierten Griff. Ich weiß nicht, wie er in ihre Hände gelangt ist. Ich nehme es als Zeichen. Lina hat etwas Rebellisches. Savigny hat sich schon immer über ihre republikanische Gesinnung lustig gemacht und sie damit aufgezogen, ob das ein kleiner Rest der Französischen Revolution sein könnte. Lina wird sich nicht mit dem zufriedengeben, was das Leben einer Frau zugesteht. Vielleicht hat sie den Dolch sogar selber irgendwo gekauft.« Sophie schüttelte verständnislos den Kopf. Die verträumte Lina, die mehr schwebte, als zu leben, hatte sich bewaffnet. »Warum sollte sie einen Dolch kaufen? Wo kauft man so etwas überhaupt?« Beide schwiegen einen Moment. Creuzer hatte recht. Lina war eine sehr ungewöhnliche Frau.

»Wir sollten gehen«, sagte Sophie. Creuzer gab der Bedienung ein Zeichen. »Es ist eine merkwürdige Zeit«, überlegte Sophie, »vielleicht kann man gar nichts dagegen tun. Es packt die Menschen einfach. Clemens ist rebellisch, Lina ist es. Es scheint alles aus den Bahnen zu geraten, in denen sich das menschliche Leben jahrhundertelang bewegte.« »Ich hoffe nur, dass die beiden Rebellen nicht auf dumme Gedanken kommen, jetzt wo sie zusammen bei Savigny auf dem Gut sind.« Sophie fragte Creuzer, warum er nicht an der großen Wiedersehensfeier von Familie und Freunden teilnehme. »Es passt mir schlecht«, sagte Creuzer und errötete leicht, »ich hoffe nur, dass Lina nicht unter Clemens' spitzer Zunge zu leiden hat, wo ich nicht da bin und ihr zur Seite stehen kann.« Sophie meinte, wenn Lina so geistreich und ungewöhnlich sei, voller Ideen stecke und sich so nach extravaganten Rollen sehne, wie es den Anschein habe, werde sie Clemens gegenüber nicht wehrlos sein. »Sie wird sich schon zu helfen wissen.«

Achim schickte ihr aus Hanau einen Brief. Er fragte nach ihren Fortschritten bei der Übersetzung der Boccaccio-Novelle und ermutigte sie zu dieser Arbeit. Er erwähnte den drohenden Krieg, von dem alle auf dem Gut redeten wie über ein fernes Donnergrollen. Napoleons Truppen waren kurz vor Ulm, und General Mack, der die Stadt verteidigen solle, würde sich wohl auf ein schweres Gefecht gefasst machen müssen. Aber im Krieg wie in der Liebe sei immer mit Überraschungen zu rechnen. Die einzigen Schlachten, mit denen man sich auf dem Gut abgebe, seien nächtliche Kissenschlachten. Alle Gäste seien fröhlich, übermütig geradezu. Sogar Clemens unterhalte sich gut und habe fast noch niemanden beleidigt oder verärgert. Es sei eine sehr interessante Gesellschaft versammelt. Auch Lina sei gekommen und Clemens behandele sie sehr aufmerksam. Er sei immer in ihrer Nähe, wie ein Ritter aus dem Mittelalter.

Achim schloss seinen Brief mit einigen Gedanken über die Ehe, die ein Segen für den Menschen und das menschliche Gemeinwesen sei. Es wundere ihn gar nicht, las Sophie, dass so viele Romane und Opern damit endeten, dass zwei Menschen nach vielen Komplikationen endlich den Bund fürs Leben schlossen. Dieser Bund sei die Grundlage für alles Weitere, wenn auch das Zusammenleben manchmal schwierig sei. Er bewundere Sophie, denn jeder wisse, was es bedeute, mit Clemens' Launen zu leben. Sie sei eine wahre Heldin der Liebe.

Sophie schaute zu Achims Bild an der Wand neben Clemens'

Büste. War er so ein Ritter, wie er ihn in Clemens zu sehen meinte, wie man in anderen gern Eigenes wiedererkennt?

Auch von Clemens kam ein Brief. Er schrieb, wie erholsam es auf dem Gut sei, wie traurig es ihn aber noch immer mache, dass Sophie ihm die Liebe zu Johann verschwiegen habe. Eifersüchtig sei er nicht, versicherte er, denn nachdem Achim Monate bei ihnen gelebt habe, müsse er wohl anerkennen, dass Sophie ihm treu sei. Dennoch sei sein Vertrauen zerstört. Wäre Achim nicht so ritterlich, hätte er vielleicht doch um ihre Treue fürchten müssen. Doch sein Freund sei über alle Zweifel erhaben. Seine Gegenwart sei für ihn lebenswichtig. Darum freue er sich sehr, dass Tina, seine Lieblingsschwester, sich in Achim verliebt habe. Er sei sich zwar nicht sicher, hoffe aber, sein liebster Freund werde irgendwann sein Schwager, wenn schon nicht Pate seines Kindes. Jeden Tag sehe er seine kleine Nichte, die inzwischen ein halbes Jahr alt sei und lebhaft, während seine eigenen Kinder kalt in der Erde lägen. Vier Wochen vor Joachime habe Bettina das Licht der Welt erblickt. Nun erhelle beim Anblick der Eltern ein strahlendes Lächeln das kleine Gesicht, Joachimes Lebenslicht aber sei längst erloschen. Ohne Kinder sei eine Ehe wertlos und Strafe für begangene Fehler. Er mahnte sie, nicht so viel zu arbeiten und regelmäßig in die Kirche zu gehen. Glaube, Hoffnung, Liebe seien die drei Dinge, an die sie sich halten solle, anstatt einer Freiheit nachzujagen, die es für sie nicht gäbe. Wie die Gnade der Gottesmutter immer ein Halt für ihn gewesen sei, schon als kleiner Junge, wenn er zur Strafe für Streiche in die Galerie mit den unheimlichen Bildern gesperrt worden war, so solle Maria auch für Sophie ein Anker werden, der sie im Strom des Lebens am rechten Platz halte. Er werde die Hoffnung nicht aufgeben, sein Vertrauen in sie zurückgewinnen, denn er liebe sie. Sie sei wie das weibliche Gegenstück zu Achim. In vielem seien sie beide sich gleich. Ohne Sophie wäre sein Leben so leer wie ohne seinen Freund. Leider sei Achim auf dem Gut tagsüber nie zu sehen, sondern mit seiner Flinte im Wald und auf den Feldern unterwegs. Zum Schluss schrieb Clemens noch von Lina, die er aber kaum beachte.

Sophie faltete den Brief zusammen. Wie betäubt legte sie ihn zu den anderen von Clemens in die Schublade ihres Schrankes aus Kirschbaumholz.

Was sollte sie denken? Die Briefe von Clemens und Achim regten einen Wirbel von wirren Ideen und Gefühlen an. Sophie fühlte sich aller Energie beraubt. Sie ließ sich auf das grüne Sofa sinken und wartete, ob sich aus dem hektischen Wirbel in ihrem Kopf ein klarer Gedanke herausbilden würde.

Lange saß sie reglos da. Dann ging sie im Zimmer auf und ab. Schließlich setzte sie sich an ihren Schreibtisch. Ihre munter verwirrende Erzählung *Die Flucht nach der Hauptstadt* musste sauber abgeschrieben und an den Verlag geschickt werden. Sie musste etwas tun, sie musste schreiben, tätig sein, damit der Gedankenwirbel im Kopf sich ordnete. Alles drehte sich nur noch um Clemens. Sie sollte für ihn da sein. Aber er hielt es nie lange bei ihr aus. Wie konnte sie mit ihm leben, wenn er zu Achim floh?

Sie musste schreiben. Sie durfte nicht erlahmen und aufhören. Sie wollte es nicht, auch Clemens zuliebe würde sie nie damit aufhören. Egal was er über die Erzählung denken würde und über die Boccaccio-Novelle dachte. Wenn sie nichts mehr veröffentlichte, würde ihre Stimme verhallen, als gäbe es sie nicht und hätte sie nie gegeben. Aber sie wollte Bestand, etwas schaffen, etwas sollte aus ihrem Dasein entstehen. Eine Ernte wollte sie wie das Jahr im Herbst.

Sie arbeitete von morgens bis abends, um mit der Novelle möglichst weit zu kommen, ehe Clemens zurückkehrte. Es war spät und schon dunkel, als sie vom Schreibtisch aufstand. Sie reckte sich, Rücken und Beine waren völlig steif. Der Mond stand groß und hell am Himmel. Sie beschloss, einen Spaziergang zu machen, und zog ihren Mantel über. Die Hauptstraße war menschenleer und auf dem Kopfsteinpflaster hörte sie jeden ihrer Schritte. Hinter manchen Fenstern der Häuser brannte noch Licht. Offenbar waren außer ihr noch andere wach. Der Wind wehte frisch. Sophie kam am Paradeplatz vorbei, an der Heilig-Geist-Kirche und dem Marktplatz. An der Ecke zum Kornmarkt blieb sie stehen und schaute zur Schlossruine hinauf. Ein geheimnisvoller Palast im bleichen Mondschein, bewachsen mit struppigen Halmen, von Efeu und Ranken überwuchert, die sich leicht im Nachtwind bewegten. Gespenstisch kahl streckten die Bäume ihr Äste wie knochige Arme empor.

Wie jeden Sonntag fand sich eine gesellige Runde bei Louise ein. Zu Beginn drehten sich die Gespräche um die neuesten Meldungen vom Krieg. General Mack hatte Ulm kampflos übergeben. Die Männer wunderten sich und diskutierten, was die Hintergründe dafür gewesen sein mochten. Sophie interessierte sich nicht sehr dafür. »Jetzt wird Napoleon viel schneller in Wien sein als gedacht«, sagte einer. »Was wird das Ganze für Folgen haben?«, fragte ein anderer. Man redete über Napoleons Siege, über seine Armee, die schneller marschierte als je eine Armee zuvor. »Sonderbar, dass er im Gegensatz zu seinen Erfolgen hier im Land, auf dem Wasser diese Niederlage einstecken musste. Die Schlacht bei Trafalgar wird den Sieggewohnten ziemlich wurmen.« »Er ist eben ein Feldherr und kein Wasserherr«, witzelte einer. »Ich nehme an, dass Nelson als Held in die Geschichte eingehen wird. Umso mehr, als dieser Sieg ihn das Leben kostete.« Sophie schwieg. Was waren das für Zeiten? Was für ein Zeitalter war da angebrochen nach den Hoffnungen, die am Ende des alten Jahrhunderts geweckt worden waren, als sie jung war und Frankreich eine Republik wurde. Und jetzt? Krieg statt Freiheit, Überwachung statt Brüderlichkeit?

»Genius der Freiheit! Du, der glühend sich ins Herz der Nationen taucht«, hatte sie vor fünfzehn Jahren geschrieben, im Juli. »Hinweg die schwere Ahnung.« Ahnte sie damals etwa schon, dass Freiheit vielleicht nur ein Traum war?

Clemens kehrte von seinem Aufenthalt auf dem Gut zurück, erzählte aber wenig. Seine schlechte Laune vertiefte die Novemberstimmung, die über der Stadt lag, durch alle Straßen zog und sich auch in der Wohnung ausbreitete. Wegen der Kälte blieb Clemens meist im Haus, doch dann störte ihn der Lärm aus der Werkstatt, den Sophie kaum noch hörte.

Zwar war sie erleichtert, dass Clemens nun alles über Johann wusste, so dass sie offen über alles hätten reden können, aber Clemens gab ihr keine Gelegenheit zu klärenden Gesprächen. Entweder sah er seine Bücher durch und wollte nicht gestört werden, oder er besuchte trotz des unfreundlichen Wetters Bekannte in der Stadt und kam erst abends spät nach Hause. Vor allem Georg Zimmer traf er häufig, dessen freundliches Wesen jeden Streit unmöglich machte.

Achim war von Hanau direkt nach Berlin gereist. Auch Savigny hatte mit Frau und Kind sein Gut verlassen. Gundi wollte einige Tage in Frankfurt verbringen und die Großmutter in Offenbach besuchen, Savigny nutzte die Zeit, um nach Heidelberg zu kommen. Danach wollte er in Marburg bleiben, ehe er sich nach Jena aufmachte. Für die Tage in Heidelberg bot Clemens ihm an, er könne bei ihm und Sophie wohnen, aber er lehnte mit dem Hinweis auf eine andere Möglichkeit ab.

Am Sonntag trafen Sophie und Clemens ihn bei Louise. Sophie fiel auf, dass Sofia und Creuzer in der Runde fehlten, und Savigny erklärte, Sofia sei in Darmstadt bei der Hochzeit ihres Sohnes. Zu weiteren Informationen ließ er sich nicht herbei, auch nicht zu der Antwort auf die Frage, warum Creuzer nicht gekommen sei, ob er mit nach Darmstadt gefahren sei. Das erschien Sophie ziemlich unwahrscheinlich. »Er fühlt sich nicht wohl«, gab Savigny schließlich der allgemeinen Neugier nach. Er sagte es freundlich, aber mit einem Ausdruck, der jede weitere Frage erstickte.

Erst am nächsten Tag, als Savigny auf ein Glas Wein bei Clemens und Sophie vorbeikam, verriet er etwas mehr. Er hatte mit Sofia gesprochen, weil sie ihn nach Einzelheiten im Zusammenhang mit einer möglichen Scheidung fragte. »Ich musste ihr davon abraten«, sagte er, »eine Scheidung ist keine gute Lösung. Auch für Creuzer nicht, denn es gibt eine Bestimmung, die eine erneute Eheschließung nach einer Scheidung unmöglich macht.« »Darüber werden sie nicht glücklich sein«, meinte Sophie, »alle beide nicht und Lina sicher auch nicht.« Als sie den Namen Linas erwähnte, meinte sie, dass kurz ein kleines Flämmchen in Savignys Augen aufflammte. Aber sie musste sich getäuscht haben, denn er begann davon, dass er Creuzer leider auch von St. Petersburg habe abraten müssen. Clemens, der von diesen Plänen noch nichts gehört hatte, rief überrascht: »Er wollte nach St. Petersburg? Der Ärmste. Jetzt wundert es mich überhaupt nicht, wenn er sich nirgends mehr blicken lässt. Keine Scheidung, keine Lina, keine Flucht nach St. Petersburg in ein neues Leben, alle Träume zerplatzt. Der arme Kerl kann einem leidtun.«

Savigny blieb ernst und erklärte, man dürfe nicht leichtfertig mit der Sache umgehen. Creuzer sehe ganz klar, nachdem er ihm alles Schritt für Schritt verdeutlicht habe. Es könne für ihn nichts anderes geben, als sein Leben der Wissenschaft zu opfern. »Ich habe ihm einen klaren Weg aufgezeigt. Ob er ihn gehen wird, weiß ich nicht. Ich hoffe es.« Sophie war einen Augenblick lang versucht, von ihrem Gespräch mit Creuzer zu erzählen und von Linas Hosenrollenplänen. Sie entschied sich, nicht darüber zu reden. Clemens würde sich bestimmt zu einem ganz unpassenden Zeitpunkt daran erinnern und es sensationsfroh wie einen Knallfrosch mit großem Effekt in die Zuhörerrunde werfen. »Ich bin gespannt, was er machen wird«, hörte sie Clemens sagen. »Wenn ich während der Wochen auf deinem Gut mal mit Lina gesprochen habe, kam es mir nicht so vor, als wenn Creuzer ihr egal wäre. Allerdings kann sich das natürlich ändern. Als sie in dich verliebt war«, sagte Clemens und sah seinen Freund lauernd an, »schien es ja auch nicht, als wollte sie entsagen.« Lina war in Savigny verliebt gewesen. Und er? Sophie merkte, wie wenig sie von den Zusammenhängen wusste.

Savigny räusperte sich und rückte seinen Kragen zurecht. »Jetzt ist Lina für dich nur eine gute Freundin«, sagte Clemens, »und ich gebe zu, dass es da auch mit mir einmal ...« Clemens wartete einen Augenblick, ehe er weitersprach. »Ja, was?«, fragte Sophie. Statt zu antworten, behauptete Clemens, Lina mache allen etwas vor. Savigny und Sophie wechselten erstaunte Blicke. Dass Lina schauspielerte, glaubte Sophie nicht. Mit eigenen Gedanken beschäftigt, hörte sie kaum, was für Darstellungen und Andeutungen Clemens sonst noch vorbrachte. Ihr fiel ein, dass er Briefe erwähnt hatte, die er an Lina geschrieben haben wollte. Wann mochte das gewesen sein? Hatte nicht auch Creuzer so etwas erwähnt? Was war mit Savigny, und was wusste Gundi? »Ach, Frauen verlieben sich ja so leicht«, hörte sie Clemens sagen, »vor allem die koketten.« Er nahm die Weinflasche und schenkte jedem noch etwas ein. »Ich glaube«, sagte Savigny, »da gibt es wenig Unterschied zwischen Männern und Frauen. Ich finde Lina übrigens nicht im Mindesten kokett.« Er sah Clemens in einer Weise an, dass ihm unbehaglich wurde und er seinem Blick auswich. Sophie hätte gern mehr gewusst, doch weder Clemens noch Savigny schienen sich deutlicher erklären zu wollen. Inquisitorisch wollte sie nicht werden und fasste sich in Geduld. Mit der Zeit würde alles klarer werden. Savigny schien ihr in dieser Sache merkwürdig empfindlich und sonderbarerweise ein persönliches Interesse daran zu haben, dass aus Creuzer und Lina kein Paar wurde. »Schluss jetzt. Creuzer bleibt Sofias Mann«, sagte er, als wäre daran nicht zu rütteln. Am nächsten Tag reiste er ab.

Gisela hatte sich erkältet und musste die ganze Woche im Bett bleiben. Sie durfte nicht in die Schule und nicht mit anderen Kindern spielen. Franzi wechselte sich mit Clemens darin ab, sie zu beschäftigen. Ab und zu kam auch Sophie für eine halbe Stunde ins Krankenzimmer und las Gisela etwas vor, dazwischen erledigte sie die Post und versuchte an ihrer Übersetzung zu arbeiten.

»Es ist mir eigentlich gar nicht recht«, begann Clemens eines Tages beim Mittagessen, »dass du dich mit dieser Novelle befasst. Gibt es nichts anderes, was du übersetzen kannst?« Er war also noch immer gegen diese Novelle, und wenn Achim Sophie nicht ab und zu ermuntert hätte, wäre sie mit der Übersetzung nie so weit gekommen. Nur noch ein oder zwei Wochen, dann wäre sie fertig. »Ich verstehe, dass du diese Novelle nicht schätzt«, sagte sie ruhig, »aber ich denke, dass sich viele Leserinnen – denn das Buch wendet sich an die Frauen – dafür finden werden.« »Daran habe ich nicht den geringsten Zweifel«, zankte Clemens, »vor allem, wenn auch noch dein Name draufsteht. Aber vergiss nicht, dein Name ist mein Name. Du bist meine Frau und ich will nicht, dass diese Novelle deinem Ansehen und dem Namen meiner Familie schadet. Du scheinst zu vergessen, dass wir in Frankfurt und darüber hinaus sehr bekannt sind. Die Parallelen zwischen der Novelle und deiner ersten Ehe dürften jedem auffallen.« So hatte Sophie das nie gesehen. Würden die Leserinnen Ähnlichkeiten entdecken, Spuren in der Novelle aus ihrem Leben? Eine schöne junge Frau, verheiratet und mehr oder weniger unzufrieden, trifft einen schönen jungen Mann, in den sie sich verliebt. Doch er muss sie verlassen. Voller Hoffnung wartet sie auf seine Rückkehr und wird enttäuscht. »Sie vergleicht ihr Unglück mit tragischen Schicksalen antiker Frauen und Göttinnen. Du meinst doch nicht, ich sei eine griechische Mythengestalt«, versuchte sie zu scherzen.

Anders als die Dame in der Novelle war Sophie nicht aus unerfüllter Liebe zugrunde gegangen. Sie lebte. Als Johann damals Jena verließ, fühlte sie ihr Unglück zwar wie die Renaissance-Dame in der Novelle, aber wirkliches Leben verlief in anderen Bahnen als das in Geschichten. Gab es für Clemens da keinen Unterschied? Er würde sicher auch Ähnlichkeiten zwischen ihrer Reise nach Berlin und der neuen Erzählung erkennen. Das Erscheinen der Flucht-Geschichte war nicht mehr zu verhindern.

Der Schreiner hatte seine Mittagspause beendet. Aus der Werkstatt tönten plötzlich wieder Geräusche von Hämmern und Sägen. Clemens zuckte zusammen. »Du willst mir die Arbeit an der Novelle nicht verbieten, oder? Ich glaube nicht, dass man beim Lesen an die Übersetzerin denken wird, eher schon wird man sich fragen, wieso Boccaccio hier so schreibt, als sei er eine Frau. Meinst du nicht, dass die Leute sich dafür viel mehr interessieren?« Er hielt sich die Ohren zu. »Sei so gut und lass diese Übersetzung sein. Ich kann es nicht ertragen. Den Lärm hier ertrage ich auch nicht länger. Wir sollten umziehen.«

Zwei Tage lang ließ Sophie die Arbeit an der Novelle ruhen. Sie beschäftigte sich anderweitig und hörte Clemens zu, der über Pläne zu einem Folgeband der Liedersammlung grübelte. Die vielen Lieder, die in den Dörfern gesungen wurden, durften nicht verloren gehen. Sie sollten überall bekannt werden, nicht in dem Dorf bleiben, wo sie zu Hause waren.

Am sonntäglichen Treffen bei Louise redete Clemens von kaum etwas anderem. Creuzer hatte einen Bekannten mitgebracht, Leo von Seckendorf, Schriftsteller und Herausgeber unterhaltsamer Bücher. Ein sehr redseliger Mann, was Clemens dazu anstachelte, ebenfalls viel zu reden. Er beschrieb Einzelheiten aus der Entstehungsgeschichte der Liedersammlung. Creuzer fragte, ob Clemens wirklich hauptverantwortlich für dieses Büchlein mit den netten Liedern sei. Immerhin habe Achim ja auch bis zum Schluss den Druck überwacht. »Warst du damals nicht in Wiesbaden, um irgendwelche Schmerzen zu kurieren?« Creuzer verstummte, um die Wirkung seiner Worte zu beobachten. Georg Zimmer versuchte etwas zu sagen, aber Clemens begann sofort seinen Anteil an diesem Buch zu verteidigen. »Die meisten Lieder habe ich aus meinem Fundus alter Bücher beigesteuert. Natürlich haben wir sie etwas überarbeitet, aber dabei hat Achim nicht mehr getan als ich.«

Der junge Seckendorf hörte aufmerksam zu. Dann machte er den Vorschlag, Clemens solle doch etwas für ihn schreiben, er plane ein neues Buch. »Ich nehme an, Sie haben Creuzer schon für einen Beitrag gewonnen?«, bemerkte Clemens kühl. Seckendorf begeisterte sich für sein Buch, in dem er verschiedenste zeitgenössische Texte versammeln wollte. Lina habe ihn auf die Idee gebracht. »Sie kennen Lina?«, fragte Clemens. »Sie hat uns miteinander bekannt gemacht«, erklärte Creuzer mit gleichgültig klingender Stimme, »als ich sie das letzte Mal getroffen habe. Herr von Seckendorf ist unser Gast diese Woche. Ich bin froh, dass Sofia aus Darmstadt zurück ist und all die Dinge erledigt, die anfallen, wenn Besuch da ist.« Seckendorf fragte nun auch Sophie, ob sie nicht etwas zu seinem Buchvorhaben beisteuern wolle, schließlich sei sie bekannt, das täte dem Büchlein gut. »Man soll sehen, dass unsere Frauen schreiben. Lesen soll man sie«, sagte er mit entschiedener Betonung. Sophie und Clemens tauschten Blicke. Sophie erklärte, das Vorhaben gefalle ihr zwar, doch im Moment habe sie kaum Zeit, und auch unter den Texten, die noch unveröffentlicht in ihrer Schreibtischschublade lägen, wüsste sie keinen, der geeignet sei. »Aber es hat ja wohl keine Eile«, fügte sie hinzu, um seine Enttäuschung zu mildern. Er lächelte sofort wieder und erzählte voll Überschwang von all den Büchern, die er bereits gemacht hatte. Seine Augen und Wangen begannen zu glühen. In seinem Eifer merkte er nicht, dass die Aufmerksamkeit seiner Zuhörer nachließ.

Daub begann ein Gespräch mit seinem Nachbarn. Auch Clemens neigte seinen Kopf zu ihnen hinüber und hörte zu, was gesprochen wurde. Doch es ging um Dinge, die die Universität betrafen und Clemens nicht besonders interessierten. In eine Lücke warf er rasch ein, ob man nicht einen großartigen Kopf, einen vielseitigen Geist nach Heidelberg berufen wolle. Der Mann lebe in Koblenz und könne dort nicht halb so viel bewirken wie an der Universität in Heidelberg. »Wir sollten ihn hier haben. Nicht wahr, Sophie? Du hast Joseph ja auch kennengelernt.«

Es ging eine Weile über die Universität und die Stadt an sich, die Möglichkeiten und Annehmlichkeiten der Stadt im Allgemeinen und im Speziellen hinsichtlich der Wohnungen für Professoren. Daub erwähnte eine Wohnung am Paradeplatz und Clemens hakte sofort nach. Als sich das Gespräch wieder anderen Dingen zuwandte, beugte er sich zu Sophie, um ihr leise ins Ohr zu sagen, er habe schon länger darüber nachgedacht, ob sie nicht wieder mehr in der Mitte der Stadt wohnen sollten. »Aber wirst du dort nicht unter dem unangenehmen Wind leiden? Du weißt, wie kalt er um die Ecken und vor allem über die großen Plätze weht. Vor allem im Winter. Sei lieber froh, dass du deine Gliederschmerzen los bist. Du solltest nichts riskieren.« Clemens behauptete, das Altstadtklima werde ihm nichts mehr anhaben können nach den heißen Quellen von Wiesbaden und der Rheinreise. Auf dem Gut von Savigny jedenfalls, wo es sehr wohl einige ziemlich zugige Ecken gebe, habe er keine Schmerzen bekommen. Er wolle einfach nicht mehr in dem Haus wohnen, wo Joachime gestorben sei. »Du kannst doch nicht jedes Mal umziehen, wenn in einem Haus jemand gestorben ist«, sagte sie sanft, »aber der Lärm aus der Werkstatt ist vielleicht wirklich ein Problem.« »Ja, genau. Außerdem ist die Wohnung zu groß.«

Am nächsten Morgen fühlte Sophie sich unwohl und lag den halben Vormittag auf dem Sofa. Gisela war wieder gesund und ging zu Louise in die Schule. Clemens ordnete Papiere. Schließlich stand Sophie auf, um mit Franzi in der Küche zu besprechen, was alles zu erledigen war und was gekocht werden sollte. Als sie zurückkam, setzte sie sich an den Schreibtisch und legte einen Bogen Papier vor sich hin. Sie spielte unschlüssig mit der Feder, legte sie zurück, nahm sie wieder in die Hand. Sie öffnete das Tintenfass. Sie griff nach dem Büchlein, das ganz am Rand des Tisches lag. Es war die Boccaccio-Novelle. Sie las. Dann nahm sie die Feder in die Hand und tauchte sie in die Tinte. Nach einer Stunde fragte Clemens, an wen sie schreibe. »Es ist kein Brief, ich übersetze.« »Doch nicht etwa wieder diese grässliche Geschichte von der verliebten Renaissance-Dame?« Sophie gestand, dass sie tatsächlich an der Novelle arbeite, und fügte hinzu, dass sie die Geschichte keineswegs grässlich finde. »Ich möchte sie zu Ende bringen. Es ist nicht mehr viel, ich will sie einfach nicht unfertig liegen lassen. Im Moment ist noch gar nicht sicher, dass sie jemand drucken will. Bis jetzt habe ich keinen Verleger dafür.« »Dafür wird sich bestimmt einer finden.« Clemens begann zu streiten. Sophie versuchte freundlich zu bleiben. Schließlich gab sie auf und räumte das Schreibzeug weg. »Ich fühle mich heute sowieso etwas schwach.« Warum hatte Clemens nur diese Abneigung gegen die Novelle? War es wirklich wegen Johann oder gab es noch andere Gründe? »Lass uns einen Spaziergang machen«, schlug Clemens vor, »dieses dauernde Sägen und Hämmern unten in der Werkstatt geht mir auf die Nerven.« Es war ein milder Tag Ende November, die Sonne schien. Sophie war einverstanden, setzte ihren Hut auf und zog den Mantel an. Clemens trug einen Zylinder, den er sich vor kurzem gekauft hatte. Sie sahen elegant aus, waren beide nicht sehr groß, beide schlank. Ein zierliches Paar, modisch gekleidet, das die Hauptstraße entlangspazierte. Sophie sah in die Schaufenster der Läden. Sie blieben immer wieder stehen, um ein paar Worte mit Bekannten zu wechseln.

Am Paradeplatz meinte Clemens, er wolle mal einen Blick auf das Haus werfen, von dem Daub gesprochen hatte. Es war nichts Besonderes, ganz nett, so wie alle anderen rechts und links davon. »Gefällt es dir?«, fragte er. »Es sieht fast genauso aus wie das Haus, in dem wir im letzten Winter gewohnt haben«, sagte Sophie und drehte sich ein wenig, um auf das Haus zu zeigen. »Ja, aber von hier kann man das Schloss viel besser sehen, jedenfalls die große Terrasse mit den Linden.« »Willst du allen Ernstes schon wieder umziehen?«, fragte Sophie. Sie wäre gerne in dem Haus in der Vorstadt geblieben, wo es nicht weit zu Louise war, so dass Gisela keinen langen Weg zur Schule hatte.

Im Weitergehen redete Clemens ununterbrochen davon, dass er umziehen wolle und wie unerträglich der Lärm aus der Werkstatt sei. Sophie sah schließlich ein, dass er einen Ortswechsel brauchte. Den Umzug im April vom Paradeplatz in die Vorstadt hatte sie allein organisiert, weil Clemens nicht da gewesen war. Diesmal wollte Clemens alles machen, die Möbelpacker bestellen und sich kümmern. Der größte Vorzug der neuen Wohnung schien ihr, dass sie weniger kostete als die beim Schreinermeister.

Am Abend kam Leo von Seckendorf. Clemens und Sophie hatten ihn schon fast vergessen und dachten nicht daran, etwas zu seinem geplanten Buch beizutragen. Es sei die letzte Gelegenheit, morgen reise er ab, sagte er, als er neben Sophie auf dem grünen Sofa Platz nahm. Clemens setzte sich in den Lehnstuhl ihnen gegenüber. Seckendorf sah sich im Zimmer um. Sein Blick fiel auf die Marmorbüste. »Ach, der Hausherr, wie er leibt und lebt«, rief er begeistert aus, »und wer ist das?« Er zeigte auf Achims Porträt. »Ein guter Freund.« »Na und das«, er zeigte auf die Madonna, »ist ja klar, was das Bild darstellt.« »Wen!«, korrigierte Clemens eisig.

Seckendorf begann von sich zu erzählen, stellte seine Arbeit als Schriftsteller heraus und ließ sich breit über die Bücher aus, die er schon veröffentlicht hatte, um zu zeigen, dass Clemens' und Sophies Beiträge nicht in Stümperhände geraten würden. Er machte Clemens Komplimente für seine Liedersammlung, nannte das Buch eine literarische Großtat und sparte auch nicht mit Lob für Sophies Roman, ihre Geschichten und Gedichte. Er sei so froh, dass er sie kennengelernt habe, persönlich, meine er, nicht nur durch ihre Arbeit, denn durch die Werke sei sie ihm ja schon längst bekannt. Dann redete er über die Schwierigkeiten, die man habe, wenn man das Gesamtwerk von Frauen identifizieren wolle, denn wenn sie nicht unter Pseudonym schrieben, dann wechselten sie den Namen durch Heirat – er lachte nervös –, und überhaupt sei das weibliche Element im Literarischen schwer fassbar. Seckendorf räusperte sich hastig und sagte dann, er werde sich jedenfalls glücklich preisen, wenn in dem nächsten Buch, das er herausgeben werde, etwas von Clemens und – obwohl er neben Sophie auf dem Sofa saß, deutete er eine Verbeugung an – der größten Dichterin, die man derzeit kenne, veröffentlichen dürfe. Clemens, um irgendetwas zu sagen, fragte nach den Vorstellungen, die Seckendorf vom Leben als Schriftsteller habe. »Zu beneiden sind die Lebensumstände für Dichter ja im Allgemeinen nicht«, begründete er seine Frage. Der begeisterte Herausgeber von unterhaltsamen Taschenbüchern wollte nichts von Zweifeln hören und fragte noch einmal, ob Clemens und Sophie oder wenigstens einer von beiden, Zeit zu einem hübschen Gedicht oder einer hübschen kleinen Geschichte hätte. Sophie, lehnte ab, vorsichtig und mit gewählten Worten. Noch einmal erklärte sie, dass es ihr zur Zeit leider gar nicht gut passe, zum einen wegen des Umzugs, zum andern habe sie noch eine größere Übersetzung in Arbeit. Clemens warf ihr einen Blick zu, der sagen sollte, diese Übersetzung könne nicht als Grund für eine Ablehnung gelten. An Seckendorf gerichtet, sagte er ohne Umschweife, dass auch er wie seine Frau keinen Gedanken auf einen Text für das Romantikerbuch richten könne. Dazu fehle wegen des bevorstehenden Umzugs einfach die Zeit. Der übereifrige Schriftsteller und Herausgeber erhob sich schließlich, ließ beim Abschied, als er mit Clemens und Sophie schon in der Tür stand, aber noch einmal durchblicken, dass er, wenn nicht jetzt, dann in einigen Wochen auf die Mitarbeit von Clemens und Sophie hoffe. Sie hätten ihn zu allerlei Gedanken angeregt, allein darum habe sich der Besuch bei ihnen schon gelohnt. Er könne mindestens gleich fünf Geschichten schreiben. So ein anregendes Paar wie Clemens und Sophie treffe man nicht oft, und wenn man sie beide sehe, komme man nicht darum herum, sie wie geschaffen füreinander zu halten. Clemens legte seinen Arm um Sophie, um zu bestätigen, dass Seckendorf in diesem Punkt ausnahmsweise recht habe. Der ungebetene Gast stieg die Treppe hinunter und Clemens schloss die Wohnungstür. Er schüttelte den Kopf und lachte laut. »Psst«, sagte Sophie, »er ist noch auf der Treppe.« Auch sie war verwundert und verwirrt durch den Wirbel von Seckendorfs Gerede. »So ein Verrückter«, rief Clemens, »er will mit aller Gewalt Schriftsteller sein, unbedingt. Aber er hat überhaupt kein Talent. Ich kann mir nicht vorstellen, dass seine Geschichten gut sind. Hast du mal eine von ihm gelesen?« »Nein, aber ich werde es nachholen, falls mir zufällig ein Buch von ihm in die Hände geraten sollte.« »Auf keinen Fall bekommt er irgendwas von mir. So ein Wirr- und Dummkopf. Und lesen werde ich von ihm bestimmt auch nichts, nicht mal, wenn er mir eins seiner Bücher direkt vor die Nase hält.« »Es ist nicht ganz unwahrscheinlich, dass er das tun wird«, sagte Sophie, wobei sie ein Lachen nicht unterdrücken konnte.

Post war gekommen, mit einem Brief von Achim. Clemens kehrte gerade vom Friedhof zurück, als die Briefe abgegeben wurden. Ungestüm riss er Achims Brief auf und las laut, damit Sophie gleich alles hörte, denn alles, was Achim schrieb, war ihm wichtig und Sophie sollte es wissen. Achim teilte mit, dass der Geheimrat in Weimar die Liedersammlung inzwischen gründlich durchgesehen habe und eine Rezension verfassen wolle. Der berühmte Mann meine – und man solle das unbedingt berücksichtigen –, dass es gut wäre, falls etwa ein Folgeband geplant sei, in diesen auch Lieder und Gedichte aus anderen Ländern aufzunehmen. »Das ist gut«, unterbrach sich Clemens beim Lesen, »vielleicht könntest du ein paar Lieder übersetzen.« »Wir könnten Jette ein bisschen was zu tun geben«, flocht Sophie ein, ehe Clemens weiterlas. Achim plante, den Winter in Berlin zu verbringen, vielleicht aber auch eine kurze Reise nach Jena und Weimar. Doch jetzt, wo Napoleon mit seiner Armee in Wien eingezogen sei, wisse noch niemand genau, was Preußen tun werde, und Achim wolle nichts verpassen. »Was der König in Preußen tut, hängt wahrscheinlich davon ab, was der französische Kaiser tun wird, nehme ich an«, sagte Clemens. »Meinst du? Auf jeden Fall wird das, was Achim tun wird, wohl davon abhängen, wie sich die königlich-kaiserlichen Streitereien weiter entwickeln.«

Sophie hatte ihre Bedenken aufgegeben und sich mit der neuen Wohnung abgefunden, nachdem sie die leeren Räume besichtigt hatten. Von einem der Zimmer aus konnte man wirklich die Linden auf der großen Terrasse des Schlossgartens sehen. »Nur wegen dieses Blickes auf die Linden stimme ich dem Umzug zu.«

Es nahm alles seinen Lauf. Sophie war froh, dass sie nicht viel tun musste. Sie überließ gern alles Clemens, denn es gab immer wieder Tage, an denen sie sich morgens unwohl fühlte. Trotzdem zwang sie sich zur Arbeit am Schreibtisch. Aber ihr fielen nicht die passenden Worte ein. Vor Übelkeit war ihr Kopf ganz leer.

Clemens verbreitete mit all seinen Umzugsvorbereitungen große Unruhe. Vielleicht war es besser, statt gegen Clemens' Wunsch an dieser Novelle weiterzuarbeiten, eine neue Geschichte zu erfinden, schreibend die Grenzen ins Traumland aller Möglichkeiten zu überschreiten. Vor Jahren hatte sie Bilder einer schönen Welt in sich getragen, die sie in Worten auf dem Papier nachbilden wollte. Immer fehlte die Zeit dazu. So viele Bilder und Ideen. Sie hätte viel mehr schreiben können, als sie geschrieben hatte. Ihr schien, als waltete eine feindliche Macht in ihrem Leben, als hätte der Zufall geschworen, ihr nie günstig zu sein. Sophie atmete schwer und fühlte Tränen aufsteigen. Das Schicksal drängt mich in Verhältnisse, wo die heiteren Bilder wie aus Trümmern hervorragen, dachte sie. Mein Lachen klingt nach Verzweiflung, meine Harmonien sind abgerissene Töne, die von einem fernen Fest durch die Einöde hallen. Sie stand auf und ging zu dem grünen Sofa hinüber, um sich einen Moment hinzulegen. Ihr Blick streifte das Bild von Achim. Fragend sah sie zu dem der Madonna hinüber. Wenn sie nur Clemens besser verstehen würde, seufzte sie. Wenn er sie nur sie selber sein ließe.

Von Jette kamen Nachrichten darüber, wie es den Freunden und Bekannten in Jena und Weimar, der Familie in Camburg und Altenburg ging. Jette bemerkte in einem Nebensatz, dass Hermann noch immer keine Anstellung bekommen habe, und fragte nach Sophies Befinden. Hauptsächlich aber ging es um den englischen Roman, an dem sie gerade arbeitete, eine Geschichte um die berühmteste Dichterin der Antike. Jette war vollkommen begeistert davon. Das Buch sei ganz wunderbar und sie sei voller Zuversicht, dass es großen Erfolg bei den Leserinnen haben werde. Sophie lächelte. Sie war nicht ganz so zuversichtlich wie ihre Schwester, wünschte aber, dass Jette recht behalten werde. Sie wartete schon so lange auf Anerkennung. Vielleicht würde der ersehnte Durchbruch mit diesem Roman gelingen, der vor wenigen Jahren auf Englisch erschienen war, anonym, mit der Behauptung, das Original sei griechisch. Der Stoff war in Mode, alle rissen sich um Griechisches. Nur Clemens gefiel es nicht. Jette kam mit der Übersetzung gut voran. Bald würde sie etwas Neues brauchen, und Sophie überlegte, an Achim zu schreiben. Er hatte ihr einmal von schottischen Balladen erzählt, die er aus England mitgebracht hatte. Vielleicht würde er sie Jette überlassen, damit sie im Anschluss an den Roman gleich wieder eine Arbeit übernehmen konnte. Und falls er tatsächlich in den nächsten Monaten nach Jena und Weimar fahren sollte, könnte er Jette die Balladen bringen. Eine Gesellschafterin für seine Tante hatte sich inzwischen gefunden. Sophie war sowieso nicht sicher gewesen, ob Jette für so eine Stellung geeignet gewesen wäre, aber übersetzen konnte sie, und Achim würde ihr auf diese Weise bestimmt gerne helfen.

Clemens schritt durch die Wohnung, blieb vor jedem Möbelstück stehen, stellte mit einem Zollstock Breite und Tiefe fest und notierte die Maße der verschiedenen Schränke, Kommoden und Regale. »Gut, dass wir noch nie sehr lange in einer Wohnung gewohnt haben, so dass sich noch nicht viel angesammelt hat«, erklärte er. Er vermaß den Schreibtisch von Sophie, wobei sein Blick auf ein kleines Buch fiel, das ganz am Rand des Schreibtisches lag. Er schlug es auf und sah Sophie mit stechendem Blick an. Sie wich nicht aus: »Ja, die Novelle liegt noch immer hier. Und sie ist – bis auf den Schluss – übersetzt und bearbeitet.« Nach der morgendlichen Übelkeit fühlte sie sich langsam besser. Falls Clemens über die Novelle streiten wollte, würde sie ihre Arbeit verteidigen. »Gegen meinen Willen«, sagte er scharf. »Ja, du machst mir die Arbeit daran so schwer wie möglich.« »Ich habe dir erklärt, warum. Was werden all unsere Bekannten denken. Alle, die das hier lesen, werden über uns reden.« »Warum glaubst du das?« »Man wird denken, du hättest aus persönlichen Gründen ein Interesse an dieser Geschichte, weil sie unserer gleicht. Die Leute werden denken, du hättest dich meinetwegen scheiden lassen. Das wird ihnen nicht gefallen. Vor allem wird ihnen nicht gefallen, dass du es anscheinend durch diese Übersetzung deutlich machen willst.« »Wäre es denn schlimm, wenn die Leute dich für einen Liebhaber halten, der es wert ist, eine Ehe aufzugeben?« »Ich will das nicht. Man wird reden. Das gibt nichts als Ärger.« »Das glaube ich nicht. Es geht zwar um Liebe ...« »Um eine Frau geht es, die den falschen Mann liebt.« »... um Liebe, mehr aber um Verlust. Die Heldin sieht sich in einer Reihe mit großen Frauen, die alles verloren haben, wie Jocaste – sie verliert ein Königreich, die Kinder, den Mann und schließlich das eigene Leben. Auch an Tristan und Isolde denkt die Heldin dieser Novelle.« »Daher kommt wohl dein Interesse für den Stoff.« Sophie wollte jetzt nicht über *Tristan und Isolde* reden, sie wollte überhaupt nicht reden. Es wurde ihr zu viel. Seufzend sank sie auf einen Stuhl. Clemens rief: »Ich glaube, du willst mich einfach nicht verstehen. Du entsprichst überhaupt nicht dem Bild, das ich von dir habe.« Er warf das Buch auf den Schreibtisch. Dabei verfehlte er den Tisch beinah, so dass es fast auf den Boden gefallen wäre. »So solltest du nicht reden«, sagte Sophie matt, »vielmehr solltest du dich freuen, dass unsere Ehe nun doch endlich Frucht tragen wird.« Clemens verstand nicht, was sie meinte. Sie musste ihm deutlicher machen, dass sie glaubte, wieder ein Kind zu erwarten. Nur so konnte sie sich die morgendliche Übelkeit erklären. Clemens verstand nicht gleich. Ratlos stand er mitten im Zimmer. »Ach ja«, stöhnte er, anstatt sich zu freuen, »aber wozu? Sie sterben uns doch immer. Ich habe keine Freude an ihnen.« »Aber Clemens!«, rief Sophie entsetzt.

Der November ging zu Ende. Die beiden dunkelsten Monate zogen herauf. Clemens war ganz mit dem Umzugsvorhaben beschäftigt. Es wurde festgelegt, was in die neue Wohnung mitgenommen, was verkauft werden sollte. Das Klavier wollten sie auf jeden Fall behalten, obwohl es zum Transport nicht auseinandergenommen werden konnte wie etwa der Wäscheschrank. Gisela verfolgte alles aufmerksam und sagte immer wieder, sie wolle helfen. Sie durfte Teller in Papier einwickeln und Bücher in Kisten packen.

Sophie fühlte sich schwach und war traurig. Zwar gefiel ihr die neue Wohnung, aber die jetzige gefiel ihr besser, und der Umzug, all die Unruhe, war ihr zu viel. Dass Clemens gegen die Novelle war, bedrückte sie ebenso wie seine Bemerkung, er habe keine Freude an Kindern. Sie wusste, dass das nicht stimmte, denn er behandelte Gisela, als wäre er ihr Vater. Doch was ging in ihm vor? Noch im Sommer war er wütend geworden, als sie sagte, sie wolle keine Kinder mehr.

Am Sonntag vor dem geplanten Umzug unterhielt sie sich bei Louises Abendgesellschaft mit Schwarz und seiner Frau. Er bemerkte ihre Niedergeschlagenheit und wollte ihr Mut zusprechen. Sophie, halb resigniert, halb zuversichtlich, sagte lächelnd: »Ja, ich entspreche einfach nicht meinem Bild.« »Das verstehe ich nicht«, sagte Schwarz' Frau. Über Schwarz' Gesicht huschte ein spitzbübisches Lächeln, wie es zu einem Geistlichen überhaupt nicht passte. Er erklärte ihr, dass Sophie auf die griechische Ideenlehre anspiele. »Es ist ganz einfach«, sagte Sophie, »Clemens hat ein Bild von mir in seiner Vorstellung, und ich als lebendige Frau verwirkliche es, oder eben nicht.« Dann fragte sie, wie es Creuzer gehe, der an diesem Abend wie so oft in der Runde fehlte. »Er fühlt sich vom Glück verlassen, so sehr, dass es sogar dem einen oder anderen Studenten auffällt. An unserem Mittagstisch haben zwei darüber spekuliert, was für Probleme er wohl haben könnte.« »Hängt es mit Lina zusammen?« »Seitdem Savigny mit ihm geredet hat, sieht er ganz klar, dass eine Scheidung ausgeschlossen ist. Savigny wollte ihn beruhigen, alle wirren Phantasien verbannen. Er hat ihm gesagt, dass seine wissenschaftliche Arbeit den Kern seines Lebens darstelle. Er solle sie nicht gefährden. Creuzer sieht das ein, beklagt sich aber über die Leere, die nun entstanden sei, ein gähnendes Grab, in das er seine Hoffnungen legen solle, eine Art letzter Ruhestätte für seine Träume. Ohne eine junge Frau seien die einzigen Früchte, die er im Leben hervorbringen könne, papierene Ideen und Bücher.« Sophie überlegte, ob sie etwas über das Gespräch, das sie mit Creuzer geführt hatte, sagen sollte, und meinte schließlich: »Ich glaube, Creuzer war längst klar, dass er mit Lina keine Familie gründen kann.« »Ach ja?«, rief Schwarz erfreut, »dann steht es ja gar nicht so schlecht um seinen Verstand. Die Liebe hat ihm doch weniger anhaben können, als ich dachte, das ist gut.« Seine Frau hatte aufmerksam zugehört und sagte nun, sie könne gut verstehen, dass es Creuzer schwerfalle, sich von Lina zu trennen. »Man soll das Äußere ja nicht wichtig nehmen, aber schön ist Creuzer nicht. Es scheint mir wunderlich, dass Lina in ihn verliebt ist. Ich glaube, er leidet sehr unter seinem unvorteilhaften Aussehen. Er spricht immer wieder davon.« Schwarz meinte, Creuzer kokettiere wohl eher mit seiner Hässlichkeit, als dass sie ihn belaste. »Er entspricht nicht dem Bild, das er von sich in der Vorstellung hat«, sagte seine Frau. »Ich glaube«, ergänzte Sophie, »auch mit dem Bild, das er sich von Lina gemacht hat, wird er zu kämpfen haben. Ich fürchte, es entspricht der wirklichen Lina gar nicht.«

In der Zeitung war die Nachricht vom Sieg Napoleons bei Austerlitz zu lesen. Sophie und Clemens fragten sich, was Achim dazu sagen würde. Es war kein Brief mehr von ihm gekommen, so dass sie nicht wussten, ob er in Berlin war oder was er machte. »Er könnte auch in Jena sein, wie er vorhatte«, sagte Sophie. Clemens widersprach: »Es war kein festes Vorhaben, er hat nur über die Möglichkeit nachgedacht.«

Der Umzug begann. Starke Männer, Riesen im Vergleich zu Clemens und Sophie, stapften durch die Wohnung. Sie hoben Kommoden vom Boden und trugen Schränke zur Tür hinaus, die Treppe hinunter, mit kaum mehr Mühe, als Sophie eine Hutschachtel getragen hätte. Zwei Wagen wurden beladen. Kleinigkeiten, die keinen Platz in Kisten fanden, nahmen Franzi, Sophie und Gisela. Sie gingen voraus und warteten am Paradeplatz auf die schweren Wagen. Alles wurde wieder abgeladen und ins Haus geschleppt. Sophie war beim Zusehen verzaubert davon, wie leicht und mühelos das ging.

Die neue Wohnung sah nach wenigen Stunden schon fast fertig eingerichtet aus. Alle Schränke waren aufgebaut. Das Klavier hatte seinen Platz dem grünen Sofa gegenüber im Wohnzimmer gefunden. Clemens' Büste stand auf einer Kommode. Die Bilder sollten später aufgehängt werden. Ein großer Spiegel stand im Flur und wartete darauf, an die Wand gehängt zu werden, doch die Männer waren schon gegangen. Gisela hielt einen Hammer in der Hand, Clemens räumte Bücher in die Regale, Franzi klapperte mit Tellern und Geräten in der Küche.

»Wollen wir beide den Spiegel zusammen aufhängen?«, fragte Sophie. Sie holte einen groben Holzstuhl aus der Küche und stellte ihn an die Wand. Dann stieg sie auf den Stuhl, ließ sich von Gisela den Hammer reichen und schlug mit aller Kraft einen großen Nagel ein. Gisela schob den Spiegel heran. Sie musste warten, weil Sophie noch einen zweiten Nagel einzuschlagen hatte. Dann hoben sie den Spiegel gemeinsam hoch, um ihn an die Wand zu hängen. Es war ziemlich schwierig, denn die Metallringe an der Oberkante des Spiegels ließen sich nicht sofort auf den Nägeln festhaken. Schließlich, nach ein paar anstrengenden Minuten, war es geschafft. Sophie stieg wieder vom Stuhl. Sie und Gisela waren bei dem Unternehmen ins Schwitzen geraten.

»Was habt ihr denn gemacht?«, fragte Clemens, als sie zu ihm ins Zimmer kamen. Eins der Regale hatte er schon vollkommen mit Büchern gefüllt. Beim zweiten waren noch vier Regalböden leer. »Komm, wir helfen ihm«, sagte Sophie zu Gisela, »dann geht es schneller.« Sie bückten sich abwechselnd und griffen immer tiefer in die Bücherkiste. Danach rückten Clemens und Sophie noch den Tisch an die Stelle, wo er stehen sollte, und Gisela schleppte den Stuhl aus dem Flur wieder in die Küche. Inzwischen war auch Franzi mit dem Einräumen der Küchenschränke fertig.

Nach dem Abendessen gingen alle früh schlafen. »Bin ich froh, dass die Betten schon fertig im Schlafzimmer stehen«, seufzte Clemens müde, als er in die Federn sank.

In der Nacht bekam Sophie plötzlich starke Bauchschmerzen. Sie spürte, wie das Laken nass wurde. Sie richtete sich auf, versuchte die Kerze auf dem Nachtschränkchen neben dem Bett anzuzünden. Erst nach mehreren Versuchen gelang es ihr. Als sie die Decke zurückschlug, war das Laken voller Blut. »Clemens«, rief sie, »Clemens, wach auf.«

Er schlief fest nach den ungewohnten Anstrengungen des Tages. Die Schmerzen wurden stärker, Blut quoll aufs Laken. Sie brauchte einen Arzt. »Clemens«, schrie sie und rüttelte ihn mit beiden Händen. Endlich wurde er wach. Erst begriff er nicht, dann sprang er auf, um Franzi zu wecken. Die rannte sofort aus dem Haus, mit Nachthaube und langem Hemd. Sie hatte sich nur ein großes Wolltuch gegen die Kälte umgelegt. Clemens kehrte zu Sophie zurück, die sich unter Schmerzen krümmte.

Die Mittagsglocken läuteten. Sophie lag im Bett, die Tür stand einen Spalt offen, als der Arzt im Flur mit Clemens redete. »Machen Sie sich keine Sorgen«, beruhigte er ihn, »Ihre Frau wird noch viele Kinder haben können. Es dauert jetzt nur ein paar Wochen, bis sie wieder zu Kräften kommt. Sie wird wieder völlig gesund, sofern keine Infektion ausbricht. Das kann man leider nie ganz ausschließen.« Es herrschte Stille, dann hörte sie Clemens flüstern. »Sie braucht viel Ruhe«, hörte sie den Arzt sagen, »und soll möglichst vorerst nicht aufstehen. Ich komme morgen wieder.« Die Wohnungstür fiel ins Schloss. Als Clemens zu Sophie ins Schlafzimmer kam, schlich Gisela hinter ihm her. Sophies Hände lagen kraftlos auf der Bettdecke. Gisela blieb am Fußende des Bettes stehen, den ängstlichen Blick unverwandt auf Sophie gerichtet. Sophie versuchte zu lächeln, aber es gelang nicht. Clemens setzte sich auf den Stuhl neben dem Bett. Er hatte ihn dorthin gestellt, um immer bei ihr zu sein. Nun ergriff er ihre Hand und flüsterte: »Alles wird gut. Der Arzt hat es mir versprochen.« Sophie sah ihn an. Kaum hörbar sagte sie: »Gut.« Was sie dachte, konnte sie nicht sagen. Wie die Heldin ihrer Übersetzung hatte sie keine Hoffnung mehr als das Grab. Resigniert war sie. Wie ihre Novellenheldin konnte sie es nur zu ihrem Ruhm rechnen, unter allen Lebenden die größte Dulderin zu sein.

Bis zum Abend saß Clemens neben ihrem Bett. Franzi brachte Tee und Fleischbrühe. Sophie konnte sich nicht im Bett aufrichten, und Clemens reichte ihr die Flüssigkeiten löffelweise. Hin und wieder öffnete Gisela leise die Tür, blieb eine Weile am Bett stehen und ging wieder, wenn sie sich vergewissert hatte, dass ihre Mutter noch lebte.

Abends in der Dämmerung flogen Krähen, ein großer Schwarm, schreiend um die Dächer des Schwarznonnen-Klosters und der Peterskirche. Sie krächzten und lärmten, bis es vollkommen dunkel geworden war. Das Abendläuten tönte von den Kirchtürmen über die Dächer, den Fluss und breitete sich im ganzen Tal aus. Die Nacht war stockfinster. Clemens wachte beim Licht einer Kerze.

Sophie konnte wieder selbst die Tasse mit Tee halten und sich zum Essen im Bett aufsetzen. Gisela hatte nicht mehr den ängstlichen Ausdruck im Gesicht, wenn sie ins Zimmer kam.

Schließlich konnte Sophie wieder einige Stunden im Sessel sitzen. Sie trug einen weißen Morgenmantel und hatte Pantoffeln mit Fellbesatz an den Füßen. Ihr Gesicht war sehr blass und die blauen Augen schienen viel größer als sonst. Ihre Locken strahlten wie ein Lichtkranz um ihren Kopf. Sophie schien nicht aus Fleisch und Blut zu sein, wie sie da in ihrem Sessel thronte, sondern eher ein Wesen aus dem Reich von Eis und Schnee. Durch die Fenster ging ihr Blick ins milchig-neblig Leere des Wintertages. Die Häuser waren nur als Konturen zu erahnen. Es lag Schnee, so dass viele Geräusche, die sonst zu hören gewesen wären, verschluckt wurden und nur gedämpft heraufdrangen.

Georg Zimmer brachte einen kleinen Korb duftender Äpfel. Seine Wangen glühten vom Frost ebenso rot wie diese Äpfel. Nachdem er den Korb auf den Tisch gestellt hatte, zog er ein Zeitungsblatt aus der Tasche. Er faltete es auseinander, indem er sagte, der Geheimrat in Weimar habe endlich seine Meinung über das Buch von Clemens und Achim geäußert. Er begann vorzulesen. Clemens und Sophie hörten gespannt zu. Das Beste war, dass der Geheimrat meinte, die Liedersammlung müsse in jedem Haus stehen. »Was könntest du mehr wünschen«, rief Georg aus. »Jetzt geht mir die Arbeit am Folgeband gleich noch mal so leicht von der Hand«, freute sich Clemens, »ich muss gleich an Achim schreiben.« Er lief zum Schrank. Statt Schreibzeug zu holen, nahm er aber die Flasche Likör, die dort stand, schenkte zwei kleine Gläser voll, reichte eins Georg Zimmer, und sie tranken mit gegenseitigen Wünschen auf eine erfolgreiche Zukunft. Ein zweites Glas erhoben sie auf Sophies Wohl.

Georg erzählte, dass seine Schwester zu ihm ziehen und ihm den Haushalt führen werde. Sie war eine ehemalige Schülerin von Louise und würde bei ihm einen Mittagstisch für Studenten einrichten. Sie koche gut und werde auf diese Weise zum Unterhalt beitragen.

Clemens fragte ihn nach den Verlagsvorhaben für das gerade begonnene Jahr. Georg meinte, ohne sich genauer zu äußern, dass bald der zweite Band der *Studien* fertig werden müsste. Clemens erkundigte sich nach Creuzer. »Ich hatte den Eindruck, dass er sich nicht sehr um die Reihe bemüht hat. Er sieht in den letzten Wochen eher matt und nicht unternehmungslustig aus. Geht es ihm inzwischen besser?« »Das ist schwer zu sagen. Ich weiß nicht viel über Creuzers Befindlichkeiten. Er hat die Krise wohl noch nicht ganz überstanden. Er soll wohl – ach, ich weiß wirklich nicht. Wer hat mir das nur gesagt? Lina hat sich wohl in jemand anders verliebt.« »Weiß man in wen?«, fragte Clemens neugierig. »Es klingt nicht sehr wahrscheinlich, aber ich meine, jemand sagte, in Seckendorf.« Clemens brach in Gelächter aus. Auch Sophie musste lächeln. »Ich wusste es ja«, rief Clemens übermütig, »Linas Verliebtheiten wechseln wie die Jahreszeiten. Aber ausgerechnet Seckendorf? Soll man das wirklich glauben? Dieser Möchtegern-Dichter und Wirbelwind in allen Gassen?« Auch Sophie konnte sich nicht vorstellen, dass Lina sich in diesen Mann wirklich verliebt haben sollte. Zum Lachen fehlte ihr aber noch die Kraft. Georg wiederholte, dass er nichts Genaues wisse. Sollte es sich aber tatsächlich so verhalten, wäre es wohl das Beste, Creuzer stünde Lina und Seckendorf nicht im Weg.

Nachdem Georg sich den Mantel angezogen, den Schal umgeschlungen und den Hut aufgesetzt hatte, wagte er sich hinaus in die Kälte. Sophie und Clemens sprachen über Lina. Er begann zu erzählen. »Mit siebzehn hat ihre Mutter sie in ein Damenstift gesteckt. Vermutlich um genau das zu verhindern, was dann passierte. Lina hat einen Mann kennengelernt und sich in ihn verliebt.« »Aber er war nicht in sie verliebt?« »Oh doch!« Clemens lächelte und schwieg bedeutungsvoll. »Ja und?« »Lina und Savigny waren zwar verliebt, aber keiner hat sich getraut. Was hätte das auch werden sollen?« Sophie glaubte nicht richtig zu hören. Nach der ersten Überraschung fand sie aber, dass die beiden ein ideales Paar wären, nicht nur äußerlich. Beide waren schlank und sehr groß, beide etwas blass und sehr sanftmütig. Beide auffallend klug, sehr ruhig und zartfühlend, er vorausschauend, sie voller Ideen, er sehr reich, sie arm. Savignys Eltern und seine elf Geschwister waren alle gestorben, und auch Lina war vom Schicksal geschlagen. »Linas Mutter wäre doch sicher begeistert von so einem Schwiegersohn gewesen«, meinte Sophie. »Na eben. Er war mir viel zu wertvoll für so eine Heirat. Er ist mit Gundi viel besser dran, sie ist tüchtig, klug und hat ihm viel Geld mitgebracht. Außerdem ist er auf diese Weise mein Schwager geworden, gehört zu mir und meiner Familie.« Sophie hörte Clemens mit zwiespältigen Gefühlen zu und fragte schließlich in einem Ton, der deutlich machen sollte, dass sie an diese Möglichkeit nicht wirklich glaubte, ob er und Gundi eine Verbindung zwischen Lina und Savigny hintertrieben hätten. Clemens schwieg einen Moment. »Im Krieg und in der Liebe ist alles erlaubt«, sagte er dann leichthin. »Das ist mir zu platt«, sagte Sophie. »Gundi wollte ihn, und warum hätte ich Savigny – der ja zudem in seinen Gefühlen so unsicher war, dass er jeden fragte, was er von Lina halte – zu einer Ehe mit Lina raten sollen, wenn er mein Schwager werden konnte?« »Er hat dich gefragt, was du von Lina hältst?« »Ja. Und nicht nur mich. Stell dir vor, er hat Creuzer gefragt.« Sophie staunte. Savigny und Lina waren ineinander verliebt gewesen, hatten es sich aber nicht gestanden, und Savigny machte eine Meinungsumfrage unter seinen Freunden. Aber Creuzer. Wenn Savigny ihn tatsächlich gefragt hatte, konnte das erst nach seiner Hochzeit gewesen sein, weil Creuzer Lina ja erst im Sommer danach kennengelernt hatte. Sollte sie das glauben? War Savigny auch nach seiner Hochzeit noch heimlich in Lina verliebt? »Creuzer hat Lina zum ersten Mal in dem Sommer getroffen, als ich in

Frankfurt war, richtig?«, vergewisserte sie sich. »Ja. Savigny und Gundi waren auf dem Gut und baten Lina, sie zu besuchen, aber sie konnte das Geld für die Fahrt nicht aufbringen. Jemand hätte sie mitnehmen müssen. Stattdessen aber sind Freunde nach Heidelberg gefahren und hatten noch Platz in ihrer Kutsche. So kam Lina nach Heidelberg. Ich weiß nicht, was Creuzer damals gesagt hat, als Savigny ihn später über Lina befragte. Er wird sich bedeckt gehalten haben, behauptet haben, Lina sei zu unerfahren, nicht ganz von dieser Welt. Ich habe keine Ahnung, er hat es mir nicht verraten. Aber er war stolz, dass er ihr Geliebter wurde, dass Lina ihn liebte, dass sie Savigny aufgab für ihn.« »Hat er das gesagt?« »Nein, aber ich weiß es. Er war stolz, Savigny ausgestochen zu haben. Vor allem, weil er sich ja immer für so hässlich hält. Nun, das stimmt ja auch, besonders ansehnlich ist er nicht.« Sophie schüttelte den Kopf. Von all dem hatte sie nichts gewusst. Und jetzt also, nachdem Savigny Creuzer klargemacht hatte, dass er Lina entsagen müsse, hatte Lina sich in Seckendorf verliebt. Vielleicht war es wirklich das Beste so, auch wenn es Sophie nicht sehr wahrscheinlich vorkam. »Man muss wohl einfach damit rechnen, dass Amors Pfeile ganz zufällig treffen. Amor ist eben nicht Tell«, meinte sie, »es kann auch mal ein Schuss dabei sein, der ein ganz unerwartetes Ziel trifft.« »In der antiken Mythologie gibt es eben nicht viel, auf das man sich verlassen kann. Der griechische Götterhimmel ist reine Spielerei. All diese Göttinnen und Götter, die sich da tummeln. Wir haben was Besseres.« Plötzlich wurde er ernst. Er erklärte ihr, dass er während ihrer langen Krankheit jeden Tag Maria angefleht habe, sie möge ihm Sophie erhalten. Er leide sehr darunter, dass Sophie nicht wie er Maria zu ihrer Königin mache. Dabei sprach er mit Nachdruck und schien sehr bewegt.

Sophie fühlte sich bei seinen beschwörenden Worten bedrängt und zunehmend beklommen, obwohl er seine Erklärungen und Wünsche weniger fordernd vorbrachte als im Sommer, wo er sie gemahnt und ihr Vorwürfe gemacht hatte. Als absolut notwendig beschrieb er ihr den Glauben an die Kraft der Gottesmutter Maria, ihr Schutz sei für ihn lebenswichtig. Sophie müsse das verstehen und sie müsse seinen Glauben teilen, sonst würden sie bis in alle Zeiten in Unfrieden leben und leiden. Sophie versprach, sie werde sich bemühen, alles zu verstehen. Wenn sie erst wieder ganz gesund wäre, werde sie ihn regelmäßig in die Kirche begleiten. Auf Clemens' Gesicht erstrahlte ein fast kindliches Lächeln. »Ich habe gelobt, eine Wallfahrt zu machen, wenn Maria mir hilft und du am Leben bleibst. Es wäre wunderbar, wenn wir uns zusammen auf den Weg zum Heilig-Blut-Altar nach Walldürn machen würden. Möchtest du das? Möchtest du mit mir dorthin und Dank sagen?«

Sophie hatte noch nie einen Wallfahrtsort besucht. Sie wollte Clemens gern diese Freude machen. Doch jetzt fühlte sie sich erschöpft. Sie war den ganzen Tag auf und musste sich erst wieder eine Weile ins Bett legen. »Oh Sophie, du machst mich zum glücklichsten Menschen auf Gottes Erdboden«, rief Clemens sie umarmend, nachdem sie sich, ein schwaches Ja murmelnd, vom Sessel erhoben hatte. In seinen Augen glitzerten Tränen. Er brachte sie ins Schlafzimmer und wich nicht von ihrer Seite. »Ach, wenn du nur erst wieder ganz gesund wärst«, seufzte er und gab ihr einen Kuss. Sophie war froh, sich endlich wieder hinlegen zu können.

Clemens blieb eine Weile neben ihr sitzen. »Jetzt wird alles gut«, versicherte er, »wir hatten zwei schwierige Jahre. Aber was ist das schon gegenüber den vielen guten Jahren, die noch vor uns liegen.« »Ja, alles wird gut«, wiederholte Sophie. Sie lebte noch und würde noch lange leben, und wenn sie irgendwann sterben sollte, dachte sie, wird der Lebensfunke nicht erlöschen. Das einmal Gewesene mischt sich, wenn es verschwindet, mit der Urkraft. Das Ich geht unter, sein Lebensfunke besteht in anderen fort, nichts erlischt oder geht völlig verloren. Sophie glaubte fest daran. Aus Gewesenem entsteht neues Wesen. Kräfte und Formen fließen zu ihrem Ursprung zurück und treten neu hervor.

Mit der Post kamen einige Exemplare von Sophies Erzählung *Die Flucht nach der Haupstadt*. Clemens blätterte eins der Bändchen durch und las einige Seiten, am Anfang, in der Mitte, den Schluss. Sophie saß am Schreibtisch und wartete, was er sagen würde. Sie hatte eins ihrer Kleider angezogen, nicht den weißen Morgenmantel. Es wurde ihr langsam zu viel, leidend und kraftlos herumzuliegen und den Tag immer halb im Bett zu verbringen. Sie spürte, dass ihre früheren Kräfte langsam zurückkehrten, und vielleicht ließen sie sich anregen – so hoffte sie –, wenn sie sich möglichst normal verhielt, so wie vor dem Umzug und der Fehlgeburt. Das war inzwischen fast fünf Wochen her. Auch der Arzt hatte keine Einwände dagegen, dass sie wieder zu normalem Leben zurückkehrte und den ganzen Tag aufblieb, solange sie sich nicht überanstrengte und nicht zu viel herumlief.

»Nun, was sagst du?«, fragte sie Clemens. »Du schreibst immer solche Geschichten«, tadelte er, »immer so …, wie soll ich das nennen?« »Du magst das Büchlein also nicht«, fragte sie enttäuscht. Clemens blieb unschlüssig. »Ich bin gespannt, was Louise dazu sagen wird. Ich werde ihr eins schenken.«

## *1806*

Mitte Januar verließ Sophie zum ersten Mal seit Wochen das Haus. Sie trug Pelzmütze, Muff und Stiefel. Den Mantelkragen hochgeschlagen, ging sie über den Paradeplatz. Clemens hatte Hals und Kopf mit einem Schal umwickelt, gegen den Wind, der empfindlich kalt über den Platz zog. Sie bogen in die Hauptstraße ein, wo man den Wind weniger scharf spürte.

Sophie war überrascht, wie schnell sie das Haus von Louise

erreichten. »Der Weg von der neuen Wohnung bis hierher ist gar nicht so weit, wie ich dachte«, sagte sie zu Clemens. Louise kam ihnen entgegen. »Ich freue mich, dich wieder bei Kräften zu sehen«, begrüßte sie Sophie, die sich aus den Wintersachen schälte. Im Saal schienen schon alle versammelt zu sein, und als sie eintrat, brach ein Jubel aus, als wäre Sophie von den Toten auferstanden. »Was waren die Abende hier schmucklos ohne dich«, sagte einer. »Schade, dass du nicht auf dem Ball gestern warst«, meinte ein anderer gedankenlos. Man sprach ein wenig über die Tanzveranstaltung. »Den Neujahrsball hast du diesmal leider auch wieder verpasst«, sagte eine gute Bekannte. Im letzten Jahr sei ihr Sophies Fehlen beim Neujahrsball nicht so sehr aufgefallen, denn Sophie und Clemens lebten damals ja noch nicht lange in Heidelberg und sie kannten sich noch nicht so gut. »Aber jetzt sorgt sich jeder, wenn man dich nicht sieht, und fragt, wo du bist. Man vermisst dich, du darfst einfach in keiner Runde fehlen.« Sophie reichte jedem die Hand. Sie freute sich, ihre Freunde und Bekannten wiederzusehen. Vom Ball kam man auf andere Vergnügungen zu sprechen. Man bedauerte, dass die Stadt kein Theater hatte. »Es wäre großartig, wenn es hier eins gäbe. In den Stunden, die man im Theater verbringt, lebt man wie in einer anderen Welt«, bemerkte einer. Sophie stimmte zu. »Das Theater eröffnet eine Freiheit, die das Leben sonst nicht bietet.« »Darum geht die Heldin in Ihrer neuesten Erzählung wohl auch zum Theater?«, fragte eine Dame. »Oh, Sie haben mein Buch gelesen«, freute sich Sophie, »und hat es Ihnen gefallen?« »Mir hat es sehr gut gefallen«, warf Louise ein. Daub dagegen gab zu bedenken, dass nicht alle dieses Buch so freundlich bewerten würden. Er habe eine ziemlich scharfe Kritik gelesen und insgesamt seien die Meinungen wohl widersprüchlich. Er fände aber, dass in Gegenwart Sophies an diesem Abend, wo sie zum ersten Mal wieder in Gesellschaft ginge, niemand eine hitzige Diskussion über ihr Buch entfachen solle. Nur eine junge Frau, die zum ersten Mal in der Runde dabei war, konnte es nicht unterlassen, zu tadeln, dass die unbedachten und unmoralischen Handlungen der Heldin im Buch nicht bestraft würden, was gegen die Regeln lehrreicher Geschichten verstoße. »Es gibt keine bösen Folgen, nicht einmal Ermahnungen. Stattdessen endet alles in Glück und schönster Harmonie. Meine Eltern und meine Familie wären entsetzt, wenn sie wüssten, dass ich dieses Buch gelesen habe und sogar die Verfasserin kenne.« »Aber meine Liebe«, wandte Louise ein, »warum soll es denn kein gutes Ende geben. In der Mitte der Geschichte sieht es doch zum Teil sehr düster für die Heldin aus. Der Geliebte scheint gar nicht mehr am Leben zu sein. Da ist der freudige Schluss doch eine gelungene Überraschung, mit der die Leser so wenig gerechnet haben wie die Heldin mit dem Wiedersehen.« Man sprach noch eine Weile über Notwendigkeit und Nutzen der Darstellung spürbarer Strafen und böser Folgen für ungewöhnliches oder falsches Handeln.

Sophie war froh, dass sie in diesem Kreis beliebt war. Man wollte sie schonen, obwohl einige der Anwesenden durchaus nicht mit ihrem Buch einverstanden zu sein schienen. Sie hielten sich aber zurück, weil Louise es verteidigte. Ihr hatte es gut gefallen. Sie mochte an der Geschichte besonders das Streben der jungen Frau nach Freiheit. Natürlich sei Freiheit gefährlich, lenkte sie ein, als sich auf einigen Gesichtern bedenkliche Mienen breitmachten. Jeder Vogel im Käfig sei sicherer als der draußen, der sich vor Katzen und Elstern hüten müsse. Aber er sei eben nicht frei.

Vom Thema Freiheit kam man auf die Entwicklungen in Frankreich, auf die Frage, was aus der Freiheit geworden war, die alle gewollt hatten, was von den Idealen verwirklicht werden konnte, was Vision blieb nach Terror und Tod.

Man sprach über die jüngsten Veränderungen in Europa als Folge des letzten Feldzugs. Zum Jahreswechsel waren Bayern und Württemberg Königreiche geworden. Viele kleine Fürsten hatten ihr Land aufgeben müssen. »Auch Baden hat es wieder mal genützt, sich mit dem Kaiser der Franzosen gutzustellen«, sagte Daub, »nachdem Carl Friedrich jetzt Großherzog ist und er nicht nur zu neuen Würden, sondern mit dem hinzugewonnenen Land wohl auch zu neuen Einkünften gekommen ist, wird er die Universität noch stärker fördern als bisher. Ich hoffe das wenigstens.« Clemens nutzte die Gelegenheit, an seinen Freund Joseph in Koblenz zu erinnern: »Wenn es eine Stelle gibt – er würde der Universität sicher zu noch mehr Ruhm verhelfen.«

Georg Zimmer hatte seine Schwester zu sich ins Haus geholt. Die beiden besuchten Clemens und Sophie. Clemens bot den beiden das Sofa zum Sitzen an und fragte, ob sie etwas trinken wollten, doch sie lehnten ab. Fräulein Zimmer war sehr belesen und Sophie konnte mit ihr über vieles sprechen. Vor allem aber schien sie praktisch veranlagt zu sein. Sie hatte bereits Schritte unternommen, den Mittagstisch, den sie für Studenten einrichten wollte, zu verwirklichen. Ihr Bruder habe einige Plakate drucken lassen, erzählte sie, und eine Lesegesellschaft wolle er auch gründen. »Ein Verlag, ein Laden, wo man die Bücher direkt kaufen kann, die im Verlag erscheinen, ein Mittagstisch, wo die Studenten diskutieren, und eine Lesegesellschaft, wo sich alle treffen können, die über Bücher sprechen wollen, wäre ein vollkommenes und sicher auch willkommenes Angebot«, meinte Georg und seine Schwester nickte. Er lächelte, froh darüber, dass nun seine tüchtige Schwester bei ihm wohnte.

An einem sonnigen Wintertag unternahmen Clemens und Sophie den ersten Spaziergang, seitdem sie aus der Vorstadt zurück an den Paradeplatz gezogen waren. Die Sonne beschien den Heiligenberg und die Hänge des nördlichen Neckarufers. Sie gingen über die Brücke und dann in Richtung Neuenheim.

Die Felder der Ebene lagen im Sonnenlicht, während die Stadt noch im Schatten von Gaisberg und Königstuhl lag. Clemens war besorgt, dass Sophie sich zu viel abverlangte, und mahnte immer wieder zur Rückkehr. Die Büsche und Sträucher am Wegrand trugen dicke Knospen. Hier und da spross frisches Grün aus der kalten Erde. Sophie war so froh, sich endlich wieder an der frischen Luft bewegen zu können, dass sie die Kälte kaum merkte und am Neckar entlang bis Ladenburg oder wenigstens bis Schwabenheim gewandert wäre, wenn Clemens auf der Höhe von Wieblingen nicht entschieden hätte, umzukehren und im erstbesten Gasthaus eine Kleinigkeit zu essen.

Auf dem Weg nach Hause glänzten die Dächer der Stadt im Licht der Februarsonne. Aus den Schornsteinen zogen feine Rauchwolken empor und verspannen sich zu einem Nebelschleier. Vor ihnen her auf der Straße zur Brücke gingen zwei Lumpengestalten mit großen Besen – Hexen. In der Stadt wurde Fastnacht gefeiert. Die Handwerker und ihre Frauen, sonst ehrbare Leute, tobten in närrischen Kostümen durch die Straßen, als Unholde und Herolde verkleidet. In der fröhlichen Menge wurden Clemens und Sophie hin und her geschubst. Etwas weiter weg sahen sie Georg Zimmer, der sich wie sie in der Menge herumschieben ließ. Der Schreinermeister, bei dem sie gewohnt hatten, winkte ihnen zu und schwenkte seinen Hut, verziert mit einer spitzen Adlerfeder. Sophie und Clemens kämpften sich ihren Weg durch die Menge. Bis spät in die Nacht lärmten die Leute in Gasthäusern und Straßen. Sophie hörte das Rufen und Singen oben in der Wohnung.

Das fertige Manuskript von Jettes Übersetzung traf ein. Sie schickte es Sophie zur Durchsicht und schrieb, dass ihr die Arbeit Spaß gemacht habe. Achim war in Jena gewesen und hatte ihr die Balladen gebracht. Sophie lächelte, als sie las, wie Jette von seiner Stimme schwärmte, die einen so warmen Klang habe, dass man gar nicht anders könne, als ihm zu vertrauen. Einige Balladen habe sie bereits gelesen und sogar schon begonnen, die ersten Verse zu übersetzen. Sie zeigte sich zuversichtlich und dankte Sophie, dass sie Achim mit diesen schottischen Liedern zu ihr geschickt hatte.

Georg Zimmer sprach mit Clemens über den Folgeband der Liedersammlung und darüber, wie man möglichst schnell genügend Lieder zusammenbekäme, nachdem Clemens' Bücher für den ersten Band weitgehend ausgewertet worden waren. »Der erste Band verkauft sich, wie es den Anschein hat, recht gut«, sagte Georg, »man könnte für den zweiten Lehrer oder Personen, die viele Leute in den verschiedenen Städten und Ländern kennen, zum Beispiel auch in der Schweiz, anschreiben und bitten, Lieder zu schicken.« Er erzählte, dass Creuzer ihn gefragt habe, ob er Gedichte von Lina als Buch veröffentlichen wolle. Er habe zugesagt, obwohl es unter einem völlig unbekannten, etwas rätselhaften Namen, einem ganz neuen Pseudonym erscheinen solle. »Ich hoffe, es wird kein Misserfolg. Andererseits wird das Büchlein nur schmal und die Kosten dürften sich in Grenzen halten.« »An den Gedichten sollte es nicht liegen, falls es ein Misserfolg wird. Lina schreibt doch sehr gut«, bemerkte Sophie dazu. Daran zweifle er nicht, erklärte Georg, aber ein ganz unbekannter Name könne ein Problem sein. Clemens, der seinen Widerstand gegen die Boccaccio-Novelle wie versprochen aufgegeben hatte, schlug Sophie vor, sie könne es doch genauso machen wie Lina. »Ein völlig unbekannter Name wäre eine gute Lösung«, meinte er. Georg horchte verwundert auf. Er hatte lange nichts mehr von der Novelle gehört und glaubte, Sophie habe die Arbeit daran längst aufgegeben. Überrascht hört er nun, dass sie bereits fertig war. »Ich werde darüber nachdenken«, sagte Sophie. Ihr gefiel der Gedanke nicht, einen falschen Namen für ihr Buch verwenden zu sollen. Bedeutete das nicht, dass sie etwas zu verstecken hätte? Warum diese Maskerade, als müsste sie sich schämen? »Es ist«, hörte sie Georg sagen, »wie eine Mode, dieses allgemeine Versteckspiel mit Namen. Denkt an Novalis. Wie viel klangvoller, wie viel passender ist dieser Name für einen Dichter als das unsanfte Hardenberg.« »Ja eben«, stimmte Clemens zu, der immer noch dagegen war, die Novelle mit dem Namen seiner Familie verbunden zu sehen.

Auf sonnigen Wiesen sprossen Krokusse aus dem Grün, knospende Osterglocken warteten auf mehr Sonne. Meisen huschten durch Sträucher und bauten Nester. Sophie machte mit Gisela einen Spaziergang zum Stift Neuburg. Auf dem Rückweg sahen sie am gegenüberliegenden Ufer das Karlstor und die Mühlen, die Brückentürme und die Türme der Kirchen. Der Neckar glitzerte. Sie blieben eine Weile auf der Brücke stehen und sahen dem Wasser nach, das unter ihnen nach Westen eilte. Am Ufer beim Marstall lagerte eine große Menge Holz. Direkt bei der Brücke das Brennholz und die kleinen Stämme, beim großen Kran hinter dem Marstall lagen die größeren. Die dicksten Eichenstämme waren für den Schiffsbau bestimmt und wurden den Rhein hinab nach Holland geflößt.

Gisela und Sophie gingen durchs Tor mit den beiden runden Gefängnistürmen und am »Goldenen Hecht« vorbei. In der Steingasse begegneten sie Creuzer. Sophie hatte in Erinnerung, dass er am Ende des letzten Jahres sehr niedergeschlagen gewesen war, aber die Sonne lockte jetzt wohl seinen Lebensmut wie Schneeglöckchen und Krokusse aus der grau-braunen Erde hervor. Sie beschlossen noch einmal wie im letzten Herbst im Café Schäffer bei einer Tasse Kaffee oder Schokolade zusammenzusitzen. Gisela war das zu langweilig und sie ging nach Hause. Sie betraten das Café und sahen sich nach einem Tisch um. »Wie gut, dass die Kleine gegangen ist, dann müssen wir nicht nur über langweilige Sachen reden«, sagte Creuzer und steuerte auf einen freien Tisch zu. »Ziemlich voll hier, und verraucht«, stellte er fest und erzählte, dass er neuerdings oft Spaziergänge mache, trotz der vielen Arbeit. »Schwarz hat mich dazu überredet. In der Natur schöpft man neue Kraft«, redete er weiter, »Spaziergänge und lange Wanderungen beleben den Körper und man fühlt nach dem Winter wieder neue Kräfte aufsteigen. Allerdings bin ich wesentlich seltener in der Natur unterwegs als Schwarz. Der lässt sich auch von Sturm oder Regen nicht abschrecken.« Sophie stellte fest, dass sie an demselben Tisch wie damals im Herbst saßen. Von dort konnte man den Marktplatz bis zum Kornmarkt überblicken. Sie bestellten Zuckerkuchen und Kaffee. Dann sagte Creuzer leichthin, er habe sich inzwischen damit abgefunden, dass er auf Lina verzichten müsse. Sophie wartete ab, was folgen würde. Leicht konnte ihm dieser Verzicht unmöglich fallen. »Ich habe das Leben eines Wissenschaftlers und nicht das eines Liebhabers zu führen. Man erwartet das.« Mit ernstem Lächeln erklärte er, Lina habe an Sofia geschrieben, dass sie ihm entsage, dass sie sich Seckendorf zugewandt habe. Er schluckte. »Ach wirklich?«, fragte Sophie zweifelnd. Die Bedienung brachte den Kaffee. Sophie schenkte ein, Creuzer nahm etwas Sahne und viel Zucker. »Es wäre gut«, sagte er, »wenn Lina keinen so engen Kontakt zu Tina und Gundi hätte. Ich habe ja schon einmal gesagt, dass Savigny unter Gundis Einfluss nicht mehr derselbe ist wie damals in Marburg, wo wir gute Freunde waren. Er hat sich sehr verändert.« »Das mag daran liegen, dass er älter und erfahrener geworden ist. Bittet ihn nicht alle Welt um Rat und Hilfe? Ich kann mir nicht vorstellen, dass Gundi ihn so beeinflusst, dass er seinen alten Freunden gegenüber kalt und ungerecht wird.« Sophie rührte in der Tasse und legte den Löffel ab. Creuzer behauptete, Savigny denke neuerdings wie ein Kaufmann, rechne genau vor, wem er wann und unter welchen Bedingungen Geld geliehen habe, welche Verbindlichkeiten und Pflichten bestünden; das könne nur Gundis Einfluss sein. Er habe den Verdacht, Tina und Gundi würden gegen ihn hetzen. Sie seien es, die Lina von ihm trennen wollten. »Bestimmt hat eine von ihnen diesen Seckendorf eingeschleust. Sie kennen ja so viele Leute, da kann es kein Problem sein, für Lina jemanden zu finden, der sich um sie kümmert, damit sie mich vergisst.«

Sophie fand Creuzers Überlegungen wirr. Er behauptete, auf Lina zu verzichten, so wie Lina auf ihn, aber im Grunde suchte er nach einem Ausweg. Das Mädchen kam und brachte den Kuchen. »Ich bin sicher, Gundi steckt dahinter.« Sophie war nicht klar, was Creuzer meinte. »Dieser Anspruch, dass einem wahren Wissenschaftler die Wissenschaft alles sein müsse. Das mag mal vorkommen, aber …« Er stockte. »Die Wissenschaft als einziger Lebensinhalt reicht nicht immer, vielleicht nicht jedem«, half Sophie weiter. »Hm, ja genau. Da Lina mich zurückweist, ob aus eigenem Wunsch oder weil es ihr jemand nahegelegt hat – wegen dieses Seckendorf, da muss ich ja fast lachen, ich glaube es nicht –, muss die Wissenschaft mir als einzige Leidenschaft genügen. Aber was das bedeutet, … ich werde ganz aus der Gegenwart und dem Leben gewiesen und ins Altertum versenkt.«

War das nicht zu drastisch? Ehe Creuzer ihr Lächeln bemerken konnte, wurde Sophie wieder ernst und hörte zu. »Ich werde in einer längst vergangenen Wirklichkeit leben, in einer ernsten Nacht, wo nur hin und wieder fahles Licht in endlose Säulengänge fällt und Marmorbilder bescheint, die, in der Bewegung erstarrt, kalt aufblitzen. Großartigkeit umgibt mich in Hallen vergangener Macht. Mir schaudert bei dem Gedanken an diese große Einsamkeit und kalte Größe. Mich fröstelt jetzt schon.«

Sophie empfand die Kälte, die ein Leben ohne Liebe bedeuten würde. Schweigend aßen sie ihren Kuchen. »Gundi ist missgünstig, auch gerade gegen Lina, obwohl sie vorgibt, ihre Freundin zu sein«, begann Creuzer wieder. Er erzählte, dass Savigny Lina vor langer Zeit eine gemeinsame Reise nach Italien angeboten hatte. »Aber Gundi hat das hintertrieben. Sie wusste schon immer, was sie wollte. Eine Reise Savignys mit

Lina passte sicher nicht in ihre Pläne.« Sophie hörte aufmerksam zu, doch Creuzer hob seine Tasse, als wollte er sich dahinter verstecken. Sie griff nach der Kanne, schenkte sich nach und bot auch Creuzer an nachzuschenken. Er stellte seine Tasse ab.

»Stimmt es, dass Georg Zimmer ein Buch von Lina herausbringen wird?«, fragte Sophie. Creuzer schien nicht erfreut, dass sie davon wusste, doch Sophie beruhigte ihn. Außer ihr und Clemens wisse wohl niemand davon. »Wenn Clemens es weiß, weiß es bald jeder. Da hätte Lina sich das Pseudonym sparen können«, platzte Creuzer unwillig heraus. Sophie fragte, ob er die Gedichte gelesen habe. »Natürlich habe ich das. Sie schickt sie an mich und ich sehe sie durch, ehe ich sie an Zimmer weitergebe. Ich organisiere überhaupt alles für sie. Die Gedichte und diese fiktiven Briefe sind sehr gut. Wenn ich sie lese, bin ich ganz sicher, dass nicht stimmen kann, was sie Sofia geschrieben hat. Sie kann mir nicht entsagt haben. Ich glaube es einfach nicht. Vor allem diese Briefe an einen fiktiven Geliebten sind ganz wunderbar. Frag mich nicht, ob bei den Gedichten auch die Metrik stimmt. Dazu kann ich nichts sagen.« »Die ist vielleicht gar nicht so wichtig.« »Ich werde Voß fragen, falls es mal nötig ist, ob er mir ein paar Privatstunden gibt. Keiner kennt sich besser in Fragen der Metrik aus. Aber ich glaube nicht, dass Lina irgendetwas falsch gemacht hat. Was sie macht, macht sie richtig. Sie ist unglaublich. Habe ich dir gesagt, dass sie wissenschaftliche Bücher liest?« Sophie wusste es, kam aber nicht dazu, etwas zu sagen, denn fast im selben Atemzug, in dem er Lina lobte, empörte er sich darüber, dass sie zu einem Maskenball gegangen war, ohne ihm vorher etwas davon zu sagen. »Wahrscheinlich war sie dort mit diesem Seckendorf«, brummte Creuzer. Er fasste die Kuchengabel fester und fixierte den Kuchen auf seinem Teller wie einen Feind.

Sophie begann von ihrer Arbeit zu reden und der Frage, wie die Boccaccio-Novelle veröffentlicht werden könnte. Erstaunt sah Creuzer vom Teller auf, wo er gerade ein Stück vom Zuckerkuchen abhackte. »Ist die Novelle denn fertig? Ich dachte, du hattest die Arbeit daran ganz aufgegeben.« »Ich habe nie ernsthaft daran gedacht, sie aufzugeben, trotz Clemens' Widerstand. Ich gebe nicht so leicht auf.« »Das weiß ich. Trotzdem war ich sicher, dass diese Übersetzung nie abgeschlossen würde. Da habe ich mich also getäuscht. Aber bei Frauen weiß man oft nicht, woran man ist, und muss auf Unerwartetes gefasst sein.« Sophie zog die Augenbrauen hoch und wartete, ob er deutlicher werden wollte. »Lina hat so sanfte, blaue Augen, aber sie handelt völlig selbständig, schreibt Heldensagen wie ein Mann.« Sophie unterdrückte fürs Erste die Frage, warum Heldensagen von Männern geschrieben werden müssten. War Homer etwa selber vor Troja gewesen oder in der Höhle Polyphems? Warum sollte eine Dichterin die Taten eines Helden weniger lebhaft schildern können als ein Dichter, der ja auch nicht selber mit dem Schwert kämpfte und durch Blutlachen watete.

Creuzer hatte während dieser Gedanken weitergeredet. »Sie kann inzwischen recht gut Latein. Sogar etwas Griechisch. Ich schreibe ihr manchmal ein paar Zeilen und sie versteht alles. Ich muss gestehen, dass ich versucht habe, ihr das Lernen dieser Sprache auszureden. Aber es ist mir nicht gelungen. Wahrscheinlich hätte ich es ebenso wenig geschafft, ihr den Besuch des Kostümballs vor drei Wochen auszureden.« Sophie hob aufmerksam den Blick und fragte Creuzer, warum er das hätte tun wollen. »Es passt mir nicht, dass sie sich solchen Tollheiten hingibt. Noch dazu ohne mich vorher zu fragen.« Wieso sollte Lina ihn fragen, wenn sie sich amüsieren wollte? »Sie hätte es mir vorher sagen müssen.« Creuzer fühlte sich bei Sophies Blick offenbar unwohl. »Und warum hätte sie das?« Creuzer blieb die Antwort schuldig. Wahrscheinlich war er verärgert über die verpasste Gelegenheit, dachte Sophie. Sie hätten zusammen zu dem Ball gehen können, ohne erkannt zu werden, wenn er sich rechtzeitig um ein Kostüm hätte kümmern können. Was für eine Gelegenheit für eine Liebe, die nicht öffentlich sein durfte. »Lina hat einen starken Willen. Ich habe gar nicht mehr den Mut, harmlos mit ihr zu scherzen, wie man es mit Kindern tut. Die Zeit solch netter Späße ist für uns vorbei. Ich kann sie mir nicht in Liebe untertan machen, wie wir Männer doch wollen«, hörte sie Creuzer sagen. »Habe ich das richtig verstanden? Was kannst du nicht?« Sophie fühlte Ärger in sich aufsteigen. *Untertan* war kein Wort, das ihr einfiel, wenn sie über Liebe nachdachte, auch wenn ihr längst Zweifel gekommen waren, dass Liebe und Freiheit wie die beiden Seiten eines Blattes zusammengehörten oder wie Luft und Wasser in einer Wolke verbunden waren. Früher glaubte sie das. Sie erinnerte sich an den Streit, den sie mit Jette darüber geführt hatte, und begann wie früher über Freiheit und Liebe zu reden. Creuzer hörte ihr zu. Aber je länger sie redete, umso mehr gewann sie den Eindruck, dass er nicht verstand, was sie meinte. Vielleicht beim nächsten Mal.

Creuzer zählte auf, was Lina alles Bewundernswertes geschrieben hatte. Er wirkte nicht wie einer, der andere beherrschte und zu Untertanen machte, auch Lina nicht. Je länger er sprach, umso verliebter erschien er Sophie. Sie merkte, dass er am liebsten über gar nichts anderes reden wollte als über Lina und das, was sie geschrieben hatte. »Skandinavische Sagen, eine Dichtung über Ägypten, eine andere über den Nil, ein langes Gedicht über Persien, ein Drama über Mohammed, Gedichte über Pompeius und Caesar, über Adonis und auch etwas über das Schicksal von Witwen. Lauter große Stoffe. Und dabei ist sie nur eine Frau, noch dazu sehr jung.« Sophie versuchte die Überheblichkeit in Creuzers Worten zu überhören. »Ja, Lina ist nur eine Frau, nur eine. Aber du bist ja auch nur ein Mann und nicht zwei. Aber sag mal, wie jung ist sie denn überhaupt?« »Ungefähr zehn Jahre jünger als ich. Sechsundzwanzig.« Creuzers Gesicht nahm den verschlossenen Ausdruck an, mit dem er als Professor ernst und in Würde vor die Studenten trat. »Ja«, sagte er, »so ist die Lage. Ach, w ie wünschte ich mir, reich und frei zu sein.« »Reich?«, fragte Sophie. »Reich und frei«, sagte er, von Liebe sagte er nichts.

Nach einer Reihe von Regentagen – manchmal schneite es auch ein wenig, als wollte der Winter zurückkommen –, die Sophie zum Schreiben von Briefen nutzte und Clemens zum Sortieren von Liedern, zugesandt aus Kassel und anderen Städten, schien endlich wieder die Sonne. Sophie spielte Klavier, sang Lieder und zu Liedern gewordene Gedichte, machte Besuche, empfing selbst Gäste und genoss vom Schreibtisch aus den Blick auf die Linden im Schlossgarten. »Wie schön der Blick erst sein wird, wenn im Sommer alles in üppigem Grün steht«, sagte sie zu Clemens, der hinter sie getreten war und nun seine Arme um sie legte. »Nicht wahr, es war doch gut, umzuziehen. In dieser Wohnung kann alles einen neuen Anfang nehmen.« »Ich glaube, du hast recht«, sagte Sophie.

Ein neuer Anfang. Ein neues Leben. Aber sie war sich noch nicht sicher. Diesmal ging es ihr zum Glück gut und sie fühlte sich vollkommen wohl, nicht wie im Herbst, als ihr morgens oft schlecht war. »Diesmal wird alles gut werden«, beschwor Clemens überglücklich die Zukunft, nachdem er verstanden hatte, was Sophie meinte. Am nächsten Tag brachte er aus der Stadt einen Veilchenstrauß mit, den er bei einer Blumenfrau erstanden hatte. Er legte den kleinen Strauß auf die Kommode unter das Bild der Madonna. »Sie wird das Kleine beschützen«, sagte er andächtig.

In der letzten Märzwoche folgten Tage schönsten Frühlingswetters aufeinander. Clemens und Sophie wanderten über die Brücke, den Berg ein Stück hinauf und dann über den Philosophenweg auf halber Höhe immer weiter oberhalb der Bergstraße entlang nach Handschuhsheim und bis zur Burgruine über Schriesheim. In den kahlen Weinbergen wurde gearbeitet. Die Männer schnitten Triebe zurück, damit nur einer kräftig wuchs und im Herbst umso mehr Trauben geerntet werden konnten. Sophie deutete auf einen weiß blühenden Baum und fragte, was das für einer sei. »Ich glaube, es ist ein Mandelbaum. Meine Großmutter hat immer davon erzählt, dass hier in der Gegend, ehe der Winter ganz vorbei ist, die Mandelbäume zu blühen beginnen. Sie sind jedes Jahr die ersten.«

»Ich freue mich, dass ich wieder so weite Wege gehen kann. Ich könnte bis zum Abend weiterwandern.« »Das wirst du müssen. Bis wir zurück sind, ist es dunkel. Wir sind schon vier Stunden unterwegs. Ich hoffe, es wird dir nicht zu viel.« Auf dem Rückweg dämmerte es. Kurz vor Heidelberg wurde es dunkel. Hoch oben in den Ästen eines blattlosen Baumes hing schräg die schmale Sichel des Mondes.

Sophie stand am Fenster und schaute gedankenverloren auf den Paradeplatz hinaus. Passanten überquerten ihn in verschiedenen Richtungen, Kinder spielten, eine Kutsche fuhr langsam an der gegenüberliegenden Häuserfront vorbei. Fern am Himmel tauchte ein Punkt auf, wurde größer, bewegte sich und kam näher. Sophie erkannte einen Vogel, der in großzügigem Schwung weite Kreise zog. Er verschwand für kurze Zeit, war dann wieder zu sehen, direkt über den Dächern auf der anderen Seite des Platzes. Von dort kam er auf Sophie zugeflogen. »Ein Storch, Mama«, rief Gisela und rannte aus der Wohnung. Sophie folgte ihr die Treppe hinunter und auf den Platz, um von dort aus zum Dach hinaufzusehen. Der Vogel hatte sich dort oben niedergelassen und stand oben auf dem First, mit dem langen, roten Schnabel sein Gefieder ordnend.

Sie erzählte es Clemens, der meinte, dass das sicher ein gutes Zeichen sei. Das Kind, das im Oktober geboren werden sollte, werde bestimmt am Leben bleiben. »Storchennester bringen Glück über das Haus, auf dem sie gebaut sind«, behauptete er, »sofern man dem Volksmund glaubt. Und das tun wir doch.« Sophie lächelte. Ob der Volksglaube recht hatte oder nicht, sie zweifelte, dass der Storch oben auf dem Dach ein Nest bauen würde. »Vielleicht hat er sich nur eine kurze Pause gegönnt, auf der Jagd nach Fröschen«, sagte sie.

Über Ostern wollte Creuzer zu Lina fahren, Sofia ihren Sohn in Darmstadt besuchen. Sie fuhren gemeinsam bis Darmstadt, danach hatte Creuzer in Marburg zu tun, während Sofia bei ihrem Sohn blieb. Auf dem Rückweg von Marburg traf Creuzer sich mit Lina in Frankfurt, bevor er Sofia abholte und mit ihr zusammen nach Heidelberg zurückkehrte. Für alle, die es nicht genauer wussten, war es eine ganz normale Reise eines ganz normalen Ehepaars, das über Ostern für ein paar Tage zu Verwandten fuhr. Sie fuhren zusammen weg und kamen zusammen wieder.

»Creuzer in Verstrickungen«, lachte Clemens, »dieses Wirrwarr knüppert er nie wieder auseinander.« Sophie achtete nicht auf seine Worte. Sie wollte über die Boccaccio-Novelle reden. Sie fand keinen Verlag dafür. Auch Georg Zimmer lehnte ab. Sie fragte Clemens, ob er eine Idee habe. »Was? Ich? Ausgerechnet dafür? Du hast deine Sachen doch sonst immer selber geregelt.« Dass Clemens ihr nicht helfen wollte, wunderte sie nicht. Sophie war schon froh, dass er die Schwierigkeiten, die sie mit der Verlagssuche hatte, nicht triumphierend auskostete. Sie überlegte, Achim zu schreiben. Vielleicht konnte er in Berlin jemanden finden. »Ja, warum nicht. Versuch es«, meinte Clemens etwas zögerlich, »wenn er für dich nach einem Verlag sucht, könnte die Novelle doch auch gleich unter seinem Namen erscheinen, oder?« Sophie setzte sich sofort hin, schnitt den Federkiel zurecht und begann an Achim zu schreiben. Sie erklärte ihm, dass die Novellenübersetzung nie fertig geworden wäre, wenn er sie nicht immer wieder ermutigt hätte. Von all ihren Bekannten habe nur er sich dafür interessiert, in seinen Briefen immer wieder gefragt, wie es vorangehe, so dass sie durchgehalten habe, während alle anderen schon meinten, sie gebe auf. Sie bitte ihn nun, der Novelle in die Öffentlichkeit zu verhelfen, wie der Herr einer jungen Dame seinen Arm reicht, um sie zu ihrem ersten Ball zu führen.

Clemens und Sophie wanderten hinauf zum Königstuhl und zum Kohlhof. Sie gingen über Rohrbach zurück und kamen südlich von Heidelberg an der Krappfabrik vorbei. Büsche und Bäume blühten und verteilten weiße Tupfer über Hänge und die Ebene. Ein Hauch von Grün überzog das Land. Wenn erst die Felder blühten, würde die ganze Ebene gelb leuchten, denn in weitem Umkreis wurde Krapp angebaut.

Der Wind zauste die kahlen Zweige der Buchen und Kastanien und trieb sein Spiel mit den Vögeln, so dass sie in der Luft Haken zu schlagen schienen. Sophie fühlte sich gesund und kräftig. Sie hätte um die halbe Welt wandern mögen. Bei Regen blieben sie zu Hause und machten nicht einmal Besuche, um keine Erkältung zu riskieren.

Georg Zimmer kam vorbei. Der zweite Band der *Studien* war erschienen – ohne einen literarischen Anhang von Lina. Daub sei strikt dagegen gewesen, erklärte Georg. Man könne den wissenschaftlichen Aufsätzen nicht regelmäßig Schöngeistiges anhängen. »Stattdessen werden die Gedichte und Erzählungen in einem eigenen Buch erscheinen. Creuzer will sie mir nächste Woche geben.« »Es ist für Lina wahrscheinlich viel besser so«, meinte Sophie. Georg fragte Clemens, ob er schon genug Lieder für einen zweiten Band gesammelt habe. »Ich muss mir was einfallen lassen, damit es schneller geht.« Clemens fühlte sich unter Druck, weil alle um ihn herum ständig neue Bücher hervorbrachten, während seine Arbeit kaum vorankam. Georg meinte, es wäre gut, wenn der zweite genau ein

Jahr nach dem ersten Band, also im nächsten Herbst, in Druck gehen könnte. »Ich will nicht drängen. Es sind vorerst noch genug andere Sachen da, nicht nur diese Gedichte und Briefe. Creuzer will sie noch einmal durchsehen, damit nichts in die Welt hinausgeht, was ihm nicht passt. Er hat mir gesagt, Lina hätte vor, mit zwei Freundinnen ein Haus in einem kleinen Ort am Rhein zu mieten. Sie wollen dort den Sommer verbringen. Vielleicht spielt er mit dem Gedanken, sich in der vorlesungsfreien Zeit selber einige Tage dort aufzuhalten.« Clemens fragte nach dem Haus, ob es das von Joseph Merten in Winkel sei. »Wieso fragst du?«, wollte Sophie wissen, »kennst du ihn oder das Haus?« »Natürlich. Jeder kennt ihn in Frankfurt. Er hat ein Haus in Winkel. Franz will dort auch eins kaufen. Wer Kaufmann in Frankfurt ist, muss ein Haus für den Sommer am Rhein haben, und Winkel ist schön. Erinnerst du dich? Wir haben es auf unserer Rheinfahrt im letzten Herbst gesehen, vom Schiff aus.«

Der Flieder duftete. Löwenzahn und Gänseblümchen verteilten sich auf den Wiesen. Überall spross üppiges Grün, nur die Eichen blieben noch kahl. Sophie schrieb Briefe und sah verträumt zu den alten Linden auf der Terrasse des Schlossgartens hinauf. Fast jeden Tag ging sie mit Clemens oder Gisela dort spazieren. Das Gestrüpp, das überall wucherte, als sie gerade nach Heidelberg zogen, war inzwischen weggeholzt worden. Es sah längst nicht mehr so wild und urig aus, sondern wie eine gepflegte Parkanlage, doch Oberforstrat Gatterer hatte noch ehrgeizigere Pläne. Der Garten sollte ein Ort werden, an dem man Arten und Wuchs von Gehölzen studieren konnte. Im botanischen Garten in der Plöck gab es Gräser und Kräuter. Hier oben war Platz für Bäume und hochwachsende Büsche.

Die vielen Spaziergänge taten Sophie gut. Sie fühlte sich so ausgeglichen und zufrieden wie schon lange nicht mehr. Clemens war glücklich, weil sich die Liedersammlung gut verkaufte, wie Zimmer ihm erst wieder vor kurzem bestätigt hatte. Endlich wurde er anerkannt: Er war der bekannte Liedersammler. Von der Nordsee bis zu den Alpen gab es keinen anderen – außer Achim natürlich, mit dem er den Ruhm gerne teilte.

Endlich schienen Clemens und Sophie das freie, poetische Leben führen zu können, von dem sie im Herbst vor drei Jahren gemeinsam geträumt hatten. Clemens meinte, das Kind, das sie im nächsten Herbst erwarteten, müsse ein wahrer Engel sein. Er fand seine Frau so schön und so sanftmütig, dass er sich in der Ehe mit ihr so wohl fühlte wie Adam vor der Vertreibung aus dem Paradies. Clemens reimte:

Die Augen sanft und wilde,
Die Wangen rot und weiß,
Die Worte still und milde,
Das ist mein Zauberkreis.

Endlich würden jetzt die guten Jahre kommen, auf die sie gehofft hatten. Nicht mehr Himmel und Hölle. Paradiesische Zeiten würden anbrechen.

Die Tage wurden länger und auch die Wanderungen, die sie unternahmen. Schon vor Sonnenaufgang brachen sie manchmal zu einem langen Marsch auf, wanderten am Neckar entlang, hinauf in die Berge, durch Dörfer immer weiter bis Schönau in einem herrlich gelegenen Tal mit Resten einer alten Klosteranlage. Oder sie marschierten über die Chaussee nach Schwetzingen. Etwas länger, dafür weniger eintönig als die Chaussee war der Weg ein Stück weiter nördlich durch die Felder und Dörfer. Das Ziel der Wanderungen waren meist Pfarr- oder Schulhäuser, wo Clemens Männer anzutreffen hoffte, die sich für die Lieder der Leute im Dorf interessierten. Pfarrer und Lehrer kannten jeden und wussten auch, wer noch Lieder kannte, die die Jungen nicht mehr sangen.

»Du bist die kräftigste Kreatur, die ich kenne«, sagte Clemens am Abend nach einer Wanderung, die sie weit in den Odenwald geführt hatte. Clemens ließ sich erschöpft aufs Sofa fallen und streckte die Beine von sich. Sophie kümmerte sich um Gisela, die den ganzen Nachmittag versucht hatte, ein Hemd für ihre Puppe zu nähen. Das Hemd war der Puppe etwas zu weit. »Das macht nichts«, sagte Clemens, »dann kannst du es ihr leichter an- und ausziehen. Vielleicht wächst sie ja auch noch, dann passt es.« Gisela lachte: »Aber sie lebt doch gar nicht. Dann wächst sie auch nicht.« »Das würde ich nicht sagen«, behauptete Clemens. Er richtete sich auf, um ein spannendes Märchen von einer Puppe zu erzählen, die wie ein lebendiges Mädchen essen musste, tanzen konnte und mit der Zeit auch größer wurde.

Später im Bett sagte er zu Sophie, dass er sie bewundere. »Wirklich. Mir tun die Füße weh von diesem langen Tag. Aber du gehst mit festen Füßen über die Erde, die Leben hervorbringt und verschlingt. Dir kann nichts auf der Welt etwas anhaben. Man traut dir das gar nicht zu, so klein und zierlich wie du bist. Aber du bist eben voller Lebenskraft, Lebenslust und -willen.« »Wenn ich nicht so wäre, wie ich bin, würde ich zu dir gar nicht passen.«

Pfingsten, als alle Einwohner der Stadt festtäglich gekleidet in die Gartenwirtschaften, aufs Schloss und hinaus ins Grüne strebten, als in den Gemäuern der Ruine Musik erklang und das Leben wie das reinste Glück unter strahlend blauem Himmel erschien, standen Clemens und Sophie abends unter den Linden auf der Terrasse des Schlossgartens und verfolgten nach einem langen Tag den Untergang der Sonne mit dem wechselhaften Spiel aus Licht und Farben am weit gespannten Himmel. So langsam, dass man es kaum merkte, näherte sich die Sonne dem Horizont. Der Duft der Linden erfüllte die Luft. Bald würde die Sonne verschwinden, die Farben würden erlöschen und nur ein Blau übriglassen – ein Blau, das nach oben und Osten immer dunkler wurde. Clemens hielt Sophie so fest, als fürchte er, mit der Sonne versinken zu müssen. »Ich kann diese Stimmung nur ertragen, wenn du bei mir bist«, flüsterte er an ihrem Ohr. Meinte er das wirklich? »Es ist, als sänke die Sonne ins Grab. Aber wenn ich dich halte, spüre ich, dass das Leben weitergeht.« Aus den Mauern der Schlossruine drang Musik. Es wurde dämmrig. »Jetzt ist sie weg.« Sophie wandte ihr Gesicht Clemens zu und flüsterte: »Wollen wir sie wieder aufgehen sehen? Morgen in aller Frühe?« »Da müssten wir oben auf die Berge hinauf. Sollen wir?«

Sie standen am Montag so früh auf, dass sie schon lange bevor es hell wurde, durchs Tor und über die Brücke gingen. Sie wollten in Richtung Schönau, aber noch viel weiter, der Sonne entgegen. Es sollte die längste Wanderung werden, die sie bisher unternommen hatten. Clemens hatte seine Gitarre dabei, um mit den Vögeln zu wetteifern, die schon vor Sonnenaufgang zu singen anfingen. Je heller es wurde, umso vielstimmiger klang der Morgenchor. Hin und wieder kreuzte ein Kaninchen oder Eichhörnchen ihren Weg. Von einer Lichtung aus, wo sie eine Weile stehen blieben, sahen sie die Sonne langsam als Feuerball in einen lichtgelben Osthimmel emporsteigen. Sophie atmete die würzige Luft des Waldes tief ein. Das Grün der Bäume glänzte im Tau. Sie wanderten stundenlang. Weite Strecken gingen sie schweigend, um keine Tiere zu verscheuchen, dann wieder sangen sie Lieder zur Gitarre und setzten ihre Schritte im Takt zu den Liedern. Es wurde immer wärmer und die Sonne schien inzwischen von oben durchs Blätterdach. Für die Mittagszeit rechneten sie mit großer Hitze.

Sie kehrten in einem Landgasthof ein, bestellten ein Hähnchen und tranken Wein mit viel Wasser verdünnt. Wie munter sprudelnde Bäche redeten sie über alles, was ihnen in den Sinn kam. Bauernfeste, der Sommer in Weimar, die Großmutter in

Offenbach, Tina und Achim, der Rhein und Lina, Creuzer. »Er wird ein bisschen wunderlich«, behauptete Clemens. Sophie meinte, er habe es ja auch nicht leicht. Doch Clemens fand, sie brächte viel zu viel Verständnis für ihn auf. »Findest du nicht, dass er selber schuld an seiner Lage ist?« »Du solltest nicht so hart in deinem Urteil sein.« »Ach, was! Er weiß nicht, was er will.« Clemens machte Witze über ihn und steigerte sich in seiner Häme, so dass Sophie ungeduldig vorschlug, es wäre wohl besser weiterzugehen. »Du bist ein munterer Wandervogel«, sagte Clemens harmlos fröhlich, »unermüdlich läufst du bergauf, bergab, als hätte man dich aufgezogen, wie das Laufwerk einer Spieluhr. Niemand ist wie du. Du scheinst nie müde zu werden.« Sophie erinnerte ihn daran, dass sie auch sehr melancholische Tage habe, an denen sie kaum etwas unternehmen könne. »Aber nein, du läufst so leichtfüßig, wie ein Vogel am Himmel fliegt.« »Vielleicht liegt es an den Schuhen. Haben sie Flügel wie die von Hermes? Schau mal nach«, meinte sie lachend und hob den rechten Fuß, »vielleicht liegt es daran, dass ich nicht viel wiege, da muss ich nicht viel tragen. Das Gehen erscheint mir manchmal fast wie Schweben, so wenig Mühe kostet es.«

Am Nachmittag, als die Bäume, Wiesen, Felder und Häuser in satten Farben leuchteten, weil die Sonne nicht mehr senkrecht herabschien und die schrägen Strahlen Schatten warfen, erreichten sie Neckarsteinach. »Wir sollten unbedingt beim Pfarrer und beim Lehrer vorbeischauen«, sagte Clemens. »Müssen wir wirklich auf jedem unserer Wege Lieder sammeln?«, fragte Sophie, die lieber weitergewandert wäre und meinte, für einen Besuch sei es vielleicht schon etwas spät. Doch Clemens ließ sich nicht davon abbringen, wenigstens für ein paar Minuten im Pfarrhaus und beim Lehrer hereinzuschauen.

Der Empfang war freundlich, so dass sie nicht so schnell wieder loskamen, erst beim Pfarrer, dann im Schulhaus, doch schließlich konnten sie ihren Weg fortsetzen, jetzt unten am Neckar entlang, nicht mehr oben durch den Wald.

Vom Ufer sahen sie hinauf zu den vier Burgen über der kleinen Stadt. Sie schienen sich gegenseitig zu bewachen. Die zweite Burg, an der sie vorbeikamen, war die größte und bewohnt, die vierte thronte unzugänglich über einem roten Felsen. Auf dem anderen Neckarufer sahen sie über fruchtbaren Feldern und dem bewaldeten Hang oben auf der Spitze des Berges das mittelalterliche Dilsberg, umgeben von einer Stadtmauer und überragt von dem hohen Turm einer Burg. »Ich fühle mich beinahe wie am Rhein, hier ist es fast genauso schön wie dort«, meinte Clemens.

Aus allen Richtungen waren Briefe gekommen. Auch einer von Tina. Sie berichtete von der Großmutter, den Geschwistern – von Lina schrieb sie, dass sie sich neuerdings kaum noch sehen würden. Beim letzten Mal, das schon einige Zeit zurückliege, habe Lina von einem wunderschönen Tag mit Creuzer in Mannheim erzählt. Wann das gewesen war, blieb unklar, doch seitdem mied Lina ihre jüngere Freundin. Der Tag auf der kleinen Insel zwischen Rhein und Neckar vor der Stadt musste sie in ein unwirkliches Land entführt haben, fort aus der Welt, mit der Lina anscheinend nichts mehr zu tun haben wollte. »Ja«, sagte Sophie, »beim Mühlauschlösschen ist es wirklich idyllisch, umgeben von Wasser wie in Koblenz, wo Mosel und Rhein zusammenfließen.« »So so, wenn das so ist, wollte Creuzer bestimmt nicht, dass Lina es Tina erzählt. Wer weiß, was er fürchtet. Es würde mich nicht wundern, wenn er Lina dazu gebracht hat, nicht mehr mit Tina zu reden.« »Dann seid ihr euch in dem Punkt ja wenigstens einig. Du findest, dass Tina nicht so viel mit Lina zusammen sein sollte, und er will, dass Lina sich von Tina fernhält. Aber waren sie nicht die besten Freundinnen?« »Ich habe keine Ahnung, wie viele Freundinnen Lina hat und welche ihre beste ist.«

Auch von Jette war ein Brief dabei. Sophie faltete ihn auseinander und erschrak, nachdem sie die ersten Zeilen gelesen hatte. Clemens fragte, was in dem Brief stehe. »Karl ist zum Tode verurteilt worden.« Es dauerte einen Moment, bis Clemens sich erinnerte, dass Karl Sophies geschiedener Mann war. »Lies weiter, warum?« Karl war inzwischen Oberamtmann in Saalfeld. Wegen geheimer Briefe und der Einquartierung französischer Soldaten hatte er Schwierigkeiten bekommen. Genaues wusste Jette nicht. Er war verhaftet und vor ein französisches Kriegsgericht gestellt worden. Nach beklemmenden Minuten des Schweigens sagte Clemens nachdenklich: »Das würde ja heißen, ... aber nein. Wir reden später darüber. Erst mal den Brief von Achim.« Er setzte sich auf einen Stuhl am Tisch und las vor. Sophie hörte vom Schreibtisch her aufmerksam zu. Achim dankte für die Ehre, die Renaissance-Novelle in die Gesellschaft einführen zu dürfen. Er habe sich gleich nach einem Verleger umgesehen, der Vertrag werde Sophie in wenigen Tagen zugeschickt. Allerdings seien der Verleger und Achim der Meinung, es sei nicht nötig, sie mit einem fremden Namen zu versehen. Sofern Clemens einverstanden sei, wäre es viel besser, wenn Sophies Name unter dem von Boccaccio stünde. Leider könne er diesen Sommer voraussichtlich nicht nach Heidelberg kommen; wegen eines Reitunfalls müsse er in Berlin bleiben, und wenn er wieder in der Lage sei, sich wie gewohnt zu bewegen, habe er in Göttingen und Wolfenbüttel zu tun, um endlich sein Studium abzuschließen. Außerdem werde Preußen wohl in absehbarer Zeit Napoleon den Krieg erklären, und er habe nicht wenig Lust, sich das Ganze aus der Nähe anzusehen. Am liebsten würde er sich Louis Ferdinand anschließen, einem Neffen des Alten Fritz.

»Na so was«, sagte Sophie. Soweit sie wusste, war dieser Prinz ein lebensfroher Bonvivant. Manche hielten ihn für einen Lügner und Spieler, andere lobten ihn, weil er viel von Musik verstand und sogar selber komponierte. »Nun, mit diesem Frauenhelden wird es sicher nicht langweilig«, überlegte sie, »obwohl Achim in ihm wohl eher den erfolgreichen Offizier sehen wird, nehme ich an.« »Wahrscheinlich. Dieser Louis Ferdinand soll auch als Soldat ein Held sein. Aber mich ärgert das. Achim soll doch Pate sein im Oktober. Was hat er mit diesem Prinzen zu schaffen. Ich muss ihm sofort schreiben. Er weiß noch gar nicht, dass wir ein Kind bekommen werden. Er wird sich bestimmt freuen. Er ist mein bester Freund und er ist und bleibt Pate, auch wenn ich selber sterbe.« »Aber Clemens, was redest du«, beschwichtigte Sophie, »mach mir doch keine Angst. Warum solltest du sterben? Die Gefahr ist viel größer, dass Achim sterben könnte, falls er wirklich in den Krieg zieht, auch wenn es nur als Beobachter wäre. Er hat doch gar keine Erfahrung. Was verspricht er sich davon? Abenteuer? Triumph?« »Diese Schlachten gehen mir auf die Nerven. Bitte sag nie wieder, dass Achim sterben könnte. Lass uns von etwas anderem reden. Ich könnte nicht leben ohne ihn.«

Wie jeden Tag saß Sophie am Schreibtisch. Sie arbeitete und sah ab und an hinauf zur Gartenterrasse des Schlosses, wo der Wind im dichten Laub der alten Linden spielte, so dass die Blätter im Licht tänzelten. Es war sonnig, schon seit Tagen, fast schon sommerlich.

Clemens verfasste einen Brief, der als Rundbrief an alle Gemeinden in allen deutschen Ländern geschickt werden sollte. Er rief alle Pfarrer und Lehrer dazu auf, ihm die Texte der Lieder, die bei ihnen im Dorf gesungen wurden, zu schicken. Am besten auch die Melodie, selbst wenn das schwierig sein sollte, denn manchmal kannte man nur noch den Text. Der Rundbrief sollte unterwegs sein, bevor er mit Sophie zu der geplanten Fahrt nach Walldürn aufbrach. Auch Gisela sollte mitkommen. Clemens war als Kind in Walldürn gewesen. »Ein tolles Erlebnis, ein Riesengewimmel von Leuten. Diese Fronleichnamsprozession werde ich nie vergessen. Das musst du unbedingt sehen«, sagte er zu Gisela.

Sie packten alles für die einwöchige Reise zusammen, was sie brauchten. Clemens achtete darauf, dass es nicht zu viel wurde, so dass sie am Ende kaum mehr als ein paar Hemden bei sich hatten. Siebzehn Stunden würde die Fahrzeit bis Walldürn dauern. »Das ist doch recht lang«, meinte Sophie. »Wir nehmen das Pilgerschiff«, schlug er vor, »dann geht es schneller und es ist viel unterhaltsamer mit den anderen Leuten zusammen. Und wir übernachten natürlich unterwegs und schlafen nicht in der Kutsche während der Fahrt. Da brechen einem ja alle Knochen.« Die meisten Pilgerschiffe fuhren von Mainz auf dem Main hinauf bis Miltenberg. Aber auch von Mannheim über Heidelberg gab es eins – bis Eberbach. Von dort musste man mit Pferdekutschen weiterreisen.

## *Wallfahrt*

Auf dem Weg zum Zimmerplatz, wo das Schiff wartete, begegneten sie Creuzer. Sie grüßten ihn, aber er schien sie nicht zu bemerken. Clemens lief ihm ein paar Schritte nach. Als er zu Sophie zurückkam, wütete er wie seit Monaten nicht mehr. Was sollte dieser Anfall? Sophie hatte das letzte halbe Jahr genossen, in dem Clemens so ausgeglichen war wie nie zuvor. Jetzt schimpfte er, Creuzer habe ihn wie Luft behandelt. »Er hat nicht ein einziges Wort gesagt, als wäre ich gar nicht da. Mit dem will ich nichts mehr zu tun haben. Der ist für mich gestorben.«

Das Schiff lag abfahrbereit an der Anlegestelle nicht weit vom großen Kran. Clemens, Sophie und Gisela fanden nur mit Mühe noch einen Platz zum Sitzen unter den vielen Fahrgästen an Bord.

Bei strahlendem Sonnenschein legte das Schiff endlich ab.

Langsam fuhr es unter der Brücke hindurch, der Wind fasste ins Segel und trieb es am Stift Neuburg vorbei. Auf dem Treidelpfad zogen zwei behäbige Pferde einen Kahn flussaufwärts, auf der Straße nach Neckargemünd marschierte ein langer Zug Soldaten in französischen Uniformen singend nach Osten. Die Pilgerreisenden auf dem Schiff winkten ihnen zu. Schließlich erreichte das Schiff Eberbach. Die mächtige Stadtmauer schützte die Stadt auch gegen den Fluss, gegen die Überschwemmungen in jedem Frühjahr.

Jetzt ging es in einer Kutsche durch die Täler nach Norden. Die Hufe der Pferde und die Wagenräder wirbelten Staub auf. Die Straße war kurvig und voller Schlaglöcher. Sophie, Gisela und Clemens wurden hin und her und gegeneinander gestoßen, so dass sie froh waren, bei der nächsten Pause aussteigen zu können. »Es ist eben keine Vergnügungsreise«, sagte Clemens, »bei einer Wallfahrt muss man Unbequemlichkeiten in Kauf nehmen. Wir fahren nach Walldürn zum Heiligen-Blut-Altar, um Dank zu sagen, nicht um uns zu vergnügen.« Sophie hatte noch nie eine große Fronleichnamsprozession miterlebt und war genauso gespannt wie Gisela, was sie am Ziel der Reise erwartete.

Vor dreißig Jahren noch war die Wallfahrt verbunden mit einem zwei Wochen andauernden Markt, wo es an unzähligen Ständen alles Mögliche zu kaufen gab. Als die große Kirche eingeweiht wurde, versammelten sich über hunderttausend Menschen. Große Prozessionen wie damals, als man noch von weither nach Walldürn pilgerte, gab es jetzt nicht mehr, aber die alten Lieder wurden noch gesungen und Kerzen um den Altar aufgestellt.

Sie stiegen wieder ein, die Pferde trabten los, wieder nahm die Kutsche jedes Schlagloch mit. »Hoffentlich bricht kein Rad oder eine der Achsen«, meinte Sophie. Wegen der Hitze waren sie froh, wenn die Straße längere Zeit durch den Wald führte, wo Bäume sie vor der Sonne schützten. Immer wieder kamen sie durch Dörfer, fuhren an Feldern und Wiesen entlang, auf denen Männer mit langen Heugabeln das halbgetrocknete Gras wendeten, Mückenschwärme tanzten im Licht zwischen den Bäumen am Straßenrand.

Als es Abend wurde, kehrten sie im Gasthof einer kleinen Stadt ein. Das Wirtshaus war zwar sauber, die Wirtin aber mürrisch. Sie hatten zu dritt ein Bett, das zum Glück breit genug war. Gisela schlief gleich ein. Es war schwül in der engen Kammer. Durch das offene Fenster drang nur ein schwacher Luftzug. Er kühlte kaum.

Clemens begann plötzlich davon zu reden, wie schön es wäre, wenn sie richtig verheiratet wären. »Wie bitte, was meinst du? Was fehlt unserer Ehe denn?«, fragte Sophie. Clemens erklärte, vollkommen mit Sophie verbunden würde er sich erst durch den Segen der einzig wahren Kirche fühlen. Sophie war müde und nicht in der Lage, so spät oder überhaupt ein Gespräch über Religiöses zu führen. Sie fragte sich nur, warum Clemens jetzt plötzlich so redete. Nach einigem Zögern gestand er, dass ihn der Tod von Karl darauf gebracht habe. Solange ihr erster Mann gelebt habe, sei es nicht möglich gewesen, eine richtige katholische Ehe zu schließen. Sophie wusste nicht, was sie dazu sagen sollte. »Wozu? Wie kommst du darauf? Ich bin doch gar nicht katholisch. Unsere Freunde sind es auch alle nicht.« »Aber du könntest es werden«, platzte er heraus, »und was geht mich die Religion meiner Freunde an? Eine katholische Ehe ist das, was ich mir jetzt am meisten wünsche. Jetzt, wo es endlich geht, da Karl nicht mehr lebt.« Sophie erklärte, dieses Gespräch jetzt nicht weiterführen zu wollen, sie sei müde und wolle schlafen, es zumindest versuchen. Lange noch lag sie wach. Die Hitze war unerträglich.

Am nächsten Tag erreichten sie Walldürn. Auf dem Platz vor der großen Kirche sanken die Pilger ehrfürchtig zu Boden, manche rutschten auf Knien weiter. Zu einer eintönigen Melodie sangen sie:

Wir fallen nieder auf unser Knie
Das heilig Blut verehren wir hie,
gelobet sei Gott und Maria.

Sie streckten die Arme zum Himmel und beugten sich zur Erde, die sie mit der Stirn berührten. Der Straßenstaub schien sie in ihrer religiösen Inbrunst nicht zu stören. Im Gegenteil.

Sophie, Clemens und Gisela stiegen aus der Kutsche, die etwas abseits vom Gedränge hielt. Sie schoben sich in der Menge weiter, hielten sich an den Händen, damit sie sich nicht im Gedränge verloren. Solch ein religiöses Schauspiel hatte Sophie noch nie erlebt. Vom Gesang, der Hingabe der Menschen, ihrer Inbrunst fühlte auch sie sich ergriffen. Die Sehnsucht der Menge nach himmlischer Vereinigung war überwältigend, die Kirche voll andächtig betender Menschen, die gebeugt und ehrfürchtig an die Altäre traten. Sie hängten unter Gebeten Votivbilder auf – kleine Arme, Beine, Hände aus Wachs. Manche Frauen boten auch krötenartige Gebilde dar. Clemens kniete neben Sophie in der Kirchenbank und betete. Sophie war gerührt vom Glauben der Bauern um sie her, die mit groben Händen über die steinernen Engeldarstellungen strichen und ihre Hände danach auf den Teil ihres Körpers legten, für den sie Heilung erflehten. Weihrauch und Gesang schufen eine Stimmung, die Sophie ganz in sich aufnahm, und mit Tränen in den Augen betete sie für ihr ungeborenes Kind.

Abends sprach Clemens wieder von einer katholischen Ehe und fragte Sophie, ob sie bereit sei zu konvertieren. Der Tag sei wunderschön gewesen, antwortete sie. Sie habe begriffen, was echter Glaube und tiefe Frömmigkeit bedeuteten, aber sie könne diese wichtige Frage so unüberlegt nicht entscheiden. »Die Eindrücke sind noch zu frisch. Aber ich verstehe deinen Wunsch nun viel besser.«

Sie fuhren über Amorbach nach Miltenberg, wo der alte

Buchhalter wohnte, der Clemens als Kind immer Märchen erzählt hatte und den er jetzt, nachdem er ihn so lange nicht mehr gesehen hatte, besuchen wollte.

In Amorbach unterbrachen sie die Fahrt, um zu übernachten. Sophie bewunderte die Orgel der prächtigen barocken Kirche und ging am Abend noch über den Friedhof. Ein schwarzer Steinblock in ägyptischer Form mit mächtigen Pranken fiel ihr auf. Anmaßend und machtgierig fand sie ihn neben den einfachen Kreuzen auf den anderen Gräbern. Die Löwentatzen drohten den Glauben der Bauern zu zerschlagen, mit dynastischem Hochmut verhöhnte die Sphinx die schlichte Sehnsucht nach himmlischem Frieden.

Sophie schlief schlecht in dieser Nacht. Noch immer war es afrikanisch heiß, und in den wenigen Momenten, wo das Bewusstsein sie verließ, träumte sie von blutigen Bestien. Sie stand auf, kaum dass die Dunkelheit im Zimmer sich in die Ecken zurückgezogen hatte. Ohne Clemens und Gisela zu stören, zog sie sich an und verließ das Haus zu einem Morgenspaziergang durch das weite Tal, wo Schafe auf der Wiese im Morgendunst weideten. Tau glitzerte im Licht der aufgehenden Sonne. Die Vögel im Wald begrüßten vielstimmig den Tag. Sophie vergaß die Schrecken der Nacht in der um sie neu erstrahlenden Pracht der Natur und schritt zwischen den Bäumen wie durch eine heilige Halle. All diese Bäume waren gleich. Frei wuchsen sie zum Himmel empor, ihre kräftigen Stämme wurzelten alle fest in der Erde, eine Republik freier und gleicher Geschöpfe. Hier bei ihnen konnte Sophie frei atmen.

Erst nachdem alle im Gasthaus schon gefrühstückt hatten, kehrte sie zurück, gerade rechtzeitig, um Clemens zum Pfarrer zu begleiten. Zufrieden mit der Liedausbeute bestiegen sie gegen Mittag die Kutsche nach Miltenberg. Die Landschaft, durch die sie kamen, erinnerte Sophie an die Berghänge bei Jena. »Es erscheint mir alles so vertraut«, sagte sie, »die Täler, die Leute in den Dörfern. Ich fühle mich ganz heimisch hier, fast wie im Paradies, als wäre die Welt erst vor kurzem erschaffen worden.«

In Miltenberg hielt die Kutsche vor dem Haus des alten Buchhalters. Der Mann fühlte sich durch den Besuch geehrt und lud sie zum Essen ein. Er ging etwas krumm, hatte weiße Haare und buschige Brauen über der Brille, die er immer wieder abnahm, um sie zu putzen, obwohl die runden Gläser ganz klar waren. Er machte Clemens und Sophie mit verschiedenen Verwandten und Freunden bekannt, auch mit einer alten Frau, die ihr ganzes Leben in Miltenberg verbracht hatte. Sie kannte fast jeden in der Stadt, aber von der Welt außerhalb der Stadt wusste sie nichts. Sie hatte nie geheiratet und war über achtzig. Dabei war sie kerngesund und hatte auch noch einige Zähne, so dass sie vom Braten essen konnte wie alle anderen. Clemens fragte sie, ob sie noch Lieder aus ihrer Jugend wisse. »Natürlich«, lachte sie und begann mit dünner Stimme zu singen.

Ein junger Mann, der einige Jahre in Frankfurt und Zürich gelebt hatte, malte in lustigen Anekdoten die Schwächen seiner Miltenberger Mitbürger aus, die er allesamt für beschränkt hielt. »Ich werde wohl nur verschont, weil ich hier mit am Tisch sitze«, meinte die hutzlige Alte treffend. Sophie fand den weltläufigen jungen Mann eher oberflächlich als geistreich, wie er wohl scheinen wollte. Lebhafte und belebende Gespräche wie im Jenaer Kreis oder bei Louise schienen ihm unbekannt zu sein, sonst hätte er ganz anders gesprochen und wäre weniger von sich selber überzeugt gewesen. Sophie lächelte über seine Späße, aber wirklich erheitern konnten sie sie nicht.

Nach einem Tag und einer Nacht in Miltenberg nahmen sie Abschied vom alten Buchhalter, der es bedauerte, keine Zeit zum Erzählen von Märchen gehabt zu haben. Gisela hätte sie sicher spannend gefunden.

Mit der Kutsche ging es über holprige Straßen durch den Odenwald zurück. Bei Fahrtunterbrechungen genoss Sophie auf kurzen Spaziergängen den weichen Waldboden unter ihren Füßen und die Waldluft. Sie freute sich an den sauberen Dörfern und den hellen Wäldern. Oft folgte die Straße dem Lauf eines Flüsschens, dessen klares Wasser kräuselnd und schäumend über Steine sprang und sich, gesäumt von Weiden, deren Äste herabhingen, durch die Wiesen schlängelte. In einem Dorf, wo sie rasteten, stand eine alte Linde mit mächtigem Stamm und breitem Blätterdach. Der Duft ihrer Blüten strömte über den ganzen Dorfplatz. »Oh Tilia«, sagte Clemens und atmete tief ein. Sophie fragte, was er meine. »Gatterer hat mir erklärt, sie heiße Tilia.« »Wer?« »Die Linde. Sub Tilia, unter der Linde, wie subtil betört uns der Duft«, kalauerte Clemens. »Ja, welch subtiler Scherz«, ergänzte Sophie und schlug vor, ein Gedicht daraus zu machen. »Ich werde darüber nachdenken, irgendwann.«

Nach einer weiteren Übernachtung kamen sie schließlich zurück an den Neckar. Oben auf einem Berg ragte eine Ruine dunkel in den Himmel. Das Schiff lag zur Abfahrt bereit. Der Schiffer musste schon viele Jahrzehnte hinter sich haben, war aber noch ein rüstiger Mann. Gisela setzte sich neben Sophie, den Kopf an ihre Schulter gelehnt, während das Schiff flussabwärts trieb. Sophie döste vor sich hin. Ein leichter Wind streichelte ihr Gesicht. Langsam wurde es kühler. Am Himmel zogen Wolken auf. Die Phase heißer Sommertage schien mit dem Ende der Reise abzubrechen. Immer dunkler ballten sich die Wolken am Himmel.

## *Heidelberg*

Als das Schiff am Zimmerplatz anlegte, war erstes Donnergrollen zu hören. Clemens trieb zur Eile. Ein Blitz zuckte durch das düstere Grau der Wolken, die sich in den Bergen ballten. Erste

Tropfen fielen, und sie rannten, so schnell es mit dem Gepäck ging, nach Hause.

In der Wohnung war es so dunkel, dass man eine Lampe anzünden musste, um die Post lesen zu können, die während ihrer Abwesenheit gekommen war. Der Regen rauschte gegen die Fenster. Sie waren zurückgekehrt aus einer Wirklichkeit, die mit dem Alltag nicht viel gemein hatte. Sophie kam es vor, als wollte der Regen die Erinnerung daran fortspülen.

Sie faltete einen Brief von ihrer Schwester auseinander. Jette schrieb, dass es Karl gut gehe. Die Hinrichtung sei wohl nur ein Gerücht gewesen, auch die mit Geheimtinte verfassten Briefe gebe es offenbar nicht. Sophie las Clemens den Brief vor. »Schade«, sagte er, »nicht dass ich ihm den Tod wünsche, aber es hätte für uns so viel geändert.«

Ob Sophie zum katholischen Glauben übertreten wolle, fragte er nicht mehr, aber immer wieder sprach er in den nächsten Wochen von Maria, der Gottesmutter voll der Gnaden, so als wollte er auf diese Weise einen Zauberbann um Sophie und das ungeborene Kind legen.

Auch aus Frankfurt waren Briefe gekommen. Wortreich gab Tina ihrer Enttäuschung darüber Ausdruck, dass Lina sie mit Nichtachtung strafe, wobei sie gar nicht wisse, wofür diese Strafe erfolge. Auch jetzt, wo Lina mit ihren Freundinnen in Winkel wohnte, schrieb sie nicht. Keine einzige Zeile. Obwohl Lina ihr keine Briefe schrieb, hatte sie erfahren, dass Creuzer Lina treffen wollte. »Ich verstehe das alles nicht«, sagte Clemens unwillig, »ich dachte, die Sache zwischen den beiden ist zu Ende.« »In dieser ›Sache‹, wie du es nennst, ist wohl nichts klar und nie etwas wirklich zu Ende.«

Auch Clemens' Schwester Lulu hatte geschrieben. Sie lud Sophie zu einem Aufenthalt auf dem Gut ihres Mannes ein, nicht weit von Frankfurt. Clemens fand das einen wundervollen Einfall. »Dort hast du viel frische Luft. Es gibt genug Wasser, anders als hier in der Stadt, wo es im Sommer manchmal doch etwas knapp wird. Das Leben auf dem Land wird dir und unserem Kind gut tun.« Aber Sophie wollte nicht sofort zusagen.

Sophie und Franzi kamen vom Markt, wo sie fürs Mittagessen eingekauft hatten. Vor der Apotheke trafen sie Sofia. »Ach, es geht ihm gar nicht gut«, sagte sie, als Sophie sich nach Creuzer erkundigte. Sophie ließ Franzi mit dem Korb, in dem Tomaten, Gurken und ein Strauß von Kornblumen und Margeriten lagen, nach Hause gehen und hörte Sofia zu. »Er ist in einem schrecklichen Zustand. Ich glaube, er hat sich mit Lina gestritten und wollte ihr verbieten, hierher in die Gegend, näher nach Heidelberg zu ziehen.« »Lina wollte umziehen?« »Das scheint sie vorgehabt zu haben, Genaues weiß ich nicht. Es hat ihm jedenfalls nicht gepasst und ich bin froh darüber. Aber diese Reise, der Streit, den sie wohl hatten, hat ihn sehr mitgenommen.« Sophie versuchte den wirren Eindruck, den sie von dieser Beziehung hatte, zu ordnen. Es schien ein dauerndes Hin und Her, Nah und Fern, Ja und Nein zu sein. Wollte Creuzer gar keine Geliebte, wollte er Lina als Muse lieber auf Distanz und dem Alltag fernhalten? Während Sophie sich fragte, was für eine Art Verhältnis zwischen ihm und Lina bestand, erzählte Sofia weiter. Wenige Tage nach seiner Rückkehr hatte Creuzer einen Nervenzusammenbruch erlitten, mit Schwächeanfällen und Bewusstlosigkeit. »Er ist völlig außerstande, etwas zu essen, er spricht nicht, er sitzt reglos im Bett, wenn man ihn aufsetzt. Noch schlimmer ist es, wenn er liegt. Dann scheint es, als läge er schon im Sarg. Der Arzt weiß keinen Rat.« Bevor sie sich trennten, meinte Sofia noch, dass sie mit Daub sprechen werde. Vielleicht wisse auch Sonia Rat, sie sei schließlich mit Lina befreundet und könne wohl am ehesten in Erfahrung bringen, was vorgefallen sei.

Zu Hause besprach Sophie kurz mit Franzi in der Küche, was gekocht werden sollte, und setzte sich dann zu Clemens, der Zeitung las. »Es soll ein neues Staatengebilde geben«, murmelte er, hinter dem Blatt versteckt, »Rheinbund soll es heißen, losgelöst vom Reich und vom Kaiser in Wien.« »Was bedeutet das?«, fragte Sophie. »Statt dem deutschen schließen sich die Staaten des Rheinbundes dem französischen Kaiser an, wenn ich es recht verstanden habe. Hier, lies.« Sophie schob Clemens' Hand, die ihr die Zeitung reichte, zurück. »Ich muss dir was erzählen.«

Für Mitte Juli plante Clemens einen Besuch bei seiner Familie in Frankfurt. Sophie lehnte das Angebot, einige Tage auf dem Gut von Bankier Jordis, dem Mann seiner Schwester Lulu, zu verbringen, endgültig ab. Clemens versuchte nicht lange, sie zu überreden, denn den Bankier mochte er selber nicht besonders. Beim Abschied vor dem großen Hotel am Kornmarkt, wo die Postkutsche nach Frankfurt zur Abfahrt bereitstand, umarmte er Sophie und sagte, er werde allen erzählen, wie schön sie es in Heidelberg hätten, als Entschuldigung und Erklärung für die zurückgewiesene Einladung. »Ich habe noch einiges zu tun und außerdem fürchte ich, noch so eine Fahrt auf holprigen Straßen wie vor vier Wochen durch den Odenwald könnte dem Kind schaden.« »Das«, rief Clemens und küsste Sophie flüchtig, »wollen wir natürlich auf keinen Fall. Dann bleib lieber hier. Wenn auch die Straße nach Frankfurt natürlich viel besser ist als die durch den Wald. Aber wir wollen alle Gefahren ausschließen.« Bevor er in die Kutsche stieg, sagte er ihr noch, dass er Achim einladen werde. Achim habe ihm aus Göttingen geschrieben. »Ein launiger Brief. Er vergleicht mich mit einem Hasen, stell dir vor.« »Wieso denn mit einem Hasen?« »Er meint – ich finde es sogar ein bisschen ärgerlich –, dass ich eifrig wie ein Hase für Nachwuchs sorge.« Clemens errötete leicht, lachte die Peinlichkeit aber hinweg, indem er versicherte, Achim werde trotzdem sein Pate. »Ich werde ihn mit Baden-Baden ködern. Das ist viel anziehender als die spannendsten Kriegsvorbereitungen in Preußen.« Clemens umarmte Sophie ein letztes Mal. Die Tür der Kutsche wurde zugeschlagen und die Pferde zogen an.

Die nächsten zwei Wochen würde Sophie viel mit Gisela unternehmen – spazieren gehen, Ball spielen, vielleicht mit dem Boot fahren oder einen Ausflug nach Mannheim machen. Die Übersetzung, an der sie gerade arbeitete, musste vorangebracht werden. Jetzt hatte sie Zeit dazu. Sollte sie ein Stück fürs Theater verfassen, wie es ihr seit Jahren als vage Idee vorschwebte?

Auf dem Heimweg vom Kornmarkt beschloss sie, einen Besuch bei Voß zu machen. Es war ja nicht weit zu dem burgartigen Haus hinter den alten Gräbern in der Plöck. Voß begrüßte sie freudig und zeigte ihr sein Klavier, das gerade geliefert worden war. Eifrig bemühte sich der hagere Mann um sein neues Instrument. Er erklärte seiner Familie, wie die Hämmerchen und Saiten funktionierten, drückte einzelne Tasten und ließ sich von Sophie immer wieder bestätigen, dass er nichts Falsches sagte. Er fragte sie, ob sie ihnen etwas vorspielen wolle, und setzte sich dann schließlich selbst auf den Hocker vor dem Klavier, legte die Hände auf die Tasten und begann zu singen. Seinen krächzend schiefen Gesang begleitete er mit ungeübten Fingern. Sophie gelang es mit einiger Mühe, ein Lachen zu unterdrücken.

Zu Hause fand sie einen dicken Brief mit Liedern aus der Schweiz auf dem Tisch. Franzi hatte ihn entgegengenommen. Eine Antwort auf den Rundbrief, den Clemens überallhin verschickt hatte.

Nach einem Mittagsschlaf auf dem grünen Sofa beschloss sie, kurz bei Sofia vorbeizuschauen. Weder sie noch Creuzer ließen sich bei Louise blicken. Ob es ihm immer noch so schlecht ging? Vielleicht brauchte Sofia Hilfe. Von sich aus würde sie nicht darum bitten. Als tüchtige Hausfrau würde sie nie zugeben, das ihr etwas zu viel wurde.

Als Sophie das Haus betrat, herrschte Totenstille. Sofia war bleich und ruhelos, Creuzer nicht zu sehen. Sofia führte Sophie ins Wohnzimmer, bot ihr einen Sessel und eine Tasse Tee an. Sie schien ganz in Gedanken zu sein und trotz der sommerlichen Hitze zu frieren. Sophie erkundigte sich nach Creuzer, ob es ihm inzwischen besser gehe. Sofia schüttelte wortlos den Kopf. Dann holte sie tief Luft und erzählte, was passiert war.

Daub und Schwarz hatten Creuzer beschworen, dass er Lina endlich ganz und gar entsagen, dass endlich Klarheit herrschen müsse. Creuzer habe kaum die Kraft gehabt zu nicken. Gesagt habe er nichts. Wortlos schien er allem zuzustimmen, was sie sagten. »Was haben sie denn gesagt?« »Dass er Lina nie mehr treffen dürfe und dass Daub einen Brief schreiben werde, indem er Lina unmissverständlich und endgültig klarmachen wolle, dass Creuzer sie nicht mehr liebe. Damit es sie nicht zu hart träfe, werde er, hat Daub gesagt, diesen Brief an Lina einem anderen beilegen, den er ihrer Freundin schicken werde. Sie wohnten ja zusammen in einem Haus in diesem Dorf am Rhein für den Sommer. Aber irgendetwas ist schiefgegangen.« »Lina hat den Brief nicht bekommen?«, fragte Sophie. Sofia schüttelte aufgeregt den Kopf und erzählte, dass Lina den Brief anstatt durch die Hand der Freundin unvorbereitet erhalten haben müsse, denn noch am selben Abend habe sie das Haus verlassen. »Als man sie vermisste, hat man die halbe Nacht gesucht. Am Morgen, das war letzten Sonntag, hat man sie am Ufer des Rheins gefunden. Erdolcht.«

Voller Entsetzen erinnerte sich Sophie, dass Creuzer ihr von dem Dolch erzählt hatte. Konnte Lina schon vor Monaten geplant haben, die Aussichtslosigkeit ihres Lebens schließlich so zu beenden? Sophie nahm Sofias Hände in ihre. Sie waren eiskalt. Was gab es da zu sagen? »Weiß es Creuzer?« Sofia schüttelte den Kopf. Sophie versuchte zu verstehen, was geschehen war. Mit eigener Hand hatte Lina ihrem Leben ein Ende gesetzt, mit einer Waffe wie ein Mann. Woher wusste sie, wie sie den Dolch ansetzen musste? »Weiß man, ob sie sehr gelitten hat?« Sofia entwand ihre Hände unwillig denen Sophies. »Das weiß ich nicht. Es soll ausgesehen haben, als wenn sie genau wusste, wie sie es machen musste. Aber hat sie an die Folgen gedacht?« Die Folgen, ja die Folgen, überlegte Sophie. »Wenn ich irgendwie helfen kann, bin ich gerne dazu bereit«, sagte sie. Ehe sie ging, legte Sofia ihr ans Herz, mit niemandem darüber zu reden. Der engste Freundeskreis wisse wohl schon Bescheid, aber sonst solle es niemand erfahren. »Zum Glück ist Winkel ja weit weg. Wir hoffen, dass diese traurige Geschichte hier nicht bekannt wird. Es würde Creuzers Ansehen sehr schaden.«

Um den Kopf frei zu bekommen, ging Sophie mit Gisela in den Feldern spazieren. Gisela hüpfte neben ihr her und bückte sich immer wieder am Wegrand zu den Blumen hinunter. Sophie ließen die Gedanken an Lina nicht los. Ein Wesen, verträumt und sanft wie nicht von dieser Welt, schied auf so blutige Art aus dem Leben wie ein homerischer Held. Von eigener Hand, unvorstellbar. Sophie richtete den Blick in die Ferne, dann wieder nah auf den Weg. »Schau, wie schön«, hörte sie Gisela sagen. Ihre Tochter hatte einen Strauß blassblauer Wegwarte zusammengepflückt und hielt ihn Sophie hin. »Ja. Lass uns nach Hause gehen. Wir stellen die Blumen in eine Vase.«

Wenige Tage später kehrte Clemens aus Frankfurt zurück. Er freute sich, wieder zu Hause zu sein, und redete unaufhörlich über alles Mögliche, so dass Sophie gar nicht zu Wort kam. Hatte man in Frankfurt von der schrecklichen Tat denn nichts erfahren? Sophie beschloss, vorerst nicht über Lina zu sprechen, und zeigte Clemens den Stapel Lieder, der aus der Schweiz gekommen war. Er nahm sich den Packen vor und war für nichts anderes mehr zu sprechen.

Es war einer der heißesten Tage des Jahres. Früh am Morgen hatte noch ein leichter Wind geweht, aber am Mittag staute sich die Luft und lag wie Blei über der Stadt. Der Abfall auf den Straßen verbreitete einen üblen Gestank. Einige Brunnen gaben kein Wasser mehr, so dass manche Hausmädchen stattdessen Wasser aus dem Neckar holten.

Sophie lag auf dem Sofa und döste im Halbschlaf. Sie hörte Geräusche an der Wohnungstür – Georg kam. Clemens begrüßte ihn mit gedämpfter Stimme und führte ihn ins Nebenzimmer, damit Sophie nicht gestört wurde. Alle Fenster standen offen und Sophie hörte die beiden nebenan reden. Eine Weile sprach Georg, dann hörte sie Clemens ärgerlich sagen: »Das war nicht nötig. Ich habe es vor ihr extra nicht erwähnt.« Was Georg antwortete, konnte Sophie nicht verstehen. »Ich will jede unangenehme Nachricht von ihr fernhalten. Warum hat Sofia es ihr erzählt?« Georgs leise Stimme war wieder nicht zu verstehen. Sophie hielt die Augen geschlossen. In der Hitze schien alles unwirklich, nicht fassbar und verschwommen. Clemens wurde lauter. »Musste das sein? Wozu diese Obduktion? Es war doch offensichtlich, woran sie starb. Musste man ihren Körper nun auch noch der Länge nach aufschlitzen, womöglich den Kopf öffnen?«

Creuzer war wieder gesund, wenn auch noch etwas schwach. Er spazierte mit Sofia zum Schloss hinauf, am Neckar entlang zum Stift Neuburg und nach Ziegelhausen. Sophie und Clemens sahen ihn und Sofia hin und wieder auf ihren Spaziergängen, aber die Feindschaft zwischen den beiden Männern machte es unmöglich, miteinander zu reden.

Täglich kamen Briefe. Manche mit Liedern, die meisten ohne. Noten waren nie dabei. »Lieder ohne Noten«, ärgerte sich Clemens, »wie soll man die singen?« Einer der Briefe brachte die Nachricht von Stefans Tod. Bei einem Patienten hatte er sich angesteckt und war an Typhus gestorben. »So jung, erst sechsundzwanzig Jahre. Genau wie Lina«, sagte Sophie betroffen. Clemens nahm Sophie nachdenklich in den Arm. »Er war etwas jünger als ich. Das hatte ich ganz vergessen. Was für eine Zeit. Warum sterben denn plötzlich so viele?« Er machte sich Vorwürfe, Stefan einen untreuen Freund genannt zu haben, und wunderte sich, dass er auf ihn eifersüchtig gewesen war. Er meinte, vor lauter Phantasie, fröhlichem Studenten- und entrücktem Klassikerleben sei Stefan gar nicht dazu gekommen, in der Wirklichkeit zu leben. Noch einmal fragte sich Clemens, warum er den Freund mit seiner Wut und Eifersucht verfolgt und mit Hasstiraden überzogen hatte. »Ich glaube, du kannst nichts dazu«, meinte Sophie, »dieses Gefühl plagt dich leider. Vielleicht wirst du irgendwann frei davon.« »Vielleicht jetzt. Ich spüre es. Ich kann gar nicht verstehen, warum ich je auf irgendwen eifersüchtig war. Es ist alles so harmonisch und du gehörst ganz mir.« Er ließ sie los und hob die Hände, sah sich verwundert um, schaute Sophie an. »Ich glaube, sie ist wirklich weg – die Eifersucht. Ich fühle mich rundum wohl.« Sophie setzte sich aufs Sofa und streckte die Hand nach ihm aus. Er umarmte sie. Eine Weile blieben sie still sitzen, dann begann Clemens von Achim zu reden. »Er hat auf meine Einladung noch nicht geantwortet. Er muss unbedingt kommen. Warum schreibt er nicht?«

Seit einem Monat gab es keinen Kaiser des Reiches deutscher Nation mehr. Franz II. aus dem Haus Habsburg-Lothringen war nur noch Kaiser von Österreich. Niemand bedauerte das. Niemand aber glaubte, dass nun endlich die Freiheit gekommen wäre. Am wenigsten galt das für die Frauen, die an ihren Marktständen Gemüse und Obst verkauften. Der Rheinbund hatte dem Kaiser der Franzosen über 60000 Soldaten zugesagt. Sophie hörte, als sie mit Franzi über den Markt ging, um Möhren und Kartoffeln zu kaufen, die Bäuerinnen reden, die ihrem Unmut Luft machten, dass die Buben großgezogen würden, um sie auf die Felder zu schicken zu Weizen, Gerste und Krapp, doch plötzlich wolle irgendein General sie stattdessen haben, damit sie sich auf »dem Feld der Ehre« schlugen und alles zertrampelten, anstatt die Ähren in die Scheunen einzubringen. Den Buben natürlich gefalle es, in die weite Welt zu ziehen. Sophie verstand den Dialekt kaum, aber die Wut der Bäuerinnen wurde ihr auch ohne Worte klar. Was sie nicht verstand, übersetzte Franzi, die den Korb mit den Einkäufen trug. Es gefiel den Bäuerinnen und Marktfrauen überhaupt nicht, ihre Söhne mit dem Kaiser ziehen zu lassen. Ob deutscher Kaiser oder französischer – ihnen war das ganz egal, ihre Söhne verloren sie mit dem einen wie mit dem anderen.

Sophie und Franzi gingen nach Hause. Franzi brachte die Einkäufe in die Küche, Sophie setzte sich mit einem Hemd, das sie für Clemens nähte, ins Wohnzimmer. Clemens las einen Brief von Achim. Er schrieb, schon auf dem Weg nach Baden habe er sich einige Tage in der großen Bibliothek von Wolfenbüttel festgesetzt, und nun hätten ihn die Ereignisse eingeholt. In Preußen habe die Mobilmachung begonnen und er werde sich der Armee von Prinz Louis Ferdinand anschließen. Er werde nach Berlin zurückkehren. Er hoffe, dass trotz Kriegszeiten ein regelmäßiger Brieftransport möglich sei, damit sie Neuigkeiten austauschen könnten.

Am Ende des Sommers kam Ludwig, den Sophie seit ihren Ferien in Dresden nicht mehr gesehen hatte. Gleich nach der Begrüßung stellte er sich vor Clemens' Büste, die sein Bruder geschaffen hatte. »Ich versuche meinem Ebenbild ähnlich zu werden«, meinte Clemens, »leider gelingt es mir von Jahr zu Jahr schlechter.« Ludwig scherzte mit Sophie, redete mit ihr über Dresden, und Sophie erinnerte ihn an das Gedicht, das er damals vorgetragen hatte. »Ich hätte damals nicht gedacht, dass ich je in Heidelberg wohnen würde.« Ludwig erkundigte sich nach Lotte. »Sie hat mir lange nicht mehr geschrieben.«

»Christian ist jetzt in Italien. Sie wäre wohl am liebsten mitgefahren. Aber ihr Mann, die beiden kleinen Söhne. Das ging natürlich nicht.«

Ludwig, der in Heidelberg viele Bekannte hatte, machte überall Besuche und war allseits beliebt. In keiner geselligen Runde durfte er fehlen, erst recht nicht in der Runde bei Louise. Man diskutierte und musizierte. Schwarz sprach davon, dass Heidelberg dringend eine Gesangsschule brauche, eine Sing-Akademie wie in Leipzig und Berlin. Man gab ihm recht. »Und ein Theater«, sagte einer, »wir brauchen unbedingt ein Theater.« »Das ist ein teurer Spaß«, winkte Fries ab, »das muss man lange planen. Fassen wir erst mal eine Gesangsschule ins Auge.« Sophie verzichtete darauf, von dem Theaterkreis in Jena zu erzählen. Man konnte durchaus spielen, ohne dass es gleich viel kosten musste.

Meist steckte Ludwig mit Creuzer und Daub zusammen. Clemens war enttäuscht, begleitete ihn aber nicht dorthin, sondern hielt sich weiter abseits von Creuzer. Er war sich mit seiner Schwester Tina vollkommen einig darin, dass Creuzer die Schuld an allem trug. Verächtlich fand er, dass dieser Mensch so tat, als wäre überhaupt nichts passiert. »Ein herzloser Holzklotz«, stieß er mit unverhohlener Wut hervor, »zu echten Gefühlen gar nicht fähig.« Sophie musste ihm recht geben. Auch ihr erschien Creuzers Verhalten merkwürdig kalt. Er war sich augenscheinlich keiner Schuld bewusst. Aber anders als Clemens wollte sie ihn deswegen nicht verurteilen. Es gab sicher einen Grund dafür.

Sie saß mit Clemens unter den Linden im Schlossgarten und genoss den Sonnenuntergang. »Schade, dass der Sommer vorbei ist«, bedauerte sie. »Du wirst sehen, mit dem goldenen Herbst kommt ein goldgelocktes Kindlein für uns«, scherzte Clemens, »zwei Wochen noch, vielleicht ein paar Tage mehr. Aber höchstens. Ich freue mich auf das lockige Engelchen.«

»Woher weißt du, dass es ein Engelchen wird? Ich rechne auf einen ganz normalen Sohn oder eine liebe Tochter.« »Weil du so lieb und sanft bist«, sagte Clemens, »ich habe doch schon vor Monaten gesagt, dass dieses Kind dich so verändert hat, wie es nur ein Engel kann. Die Worte still und milde, das ist mein Zauberkreis.«

Am Tag vor seiner Abreise kam Ludwig nachmittags zum Tee. Er scherzte mit Gisela, redete mit Clemens über alte Zeiten und gemeinsame Bekannte und lachte mit ihm über deren Eigenheiten. Nur darüber, was er mit Daub und Creuzer besprochen hatte, schwieg er. Mit Sophie flirtete er zum Spaß, wie damals in Dresden. Clemens störte es nicht. Sophie trug sein Kind, so dass Ludwigs Blicke und Bemerkungen nichts zu bedeuten hatten. »Du bist ja gar nicht eifersüchtig«, bemerkte Ludwig lauernd. Clemens erklärte, er wundere sich selbst, doch fühle er sich seit einiger Zeit vollkommen ausgeglichen, und er sei so glücklich, dass Eifersucht ein ganz fremdes Gefühl für ihn geworden sei. »Das ist allerdings beneidenswert«, sagte Ludwig. »Vielleicht hängt es mit Vertrauen zusammen«, überlegte Clemens, »vielleicht mit dem Alter. Früher konnte Sophie mit keinem Mann allein in einem Raum sein, ohne dass sie umarmt wurde. Das ist jetzt anders.« Ludwig fragte, wie lange sie verheiratet seien. »Dies ist unser dritter Herbst in Heidelberg«, sagte Sophie, an die Zeit in Marburg und die Wochen in Frankfurt dachte sie nicht gern zurück.

Gisela wurde gegen zehn ins Bett geschickt. Eine weitere Flasche Wein wurde geöffnet. Erst nach Mitternacht stand Ludwig schließlich auf, um sich zu verabschieden. Mit Clemens machte er aus, dass sie am nächsten Tag gemeinsam nach Frankfurt aufbrechen wollten. »Du musst bei uns wohnen. Meine Familie wäre beleidigt, wenn du sie nicht besuchen würdest«, entschied Clemens. »Diese Gefahr kann ich unmöglich eingehen«, rief Ludwig schon von der Treppe. Seine Füße gehorchten ihm nicht ganz nach mehreren Gläsern Wein. Auch Clemens war nicht mehr nüchtern. Doch am nächsten Morgen stand er sauber und frisch in hellen Hosen, mit dunklem Frack und modischem Zylinderhut auf dem Kornmarkt an der Poststation. Nicht ganz so frisch sah Ludwig aus, aber auch er bestieg gut gelaunt die Kutsche nach Frankfurt. »Ich bin bald wieder zurück«, rief Clemens Sophie zu, »ich muss doch da sein, wenn das Engelchen kommt.« Er winkte ihr, als die Kutsche abfuhr.

Am nächsten Sonntag bei Louise wunderte sich niemand mehr über Creuzers Abwesenheit. Er schien völlig zurückgezogen zu leben. Louise und Schwarz redeten über Pestalozzi und spielten mit dem Gedanken an eine Reise zu ihm in die Schweiz. »Wir könnten vielleicht sogar einige Schüler mitnehmen. Seitdem er sein neues Institut hat, wird es noch interessanter sein.« Der Schweizer Pädagoge hatte vor einem Jahr in Yverdon am Neuenburger See ein Internat mit einer Schule gegründet. Louise gefielen die Reisepläne, meinte aber, dass so etwas gut vorbereitet werden müsse und frühestens im nächsten Jahr daran zu denken sei, vielleicht auch erst in zwei oder drei.

Als man sich nach einigen angenehm verbrachten Stunden voneinander verabschiedete, bot Georg Zimmer Sophie an, sie nach Hause zu begleiten. Er legte ihr den Umhang aus Wollstoff um die Schultern, denn spät abends war es jetzt schon empfindlich kühl. Sophie ging an seinem Arm auf die Straße hinaus. Seine Schwester folgte. Nur noch wenige Passanten waren unterwegs. Ein müder Reiter, der ein wenig schief im Sattel hing, ließ sein Pferd mit hängendem Zügel selbst seinen Weg finden. Während sie die Hauptstraße entlanggingen, sprach Sophie mit Georg über neue Bücher und weitere Pläne. Schließlich erwähnte sie Creuzer. Vor zwei Tagen habe er von Linas

Tod erfahren, erklärte Georg, und sei deswegen so verstört gewesen, dass Sofia gleich wieder den Arzt gerufen habe. »Jetzt ist er zu Hause, liegt auf dem Sofa und stöhnt.« »Er hat die ganze Zeit nichts gewusst?«, rief Sophie. Darum also schien er so merkwürdig gleichgültig. Er war nicht herz-, sondern ahnungslos gewesen. »Das Buch von Lina soll jetzt übrigens nicht mehr erscheinen«, hörte sie Georg sagen. Einige Bogen waren bereits gedruckt, der größere Teil noch nicht gesetzt. Das Manuskript sollte Georg sofort zurückgeben. »Das Buch von Lina soll nicht erscheinen? Auch nicht unter Pseudonym? Warum?« Sophie wollte es nicht glauben. »Daub meint, es sei nicht auszuschließen, dass jemand die richtigen Zusammenhänge herstellt. Es ist nicht schwierig, in den fiktiven Briefen und Gedichten den zu erkennen, den Lina gemeint hat. Das Werk ist voller Anspielungen auf Creuzer und seine Liebe zu Lina. Linas Freitod, der sich nicht über Jahre verheimlichen lassen wird, dürfte seiner wissenschaftlichen Laufbahn schaden. Daub fürchtet sehr für sein Ansehen. Da ist er sich mit Schwarz völlig einig, und Creuzer stimmt ihnen natürlich zu.« Sie gingen langsam weiter, Georg zwischen seiner Schwester und Sophie.

Sophie blieb einen Moment stehen. »Ich hoffe, er hat nicht vor, alles zu vernichten«, sagte sie. »Das glaube ich nicht. Man kann natürlich nicht wissen, was er damit tun wird. Aber das wäre doch … Obwohl, wenn er ganz sicher sein will, dass niemand jemals von diesem Werk erfährt …« »Lass uns weitergehen, es wird kalt«, sagte seine Schwester.

Sie erreichten den Paradeplatz. Als sie um die Hausecke bogen, erfasste eine Windböe Sophies Umhang, so dass sie ihn mit beiden Händen vor dem Körper geschlossen halten musste. »Alles zu vernichten wäre schändlich«, sagte Sophie, »es macht Linas Fortleben als Dichterin zunichte, nachdem sie als Frau zugrunde gegangen ist. Creuzer wird das hoffentlich nicht tun. Damit wäre Lina erst richtig gestorben, es wäre, als hätte sie nie gelebt, verloren für alle Zeit. Ist denn das Buch nicht wert, der Nachwelt bekannt zu werden?« »Sicher wäre es das«, meinte Zimmer, »wie gesagt: Mein Wunsch ist es nicht, das Werk zu unterdrücken. Aber ich werde mich deswegen nicht mit Creuzer und Daub zerstreiten. Ginge es nach mir, könnte das Buch jetzt im Herbst erscheinen, aber ich werde nicht dafür kämpfen. Es geht um Creuzers Ansehen. Er ist ja sehr darauf bedacht.« Sophie bedauerte, dass sich kein Ritter für Lina fand, auch jetzt nicht, trotz all ihrer heroischen Träume, die mit ihr ins Grab gelegt worden waren.

An der Haustür verabschiedeten sie sich eilig voneinander. Obwohl sie noch lange über Lina hätten reden können, zwang der kalte Wind Georg und seine Schwester, schnell nach Hause zu gehen. Sophie stieg die Treppe zu ihrer Wohnung hinauf. Warum hatte Lina aufgegeben? Wusste sie nicht, dass ein unwiederbringlicher Verlust zwar alle Hoffnung zerstören und das Herz heftig, aber nicht auf Dauer trüben kann? Hätte Lina nicht sofort gehandelt, hätte sie stattdessen wie Creuzer einen Ohnmachtsanfall bekommen, wäre sie vielleicht noch am Leben und auch ihr Werk könnte gedruckt werden. Man durfte nicht aufgeben. Nicht der schlimmste Verlust durfte dazu führen. Mit der Zeit ließ sich sogar die größte Verzweiflung überwinden.

Sophie sah nach Gisela, die ruhig atmend im Bett lag und im Schlaf lächelte. Bevor Sophie einschlief, dachte sie an Creuzers Vergleich, dass ihn ein Leben ohne Lina und für die Wissenschaft ins Schattenreich verstorbener Helden, in Hallen mit Marmorsäulen und leblosen Statuen verbanne. Welches Schicksal war mehr zu beklagen, der Tod, den Lina gewählt hatte, oder das leblose Dasein, das Creuzer vor sich sah?

Clemens kam aus Frankfurt zurück und erzählte übermütig, fast etwas zu lebhaft von allen, die er getroffen hatte. Er erzählte, wie herzlich Ludwig von seiner Familie empfangen wurde und wie er sich bei allen beliebt machte, so dass sie ihn gar nicht wieder abreisen lassen wollten. »Er hat übrigens seinen Spazierstock hier bei uns vergessen. Ich glaube, er steht immer noch im Flur.« Clemens ging aus dem Zimmer und kam, den Stock triumphierend in der Hand haltend, zurück. »Der kann hier bleiben. Ludwig braucht ihn nicht. Er hat sich in Frankfurt einen neuen gekauft. Falls er noch mal zu Besuch kommt, kann er ihn ja wieder benutzen.« Clemens erzählte von Tina, die mit Ludwig ständig geflirtet hätte. Er lachte; so habe er seine kleine Schwester noch nie gesehen. »Sie war wie ein munteres Eichkätzchen. Und ich muss sagen, Ludwig war als Eichkater auch nicht schlecht.« »Aber ich nehme an, es war alles nur Spielerei«, sagte Sophie, »oder sind sie wirklich ineinander verliebt?« »Aber nein«, sagte Clemens, »allerdings hätten meine Brüder und Schwestern gegen Ludwig als Schwager wohl nichts einzuwenden, wenn er nicht schon verheiratet wäre. Und ich, wenn du mich fragst, auch nicht. Aber Achim wäre mir lieber.«

Sophie erhielt einen Brief aus Hamburg. Sie gab ihn Clemens, darauf vertrauend, dass er nie wieder in Eifersucht ausbrechen wollte. Clemens wendete ihn hin und her, bevor er las. Philipp war Bankdirektor geworden. »Oho«, höhnte Clemens. Sophie erschrak über den rauen Ton in seiner Stimme. »Das ist aber was – Direktor des königlich-dänischen Bank-Kontors! So was würde auch vor meinen Brüdern bestehen können. Respekt, Respekt. Ein Kerl wie Jordis, mein unliebsamer Schwager, ist das also.« Sophie nahm Clemens den Brief ab und faltete ihn zusammen, damit Clemens ihn nicht plötzlich unbeherrscht zerknüllte oder zerriss. Eifersucht schien es diesmal nicht zu sein, aber ruhig, wie sie gehofft hatte, nahm Clemens die Nachricht nicht auf. Sie wartete ab, ob er ihr erklären würde, was ihn an dieser Neuigkeit ärgerte. War es vielleicht doch Eifersucht, nur irgendwie anders als sonst? »Erfolg, Erfolg«, schimpfte er, »ein Amt, eine Stellung. Als wenn es sonst nichts in der Welt gäbe. Meine Brüder haben von nichts anderem geredet.« Clemens stand voll unterdrückter Wut vor seinem Bücherregal und schien die Buchrücken der Bände zu studieren, als wären sie ihm ganz neu. Dann drehte er sich plötzlich um und sagte lauter als nötig: »Meine Liedersammlung war doch ein Erfolg. Sogar der Geheimrat, ohne dessen Anerkennung ja keiner was wird, hat mein Buch gelobt. Aber für Franz und Georg zählt das überhaupt nicht. Ich soll ein Amt haben. Am besten wahrscheinlich Bankdirektor, so wie Lulus Mann, oder wie dein Philipp.« Sophie versuchte Clemens zu beruhigen, indem sie mit einem lustigen Lächeln meinte, er solle lieber nicht Bankdirektor werden, lieber nicht, sonst würde er ihr am Ende noch völlig fremd. »So fremd wie Philipp Schmidt. Solche Geschäftsleute sind nichts für mich. Sie denken ganz anders als du. Bleib, was du bist.« Die Tür öffnete sich und Gisela huschte durch den Spalt herein. »Kannst du dir vorstellen, dass so ein würdiger Bankdirektor, wie du es sein müsstest, um deinen Brüdern zu gefallen, Gisela Märchen erzählt?«, fragte Sophie. Gisela setzte sich auf einen Stuhl und sah Clemens abwartend an. Ihre Füße berührten knapp den Boden. Clemens setzte sich auf einen zweiten Stuhl neben sie. Bevor er anfing zu erzählen, sagte er noch, wahrscheinlich seien seine Brüder bloß schlechter Laune gewesen, weil die Zeiten schlecht seien, und Frankfurt keine freie Stadt mehr, sondern dem Fürstentum Aschaffenburg unterstellt, und weil alles unsicherer werde. »Das kratzt am Geld und an der Ehre. Und an mir lassen sie es aus.«

Sophie legte sich auf das grüne Sofa und lauschte Clemens' Stimme. Dabei träumte sie vor sich hin, stellte sich vor, wie das Familienleben im nächsten Sommer sein würde, wenn das Kind, das nun bald geboren werden sollte, über den Fußboden krabbelte, das bezaubernde Lächeln eines winzigen Mundes und leuchtender Kinderaugen. Mochte es anderswo Krieg geben. Hier spürte man nichts davon. Ihr Blick schweifte durchs Zimmer, blieb einen Moment an Achims Bild haften – wo war er jetzt, war er wirklich bei der Armee von Prinz Louis Ferdinand? Ihr Blick hielt dem Lächeln der Madonna stand und wanderte über das Marmorbild zum lebendigen, erzählenden Clemens. Zufrieden lächelnd fiel sie in Schlaf.

Schwarz hatte alle Bekannten und Freunde zu sich eingeladen. Er war zum Dekan der theologischen Fakultät gewählt worden, und seine Frau fand, dass man das feiern müsste. Zum ersten Mal war sie froh, dass das Haus so groß war und mühelos all die Gratulanten aufnahm. Auch in dem großen Garten hinter dem Haus konnten sich die Gäste ergehen. Schwarz war ein leidenschaftlicher Gärtner. Wenn er in seinen freien Stunden nicht durch den Odenwald wanderte, beschäftigte er sich mit Gartenarbeit. Jetzt leuchteten Astern und Dahlien auf den Staudenbeeten, und an den Apfelbäumen hingen reife Früchte. Einige der Gäste spazierten zwischen den Beeten herum. Die meisten blieben im Salon oder flanierten in der Halle des Treppenhauses. Es wurden mehr und mehr. Das Gemurmel der vielen Stimmen schwoll langsam an. »Man sieht, das akademische Gewerbe floriert«, scherzte einer der älteren Professoren, »es wird von immer mehr Leuten betrieben. Und die Studentenzahlen steigen auch. Es scheint alles bestens zu laufen.« Daub und Sonia waren da, Creuzer und Sofia, Louise, Georg Zimmer und natürlich Fries mit seiner Frau. In seiner kurzen Ansprache hob Schwarz hervor, dass er besonders Adam Fries zu verdanken habe, an die hiesige Universität berufen worden zu sein. »Sonst wäre ich in Gießen geblieben. Aber ich bin froh, dass ich nun hier bin.« Alle applaudierten zufrieden. Auch Creuzer und Daub hatten vor zwei Jahren dafür gesprochen, Schwarz an die neu aufblühende Universität zu holen. »Und wir wollen nicht vergessen, dass ohne den Einfluss von Savigny die Berufung vielleicht letztlich doch nicht zustande gekommen wäre«, hörte Sophie Creuzer leise neben sich sagen. Er stand ein kleines Stück rechts von ihr. »Es scheint, dass alle etwas dazu beigetragen haben«, flüsterte Clemens ihr ins linke Ohr. Er und Creuzer gingen sich auch bei diesem Fest aus dem Weg, was bei der ansehnlichen Zahl der Gäste ohne große Anstrengung möglich war. Sophie aber nutzte die Gelegenheit, ein paar Worte mit Creuzer und Sofia zu wechseln. Sie waren die Einzigen in dieser Festgesellschaft, deren Gesichter Leidensmienen trugen. Während Sophie mit Creuzer sprach, gesellte Schwarz sich dazu und fragte ihn, ob er sich schon Gedanken gemacht habe. Dabei sah er ihn mit seinem strahlenden Blick aufmunternd an. Dieser muntere Ausdruck bewirkte tatsächlich, dass sich in Creuzers Gesicht eine Änderung vollzog und er die Mundwinkel etwas weniger trübselig hängen ließ. Vielleicht waren auch die Gedanken, die er sich machen sollte, dazu geeignet, für die Zukunft Gutes zu erhoffen. Schwarz ging, ohne eine Antwort abzuwarten, weiter und sprach mit Zimmer und Clemens. Creuzer erklärte Sophie, dass er zusammen mit Schwarz ein interdisziplinäres Seminar gründen wolle. »Ach, interessant«, sagte Sophie und bat ihn weiterzureden, obwohl ihr die Sache nicht sehr spannend erschien. »Es soll ein philologisch-pädagogisches Seminar werden. Allerdings ist alles noch recht unklar, noch nicht ausgereift«, stieß Creuzer hervor, als fühle er sich dem Vorhaben nicht gewachsen. »Vielleicht nehme ich auch einen Ruf nach Leiden an«, sagte er dann. »Nach Leiden in Holland?«, fragte Sophie. »Ja. Leiden.« Der Ton, in dem er das sagte, klang wie der Name der Stadt. »Meine Meinung ist sicher ganz unwichtig«, sagte Sophie, »aber ist ein Seminar, wie ihr es plant, hier in Heidelberg nicht eine sehr reizvolle Aufgabe? Der Großherzog ist solchen Neuerungen gegenüber doch immer sehr aufgeschlossen. Aber natürlich verstehe ich nichts davon.« Nach einigen weiteren Worten ging Sophie zu Clemens, der sich inzwischen mit Fries und seiner Frau über Gemälde unterhielt. »Wusstest du«, fragte er Sophie, »dass Fries in seinem Haus eine Bildersammlung hat? Er hat angefangen, systematisch zu sammeln, und sein kleiner

Sohn zeichnet sehr nett. Wir sprachen gerade darüber, ihn mal zu besuchen. Wir gehen ja oft genug in Richtung Rohrbach spazieren.« Adam Fries versicherte, er werde Sophie und Clemens gerne herumführen und ihnen erklären, was er über die einzelnen Bilder wisse. »Er ist übrigens ein alter Schulfreund von Schwarz«, sagte Clemens zu Sophie, als sie weitergingen, wobei er versehentlich Georg anrempelte, der mit Schwarz und Daub sprach. Schwarz erzählte gerade, dass er sich ein Pferd gekauft habe. »Ein Pferd?«, fragte Georg mit freundlicher Neugier. »Ja, einen Schimmel«, sagte Schwarz mit vor Energie und Lebenslust funkelnden Augen, »damit ich weiter herumkomme, als wenn ich zu Fuß gehe.« »Ich kenne niemanden«, meinte Daub, »der so viel im Freien unterwegs ist wie du. Ein Stubenhocker und bleicher Gelehrter bist du wahrhaftig nicht. Jetzt ist dir Schusters Rappen nicht genug und du brauchst auch noch einen Schimmel dazu.« Die Umstehenden lachten freundlich über dieses kleine Wortspiel. »Hoffentlich ist der Schimmel genauso gern bei Wind und Wetter unterwegs wie sein Reiter«, meinte Georg.

Sophie erinnerte sich an den Tag, an dem sie Clemens versprochen hatte, nie wieder zu reiten. Schon als sie Achim auf seinem Pferd gesehen hatte, als er vor einem Jahr in Heidelberg war, hatte sie ihr Versprechen bedauert. Sollte sie wirklich nie mehr über Felder und Wiesen galoppieren, Clemens zuliebe? Vielleicht war es möglich, das Versprechen zurückzunehmen, wenn Clemens erst Schwarz auf dem Schimmel sah. Schwarz würde ja gewiss keine wilden Jagden reiten. Was wäre, wenn sie ihn begleitete? Sie nahm sich vor, Clemens irgendwann zu fragen, nicht jetzt, nicht in den nächsten Monaten, vielleicht im nächsten Frühjahr. Sie würde so gesittet reiten wie Schwarz, wandern zu Pferd anstatt zu Fuß, über die Ebene und am Fluss entlang, durch die Wälder, endlos. Was sollte er dagegen haben? Im nächsten Frühjahr würde sie es versuchen, jetzt konnte sie sowieso nicht reiten. Erst musste das Kind geboren werden.

»Willst du nicht endlich heiraten?«, hörte sie Schwarz sagen. Wen meinte er? Sie sah sich um. Georg lächelte verlegen. »Du bist fast dreißig, da sollte man so langsam an eine Eheschließung denken«, legte Schwarz nach. »Creuzer war in deinem Alter längst verheiratet, und Clemens ist jetzt noch nicht mal so alt wie du«, lächelte Schwarz, indem er Georg freundschaftlich auf die Schulter klopfte. Später erfuhr Sophie, dass Georg eine Schwägerin von Schwarz kennengelernt hatte, die ihn wohl mehr interessierte als die Frauen, die er bisher kannte.

Das Fest bei Schwarz ging in bester Laune zu Ende. Am meisten freute sich Clemens über die Neuigkeit, die er auf diesem Fest erfuhr, dass Joseph Koblenz verlassen und nach Heidelberg kommen werde, um hier Vorlesungen zu halten. Clemens schob das auf seine dauernden Fragen, mit denen er Daub und Schwarz jedes Mal, wenn er sie traf, belästigte. Endlich hatte man nun erkannt, dass man sich diesen geistreichen, vielseitigen Mann nicht entgehen lassen durfte. »Worüber wird er denn Vorlesungen halten?«, fragte Sophie. »Ach, über alles«, sagte Clemens, »über Physiologie, über Ästhetik, den Himmelsbau. Ich habe keine Ahnung, aber er kann alles. Und das Beste ist, er kommt schon bald. Ende des Monats ist er da.«

Die Spaziergänge, die Clemens und Sophie an sonnigen Oktobertagen unternahmen, wurden kürzer. »Wenn es nur endlich da wäre, unser Kind«, sagte Sophie. Diese Schwangerschaft schien länger zu dauern als alle zuvor. Einer der liebsten Spazierwege war Sophie der auf halber Höhe vom Stift Neuburg zurück zur Stadt. Das Stift lag, umgeben von einer Mauer, mitten in Wiesen und Weiden am Hang. Sie gingen am Waldrand entlang. Das Laub der Bäume lichtete sich bereits und herbstlich bunte, gelbe und rotbraune Blätter tanzten durch die Luft, bis sie auf dem Waldboden liegen blieben. Kastanien und Bucheckern lagen in ihren stacheligen Mänteln herum. Es roch nach Pilzen. Der Weg führte in weiten Schlingen am Berghang entlang, durch den Wald, immer auf gleicher Höhe, so dass keine mühsamen Anstiege bewältigt und auch kein Schwung bergab gebremst werden musste. Von einer Stelle aus, wo der Weg eine Biegung machte, gab es freie Sicht auf die Stadt, die Türme, Dächer, darüber das Schloss und unten quer über den Fluss die Brücke. Ein friedliches Bild. Die Geräusche, die man hörte, wenn man von der Gartenterrasse der Schlossruine auf die Stadt hinuntersah, drangen nicht bis hierher. Nur einzelne Vogelstimmen und der tiefe Ton einer Kuh in der Ferne waren zu hören.

Hin und wieder begegneten ihnen andere Spaziergänger. An manchen Stellen war die Erde von nächtlichem Regen aufgeweicht. Das Laub vom Vorjahr lag als brauner Teppich ausgebreitet unter den Bäumen, deren Stämme wie die Säulen einer Kathedrale emporragten. Sie sprachen wenig. Fast andächtig gingen sie nebeneinander her. Sophie dachte an das Kind. Es würde nun bald kommen. Der Sommer war längst zu Ende, die Bäume bald kahl. Blätter wirbelten von den Ästen, wie Goldfetzen in der Sonne, manchmal ein ganzer Schwung, wenn eine Windbö in die Zweige fuhr.

Zurück in der Wohnung redete Clemens davon, wie sehr er alle beneide, die Kinder hätten. Wenn er Leute mit ihren Kindern spazieren gehen oder spielen sehe, spüre er jedes Mal, dass ihm etwas fehle, dass er nicht richtig dazugehöre. Vor allem bei seinen Geschwistern, aber auch bei Schwarz und dessen großer Familie überfalle ihn manchmal ein Gefühl, das ihm sein eigenes Leben leer und trostlos erscheinen lasse. Dagegen ließ sich nur mit der Maske großer Fröhlichkeit ankämpfen. »Erst mit Kindern ist man auf der Erde zu Hause.« »Mit Schwarz solltest du dich nicht vergleichen«, sagte Sophie, »seine eigenen Kinder, die Schüler und Studenten bilden eine so große Familie, dass kaum ein Familienvater daneben bestehen kann. Und dann sind seine Schwester und die alte Mutter auch noch da.

Dieses riesige Haus in der Plöck ist voller Leben. So ein Bienenstock wäre für deine Nerven vielleicht gar nicht gut.« »Ich brauche Leben um mich, viel Trubel. In dieser Ruhe hier ersticke ich. Je mehr es um mich herum wieselt und wuselt, umso ruhiger werde ich. Wann kommt endlich unser Kind. Dieses Kind wird doch dann endlich am Leben bleiben? Versprich es mir. Es muss leben, das Dritte, beim dritten Versuch werden in den Märchen doch immer die Wünsche erfüllt.« »Es wird alles gut werden«, sagte Sophie.

In der Zeitung stand, Napoleon habe bei Jena und Auerstedt gesiegt. Wenige Tage später kam ein Brief aus Altenburg, von Friedrich. »Sei froh, dass du nicht hier bist, und danke dem Schicksal, das dich an einen schönen ruhigen Ort versetzt hat. Zwölf Tage lang wurde hier unser Land verheert, und vor allem die Felder um Jena wurden mit dem Blut von zigtausend Soldaten gedüngt.« Seit dem Siebenjährigen Krieg hatte es keine Schlachten in Sachsen mehr gegeben. Gekämpft wurde am Schwarzen Meer, südlich der Alpen, am Rhein, aber nicht in der Gegend von Altenburg, Camburg, Jena, Weimar – da wo Sophie lebte, war immer Frieden gewesen. Nur die ganz Alten konnten sich erinnern, wie es war, als die Preußen in der Gegend mit den Reichstruppen, den Österreichern und den Franzosen kämpften. Aber die Kämpfe damals konnte man mit den jetzigen nicht gleichsetzen. Dem Wüten der letzten zwei Wochen vergleichbare Gräuel fanden sich nur in Chroniken über den Dreißigjährigen Krieg, schrieb ihr Bruder.

Zweihundertvierzigtausend Soldaten der verfeindeten Mächte trafen aufeinander. Zwar kämpften nicht alle, einige waren Reserve, aber es kam zur größten Schlacht, die je in der Gegend stattgefunden hatte. Fast ohne Pause schossen die preußischen Truppen auf Auerstedt, wo sich ein Teil des französischen Heeres verschanzt hatte. Doch Napoleon blieb Sieger. Prinz Louis Ferdinand fiel bei Saalfeld, seine Armee floh in völliger Auflösung. Und Achim? Lebte er? Die preußische Königin war in Weimar gewesen und trat am selben Morgen, als Napoleons Truppen bei Jena die preußische Armee vernichteten, ihre Rückfahrt nach Berlin an. Die Kutsche zerbrach, sie fuhr in einem offenen Wagen weiter. Zwölftausend französische, zwanzigtausend preußische Soldaten blieben tot auf den Feldern. Dem Herzog von Braunschweig, der den Oberbefehl bei Jena hatte, waren durch einen Granatsplitter beide Augen weggerissen, einem General der Fuß abgeschossen worden, der preußische König war auf der Flucht, seine Soldaten gefangen. Leichen und Verwundete bedeckten die Schlachtfelder. In wenigen Tagen war das fruchtbare Land verheert und verwüstet worden. Die Lasten der heimgesuchten Dörfer und Städte waren ungeheuerlich, das Leid der Stadtbewohner und Bauern unaussprechlich. Kein Ort der Region war verschont worden. In Altenburg hatte es zwei Tage lang Plünderungen und Vergewaltigungen gegeben. Wer im Weg war oder seinen Besitz schützen wollte, wurde zusammengeschlagen. Ähnlich ging es in Weimar zu, doch das war nichts im Vergleich zu dem Geschehen bei Jena, wo die Felder zu Gräbern geworden waren.

Was war mit Achim geschehen? Es gab keine Nachricht von ihm. Clemens und Sophie machten sich Sorgen. Was Fleiß sich schuf und Liebe pflegte, schrieb Sophie, ist nun zerstört. Sie saß am Schreibtisch. Die Schreckensnachrichten aus Altenburg, Jena und Weimar ließen sie nicht los. In Weimar hatten die Plünderungen Dienstagabend um sechs begonnen. Türen und Fenster wurden eingeschlagen, Menschen und Möbel aus den Häusern gezerrt, Fleisch, Brot, Wäsche, Silber weggeschleppt. Männer verprügelt, Frauen missbraucht. Auf dem Marktplatz und im Park Lagerfeuer angezündet und wilde Lieder gegrölt:

Mangeons, buvons, jouons
Brûlons toutes les maisons.

Die ganze Nacht und den nächsten Tag ging das Treiben. Nur wenige Häuser blieben unberührt. Am Schloss wurde Feuer gelegt. Einwohner flohen in die nahen Wälder. Fast eine ganze Straße brannte ab. Stundenlang zogen am nächsten Tag Fußsoldaten und Kavallerie durch die Stadt. Erst am Donnerstag befahl Kaiser Napoleon, das Plündern einzustellen. Was noch brauchbar war an Wäsche, Möbeln und Küchengerät, sollte zurückgegeben werden. Gefangene und Verletzte wurden in die Kirchen gebracht.

Die letzte Oktoberwoche brach an. Clemens hielt die Ungewissheit nicht aus und schrieb an den Verleger in Berlin, der die Boccaccio-Novelle herausbrachte. Clemens interessierte sich nicht für die Novelle, es ging um Achim. Vielleicht wusste der Verleger, wo er war, ob er lebte. Wen sonst kannten Sophie oder Clemens in Berlin? Sie überlegten. Doch es war zwei Jahre her, dass Clemens dort gewesen war, und mit niemandem in Berlin hatte er Freundschaft geschlossen, von niemandem hatte er die Adresse, obwohl Achim ihn mit so vielen bekannt gemacht hatte. Es würde sicher einige Zeit dauern, bis der Brief den Verleger erreichte. Hoffentlich würde er dann schnell antworten. Clemens musste unbedingt wissen, ob sein Freund noch lebte, wie es ihm ging. Sophie konnte ihm nicht helfen. Auch sie wäre froh gewesen, zu wissen, wie es um Achim stand. Sie hatte die letzten Nächte kaum geschlafen. Das ungeborene Kind drückte sie überall, und wenn sie lag, konnte sie kaum atmen. Es war sicher ein sanftes Kind, ein Engel, wie Clemens behauptete, denn es bewegte sich kaum. Sophie spürte keine Tritte. Sie wünschte, dass es etwas lebhafter wäre und sich endlich den Weg in die Freiheit erkämpfen würde.

Sie ging mit Franzi zum Markt und traf unterwegs Bekannte, mit denen sie kurz ein paar Worte wechselte. Franzi trug den Korb. Es war nicht viel, was sie kaufen mussten. Brot, Milch, Butter. Niemand hatte in diesen Tagen großen Appetit. Auf dem Rückweg begegneten sie einem Zug von Schülerinnen, die paarweise hintereinander her den Paradeplatz überquerten. Sie kamen vom Schwarznonnen-Kloster an der Ecke des Platzes gegenüber der Peterskirche, begleitet von zwei Lehrerinnen, eine vorne, eine am Ende des Zuges. Die Mädchen sahen sehr brav aus, etwas blass. Einige kicherten, andere tuschelten miteinander.

Am Nachmittag setzte sich Sophie an ihren Schreibtisch vor dem Fenster mit Blick hinauf zu den Linden im Garten des zerstörten Schlosses. Die Linde, dem Kinde, dachte sie, ein Gedicht für diesen Baum, ihren Lieblingsbaum. Sub Tilia. Sie lächelte und probierte einige Zeilen, aber es wollte nichts werden.

In der Nacht schlief sie kaum. Sie drehte sich von einer Seite auf die andere, setzte sich auf, stieg aus dem Bett und ging ein wenig im Zimmer hin und her. Der Druck auf Magen und Lunge ließ nicht nach. Schließlich schlief sie gegen Morgen ein, doch als das erste Licht ins Zimmer drang, stand Sophie mit Clemens auf.

Sie wartete auf einen Brief von Jette. Wie ging es ihr? Sie setzte sich in einen Lehnstuhl am Fenster neben den Tisch, auf dem ihr Nähkorb stand, und arbeitete an dem Hemd weiter, das sie für das Kind nähte. Später machte sie einen Spaziergang mit Gisela. Liegen war beschwerlich, Sitzen auch, spazieren zu gehen schien dagegen eine Wohltat.

Sophie war froh über das ruhige Herbstwetter, so dass sie nicht fürchten mussten, vom Regen überrascht zu werden. Eine Erkältung mit Husten wäre jetzt, wo ihr das Atmen ohnehin schon schwer wurde, nicht zu ertragen gewesen. Sophie und Gisela stiegen hinter der Stadtmauer in den Wald hinauf, nicht zum Schloss, sondern an dem Gasthaus mitten am Hang vorbei zum Gaisberg. Von einer Lichtung auf halber Höhe genossen sie den Blick über die Stadt im Neckartal bis weit nach Norden die Bergstraße entlang. Die Berghänge hoben sich entlang einer fast geraden Linie aus der Ebene empor. Eine Kuppe reihte sich an die andere. Der Blauton wurde dabei von Hang zu Hang blasser und die Farben verloren an Kraft. In der Ebene, aus der sich die Bergkette erhob, dehnten sich die abgeernteten Felder aus, und weit entfernt zeichneten sich die Türme von Ladenburg und Mannheim ab.

Axthiebe hallten herüber. Es wurde Holz geschlagen. Sophie und Gisela setzten ihren Weg durch den Wald fort und folgten einem sanft abwärts führenden Weg. Am Fuß des Gaisbergs spazierten sie ohne Hast zum Mannheimer Tor zurück. Bei der Sandgrube vor der Stadt spielten einige kräftige Jungen Ball, wahrscheinlich Handwerkslehrlinge.

Es wurde bereits dämmrig, als Sophie und Gisela nach Hause kamen. Clemens empfing sie aufgeregt und besorgt wegen des langen Ausbleibens, doch Sophie zerstreute seine Bedenken. Vom Auftreten der ersten Wehen bis zur Geburt würde es einige Stunden dauern. »Das Kind kommt ganz sicher nicht im Wald zur Welt«, sagte sie. Dennoch nahm Clemens ihr das Versprechen ab, keine langen Spaziergänge mehr zu machen, sonst müsse er sie in der Wohnung einschließen.

Wie immer in den letzten zwei, drei Wochen schlief Sophie in der Nacht kaum. Sie hatte Sodbrennen, das auch nicht besser wurde, nachdem sie sich aufgesetzt hatte. Sie machte Licht, um wenigstens nicht von der Dunkelheit bedrückt zu werden. Clemens schlief weiter. Er atmete tief und ruhig. Sophie sah sich im Zimmer um. Vielleicht sollte sie etwas lesen. Sie stand auf und nahm die Lampe von ihrem Nachtschränkchen mit ins Wohnzimmer. Dort setzte sie sich auf den Lehnstuhl am Fenster. Sie zog den Vorhang zur Seite und betrachtete den Nachthimmel, die Sterne, den Mond.

Sie konnte nicht lange sitzen. Darum stand sie wieder auf, ging im Zimmer hin und her, nahm schließlich ein Buch und setzte sich aufs Sofa. Nachdem sie ein paar Seiten gelesen hatte, ging sie wieder ans Fenster, setzte sich auf den Lehnstuhl, stand wieder auf, ging zum Tisch und setzte sich dort auf einen Stuhl, die Arme auf den Tisch gestützt. Schließlich ging sie wieder zum Sofa. Sie döste, die Beine lang von sich gestreckt, den Kopf an die Wand gelehnt.

Als sie aufwachte, war es hell. Es regnete. Gegen Mittag wehte der Wind die Wolken fort und die Sonne schien von einem weiß-grauen Himmel. »Ich muss unbedingt raus und ein bisschen spazieren gehen«, sagte Sophie. Clemens legte sein Buch aus der Hand und half ihr den Mantel überzuziehen. »Ich komme auf jeden Fall mit«, sagte er, »sonst läufst du wieder stundenlang durch den Wald.« Sie gingen die Hauptstraße entlang, durchs Karlstor und ein Stück am Neckar entlang. Fischerkähne lagen bewegungslos auf dem Wasser. Auf der Straße begegnete ihnen ein Bauernkarren, hin und wieder ein Reiter, einmal eine Kutsche. Sophie wollte zum Wolfsbrunnen hinauf. »Das ist viel zu weit«, protestierte Clemens, aber Sophie erklärte, so werde sie wenigstens ordentlich müde und vielleicht könne sie dann endlich einmal nachts richtig schlafen. »So ein Nickerchen im Sitzen wie letzte Nacht ist etwas für alte Leute. Ich habe nichts dagegen, in vierzig Jahren als Großmutter so wegzunicken, aber jetzt bin ich dafür noch viel zu jung.« Clemens steuerte auf das Gasthaus zu, das ein kurzes Stück weiter am Neckarufer lag. »Lass uns hier erst mal eine Pause machen. Die Wirtsleute sind bekannt für ihre Limonade. Und ich will auch etwas essen.« Sophie wollte nichts essen, setzte sich aber mit Clemens an einen der Tische in der Gaststube. Außer ihnen waren noch zwei kleine Gruppen da. Ein älteres Ehepaar mit einem Mädchen von etwa zwölf Jahren und zwei jungen Männern, die Studenten sein mochten. An einem anderen Tisch saß eine Gruppe von drei Frauen mittleren Alters in Begleitung von zwei Offizieren. Der eine scherzte mit der jungen Bedienung, die ein Tablett mit Gläsern und einen Krug Wein an den Tisch brachte. »Egal, wohin man sich wendet«, sagte Clemens, »überall trifft man auf Uniformen. Und immer tun diese Leute, als ob ihnen die Welt gehört.« »Du musst zugeben, sie sehen schneidig aus. So frisch geputzt mit blanken Knöpfen und Stiefeln«, bemerkte Sophie mit einem Lächeln, das Clemens besänftigen sollte. »Ich hoffe, das bleibt nicht so«, brummte er, »Soldaten und Offiziere, wohin man sieht.« »Ich glaube, so schlimm ist es nicht.« Sie tranken ihre Limonade, Clemens aß eine Suppe, Brot und Käse. Dann brachen sie auf. Vor dem Haus spielten die Kinder der Wirtsfamilie Fangen.

Clemens und Sophie gingen ein Stück in den Wald hinauf. Nicht zum Wolfsbrunnen, sie beschlossen schon bald, auf halber Höhe des Berges zurück in Richtung Stadt zu gehen. Unweit der Schlossruine trafen sie auf eine Stelle, wo vor kurzem Bäume gefällt worden waren. »Der Oberforstrat meint, wir bräuchten mehr Licht«, sagte Clemens, indem er auf die Stämme wies, die nebeneinander auf dem Waldboden lagen. »Es soll heller werden«, erklärte er, »Georg hat mir erzählt, Gatterer habe vor, jetzt im Stadtwald ordentlich aufzuräumen. Früher hätte es schließlich auch nicht so viel Wald gegeben, behauptet er. Es sei ein Irrtum, überall aufzuforsten. Es gebe viel zu viele Bäume, jeder einzelne brauche mehr Platz.« Sophie war anderer Meinung und sagte, im Sommer, wenn die Sonne niederbrenne, sei ein dichter Wald der einzige Ort, wo man sich im grünen Schatten der Bäume wohlfühlen könne. »Ja, aber jetzt kommt erst mal der Winter«, meinte Clemens, »und wir brauchen starke Hitze nicht zu fürchten.« »So ist es wohl«, sagte Sophie, »ich denke, das ist einer der Gründe, die Bäume jetzt zu fällen. Sie tragen kein Laub mehr, und im Winter, wenn es kalt wird, brauchen die Leute Brennholz. Dann sind auch wir froh, wenn wir Feuer machen können, damit unser Kind es warm hat.«

Es war fast dunkel, als sie zu Hause ankamen. Zum Abendessen gab es Brot und Fisch. Sophie stocherte mit der Gabel in dem Stückchen Fisch auf ihrem Teller, Clemens ließ es sich schmecken. Er trank ein Glas Wein, und als er Sophie nach dem Essen einige Lieder vorlas, die in den letzten Tagen per Post gekommen waren, trank er noch eins. Für den Folgeband seiner Liedersammlung brauchte er noch immer Beiträge. Zimmer fragte jedes Mal, wenn er ihn traf, wann das Sammeln endlich abgeschlossen werden könne. Clemens versicherte, das Buch werde auch fertig, ohne dass man ihn bedränge.

Gegen Mitternacht gingen Sophie und Clemens zu Bett. Sophie war müde und schlief sofort ein. Zwei Stunden später war sie wieder wach. Wie in den Nächten zuvor wälzte sie sich von der einen auf die andere Seite, setzte sich auf, um leichter atmen zu können, verließ schließlich das Bett, obwohl sie vor Müdigkeit kaum gehen konnte und sich am Bettgestell, dann am Türrahmen abstützen musste. Sie ging in der Wohnung hin und her, blieb eine Weile am Tisch stehen, stützte sich an der Kommode ab, hielt sich am Schrank fest. Es war kalt. Sie suchte mehrere Kissen zusammen und schleppte sich damit ins Schlafzimmer zurück. Sie legte alle Kissen ans Kopfende ihres Bettes, so dass sie aufrecht im Bett sitzen konnte.

Sitzend lag sie im Bett, halb schlafend war sie wach bis zum Morgen, gleichzeitig träumend und grübelnd. Als sie Clemens aufstehen hörte, öffnete sie die Augen. Sie fühlte sich matt, stieg jedoch aus dem Bett, goss Wasser aus dem Krug am Waschtisch in die Schüssel und machte sich frisch. Zum Frühstück aß sie nichts. Eine Tasse Milchkaffee reichte. Gisela verbrachte den Tag bei Louise. Sophie ging in die Küche, sprach mit Franzi, setzte sich aufs Sofa und nähte ein Band an das Hemd, das sie inzwischen fertiggestellt hatte, so dass es hübscher aussah. Sie zeigte es Clemens. »So ein schönes Hemd. Wenn das Kind es sehen könnte, würde es gleich ans Licht kommen. Aber leider steckt es immer noch in seiner dunklen Höhle«, sagte er und legte seine Hand auf Sophies Bauch. Sophie holte tief Atem. Für ein paar Minuten setzte sie sich an den Schreibtisch, bevor sie mit Franzi in die Stadt ging, um etwas Gemüse und Seife einzukaufen. Sie begegneten Sofia, die ebenfalls ein paar Besorgungen zu erledigen hatte. Wenig später trafen sie Sonia. Sie erzählte, dass Joseph heute oder morgen aus Koblenz ankommen werde. »Er hat eine Wohnung bei uns im Haus gemietet. Ob er dort lange wohnen wird, ist noch nicht klar, aber so ist es für ihn auf jeden Fall ein guter Anfang.« Sophie war nicht sicher, ob Clemens von Josephs Ankunft wusste. Er hatte ihr nichts davon erzählt.

Zu Hause ließ sie Franzi mit dem Korb allein in die Küche gehen und ging zu Clemens, der im Wohnzimmer saß und Bücher sortierte, die in kleinen und größeren Haufen den Tisch bedeckten. »Ich habe ganz vergessen, dir von dem Brief zu erzählen. Er hat mir letzte Woche geschrieben«, gestand er und fragte erwartungsvoll, ob Sophie erfahren habe, wann genau Joseph ankommen werde. »Das hat mir Sonia nicht gesagt. Ich denke, er wird gleich nach seiner Ankunft zu einem kurzen Besuch bei uns vorbeikommen.«

Post wurde gebracht, und nach dem Mittagessen legte Sophie sich eine Weile ins Bett. Es gelang ihr, eine Stunde zu schlafen. Später saß sie am Schreibtisch und ließ die Gedanken wandern, während sie ihren Blick oben auf die Linden richtete. Kahl und nackt standen sie im Wind. Übermorgen war Allerheiligen, der 1. November. Ob Clemens wieder zum Sankt-Annen-Friedhof zu dem kleinen Grab an der Stadtmauer gehen würde?

Unter den Bäumen oben im Schlossgarten sah Sophie Männer hin und her gehen. Spaziergänger schienen es nicht zu sein. Aber was machten sie dort? Sophie wandte den Blick ab, nahm einen Bogen Papier und ein kleines Messer, um die Feder zurechtzuschneiden. Briefe wollte sie keine schreiben, das erst wieder, wenn das Kind geboren war und sie die frohe Nachricht an alle Freunde und Bekannten schicken konnte.

Sie begann ein Gedicht. Nach der ersten Zeile sah sie wieder zu den Linden hinauf. Die Männer waren immer noch dort. Sophie dachte an das Kind. Sie tauchte die Feder ins Tintenfass und schrieb die zweite Zeile. Heute würde das Kind wohl nicht mehr kommen. Die gute Nachricht an die Verwandten und Freunde musste noch einen Tag länger warten, vielleicht zwei, hoffentlich nicht drei.

Von der Straße drang das Geschrei spielender Kinder herauf. Ein kleiner Hund war dabei und kläffte. Clemens beugte sich über Sophies Schulter, um zu sehen, was sie schrieb. Sie hatte ihn nicht kommen hören. Immer noch schlich er leise wie ein Kater durch die Räume. Er wollte zur Post und fragte Sophie, ob sie mitkommen wolle. Ein kleiner Spaziergang, vielleicht später noch aufs Schloss hinauf, um die untergehende Sonne zu sehen. Sophie ging gerne mit.

Als sie oben im Schlossgarten bei den Linden anlangten, sah sie, was die Männer taten, deren Treiben sie von ihrem Fenster aus nicht deuten konnte. Es waren Leute des Oberforstrats. Sie hatten Sägen und Äxte dabei und legten Seile um die Bäume. Die Linden sollten gefällt werden.

Sophie schnitt es ins Herz und sie lief zu dem Mann, der die Leitung zu haben schien, um auf ihn einzureden. Aber es war vergeblich, all ihr Reden nützte nichts. Eine Linde lag bereits mit abgesägten Ästen am Boden. »So hört doch auf, es wird doch bald dunkel«, rief Sophie, »geht nach Hause.« Die Männer machten weiter. Sophie verstand nicht, was der Mann antwortete, mit dem sie geredet hatte. Die Arbeiter lachten. »Ich glaube, sie beeilen sich gerade deswegen, weil es dunkel wird und sie nach Hause wollen«, sagte Clemens und nahm Sophie in seine Arme, »lass uns gehen. Dort drüben sehen wir der Sonne zu, wie sie ihren Tageslauf beendet. Komm«, er wies mit ausgestrecktem Arm auf die Brüstung der Gartenterrasse.

»Wie kahl wird es sein, wenn ich von meinem Fenster hier herauf schaue. Der Blick auf die Linden wird mir fehlen«, sagte Sophie, als sie sich von Clemens wegführen ließ. Sie lehnten sich aneinander, standen an der Brüstung aus Stein und sahen auf die Dächer, den Fluss, die Brücke, die Ebene. Die Sonne breitete ein kräftiges Rot, Orange, Gelb über den Himmel. Auf dem Neckar segelte von Westen her langsam ein Schiff flussaufwärts und legte beim Zimmerplatz an. »Es sieht genauso aus wie das Schiff, mit dem wir letztes Jahr auf dem Rhein gefahren sind«, stellte Clemens fest. »Ist es die Gloria?« Woran konnte man Schiffe unterscheiden, woran erkannte man, dass es dasselbe war?

Plötzlich spürte Sophie ein leichtes Ziehen. »Clemens«, sie drückte seinen Arm, »ich glaube, wir müssen nach Hause.« Ein strahlendes Lächeln, untermischt mit dem Ausdruck der Besorgnis, erschien auf seinem Gesicht. »Endlich«, rief er, »schnell.« »Vorsichtig«, sagte Sophie, »dass wir nicht über einen Stein stolpern.« Arm in Arm gingen sie den Weg vom Schloss hinunter zur Stadt. Noch ein paar Mal spürte Sophie das bekannte Ziehen unten im Bauch. »Ich werde einen wundervollen Sohn zur Welt bringen. Sei zuversichtlich«, sagte sie zu Clemens und sprach sich damit selber Mut zu.

Als sie zu Hause ankamen, saßen Joseph, seine Frau und deren Mutter im Wohnzimmer. Franzi hatte ihnen Tee hingestellt. Clemens stürmte auf Joseph zu, der sich sofort von seinem Stuhl erhob. Sie fielen sich in die Arme. »Dass du heute kommst. Heute ist der schönste Tag im Jahr«, rief Clemens. Auch die Frauen erhoben sich von den Stühlen, und Clemens verkündete die Nachricht, dass sie gerade rechtzeitig zur Geburt seines Sohnes kämen. »Oh«, sagte Josephs Frau, »da stören wir wohl.« »Vielleicht kann ich helfen«, sagte ihre Mutter. »Ich hole die Wiege vom Speicher«, rief Clemens aufgeregt und stürmte aus dem Zimmer.

Sophie versuchte gar nicht erst, ihn zu beruhigen. Stattdessen nahm sie neben der Frau von Joseph Platz und sprach freundlich mit ihr, denn die junge Frau schien unsicher geworden zu sein.

Als Clemens mit der Wiege zurückkam und sie ins Schlafzimmer trug, meinte Sophie, es sei zwar noch etwas Zeit, aber sie werde sich wohl doch bald zurückziehen müssen. Clemens erschien wieder und ergriff die Büste, die Christian von ihm gemacht hatte. »Damit mein Sohn gleich seinen Vater sieht«, erklärte er, indem er sein idealisiertes Ebenbild ins Schlafzimmer trug, um es dort auf die Kommode zu stellen. »Ach, das Wichtigste«, rief er geschäftig, »hätte ich fast vergessen.« Er nahm das große Bild der Madonna und brachte es ins Schlafzimmer, wo er es dem Bett genau gegenüber an die Wand lehnte. »Sie wird dir und dem Kind beistehen«, erklärte er, als er zurück ins Wohnzimmer kam. Er wirkte ängstlich, nicht nur besorgt. Nach einer Minute fiel ihm ein, auch noch das Gemälde von Achim ins Schlafzimmer zu tragen. »Er soll der Pate sein, auch wenn wir nicht wissen, wo er jetzt gerade ist. Das Bild von ihm wird sein Patenkind beschützen und vor jedem Schaden bewahren.«

Sophie sah mit Sorge, dass Clemens immer aufgeregter wurde. Sie selber war ruhig und fühlte fast eine Art Fröhlichkeit in sich. Wenn nur Clemens nicht so viel Wirbel machen würde. »Endlich kommt unser Kind, dann sind wir eine richtige Familie«, rief Clemens und sah sich um, ob es noch etwas für ihn zu tun gäbe.

Sophie fragte die Frau von Joseph, wie lange sie schon in Heidelberg seien. »Vor weniger als einer Stunde sind wir angekommen«, sagte die Mutter, »das Gepäck ist noch auf dem Schiff.« »Ihr seid mit dem Schiff gekommen? Dann haben wir euch gesehen«, rief Clemens, »wir haben das Schiff kommen sehen. Es hat mich an das erinnert, mit dem wir, Achim, Sophie und ich, letztes Jahr den Rhein heraufgefahren sind, nachdem wir bei euch in Koblenz waren. Ist es dasselbe? Ist es die Gloria? Wenn mein Kind kein Sohn ist, soll es Gloria heißen, wie das Schiff, das mir heute den Freund gebracht hat, das Schiff, auf dem wir letztes Jahr eine wunderschöne Fahrt unternommen haben, Sophie, Achim und ich. Die Reise ist mir unvergesslich. Gloria. Das ist ein schöner Name.« Clemens redete und redete, schnell und ohne Pause. Schließlich schlug Sophie ihm vor, mit Joseph zum Schiff zu gehen, um das Gepäck in die Apothekergasse zu bringen. »Am besten nehmt ihr Gisela mit. Es ist vielleicht besser, wenn sie die nächsten Stunden nicht hier ist und mich nicht hört.« Auch Josephs Frau wollte mit zum Schiff gehen, während ihre Mutter bei Sophie in der Wohnung blieb. Franzi wurde losgeschickt, um der Hebamme Bescheid zu sagen.

Nachdem Clemens mit Gisela, Joseph und dessen Frau das Haus verlassen hatte, wurde es still in der Wohnung. Sophie und Josephs Schwiegermutter sprachen leise miteinander. Hin und wieder musste Sophie im Reden innehalten. Sie atmete ein paar Mal tief und regelmäßig, machte ein paar Schritte hin und her durch den Raum, dann setzte sie sich wieder und das Gespräch ging weiter.

Franzi kam zurück. Die Hebamme sei noch in einem anderen Haus, käme aber, sobald sie dort nicht mehr gebraucht werde. Sophie unterhielt sich weiter mit der alten Dame, die ihr sehr sympathisch war, ging manchmal im Zimmer auf und ab, setzte sich und redete weiter. Die Wehen waren inzwischen stärker und kamen häufiger. Schließlich sagte Sophie, sie müsse sich hinlegen, und ging ins Schlafzimmer hinüber.

Die nächste Wehe war stärker als alle zuvor. Jetzt würde es nicht mehr lange dauern. Die Hebamme kam gerade rechtzeitig. Nachdem der Schmerz gewichen war, sah Sophie die Madonna an der Wand gegenüber mit dem Kind im Arm. Maria lächelte auf das Geschehen herab. Achim sah, halb abgewandt, über die Schulter zum Bett herüber, wo Sophie lag. Die nächste Wehe kam, breitete sich aus, nahm Sophie die Luft, schwoll wieder ab. »Oh, Maria«, stöhnte sie. Minuten vergingen. Und wieder zog der Schmerz an – schwoll ab. Die Turmuhr schlug acht Mal. Weiter passierte nichts. Der Schmerz überfiel Sophie und zog sich zurück, kam, und ging – und kam. Immer öfter, die Pausen zwischen den Überfällen wurden immer kürzer. Sophie hielt es kaum aus, um sich fühlte sie Feuer und Flammen. Sie brauchte mehr Luft. »Das Fenster«, jammerte sie, »macht das Fenster auf.« »Das ist zu gefährlich, die kalte Luft. Das geht nicht«, behauptete die Hebamme.

Der Schmerz zog durch den ganzen Körper. Sophie schrie. Es hörte nicht auf. Es gab keine Pause. »Das bringt nichts«, hörte sie die Stimme der Hebamme. Sophie vergaß die Zeit. Lag sie seit Stunden hier, seit Jahren, quälte sich seit undenklichen Zeiten?

»Nichts«, hörte sie eine Stimme. Jemand saß neben ihr. Sie spürte eine Hand, einen Arm, an dem sie sich festhielt wie eine Schiffbrüchige an einem Stück Holz, wenn wieder eine Welle aus reinem Feuer sie hob. Ein altes Gesicht. Wer war die Frau? Sie wandte den Kopf, sah Franzi. Mit einem kühlen Tuch wischte sie den Schweiß von Sophies Stirn. Weit weg die Hebamme, Sophie fühlte Hände in ihrem Fleisch. Alles schien rot. Sie schrie mit aller Kraft.

»Es wird nichts. So geht es nicht«, hörte sie die Hebamme wieder sagen. Sie wurde müde. Das Kind wollte nicht auf diese Welt. Es saß fest. Sophie konnte nichts tun, sie lag und litt, zerrissen vom Schmerz. Ihr Körper, die Laken klebten von Schweiß und Blut.

»Der Herr ist zurück«, hörte sie Franzis Stimme. »Wir brauchen den Arzt. Er soll gleich wieder gehen und ihn holen«, sagte die Hebamme. »Es ist schon nach elf. Hoffentlich ist er noch wach.« Sophie schloss die Augen. Der Schmerz hielt sie in festem Griff, sie konnte ihm nicht entkommen. Er beherrschte sie, sie war ihm ausgeliefert, lag im Feuer, einem Flammenmeer. Sie riss die Augen auf. Wohin nur?

Die Madonna mit dem Kind lächelte von der Wand. Der Arzt war da. Sophie hörte das Klappern von Metall. Das waren keine Hände, nicht die Hebamme, kaltes Eisen durchwühlte sie wie die Erde im März unter den Hufen des Pferdes und der scharfen Pflugschar, mit dem das Unterste nach oben gekehrt wurde.

Die Turmuhr schlug. Ein einziger Glockenton. Er verhallte, alles war ruhig. Clemens saß neben ihr am Bett. »Lebt mein Kind?«, flüsterte Sophie tonlos. Clemens sagte nichts. Lampenschein erhellte das Zimmer. Sophie lag zwischen frischen Bettlaken. Der Atem flach, die Haut kühl, fühlte sie sich frei, ganz leicht, und schien immer leichter zu werden.

Sie spürt ihre Arme nicht, nicht ihre Beine, nichts hat mehr Gewicht, nichts ist mehr wichtig. Helles Licht erstrahlt, sie löst sich und schwebt, sie sieht Clemens, gebeugt über das blasse Gesicht auf dem Kissen, das Spiegelgesicht, weiß wie Wachs.

Geh auf, du gütige Sonne von jenseits, ich kenne dich, ich liebe dich, kein Diesseits, kein Jenseits, es ist alles eins. Wäre es doch möglich … immer höher zu steigen und dann, in heiliger Einsamkeit, die ganze Erde … dahinwandeln zu sehen … und den Sonnen und Sternen ihre ewigen Geheimnisse abzulauschen.

## *Personen*

| | |
|---|---|
| *Sophie* | Sophie Friederike Schubart, geb. 1770 |
| *Clemens* | Clemens Maria Wenzeslaus Brentano, geb. 1778 |
| *Gisela* | Emina Gisela Hulda Mereau, geb. 1797 |
| *Karl* | Friedrich Ernst Karl Mereau, geb. 1765 |
| *Jette* | Henriette Schubart, geb. 1769 |
| *Lotte* | Charlotte von Seebach, geb. 1781, verh. von Ahlefeld |
| *Johann* | Johann Heinrich Kipp, geb. 1773 |
| *Philipp* | Georg Philipp Schmidt, geb. 1766 |
| *Stefan* | Stephan August Winkelmann, geb. 1780 |
| *Fritz* | Karl Wilhelm Friedrich Schlegel, geb. 1772 |
| *Christian* | Christian Friedrich Tieck, geb. 1776 |
| *Ludwig* | Johann Ludwig Tieck, geb. 1773 |
| *Creuzer und Sofia* | Georg Friedrich Creuzer, geb. 1771, und Sophie, verwitwete Leske |
| *Savigny* | Friedrich Carl von Savigny, geb. 1779 |
| *Gundi* | Kunigunde Maria Ludovica Catharina Brentano, geb. 1780 |
| *Tina* | Elisabeth Catharina Ludovica Magdalena Brentano (gen. Bettine), geb.1785 |
| *Chris* | Christian Franz Damian Friedrich Brentano, geb. 1784 |
| *Franz* | Franz Dominikus Maria Joseph Brentano, geb. 1765 |
| *Georg* | Georg Franz Melchior Brentano, geb. 1775 |
| *Großmutter* | Marie Sophie Gutermann, geb. 1731, verwitwete La Roche |
| *Lina* | Karoline Friederike Louise Maximiliane von Günderode, geb. 1780 |

*Caro* Karoline Engelhard, geb. 1781

*Achim* Carl Joachim Friedrich Ludwig von Armin, geb. 1781

*Louise* Carolina Christiana Louisa Rudolphi, geb. 1753

*Schwarz* Friedrich Heinrich Christian Schwarz, geb. 1766

*Daub und Sonia*
Carl Daub, geb. 1765, und Sophie, geb. Blum

*Voß* Johann Heinrich Voß, geb. 1751

*Georg Zimmer*
Johann Georg Zimmer, geb. 1777

*Joseph* Johann Joseph Görres, geb. 1776

## *Literatur*


Auf Dornen oder Rosen hingesunken? Eros und Poesie bei Clemens Brentano. Hrsg. von Hartwig Schultz. Berlin 2003

Julia Augart: Eine romantische Liebe in Briefen. Zur Liebeskonzeption im Briefwechsel von Sophie Mereau und Clemens Brentano. Würzburg 2006

Julia di Bartolo: Selbstbestimmtes Leben um 1800. Sophie Mereau, Johanna Schopenhauer und Henriette von Egloffstein in Weimar-Jena. Heidelberg 2008

Giovanni Boccaccio: Fiammetta. Übers. von Sophie Brentano. Zürich 1984

Briefwechsel zwischen Clemens Brentano und Sophie Mereau. Hrsg. von Heinz Amelung. Potsdam 1939

Christa Bürger: Leben schreiben. Die Klassik, die Romantik und der Ort der Frauen. Stuttgart 1990

Michael Buselmeier: Literarische Führungen durch Heidelberg. Eine Stadtgeschichte im Gehen. Heidelberg 2007

Helmina von Chézy: Gemälde von Heidelberg, Mannheim, Schwetzingen, dem Odenwalde und dem Neckarthale. Ein Wegweiser für Reisende und Fremde dieser Gegenden. Heidelberg 1816

Anja Dechant: Harmonie stiftete unsere Liebe, Phantasie erhob sie zur Begeisterung und Vernunft heiligte sie mit dem Siegel der Wahrheit. Der Briefwechsel zwischen Sophie Mereau und Johann Heinrich Kipp. Frankfurt a. M. 1996

Friederike Fetting: Ich fand in mir eine Welt. Eine sozial- und literaturgeschichtliche Untersuchung zur deutschen Romanschriftstellerin um 1800. Charlotte von Kalb, Caroline von Wolzogen, Sophie Mereau-Brentano, Johanna Schopenhauer. München 1992

Uta Fleischmann: Zwischen Aufbruch und Anpassung. Unter-

suchungen zu Werk und Leben der Sophie Mereau. Frankfurt a. M. 1989
Gang durch Heidelberg in Zeichnungen und Aquarellen des 17. bis 19. Jahrhunderts aus den Beständen des Kurpfälzischen Museums der Stadt Heidelberg. Hrsg. von Sigrid Wechssler. Heidelberg 1985
Dagmar von Gersdorff: Dich zu lieben kann ich nicht verlernen. Das Leben der Sophie Brentano-Mereau. Frankfurt a. M. 1984
Dagmar von Gersdorff: Bettina und Achim von Arnim. Eine fast romantische Ehe. Berlin 1997
Dagmar von Gersdorff: Die Erde ist mir Heimat nicht geworden. Das Leben der Caroline von Günderrode. Frankfurt M. 2006
Klaus Günzel: Die Brentanos. Eine deutsche Familiengeschichte. Zürich 1993
Katharina von Hammerstein: Sophie Mereau-Brentano. Freiheit – Liebe – Weiblichkeit; Trikolore sozialer und individueller Selbstbestimmung um 1800. Heidelberg 1994
Katharina von Hammerstein (Hrsg.): Sophie Mereau. Verbindungslinien in Zeit und Raum. Heidelberg 2008
Adelheid Hang: Sophie Mereau in ihren Beziehungen zur Romantik. Frankfurt a. M. 1934
Britta Hannemann: Weltliteratur für Bürgertöchter. Die Übersetzerin Sophie Mereau-Brentano. Göttingen 2005
Irina Kaminiarz, Hans Lucke: Goethes Weimar. Ein Reisebuch. Hamburg 1991
Ein Knab auf schnellem Ross. Die Romantik in Heidelberg. Heidelberg 2006
Die Margarethenhöhle oder die Nonnenerzählung. 1803
Sophie Mereau: Kalathiskos. Faksimiledruck der Ausgabe Berlin 1801–02. Heidelberg 1968
Sophie Mereau: Amanda und Eduard. Ein Roman in Briefen. Frankfurt a. M. 1803. 2 Bde.

Sophie Mereau: Das Blütenalter der Empfindung. München 1997
Sophie Mereau: Ein Glück, das keine Wirklichkeit umspannt. München 1997
Sophie Mereau: Wie sehn' ich mich hinaus in die freie Welt. München 1997
Musik in Heidelberg 1777–1885. Heidelberg 1985
Erwin Rohde: Friedrich Creuzer und Caroline von Günderode. Briefe und Dichtungen. Heidelberg 1896
Sapho und Phaon oder der Sturz von Leukate. Würzburg 1823
Armin Schlechter: Die Romantik in Heidelberg. Brentano, Arnim und Görres am Neckar. Heidelberg 2007
Aloys Schreiber: Heidelberg und seine Umgebung historisch und topographisch beschrieben. Heidelberg 1811
Hartwig Schultz: Schwarzer Schmetterling. Zwanzig Kapitel aus dem Leben des romantischen Dichters Clemens Brentano. Berlin 2000
Gisela Schwarz: Literarisches Leben und Sozialstrukturen um 1800. Zur Situation von Schriftstellerinnen am Beispiel von Sophie Brentano-Mereau geb. Schubart. Frankfurt a. M. 1991
Gerhard Schwinge: Freundlich und ernst. Friedrich Heinrich Christian Schwarz. Theologieprofessor und Pädagoge in Heidelberg 1804–1837 und die Heidelberger Gesellschaft seiner Zeit. Ubstadt-Weiher 2007
James Trainer: Liebe und Trennung. Charlotte von Ahlefelds Briefe an Christian Friedrich Tieck. Bern 1999
Friedrich Peter Wundt: Geschichte und Beschreibung der Stadt Heidelberg. Mannheim 1805
Theodore Ziolkowski: Das Wunderjahr in Jena. Geist und Gesellschaft 1794/95. Stuttgart 1998